DROEMER

AMBER & BERG

VENUSFLUCH

AUF DEN TRÜMMERN VON BERLIN

KRIMINALROMAN

Besuchen Sie uns im Internet:
www.droemer.de

Aus Verantwortung für die Umwelt hat sich die Verlagsgruppe Droemer Knaur zu einer nachhaltigen Buchproduktion verpflichtet. Der bewusste Umgang mit unseren Ressourcen, der Schutz unseres Klimas und der Natur gehören zu unseren obersten Unternehmenszielen. Gemeinsam mit unseren Partnern und Lieferanten setzen wir uns für eine klimaneutrale Buchproduktion ein, die den Erwerb von Klimazertifikaten zur Kompensation des CO_2-Ausstoßes einschließt. Weitere Informationen finden Sie unter: www.klimaneutralerverlag.de

Originalausgabe März 2021
Droemer HC
Ein Imprint der Verlagsgruppe
Droemer Knaur GmbH & Co. KG, München
Alle Rechte vorbehalten. Das Werk darf – auch teilweise – nur mit Genehmigung des Verlags wiedergegeben werden.
Redaktion: Antje Steinhäuser
Covergestaltung: FAVORIT BÜRO, München
Coverabbildung: © Barbara Singer / Bridgeman Images
Satz: Adobe InDesign im Verlag
Druck und Bindung: CPI books GmbH, Leck
ISBN 978-3-426-28240-3

2 4 5 3 1

Prolog

Etwas Weiches huschte über sein Gesicht. Ekel ergriff seinen ganzen Körper und er würgte krampfhaft bei dem Gedanken, dass es ein Tier gewesen sein könnte. Aber dann entspannte er sich wieder. Es war doch nur ein böser Traum. Erst als er die Kälte in den Fingerspitzen spürte, begriff er, dass er nicht mehr schlief, sondern schon seit einer halben Ewigkeit versuchte, aus diesem Zustand zwischen Leben und Sterben zu erwachen. Er wollte endlich wieder Herr über seinen Körper sein, aber er schien in Bewegungslosigkeit gefangen, als wäre er von Kopf bis Fuß gelähmt.

Ein Tropfen, der ihn mitten auf die Stirn traf, erschreckte ihn und brachte ihn ins Leben zurück. Und dann noch einer und noch einer ... bis sein ganzes Gesicht nass war. Regen. Er lag draußen im Regen. Es gelang ihm, die klammen Finger zu bewegen, und er versuchte, die Augen zu öffnen. Aber sie brannten wie Feuer, sobald er die Lider hob. Also tastete er blind nach etwas, an dem er sich hochziehen konnte. Er fühlte nur eine kratzige Oberfläche unter seinen Fingern. Es dauerte einen Moment, bis er sie als Dachpappe erkannte. Schließlich dämmerte es ihm: Er war ganz oben auf dem Haus. Ja, er war in der Mittagspause durch die Bodenluke aufs Dach geklettert, um hier oben in Ruhe ... es hatte nach Regen ausgesehen. Dann war ihm dieser Kerl gefolgt und hatte ihn am Kragen gepackt, aber er hatte ihn abgeschüttelt wie ein lästiges Insekt und der Mann war regelrecht vor ihm geflüchtet.

Erneut versuchte er, die Augen zu öffnen. Dieses Mal biss er die Zähne zusammen und besiegte das Brennen. Tatsächlich befand er sich auf dem Dach hinter dem Schornstein, eigentlich sein Lieblingsplatz, aber in diesem Augenblick empfand er ihn als fremd und abweisend. An warmen Tagen genoss er hier oben die Sonnenstrahlen, gönnte sich eine kleine Pause und nahm *seine guten Geister* zu sich, wie er die Pillen aus dem Röhrchen nannte, die ihn seit dem Krieg treu begleiteten.

Es fiel ihm schwer, sich zu erinnern. Was war an diesem Tag anders gewesen? Wieso lag er in seinem Kittel im Regen auf dem Dach und fühlte sich, als wäre sein Hirn eine wabernde graue Masse, die ihn keinen klaren Gedanken fassen ließ? *Die guten Geister* machten ihn doch sonst stets unantastbar, warfen ihn jedes Mal, wenn er sich überfordert hatte und ausgebrannt war, verlässlich zurück ins Leben und vertrieben bis auf Weiteres jegliche Schwäche und Müdigkeit. Sobald er die kleinen Pillen genommen hatte, stieg er wie Phönix aus der Asche empor. Aber dieses Mal hatten sie ihn einfach umgehauen, schienen ihn dem Tod nahe zu bringen.

Nur unter großen Mühen gelang es ihm, sich auf den Bauch zu drehen, von dort auf die Knie zu gehen und den Oberkörper aufzurichten. Alles tat ihm weh, der Kopf, der Rücken, die Glieder, als hätte man gnadenlos auf ihn eingeprügelt.

Im Schleier des Regens tauchte der Wasserturm auf. Ganz dunkel konnte er sich nun entsinnen, wie er nach oben gekommen war, und vor allem, warum. Er hatte vergessen wollen, er hatte die verdammte Schuld nicht mehr ertragen, und er bereute es, sein Leben diesem Götzen geopfert zu haben, der Erfolg hieß. Es war doch gar nicht das Geld, das ihn manisch vorangetrieben hatte, sondern der Triumph, dass er unbesiegbar zu sein schien. Er hatte zu viele Männer sterben sehen und nichts dagegen tun können. Und nun hatte er für einen fatalen Moment lang geglaubt, er besäße die Macht, den Tod zu besiegen, aber er hatte seine Seele dem Teufel verkauft und sein Berufsethos verraten. *Die guten Geister* hatten ihm dabei helfen sollen, sein schlechtes Gewissen zu vertreiben …

Er zuckte zusammen, als er die fette Ratte erblickte, die sich an dem Rest seiner Wurststulle zu schaffen machte. Er hätte sie gern mit einem Fußtritt vom Dach befördert, allein dafür, dass sie ihm übers Gesicht gehuscht war, aber dazu war er zu schwach. Er schaffte es nicht einmal, sie durch einen Schrei zu erschrecken, denn sein Mund war derart trocken, dass ihm die Zunge am Gaumen festklebte. Der Laut verkümmerte zu einem kurzen Beben des Brustkorbs, dem nur ein keuchendes Geräusch entwich. Er versuchte, sich am Schornstein nach oben zu ziehen, aber seine Knie gaben nach, sodass er sich ächzend wieder fallen ließ. Er entdeckte das Röhrchen mit seinen Pillen neben sich und warf es nach der Ratte, die fluchtartig ihre Beute losließ und verschwand. Er überlegte, ob der Albtraum aufhörte, wenn er zu dem Röhrchen robbte und noch eine Tablette nahm, doch in dem Moment erinnerte er sich plötzlich ganz genau. Er hatte bereits zwei davon genommen und sie mit reichlich Schnaps hinuntergespült. Mühsam drehte er den schmerzenden Kopf zur anderen Seite. Die Flasche war noch da.

Er versuchte, nachzudenken und sich ein Bild von der Lage zu machen. *Die guten Geister* konnten nicht schuld daran sein, dass er hier oben fast krepiert wäre. Nicht auf diese Weise jedenfalls. Dann wäre er vorher durchgedreht oder hätte einen Infarkt bekommen, aber er war einfach eingeschlafen. Nach dem Runterspülen der Pillen mit nicht gerade wenig Alkohol hatte eine bleierne Müdigkeit seinen Körper ergriffen. Er hatte sich hinsetzen müssen und war wie eine schlaffe Puppe am Schornstein hinuntergerutscht. Und in dem Moment hatte es zu regnen angefangen. Kaum dass er daran dachte, fühlte er die eisige Kälte durch seine nasse Kleidung kriechen. Nur der gestärkte Kittel bot etwas Schutz. Ich muss hier weg. Sonst hole ich mir noch den Tod, dachte er und machte einen erneuten Versuch, aufzustehen. Dieses Mal schaffte er es, wankend zwar, und er musste sich am Schornstein festhalten. Aber er stand auf seinen eigenen Beinen. Einen Augenblick später ließ er los und schleppte sich mit winzigen Schritten zur Brüstung, auf die er sich erschöpft stützte. Verdammt, was war mit ihm passiert? An *guten Geistern* krepierte man anders! Irgendetwas stimmte nicht. Er suchte mit dem Blick nach dem Röhrchen und überlegte, wie er es bewerkstelligen könnte, es zu erreichen und einen Blick auf die Tabletten zu werfen. Was, wenn sie gar nicht so gut waren, wie er glaubte? Was, wenn das gar nicht seine Pillen waren? Was, wenn ...

Er versuchte, die Brüstung loszulassen, doch seine Knie gaben nach. Ihm war plötzlich schrecklich übel, und bevor er einen weiteren klaren Gedanken fassen konnte, fuhr er herum und erbrach sich vom Dach. Das Erbrochene landete auf dem Vordach über dem Eingangsbereich der Klinik, das man erst vor Kurzem notdürftig aus alten Wellblechstücken zusammengeschustert hatte, weil das steinerne Portal den Krieg nicht überlebt hatte.

In dem Augenblick hörte er Schritte hinter sich. Er wollte sich umdrehen, aber da hatte ihn bereits jemand grob von hinten gepackt, sodass er sich, zumal in seiner desolaten Verfassung, nicht mehr rühren konnte. Wenn das der Kerl von vorhin war, dann hatte er mehr Kraft als vermutet. Verdammt, wer sollte das sonst sein? Er wollte schreien, aber er brachte keinen Ton heraus. Er versuchte, sich mit einem Ruck aus dem festen Griff zu befreien, vergeblich. Plötzlich durchzuckte es ihn, und er ahnte, dass er keine Chance hatte. Wie oft hatte er sich den Tod gewünscht, aber doch nicht jetzt, wo sie endlich den Mut gefasst hatten, ein neues Leben anzufangen. Nicht jetzt, nachdem er begriffen hatte, dass er kein Zauberer war, sondern ein mieser Pfuscher, und bis ans Ende seiner Tage dafür zu büßen bereit war. Es gab in diesem Leben einen Lichtblick, für den es sich lohnte, das in Kauf zu nehmen.

Der Gedanke an eine gemeinsame Zukunft mit ihr gab ihm die Kraft, sich loszureißen, doch bevor er sich umdrehen konnte, hatte der Angreifer ihn so fest an den Oberarmen gepackt, dass ihm der Schmerz durch den ganzen Körper fuhr. Während er panisch versuchte, sich aus den Klauen der Krake zu befreien, spürte er, wie sie ihn losließ, um ihm im selben Moment einen Schubs zu geben, der ihn über die Brüstung stürzen ließ.

Ich werde in meiner eigenen Kotze landen, war sein letzter Gedanke, dann durchbrach er das Vordach, und sein geschundener Körper im weißen Kittel schlug mit voller Wucht auf den Pflastersteinen auf.

1. TEIL

1

»In Celle gibt es nachts mehr horizontale Umtriebe als am King's Cross«, hatte Walter Porter seinem Freund Kommissar Hans-Joachim Stein gestern Nacht auf der Hochzeit des frischgebackenen Chef-Inspektors Mike Taylor nach dem Genuss von reichlich Gin zugeflüstert. Celle sollte der Zwischenstopp ihrer gemeinsamen Rückreise von London nach Berlin sein. Walter hatte ihm angeboten, ihn von der dortigen Basis der Royal Air Force in einem sogenannten Candy-Bomber mit nach Berlin zu nehmen. Stein hatte dankbar angenommen, denn schlimmer als auf dem Hinflug, auf dem er heftig durchgeschüttelt worden war, konnte es nicht werden. Es war fast so schlimm gewesen wie in der kleinen Maschine, mit der Walter ihn an diesem Tag aus London über den Kanal nach Celle gebracht hatte.

Nun fuhr der Freund ihn in einem Jeep in den Ort, in dem er übernachten sollte, denn in der Kaserne durfte er nicht schlafen.

Es war das erste Mal seit Steins Umzug in seine Geburtsstadt Berlin, dass er nach London zurückgekommen war, wo er seine Jugend verbracht und seine Polizeiausbildung beim Yard absolviert hatte. Mike war damals sein liebster Kollege gewesen, der ihn dann zum »Best Man«, seinem Trauzeugen, erkoren hatte. Diese Ehre hatte Stein nicht ablehnen können und auch nicht wollen, denn er brauchte nach seinem ersten Jahr im Polizeipräsidium Friesenstraße dringend eine Luftveränderung. Er hatte immer noch nicht richtig Fuß gefasst in Berlin, aus dem sein Vater mit ihm schon 1933 nach dem Reichstagsbrand geflüchtet war. Die vielen Zerstörungen im Stadtbild, die verschlossenen Menschen, die immer wieder durchbrechende Vergangenheit, die an unerwarteten Stellen ihre destruktive Gewalt entfaltete, all dies waren Gründe genug, um gegenüber der Stadt auf Abstand zu bleiben. Die Ironie des Schicksals wollte es, dass Vater und Sohn nun beide bei der Berliner Polizei tätig waren, allerdings lagen Welten zwischen ihnen. Nicht genug damit, dass ein tiefer persönlicher Graben sie trennte und die Spaltung der Stadt ihr Übriges tat. Die Polizei Ost und West standen sich mittlerweile nahezu feindlich gegenüber.

Die typische britische Hochzeit mit Torte und rauschender Feier war zwar den wirtschaftlich desolaten Nachkriegsbedingungen angepasst, welche auch den britischen Alltag dominierten, hatte dem Kommissar aber dennoch schmerzlich bewusst gemacht, wie sehr er weiterhin mit seiner neuen, alten Heimat haderte. In London zwischen den alten Kollegen vom Yard hatte er sich sofort zu Hause gefühlt, sodass er sich sogar über die Ankündigung Percy Williams' freute, ihn demnächst in Berlin zu besuchen, weil der dort eine neue Arbeit aufnehmen würde. Stein hatte ihn gar nicht gefragt, warum er das Yard verlassen hatte und was er in Deutschland machen würde, aber die Aussicht, einen englischen Bekannten in Berlin zu haben, ließ ihn darüber hinwegsehen, dass Percy es im Gegensatz zu ihm mit dem Gesetz nicht immer so ganz genau nahm. Ihm wurde im selben Moment bewusst, wie auch er sich im vergangenen Jahr bei seinem ersten großen Fall in der Friesenstraße auf die Seite der Gerechtigkeit geschlagen hatte und das Recht hatte Recht sein lassen. Und er würde es immer wieder tun!

Plötzlich musste er an die Ärztin denken … und von ihr war der gedankliche Weg zu Mary nicht weit, denn die beiden Frauen ähnelten einander, wenn auch nur auf den ersten Blick. In London hatte ihn vieles an die Stunden mit seiner Geliebten erinnert, bevor sie dann mit ihrem Mann in die britische Kommandantur nach Berlin gegangen war. Und er, Hans-Joachim Stein, war ihr aus lauter Sehnsucht gefolgt. Nicht die Liebe zu seiner Geburtsstadt hatte ihn zurück nach Deutschland getrieben, sondern allein die Liebe zu einer Frau! Als ihr Mann im vergangenen Jahr nach London zurückbeordert worden war, wäre sie bei ihm, ihrem Geliebten, geblieben. Wenn ihm jener Satz über die Lippen gekommen wäre, der die Grundlage einer gemeinsamen Zukunft hätte sein können, aber selbst dafür war er zu feige gewesen. Deshalb war sie mit Mann und Kind zurückgegangen. Seinem Kind, das er nun wohl niemals zu Gesicht bekommen würde. Und das war womöglich besser so, denn er bezweifelte, dass er jemals ein guter Vater geworden wäre. Nicht nachdem sein Vater ihn damals wie ein Paket bei seiner Schwester in London abgegeben hatte und ein paarmal im Jahr vorbeigekommen war und flüchtig nach ihm gesehen hatte.

Stein versuchte, sich mit einem Blick aus dem Wagenfenster abzulenken von diesen kreiselnden Gedanken um Mary und seinen Vater, die ihm gleichermaßen schlechte Laune bereiteten. Das Städtchen Celle wirkte erstaunlich intakt. Ganz im Gegensatz zu Berlin, das auch noch vier Jahre nach dem Krieg einer Trümmerwüste glich, obwohl unermüdlich daran gearbeitet wurde, die Spuren der Zerstörung zu beseitigen. In Celle waren ganze Häuserzeilen aus Fachwerk erhalten geblieben. Der Ortskern erinnerte ihn an Lavenham, wo eine Schwester seines Onkels John gewohnt hatte.

Stein begriff, dass Walters Bemerkung in der vergangenen Nacht über das pralle Leben in Celle gar nicht ironisch gemeint gewesen war, denn wohin man schaute, huschten Liebespaare vorbei.

»In Celle gibt es ja wirklich ein Nachtleben«, bemerkte Stein erstaunt.

»Das sind die Amis mit ihren Veronicas. Davon wimmelt es hier.«

»Veronicas? Was bedeutet das denn?«

Ein Grinsen huschte über Walters Gesicht, als er nun vor einem Haus in der Innenstadt hielt.

»Die Amis nennen diese Mädchen, die stets zu ihren Diensten stehen, so. Manche von ihnen haben sich sogar von Berlin durch die Sowjetzone aufgemacht, um in Celle Geld zu verdienen. Das Airfield B.118 ist eine Goldgrube für junge Damen.«

»Und warum heißen sie Veronicas?«

»Weil die amerikanische Militärverwaltung ihre Jungs mittels Broschüren und Plakaten eindringlich vor *venereal diseases* warnt. Das wird VD abgekürzt. Daraus haben ein paar Spaßvögel ›Veronica. Danke schön!‹ gemacht. Seitdem heißen die Damen bei ihnen Veronicas. Jedenfalls grassieren unter unseren amerikanischen Freunden, die zurzeit für die Luftbrücke arbeiten, Geschlechtskrankheiten aller Art.«

»Und wieso nur bei den Amerikanern? Briten sind doch auch vor Ort.«

»Kein Kommentar! Aber lass uns noch einen Drink nehmen in der Bar. Dann kannst du dich mit eigenen Augen von der Existenz der Veronicas überzeugen.«

Stein hob abwehrend die Hände. »Nein danke. Du hast sie mir nicht gerade schmackhaft gemacht. Außerdem steht mir der morgige Flug bevor. Mir war auf dem Trip über den Kanal heute Nachmittag ganz schön mulmig.«

»Morgen nehmen wir eine Handley Page Hastings. Der Flug schlägt dir nicht auf den Magen. Also, was meinst du? Noch einen Drink?«

Stein schüttelte den Kopf. Er hatte genug gefeiert. Solche Mengen an Alkohol wie bei der Hochzeit hatte er lange nicht mehr getrunken. Ihm brummte immer noch der Schädel.

Walter drückte ihm einen Schlüssel in die Hand. »Ich hole dich morgen früh ab. Und wenn die Wirtsleute fragen, sagst du einfach, du bist ein Freund von Walter Porter.«

»Und was kostet das die Nacht?«

»Gar nichts. Ich habe das Zimmer für ein halbes Jahr im Voraus gemietet.«

Stein wollte gerade fragen, wieso sein Freund ein Zimmer im Ort besaß, aber Walter schien es unangenehm, darüber zu sprechen, denn er wechselte schnell das Thema. »Und keine Sorge wegen morgen. Die Maschine liegt ganz ruhig in der Luft. Wie ein Bus!« Walter klopfte ihm zum Abschied kumpelhaft auf die Schulter.

Kaum hatte Stein die Haustür aufgeschlossen, als ein neugieriges Frauengesicht in einer vom Flur abgehenden Tür auftauchte. Der Kommissar grüßte freundlich, doch da hatte sich die ältere Frau in Kittelschürze bereits vor ihm aufgebaut.

»Ich bin ein Freund von Walter Porter«, sagte er höflich in der Hoffnung, dass die Frau ihn passieren ließ, aber sie musterte ihn durchdringend.

»Wie geht es denn dem armen Mister Porter?«

Armer Mister Porter? Stein wusste nicht so recht, worauf die Frau anspielte.

»Die Renate war wirklich ein nettes Mädchen. Ganz anders die anderen. Dass der ...«, sie senkte die Stimme,»... der Venusfluch ausgerechnet sie treffen musste.«

Stein zuckte mit den Schultern. »Entschuldigen Sie, ich weiß nicht, von wem und wovon Sie reden. Ich bin wirklich sehr müde und würde gern auf das Zimmer gehen. Erster Stock, zweite Tür links, oder?«

»Ja, wir haben ja nur das Zimmer unserer Tochter, die jetzt aus dem Haus ist, vermietet, und wir nehmen auch nur Dauermieter. Nicht wie die Nachbarn, die in den Keller gezogen sind, um mehr Geld rauszuschlagen. Unsere örtlichen Moralapostel haben schon recht, wenn sie sagen, hier herrschen Zustände wie in Sodom und Gomorrha. Aber wir sind anständige Leute. Und das Fräulein Renate war auch keine von diesen Flittchen. Mister Porter hätte sie sicher auch geheiratet, aber nun hat man sie in eine spezielle Privatklinik ...« Sie senkte erneut ihre Stimme.»... für diese gewissen Krankheiten in Berlin gebracht ... Sie wissen schon, eben den Venusfluch.«

Stein wusste es nicht wirklich, aber er ahnte, von welcher Krankheit die Wirtin sprach. Er hasste Klatsch und Tratsch und machte eine abwehrende Handbewegung. »Gute Nacht. Ich muss jetzt wirklich schlafen.« Er drehte sich um und stieg die knarzende Treppe nach oben.

Trotzdem gingen ihm die Worte der Wirtin nicht aus dem Kopf, als er das Zimmer betrat und sein Blick auf das fleckige Bettzeug fiel. Er legte sich im Anzug auf das Sofa, das auch schon bessere Zeiten gesehen hatte, und deckte sich mit seinem Trenchcoat zu.

Stein fiel in einen tiefen Schlaf und schreckte in dem Moment schweißgebadet hoch, als er eine von Kugeln durchsiebte Tür öffnen wollte. Sein Herz klopfte ihm bis zum Hals. Dieser Traum verfolgte ihn, seit er die sterbende Ärztin in der Hütte gefunden hatte. Nicht dass ihm jeder Mord so naheging wie dieser, aber er war einem Opfer vor seinem brutalen Ende auch noch nie zuvor so nahegekommen wie dieser Frau. Für Stein war die Nacht damit vorbei. Jedes Mal wenn ihn dieser Albtraum überfiel, war an Schlaf nicht mehr zu denken.

2

Immer wenn Kommissar Max Wuttke seinen Gedanken nachhing, ließ er den Blick in den einstigen Kasernenhof schweifen. Das neue Polizeipräsidium unter dem Polizeipräsidenten Stumm war 1948 in diese preußische Kaserne eingezogen. Zunächst war alles sehr provisorisch gewesen, aber mittlerweile hatte man sich dort besser eingerichtet. Es war für Wuttke purer Luxus, dass er direkt vom Schreibtisch aus dem Fenster sehen konnte. Erst kürzlich hatte der neue Kriminalrat Heinrich Graubner ihnen dieses Büro zugewiesen. Vorher hatte sich Wuttke mit dem Duke, wie er seinen Kollegen Hans-Joachim Stein bisweilen wegen seines gelackten Äußeren und seiner vornehmen Umgangsformen nannte, acht Monate einen winzigen Raum mit einem kaum als Fenster geltenden Guckloch teilen müssen. Der neue Raum war zwar auch nicht gerade riesig, aber sie besaßen immerhin beide einen Schreibtisch, und zwar endlich einen richtigen, am Fenster. Vorher hatten sie auf alten Küchentischen gearbeitet. Sogar einen Aktenschrank hatte man ihnen zur Verfügung gestellt sowie ein eigenes Telefon. Und gleich nebenan saß Fräulein Lore, die Schreibkraft, die nun auch ein Büro mit Fenster hatte. Dort hatte sie ihre Schreibmaschine, eine Adler, während sie in Wuttkes und Steins Büro nur einen kleinen Tisch besaß, an dem sie ihre Vernehmungsprotokolle mitstenografieren konnte.

Man konnte gegen Graubner sagen, was man wollte, aber das rechnete selbst Wuttke ihm hoch an, der ansonsten kein gutes Haar an dem neuen Kriminalrat ließ. Diesen Umzug hatte der Neue allerdings ganz sicher nicht ihm zuliebe in die Wege geleitet, sondern allein, um dem Kollegen Stein zu imponieren, den Graubner über die Maßen schätzte, um nicht zu sagen dem er nahezu in den Hintern kroch. Im Gegensatz zu Graubners Vorgänger Kriminalrat Curt Krüger, der Stein abgelehnt hatte, weil der die gesamte Zeit des Dritten Reichs in England verbracht hatte und somit eine weiße Weste besaß. Dass er darüber hinaus auch noch alles darangesetzt hatte, Verbrechen aufzudecken, an denen Krügers Schwager im Namen der Nazis beteiligt gewesen war, hatte Stein schließlich zu dessen erklärtem Hassobjekt gemacht. Und als Wuttke, den Krüger im Krieg zu einer entsetzlichen Tat getrieben hatte und den er in der Hand zu haben glaubte, statt sich erpressen zu lassen, Stein bei seinen Ermittlungen tatkräftig unterstützt hatte, war auch er zum Feind des Kriminalrats geworden. Insofern konnte Wuttke nur froh sein, dass sie diesen Choleriker los waren.

Keiner wusste so genau, warum Krüger den Posten geräumt hatte. Angeblich wegen einer Herzinsuffizienz, aber Wuttke ahnte, dass es nicht ganz freiwillig geschehen war. Man machte im Büro des Polizeipräsidenten Stumm Krüger dafür verantwortlich, dass er die Mörderin im Dalldorf-Fall, Lena Kowalke, aus dem Untersuchungsgefängnis hatte holen lassen, um ihr ein beaufsichtigtes Treffen mit ihrer Nichte Ursula aus dem Osten am Bahnhof Zoo zu ermöglichen. Im Gegenzug dazu hatte sie sich vor Gericht in allen Anklagepunkten schuldig bekennen und die weitere Aussage verweigern sollen. »Lebenslänglich« hatte ihr Krüger versprochen. Aber das war eine Lüge gewesen. Der geheime Plan von Kriminalrat und zuständigem Richter hatte anders gelautet: Fallbeil! Das hatte Fräulein Lore zum Glück noch rechtzeitig herausgefunden. Am Treffpunkt hatte man Lenas Nichte und sie dann in den Osten entführt. Wuttke vermutete, dass Stein diesen Coup mithilfe seines Vaters, der ein hohes Tier bei Polizeipräsident Markgraf am Alexanderplatz war, eingefädelt hatte, um sie vor der Todesstrafe zu retten. Die Gewissheit hatte Wuttke allerdings bis heute nicht, weil Stein sich wie bei allem, was seine Person betraf, äußerst bedeckt hielt.

Selbst an feuchtfröhlichen Abenden in der Küche von Frau Krause, Lores Mutter, bei der sowohl Stein als auch er immer noch zur Untermiete wohnten, konnte Wuttke ihm nicht das Mundwerk lockern. Stein schwieg eisern! In dieser Beziehung war er ein Phänomen. Der Mann, der niemals die Contenance verlor, bis auf das eine Mal bei seinem ersten Fall … Wuttke war sehr froh, dass er wenigstens von diesem Ausrutscher seines Kollegen wusste. Sonst würde er sich ihm immer noch haushoch unterlegen fühlen, wie im vergangenen Jahr, als man ihm den aus dem Ei gepellten Duke als neuen Kollegen vorgesetzt hatte.

An Steins Schweigsamkeit würde wohl auch die Postkarte nichts ändern, die Wuttke in Steins Abwesenheit erhalten hatte und die ihn überhaupt nach langer Zeit wieder an diese Frau hatte denken lassen. Wuttke und die Prostituierte aus dem *Pandora* hatten damals ein inniges sexuelles Verhältnis, was Wuttke am Schluss beinahe das Leben gekostet hätte. Ganz vergessen hatte er sie nie, obwohl er seitdem jede Menge Abenteuer gesucht hatte, um nicht mehr daran erinnert zu werden, dass ihn noch keine Frau, weder zuvor noch danach, je so befriedigt hatte.

Er war etwas vorsichtiger geworden mit den wechselnden Frauenbekanntschaften auf der Suche nach dem Kick, seit ein internes Papier im Präsidium kursierte, in dem explizit vor den sich ausbreitenden Geschlechtskrankheiten gewarnt wurde. Obwohl dieses Blättchen aus der Sowjetzone stammte, war das Problem im Westen nicht geringer. Tripper und Syphilis waren auf dem Vormarsch. Keine Frage. Wuttke war diesbezüglich schon allerlei von seinen Damenbekanntschaften aus dem *Pandora* zu Ohren gekommen. Vor allem traf es wohl die jungen Frauen, die sich in Tempelhof herumtrieben, um den Jungs, die Tag und Nacht im Dienst der Luftbrücke arbeiteten, eine schnelle Nummer zu bieten.

Wie gut, dass ich das Etablissement ohnehin nicht mehr aufsuche, seit Schulz junior als Kriminalanwärter in der Friesenstraße sein Unwesen treibt, dachte Wuttke. Der junge Mann wurde von allen nur Schulz junior genannt. Im Grunde genommen hatte Wuttke nichts gegen den Sprössling eines der größten Bordellbesitzer der Stadt, wenn der Junior nur nicht so schrecklich übereifrig und dabei ausgesprochen ungeschickt gewesen wäre. Jedenfalls wollte Wuttke dem Kriminalanwärter ein gutes Vorbild sein und sich nachts nicht in den Spelunken herumtreiben, die dessen schwer kriminellem Vater gehörten. Im Übrigen war der Kommissar auch gar nicht auf käufliche Damen angewiesen bei dem Frauenüberschuss, der nach dem Krieg in der Stadt herrschte. Wobei die wirklich Hübschen nicht gerade darauf erpicht waren, sich mit einem kleinen Kriminalkommissar einzulassen. Die meisten träumten davon, eine gute Partie zu machen und am besten einen Amerikaner zu finden, der sie aus dem Berliner Elend in das Land der unbegrenzten Möglichkeiten entführte.

Gedankenverloren nahm Wuttke noch einmal die Postkarte zur Hand und betrachtete kopfschüttelnd das Motiv: ein sowjetisches Ehrenmal. Auf der Rückseite hatte jemand laienhaft eine Frau gezeichnet, die ein Mädchen an der Hand hielt. Beide lachten. Mehr nicht. Kein einziges Wort, aber Wuttke hatte den Gruß sofort verstanden. Die Karte war in Bad Muskau abgestempelt, wo immer das auch genau liegen mochte.

Jedenfalls würde Wuttke Stein diese Karte bei dessen Rückkehr überraschend unter die Nase halten. Mal sehen, ob er dann nicht doch wenigstens für einen Moment die Fassung verlor.

Das energische Klopfen an der Tür riss ihn aus seinen Gedanken. So klopfte nur einer, und der wartete auch nicht ab, dass man ihn hereinbat.

Und schon stand sein hochgewachsener Vorgesetzter, der zu seinem Ärger nicht viel älter war als Stein und er, vor seinem Schreibtisch. Wenn Wuttke nicht genau wüsste, dass der Mann kein deutscher Soldat gewesen war, weil er das wie ein Schild vor sich hertrug, hätte man ihn für einen ehemaligen Offizier halten können. Wuttke hatte im Krieg viele solcher Typen kennengelernt, die vor dem Fußvolk genau diese überlegene Haltung eingenommen hatten wie Graubner in diesem Augenblick vor ihm. Herrenmenschen eben! Wuttke hob den Kopf und hätte gern an ihm vorbeigesehen, aber die stahlblauen Augen des Mannes ließen das einfach nicht zu. Man musste ihn angucken, ob man wollte oder nicht. Jedenfalls galt das für Wuttke.

»Ist Stein noch nicht aus London zurück?«
»Ihnen auch einen schönen guten Tag, Herr Kriminalrat. Meines Wissens kommt er erst morgen.«
»Gut, ist auch nicht so tragisch. Das schaffen Sie auch ohne ihn. Ein Suizid.«

»Klar, das müsste ich gerade eben auch ohne Stein schaffen«, gab Wuttke bissig zurück.

Bei Krüger hätte ihm das mit Sicherheit eine schwere Rüge eingebracht, wenn der Mann die Ironie überhaupt verstanden hätte. In dem Punkt war Graubner völlig anders. Er verstand Ironie, und er konnte sie wegstecken, ohne zu demonstrieren, dass er Wuttkes Vorgesetzter war.

»Nehmen Sie den Kollegen Martens mit, Wuttke, denn dieser Einsatz erfordert äußerstes Fingerspitzengefühl.«

»Dann ist der Kollege Martens ja genau der richtige!« Martens war nicht nur ein Angeber, sondern eine Plaudertasche, der gern jedem, der es wissen wollte oder auch nicht, Einzelheiten seiner Fälle schilderte inklusive jedes noch so blutigen Details.

Graubner verzog den Mund zu einem leichten Grinsen. »Ich sage ihm gleich noch persönlich, dass er die Klappe halten soll. Der Klinikchef möchte jegliches Aufsehen vermeiden. Können Sie das denn leisten, sich diskret zu verhalten?«

Wuttke rollte mit den Augen. »Wenn Sie mir endlich verraten, worum es geht!«

»Ein Arzt hat sich vom Dach der Klinik gestürzt. Sagt Ihnen das Werner-de-Vries-Krankenhaus etwas?«

»Nie gehört!«

»Das ist eine Privatklinik für Infektionskrankheiten mit einer Abteilung für venerologische Erkrankungen ...« Er machte eine Pause und musterte Wuttke durchdringend. »Sie fragen sich jetzt sicher, was venerologische Krankheiten sind, oder?«

Da war er wieder, dieser Drang seines Vorgesetzten, Wuttke als dumm abzustempeln. Dass er über diese Art der Erkrankungen gerade erst ausführlich in einer Broschüre gelesen hatte, würde er ihm indessen nicht auf die Nase binden.

»Nein, Herr Kriminalrat, ich denke zwar nach, aber über etwas anderes: wie ich Sie doch noch davon überzeugen kann, mich allein gehen zu lassen!«

»Auf keinen Fall! Sie werden gemeinsam feststellen, dass der Tote sich in der Absicht vom Dach gestürzt hat, aus dem Leben zu scheiden. Dann sorgen Sie dafür, dass die Leiche abtransportiert wird. Und das möglichst ohne großes Aufsehen. Dr. de Vries zählt auf mich.«

Wuttke zuckte zusammen. Das kannte er von Krüger. Wenn der Kriminalrat jemanden im Umfeld des Opfers kannte, bedeutete das in der Regel nichts Gutes. Ihn empörte überdies die Entschiedenheit, mit der sein Vorgesetzter ihm das Ergebnis der Untersuchung bereits im Vorfeld aufdrängen wollte.

»Sagen Sie doch gleich, dass Sie da jemanden sehr gut kennen«, erwiderte er in schroffem Ton.

»Sehr gut kennen ist zu viel gesagt. Unsere Tochter hat im vergangenen Jahr mit einer schweren Lungenentzündung auf der dortigen Kinderabteilung gelegen, und ich habe der Klinik viel zu verdanken. Dort wurde alles getan, um das Leben unserer Kleinen zu retten. Mit Erfolg.«

»Gut, wir werden sehen, was wir tun können. Wenn das eine klare Sache ist, sollte es keine Probleme geben.« Obgleich Wuttke Graubner für seine schleimige Art gefressen hatte, so aufrichtig wäre Krüger niemals gewesen, dass er zugegeben hätte, jemandem noch einen Gefallen zu schulden.

»Dann werde ich Martens Bescheid sagen.« Mit diesen Worten war Graubner schon fast aus der Tür, als er sich noch einmal umdrehte. »Und wenn Ihr Chef zurückkommt, bestellen Sie ihm, dass er mal bei mir im Büro vorbeischauen soll. Da gibt es demnächst einen interessanten Vortrag in der Polizeischule Spandau von einem Dozenten aus Hiltrup über die Umerziehung zur Demokratie.« Er musterte Wuttke dabei, als wollte er in Gedanken hinzufügen: ... der Umerziehung solcher Mitläufertypen wie Ihnen.

Das war ein übler Affront, und zwar in doppelter Hinsicht, getrieben von der Absicht, ihn zu demütigen. Das verlangte nach einer gepfefferten Antwort, doch Wuttke unterdrückte diesen Impuls, weil er Graubner nicht den Gefallen tun würde, sich provozieren zu lassen und aus der Haut zu fahren. Stattdessen setzte er ein falsches Lächeln auf.

»Ich weiß leider nicht, von wem Sie sprechen. Mein Vorgesetzter sind Sie! Ansonsten habe ich keinen Chef!«

»Sie sind aber auch eine Mimose«, bemerkte Graubner spöttisch. Wuttke zog es vor, auch diese Bemerkung zu ignorieren.

»Ach, und nehmen Sie bitte Fräulein Krause mit, damit sie gleich vor Ort das Protokoll anfertigen kann. Sie weiß schon Bescheid und kennt die genaue Adresse. Je schneller Sie losfahren, desto eher ist die Sache erledigt.«

»Dann könnte ich vielleicht mit Fräulein Krause allein fahren. Wozu brauchen wir noch Martens?«

»Er begleitet Sie. Basta!«

Das war das Einzige, das Graubner mit Krüger gemeinsam hatte. Der ehemalige Kriminalrat hatte auch gern »Basta« gesagt, wenn er nicht weiterwusste.

Während Wuttke widerwillig in seine Anzugjacke schlüpfte, die er stets über den Stuhl hängte, um den Stoff zu schonen, denn er hatte nur die eine, wanderten seine Gedanken zu Lore Krause, die er im vergangenen Jahr wirklich schätzen gelernt hatte. Er würde ihr Bemühen, sich bei der WKP, der Weiblichen Kriminalpolizei, zu bewerben, wohl unterstützen, wenngleich Stein und er dadurch auf ihre Arbeitskraft verzichten müssten. Fräulein Lore war eben nicht nur eine bloße Schreibkraft, sondern sie brannte für die Fälle. Manchmal schoss sie allerdings über das Ziel hinaus, wenn sie meinte, selbst Ermittlerin spielen zu müssen. Damit hatte sie sich bereits diverse Male in Teufels Küche gebracht. Deshalb wurde es höchste Zeit, dass sie sich endlich, zumindest in dem engen Rahmen, in denen es Frauen möglich war, als Polizistin zu arbeiten, austoben konnte. Er bedauerte, dass sie nicht bei der Mordinspektion MI 3 mit Stein und ihm zusammenarbeiten konnte, aber Frauen durften leider nun einmal nur bei der WKP tätig werden.

Jedenfalls würde er sie nun überreden, ohne Martens mit ihm zu der Privatklinik zu fahren. Das würde ihn wohl keine allzu große Überzeugungskraft kosten. Denn Fräulein Lore konnte Kommissar Martens noch weniger ausstehen als er.

3

Lore Krause war fasziniert von Kommissar Martens' Torsomörder-Fall. Drei tote Frauentorsi in sechs Wochen. Bei zweien hatten man ganz in der Nähe vom Fundort auch die fehlenden Körperteile und den Kopf entdeckt. Die dritte Tote hieß nun intern die »Kopflose«. Eigentlich konnte sie das Großmaul Martens nicht leiden, aber er weihte sie neuerdings, um sich an sie heranzumachen, intensiv in seine Ermittlungen ein. Einblicke, die ihr zwar auch Stein und Wuttke nicht verwehren würden, aber Martens war von sich aus wesentlich mitteilungsfreudiger als ihre beiden Lieblingskommissare.

Hatte sie anfangs nur Augen für Stein gehabt, stand er in ihrer Gunst mittlerweile auf einer Stufe mit Wuttke, der ihr in vielem näher war. Schließlich hatten sie beide schwer an Kriegserlebnissen zu tragen, während Stein, ob er es wollte oder nicht, an diesem Punkt eine gewisse Überheblichkeit ausstrahlte. Trotzdem schwärmte Lore insgeheim immer noch ein wenig für den attraktiven Engländer, den Duke. Diesen Spitznamen hatte Wuttke ihm ganz am Anfang verpasst. Seit sie ihn im vergangenen Jahr einmal mit der englischen Dame gesehen hatte, wusste sie, dass sie keine Chance bei ihm hatte. Lore war das ganze Gegenteil von der elfenartigen, blassen Engländerin. Mit ihren roten Wangen konnte man Lore durchaus für ein Mädchen vom Land halten. Und von ihrem Wesen war sie ein offenes Buch und besaß nichts von dieser unnahbaren und geheimnisvollen Aura, die Männer wie Stein offenbar magisch anzog.

Martens' Nähe konnte sie hingegen kaum ertragen. Und das hatte, abgesehen von seiner großmäuligen Art, noch einen ganz simplen Grund: Er roch aus dem Hals. Offenbar hatte er Magenprobleme, aber Lore fühlte sich nicht berufen, ihn darauf aufmerksam zu machen. Wenn es sein musste, atmete sie ganz flach, während sie begierig den internen Informationen über den Torsomörder lauschte.

Was sie an diesem Fall besonders gruselte, war die Tatsache, dass es sich bei den beiden inzwischen identifizierten Opfern um normale junge Frauen gehandelt hatte und nicht etwa um Prostituierte. Es waren Mädchen wie sie. Vielleicht war das der Grund, warum sie sich in den Gedanken verrannt hatte, diesen Kerl eigenhändig zur Strecke zu bringen. Immerhin hatte sie der Akte entnehmen können, dass der Heimweg von der Arbeit die zwei identifizierten Opfer am Viktoriapark vorbeigeführt hatte, wo man auch die Torsi gefunden hatte. Wenn sie diesen Mörder in eine Falle lockte, würde sie das mit Sicherheit ihrem großen Traum, bei der Weiblichen Kriminalpolizei zu arbeiten, näher bringen. Das glaubte sie jedenfalls. Leider war Lore ihrem Ziel zurzeit aus mehreren Gründen ferner denn je, obwohl sie eine wichtige Voraussetzung erfüllte. Ihre Zeit als Sanitätshelferin wurde ihr als ein sozialer Beruf angerechnet. Das war eine der Grundlagen, um sich bei der WKP zu bewerben, aber es gab schlichtweg zu wenig Stellen. Ihre Chancen, als Schreibkraft in der Friesenstraße bevorzugt behandelt zu werden, standen im Prinzip ganz gut, hätte sich die leitende Kommissarin Dankert, die für die Auswahl der Bewerberinnen zuständig war, nicht erst kürzlich ausgerechnet mit Ernst Löbau verlobt. Jenem Mann, dem Lore im vergangenen Jahr einen Korb gegeben hatte und der immer noch einen Hundeblick bekam, wenn er ihr auf den Fluren des Polizeipräsidiums begegnete. Leider war das auch Hermine Dankert nicht entgangen, und sie konnte Lore ganz offensichtlich nicht leiden. Auf bevorzugte Behandlung durfte Lore also nicht hoffen. Nein, sie musste schon etwas Spektakuläres leisten, um aus der Masse der Bewerberinnen hervorzustechen.

Aber erst einmal musste sie ihre Arbeit erledigen und Wuttke zu diesem Selbstmord begleiten. Sie konnte nicht verhehlen, dass ihr ein Mord wesentlich lieber gewesen wäre.

Ein Klopfen an der Tür riss sie aus ihren Gedanken. Es war Wuttke, der offenbar etwas auf dem Herzen hatte, denn er druckste ein wenig herum, bis er auf den Punkt kam.

»Fräulein Lore, was halten Sie davon, wenn wir dem Martens entwischen? Ich kann den Kerl nicht vertragen. Nichts gegen blutige Details, aber es kotzt mich an, wie sich der Idiot darüber wichtig macht.«

Lore nickte eifrig, aber nun war es an ihr, herumzudrucksen. Nichts lieber als das, dachte sie, nur durfte sie Martens nicht verärgern, denn er hatte ihr erst am Morgen in Aussicht gestellt, sie am Nachmittag mitzunehmen, wenn der Viktoriapark noch einmal nach dem Kopf durchsucht wurde. Das war natürlich ein Angebot, das Lore nicht ablehnen wollte. Nur bestand die Gefahr, dass Martens es zurücknahm, wenn sie jetzt mit Wuttke durch den Hintereingang vor ihm flüchtete.

»Kommissar Wuttke, lieber nicht. Der Kriminalrat hat ausdrücklich angeordnet, dass wir ihn mitnehmen. Natürlich wäre mir auch lieber, Kommissar Stein würde uns begleiten ...«

Wuttke musterte die Schreibkraft skeptisch: »Seit wann geben Sie denn etwas auf Graubners Wort? Aber keine Sorge, ich würde das ganz allein auf meine Kappe nehmen!«

Lore kämpfte mit sich. Die Wahrheit konnte sie ihm nicht verraten, weil sie Wuttkes Auffassung zu ihren gelegentlichen eigenmächtigen Ermittlungsversuchen kannte. Davon hielten weder er noch Stein etwas. Zu gefährlich, hieß es immer. Aber wie sollte sie ihm sonst glaubwürdig erklären, dass ihr an Martens' Gesellschaft gelegen war? Während sie noch über die passenden Worten nachdachte, klopfte es. Lore hörte inzwischen am Klopfen, wer im Gang vor der Tür stand. Das hier war Martens! Und schon betrat der Kommissar zackig ihre Schreibstube.

Lore warf Wuttke einen gespielt bedauernden Blick zu nach dem Motto: Nun ist es leider zu spät, um abzuhauen.

»Da bin ich. Wollen wir los? Ich hoffe, die Sache geht schnell. Ich habe wenig Zeit, mich mit einem Selbstmord aufzuhalten. Wir haben drüben alle Hände voll zu tun. Es gab einen anonymen Hinweis, dass sich der Kopf in der Nähe des Nationaldenkmals befindet. Ich bin sicher, wir werden ihn heute finden, und wenn wir erst die Identität des dritten Opfers haben, dann haben wir ihn bald ...«

Wuttke hob abwehrend die Hände. »Verschonen Sie mich mit Ihrem Fall. Aber wenn Sie so überlastet sind, ist es doch eine Zumutung, wenn Sie Ihre kostbare Zeit mit uns in dieser Klinik verplempern.«

»Aber der Kriminalrat hat ausdrücklich ...«

»Keine Sorge, der wird nichts erfahren!«, versicherte ihm Wuttke eifrig.

Martens zögerte, doch dann schüttelte er entschieden den Kopf. »Ich komme mit!«

Nun schien auch Wuttke seinen Widerstand aufzugeben, denn er sagte nur: »Dann gehen wir jetzt!«

Gerade als die beiden Kommissare und Lore das Gebäude verlassen wollten, kam ihnen ein etwas angeschlagen wirkender und auffallend blasser Stein entgegen.

Wuttke stürzte sofort auf den Kollegen zu. »Sie schickt der Himmel. Kommen Sie. Wir müssen zu einem Tatort. Ein Mann ist von einem Dach gesprungen oder gestoßen worden …«

»Es war Selbstmord, sagt der Kriminalrat!«, mischte sich Martens ein.

»Kollege, Sie werden nicht mehr gebraucht. Kommissar Stein begleitet uns!«

»Wuttke, ich bin heute offiziell noch gar nicht wieder im Dienst. Ich wollte nur mal kurz vorbeischauen«, protestierte der überrumpelte Stein.

»Sie müssen aber mit! Der Kriminalrat hat bereits, ohne den Toten gesehen zu haben, das Ergebnis der Ermittlungen vorweggenommen. Der Kollege Martens folgt dieser Ferndiagnose. Ich brauche jemanden an meiner Seite, der erst ermittelt und dann ein Ergebnis erzielt.«

Über Steins Gesicht ging ein breites Grinsen. »Verstehe. Tja, Martens, dann werde ich meinen Kollegen wohl doch begleiten müssen! Und Sie haben sicher noch alle Hände voll mit Ihrer ›Kopflosen‹ zu tun.«

»Das können Sie wohl laut sagen. Aber wir haben die Hoffnung, dass wir den Kopf heute finden. Ich meine, die anderen Köpfe haben wir ja auch bereits aufgespürt, wie den einen, den er auf einem abgeholzten Baumstamm aufgespießt …«

Lore hörte Martens immer noch reden, als die Kommissare sich längst umgedreht hatten und davoneilten.

Sie versicherte Martens, dass sie an der Suche nach dem dritten Kopf immer noch brennend interessiert sei und gern mit in den Park käme, sobald sie vom Tatort zurückgekehrt waren, bevor sie »ihren« beiden Kommissaren folgte.

4

Stein war immer noch etwas mulmig zumute. Was die angekündigte ruhige Lage des Fliegers anging, hatte Walter den Mund zu voll genommen. Für Steins Magen war der Flug von Celle nach Tempelhof am Morgen eine Zumutung gewesen. Er hatte zwar versucht, sich davon auf seinem Notsitz nichts anmerken zu lassen, aber seine Gesichtsfarbe hatte ihn verraten. Jedenfalls hatte Walter ihn nach der Landung mit seinem »käsigen Gesicht« aufgezogen. In der Tat hatten Walter und seine Jungs die heftigen Luftbewegungen offenbar nicht einmal bemerkt. Sie hatten nach der Landung in Tempelhof sofort ein leeres Flugzeug zurück nach Celle bestiegen. Sie waren sehr stolz auf ihren Einsatz, wozu sie auch allen Grund hatten.

Die Maschinen flogen zurzeit in drei Staffeln, und alle drei Minuten landete eine von ihnen in Berlin. Walter hatte wohl für diese Flüge vorübergehend sogar seinen Schreibtisch in Celle verlassen, weil er seit geraumer Zeit eigentlich fliegen ließ, aber, wie er unter dem Siegel der Verschwiegenheit »seinem alten Freund Jo« verraten hatte, war dies die Vorbereitung für einen großen Coup. Nächste Woche zu Ostern wollte der Kommandant der Luftbrücke, Generalleutnant Tunner, alle Rekorde brechen, indem dann jede Minute eine Maschine in Tempelhof landete. Stein hatte den Eindruck, dass Walter und sein Team regelrecht im Rausch waren, um dieses ehrgeizige Ziel des amerikanischen Offiziers zu erreichen.

Walter Porter hatte Stein in Celle vor dem Abflug ein paar Tafeln Cadbury in die Hand gedrückt, die der Kommissar zunächst nicht hatte haben wollen, weil er den Kindern nichts wegnehmen wollte, doch Walter hatte ihn beruhigt. Diese Schokolade hatte er ganz offiziell in London gekauft, da man Süßigkeiten kürzlich von der Rationierungsliste genommen hatte. Vielleicht war auch der Verzehr einer ganzen Tafel Schokolade vor dem Start schuld an Steins Übelkeit. Allein wenn er an die Tafeln in seiner Tasche dachte, spürte er das Unwohlsein im Magen.

Hastig zog Stein die zwei Tafeln hervor und reichte die eine Fräulein Lore nach hinten. Die Schreibkraft, die auf dem Rücksitz des Volkswagens saß, bekam leuchtende Augen.

»Das ist aber nett von Ihnen«, flötete sie.

»Sie sind wohl mit dem Rosinenbomber gekommen?«, bemerkte Wuttke scherzhaft.

Stein grinste. »In der Tat, ein Freund, der auch auf der Hochzeit war, hat mich kurzfristig in einer Maschine von Celle mitgenommen.«

Wuttke, der in der Regel schwer zu beeindrucken war, stieß einen anerkennenden Pfiff aus. »Ach, deshalb sind Sie früher gekommen! Erzählen Sie mal, wie ist das so?«

»Sobald wir am Tatort sind, bekommen Sie die andere Tafel«, versprach er seinem Kollegen. Und statt über die Leiche zu sprechen, die auf sie wartete, überfielen Lore und Wuttke ihn nun mit neugierigen Fragen nach dem Rosinenbomber und der englischen Hochzeit. So skeptisch Stein Berlin gegenüber auch immer noch war, mit den beiden zu plaudern, vermittelte ihm zumindest einen Hauch von Heimatgefühl. Aber dann sah sich Stein gezwungen, den persönlichen Plausch zu unterbrechen, um zumindest ein paar Dinge zu erfragen, die den Fall betrafen.

Was ihn aufhorchen ließ, war die fachliche Ausrichtung: Infektionskrankheiten und Venerologie. Er musste an die Worte der Zimmerwirtin von gestern denken.

Als sie vor der Klinik an der Akazienallee im Charlottenburger Ortsteil Westend eintrafen, sahen sie als Erstes eine Traube Menschen, die sich offenbar um den Toten herum versammelt hatte.

Stein sprang, kaum dass Wuttke den Motor abgestellt hatte, aus dem Wagen und stürmte auf die Gaffer zu.

»Treten Sie zurück! Sofort!«, befahl er mit schneidender Stimme. Der Aufruf zeigte auf der Stelle seine Wirkung, und die Menschen stoben auseinander, sodass Stein ungehindert zu dem Toten gelangen konnte. Es war ein bizarres Bild, das sich ihnen bot: der zerschmetterte Körper im weißen Kittel völlig verrenkt vor dem Eingang in seinem eigenen Blut. Es fiel Stein auf, dass der Tote eine sportliche Figur mit breiten Schultern besaß und schätzungsweise an die ein Meter neunzig groß gewesen war. Um seinen Kopf hatte sich eine große Lache gebildet. Das Gesicht lag auf der Seite. Aus dem Auge quoll Blut. Stein schätzte ihn auf Ende dreißig. Der Kommissar zückte wie immer am Tatort seinen Skizzenblock, den er stets in der Manteltasche bei sich hatte, und zeichnete den Toten, bevor er Lore seine Beschreibung der Leiche noch einmal diktierte, was sie in rasendem Tempo mitstenografierte. Streng genommen war dafür ein Kollege der Spurensicherung zuständig, nur hatte Wuttke zu diesem angeblichen Selbstmord offenbar keine Kollegen von der Kriminaltechnik angefordert. Deshalb war auch kein Fotograf vor Ort.

Aus dem Augenwinkel nahm Stein wahr, dass Wuttke ihm mit grimmiger Miene dabei zusah. Stein ahnte, was ihn störte. Seine Dominanz. Er hätte sich vielleicht lieber zurückhalten und seinem Kollegen die Initiative überlassen sollen. Schließlich war er nur zufällig in diese Ermittlungen geraten und Wuttke war eigentlich zuständig. Das Dumme war, dass es Stein nicht zum ersten Mal passierte, dass er ein Tempo vorlegte, mit dem er Wuttke, der für alles etwas mehr Zeit brauchte, schlicht abhängte. Er wollte sich gerade entschuldigen, als Wuttke murmelte: »Ich gehe mal eben aufs Dach und schaue mich dort um.« Und schon war der Kollege im Eingang verschwunden.

In dem Moment trat ein mittelgroßer schlanker Mittvierziger im Kittel auf Stein zu. »Dr. de Vries. Mir gehört die Klinik!« Er senkte die Stimme. »Und bitte, Herr Kommissar, sorgen Sie dafür, dass der Mann aus dem Eingang geschafft wird. Das macht keinen guten Eindruck, aber das hat Ihnen Ihr Vorgesetzter sicher mit auf den Weg gegeben.« Mit diesen Worten drehte sich der Klinikleiter um und wollte Stein ohne weiteren Gruß stehen lassen.

»Dann teilen Sie mir bitte mit, wo ich Sie gleich in Ruhe befragen kann«, entgegnete Stein kühl.

»Mich? Ich habe keine Zeit. Lassen Sie sich von meiner Sekretärin einen Termin geben und …«

»Jetzt sofort!«, unterbrach ihn Stein entschieden.

»Aber Graubner hat mir versprochen, dass Sie mir den Suizid schnellstens aus den Augen schaffen!«

»Den Suizid? Das hört sich so an, als würden Sie den Mann nicht kennen«, hakte er nach.

De Vries stöhnte genervt auf. »Doch, das ist Dieter Kampmann, der Chefarzt unserer Kinderstation. Aber hören Sie! Schaffen Sie ihn weg. So ein Selbstmörder verstört die Patienten und lockt Schaulustige an!«

»Und wer sagt Ihnen, dass es ein Selbstmord war?«, fragte Stein lauernd.

»Ich«, fauchte der Klinikleiter.

Stein wandte sich an Fräulein Lore. »Kümmern Sie sich gleich darum, dass der Tote abgeholt wird. Wuttke ist wohl schon auf dem Dach.«

Lore schien geschmeichelt, dass sie mithelfen durfte, und fragte de Vries, wo sie ein Telefon fände. Stein hingegen ärgerte sich, dass man ihnen keine Kollegen von der Spurensicherung mitgeschickt hatte. So als ginge es wirklich nur darum, das blutige Ärgernis im Eingang aus dem Weg zu räumen.

»Und an Sie habe ich noch ein paar Fragen. Ich brauche die Adresse des Toten. Hat er eine Frau, die wir informieren müssen, und so weiter!«

»Kommen Sie bitte gleich in mein Büro. Aber mehr als zehn Minuten habe ich nicht«, knurrte de Vries. Das klang wie ein Befehl. Und schon drehte er sich auf dem Absatz um.

»Dann überlegen Sie doch schon einmal, wann Sie Ihren Kollegen das letzte Mal gesehen haben. Ob er sich in letzter Zeit auffällig verhalten hat. Und wo Sie waren, als er sich vom Dach gestürzt hat«, rief ihm Stein hinterher, bevor er sich zu dem Toten hinunterbeugte und ihn auf den Rücken drehte. Die Gesichtshälfte, mit der er auf die Platten geknallt war, konnte man schwerlich als solche erkennen. Es war ein zerfließender Brei, in dem sich helle Hautfetzen mit Knochenteilen, Blut und Schmutz mischten. Stein fasste ihm nun in die Kitteltaschen, aber die waren leer. Dann knöpfte er den Kittel auf und zog ihn dem Toten aus. Dies bereitete ihm einige Schwierigkeiten, weil er weder Spuren verwischen noch den Toten schädigen wollte. Im Moment des Niederkniens hatte ihn ein Pietätsgefühl ergriffen, das ihn zur Vorsicht anhielt.

Als er den Kittel von allen Seiten betrachtete, fiel ihm auf, dass er auf der Rückseite, mit der der Tote nicht vor dem Eingang der Klinik aufgekommen war, starke Verschmutzungen aufwies, als hätte der Mann schon vorher im Dreck gelegen. Anschließend durchsuchte er das Jackett des Toten, in dessen Tasche sich ein Schlüssel befand. Ein Wohnungs- oder Zimmerschlüssel, mutmaßte Stein, und er reichte ihn Lore, die ihn vorsichtig an sich nahm.

Es folgte der wichtigste Part. Die Spurensuche am Körper des Toten. Als Stein den Jackenärmel hochschob, um nach möglichen Kampfspuren zu suchen, fielen ihm sofort Druckspuren am Oberarm ins Auge. Das war zwar noch kein Beweis, dass man ihn gestoßen hatte, aber ein ernst zu nehmender Hinweis darauf, dass man ihn zumindest hart angepackt hatte. Als sich dasselbe Bild auch am anderen Arm zeigte, war Stein sich ziemlich sicher: Kampmann war nicht freiwillig gesprungen.

Er diktierte Lore seine Beobachtung. Ihm entging nicht, dass ein kurzes Leuchten über das Gesicht der Schreibhilfe huschte, als er den Verdacht auf Mord äußerte. Nun ist die Welt für sie wieder in Ordnung, dachte Stein amüsiert, ein Selbstmord wäre ihr sicherlich zu profan gewesen. Auch sah er der weiteren Befragung des Klinikleiters nun mit einer gewissen Schadenfreude entgegen. Der Mann machte einen aalglatten und arroganten Eindruck auf ihn. Natürlich würde er ihm gegenüber noch nicht von Mord sprechen, bevor die Druckspuren an den Armen in der Gerichtsmedizin nicht gründlich untersucht und das Ergebnis bekannt gegeben worden war. Doch er hegte keinen Zweifel mehr daran, dass das von Graubner vorschnell gefällte Urteil über den Suizid des Arztes falsch war. Und dass sich der Klinikleiter, den der Tod seines Kollegen offensichtlich völlig kaltließ, noch wundern würde, wie gründlich die MI 3 ermittelte.

5

Wuttke hatte sich von einer Krankenschwester den Weg aufs Dach zeigen lassen, denn der war gar nicht so einfach zu finden. Er führte über einen Dachboden durch Gerümpel zu einer Leiter, die wiederum an eine größere Dachluke gelehnt war, durch die man steigen und so auf ein Flachdach gelangen konnte. Die Luke war geöffnet. Die Krankenschwester fragte, ob sie auf den Kommissar warten solle, aber er verneinte. Dabei war die junge Frau nicht unattraktiv, nur hielt sich Wuttkes Verlangen nach seiner letzten leidenschaftlichen Affäre in Grenzen. Vor allem hätte er sich bei dieser hübschen Person wohl über die Maßen anstrengen müssen, um ihre Aufmerksamkeit zu erregen. Sie verhielt sich gleichermaßen höflich wie desinteressiert ihm gegenüber.

»Dr. Kampmann hat sehr oft seine Mittagspause auf dem Dach verbracht«, ließ sie ihn noch wissen.

»Danke«, brummte er, doch dann drehte er sich um und rief ihr hinterher, wann sie ihn zum letzten Mal gesehen habe.

»Wie ich schon sagte. In der Mittagspause.«

»Warten Sie, ich komme noch einmal zurück.« Wuttke versuchte, möglichst sportlich die Leiter hinabzuklettern. »Wann war das genau?«

Die Schwester überlegte. »Normalerweise gegen zwölf Uhr, aber heute war es etwas später. Wir hatten einen Notfall.«

»Und wirkte er anders als sonst? Ist Ihnen etwas aufgefallen?«

Sie zuckte die Schultern. »Er war schon seit der Sache mit dem Jungen völlig verändert. Vorher war er eher unnahbar, so als könne ihm keiner was. Seit Rolfs Tod wirkte er mächtig angeschlagen.«

»Haben Sie eng mit ihm zusammengearbeitet?«

Die Schwester nickte. »Wir waren sehr vertraut miteinander …«

»Was heißt das?«, rutschte es Wuttke neugierig heraus.

»Nicht, was Sie denken. Ich bin Stationsschwester auf der Kinderstation.«

»Entschuldigen Sie, es sollte kein falscher Eindruck entstehen, aber für mich zählt jedes Detail«, bemerkte er.

»Das verstehe ich. Wir sind doch alle ganz schockiert und hoffen, dass Sie den Fall schnell aufklären«, erwiderte sie lächelnd.

Wuttke erschrak. Wenn sie lächelte, ähnelte sie Lena. Dass er nicht gleich darauf gekommen war. Sie hatte eine gewisse Ähnlichkeit mit seiner einstigen Geliebten, obwohl die eine Hure gewesen war, während die junge Frau, die nun in ihrer gestärkten Schwesterntracht vor ihm stand, beinahe unschuldig wirkte. Ihr Haar war jedoch, anders als bei Lena, dunkel, die Nase in dem schmalen Gesicht war nicht ganz so groß, aber ihre Figur ähnelte der von Lena, und ihr Blick war genau der gleiche, und ihre Ausstrahlung, die eine unnahbare Eleganz hatte und Wuttke trotz der Schwesterntracht und ihrer Freundlichkeit in ihren Bann zog, erschreckte ihn geradezu.

»Ob Sie mir bitte Ihren Namen nennen könnten? Falls ich noch weitere Fragen habe«, bat Wuttke sie beinahe schüchtern.

»Schwester Klara, aber jetzt müssen Sie mich entschuldigen. Wir haben Visite.« Und schon eilte sie davon. Wuttke sah ihr hinterher, bis sie hinter einer Ecke verschwunden war. Vielleicht sollte er doch sein Glück bei ihr versuchen. Mit einer Krankenschwester hatte er noch nie nähere Bekanntschaft geschlossen.

Als Wuttke ins Freie trat, kam gerade die Sonne durch und tauchte die roten Klinker des benachbarten Wasserturms in ein magisches Licht. Überhaupt schien die Villenkolonie Westend von der Zerstörung durch die Bomben nahezu verschont geblieben zu sein. Wuttke überquerte das Dach und gelangte zu einer Balustrade. Von hier oben konnte man sich wirklich der Illusion von heiler Welt hingeben. Kein Vergleich zum östlichen Charlottenburg, wo das Straßenbild immer noch von Ruinen geprägt war.

Wuttke trat ganz nah an die Brüstung, die ihm bis zu den Knien reichte, heran. Das war nicht gerade hoch und sollte der Tote nicht gesprungen sein, sondern es einen Täter gegeben haben, wäre es ein Leichtes gewesen, den Mann über die Brüstung zu stoßen.

Das Gebäude, auf dem er stand, war nicht so hochherrschaftlich wie die Villen in der Nachbarschaft, und das geflickte Vordach über dem Eingang machte von hier oben einen schäbigen Eindruck. Das klaffende Loch, das der Körper des Toten in das notdürftige Wellblechkonstrukt gerissen hatte, wirkte wie eine große Wunde.

Wuttke erblickte unten vor dem Eingang Stein, der offenbar gerade dabei war, dem Fahrer des Leichenwagens etwas zu erklären. Wuttke spürte Ärger in sich aufsteigen. Im Grunde genommen hatte er sich inzwischen wirklich gut mit Stein zusammengerauft, aber manchmal stieß ihm diese Art des Kollegen, alles an sich zu reißen, bitter auf. Und heute war so ein Tag. Das lag daran, dass er während Steins Urlaub in London sehr gut allein zurechtgekommen war und sich vorhin, dort unten, von dem Kollegen zurückgedrängt gefühlt hatte. In solchen Momenten ging ihm die professionelle Dominanz des Dukes auf die Nerven, die zudem stets mit einem Schuss moralischer Überlegenheit gemischt zu sein schien. Dann fühlte Wuttke sich neben dem eleganten Engländer wie ein Verlierer, der überdies im Krieg Befehle ausgeführt hatte, die ihn heute noch in seinen schlimmsten Albträumen verfolgten. Dabei wusste er genau, dass Stein das längst nicht mehr gegen ihn ausspielte wie ganz am Anfang, als er Wuttke sehr deutlich zu verstehen gegeben hatte, was er von den »hässlichen Deutschen« hielt.

Wuttke wandte rasch den Blick ab in der Hoffnung, dass sein kleiner Rückfall in das miese Gefühl der Unterlegenheit und Minderwertigkeit dem Engländer gegenüber damit verschwand. Schließlich hatte Stein wiederholt bewiesen, dass er ein fairer Partner auf Augenhöhe war.

Wuttke untersuchte die Brüstung auf Spuren, die auf einen Kampf hindeuteten, aber die gemauerten Steine wollten offenbar nichts preisgeben von dem, was sich dort genau zugetragen hatte.

Wuttke drehte sich um und ließ seinen Blick über das Dach schweifen. Da sah er links neben dem Schornstein eine Flasche am Boden liegen. Er nahm sie mit einem Taschentuch auf, um Fingerabdrücke zu vermeiden. Es handelte sich um eine fast leere Flasche mit Kümmelschnaps. Aber was wollte die ihm sagen? Nicht mehr und nicht weniger, als dass der Tote dort unten sich möglicherweise Mut angetrunken hatte, was für einen Suizid sprach. Dann stutzte er. Die

Dachpappe war vom Regen feucht bis auf eine trockene Stelle. Offenbar hatte dort etwas gelegen. Der Form nach zu urteilen, konnte es ein Mensch gewesen sein, doch in dem Moment ließ Wuttke eine Tablettenrolle mit einem ihm äußerst vertrauten Schriftzug alles andere vergessen. Auf blauem Grund prangte das weiße »Pervitin«. Allein beim Anblick des Röhrchens mit den Wachmachern überfiel ihn ein leichtes Zittern. Ihm ging so viel gleichzeitig durch den Kopf. Wie er damals in Polen die erste Pille geschluckt hatte. Und wie sie ihm wirklich dabei geholfen hatte, den Anblick der ausgemergelten Gestalten zu vergessen, die vor der sogenannten Säuberung der Nervenheilanstalt in den Wald hatten flüchten können. Würde das jemals aufhören? Immer noch verfolgte ihn der Augenblick, als ihn sein Vorgesetzter Krüger dazu genötigt hatte, ebenfalls zu schießen, bis in seine nächtlichen Albträume.

Wuttkes Knie wurden so weich, dass er sich hinsetzen und an den Schornstein lehnen musste. Er versuchte mit aller Willenskraft, seinen Blick von der Pillenrolle abzuwenden, aber er konnte nicht anders, als diese verdammte blau-weiß-rote Versuchung anzustarren. Ihn packte ein unwiderstehlicher Drang, zuzugreifen, als hätte man ihm im Hungerwinter 1946/47 plötzlich eine Bulette unter die Nase gehalten.

Schon seit Ende vergangenen Jahres hatte er es geschafft, das Teufelszeug nicht mehr anzurühren, und zwar aus eigener Kraft. Seitdem ging es körperlich bergauf mit ihm. Er boxte in seiner Freizeit sogar neuerdings wieder, seit die Alliierten ihr Verbot, diesen Sport auszuüben, aufgehoben hatten. Nein, er würde das alles nicht aufs Spiel setzen, nur um sein schlechtes Gewissen schachmatt zu setzen.

Aber wenn er jetzt eine Tablette für das Vergessen nehmen würde, hieß das ja noch lange nicht, dass alles wieder von vorne begann. Dass er erneut in diesen Teufelskreis aus Euphorie und Verfolgungswahn geriet ...

Wenn ich die Rolle, ohne aufzustehen, greifen kann, nehme ich eine, wenn nicht, muss ich der Versuchung widerstehen, ging es Wuttke durch den Kopf ... und schon hatte er die Hand nach der Rolle ausgestreckt. Er vergaß in seiner Aufregung sogar, das Taschentuch zu benutzen. Wuttke musste sich mit dem Oberkörper sehr weit nach vorne beugen, aber dann fühlte er das Blech zwischen seinen Fingern und griff fest zu. Jetzt ging alles ganz schnell. Wuttke öffnete die Tablettenrolle und wollte sofort eine Pille nehmen, da hörte er ein Geräusch, das von der Luke herkam. Offenbar näherte sich ihm jemand, doch er konnte nicht mehr zurück. Mit zitternden Händen kippte er sich Tabletten in die Jacketttasche und schloss hektisch den Deckel.

Er hob erschrocken den Kopf und sah Fräulein Lore näher kommen. Wuttke überlegte fieberhaft, wie er ihr die Rolle Pervitin in seiner Hand erklären sollte. Sie aber machte nicht den Eindruck, als hätte sie seine Untat beobachtet, im Gegenteil, sie schien besorgt, weil er dort am Schornstein kauerte.

»Ist Ihnen nicht gut, Kommissar Wuttke?«, fragte sie in fürsorglichem Ton.

»Doch, doch, mir war nur ein wenig flau im Magen …« Wuttke suchte Lores Blick und da sah er in ihren Augen noch etwas anderes als Sorge. War es Entsetzen?

»Schauen Sie, was ich hier gefunden habe.« Er hielt ihr die Tablettenrolle entgegen. »Wahrscheinlich hat der Tote was von dem Zeug zusammen mit dem Kümmelschnaps genommen. Vielleicht, um sich Mut anzutrinken vor dem Sprung.«

»Stein ist sich sicher, dass es Mord war«, erwiderte sie knapp. Und immer noch war in ihren Augen Fassungslosigkeit zu lesen. Wuttke rappelte sich hastig auf. Im Sitzen kam er sich noch kleiner und mieser vor.

»Wollen Sie die Tabletten mit nach unten nehmen? Sie wissen doch, ich sollte mit dem Zeug lieber nicht in Berührung kommen.« Er reichte ihr die Pillendose.

»Nein, das sollten Sie wirklich nicht«, bestätigte Fräulein Krause und ließ die Rolle in ihre Jackentasche gleiten. Ganz plötzlich erhellte sich ihr Gesicht und sie bückte sich mit den Worten. »Was haben wir denn da?«

Sie hielt Wuttke triumphierend einen Knopf entgegen. »Sehen Sie sich den Faden an. Scheint, als hätte jemand den Knopf abgerissen. Soll ich den auch mit hinunternehmen?«

Er nickte. »Ich nehme die Flasche mit.«

Wuttke war unsicher. Hatte sie ihn nun beim Stehlen beobachtet oder nicht? Noch kann ich die Tabletten einfach wegwerfen, redete er sich ein, während er die Leiter hinunter in den Dachboden stieg. Ganz tief in seinem Inneren aber wusste er, dass er gar nicht anders konnte, als die Tabletten einzunehmen.

6

Stein spürte den Unwillen des Klinikchefs, ihm seine Fragen zu beantworten, beinahe körperlich. Er hatte sich schon des Öfteren gefragt, warum sich Menschen bei polizeilichen Befragungen verschlossen gaben. Tatsächlich verbarg sich hinter dieser Abwehr oftmals das Bemühen, irgendetwas vor der Polizei zu verbergen, das gar nicht unmittelbar mit der Tat zusammenhing. Es konnte sich auch um kleine Fehltritte handeln, die den Befragten peinlich waren. Kleine Risse in der Fassade ihrer scheinbar bürgerlichen Ordnung. In manchen Fällen ging es natürlich auch um Informationen, die der Aufklärung des Tathergangs dienten und den Befragten selbst verdächtig machten. Manchmal traf nichts von alldem zu, und die Befragten reagierten, wie dieser Klinikchef, schlichtweg aus einem Gefühl der Überheblichkeit heraus. So als wäre es unter ihrer Würde, ihre kostbare Zeit mit einem dahergelaufenen Polizisten zu verplempern. Aber da war de Vries an den Falschen geraten. Keiner in der Friesenstraße konnte den Ärger seines Gegenübers so souverän abtropfen lassen wie Stein. Es bereitete ihm ein diebisches Vergnügen, das Gespräch in die Länge zu ziehen.

»Und wann, sagen Sie, haben Sie Dr. Kampmann zuletzt gesehen?«

»Heute Morgen. Aber wie oft soll ich das denn noch wiederholen?«, herrschte de Vries den Kommissar an.

»Sie sagten gerade eben noch, es sei heute Vormittag gewesen. Können Sie sich vielleicht an eine genaue Zeit erinnern?«

»Nein, kann ich nicht!«

»Gut, und ist Ihnen irgendetwas aufgefallen an Ihrem Kollegen?«

»Nein!«, entgegnete de Vries unwirsch.

»Wir brauchen noch die Adresse des Toten …«

Der Klinikleiter kritzelte etwas auf einen Zettel und reichte ihn dem Kommissar mit den Worten: »Nun zufrieden?«

»Nicht ganz. Ich möchte gern wissen, ob er eine Ehefrau hat, die wir unter dieser Adresse antreffen?«

»Hat er nicht. Sie kam bei einem Bombenangriff ums Leben, aber seine Mutter wohnt mit im Haus. Sie ist Witwe.«

»Dann will ich es für heute erst einmal gut sein lassen. Wir kommen noch einmal auf Sie zu, sobald uns das Ergebnis der Obduktion vorliegt. Dann würden wir allerdings auch Kampmanns Kollegen und die Schwestern befragen.«

De Vries war mit hochrotem Kopf von seinem Chefsessel aufgesprungen. »Jetzt ist aber genug! Sie werden hier nicht weiter herumschnüffeln und die Obduktion können Sie sich auch sparen. Warum musste er auch ausgerechnet von unserem Dach springen?«

»Ob Ihr Kollege gesprungen oder jemand nachgeholfen hat, gilt es noch zu klären. Und Sie wollen doch nicht die Ermittlungen in einem Mordfall behindern?«

»Es reicht! Warten Sie. Das haben wir gleich!«

De Vries stürzte zu seinem Telefon und wählte eine Nummer. Stein beobachtete ihn geradezu belustigt, denn er ahnte, wen der Klinikchef anrufen würde. Und tatsächlich, mit vor Empörung bebender Stimme bellte de Vries Sekunden später in den Hörer, dass sich die Beamten unmöglich benehmen würden und er sie sofort zur Räson rufen solle.

Graubners Antwort konnte Stein bis zu seinem Stuhl hören. »Geben Sie mir den Idioten!«

»Ihr Vorgesetzter will Sie sprechen!«, zischte de Vries.

Betont langsam erhob sich Stein und nahm entspannt den Hörer zur Hand. »Sie möchten mich sprechen, Herr Kriminalrat?«

In der Leitung herrschte einen Augenblick Stille. »Sind Sie das, Stein?«

»Ja, ich bin früher aus London zurückgekommen und gleich mit zum Tatort gefahren.«

»Tatort? Wieso Tatort?«

»Es steht zu vermuten, dass das Opfer nicht freiwillig über die Brüstung gegangen ist.«

»Doch Mord?«

»Höchstwahrscheinlich. Dr. Ebert wird sich gleich mit dem Toten beschäftigen, und ich fahre später direkt in die Pathologie.«

»Dann unterrichten Sie mich bitte unverzüglich über Ihre weiteren Ermittlungen …« Und schon hatte er aufgelegt. Offenbar hatte er geahnt, dass de Vries sich sonst noch einmal den Hörer gegriffen hätte.

Stein wandte sich dem vor Zorn schnaubenden Klinikchef zu. »Machen Sie mir bitte schon einmal eine Liste der Kollegen fertig, die mit Kampmann zusammengearbeitet haben.«

»Ich bin nicht Ihr Adlatus!«

»Sie können auch Ihre Sekretärin mit dieser Aufgabe betrauen«, erwiderte Stein ungerührt.

In diesem Augenblick betrat ein Mann in einem zerknitterten Anzug das Büro. Der Kommissar schätzte ihn auf Mitte bis Ende vierzig, auf jeden Fall etwas älter als den Klinikchef. Wenn die beiden Männer auch von sehr unterschiedlicher Statur waren, denn der Eintretende war etwas größer und, wenn auch nicht dick, so doch irgendwie plump, hatten sie eines gemeinsam: die große Höckernase. Das ließ auf eine Verwandtschaft der beiden Männer schließen.

»Kannst du nicht klopfen?«, fuhr ihn de Vries an.

»Entschuldigung, ich wusste nicht, dass du Besuch hast. Ich wollte fragen, wann die Polizei endlich eintrifft wegen …«

Stein trat auf ihn zu. »Stein, MI 3. Und wer sind Sie?«

»Schubert. Ich leite den Laden hier, ich meine, was die Finanzen angeht. Ich bin der kaufmännische Leiter. Bin zwar von Haus aus auch Mediziner, aber seit der Zusammenlegung unserer beiden Kliniken zu einer muss ja wenigstens einer den Kaufmann geben.« Er lächelte gewinnend, holte eine Schachtel Zigaretten aus der Jackentasche und bot Stein eine Kippe an, die dieser dankend ablehnte.

»Ich glaube, der Kommissar möchte jetzt gehen«, bemerkte de Vries. »Und du, wage es ja nicht, mein Zimmer einzuräuchern. Wenn du schon bei der Arbeit rauchen musst, qualm deine eigene Bude voll oder, besser noch, geh aufs Dach. Wir sind hier ein Krankenhaus und keine Kaschemme!«

Schubert ließ sich durch diese Gardinenpredigt nicht aus der Ruhe bringen, sondern steckte sich die Zigarette hinter das Ohr. »Haben Sie denn schon eine Idee, was mit dem armen Dieter passiert ist, Herr Kommissar?«

Stein zuckte die Schultern. »Wir stehen ganz am Anfang unserer Ermittlungen. Was denken Sie denn, was passiert ist?«

»Na ja, ich denke, Dieter wusste einfach nicht mehr weiter und hat das wohl als einzigen Ausweg gesehen. Es gab einiges, was ihn belastete.«

»Hatte er denn Grund, sich das Leben zu nehmen?«

»Es hat ihm schon zu schaffen gemacht, dass das Kind so elendig verreckt ist. Er fühlte sich schuldig, aber das hat mein Cousin Ihnen ja sicher bereits gesagt.«

Außer der Nase haben die beiden wirklich so gar nichts gemeinsam, dachte Stein.

»Leider nein, Dr. de Vries meinte, ihm sei an Kampmanns Verhalten heute Vormittag nichts Ungewöhnliches aufgefallen.«

»Na gut, das ging ja auch schon länger so, dass er neben der Spur war. Wann ist der Junge gestorben? Weißt du das noch, Ulfart?«

De Vries schüttelte missmutig den Kopf.

»Warten Sie, das war, ja genau, das war Ende Januar, einen Tag vor meinem Geburtstag. Da hat er sich doch am nächsten Abend auf dem Fest ordentlich die Kante gegeben. Und unter uns, er hat schon vorher Aufputschmittel genommen, weil er stets bis zur Erschöpfung gearbeitet hat ...«

»Richard, jetzt halt mal die Luft an! Außerdem möchte ich mein Büro verlassen und abschließen. Wenn ich die Herren bitten darf.«

Schubert sah verlegen von Stein zu de Vries, als wäre es ihm peinlich, wie sich sein Cousin vor dem Kommissar aufführte.

»Also, wenn Sie noch Fragen haben, kommen Sie gern in mein Büro«, bot er Stein an.

»Danke, später sicher. Ich denke, das wird sich gar nicht vermeiden lassen, sollten wir wegen Mordes an Dr. Kampmann ermitteln.«

»Mord?«, fragte Schubert fassungslos.

»Das werden wir bald genauer wissen«, entgegnete Stein und wandte sich an de Vries. »Darf ich Sie vielleicht noch einmal an eine Aufstellung der Personen erinnern, mit denen Kampmann enger zusammengearbeitet hat?«

»Dieter war Chefarzt der Kinderabteilung. Wenn Sie wollen, stelle ich Ihnen eine Liste des Personals zusammen«, bot Schubert eifrig an.

»Das wäre wirklich sehr freundlich von Ihnen«, erwiderte Stein und maß de Vries mit einem seiner gefürchteten verächtlichen Blicke.

Das schien den Klinikchef tatsächlich leicht aus der Fassung zu bringen, denn plötzlich zuckte sein rechtes Lid nervös. Aber er fing sich schnell wieder, ging forsch zur Tür und öffnete sie. »Ich darf Sie jetzt wirklich bitten, zu gehen!«

Stein folgte Schubert auf den Flur, der sich noch im Hinausgehen seine Zigarette ansteckte. Offenbar um seinen Cousin zu ärgern. Der kaufmännische Leiter der Klinik bot ihm an, mit in sein Büro zu kommen, um ihm gleich die Liste der Ärzte und Schwestern zu geben, mit denen Kampmann auf seiner Station zu tun gehabt hatte, aber Stein winkte ab.

»Ich denke, wir kommen schneller wieder als …« Das galt mehr de Vries, aber der hatte bereits auf dem Absatz kehrtgemacht und war grußlos verschwunden. Stein sah ihm kopfschüttelnd hinterher.

»Kommen Sie einfach das nächste Mal gleich zu mir. Mein Cousin meint es nicht böse. Er ist einfach um den Ruf der Klinik besorgt nach der Geschichte mit dem Jungen.«

Nun war Stein doch neugierig geworden. »Was war das denn für eine Sache?«

»Ein tragische Sache. Der Junge litt unter Poliomyelitis, und es kamen immer mehr Komplikationen hinzu, sodass er dem Tod näher war als dem Leben. Zum Schluss war er bereits im vierten Stadium. Lähmung der Atemorgane, und darauf folgt nur noch der Tod. Da wir immer noch kein sicheres Mittel gegen diese verdammte Krankheit haben, hat Dieter dem verzweifelten Vater versprochen, er werde alles versuchen … und kurz nach der letzten Behandlung ist der Junge gestorben. Der Vater macht nun ihn verantwortlich. Dabei hat Dieter wirklich alles Erdenkliche getan, um das Leben des Jungen zu retten. Allerdings hat er nicht preisgegeben, womit er das Kind behandelt hat, was ihn beinahe seine Stellung gekostet hätte, wenn ich kein gutes Wort für ihn eingelegt hätte.«

»Könnten Sie mir den Namen des Vaters bitte ebenfalls auf die Liste schreiben und auch, wenn Ihnen sonst noch jemand einfällt, der eine offene Rechnung mit Dr. Kampmann hatte.«

»Aber sicher«, versprach Schubert.

»Und sagen Sie, die Klinik gehört also Ihrem Cousin?«

»Nicht ganz. Unser gemeinsamer Großvater hatte einen Sohn, Ulfarts Vater, und eine Tochter, meine Mutter. Er war ein sehr gerechter Mann, und da er zwei Kliniken besaß, die für allgemeine Infektionskrankheiten und eine für Dermatologie und Venerologie, hat er jedem Kind eine vererbt. Meine Mutter war Kinderärztin, und auch mein Vater, Professor Schubert, war Spezialist für Infektionen bei Kindern. Ich bin in die Fußstapfen meiner Eltern getreten. Die Kliniken waren damals noch nicht unter einem Dach, aber da beide im Krieg zerstört worden sind, haben wir, die Erben unserer Eltern, beschlossen, sie in diesem Gebäude, das ebenfalls im Familienbesitz ist, zu einer zusammenzulegen, und wir leiten die Klinik nun gemeinsam. Da ich, um ehrlich zu sein, immer schon lieber Kaufmann geworden wäre, bin ich der Herr über das Finanzielle, was meinem Cousin so gar nicht liegt ...«

So interessant Stein diese Informationen auch fand, er unterbrach den redefreudigen Schubert nun, als sich ihnen Wuttke und Fräulein Lore näherten. Denn es interessierte ihn mehr, was die beiden wohl auf dem Dach vorgefunden hatten.

»Danke, Herr Dr. Schubert. Danke. Ich komme bei anderer Gelegenheit noch einmal darauf zurück«, versicherte er dem kaufmännischen Leiter, gab ihm die Hand zum Abschied und eilte Wuttke und Fräulein Lore entgegen.

7

Wuttke war schweißgebadet, bevor er überhaupt in seine Jackentasche greifen konnte, um die Tabletten hervorzuholen. Sein schlechtes Gewissen hatte ihn den gesamten Rest des Tages begleitet. Ein paarmal war er fest entschlossen gewesen, die Tabletten zurück in das Röhrchen zu befördern. Er hätte sogar die Gelegenheit dazu gehabt, weil Stein die Beweisstücke in einem nicht verschließbaren Aktenschrank deponiert hatte, aber er war wie angewurzelt auf seinem Stuhl sitzen geblieben, als Stein in die Pathologie gefahren war. Den ganzen Rückweg von der Klinik zurück ins Präsidium hatte Wuttke Fräulein Lore argwöhnisch beäugt, weil ihn die Frage nicht losließ, ob sie ihn nicht doch dabei beobachtet hatte, wie er die Pillen in seine Tasche hatte gleiten lassen. Dagegen sprach, dass sie sich ihm gegenüber ganz normal verhielt.

Selbst hier in seiner Kammer bei Frau Krause fühlte er sich beobachtet, obwohl er allein in der Wohnung war. Trotzdem hatte er die Tür verriegelt, nachdem er sich ein Glas Wasser geholt, es auf den Nachttisch gestellt und sich aufs Bett gesetzt hatte.

Zögernd griff er nun in seine Jackentasche. Als er das Klappen der Haustür vernahm, zog er erschrocken die Hand zurück. Sein Herz pochte bis zum Hals. Schweiß tropfte ihm in die Augen. Wenn er nicht genau wüsste, dass er schon seit Ende letzten Jahres keine Drogen mehr angerührt hätte, er würde diese Symptome für Entzugserscheinungen halten. Nun kam auch noch ein Zittern dazu, als er jemanden auf dem Flur hörte. Die Person näherte sich seinem Zimmer, hielt an und ging dann weiter.

Bei aller Furcht, erwischt zu werden, fühlte er sich dem Opfer seltsam nahe, nachdem er von Stein erfahren hatte, dass der Mann sich für den Tod eines jungen Patienten verantwortlich gefühlt hatte. Ob ihn sein schlechtes Gewissen zum Pervitin hatte greifen lassen? Das Motiv kannte Wuttke allzu schmerzlich aus eigener Erfahrung.

Als alles wieder still war, griff er erneut in seine Jackentasche und holte die Tabletten hervor. Es waren vier. Wuttke betrachtete sie in seiner Hand und versuchte, die Situation, in die er sich gebracht hatte, mit kühlem Kopf zu durchdenken. Wenn er sie jetzt entsorgte, war nichts geschehen, womit er sein Gewissen belasten müsste, außer dass er einen schwachen Moment gehabt hatte, den er aber bitter bereute und in gewisser Weise wiedergutmachte.

Dann stutzte er. Die Tabletten waren sehr weiß und deutlich kleiner, als er sie in Erinnerung hatte. Waren sie nicht mindestens doppelt so groß gewesen? Seiner Erinnerung nach gingen die Pervitin-Pillen außerdem farblich eher ins Graue. Wie hatte er sich nur so verschätzen können? Hatte er sie womöglich in seiner Fantasie größer gemacht, weil er sie ja auch immer wieder als Bedrohung empfunden hatte? Diese Pillen würde er jedenfalls problemlos auch ohne Flüssigkeit runterkriegen. Für das Pervitin, das er aus den rot-weiß-blauen Röllchen kannte, hatte er stets Wasser zu Hilfe genommen, weil sie ihm sonst leicht im Hals stecken blieben und ihm der bittere Geschmack zuwider war.

Vielleicht gab es sie in zwei Varianten, mutmaßte Wuttke, doch dann schüttelte er diese Gedanken ab und nahm erst eine und dann, ohne groß zu überlegen, eine weitere. Auch das kannte er aus leidvoller Erfahrung. Der berauschende Schub, sich unbesiegbar und mächtig zu fühlen, war nach der Einnahme zweier Tabletten ungleich stärker. Die beiden anderen ließ er zurück in seine Jackentasche gleiten.

Dann legte er sich aufs Bett, um auf die Wirkung zu warten. Er war erschöpft, aber es würde nicht lange dauern, bis er das Gefühl hatte, Bäume ausreißen zu können: Diesen Augenblick, wenn ungeahnte Kräfte durch seinen ganzen Körper wallten, liebte er. Keine Müdigkeit mehr zu empfinden, voller Tatendrang zu sein, keine Ängste und kein schlechtes Gewissen mehr zu verspüren. Und, vor allem, sich alles zuzutrauen. Das alles hatte ihn immer wieder dazu verführt, noch eine Pille zu nehmen. Nur die eine noch, hatte er sich jedes Mal geschworen, denn der Preis für diese Momente der Euphorie und Unangreifbarkeit war hoch. Seitdem er im Rausch mehrfach halluziniert hatte, war ihm die dunkle Seite der Pillen schmerzhaft deutlich geworden. Aber dies war wirklich das allerletzte Mal, redete er sich zu. Es war schlicht Schicksal gewesen, dass die Tabletten ihm quasi zugeflogen waren. Na ja, nicht ganz, ich habe dem Schicksal kräftig nachgeholfen, korrigierte Wuttke sich. Die Euphorie, die allein schon in Erwartung seiner kraftvollen Hochphase eingetreten war, nahm nun etwas ab, und er kämpfte stattdessen gegen eine bleierne Müdigkeit an. Das hatte er so noch nie nach der Einnahme der Tabletten erlebt. Zwar hatte auch der Rausch nie sofort eingesetzt, aber dass ihm regelrecht die Augen zufielen, das kannte er so nicht. Er versuchte, sich mit einem Schwung aufzurichten, aber das gelang ihm nicht. Seine Glieder wollten ihm nicht gehorchen. Seine Arme waren mit einem Mal so schwer, dass er sie nicht mehr heben konnte. Warum reagierte er heute so anders, was war mit dem Zeug … weiter kam Wuttke nicht. Er ergab sich kampflos einem Dämmerzustand, und alle Gedankenfetzen verschwanden in einem grauen Nebel.

8

Lore Krause stürzte sich, kaum dass sie auf dem Esstisch in der Küche das Stück Speck erblickt hatte, wie eine Verhungernde darauf, schnitt sich eine kräftige Scheibe ab und stopfte sie sich in den Mund, denn sie hatte seit dem Frühstück nichts mehr gegessen. Das Mittagessen hatte ihr der Tote vor der Klinik verdorben und die Wurst, die Martens ihr am Nachmittag am Imbiss hatte spendieren wollen, hatte sie nicht einmal angerührt wegen ... Allein bei dem Gedanken daran rebellierte ihr Magen und sie schaffte es gerade noch zum Klo, eine halbe Treppe hinunter, um den Speck wieder loszuwerden. Schade um das gute Stück, durchzuckte sie es in dem Moment, als sie es in der Kloschüssel sah und runterspülte. Ihre privilegierte Lage, weil ihre Mutter diesen Bekannten in Tempelhof hatte, der ihnen regelmäßig Carepakete zukommen ließ, machte ihr ein schlechtes Gewissen, zumal die Versorgung mit Nahrungsmitteln noch immer mangelhaft war. Ihr war schummrig zumute, als sie zurück in die stille Wohnung kam. Offenbar waren Wuttke und Stein noch unterwegs. Stein war sicherlich noch mit Dr. Ebert ein Bier trinken gegangen, nachdem der den toten Arzt obduziert hatte. Eine merkwürdige Männerfreundschaft war da im Laufe des vergangenen Jahres entstanden zwischen dem wortkargen kriegsversehrten Gerichtsmediziner und dem charmanten Stein. Offenbar verstand der Kommissar den verbitterten Einbeinigen richtig zu nehmen.

Mit zitternden Knien wankte Lore zum Bett im Schlafzimmer, das sie immer noch mit ihrer Mutter teilte. Frau Krause hatte zwar eine neue Stelle als Straßenbahnschaffnerin angetreten und hätte es sich durchaus leisten können, die Zimmer nicht länger an die Kommissare zu vermieten, aber sie wollte auf dieses zusätzliche Geld nicht verzichten. Erst als Lore sich lang auf dem Bett ausgestreckt hatte, traute sie sich, wieder an das zu denken, was ihr heute Nachmittag widerfahren war. Eigentlich war es eine aufregende Sache gewesen, aber ihr Magen schien damit überfordert zu sein.

Lore hatte am Nachmittag Martens und seinen Suchtrupp in den Viktoriapark begleiten dürfen. Offiziell als Protokollführerin dieser Suchaktion, doch Martens hatte ihr versichert, sie dürfe sich ruhig auf eigene Faust dort umschauen. Das Protokoll könnten sie dann gemeinsam nach Dienstschluss erstellen. Um das zu vermeiden, hatte Lore ihren Schreibblock mitgenommen. Sie notierte akribisch alles, was vor Ort passierte. Erst als die Durchsuchung dem Ende zuging, hatte sie sich ein wenig von dem Suchtrupp entfernt. Die Polizisten hatten mittlerweile jeden Winkel um den einstigen Wasserfall, der infolge des Krieges kein Wasser mehr führte, sondern nur noch einer ausgetrockneten Schlucht glich, nach dem dritten Kopf durchsucht. Ein weiterer anonymer Anrufer hatte nun behauptet, dass er sich in einem der ausgetrockneten Auffangbecken befand.

Noch einmal zogen die Bilder vor Lores innerem Auge vorbei. Sie war auf einem der Pfade hinunter bis zum Fuß des ehemaligen Wasserfalls geklettert, dort, wo der Park an der Kreuzbergstraße endete. Vor einem Bronzedenkmal war sie stehen geblieben, nicht weil es ihr gefiel, sondern weil es sie beim Anblick der zappelnden Nixe in den Fängen des Fischers gruselte. Sie bekam regelrecht eine Gänsehaut und hatte den Blick abwenden müssen. Er war an einem der wenigen Bäume hängen geblieben, der am Rande des Teiches stand. Der Teich hatte noch Wasser, weil er nicht aus dem Wasserfall gespeist wurde. Der Baum stand da recht einsam, denn im Hungerwinter 1946/47 waren in allen Berliner Parks die Bäume, die nicht vom Krieg zerstört worden waren, gefällt worden, um sie zu verfeuern. Lore wusste nicht genau, was sie dazu bewogen hatte, sich dem Baum zu nähern, doch als sie davorgestanden hatte, entdeckte sie das dunkle Haar, das am Teichufer aus der feuchten Erde ragte. Am ganzen Körper zitternd fing sie an, mit bloßen Händen zu graben, bis sie alles freigelegt hatte. Zunächst weigerte sich ihr Gehirn, zu akzeptieren, dass der Kopf echt war, weil er aussah wie aus Wachs nachgebildet. Es dauerte eine Weile, bis sie begriffen hatte, dass sie das vermisste letzte Leichenteil gefunden hatte. In dem Augenblick stieß sie einen schrillen Schrei aus, woraufhin die Polizisten von allen Seiten angerannt kamen.

Allein die Erinnerung an die weit aufgerissenen Augen und die aufgequollenen Lippen in dem einst bestimmt hübschen Frauengesicht erzeugten bei ihr erneute Übelkeit. Martens hatte sie nach dem Fund mit Lob geradezu überschüttet. Mit ihrem Spürsinn sei sie prädestiniert dafür, die Ausbildung bei der WKP zu absolvieren. Er werde höchstpersönlich ein gutes Wort für sie einlegen. Das sei doch ein guter Anlass, um sich von ihm zum Tanzen ausführen zu lassen. Das hatte sie gerade noch abwehren können, weshalb er sie zu einer Wurst eingeladen hatte, von der sie keinen einzigen Bissen hatte hinunterwürgen können. Vor allem weil der Mann keinen Zweifel daran ließ, dass er eine Gegenleistung für sein Entgegenkommen erwartete. Mit voller Absicht hatte er am Wurststand mit seiner Hand an ihrem Hintern entlanggestrichen, und nicht etwa aus Versehen, wie er behauptet hatte. Am liebsten hätte sie ihm eine Ohrfeige gegeben, aber dann hätte er ihr wohl kaum weitere Details verraten, die sie aber unbedingt hören wollte, um umfänglich im Bilde zu sein. So zum Beispiel, dass der Mörder seinen Opfern die Köpfe offensichtlich mit einem Schlachtermesser abgetrennt hatte, was man an der Art der Verletzungen erkennen konnte.

Lore hatte sich fest vorgenommen, über Martens' Anzüglichkeiten hinwegzusehen, da sie ihrem Ziel, einen derart donnernden Ruf im Präsidium zu erlangen, dass Hermine Dankert an ihrer Bewerbung gar nicht vorbeikam, mit dem heutigen Tag wohl wieder ein wenig näher gekommen war. Sie aber verspürte ein gewisses Unwohlsein bei dem Gedanken, dass Martens sich weiter so vehement für sie einsetzen würde. Lange konnte sie sich den Kerl nicht mehr vom Hals halten. Außerdem widerte sie der Gedanke an, dass dieser Mann ihr offenbar tatsächlich zutraute, mit ihm als Gegenleistung ins Bett zu gehen. Niemals, dachte sie entschieden! Aber einen Mann auf Abstand zu halten, von dem sie nichts wollte, das konnte böse enden. Aus der Erfahrung mit Löbau wusste sie, wohin das führte, wenn sie einen Verehrer, der ihr nützlich sein konnte, endgültig abweisen musste. Er war zutiefst gekränkt und würde ihr keinen einzigen Gefallen mehr tun. Löbau schmachtete sie zwar immer noch an, aber er würde bei seiner neuen Flamme, der Dankert, mit Sicherheit kein gutes Wort für sie einlegen. Lore wäre es wesentlich lieber gewesen, wenn sich Wuttke und Stein etwas mehr anstrengen würden, um ihr zum Erfolg bei der WKP zu verhelfen. Für die Anständigkeit der beiden Herren würde sie ihre Hand ins Feuer legen, was sie im Fall von Kommissar Stein ein wenig bedauerte. Dass er ihr als Mann gefallen könnte, daran hatte sich nichts geändert.

Plötzlich musste Lore daran denken, was sie heute auf dem Dach der Klinik beobachtet hatte. Gern würde sie das Bild verdrängen oder sich einreden, dass sie sich getäuscht hatte, doch wie sie es drehte und wendete, sie hatte mit eigenen Augen gesehen, wie Wuttke sich Tabletten aus einem Röhrchen in die Jackentasche gekippt hatte. Aus jenem Röhrchen, das er auf dem Dach an der Stelle gefunden haben musste, an der seiner Beobachtung nach der Arzt gelegen hatte, bevor er gesprungen oder gestoßen worden war. Einmal abgesehen davon, dass Lore sehr froh war, dass Wuttke nichts mehr mit dem Teufelszeug zu tun hatte wie noch vor einem guten halben Jahr, als er sich deshalb mehrfach in große Gefahr begeben hatte, berührte es sie unangenehm, dass sie ihn beim Klauen erwischt hatte. Aber es war ja nicht nur ein Diebstahl, sondern, schlimmer noch, das Entfernen von Gegenständen von einem Tatort, also ein gravierender Verstoß gegen polizeiliche Ermittlungen, die Wuttke gewissenhaft durchführen sollte. Damit riskierte er seine Entlassung aus dem Polizeidienst. Wer so etwas tat, konnte in ihren Augen nicht weg von den Pillen sein. Führte Wuttke sie etwa an der Nase herum und verbarg seine Sucht nur geschickter vor ihnen?

Lore fuhr hoch. Am liebsten würde sie mit jemandem über ihre Beobachtung sprechen, und zwar mit Stein, aber wenn sie das tat, war sie eine Petze. Wenn Lore Krause etwas hasste, war es, andere zu verraten. Außerdem befürchtete sie, dass Stein dem Kollegen diesen Griff in die Beweismittel sehr verübeln würde. Nicht auszudenken, wenn Graubner davon erfuhr, der keine Gelegenheit ausließ, Wuttke herabzusetzen. Wer weiß, was für einen Strick der ihm daraus drehte.

Lore zuckte zusammen, als die Haustür klappte. Sie hörte am Geräusch, den seine feinen Schuhe auf den Dielen machte, dass es Stein war, und sie verspürte den Impuls, sich ihm anzuvertrauen in der Hoffnung, dass sie gemeinsam zu einer Lösung finden könnten,

Wuttke zu helfen. Aber ob sie ihr Wissen nun in guter oder schlechter Absicht an ihn weitergab, es blieb petzen.

Nein, vielleicht sollte sie ihren ganzen Mut zusammennehmen und Wuttke unter vier Augen darauf ansprechen. Allein bei dem Gedanken wurde ihr flau im Magen. Stöhnend ließ sie sich zurück ins Bett fallen. Vielleicht wäre ich doch keine so gute Polizistin, wenn ich schon zu feige bin, Wuttke auf diese Tat anzusprechen, und die Sache lieber auf sich beruhen lasse, ging ihr resigniert durch den Kopf. Aber dann verscheuchte sie die trüben Gedanken. Sie war fest entschlossen, etwas zu unternehmen, und zwar das Richtige ...

9

Gemeinsame Abende mit Ebert im *Felsenkeller* waren in der Regel feucht-fröhlich, wenn auch selten. Eigentlich gab es sie nur nach einem beruflichen Termin Steins in der Rechtsmedizin, die immer noch in der Pathologie im Keller des Krankenhauses Moabit untergebracht war.

Stein wunderte sich selbst, dass dem wortkargen Ebert, von dem es in der Friesenstraße hieß, er ginge zum Lachen in den Keller, diese Männerfreundschaft wichtig zu sein schien. Dass der Mann eine interessante Biografie hatte, ahnte keiner bei der Polizei. Allerdings stimmte nicht annähernd eines der Gerüchte, die über den Kriegsversehrten kursierten. Allein die abenteuerliche Geschichte, dass er sich als letzte Rettung vor dem Wundbrand im Krieg selbst das Bein amputiert habe, war fern aller Realität. Die Operation hatte der russische Arzt Fjodor ohne seine Zustimmung vorgenommen. Er hatte Ebert, der mehr tot als lebendig war, das Bein noch rechtzeitig amputiert und ihm damit das Leben gerettet. Ebert hatte eines Abends bei einem Treffen mit Stein zu vorgerückter Stunde ein Foto aus der Brieftasche geholt, das seinen Retter im Kreis seiner Familie zeigte. Die beiden Männer hatten später im Kriegsgefangenenlager intensiv zusammengearbeitet und waren in Briefkontakt geblieben.

Jedenfalls konnte der Rechtsmediziner eine ordentliche Menge Alkohol vertragen. Der tägliche Wodka habe ihn zu einem trinkfesten Russen gemacht, behauptete sein Freund Fjodor. Das hatte Ebert Stein jedenfalls nicht ohne einen gewissen Stolz anvertraut. Der hatte nur gelacht und gekontert, das könne nur Eberts Fantasie entsprungen sein, denn es habe wohl kaum Wodka für Kriegsgefangene gegeben. »Da merkt man, das Sie nicht im Krieg waren, Stein«, hatte Ebert in einem flapsigen Ton und dabei mit ernster Miene erwidert. »Auch dort gab es Gleichere unter Gleichen. Ich war dort in erster Linie Arzt und kein Gefangener. Was meinen Sie, womit ich bezahlt worden bin, als ich einem General den eiternden Backenzahn gezogen habe? Und raten Sie mal, womit ich ihn betäubt habe? Denn wenn wir etwas im Lager nicht hatten, war es Äther. Wir hätten sonst auch den getrunken, um zu vergessen, was wir im Krieg gesehen haben.«

Wenn Stein in der Friesenstraße erzählt hätte, dass Ebert sogar über einen gewissen trockenen Humor verfügte, sie hätten es ihm nicht geglaubt. Und auch nicht, dass er ein wandelndes Lexikon war, und zwar nicht nur in fachlicher Hinsicht. Nein, Ebert wusste dunkle Dinge über einige der hohen Herren in der Friesenstraße, die bei Stein gut aufgehoben waren. So hatte er ihn an diesem Abend über Graubners Wurzeln aufgeklärt, der auftrat wie jemand, dessen Familie aus Widerstandskämpfern gegen Hitler bestanden und die deshalb während der Zeit des Nationalsozialismus in Schweden gelebt hatte. In Wahrheit war Graubners Mutter Schwedin und Erbin einer großen Eisenhütte im Norden des Landes. Sein Vater hatte während des Krieges seine Verbindungen nach Deutschland genutzt und lukrative und kriegswichtige Geschäfte mit seinem Heimatland getätigt. Die Familie gehörte auf diese Weise zu den Kriegsgewinnlern. Graubner hatte seine Ausbildung in Stockholm absolviert und war 1946 nach Deutschland zurückgekehrt. Was Stein an dieser Biografie empfindlich störte, war die Tatsache, wie der Mann versuchte, sich mit ihm gemeinzumachen. Dabei war es in seinen Augen ein eklatanter Unterschied, ob man vor der Verfolgung durch die Nazis aus Deutschland geflüchtet war oder aus dem sicheren Schweden Geschäfte mit dem Reich gemacht hatte. Eisenerz diente in dieser Zeit bekanntlich selten friedlichen Zwecken. Stein hatte sich jedoch fest vorgenommen, sein Wissen niemals preiszugeben, selbst wenn Graubner wieder einmal darauf zu sprechen kam, dass sie beide zum Glück nicht zu den Idioten gehört hatten, die blind vor Begeisterung für den Führer »Heil Hitler« gegrölt hatten.

Obwohl Stein sich im *Felsenkeller* sehr zurückgehalten hatte, weil er Eberts Tempo nicht standhalten konnte, fühlte er sich leicht berauscht. Er konnte partout nicht verstehen, was andere an diesem Zustand aufregend fanden. Stein mochte es gar nicht, wenn er sich dabei zuhören konnte, wie seine Stimme zunehmend verwaschener klang und die Koordination seiner Gliedmaßen aus dem Tritt geriet. Jedenfalls war er froh, als er sich in seinem Zimmer bei Mutter Krause auf dem Bett ausstrecken konnte. Zum Glück drehte sich das Zimmer nicht wie neulich in London nach der Hochzeit. Dieses Karussellgefühl empfand er als höchst unangenehm, weil ihm damit die Kontrolle über seinen Körper gänzlich entglitt. Und wenn Hans-Joachim Stein etwas auf den Tod nicht leiden konnte, dann war es genau dieser Kontrollverlust.

Er verscheuchte seine kritischen Betrachtungen zum Thema Alkohol und konzentrierte sich auf das Ergebnis der Untersuchung, das ihm Ebert noch vor ihrem Besuch im *Felsenkeller* mitgeteilt hatte. Die Hämatome am Oberarm des Toten ließen keinen anderen Schluss zu, als dass ihn jemand grob angepackt und festgehalten hatte, und zwar, wie Ebert ihm demonstriert hatte, von hinten. Im Übrigen hatte Ebert zwischen den Schulterblättern des Toten ein weiteres Hämatom entdeckt. Keine Frage, schloss Ebert seinen Vortrag ab, der Mann wurde gewaltsam über die Brüstung befördert, was nicht zuletzt rote Flecken auf den Kniescheiben bestätigten. Offenbar war er vor dem Sturz mit den Knien gegen die Brüstung gestoßen.

Stein überraschte das Ergebnis nicht sonderlich, denn er hatte die eilig und vehement vorgetragene Version vom Suizid des Arztes von Anfang an nicht geglaubt. Die Frage war, ob der unsympathische Klinikleiter so hartnäckig daran festgehalten hatte, weil er Unannehmlichkeiten für den Ruf des Krankenhauses befürchtet hatte oder weil er mehr über den gewaltsamen Tod seines Arztes wusste, als er zugeben wollte.

Stein nahm sich vor, gleich morgen die Kollegen des Opfers zu befragen. Und natürlich auch noch einmal Dr. de Vries und seinen ungleich auskunftsfreudigeren Cousin. Er erhob sich und machte sich bettfertig. Er hatte sich bei seinem Londonbesuch in einem kleinen Laden, den er schon von früher kannte, mit Pyjamas eingedeckt, die man in Berlin nicht bekam.

Ein schepperndes Geräusch auf dem Flur ließ ihn zusammenfahren. Danach war alles still, doch dann meinte er, zerberstendes Glas zu hören. Hastig warf er den passenden Morgenmantel über, den er ebenfalls in London erstanden hatte, und verließ sein Zimmer, um nach dem Rechten zu sehen. Er nahm eine Kerze mit, denn die Stromversorgung im Westsektor war immer noch rationiert.

10

Auf dem Flur war alles wieder still, doch dann entdeckte Stein im Schein des flackernden Kerzenlichts die Scherben auf dem Boden im Flur. Frau Krauses kleiner und einziger Spiegel war in tausend Stücke zerbrochen. Es war nur eine Frage der Zeit gewesen, wann jemand gegen den Spiegel, der nur mit einem schiefen Nagel in der Wand gehauen war, kam und ihn herunterriss. Zum Glück war er nicht der Unglücksrabe, dachte er, denn Frau Krause konnte sehr ungemütlich werden, wenn etwas zu Bruch ging, was in diesen Zeiten nicht so einfach zu ersetzen war.

Er erschrak, als er hinter sich Schritte hörte, und fuhr herum. Im Licht der Kerze tauchte ein Schatten auf.

Um Gottes willen, Wuttke, durchfuhr es ihn eiskalt, als er in das gespensterhafte weiße Gesicht seines Kollegen blickte. Und nicht nur seine Hautfarbe wirkte selbst im weichen Kerzenschein ungesund, sondern auch seine blutunterlaufenen Augen. Dazu waren sie schreckensweit aufgerissen. Er hielt ein Kehrblech in der einen, in der anderen Hand einen Feger.

»Wuttke, Mann, was ist mit Ihnen?«, fragte Stein, nachdem er sich vom ersten Schrecken erholt hatte.

»Alles in Ordnung, bin auf dem Weg zum Lokus im Dunklen gegen den Schirmständer gestolpert und dabei muss ich den Spiegel runtergerissen haben«, nuschelte Wuttke, bevor er sich stöhnend daranmachte, die Scherben aufzukehren. Dabei schwankte er so, dass Stein Sorge hatte, er könne in die Scherben fallen. Hatte der Mann getrunken?

»Wuttke, was ist los? Geben Sie schon her!« Stein griff nach dem Handfeger, um ihm die Arbeit abzunehmen, aber Wuttke schüttelte den Kopf.

»Mir geht's gut. Gehen Sie ins Bett, Stein! Ich habe schlecht geträumt, war ein bisschen benommen. Jetzt geht es schon wieder.«

Der Kommissar aber dachte nicht daran, den Kollegen in diesem desolaten Zustand seinem Schicksal zu überlassen.

»Geben Sie mir Handfeger und Schaufel und gehen Sie schlafen!«, befahl er dem Kollegen, der lautstark gegen die Bevormundung protestierte.

»Und bitte leise!«, fügte er flüsternd hinzu und deutete auf das Schlafzimmer von Frau Krause, aus dem jetzt unwirsches Gemurmel klang.

Mit einem Griff hatte er Wuttke den Handfeger aus der Hand genommen und fegte die Scherben zusammen.

»Und nun die Schaufel!« Wuttke sah ihn an, als könne er nicht bis drei zählen.

»Die Schaufel, Wuttke!«, wiederholte er harsch. Nun begriff der Kollege, was Stein wollte, und reichte sie ihm.

Pervitin kann es nicht sein, durchfuhr es Stein, denn die Symptome hatte er bei Wuttke im vergangenen Jahr mehr als einmal erlebt. Völlige Überdrehtheit! Jetzt wirkte er eher wie weggetreten.

»Hauchen Sie mich mal an!«, forderte Stein, nachdem er die Scherben in den Mülleimer getragen hatte und Wuttke noch immer regungslos an der derselben Stelle vorfand. In der Hoffnung, dass er eine Fahne überhaupt riechen würde nach seinem kleinen Zechgelage mit Ebert.

Ohne die Miene zu verziehen, hauchte Wuttke Stein seinen Atem ins Gesicht. Gut roch das nicht, aber keine Spur von Alkohol.

»Gehen Sie ins Bett!«, wiederholte Wuttke etwas energischer.

»Erst wenn Sie mir verraten haben, was Sie angestellt haben!«

Wuttke verdrehte die Augen. »Sie sollen mich einfach in Ruhe lassen. Ich komme schon wieder zu mir.« Mit diesen Worten wollte er gehen, aber er geriet ins Wanken und konnte sich gerade noch an der Wand direkt neben dem einzigen Gemälde in der ganzen Wohnung abstützen. Das war Frau Krauses ganzer Stolz. Sie hatte es einst auf dem Schwarzmarkt zusammen mit Speck gegen ein paar Kleidungsstücke ihres längst verblichenen Ehemanns eingetauscht. Frau Krause behauptete immer, das sei ein echtes Gemälde und werde eines Tages viel Geld bringen. Für Stein sah es allerdings mehr aus wie eine schlechte Kopie. Das Bild blieb zum Glück an seinem Platz, aber Stein verlor langsam die Geduld. Was für ein Gift mochte

Wuttke jetzt schon wieder zu sich genommen haben? Es ging ihm auf die Nerven.

»Mir geht es gut«, knurrte Wuttke.

»Das sehe ich.« Stein hakte den Kollegen unsanft unter und schob ihn zu seinem Zimmer. »Ich bringe Sie jetzt ins Bett!« Wuttke ließ sich widerstandslos von Stein zu seinem Zimmer bringen. Dort fiel er wie ein nasser Sack aufs Bett.

»Sie haben recht, es geht mich nichts an, womit Sie sich jetzt wieder vergiften«, sagte Stein unwirsch, nachdem er die Tür zum Flur von innen geschlossen hatte. »Hauptsache, Sie sind morgen früh wieder wach. Da müssen wir ins Krankenhaus. Es war Mord«, fügte er hinzu.

Stein spürte, wie eine Wut auf den Kollegen in ihm aufstieg. Was hatte er alles angestellt, um Wuttke von dem Teufelszeug Pervitin wegzubringen. Und zwar mit Erfolg, und nun betäubte er sich offenbar mit anderen Drogen. Aber das ging ihn nichts an. Er war nicht Wuttkes Kindermädchen. Der Kollege fühlte sich ohnehin schon ständig von ihm bevormundet.

Doch er arbeitete mit ihm zusammen, und ein Kollege, der immer wieder ausfiel, das war das Letzte, was er sich wünschte. Er musste sich hundertprozentig auf ihn verlassen können. Wie er es auch drehte und wendete, es blieben nur zwei Möglichkeiten: Entweder versuchte er, Wuttke zur Vernunft zu bringen – nicht jetzt, aber spätestens morgen –, oder aber er musste die Zusammenarbeit mit ihm beenden, was natürlich nicht ohne unangenehme Gespräche mit dem Vorgesetzen möglich war.

Grußlos wollte Stein Wuttkes Zimmer verlassen, doch gerade als er den Griff in der Hand hatte, hörte er den Kollegen stöhnen. »Stein, bleiben Sie. Ich muss Ihnen was sagen, aber nur unter einer Bedingung.«

Das sollte bestimmt klingen, aber Stein entging nicht der flehende Unterton. Er drehte sich um und blieb mit verschränkten Armen an der Tür stehen. »Ich höre.«

»Ich verrate Ihnen das nur, wenn Sie Ihre, Ihre ... vorlaute Klappe halten!«

»Wie bitte? Ich verstehe nicht!«

»Wenn Sie sich Ihren überheblichen moralinsauren Kommentar ersparen. Können Sie mir das schwören?« Wuttke sprach jetzt wieder klar und deutlich ohne jegliche Artikulationsstörungen. Er nuschelte auch nicht mehr und setzte sich kerzengerade im Bett auf.

»Meine Güte. Sie machen es aber spannend. Aber Sie müssen das nicht tun! Mich geht es nämlich gar nichts an, was für Drogen Sie in Ihrer Freizeit konsumieren. Hauptsache, es beeinträchtigt unsere Zusammenarbeit nicht. Was Sie hier in Ihrem Schlafzimmer zu sich nehmen, ist Ihre Privatsache!« Und wieder machte Stein Anstalten, Wuttkes Zimmer zu verlassen.

»Es ist nicht privat, sondern hat mit unserem Fall zu tun. Sie sagen, es ist Mord, oder?«

Stein horchte auf und nickte eifrig. »Es gibt keinen Zweifel, dass der Mann vom Dach gestoßen wurde!«

»Genau, und womöglich hat der Mörder versucht, ihn zuvor anders außer Gefecht zu setzen.« Wuttke kramte die Tabletten aus seiner Jackentasche und hielt sie Stein mit den Worten »Vom Dach!« hin.

»Pervitin?«, fragte Stein zweifelnd. »Haben Sie etwa was aus dem Röhrchen genommen, Sie Idiot?«

»Schnauze, Stein, sonst sage ich gar nichts mehr!«

Stein atmete ein paarmal tief durch. Das wäre ein starkes Stück, wenn Wuttke sich an den Beweismitteln bedient hätte, aber etwas in ihm hielt ihn davon ab, den Kollegen schon vorab in Bausch und Bogen zu verurteilen. Er hob widerwillig die linke Hand zum Schwur.

»Sie haben mein Wort. Ich sage nichts, selbst wenn Sie sich womöglich eines Dienstvergehens schul…«

»Stein! Noch ein Wort und Sie werden es nie erfahren!«

»Gut, also spucken Sie es endlich aus!«, sagte Stein in strengem Ton.

»Das schaffen Sie wohl in diesem Leben nicht mehr? Mal nicht den Chef raushängen zu lassen, was?«

Wuttke sah jetzt wieder einigermaßen menschlich aus, weit entfernt von dem Nachtgespenst, das ihm eben im Flur begegnet war.

»Wuttke, ich bitte Sie inständig, mir endlich zu sagen, worum es geht. Ich bin müde und ein bisschen betrunken ...«

»Sie? Betrunken? Stein, das kann doch nicht sein. Sie sind so unangreifbar und so gut ... quasi ein englischer Musterknabe.«

»Jetzt halten Sie mal die Luft an, Wuttke. Ich verspreche, dass ich Ihr Geheimnis unkommentiert lasse, aber ich schwöre nicht, Ihnen nicht gleich aufs Maul zu geben, wenn Sie weiter so einen Schwachsinn daherreden.«

Um Wuttkes Mund spielte ein leichtes Lächeln, während er auf die Tabletten in seiner Hand deutete. »Mir kam das gleich komisch vor. Pervitin-Pillen sind groß und eher grau und diese sind klein und weiß. Pervitin putscht auf, diese Tabletten betäuben dich, machen dich benommen, bis du komplett benommen einschläfst.«

Stein nahm ihm die Tabletten aus der Hand und begutachtete sie.

»Sie meinen, Kampmann wollte wie Sie Pervitin nehmen und hat stattdessen dieses Zeug konsumiert?«

Wuttke nickte eifrig.

»Dann müssen wir nur noch herausbekommen, wie diese kleinen weißen Pillen heißen und was sie bewirken«, sinnierte Stein.

»Richtig, auf jeden Fall haben sie die gegenteilige Wirkung von Pervitin! Und das dürfte unser Mordopfer genauso irritiert haben wie mich.«

Stein trat auf Wuttke zu und klopfte ihm anerkennend auf die Schulter. »Danke, dass Sie mir die Wahrheit gesagt haben. Ohne Ihren kleinen Fehltritt wären wir im Leben nicht darauf gekommen, dass der Täter sein Opfer offenbar anders hat umbringen oder zumindest sedieren wollen, als ihn unbedingt vom Dach zu stoßen. Dass das nicht ganz korrekt war, wie Sie das herausgefunden haben, Schwamm drüber!« Stein hoffte, dass er das Richtige tat, indem er zusagte, das Ganze einfach zu vergessen. Wenn es wirklich nur ein einmaliger Ausrutscher gewesen war, konnte er das verantworten. Wenn nicht, hatten sie ein Problem.

Wuttke zuckte verlegen mit den Schultern.

»Na ja, es war kein Ruhmesblatt, aber wenn ich es Ihnen nicht gesagt hätte, hätte ich keine ruhige Nacht mehr verbracht.«

»Ich weiß gar nicht, wovon Sie reden«, entgegnete Stein. Er war hin- und hergerissen. Es war unfassbar, dass sich Wuttke an den Tabletten bedient hatte. Für den Kollegen aber sprach, dass er ihm selbst auf die Gefahr hin, aus dem Polizeidienst zu fliegen, jetzt die Wahrheit sagte. Keine Frage, Wuttke war eine ehrliche Haut. Daran änderte auch sein Griff in das Tablettenröhrchen nichts. Außerdem hatte er auf diese Weise unfreiwillig etwas für den Fall Relevantes herausgefunden. Die Frage lautete nun, gegen was für ein Präparat der Täter das Pervitin des Opfers ausgetauscht hatte. Stein ließ die Tabletten in die Taschen seines Morgenmantels gleiten und fragte sich, ob die Milde, mit der er über das Vergehen seines Kollegen hinwegging, womöglich mit dem Alkohol zusammenging, den er noch im Blut hatte. Hoffentlich bedauere ich das morgen früh beim Aufwachen nicht, dachte er, doch dann schüttelte er die Zweifel energisch ab. Fakt war, er hatte Wuttke sein Wort gegeben, über diese Sache zu schweigen, und daran würde er sich halten, komme, was wolle!

11

Jetzt übertreibt der gute Duke aber, dachte Wuttke amüsiert, als sie am folgenden Tag erneut de Vries vernahmen. Wuttke durchschaute Steins Spiel sofort, aber er ließ den Kollegen in dem Glauben, dass er nichts bemerkte: Stein ließ ihm nämlich bei der Befragung des Klinikleiters völlig freie Hand und hielt sich im Hintergrund. Das war untypisch für ihn, aber Wuttke ahnte, dass er damit demonstrieren wollte, dass er sich nicht immer als Chef gebärdete.

Aber gerade bei dieser Vernehmung hätte sich Wuttke ein bisschen Unterstützung gewünscht, weil de Vries ein überheblicher Kerl war, dem er jedes einzelne Wort mühsam aus der Nase ziehen musste.

»Ich fasse noch einmal zusammen. Sie hatten nicht den Eindruck, dass Ihr Kollege Dr. Kampmann gestern anders gewesen ist als sonst.«

»Ja!«

Wuttke warf Stein einen auffordernden Blick zu. Der Kollege verstand diese Botschaft sofort. »Ja, Herr Dr. de Vries, wir haben verstanden: Ihr Kollege war also nicht anders als sonst. Was ist das eigentlich für eine Geschichte mit dem verstorbenen Kind, die uns Ihr Cousin gestern erzählt hat?«

De Vries zuckte mit den Schultern. »Was soll das für eine Geschichte sein? Kampmann konnte einem Kind nicht das Leben retten. Das kommt leider auch in der besten Klinik einmal vor.«

»Dann müssen wir wohl deutlicher werden«, sagte Wuttke. »Wie lautet der vollständige Name des Kindes, woran war es erkrankt und warum fühlte sich Ihr Kollege schuldig an dessen Tod?«

»Das geht Sie gar nichts an. Schon mal von ärztlicher Schweigepflicht gehört?«

»Den Namen!«, befahl Stein.

Der Klinikleiter zögerte einen Moment, schien zu überlegen, und gab schließlich den Namen preis. »Descher, Rolf Descher hieß der Junge!«

»Und warum fühlte sich Kampmann für dessen Tod verantwortlich?«

»Woher soll ich das wissen?«, entgegnete der Klinikleiter und warf einen demonstrativen Blick auf seine Armbanduhr. »Ihre Zeit ist um, meine Herren, ich habe noch etwas anderes zu tun, als mit Ihnen zu plaudern.«

Stein zog eine Augenbraue hoch. Das tat er immer, wenn ihm jemand gehörig auf die Nerven ging, dachte Wuttke amüsiert.

»Herr Dr. de Vries. Wir wollen Sie natürlich nicht von der Arbeit abhalten und deshalb werden wir diese Vernehmung in der Friesenstraße fortsetzen. Wann sind Sie heute fertig?«, fragte Stein in sachlichem Ton.

»Sie sind wohl nicht ganz bei Trost, guter Mann. Ich denke gar nicht daran, bei Ihnen im Präsidium anzutanzen. Ich werde mich bei Graubner über Sie beschweren!«

»Das bleibt Ihnen unbenommen. Wir erwarten Sie um sieben Uhr abends pünktlich in unserem Büro. Und wenn Sie unserer freundlichen Einladung nicht nachkommen, würden wir Sie von zwei Kollegen abholen lassen.«

Mit diesen Worten ging Stein zur Tür. Wuttke folgte ihm rasch, denn er konnte sich kaum das Grinsen verkneifen angesichts der Tatsache, dass dem Klinikleiter regelrecht die Gesichtszüge entgleist waren.

Kaum waren sie vor der Tür, klopfte Wuttke dem Kollegen freundschaftlich auf die Schulter. »Gut gebrüllt, Löwe! Dem haben Sie es aber gegeben. Und Sie können jetzt aufhören, den Zurückhaltenden zu spielen. Ich weiß Ihren guten Willen durchaus zu schätzen. Nein, Sie kehren *nicht* immer den Chef heraus.«

»Das wollte ich hören«, erwiderte Stein. »Jetzt nehmen wir uns den schwatzhaften Cousin vor. Und unter uns, die Vernehmung heute Abend, die dürfen Sie wirklich allein leiten. Ich möchte so gern mit ansehen, wie Sie diese arrogante Sprachblase zum Platzen bringen.«

»Dabei wollte ich Ihnen eigentlich den Vortritt lassen«, konterte Wuttke. Das gefiel ihm an der Zusammenarbeit mit Stein. Mit keinem konnte man sich einen besseren Schlagabtausch liefern.

12

Als hätte Dr. Schubert geahnt, dass Stein und Wuttke auf dem Weg zu ihm waren, trat de Vries' Cousin genau in diesem Augenblick, als sie sich seinem Büro näherten, aus der Tür und winkte ihnen eifrig zu. Er bestand darauf, ihnen einen Kaffee servieren zu lassen, und gab ihnen ganz im Gegensatz zu de Vries das Gefühl, eine willkommene Ablenkung zu sein.

»Mögen Sie uns noch einmal von dem Jungen berichten, der auf Kampmanns Station im Januar verstorben ist?«, bat Wuttke ihn.

»Gern, aber dürfte ich erst einmal eine Gegenfrage stellen?« Ohne eine Antwort abzuwarten, sagte er: »War es denn nun Mord oder nicht?«

»Kampmann wurde vom Dach gestoßen, bevor ...« Stein holte die Tabletten aus der Tasche und reichte sie Schubert. »Wissen Sie etwas über diese Pillen? Können Sie mir vielleicht sagen, was das für ein Präparat ist.«

Schubert begutachtete die kleinen weißen Tabletten nachdenklich. »Nein, leider nicht. Diese Form und Farbe sind häufig.« Er gab sie Stein zurück. »Da sollten Sie vielleicht meinen Bruder fragen oder, besser noch, Alfred Descher.«

»Wie kommen Sie jetzt darauf?«, fragte Wuttke erstaunt. »Ist das der Vater des Jungen?«

Schubert nickte. »Ich dachte nur, weil er Apotheker ist und weil Sie ihn ja sicherlich auch noch befragen werden, denn wenn einer ein Motiv hatte, Kampmann vom Dach zu stürzen, dann wohl am ehesten er.«

»Das müssen Sie uns bitte näher erläutern«, sagte Stein.

»Ach, hat mein Cousin Ihnen nichts von dem Auftritt Deschers und seinem Hass auf Kampmann erzählt?«

»Nein, er ist nicht besonders auskunftswillig«, knurrte Wuttke.

Schubert machte eine wegwerfende Handbewegung. »Dann will ich das auch mal lieber lassen. Das könnte ein falsches Licht auf den guten Descher werfen. Nicht dass es heißt, der Schubert hat geplaudert. Nicht dass er mir dann auch noch mit Mord droht.«

»Nun spucken Sie es schon aus«, ermunterte Wuttke ihn energisch. »Wir werden keinem verraten, woher wir diese Information …«

Wuttke hatte seinen letzten Satz noch gar nicht ganz beendet, als Schubert schon wie ein Wasserfall losprudelte.

»Er hat Kampmann regelrecht terrorisiert und *Mörder* an sein Haus gepinselt und erst vorgestern hat er Kampmann hier auf dem Flur heftig beschimpft und ihm angedroht, er würde genauso elendig verrecken wie sein Sohn. Mein Bruder hat die Polizei gerufen, aber da ist er getürmt.«

»Interessant, so weit zur Aussage Ihres Bruders, dass es um Kampmann keine besonderen Vorfälle gegeben hat«, erwiderte Wuttke kopfschüttelnd. »Und wo finden wir den Apotheker?«

»Er arbeitet in der Palmenapotheke. Schlesische Straße. Aber verraten Sie ihm bitte nicht, dass ich Sie auf seine Spur gebracht habe. Andererseits können das Patienten, Kollegen und Schwestern bestätigen. Das war ein geradezu filmreifer Auftritt.«

»Gut, dann danken wir Ihnen erst einmal. Wir werden sicherlich noch öfter in der Klinik vorbeikommen. Hatten Sie die Liste mit dem Personal fertiggestellt, das eng mit Kampmann zusammengearbeitet hat?«, wollte Stein zum Abschied wissen.

»Oh, verzeihen Sie. Das habe ich leider vergessen. Ich mache mich sofort an die Arbeit.«

»Eine Frage hätte ich noch«, sagte Wuttke nachdenklich. »Wissen Sie, wann Kampmann genau in die Tiefe gestürzt ist?«

»Ich war zu der Zeit nicht in der Klinik«, erwiderte Schubert beinahe entschuldigend. »Aber fragen Sie den Chef unserer Venerologie, Dr. Hamann, der weiß es genau. Dem soll der Kollege nämlich beinahe auf den Kopf gefallen sein. Das war haarscharf, erzählt man im Haus.«

»Und wo finden wir Dr. Hamann?«

»Er hat ein paar Tage freigenommen, weil ihm der Tod des Kollegen sehr nahegegangen ist. Die beiden Männer konnten sich zwar nicht besonders gut leiden, aber so ein Ende gönnt man ja nicht einmal seinem ärgsten Feind.«

»Und wo waren Sie am Tag der Tat gegen Mittag?«, fragte Wuttke. Schubert lächelte leicht überheblich. »Natürlich müssen Sie das jeden hier fragen. Ich habe schon darauf gewartet! Ich war beim Friseur und auf dem Rückweg ...« Er legte eine kleine Pause ein. »Ach, nein, das tut nichts zur Sache. Ich will ihm wirklich nicht schaden. Er ist ein netter Kerl.«

»Schubert! Wen oder was haben Sie gesehen?«

»Ich will das nicht beschwören, denn ich war in Eile, weil ich eigentlich um halb zwei wieder am Schreibtisch sitzen wollte. Ich meine, dass mir Descher auf der anderen Straßenseite entgegenkam, aber wie gesagt, er hatte den Hut so tief ins Gesicht gezogen ...«

»Sie sind sich also nicht sicher?«, unterbrach Stein den Redefluss des kaufmännischen Klinikleiters.

»Genau, ich könnte das im Ernstfall nicht bestätigen, weil ich nur einen flüchtigen Blick riskiert habe.«

»Gut, dann wollen wir nicht weiter stören«, bemerkte Wuttke, der fürs Erste genug gehört hatte. Das wäre ja mal ein Erfolg, wenn sie den Täter so schnell fassen würden. Dieser Descher hatte offenbar ein Motiv und war überdies zur Tatzeit in der Nähe des Tatorts gesehen worden.

Die Kommissare verabschiedeten sich höflich und beschlossen, mit der Befragung vor Ort eine Pause zu machen, um den Apotheker unter die Lupe zu nehmen.

13

An der Schlesischen Straße gab es immer noch etliche Ruinen, weil in Kreuzberg bei heftigen Luftangriffen ganze Straßenzüge von Bomben ausradiert worden waren. Es glich fast einem Wunder, dass in dem Fabrikgebäude der Firma Carl Lindström an der Schlesischen Brücke trotz erheblicher Bombenschäden die Produktion von Schallplatten wieder auf Hochtouren lief. Der imposante Rotklinkerbau mit der Spree im Hintergrund wirkte wie ein Fels in der Brandung. Die Apotheke, die ihren Namen den einst auf dem Fabrikgelände befindlichen Palmenhäusern zu verdanken hatte, lag schräg gegenüber auf der anderen Straßenseite.

In den einigermaßen unversehrten Erdgeschossläden der Ruinen war vielfach der Verkauf von Waren und Lebensmitteln wieder aufgenommen worden. Die Benutzung dieser Ruinenläden war teilweise von der Baupolizei genehmigt worden, viele Orte waren aber auch ohne die Genehmigungen hergerichtet worden. Die Baupolizei hatte allerdings zu wenig Personal, um alle baufälligen Gebäude zu kontrollieren. So geschah es nicht selten, dass durch heftige Stürme Brandmauern oder Schornsteine einstürzten und Kundinnen und Verkäuferinnen in den Ladenlokalen des Erdgeschosses unter sich begruben. Schon in den ersten Wochen des Jahres und besonders bei einem Unwetter im Februar hatte es einige Todesfälle und Verletzte gegeben, darunter auch Bauarbeiter und Gefangene, die zu Aufräumarbeiten herangezogen worden waren. Und zudem, was besonders tragisch war, in den Ruinen spielende Kinder.

Stein bezog seine Informationen aus der größten Westberliner Tageszeitung, die er fast täglich in der Mittagspause studierte, um sich darüber zu informieren, was in Berlin aktuell vor sich ging. Das vermittelte ihm das Gefühl, der Stadt, die ihm immer noch so fremd war, näherzukommen. Außerdem hatte es einen konkreten Anlass gegeben, sich intensiver mit dem Berliner Alltagsleben zu befassen, nachdem sein Freund Mike ihn in einem Brief im Februar empört gefragt hatte, was es denn mit den Krawallen in Berlin um den Lieblingsfilm des englischen Königs, *Oliver Twist*, auf sich habe. Der Film sei in England von der Presse ausgesprochen positiv aufgenommen worden, nicht zuletzt wegen der schauspielerischen Leistung von Alec Guinness.

Stein hatte keine Ahnung, worauf sein Freund anspielte. Mühsam hatte er herausbekommen, dass offenbar nach Protesten der jüdischen Gemeinde, die unterstützt wurde von einigen namhaften Berliner Politikern wie Oberbürgermeister Ernst Reuter, zahlreiche Demonstranten gegen die Premiere des Films *Oliver Twist* im Charlottenburger Kino *Kurbel* vorgegangen waren. So entschieden, dass die »Stumm-Polizei«, wie die Polizei West nach ihrem Polizeipräsidenten auch genannt wurde, mit Holzknüppeln eingeschritten war. Brisant daran war, dass die Mehrzahl der Demonstranten sogenannte Displaced Persons, die man kurz als DPs bezeichnete, gewesen waren, Überlebende der Judenmorde aus anderen Ländern, die in Berliner Camps darauf warteten, zurück in ihre Heimatländer kehren zu können.

Auslöser für die Proteste war die Figur des Verbrecherkönigs Fagin, der die Kinder zum Stehlen schickte und der für die Kritiker des Films die antisemitische Karikatur eines bösen und geldgierigen Juden darstellte. Die Bitte, den Film aufgrund der Proteste abzusetzen, hatte die britische Militärregierung jedoch mit dem Argument abgelehnt, sie sei nicht zuständig. Stein hatte schließlich einen Polizisten getroffen, der dabei gewesen war und überhaupt nicht gewusst hatte, für was für einen Film er sich da eine Straßenschlacht vor dem Kino geliefert hatte. Stein hätte sich liebend gern ein eigenes Urteil gebildet, denn er hatte dieses Buch geliebt wie jeder englische Junge, aber die leicht lädierte *Kurbel* hatte sofort das Programm gewechselt. Die Kinobetreiber hatten damit das Problem aus der Welt geschafft.

Im amerikanischen Sektor war der Film daraufhin erst gar nicht gezeigt worden. Jedenfalls würde es ihm nun dank der Lektüre dieser Tageszeitung nicht noch einmal passieren, dass seine englischen Freunde mehr über die Skandale in Berlin wussten als er selbst.

Neuerdings nahm Wuttke seine ausgelesenen Zeitungen mit in die Wohnung, um nach dem Abendessen einen Blick hineinzuwerfen. »Das ist reine Notwehr«, hatte er neulich scherzhaft behauptet. »Damit Sie mir nicht ständig Vorträge über das Geschehen in meiner Stadt halten können.« Der Grund war wohl eher, vermutete Stein, dass Wuttke sich die Gelegenheit, eine Zeitung umsonst zu bekommen, nicht entgehen lassen wollte. Von ähnlichen Überlegungen getrieben hatte sich auch Fräulein Lore ihrem Lesekreis angeschlossen, wobei ihr Interesse sich offenbar ausschließlich auf den Torsomörder-Fall beschränkte.

Als sie das Haus in der Schlesischen Straße betraten, fühlte Stein sich in seine Londoner Apotheke versetzt, in der er sich bei jedem Besuch wohlgefühlt hatte. Auch dort war der Innenraum mit dunklem Holz vertäfelt, was eine große Ruhe und Geborgenheit ausstrahlte, und die originalen Apothekenschränke aus dem 19. Jahrhundert mit den vielen Schubladen bargen viele geheimnisvolle Kräuter, Tabletten und Salben, die neugierig machten. Es waren zwei Apotheker anwesend und beide gerade mit Kundschaft beschäftigt.

Jetzt war nur die Frage, welcher von ihnen Alfred Descher war, und wie sie ihn möglichst diskret vernehmen konnten. Stein tippte darauf, dass es der untersetzte Glatzkopf war, der hektisch auf einen Kunden einredete. Er vibrierte förmlich vor Nervosität, Schweißperlen standen ihm auf der Stirn. Nachdem der Kunde gezahlt hatte, wandte sich der Apotheker an die beiden.

Er redete dermaßen schnell, dass Stein sich dessen Worte nur zusammenreimen konnte. »Was kann ich für Sie tun?«, hatte er wohl gefragt.

Wuttke beugte sich über die Ladentheke. »Wer von Ihnen beiden ist Alfred Descher? Sind Sie das?«

Die Miene des Apothekers verfinsterte sich. »Warum wollen Sie das wissen?«

»Ich bin Kommissar Stein, MI 3, Friesenstraße. Wir haben ein paar Fragen an Sie«, entgegnete Stein.

Der Apotheker hob theatralisch die Hände und fuchtelte damit wild vor Steins Gesicht herum. »Meine Güte, das war doch im Affekt nur so dahergesagt. Aber ich habe es geahnt, dass de Vries mir die Polizei auf den Hals hetzt. Kampmann war das sicher nicht. Der weiß doch selbst, was er mir angetan hat und überhaupt ...« Er war so laut geworden, dass sein Kollege und dessen Kunde ihr Verkaufsgespräch unterbrachen und zu ihnen herüberstarrten. Das machte Descher nur noch nervöser. »Alles gut, Chef, die beiden Herren sind Freunde von mir ...«, stieß er laut hervor und signalisierte den Kommissaren, sich diskret zu verhalten.

»Können wir Sie kurz in Ruhe sprechen?«, unterbrach Stein den aufgeregten Apotheker, dessen fahle Gesichtsfarbe jetzt in ein kräftiges Rot gewechselt hatte. Der Schweiß rann ihm in Strömen über das Gesicht und seine dicke Brille beschlug. Er schien weitsichtig zu sein, denn seine Augen waren übermäßig vergrößert.

Descher wandte sich hektisch an den anderen Apotheker. »Dürfte ich wohl mal eben, also, mit den beiden Herren, in Ihr Büro gehen? Es geht um den Tod meines Sohnes. Das sind die Onkel, also meine Verwandten ...« Die Art, wie Descher den Kollegen darum bat, sich kurz aus dem Verkaufsraum zurückziehen zu dürfen, wies darauf hin, dass es sich wohl um den Eigentümer der Apotheke handelte und Descher nur ein Angestellter war, der vor ihm zu kuschen hatte.

»Ja, gehen Sie, aber bitte machen Sie schnell!«, erwiderte der andere mit einer unangenehm schnarrenden Stimme. Dazu machte er eine Handbewegung, als wolle er lästige Insekten vertreiben.

»Kommen Sie«, raunte Descher und bat Stein und Wuttke, den Verkaufstresen zu umrunden und ihm in ein Hinterzimmer zu folgen. Stein war fasziniert von den diversen Gläsern und Behältnissen. Offenbar wurde hier ein Großteil der Medizin selbst hergestellt. Dies war nötig, denn es gab wie bei Lebensmitteln und Brennmaterial auch bei Medikamenten immer noch Versorgungsengpässe, wenngleich sich die Lage in den letzten Wochen sichtlich gebessert hatte.

Das Büro oder vielmehr Labor – es lagen jede Menge Briefe zwischen diversen Reagenzgläsern – war so winzig, dass die drei Männer Schwierigkeiten hatten, sich alle drei in das Kabuff zu quetschen.

»Was haben die da behauptet? Dass ich trotz des Hausverbots gestern wieder in der Klinik gewesen bin, um Kampmann die Meinung zu geigen? Das ist nicht wahr, ich habe nur ein paar persönliche Sachen meines Sohnes geholt. Schwester Klara hatte noch seinen alten Plüschbären aufbewahrt. Wissen Sie, er war ja eigentlich zu groß für solche Spielzeuge, aber den wollte er unbedingt mit ins Krankenhaus nehmen. Vati, hat er gesagt, wenn ich dort sterbe, bin ich wenigstens nicht allein …« Der Mann brach in Tränen aus.

Stein warf Wuttke einen fragenden Blick zu. Dass der Apotheker verzweifelt war und ein Motiv hatte, lag auf der Hand, aber dass er zugab, gestern am Tatort gewesen zu sein, machte seine Lage nicht gerade besser.

»Setzen Sie sich lieber, Descher. Sonst kippen Sie uns noch aus den Latschen.« Wuttke schob dem Apotheker den schäbigen Drehstuhl hin und drückte ihn sanft hinein. »Nun beruhigen Sie sich erst einmal. Wir beißen nicht.« Mit diesen Worten reichte er ihm ein Taschentuch.

Stein war immer wieder erneut überrascht, wie dieser Haudegen von Wuttke es schaffte, aufgebrachte Zeugen oder Verdächtige zu beruhigen. Offenbar war das seine weiche Seite. Stein tat der Mann auch aufrichtig leid, aber er würde nie den richtigen Ton finden, um bei einem zutiefst Verzweifelten die Tränen verebben zu lassen, so wie in diesem Moment bei Descher. Ihm würden vielleicht vernünftige Argumente einfallen, warum es besser wäre, etwas weniger emotional zu handeln, aber Wuttkes Stimme bekam einen derart mitfühlenden Ton, dass sich sein Gegenüber verstanden fühlte.

»Verzeihen Sie, Herr Kommissar, aber Rolf war unser einziger Sohn, unser Sonnenschein. Er hat im Gegensatz zu meiner lieben Frau die schlimmsten Bombennächte überlebt, ich war ihm Mutter und Vater in einem, aber … ich muss mich beeilen. Mein Chef braucht mich da vorn. Ich habe wegen Rolfi schon so viele Fehltage …«

»Wir wollen Sie auch gar nicht lange aufhalten«, unterbrach ihn Stein ungeduldig. »Ist es richtig, dass Sie gegen Dr. Kampmann Morddrohungen ausgestoßen haben?«

»Aber das habe ich doch nicht so gemeint. Das war im ersten Schock. Da habe ich mir nur Luft gemacht. Ich glaube auch nicht, dass er das ernst genommen hat. Das war eher de Vries, der aus einer

Mücke einen Elefanten gemacht und gleich die Polizei gerufen hat. Fragen Sie Dieter, ob er sich wirklich bedroht gefühlt hat. Wir kennen uns von früher.«

»Das würden wir ja liebend gern«, entgegnete Stein. »Aber Dieter Kampmann ist tot.«

Der Apotheker starrte Stein fassungslos an. Seine Augen wirkten hinter den dicken Brillengläsern nun fast wie eine Karikatur. »Das kann nicht sein. Sie meinen, er hat sich ... ich meine, er hat sich doch nicht etwa umgebracht, weil er mit der Schuld nicht leben kann?«

Stein ignorierte diese Spekulation des Apothekers.

»Und deshalb wüssten wir gern von Ihnen, wann Sie gestern in der Klinik waren.«

»Wirklich nur ganz kurz. Und nur wegen des Teddys. De Vries hätte doch gleich wieder die Polizei geholt.«

»Wann, Herr Descher?«, wiederholte Stein.

»In der Mittagspause zwischen halb eins und halb zwei. Sonst kann ich nicht weg von hier«, stöhnte der Apotheker.

»Dieter Kampmann ist in der Mittagszeit vom Dach der Klinik in den Tod gestoßen worden.«

Der Apotheker starrte sie entgeistert an. »Das ist ... das kann nicht sein ... ich meine, Sie glauben doch nicht, dass ich ...« Er stockte, griff sich an den Hals und wischte sich dann mit einem Taschentuch den Schweiß von der Stirn. »... das hat Ihnen bestimmt de Vries eingeredet. Der Mann ist doch krank im Kopf. Hat nur Angst um den guten Ruf seiner Klinik. Dafür würde der über Leichen gehen. Ein Machtmensch, der glaubt, die ganze Welt ist nur dazu da, nach seiner Pfeife zu tanzen. Er hat sogar von mir verlangt, dass ich der Presse gegenüber schweige, aber wenn der mich jetzt beschuldigt, dann packe ich aus über ...!« Er hielt inne.

Stein musterte Descher durchdringend. »Fahren Sie ruhig fort!«, forderte er ihn auf.

»Nein, ich ... es gibt nichts weiter zu sagen, außer dass ... nein, dass ich ... ich niemals in der Lage wäre, einen Menschen zu töten ...«, stammelte Descher.

»Waren Sie denn gar nicht Soldat?«, unterbrach Stein ihn lauernd.

»Doch, natürlich, ich war sogar in Russland …«

»Sehen Sie, und deshalb nehme ich Ihnen das schon mal grundsätzlich nicht ab!«

»Mensch, Stein, das ist was ganz anderes!«, mischte sich Wuttke empört ein. »Ob man im Krieg jemanden erschießt, den man für seinen Feind hält, oder einen wehrlosen Mann vom Dach stürzt!«

Stein lag eine deftige Entgegnung auf der Zunge, aber er schluckte sie herunter. Es hatte keinen Zweck, das in ihre sturen deutschen Schädel zu hämmern. Außerdem wollte er nicht Wuttke provozieren, sondern den Apotheker.

»Dann frage ich einmal anders: Worüber würden Sie auspacken?«

»Herr Kommissar, das habe ich nur so dahergesagt. Ich weiß doch nichts, außer dass Kampmann meinen Sohn auf dem Gewissen hat! Und dass de Vries ihn deckt, weil er keinen Skandal möchte.«

»Was hatte Ihr Sohn denn für eine Krankheit?«

»Kinderlähmung, aber er hätte nicht sterben müssen, wenn Kampmann nicht an ihm herumexperimentiert hätte«, jammerte Descher.

»Womit hat er denn versucht, Ihrem Sohn zu helfen?«

»Das hat er mir nicht verraten. Er hat mich angefleht, ihm zu vertrauen, und wollte es mir nicht verraten. Das ist doch, was mich so skeptisch macht. Er hat es mir verkauft als letzte Chance. Als todsichere Angelegenheit. Tja, todsicher war es dann ja auch!« Descher schlug sich verzweifelt die Hände vor das Gesicht.

Stein holte nun die Tabletten, die Wuttke ihm zurückgegeben hatte, aus der Jackentasche, und als Descher die Hände sinken ließ, reichte er sie ihm.

»Wissen Sie, worum es sich bei diesen Pillen handelt?«

Descher betrachtete die Pillen eher flüchtig. »Das weiß ich zufällig ganz genau. Es handelt sich um Pethidin.« Hastig gab er Stein die Pillen zurück.

»Noch nie gehört. Was ist das für ein Mittel?«, mischte sich Wuttke aufgeregt ein.

»Im Handel heißt es Dolantin und ist ein sedierendes Schmerzmittel. Als Pethidin das älteste vollsynthetische Opioid ... in Überdosis genossen auch eine gefährliche Droge, die zu Atemlähmung führen kann ...«

Wuttke durchfuhr ein eisiger Schrecken. Er hörte gar nicht mehr zu, was der Apotheker von sich gab. Er dachte nur noch an das eine: Wenn er dieses Zeug geschluckt hatte, dann brauchte er sich über die ungewöhnliche Wirkung der angeblichen Pervitin-Pillen nicht mehr zu wundern!

14

Jetzt muss ich die Herren auffordern, sofort meine Apotheke zu verlassen! Herr Descher wird dringend im Verkaufsraum gebraucht!« Die schnarrende Stimme störte die Vernehmung, die Wuttke nun vollends Stein überlassen hatte. Er selbst stand immer noch ein wenig unter Schock bei der Vorstellung, dass sein Augenblick der Schwäche auch tödlich hätte enden können.

Wuttke fuhr herum. Der Besitzer der Apotheke hatte sich lautlos genähert. Er stand in der Tür seines Büros und funkelte seinen Angestellten wütend an. »Mann, Descher, ich bin kein Unmensch, aber Sie haben wegen Ihrer privaten Probleme so oft gefehlt in letzter Zeit. Schicken Sie Ihre Bekannten bitte weg und treffen Sie sich in Ihrer Freizeit. Meine Geduld ist am Ende.«

Stein warf Wuttke einen fragenden Blick zu. Sollte er die Befragung abbrechen, um dem Apotheker weitere Probleme mit seinem Chef zu ersparen oder sollten sie sich als Kommissare zu erkennen geben, die sich nicht einfach fortschicken ließen?

Wuttke schaltete blitzschnell. »Gut, dann sehen wir uns heute Abend. Sechs Uhr. Ich schreibe Ihnen noch die Adresse des Lokals auf, in dem wir uns treffen.« Stein sah Wuttke über die Schulter, als der den Zettel schrieb, und bemerkte hastig: »Lieber um sieben Uhr!« Descher starrte die Adresse fassungslos an. Doch dann gewann er schnell die Fassung zurück. »Bis heute Abend«, sagte er mit heiserer Stimme.

»Bis heute Abend«, entgegnete Stein.

»Sie wissen schon, dass wir de Vries auch für sieben Uhr geladen haben, oder?«, fragte Wuttke, kaum dass sie die Apotheke verlassen hatten. »Wollen Sie das nicht doch noch korrigieren? Das gibt dem armen Kerl den Rest, wenn er auch noch in der Friesenstraße auf de Vries trifft.« Aus seiner Stimme sprach Mitgefühl.

»Wuttke, Sie müssten es langsam wissen. Der Duke täuscht sich nie«, erwiderte Stein ungerührt. »Übrigens der blödeste Spitzname, den ich je hatte. Da war ja ›The Kraut‹ fast noch besser! So hat mich ein Kollege im Yard hinter meinem Rücken genannt«, fügte er feixend hinzu.

»Wie konnte ich das vergessen! Sie irren sich niemals«, stöhnte Wuttke theatralisch. »Aber verraten Sie mir bitte, was Sie sich davon versprechen, den Termin doppelt zu vergeben.«

»Ich möchte beobachten, wie die beiden spontan aufeinander reagieren, wenn sie sich auf der Wartebank im Flur treffen. Vielleicht kann man de Vries durch diese Konfrontation zum Reden bringen«, sinnierte Stein.

»Das gucke ich mir an, aber sagen Sie, halten Sie es für möglich, dass Descher, dieser arme Mensch, ein Mörder ist?«

»Unmöglich ist gar nichts. Ich hätte auch nie gedacht, dass ich einmal einer Zeugin ...« Stein stockte und sein Blick verfinsterte sich.

Wuttke wusste genau, worauf Stein da gerade angespielt hatte, aber er würde sich hüten, sich das anmerken zu lassen, weil er wusste, wie sehr Stein unter der Erinnerung an diesen alten Fall litt. Und dass Stein immer noch mit dem Tod der Ärztin aus dem Dalldorf-Fall haderte. Sie hatte große Schuld auf sich geladen, dennoch fühlte er sich mitverantwortlich für ihr Ende. Aber sosehr ihm Steins Korrektheit auch manchmal auf die Nerven ging, niemals würde Wuttke ihm vorhalten, dass er bei dieser Frau die Kontrolle verloren hatte. Auch würde er nicht müde werden, Stein zu versichern, dass ihn keinerlei Schuld daran traf, dass sie zu spät in dem Gartenhaus angekommen waren, in dem die Ärztin kurz zuvor durch eine Holztür hindurch erschossen worden war. So wenig Schuld wie ihn, weil er zu dem Zeitpunkt nicht geahnt hatte, wer diese grausame Tat begangen hatte.

»Jedenfalls hat der Mann ein Motiv, war wahrscheinlich zur Tatzeit am Tatort, hat das Opfer mit dem Tod bedroht. Das passt alles schon verdammt gut zusammen«, bemerkte Stein nachdenklich.

»Zu gut, wenn Sie mich fragen«, entgegnete Wuttke, der sich diesen nervösen kleinen Mann nur schwerlich dabei vorstellen konnte, wie er sein potenzielles Opfer, diesen doch recht stattlichen Mann, über die Brüstung in den Tod stieß. Technisch war das sicher kein Problem, die Brüstung war nur kniehoch, da verlor man schnell das

Gleichgewicht, aber Descher wirkte eher zutiefst verzweifelt als derart rachsüchtig. Das waren jedoch alles nur Spekulationen, und er konnte sich irren wie bei … Er traute sich nicht einmal in Gedanken ihren Namen auszusprechen. So tief hatte sich das Grauen in sein Herz eingegraben. Wer also konnte dem Mann schon auf den Grund der Seele sehen? Vielleicht war sein bemitleidenswertes Auftreten auch nur Theater und darunter schlug das Herz eines eiskalten Mörders. Nein, Wuttke hatte es längst aufgegeben, über Verdächtige eine verbindliche Prognose abzugeben, ob in ihnen nun das Potenzial zu einem Mörder steckte oder nicht.

»Worüber grübeln Sie nach? Sie haben Ihre Denkerstirn aufgesetzt, Wuttke?«, fragte Stein, als sie ins Freie traten.

Wuttke meinte, einen leichten Spott herauszuhören.

»Sie wissen doch, dass ich das Denken Ihnen überlasse!«

»Wuttke, seit Sie bei mir Ihr kleines Geständnis wegen der Pillen abgelegt haben, hören Sie wirklich bei jedem meiner Sätze die Flöhe husten. Ich trage Ihnen nichts nach. Also, was bewegt Sie?«

»Die alte Frage, ob man als Polizist einen Verbrecher als solchen erkennen kann oder nicht.«

»Aber sicher! An der Schädelform und den zusammengewachsenen Augenbrauen natürlich«, gab Stein prompt zurück.

»Sie werden lachen. Das hat man uns in den Schnellkursen zum Kriminalpolizisten 45 noch beigebracht.«

»Kein Wunder. Lombrosos Theorie vom geborenen Verbrecher, die auch in unserer Ausbildung durchgenommen wurde, haben sich die Nationalsozialisten wohl für ihre Rassenlehre zu eigen gemacht. Und mit dem Jahr 1945 war ja das Denken der Nazis nicht auf einen Schlag verschwunden.«

»Was Sie schon wieder alles wissen, aber dafür weiß ich jetzt, dass wir Descher sofort verhaften müssen!«

»Wie bitte?«

»Der Mann hat angewachsene Ohrläppchen, die Sie als Merkmal eines geborenen Verbrechers eben zu erwähnen vergessen hatten«, erwiderte Wuttke gestelzt und mit todernster Miene.

Stein musterte ihn entgeistert. »Sie glauben diesen Unsinn, den man Ihnen da eingetrichtert hat, doch nicht etwa? Wuttke, das sind überholte Theorien aus dem letzten Jahrhundert ...«

Wuttke brach in schallendes Gelächter aus. »Hätte nicht gedacht, dass man den klugen Kollegen so leicht auf den Arm nehmen kann.«

Stein stimmte lauthals in das Lachen ein. Dass der Kollege lachte, war eine absolute Ausnahme, dachte Wuttke amüsiert. Stein schmunzelte allenfalls. Doch wenn es ihn einmal packte, dann war es ein dröhnendes ansteckendes Lachen. Wuttke erinnerte sich genau, wann sie schon einmal gemeinsam derart miteinander gelacht hatten. Das war nach Krügers Verabschiedung gewesen, als Wuttke im Ton von Polizeipräsident Stumm dessen Lobhudelei auf den scheidenden Polizeirat karikiert hatte. Bei dem Satz *Er war so ein aufrechter und bei allen beliebter Vorgesetzter* hatte Stein nicht mehr an sich halten können. Zum Glück waren sie bereits unter sich gewesen.

15

Zu spät, um sich zu verstecken, dachte Lore Krause erschrocken, als ihr auf dem langen Korridor der ehemaligen Kaserne, in der sich das Polizeipräsidium Friesenstraße befand, Kommissar Martens in Begleitung von Hermine Dankert entgegenkam. Martens hatte sie bereits erblickt und winkte ihr sichtlich erfreut zu. Schon die Vorstellung, er könnte Frau Dankert in ihrer Gegenwart von der Sache mit dem Kopf berichten, bereitete ihr ein unangenehmes Gefühl. Sie wollte nicht länger von Martens protegiert werden! Nicht nachdem er ihr am Wurststand den Hintern getätschelt hatte!

»Fräulein Krause, schön, dass wir Sie treffen«, begrüßte er sie überschwänglich. »Ich habe Frau Dankert gerade von Ihrer Heldentat berichtet!«

Lore traute sich kaum, die strenge Dame von der Sitte anzusehen. Derart peinlich war ihr das.

»Ach, das war doch mehr ein Zufallsfund«, erklärte Lore bescheiden.

»Vor allem wenn man bedenkt, dass Sie als Schreibkraft bei einer Suchaktion gar nichts verloren haben«, entgegnete die Dankert in scharfem Ton.

Nun hob Lore entschieden den Blick und was sie dort sah, war nicht gerade ermutigend. Die neue Frau an Ernst Löbaus Seite würde ihr schon aus Prinzip keine Chance geben, befürchtete Lore, es sei denn, sie schaffte es, etwas zu leisten, das die eifersüchtige Dame nicht so sauertöpfisch ignorieren konnte.

»Aber, liebe Hermine, das dürfen Sie Fräulein Krause nicht anlasten. Ich habe angeordnet, dass sie uns begleitet, um die Aktion zu protokollieren«, erklärte Martens beflissen.

»Und wo ist der Bericht? Ich würde den nämlich gern studieren, weil die Ermordete, deren Kopf Sie gefunden haben, offenbar eines unserer Mädchen gewesen ist.«

Während noch eine innere Stimme Lore dringend davor warnte, Kommissarin Dankert auch nur mit einer einzigen neugierigen Frage zu löchern, hörte sie sich bereits selbst fragen: »Was bedeutet das, eines Ihrer Mädchen?«

Hermine Dankert musterte Lore abschätzig. »Das heißt, dass sie der WKP bekannt war, weil wir dabei mitgewirkt haben, sie in einer Fürsorgeeinrichtung unterzubringen, wo sie zum Tatzeitpunkt abgängig war.«

Lore ignorierte den angriffslustigen Blick der Dankert. »Heißt das, sie war eine Prostituierte?«

»Nein, Fräulein Naseweis, das heißt es nicht, aber vielleicht sollten Sie sich erst einmal über unsere Aufgaben und Befugnisse informieren, bevor Sie den hochgeschätzten Kollegen dazu anstiften, für Sie Reklame zu machen. Das haben Sie schließlich schon vergeblich bei anderen meiner Kollegen versucht ...«

Lore schluckte. Damit spielte die Dankert zweifelsohne auf Ernst Löbau von der Sitte an. Ihr lag eine heftige Erwiderung auf der Zunge, aber da mischte sich erneut Martens ein: »Fräulein Lore, ob Sie mich wohl in mein Büro begleiten würden? Damit wir den besagten Bericht fertigstellen können?«

Lore funkelte ihn wütend an. »Der Bericht ist fertig. Ich werde ihn Kommissarin Dankert wie gewünscht zur Verfügung stellen, denn ich bin jetzt bei den Kollegen Stein und Wuttke unabkömmlich. Und bitte unterlassen Sie es in Zukunft, den Fund des Kopfes als Heldentat zu verkaufen. Ich wünschte, ich hätte ihn niemals gesehen, denn ich träume seither jede Nacht davon!« Sie wandte sich der Dankert zu. Zu ihrem großen Erstaunen entdeckte sie plötzlich so etwas wie Wohlwollen in deren Blick. »Brauchen Sie den Bericht heute noch oder reicht es morgen früh? Ich frage, weil es schon sieben Uhr ist und ich nicht weiß, wie lange die Zeugenvernehmung dauert.«

»Morgen früh ist ausreichend«, sagte Hermine Dankert und sprach zum ersten Mal, seit sie überhaupt mit Lore redete, nicht im üblichen Kasernenton mit ihr.

»Auf Wiedersehen, Frau Dankert«, entgegnete Lore knapp, ohne

Martens auch nur eines Blickes zu würdigen, bevor sie in Richtung ihres Büros davoneilte.

»Fräulein Krause, ich ... ich, ich brauche Sie aber spätestens morgen bei einer Zeugenaussage ...«, rief ihr Martens leicht verzweifelt hinterher. Lore blieb stehen und drehte sich um. »Sie kennen den Ablauf, Kommissar Martens. Wenn Sie meine Arbeitskraft benötigen, rufen Sie mich bitte im Büro an, aber ich befürchte, morgen gehöre ich Ihren Kollegen. Ein neuer Mordfall, bei dem es viel zu tun gibt.«

Dann ließ sie Martens grußlos stehen. Sie konnte es nicht leugnen. Es fühlte sich gut an, dem zudringlichen Kommissar durch die Blume mitgeteilt zu haben, dass sie in Zukunft auf ihn als ihren Fürsprecher verzichtete. Ärgerlich war nur, dass sie damit sehr viel schwerer an Informationen über den Torsomörder-Fall kommen würde. Sie konnte nur darauf hoffen, dass Martens weiterhin mit allen möglichen Details angeben würde, sodass sie ohnehin über den Flurfunk Verbreitung fanden. Und keiner würde sie davon abhalten, demnächst öfter einmal durch die Kreuzbergstraße zu schlendern, die der tägliche Arbeitsweg zumindest zweier Opfer gewesen war, und zwar immer wieder am Eingang zum Viktoriapark mit der Bronzefigur vorbei. Sie war sich nur noch nicht sicher, was für eine Aufmachung sie wählen sollte, um einem potenziellen Frauenmörder aufzufallen. Nicht dass sie zu billig wirkte, aber auch nicht zu chic ...

16

Ein lautes Streitgespräch riss Lore Krause aus ihren Gedanken. Ihr Blick fiel auf zwei Männer, die auf der Bank vor dem Büro der Kommissare warteten. Offenbar die Zeugen. Sie hätten unterschiedlicher gar nicht sein können. Der ältere der beiden besaß auf den ersten Blick eine vornehme, wenngleich auch überhebliche Ausstrahlung. Er trug einen ungewöhnlich feinen Anzug. Erst auf den zweiten Blick erkannte sie in ihm den unfreundlichen Klinikleiter wieder, dem es am liebsten gewesen wäre, man hätte den toten Arzt auf der Stelle wie Müll entsorgt. Nun erkannte sie auch seine herrische Stimme wieder. »Wenn Sie sich einbilden, mich erpressen zu können, dann lernen Sie mich erst einmal richtig kennen, Sie Idiot!«, drohte er dem schwitzenden Glatzkopf, der schnaubend erwiderte: »Sie glauben wohl, Sie können sich alles leisten. Da täuschen Sie sich aber. Ich werde der Presse gegenüber nicht nur die fragwürdigen Behandlungsmethoden erwähnen, sondern auch die Tatsache, dass Sie genau wissen, was in Ihrer Klinik gespielt wird!«

Die beiden hatten Lore im Eifer des Gefechts gar nicht bemerkt, denn jetzt hörte sie, wie der Klinikleiter dem Glatzkopf in süffisantem Ton verkündete, dass er bloß nicht auf den dummen Gedanken kommen sollte, ihm an den Karren zu fahren. Dann säße er schneller im Gefängnis, als ihm lieb sei! Das hätten schon ganz andere versucht. Daraufhin schnappte der Glatzkopf nach Luft. »Ich habe nichts mit Kampmanns Tod zu tun. Wenn Sie das noch einmal behaupten, dann … dann …«, japste er.

Lores Sympathie galt eindeutig dem Glatzkopf, der dem Klinikleiter haushoch unterlegen zu sein schien. Sie fühlte immer mit den Schwächeren, zumal sie den Klinikleiter vom ersten Moment an schon nicht hatte leiden können.

Ohne dass die beiden Männer Notiz von ihr nahmen, schlüpfte sie in das Büro der Kommissare und setzte sich an den Platz, auf dem ihr Block und ihr Stift zum Protokollieren bereitlagen.

»Ihre Zeugen sind beide da«, sagte sie, weil sie sich darüber wunderte, dass die Kommissare keinerlei Anstalten machten, den ersten hereinzurufen, obwohl es bereits fünf Minuten nach sieben war. »Und ich glaube, Sie sollten die beiden Streithähne schnellstens trennen«, fügte sie energisch hinzu.

»Danke, Fräulein Lore, aber wir lassen sie noch ein wenig schmoren«, bemerkte Wuttke triumphierend. »Haben Sie denn gehört, worüber die beiden sich gestritten haben? Sie haben Ihre Ohren und Augen doch stets überall, wo Sie ein Unrecht wittern.«

»Ich lausche nicht«, empörte sich Lore.

»Um Gottes willen, das hat er nicht so gemeint. Der Kollege Wuttke wollte damit sagen, dass Sie eine aufmerksame Mitarbeiterin sind, der nichts entgeht, was für den Fall wichtig sein könnte, und die es als ihre Pflicht ansieht, ihr Wissen unverzüglich weiterzugeben!«, mischte sich Stein ein.

»Ach, denkt der Kollege Wuttke vielleicht, dass ich eine Petze bin? Und dass ich jede Verfehlung, die jemand begeht, unverzüglich weitergebe?«, fauchte Lore und verschränkte kämpferisch die Arme vor der Brust. »Ich habe gar nichts gehört und gesehen.« Es war eigentlich nicht ihre Art, beleidigt auf die gelegentlichen Frotzeleien der Kommissare zu reagieren, aber vor dem Hintergrund, was sie auf dem Dach beobachtet hatte, und angesichts der Tatsache, dass sie ihre Beobachtung für sich behalten und Wuttke nicht verpfiffen hatte, reagierte sie verschnupft.

Immerhin schien sie bei Wuttke einen Nerv getroffen zu haben. Offenbar ahnte er, worauf sie anspielte. Er war bei ihren Worten jedenfalls sichtlich erblasst.

»Ich … nein, äh, Fräulein Lore, nun seien Sie doch nicht so stur. Ich habe das nicht so gemeint«, stammelte er.

»Dann wissen Sie ja hoffentlich, was Sie zu tun haben!«, gab sie in bissigem Ton zurück, obwohl ihr Wuttke fast ein bisschen leidtat.

»Verzeihen Sie, Fräulein Lore, ich wollte Sie auf keinen Fall beleidigen. Aber es wäre im Sinne der Aufklärung dieses Falls wirklich förderlich, wenn Sie uns berichten könnten, was dort draußen vor sich geht«, bat Wuttke Lore kleinlaut.

Daraufhin ließ sich die Stenotypistin nicht länger bitten, sondern schilderte den Kommissaren wortwörtlich, was sie von dem Streit mitbekommen hatte.

»Mir scheint, Descher glaubt, de Vries mit irgendetwas in der Hand zu haben und erpressen zu können«, sagte Stein.

Lore nickte eifrig. »Das war genau mein Eindruck. Offenbar befürchtet dieser Descher, dass der Klinikleiter zu seinen Ungunsten aussagt, und hat versucht, ihn davon abzuhalten.«

»Gut kombiniert, Fräulein Lore. Wirklich jammerschade, dass wir Sie nicht als Praktikantin einstellen dürfen«, bemerkte Stein.

»Das find ich aber auch. Da darf so ein Hornochse wie der Schulz junior ganz selbstverständlich im Viktoriapark dabei sein, aber mir wird ein Strick daraus gedreht!«, schimpfte sie.

»Stramme Leistung übrigens, dass Sie den Kopf gefunden haben. Glückwunsch«, beeilte sich Wuttke zu sagen.

Lore hob abwehrend die Hände. »Lassen Sie mich bloß damit in Ruhe! Woher wissen Sie das überhaupt schon?«

»Kollege Martens posaunt es überall herum!«, verriet Stein amüsiert.

»Tun Sie mir einen Gefallen. Geben Sie mir die nächsten Tage so viel Arbeit, dass ich nicht zu dem Kollegen muss.«

»Was hat er Ihnen denn getan?«

»Er hat mich bei der Dankert endgültig unmöglich gemacht, aber ich möchte jetzt nicht weiter darüber sprechen. Jedenfalls kann ich auf diesen Fürsprecher bei der Dankert verzichten!«

»Gut, dann holen Sie bitte einmal den ersten Zeugen herein, Fräulein Lore. Ich schlage vor, wir beginnen mit de Vries.«

Lore war noch nicht ganz bei der Tür, als es nicht gerade zaghaft klopfte. Sie riss die Tür auf und wollte dem ungeduldigen Klinikleiter die Meinung sagen, als sie stutzte. Dort stand nicht de Vries, sondern ein älterer Herr in einem grünen Regenmantel und mit einem Hut, den er auffallend tief in das Gesicht gezogen hatte.

»Ich möchte Kommissar Stein sprechen.«

»Das ist jetzt aber ganz schlecht«, entgegnete Lore.

Da war Stein bereits aufgestanden und hatte sich dem Mann genähert. »Was willst du denn hier?«, hörte die Schreibkraft den Kommissar unwirsch fragen.

»Dich sprechen. Es ist dringend!« Mit einem Seitenblick auf Wuttke stellte Lore verwundert fest, dass nicht nur Stein den Herren zu kennen schien, sondern auch Wuttke.

»Gehen Sie doch einfach in das Büro von Fräulein Lore. Wir fangen hier schon mal an, wenn Sie nichts dagegen haben«, schlug Wuttke seinem Kollegen vor.

»Gut, es dauert nicht lange. Bin gleich zurück.«

Daraufhin folgte Stein dem Fremden. Er machte ganz und gar nicht den Eindruck, als würde ihn dieser Überraschungsbesuch besonders erfreuen. Im Gegenteil, er konnte seinen unterdrückten Zorn kaum verbergen.

Kaum dass die beiden das Büro verlassen hatte, drehte sich Lore fragend zu Wuttke um. »Wer war das denn?«

Wuttke zuckte mit den Schultern. »Keine Ahnung.«

»Kommissar Wuttke, es geht mich auch gar nichts an, aber Sie müssen mich trotzdem nicht beschwindeln. Ich habe in Ihrem Gesicht sehr wohl lesen können, dass Sie den Mann kennen.«

Wuttke bekam einen hochroten Kopf.

»Sie haben das auf dem Dach beobachtet, oder?«, fragte er leise.

Lore nickte.

»Ich habe die Sache inzwischen in Ordnung gebracht. Stein weiß Bescheid. Und danke, dass Sie mich nicht verpfiffen haben! Dieser Herr ist Hermann Stein. Ich habe ihn erst an seiner Stimme erkannt und ihn auch nur ein einziges Mal gesehen. Anlässlich des Zusammenstoßes mit der Markgraf-Polizei, als wir im vergangenen Jahr die Stadtverordnetenversammlung schützen sollten.«

»Sein Vater? Der berüchtigte Stein, der für Markgraf arbeitet?«, hakte Lore neugierig nach und signalisierte damit, dass das Thema Tablettenklau für sie erledigt war.

»Ja, er arbeitet für Markgraf«, wiederholte Wuttke und schien sich ebenso zu wundern wie Lore selbst. »Und behalten Sie den Besuch aus dem Osten bitte für sich«, fügte er hinzu.

»Kommissar Wuttke! Fangen Sie schon wieder an? Ich werde natürlich sofort auf den Flur rennen und öffentlich verkünden, dass Steins sagenumwobener Vater im Haus ist!«

»Fräulein Lore, so habe ich das nicht gemeint«, seufzte Wuttke.

»Ich weiß doch, dass mich das nichts angeht ...«, erwiderte sie und fragte sich, noch während sie das sagte, warum sich ein so hohes Tier aus der Keibelstraße wohl in die Friesenstraße wagte.

17

Stein bot seinem Vater den Schreibtischstuhl an und lehnte sich selbst gegen die Fensterbank, denn in Lores Kabuff war nur Platz für den Schreibtisch, den Stuhl und einen Aktenschrank.

»Willst du nicht den Hut abnehmen und den Mantel ausziehen? Hier drinnen erkennt dich keiner«, bemerkte Stein spöttisch.

Wortlos zog der Vater den grünen Mantel aus und setzte den Hut ab. Stein erschrak bei seinem Anblick. Er war noch einmal merklich gealtert, nachdem sie sich im vergangenen Herbst zum letzten Mal im Ostteil der Stadt getroffen hatten. Zu einem weiteren Treffen war es danach nicht mehr gekommen, weil Stein sich weigerte, die Sektorengrenze in Richtung Osten noch einmal zu passieren. Denn einige Polizisten, die immer noch im Osten ihren Wohnsitz besaßen, hatten sich schließlich in Sachsenhausen wiedergefunden. Er kannte persönlich einen von ihnen, den man inzwischen wieder entlassen hatte, der aber nicht mehr in seine Wohnung in der Chausseestraße zurückkehren durfte. Seine Schilderungen, wie schnell man als Polizist zurzeit dort drüben hinter Gittern landete, hatten Stein den Rest gegeben.

Schon vorher war er nur höchst widerwillig zu Treffen mit seinem Vater nach drüben gefahren, ohne dessen Protektion er dort längst verhaftet worden wäre. Schließlich gehörte er zu den erklärten Feinden der Markgraf-Polizei, weil er 1948 wie Tausende von Vopos in die Friesenstraße zur Stumm-Polizei gewechselt hatte, nachdem der Magistrat Markgraf als Polizeipräsidenten abgesetzt und Stumm zu seinem Nachfolger ernannt hatte. Mit dem Ergebnis, dass es zur Spaltung der Polizei in Ost und West gekommen war, weil Markgraf seinen Posten nicht geräumt hatte.

»Geht es dir gut, mein Sohn?«, fragte sein Vater.

»Ja, und dir? Du siehst nicht gesund aus.« Stein versuchte, zu verbergen, dass er sich beim Anblick des blassen und zerknitterten Gesichts seines Vaters regelrecht erschrocken hatte. So fremd sie einander auch waren, aber der Mann war immer noch sein Vater. Kein besonders anheimelnder Gedanke, aber nicht zu ändern. Es gab ein Band zwischen ihnen, das Stein trotz aller Probleme mit seinem Erzeuger niemals hatte durchschneiden können. Es war eher nur ein dünner Faden, der ihn mit seinem Vater verband, aber der schlechte Zustand seines alten Herren fiel Stein sofort ins Auge.

»Es ist der Magen, der mir manchmal Probleme bereitet. Ich arbeite zu viel«, knurrte sein Vater.

»Vielleicht solltest du dich langsam zur Ruhe setzen. Du wirst doch bald ...« Stein stockte. Ihm wurde klar, dass der sechzigste Geburtstag seines Vaters in etwa sieben Wochen bevorstand. Im Juni.

»Genau, das wollte ich dir auch lieber persönlich überreichen.« Sein Vater holte einen Umschlag hervor und reichte ihn Stein. Widerwillig öffnete er ihn und zog eine Einladungskarte zum Empfang anlässlich des sechzigsten Geburtstag des Genossen Oberst der VP Hermann Stein in die Speisegaststätte *Lukullus,* Französische Straße 47, für den 5. Juni 1949 hervor.

»Aber du hast dich bestimmt nicht in die Höhle des Löwen gewagt, um mir persönlich diese Einladung zu überbringen, oder?«, fragte Hans-Joachim Stein zweifelnd. »Zumal du doch vermutest, dass man dich hier von der Straße weg entführt und geradewegs ins Gefängnis steckt.«

»Das ist keine bloße Vermutung. Gerade neulich erst hat wieder ein Stupo einen Vopo in den Westen entführt!«, erwiderte sein Vater voller Empörung.

»Was für ein Glück für den Polizisten, denn normalerweise trifft es nur unsere Leute«, entgegnete Stein provokant.

»Das ist nichts als kapitalistische Propaganda«, konterte sein Vater.

»Soll ich dir unseren Polizeimeister Erwin Jaschke vorstellen? Er kann dir von seiner Verhaftung und der Zeit in Sachsenhausen berichten. Aber vielleicht kennst du ihn ja, weil er in deiner Abteilung verhört worden ist!« Stein wollte gar nicht so heftig werden, aber wenn sein Vater mit seinen Agitationsparolen um sich warf, sah er rot.

»Mein lieber Junge, du bist immer noch so blind auf dem rechten

Auge wie eh und je. Weißt du, was euer *Tagesspiegel* jeden einzelnen Tag betreibt? Nein? Denunziation unserer Polizei. Als hätten wir nicht anderes zu tun, als alten Mütterlein ihre geschmuggelten Kartoffeln wegzunehmen. Wenn wir den Leuten den Rucksack abnehmen, dann sind das Schieber, die das Zeug bei euch teuer verkaufen. Aber in dem Hetzblatt heißt es dann ›Gepäckdiebstahl üben die folgenden Beamten der Markgraf-Polizei aus‹ und dann folgen die vollen Namen unserer Leute. Fehlt nur noch die Adresse!«

»Vater, das sind arme Leute, die versuchen, sich ein bisschen was zu essen zu verschaffen. Ihr habt doch die Blockade angezettelt!«

»Das war Notwehr, bevor sich der Westen ganz Berlin einverleiben konnte!«

»Lass uns nicht streiten, Vater, was willst du hier? Wegen der Einladung bist du sicher nicht persönlich gekommen auf die Gefahr hin, dass wir dich gleich einkassieren. Oder traust du eurer Post nicht und vermutest, dass sie Briefe in den Westen absichtlich verschwinden lässt?«

Sein Vater stieß einen tiefen Seufzer aus. »Ich bin beruflich hier.« Er senkte die Stimme und sah sich nach allen Seiten um.

»Vater, wir haben hier keine Abhörvorrichtungen.«

»Wir haben auf unserer Seite des Potsdamer Platzes einen Toten gefunden. Offenbar ist er mit einer Schlinge von hinten erwürgt worden. Es gibt kaum Abwehrspuren, muss also ein Überraschungsangriff gewesen sein.«

»Du sagtest, er ist im sowjetischen Sektor gefunden worden. Wie kann ich dir dabei helfen?«

»Offenbar wollte er sich in den Westen absetzen, denn er hatte Bargeld und Schmuck bei sich.«

»Also scheidet Raubmord aus?«

»Es sollte wie einer aussehen, aber schlecht gemacht! Kein Raubmörder leert nur die Geldbörse und entnimmt alle Papiere, lässt aber eine wertvolle Perlenkette in der Aktentasche und sieht nicht in den Jackentaschen nach! Dort haben wir nicht nur Wertsachen gefunden, sondern auch sein SED-Parteibuch und einen Hinweis, der in den Westen führt.«

»Vielleicht haben ihn deine Leute umgebracht?«, mutmaßte Stein.

»Wenn wir jeden umbringen würden, von dem wir wissen, dass er abhauen will, hätten wir viel zu tun. Aber dieser Mann war der Polizei bislang nicht bekannt. Auch nicht in Jena, wo er zuletzt gelebt hat. Wir haben nur diesen einen verdächtigen Zettel mit der Adresse in Charlottenburg in seiner Jackentasche gefunden. Ich denke, ich habe noch einen gut bei dir und würde dich bitten, diese Kontaktperson aufzusuchen und zu dem Ermordeten zu befragen.«

Obwohl es Stein zutiefst widerstrebte, für seinen Vater zu ermitteln, fühlte er sich verpflichtet, ihm zu helfen. Im Vergleich zu dem, was sein Vater in Sachen Lena Kowalke ihm zu Gefallen riskiert hatte, war dies eine harmlose Befragung, die er ihm nicht verwehren konnte. Und solange es keine politische Angelegenheit war, konnte er es auch mit seinem Gewissen vereinbaren, die Markgraf-Polizei in einem Mordfall zu unterstützen.

»Gut, Vater, das werde ich in Kürze für dich erledigen. Auf welchem Weg möchtest du das Ergebnis? Telefonisch oder per Post?«

»Du kannst mich anrufen unter meiner neuen Durchwahl, aber bitte vorsichtig, dass die Nummer nicht in falsche Hände gerät«, raunte sein Vater, während er seine Telefonnummer auf einen Zettel kritzelte und ihn Hans-Joachim verschwörerisch zusteckte.

»Was wisst ihr über den Mann?«, fragte er seinen Vater.

»Er war als Chemiker am Institut für Mikrobiologie in Jena tätig.«

»Und was hat er dort genau gemacht?«

»Darüber darf ich mit dir als einem Mitarbeiter der Stumm-Polizei nicht sprechen. Es könnte nämlich sein, dass sein Tod mit seiner beruflichen Tätigkeit im Zusammenhang steht. Im schlimmsten Fall hat er im Auftrag des Westens Sabotage betrieben.«

Stein verdrehte die Augen. »Mensch, Vater, wird das nicht langsam zur Obsession bei dir, dass an allem der böse Westen schuld ist!«

Hermann Stein kniff seine Augen zu gefährlichen Schlitzen zusammen. »Ich sage nur KgU! Und nun ist es an dir, mehr herauszufinden. Bitte führe die Befragung des Kontaktmannes im Westen unverzüglich durch!«, sagte er im Befehlston.

KgU. Da dämmerte Stein etwas. Das war seines Wissens eine Organisation, die unter dem Namen »Kampfgruppe gegen Unmenschlichkeit« im vergangenen Jahr von Intellektuellen gegründet worden war und die einen Suchdienst ins Leben gerufen hatte, um in der Sowjetzone verschleppte und dort abgeurteilte Personen aufzuspüren. Es gab Gerüchte, dass Sabotageakte gegen die ostzonale Regierung geplant waren.

Stein streckte die Hand aus. »Dann gib schon her! Aber sag mir wenigstens, was die KgU mit dem Fall zu tun haben soll!«

»Mir sind die Hände gebunden, nur das eine. Diese Leute sind brandgefährlich und wir haben die Informationen, dass sie in Zukunft auch vor Sabotageakten gegen uns nicht zurückschrecken.«

»Du meinst, der Chemiker gehörte zu dieser Gruppe?«

»Ich habe schon viel zu viel verraten. Den Namen seines Kontaktmanns im Westen. Mehr kann ich dir nicht geben!«

Sein Vater reichte ihm einen zerknüllten Zettel. Als Stein ihn auseinandergefaltet und den Namen las, der in der gestochen scharfen Schrift seines Vaters dort notiert war, musste er einen Augenblick um seine Fassung ringen. Doch er schaffte es, sich die Überraschung nicht ansehen zu lassen.

»Gut, Vater, ich kümmere mich darum«, versprach er, während er im Kopf einen Schlachtplan entwickelte. Auf keinen Fall würde er seinem Vater sagen, was er wusste, denn es gab keinen Zweifel, dass der gewiefte Markgraf-Polizist ihn lediglich benutzen, ihn aber nicht in den Fall einweihen würde. Und genauso würde er die Angelegenheit auch angehen. Nach außen mit ihm kooperieren, aber ihn in Wirklichkeit als Informanten für sich arbeiten lassen.

»Kannst du mir denn wenigstens auch noch verraten, wie der Ermordete heißt?«

»Lüders. Dr. Franz Lüders«, sagte sein Vater, während er Hut und Mantel anzog. »Wirst du kommen?«, fügte er hinzu und deutete auf die Einladung.

Stein zuckte mit den Schultern. »Wenn du mir garantierst, dass ich wieder heil rauskomme.«

»Ist dir bei uns auch schon jemals einmal nur ein Haar gekrümmt worden?«

»Noch nicht, aber deine rechte Hand Abel wird nicht lockerlassen, bevor er mich hinter Gittern sieht!«

»Keine Sorge. Abel sitzt zurzeit in Bautzen und wird ganz sicher nicht in meine Dienststelle zurückkehren«, erwiderte sein Vater mit einem beinahe triumphierenden Blick. Steins Blick blieb an der Narbe hängen, die er seinem Erzeuger einst mittels Fausthiebs verpasst hatte, bevor er von der Markgraf-Polizei zu Stumm übergelaufen war. Wie immer, wenn sie sich trafen, war Stein hin- und hergerissen. Auf der einen Seite hielt er seinen Vater für einen Mann, der gegenüber seinen Gegnern kein Pardon kannte und auch vor Gewalt nicht zurückschreckte. Überdies für einen saumiserablen Vater, der sein einziges Kind wie ein Gepäckstück in England bei seiner Schwester abgeladen hatte, um in Spanien oder der Sowjetunion für die Weltrevolution zu kämpfen. Andererseits hatte er ihm zu Gefallen auf recht unbürokratische Weise ein Menschenleben gerettet. Tja, und dann gab es noch diesen unliebsamen, dünnen Faden, der sie miteinander verband ...

Ob sein Vater etwas damit zu tun hatte, dass seine rechte Hand in diesem im Osten gefürchteten sowjetischen Untersuchungsgefängnis gelandet war? Stein schüttelte den Gedanken hastig ab. Er wollte es gar nicht wissen.

»Ich werde es mir überlegen«, sagte Stein.

Sein Vater war bereits bei der Tür, als er sich noch einmal umdrehte. »Wenn du Lust hast, könntest du am Ostersonntag vorbeikommen. Meine ... äh, meine Verlobte, also Marion, würde sich freuen, meinen Sohn kennenzulernen.«

Stein konnte nichts dagegen tun. Dieses Angebot trieb ihm auf der Stelle die Zornesröte ins Gesicht. Vor allem weil es ganz offensichtlich dazu diente, ihm durch die Blume mitzuteilen, dass es eine Frau in seinem Leben gab.

»Nein danke! Das Angebot, gemeinsam Ostereier zu suchen, kommt etwas zu spät, Vater. Wenn ich mich recht entsinne, haben wir noch nie Ostern gemeinsam verbracht. Und es gibt keinen Grund, daran etwas zu ändern!«, entgegnete Stein schroff. »Wiedersehen, Vater!«, fügte er nicht minder unfreundlich hinzu.

Mit hängenden Schultern verließ sein Vater das Büro. Stein kämpfte kurz gegen einen Anflug von Mitgefühl mit dem gebeugten alten Herrn, doch dann warf er erneut einen Blick auf den Zettel … und es zählte nur noch das, was sein Vater dort mit seiner gestochen scharfen Schrift notiert hatte: *Dr. Dieter Kampmann, Bettinastraße 7.*

18

Wuttke erlebte bei der Vernehmung des Klinikleiters eine große Überraschung. Innerlich hatte er sich bereits für die Befragung dieses aalglatten und unfreundlichen Klinikleiters gewappnet und sich vorgenommen, ebenso arrogant aufzutreten wie er, weil das offenbar die Sprache war, die dieser Kerl verstand. Nun saß ihm wider Erwarten ein freundlicher de Vries gegenüber, der betonte, dass er alles tun würde, um die Polizei bei der Aufklärung des Mordes an seinem geschätzten Kollegen zu unterstützen. Wuttke durchschaute sofort, dass dies zutiefst unaufrichtig und nur eine Fassade war, aber er spielte mit.

»Das freut uns außerordentlich, Herr Dr. de Vries. Dann erzählen Sie mir doch bitte einmal, wann Sie Dr. Kampmann zuletzt gesehen haben.«

»Das war am Morgen seines Ablebens zu unserer täglichen Vorbesprechung, zu der sich unsere Chefärzte in meinem Büro treffen, um über das zu reden, was in den beiden Abteilungen an diesem Tag aus ärztlicher Sicht anliegt.«

»Das waren also Sie, Dr. Kampmann und wer noch?«

»Dr. Hamann, der Leiter der Venerologie, mein Cousin und ich.«

»Und gab es Besonderheiten an diesem Tag?«

»Nein, Kampmann war auch nicht anders als in den vergangenen Wochen. Er litt bereits seit Januar unter enormer Anspannung, weil er sich für den Tod des kleinen Rolf Descher verantwortlich fühlte.«

»Und wie hat sich das geäußert?«

De Vries zögerte, doch dann gab er bereitwillig Auskunft. »Ich gebe das ungern preis, aber wenn es zur Ergreifung seines Mörders führt, habe ich wohl keine Wahl, als etwas zu verraten, was den verstorbenen Kollegen in ein schlechtes Licht rücken könnte. Sagt Ihnen das Aufputschmittel Pervitin etwas?«

Wuttke sah aus dem Augenwinkel, dass Fräulein Lore mit schreckensweiten Augen den Stift sinken ließ und das Mitschreiben unterbrach. Doch er ließ sich nichts anmerken. »Kennen ist zu viel gesagt«, log er, ohne rot zu werden. »Gelesen habe ich darüber. Das ist diese sogenannte Panzerschokolade, die im Krieg an die Soldaten ausgegeben wurde, damit sie leistungsfähiger bleiben, oder?«

»Ich weiß nicht, was Sie lesen, aber das ist allzu laienhaft erklärt.« Da klang sie wieder durch, die Überheblichkeit des Klinikleiters, aber das konnte Wuttke in diesem Fall nicht provozieren, denn er hatte sich absichtlich stümperhaft ausgedrückt.

»Dann erklären Sie es mir lieber aus fachmännischer Sicht«, sagte Wuttke in fast unterwürfigem Ton. Dass er das Spielchen gerade ein wenig übertrieb, zeigte ihm die Reaktion von Fräulein Lore, um deren Mundwinkel es verdächtig zuckte.

»Pervitin besteht aus Methamphetamin, einer synthetisch hergestellten Substanz aus der Stoffgruppe der Phenylethylamine. Sie wird sowohl in der Medizin als Arzneimittel wie auch missbräuchlich als euphorisierende und stimulierende Droge verwendet. Als Mittel zur Dämpfung des Angstgefühls, zur Steigerung der Leistungs- und Konzentrationsfähigkeit und des Selbstwertgefühls wurde es während des Krieges seitens der Wehrmacht an die kämpfende Truppe sowie auch an Fahrzeugführer und Piloten ausgegeben. Aber es gab auch Gegner dieser großzügigen Verteilung, zu denen auch ich gehörte. Wie ich schon 1940 zu Reichsgesundheitsführer Leonardo Conti auf einem Kongress sagte, schien mir der inflationäre Gebrauch des Mittels fragwürdig. Das Suchtpotenzial ist hoch. Ab Mitte 1941 war das Medikament dann aufgrund des geänderten Reichsopiumgesetzes nicht mehr frei, sondern nur noch auf Rezept erhältlich …«

»Ja danke, Herr Dr. de Vries. Ich habe das jetzt verstanden«, unterbrach Wuttke den Vortrag des Klinikleiters. Er erinnerte sich, einmal im Radio gehört zu haben, dass sich der von de Vries erwähnte Conti, der zu den Angeklagten in Nürnberg gehörte, in seiner Zelle umgebracht hätte. Schade, dass Stein nicht mitbekam, wie de Vries sich mit der Nähe zu diesem Mann rühmte. Da hätte sich der gute Klinikleiter auf eine der gefürchteten Spitzen des Kollegen zum Thema Naziseilschaften gefasst machen können.

»Sie wollten mir gerade sagen, was Dr. Kampmann mit diesem Mittel zu tun hatte.«

»Er hat die Droge konsumiert. Ich habe ihn im vergangenen Jahr in einer Mittagspause auf dem Dach des Hauses dabei erwischt, wie er es zu sich nahm, und ihm in aller Deutlichkeit zu verstehen gegeben, dass ich das in meinem Haus nicht dulde. Ich befürchte, er hatte nach dem Tod des Jungen wieder damit angefangen. Wer einmal süchtig ist, schafft es meist nicht, davon loszukommen ...«

»Sie halten sich also auch gelegentlich einmal auf dem Dach der Klinik auf?«, unterbrach ihn Wuttke hastig, nachdem de Vries ihm unwissentlich zu verstehen gegeben hatte, dass er ein hoffnungsloser Fall war.

»Das ist im Frühjahr, Herbst und Sommer der einzige Ort, an dem meine Mitarbeiter ein bisschen Luft bekommen. Alle nutzen das Dach. Dort haben die Schwestern sogar einen kleinen Gemüsegarten angelegt. Ich nehme hin und wieder einen Kontrollgang vor.«

»Sind Sie auch an dem Tag, an dem Dieter Kampmann ermordet wurde, zum Kontrollieren oben auf dem Dach gewesen?«

De Vries zog verächtlich die Augenbraue hoch. »Herr Kommissar, das ist plump. Natürlich nicht! Aber ich habe am Tattag Descher gesehen, wie er den Weg zum Dachboden eingeschlagen hat. Wir hatten kurzen Blickkontakt und ich muss annehmen, er möchte verhindern, dass ich Ihnen das weitergebe. Aber Ihnen das mitzuteilen, ist nun einmal meine Pflicht.«

»Wann war das ungefähr?«

»Zu Beginn meiner Mittagspause. Ich war gerade auf dem Weg nach unten. Ich esse nämlich jeden Tag zu Hause.«

»Wohnen Sie in der Nähe?«

»Nebenan, wenn Sie es genau wissen wollen. Die Villa gehört auch unserer Familie, aber die hat mein Vater geerbt, nicht sein Bruder.«

»Und waren Sie allein zu Hause?«

»Nein, meine Frau und ich pflegen gemeinsam zu speisen. Sie hat eine Tante in den USA, sodass wir qualitativ bessere Lebensmittel erhalten als die meisten. Und unsere Haushälterin ist eine exzellente Köchin.«

Was für ein überheblicher Widerling, dachte Wuttke, wieder einer dieser Herrenmenschen, denen er im Krieg so häufig begegnet war. Wuttke wollte gar nicht wissen, was de Vries im Krieg gemacht hatte. Nicht dass sie wie im Dalldorf-Fall wieder auf ungesühnte Naziverbrechen stießen. Er riss sich zusammen. Seine Aufgabe bestand darin, sachlich zu bleiben und sich nicht von Emotionen leiten zu lassen.

»Gut, dann berichten Sie uns doch einmal von dem Konflikt zwischen dem Vater des verstorbenen Jungen und Kampmann. Können Sie uns sagen, womit Dr. Kampmann den Jungen behandelt hat?«

»Leider nicht. Er hat die Behandlung mit dem Vater des Jungen abgestimmt, nicht mit mir. Ich denke aber, er hat alles getan, um das Kind zu retten.«

»Und die Behandlung wurde auch nicht anlässlich Ihrer morgendlichen Besprechungen thematisiert?«

»Nicht dass ich wüsste.« Wuttke spürte deutlich, dass sich der Klinikleiter dem Punkt näherte, an dem er genervt und nicht mehr bereit war, überhaupt etwas preiszugeben. Also versuchte er, den Druck ein bisschen zu verringern.

»Und Sie haben keine Ahnung, warum Descher Kampmann bezichtigt hat, seinen Sohn auf dem Gewissen zu haben?«

»Nein, aber ich habe eine Vermutung. Das rührt meiner Einschätzung nach aus dem Bedürfnis her, einen Schuldigen zu suchen, weil ihm der Tod seines einzigen Kindes unerträglich ist. Seines Kindes, das durch nichts und niemanden mehr gerettet werden konnte, übrigens weil er es zu spät in die Klinik hat bringen lassen, nachdem er vorher mit diversen Medikamenten an dem Jungen herumgepfuscht hatte.«

»Wissen Sie darüber Näheres?«

»Nein, diese Information habe ich auch nur vom Hörensagen. Kampmann hat das mir gegenüber so dargestellt, und ich hatte keinen Anlass, an seinen Worten zu zweifeln. Wenn einer es in den letzten Jahren geschafft hat, totgesagte Kinder wieder zum Leben zu erwecken, dann Kampmann. Auch um das Leben der kleinen Graubner hat er intensiv gekämpft und den Kampf schließlich gewonnen.«

Keine Frage, wozu dieser Hinweis dient, dachte Wuttke, de Vries nutzt jede Gelegenheit, um zu betonen, wie gut der Ruf der Werner-de-Vries-Klinik war und dass auch sein Vorgesetzter von der Qualität der hochkarätigen Mediziner überzeugt war. Ein kleiner Wink mit dem Zaunpfahl an Wuttke, sich bei der Befragung etwas zurückzuhalten.

»Ich denke, das ist für heute genug«, sagte Wuttke scheinheilig, bevor er jene Frage stellte, die de Vries mit Sicherheit auf die Palme bringen würde. »Eines noch. Was meinten Sie damit, als Sie Descher eben auf dem Flur gedroht haben: *Wenn Sie sich einbilden, mich erpressen zu können, dann lernen Sie mich erst einmal richtig kennen, Sie Idiot?*«

Dem Klinikleiter entgleisten für den Bruchteil einer Sekunde die Gesichtszüge. »Wer behauptet denn so etwas? Descher sollten Sie kein Wort glauben. Der Mann ist nicht mehr zurechnungsfähig. Und ich habe es nicht nötig, diesen armen Kerl als Idioten zu bezeichnen.«

»Das haben wir nicht von Descher.« Er wandte sich aufmunternd Fräulein Lore zu.

»Sagen Sie ruhig, was Sie eben auf dem Flur gehört haben.«

»Ich wurde zufällig Zeugin Ihres Gesprächs und würde beschwören, dass Sie das genauso gesagt haben«, erklärte die Schreibkraft.

»Womit könnte Descher Sie also erpressen?«

De Vries war offensichtlich mehr als empört, beherrschte sich jedoch und bot nach kurzem Zögern eine Erklärung an.

»Keine Ahnung. Jetzt macht er eben mich für den Tod des Jungen verantwortlich und droht mir an, die Presse einzuschalten und meine Klinik an den Pranger zu stellen. Aber könnten Sie jetzt bitte zum Ende kommen!« Er warf Fräulein Lore einen vernichtenden Blick zu und machte Anstalten, aufzustehen und zu gehen.

In diesem Augenblick ging die Tür auf und Stein kam herein. Wuttke sah seinem flackernden Blick sofort an, dass er Neuigkeiten hatte.

»Unser Zeuge wollte gerade gehen«, teilte er dem Kollegen mit.

»Setzen Sie sich wieder!«, befahl Stein und baute sich vor dem Klinikleiter auf. »Ich habe noch eine Frage an Sie!«

»Ich denke nicht daran, mich weiter von Ihnen ausfragen lassen, als hätte ich mir etwas zuschulden kommen lassen!«, protestierte de Vries.

»Sagt Ihnen der Name Dr. Franz Lüders etwas?«

Wuttke musterte de Vries aufmerksam, während der sagte: »Nein, gar nichts.« Er zeigte nicht die geringsten Anzeichen, dass er lügen könnte. Allerdings hörte auch Wuttke diesen Namen zum ersten Mal. Er vermutete, dass Kollege Stein ihn eben aus dem Mund seines Vaters erfahren hatte. Womöglich war der alte Stein wegen einer eigenen Ermittlung in den Westen gekommen. Das würde seinen Besuch in der Friesenstraße am ehesten erklären. Wuttke brannte darauf, zu erfahren, was es mit diesem Namen auf sich hatte.

19

Stein versuchte, sich seine Enttäuschung nicht anmerken lassen. Er hatte gehofft, den Klinikleiter mit dieser überraschenden Frage aus der Fassung zu bringen, aber entweder war er ein begnadeter Schauspieler oder er hatte Lüders tatsächlich nicht gekannt. So schnell wollte Stein jedoch nicht aufgeben. Aus dem Augenwinkel sah er, wie auch Wuttke den Mann durchdringend musterte.

»Und haben Sie jemals vom Institut für Mikrobiologie in Jena gehört?«, fügte Stein lauernd hinzu.

Volltreffer, freute sich Stein. Im Gegensatz zur Reaktion auf den Namen Lüders zeigte de Vries nun eindeutig Symptome einer gewissen Erregtheit, die sich in einem nervösen Zucken des Augenlids äußerten. Zwar nur ganz kurz, aber heftig.

»Nie. Kann ich jetzt gehen?«

Keine Frage, in diesem Punkt lügt der Klinikleiter, dachte Stein, aber er ließ seinen Verdacht nicht durchblicken. Stattdessen sah er Wuttke kurz fragend an, der zustimmend nickte. »Von mir aus sind Sie für heute entlassen«, erklärte Stein gönnerhaft.

»Das will ich aber auch hoffen!« Sichtlich erbost stand de Vries auf.

»Entschuldigen Sie, Herr Dr. de Vries, eine Frage hätte ich noch«, sagte Stein. »Wissen Sie, ob Dr. Kampmann Freunde in Jena hatte?«

»Woher soll ich das wissen? Wir waren Kollegen, keine Freunde. Da gab es keinerlei private Verbindungen zwischen uns.«

»Aber ihr Cousin duzte Kampmann, oder?«

»Was weiß ich! Richard ist eben ein jovialer Charakter. Das hat bei ihm nicht viel zu bedeuten«, bemerkte de Vries verächtlich. Erneut machte er sich zum Gehen bereit.

»Entschuldigen Sie, ich bin doch noch nicht ganz fertig. Es wäre besser, Sie würden sich erneut hinsetzen.«

Stein wartete geduldig, bis sich der Klinikleiter schnaubend auf seinen Stuhl zurückgesetzt hatte.

»Können Sie mir bitte sagen, wann Dr. Hamann, der Leiter der Venerologie, wieder in der Klinik zu sprechen ist?«

»Morgen, aber da hat er viel zu tun.«

De Vries warf einen demonstrativen Blick auf seine Uhr. »Ich bin um acht Uhr verabredet. Ein beruflicher Termin, der keinen Aufschub duldet. Ich habe alles gesagt.«

»Wir sind jetzt auch tatsächlich fertig. Dann einen schönen Abend. Wir wollen Ihre kostbare Zeit nicht länger in Anspruch nehmen. Und wenn wir Sie noch brauchen, wissen wir ja, wo wir Sie finden.«

Das reizte den wütenden Klinikleiter nur noch mehr. »Ich hoffe sehr, das war es jetzt mit uns.«

»Schön wär's«, entgegnete Stein nüchtern. »Aber das hängt von unserem Ermittlungsfortschritt ab.«

De Vries sah abfällig von einem Kommissar zum anderen. Bei Stein blieb sein Blick hängen. »Sie machen sich lächerlich, meine Herren. Wenn Sie immer noch Zweifel daran haben, wer der Mörder von Dr. Kampmann ist, tun Sie mir wirklich leid. Bei mir säße der Täter bereits hinter Schloss und Riegel. Wenn ich im Lazarett je so operiert hätte, wie Sie ermitteln, wären mir die Soldaten reihenweise unter den Händen weggestorben.«

»Auf Wiedersehen, Herr Dr. de Vries.« Wuttke, sprang auf und hielt ihm demonstrativ die Tür auf, was der auf der Bank kauernde Descher als Einladung verstand und das Büro betreten wollte, aber Wuttke bat ihn, noch einen Augenblick zu warten, und schloss die Tür hinter sich. Wuttke schien seine Neugier nicht länger zügeln zu können.

»Was hat es mit Lüders und diesem Institut auf sich, Stein?«

Stein berichtete ihm in aller Kürze von dem Gespräch mit seinem Vater. Jedenfalls, was den beruflichen Teil der Unterredung anging.

»Und Sie meinen, wir können mit denen da drüben kooperieren?«, fragte Wuttke skeptisch.

»Ganz sicher nicht! Ich traue meinem Vater nicht über den Weg. Aber ich schulde ihm noch …« Stein unterbrach sich hastig.

»Ich weiß doch, was Sie sagen wollen«, bemerkte Wuttke wissend und hielt Stein die Postkarte hin, die er ihm schon längst gezeigt haben wollte. »Klingelt da was bei Ihnen? Bad Muskau? Sie wissen, von wem die ist, oder? Schauen Sie sich die Zeichnung nur in aller Ruhe an.«

Stein verzog keine Miene. »Tut mir leid, aber ich kann beim besten Willen nicht erraten, wer Ihnen anonyme Postkarten schreibt.«

»Stein, nun geben Sie es endlich zu!«, bettelte Wuttke.

»Keine Ahnung, wovon Sie reden.« Dann wandte sich Stein an Fräulein Lore. »Bitten Sie doch den Apotheker rein. Den können wir nicht länger warten lassen.«

»Mensch, Stein, ich kriege Sie noch. Eines Tages mache ich Sie so blau, dass Sie mir alles gestehen.«

»Träumen Sie schön weiter, Wuttke. Dass ich mir mit Ihnen das Hirn wegsaufe wird genauso wenig geschehen, wie ich je mit Ebert mithalten werde! Mit dem sollten Sie mal trinken gehen!«

»Der Herr säuft und spricht ausschließlich mit dem Duke«, erwiderte Wuttke spöttisch, bevor er sich dem Apotheker zuwandte.

Der Mann befand sich in einem schlimmen Zustand, als er das Büro betrat, wie Stein auf einen Blick erfasste. Sein Brillenglas war auf einer Seite mit Leukoplast überklebt, um offenbar einen Riss zu verdecken, er roch entsetzlich nach altem Schweiß und der Kragen seines ehemals weißen Hemdes schimmerte in einem schmutzigen Grauton. Er blieb vor dem Stuhl stehen und fuchtelte anklagend mit den Händen in Richtung der Kommissare.

»Ich bin fristlos entlassen, weil mein Chef herausbekommen hat, dass Sie von der Polizei sind. Sie sind schuld daran, wenn ich keine neue Arbeit bekomme. Wo soll ich denn hin, es sind doch immer noch viele Apotheken zerstört ...«

»Herr Descher, das tut uns aufrichtig leid. Allerdings sind Sie aus einem anderen Grund hier«, unterbrach ihn Stein. »Bitte nehmen Sie Platz.«

Widerwillig ließ sich Descher auf den Stuhl fallen.

Stein starrte auf dessen Mantel, und dort ganz besonders auf die Knopfleiste und den fehlenden Knopf. Wenn ihn nicht alles täuschte, hatten sie genau einen solchen Knopf auf dem Dach gefunden.

»Wissen Sie, bei welcher Gelegenheit Sie Ihren Mantelknopf verloren haben?«, erkundigte er sich sogleich.

Der Apotheker sah verwirrt an sich herunter, so als wüsste er gar nichts von einem verlorenen Knopf. »Keine Ahnung«, stöhnte er.

Wuttke hatte den Knopf in seiner Schreibtischschublade verwahrt, weil er befürchtete, dass er in der Asservatenkammer des Moabiter Kriminalgerichts verloren gehen könnte. Stein hatte den Knopf eingehend betrachtet und hatte keinen Zweifel, dass er zu genau diesem Mantel gehörte.

»Waren Sie schon einmal auf dem Dach der Klinik?«, fragte Wuttke den Mann.

»Auf dem Dach. Was soll ich auf dem Dach?«

»Gut, dann schildern Sie uns einmal, wie Ihr Besuch in der Klinik am Tattag ablief?«

»Das habe ich Ihnen doch schon erzählt. Ich bin direkt in das Schwesternzimmer zu Schwester Klara gegangen, um den Plüschteddy zu holen, aber sie hatte ihn schon anderen Kindern auf Station ausgeliehen. Ich habe die Klinik dann ohne das Kuscheltier auf schnellstem Weg wieder verlassen ...«

Stein bat Wuttke, die Schublade zu öffnen, holte den Knopf hervor und hielt ihm das Beweisstück hin. »Und wie ist Ihr Knopf aufs Dach gelangt?«

Der Apotheker schnappte nach Luft wie ein Fisch auf dem Trockenen und fasste sich keuchend an die Brust. Stein befürchtete bereits das Schlimmste, aber dann beruhigte der Mann sich und murmelte, es wäre kein Infarkt, er litte manchmal an einem Herzstolpern. Er griff in seine Jackentasche, holte ein Tablettenröhrchen hervor und nahm eine Tablette heraus, die er ohne Flüssigkeit problemlos herunterschlucken konnte.

Stein warf Wuttke einen fragenden Blick zu. Der Kollege nickte, was Wuttke als Aufforderung ansah, die Befragung fortzusetzen.

»Geht es wieder, Herr Descher?«

»Ja.« Das klang kläglich.

»Dann erklären Sie uns jetzt bitte, wie Ihr Knopf auf das Dach gekommen ist, wenn Sie dort nie gewesen sind?«

»Verdammt, ich weiß es nicht. Ich war noch nie auf dem Dach der Klinik.«

»Und wohin wollten Sie, als Sie am Tattag Richtung Dachboden gegangen sind?«, mischte sich Wuttke in scharfem Ton ein.

»Hat Ihnen das de Vries erzählt?«

»Wohin, Herr Descher, wohin wollten Sie? Und sagen Sie bitte nicht, zum Schwesternzimmer. Das liegt nämlich im Erdgeschoss.«

Der Apotheker kam noch heftiger ins Schwitzen und wischte sich mit einem Taschentuch übers Gesicht, bevor er regelrecht in sich zusammenfiel und zu weinen begann.

»Brauchen Sie eine Pause?«, fragte Stein das Häufchen Elend, das zusammengesunken und weinend vor ihm saß.

Der Apotheker schüttelte den Kopf und schilderte dann mit sich überschlagender Stimme und in rasantem Tempo, dass er Kampmann zufällig in der Klinik getroffen habe, als er die Schwester aufsuchen wollte. Kampmann habe jedes Gespräch verweigert. Er habe dann kurz überlegt, ihn dann bis aufs Dach verfolgt und zwingen wollen, ein Geständnis abzulegen, dass er an Rolfi herumexperimentiert habe, aber Kampmann habe ihn abgeschüttelt, dabei müsse der Knopf abgesprungen sein ...

Im Büro herrschte nach diesem Geständnis eine Stille, in der man eine Stecknadel hätten fallen hören können.

»Und dann haben Sie ihn über die Brüstung gestoßen, nicht wahr?« Stein war ganz dicht an Descher herangetreten.

Die Antwort war ein erneutes lautes Schluchzen, das Stein nur als Schuldeingeständnis werten konnte, bis er Descher laut keuchen hörte: »Nein, ich war es nicht!«

Stein zweifelte in diesem Moment an seiner persönlichen Einschätzung, dass Descher nicht der Mörder war, den sie suchten. Nun ging es aber nicht mehr um die Frage, ob er dem Mann diesen Mord zutraute, sondern vielmehr darum, der erdrückenden Beweislast gegen den Apotheker Rechnung zu tragen.

Die Art und Weise, wie Wuttke den Apotheker nun befragte, zeigte, dass auch er langsam vor der Beweislast zu kapitulieren schien.

»Und wann haben Sie seine Tabletten vertauscht? Oben auf dem Dach oder vorher?«

»Was für Tabletten?«

»Das Pethidin gegen das Pervitin!«

»Welches Pethidin, welches Pervitin?«

»Sie sind Apotheker! Sie kennen die Wirkung von Pethidin!«

»Ja, sehr gut sogar. Ich habe Pharmazie und Chemie studiert und vor dem Krieg ein paar Jahre bei der IG Farben gearbeitet. Pethidin oder Meperidin, wie es auch genannt wird, ist das älteste vollsynthetische Opioid. Im Juli 1937 wurde es von meinem Chef Otto Schaumann erstmals synthetisiert. In Amerika heißt es Demerol. Im besten Fall ist es ein hochwirksames Schmerzmittel bei akuten Schmerzen, im schlechten Fall eine Droge, die schlimme Nebenwirkungen hat und überdosiert zum Beispiel zusammen mit Alkohol auch zum Tod ...« Der Apotheker unterbrach seinen Redeschwall. Offenbar las er in Steins und Wuttkes Gesicht ihr Urteil: SCHULDIG!

»Moment mal, ich habe da nichts vertauscht, ich ... ich, nein, Sie können mir nichts nachweisen. Ich war es nicht. Ich habe ihn nicht umgebracht, ich ...« Der Apotheker machte Anstalten, vom Stuhl zu springen und abzuhauen, aber Wuttke drückte ihn sanft auf seinen Platz zurück.

»Wir rufen jetzt den Haftrichter an, und wenn Sie unschuldig sind, werden Sie das vor Gericht beweisen. Für mich gibt es allerdings kaum noch Zweifel, dass Sie der Täter sind.«

»Ich stimme meinem Kollegen zu. Sie haben ein Motiv, Sie waren auf dem Dach, Sie haben sich am Tattag so heftig mit dem Opfer gestritten, dass bei dem Kampf ein Knopf von Ihrem Mantel abgesprungen ist, Sie haben den Ermordeten bedroht, Sie kennen das Mittel, das das Opfer statt des Pervitins eingenommen hat, Sie haben als Apotheker Zugang zu Medikamenten«, ergänzte Stein.

»Aber ich war es nicht. Ich war es wirklich nicht. Das will mir doch der de Vries nur anhängen. Das ... das ...«

Ohne anzuklopfen trat in diesem Moment Kriminalrat Graubner in Begleitung von Klinikleiter de Vries in das Büro.

Stein warf den Eindringlingen einen vernichtenden Blick zu. »Herr Descher, sagen Sie bitte nichts mehr. Wir unterbrechen unsere Vernehmung, bis unser Besuch ...«, das sagte er in einem scharfen spöttischen Ton, »... wieder gegangen ist!«

Doch der Apotheker nahm das gar nicht wahr. »Der da will es mir anhängen. Ich weiß genau ...«, jammerte er und deutete auf de Vries.

»Wie weit sind Sie, meine Herren? Können wir ihn dem Haftrichter vorführen?«, fragte Graubner.

»Entschuldigen Sie, wir sind noch nicht fertig«, schnaubte Wuttke empört, doch der Kriminalrat ignorierte ihn und wandte sich stattdessen an Stein.

»Nun? Hat er gestanden?«

»Ich war es nicht!«, protestierte der Apotheker weinerlich.

»Ich werde Ihnen den Stand der Ermittlungen nicht vor diesem Zeugen dort mitteilen«, erklärte Stein und hielt dem vernichtenden Blick seines Vorgesetzten stand.

Der wandte sich an den Klinikleiter. »Kommissar Stein hat recht. Es tut mir leid. Er darf die Information in Ihrer Gegenwart nicht preisgeben.

»Was für ein Affenzirkus!«, stieß de Vries verächtlich hervor. »Es kann nicht so schwer sein, einen Mörder zu überführen!« Er warf Descher einen eiskalten und zugleich warnenden Blick zu. Stein konnte genau sehen, wie dieser seine Wirkung bei dem Apotheker nicht verfehlte. Der Mann fiel nun vollends in sich zusammen. Seine eben noch verzweifelte Miene versteinerte. Offenbar hatte de Vries Descher eine heimliche Botschaft geschickt, die dieser auch verstanden hatte. Doch diese Beobachtung würde er erst einmal für sich behalten.

Kaum war de Vries aus der Tür, wandte sich Graubner fordernd an Stein. »Stand der Ermittlungen?«

»Da müssen Sie schon den Kollegen Wuttke fragen. Er hat die heutige Vernehmung geleitet!«

Graubner zögerte, aber dann wandte er sich an Wuttke. »Und, Wuttke?«

Wuttke ratterte emotionslos das Ergebnis herunter. Graubner reckte theatralisch die Hände zum Himmel, nachdem Wuttke ihm jene Tatsachen aufgezählt hatte, die Descher über die Maßen belasteten.

»Meine Güte, Stein, Sie sind doch sonst so brillant. Macht das der

Umgang mit Ihrem Kollegen, dass Sie bei der erdrückenden Beweislage immer noch nicht Staatsanwalt und Haftrichter eingeschaltet haben? Ich sollte Sie mal mit Martens zusammenspannen! Dann säße der Mann bereits hinter Gittern.«

»Wenn Sie mich loswerden wollen, nur zu!«, erwiderte Stein. »Wenn ich nicht mehr mit Wuttke arbeiten darf, könnten Sie mich im Yard besuchen.«

Niemals würde Stein zulassen, dass jemand einen Keil zwischen seinen Kollegen und ihn trieb. Aber das beruhte auf Gegenseitigkeit, wie man Stein zugetragen hatte. Angeblich legte Wuttke sich regelmäßig mit »den Neidern« an, wie Stein seine Gegner im Präsidium zu bezeichnen pflegte. Und davon gab es in der Friesenstraße reichlich. Ihm war bewusst, dass er auf viele der Kollegen überheblich wirkte, aber dafür schätzten ihn diejenigen, die ihn näher kennengelernt und seine Loyalität genossen hatten, umso mehr und wussten, dass er kein eingebildeter englischer Fatzke war, der mit seiner Vergangenheit bei Scotland Yard angab, sondern einer von ihnen. Jedenfalls bei der Arbeit!

Graubner schien stocksauer zu sein. Kein Wunder, denn er hatte offenbar verstanden, dass Stein ihm durch die Blume zu verstehen gegeben hatte, er könne ihn mal im Mondschein besuchen.

»Wenn Sie beide hier nicht weiterkommen, übernehme ich höchstpersönlich«, drohte Graubner den Kommissaren an. »Ich warte draußen und gebe Ihnen noch fünf Minuten!«

»Wollen Sie nicht lieber ein Geständnis ablegen, Descher?«, fragte Wuttke den Apotheker, kaum dass der Vorgesetzte die Tür hinter sich zugeknallt hatte.

»Aber ich war es doch nicht! Ich war es nicht, ich war es nicht …« Er stockte und begann wieder zu röcheln. Wuttke kniete sich vor ihn hin und redete beruhigend auf ihn ein. »Herr Descher, wahrscheinlich kommen Sie erst einmal in das Gefängniskrankenhaus … oder Sie verraten uns endlich, warum de Vries glaubt, Sie könnten ihn erpressen? Womit könnten Sie ihn erpressen?«

»Da gibt es nichts«, sagte Descher leise. »Und jetzt machen Sie schon! Ich habe ihn vom Dach gestoßen!«

Stein stutzte. »Sie geben zu, es getan zu haben?«, stieß er fassungslos hervor.

»Wie haben Sie das gemacht? Schildern Sie uns den Hergang bitte im Einzelnen«, hakte Wuttke nach, dem anzumerken war, dass ihm der plötzliche Schwenk ebenfalls suspekt vorkam.

Descher stammelte daraufhin etwas von Schubsen, von Zorn, von Rangelei.

Stein fand diese Ausführungen wenig überzeugend. Eine Einschätzung, die Wuttke offenbar teilte, denn er versuchte noch eine Weile, auf den Apotheker einzureden, um ihn dazu zu bringen, ihnen alles zu verraten, was er zum Tathergang sagen konnte. Vergeblich! Im Gegenteil, genauso stereotyp, wie er den Mord vorhin bestritten hatte, gab er ihn jetzt zu. »Ich war es, ich war es, ich war es!«

»Descher, wovor haben Sie Angst?«, unterbrach Stein sein Geständnis. »Sagen Sie uns endlich die Wahrheit!«

»Ich war es, ich war es, ich war es!«

Es blieb Stein nichts anderes übrig, als die Nummer des Haftrichters zu wählen, obwohl ihn dieses stereotype Geständnis nur in seiner ursprünglichen Meinung bestärkte, dass Descher nicht der Mann war, den sie suchten.

Als Stein dem vor der Tür wartenden Graubner das Ergebnis mitteilte, erntete er einen triumphierenden Blick des Klinikleiters. Freu dich nicht zu früh! Ich bin noch lange nicht mit dir fertig, dachte Stein grimmig. Und wenn er es sich recht überlegte, war es vielleicht gar nicht so schlimm, wenn sich der wahre Täter nun in Sicherheit wiegte. Vielleicht wurde er leichtsinnig und machte einen Fehler. Stein hatte sich selten bei einem Fall so sehr auf eine bestimmte Person als Täter kapriziert, nur weil er diesen de Vries schlichtweg zum Kotzen fand. Davon durfte er sich natürlich nicht leiten lassen. Aber selten war er sich dermaßen sicher gewesen, dass der scheinbar Tatverdächtige nicht der Mörder war!

Das Geständnis des Apothekers war genauso gelogen wie sein hartnäckiges Leugnen, dass er nicht viel mehr über den Mord wusste als das, was er gegenüber der Polizei zugeben wollte. Wenn

Descher bereit wäre, auszupacken, wären sie einen großen Schritt weiter in ihren Ermittlungen. Dessen war sich Stein sicher und er würde nicht aufgeben, bis er den Apotheker zum Reden gebracht hatte. Nicht heute, nicht morgen, aber vielleicht, nachdem der ein paar Tage in der Hölle der Untersuchungshaftanstalt geschmort hatte …

20

Lore Krause kämpfte mit sich. Sollte sie ihren verwegenen Plan, vor dem Eingang zum Viktoriapark zu flanieren, in der Absicht, den Frauenmörder auf sich aufmerksam zu machen, nicht doch lieber aufgeben? Was würde sie für den ohnehin unwahrscheinlichen Fall, dass er den Köder schluckte, erreichen, außer dass sie sich in Gefahr brachte? Das würde wohl die Meinung der Dankert über sie kaum verändern. Obwohl die gestrenge Kommissarin heute beinahe freundlich ihr gegenüber gewesen war.

An diesem Morgen hatte sie ihr nämlich den Bericht der Suchaktion vorbeigebracht, den diese noch in ihrem Beisein durchgeblättert und mit einem kleinen Lob bedacht hatte. »Sie scheinen gut zu beobachten und sich auch zufriedenstellend ausdrücken zu können, aber machen Sie sich keine Illusionen über die tägliche Arbeit unserer Inspektion. Wir jagen keine Verbrecher, sondern betreuen Minderjährige, insbesondere auch, wenn sie Opfer von Sexualdelikten geworden sind. Ich glaube nicht, dass Ihnen diese Aufgaben liegen. Am besten, Sie konzentrieren sich auf das Protokollieren. Das will auch gelernt sein.«

Lore hatte nach dieser Begegnung kaum noch Hoffnung, dass sie eine Ausbildungsstelle bei der WKP ergattern würde. Dabei fand sie das so verdammt ungerecht. Wieso durfte sich ein ausgemachter Trottel wie Schulz junior wie ein angehender Kommissar gebärden, nur weil er ein Mann war? Und dann hatte er auch noch diesen kriminellen Vater, einen der größten Bordellbetreiber der Stadt. Und wie der sich im Park aufgeführt hatte. Wie eine Klette hatte er an ihr gehangen und versucht, ihr Vorträge über polizeiliche Ermittlungsarbeit zu halten, aber sie war ihm schließlich entkommen.

Die Gedanken an diese Ungerechtigkeit hatten sie schließlich dazu bewogen, nach Dienstschluss ihren Plan, nicht direkt nach Hause in die Kantstraße, sondern zum Viktoriapark zu fahren, doch in die Tat umzusetzen. Diverse Male hatte sie während des Tages damit gehadert und ihn mehr als einmal wieder verworfen. Deshalb war sie beim ersten Anlauf auch zügig am Eingang zum Park vorbeigefahren, doch dann hatte sie ihr Rad entschieden in der Bergmannstraße abgestellt und war das Stück zu Fuß zurückgegangen.

Auf dem Weg dahin hatte sie sich förmlich in ihren Zorn auf alle diejenigen hineingesteigert, die ihr nicht mehr zutrauten, als Protokolle zu tippen. Wie die Kommissare! Was würde sie darum geben, wenn Wuttke und Stein sie zumindest hin und wieder auf eigene Faust ermitteln lassen würden. Aber die beiden betonten gebetsmühlenartig, das wäre zu gefährlich. Vielleicht würden sie ihr tatsächlich mehr Aufgaben übertragen, wenn sie den Torsomörder, wie er intern genannt wurde, zur Strecke brachte, ohne dass ihr ein Haar gekrümmt wurde. Aber die Kommissare konnten so schrecklich stur sein. Sie wollte ja bloß ein bisschen mehr in die Ermittlungen involviert werden.

Als sie heute Mittag ihrer Kollegin Anneliese ihr Leid geklagt hatte, war diese richtiggehend empört gewesen. Allerdings hatte sich die Empörung nicht gegen die Kommissare gerichtet, sondern gegen Lore. Was sie sich bloß einbildete, hatte die Kollegin sie angegiftet: Was sie bei Stein und Wuttke an Freiheiten habe, das gäbe es in der Friesenstraße kein zweites Mal!

Es fiel Lore jedoch schwer, im Moment auch nur annähernd so etwas wie Dankbarkeit den beiden Kommissaren gegenüber zu empfinden. Auf Wuttke und Stein war sie nämlich noch aus einem anderen Grund nicht gut zu sprechen. Sie konnte partout nicht verstehen, warum sie den armen Descher hinter Gitter gebracht hatten. In ihren Augen war er unschuldig, auch wenn die Beweislage gegen ihn schier erdrückend schien. Aber dass sein Geständnis allein seiner Verzweiflung und seinem Bedürfnis, endlich Ruhe zu haben, oder der Angst vor diesem unangenehmen Klinikleiter geschuldet war, war in ihren Augen mehr als eindeutig.

Allerdings schienen auch die Kommissare nicht zufrieden mit dem Ergebnis zu sein. Das lag vorrangig daran, dass es im Osten am Potsdamer Platz einen Mord gegeben hatte, dessen Opfer ausgerechnet einen Zettel mit der Adresse des ermordeten Arztes bei sich gehabt hatte, wie Stein Wuttke in Lores Anwesenheit berichtet hatte. Die Kommissare waren sich einig, dass es möglicherweise einen Zusammenhang mit ihrem Fall gab. Sie waren fest entschlossen, entgegen Graubners ausdrücklichen Anordnungen, der ihnen rigoros untersagt hatte, in dem gelösten Fall weiter zu ermitteln, Kampmanns Mutter auf eigene Faust zu befragen. Lore hatte sich angeboten, das für die Kommissare zu erledigen, damit sie nicht in Schwierigkeiten gerieten, aber sie hatten das Angebot entschieden abgelehnt. Das dürfe sie gar nicht, das sei zu gefährlich, könne, wenn es rauskäme, ihren Arbeitsplatz gefährden und überhaupt ... Für Lore eine neuerliche Bestätigung, dass sie ihr nichts zutrauten. Also war sie allein auf sich gestellt, um allen zu beweisen, was tatsächlich in ihr steckte. Und das würde sie jetzt in Angriff nehmen.

Sie hatte inzwischen den Eingang zum Park erreicht. Es war draußen noch hell, was ihr jegliche Furcht nahm, womöglich wirklich die Aufmerksamkeit des Torsomörders auf sich zu ziehen. Nun war sie fest entschlossen, ihren Plan bis zum bitteren Ende durchzuziehen!

Sie hatte sich heute Morgen extra für diesen Auftritt ihr rot-weiß geblümtes Lieblingskleid angezogen, das ihre Mutter ihr aus einem Vorhang genäht hatte. Dazu rote Riemchenschuhe aus Chicago, die ihre Mutter von ihrem Bekannten in Tempelhof bekommen hatte. Ihre Mutter hatte sie nicht ohne Hintergedanken so hübsch ausstaffiert, sondern fand, dass »Lorchen« mit ihren dreiundzwanzig Jahren endlich einen Ehemann finden sollte. Bei dem Frauenüberschuss war sie der Meinung, dass heiratswillige Frauen sich schon ein bisschen Mühe geben sollten. Wenn es nach ihr ginge, würde sie Kommissar Stein als Schwiegersohn bevorzugen, nicht ahnend, dass ihre Tochter insgeheim für ihn schwärmte, aber mittlerweile hätte es auch Wuttke oder sonst ein Polizist aus der Friesenstraße sein dürfen. Immerhin war ihre Mutter nicht so peinlich, dass sie diese heimlichen Wünsche ihren Untermietern gegenüber durchblicken ließ. Nein, das durfte sich Lore lediglich unter vier Augen anhören. Zum Glück musste sie seit ein paar Tagen nicht mehr im Bett ihrer Mutter schlafen. Sie hatte ihr eine Kammer abgetrotzt, deren Wände sie mittels Bildern von Stars aus dem ausgelesenen *Stern,* den sie von einer Nachbarin bekam, gepflastert und somit eine wohnliche Atmosphäre in dem fensterlosen Raum geschaffen hatte. Dort hinein passte zwar nicht mehr als ein altes Bettgestell, aber für sie war es ein großes Stück Freiheit.

Die Mutter hatte heute Morgen, als sie Lore am Frühstückstisch begegnet war, Hoffnung geschöpft. Sie glaubte wohl, dass ihre Tochter sich für einen Verehrer so hübsch gemacht hatte, was Lore schließlich auch bejaht hatte. Und irgendwie entsprach das auch den Tatsachen. Sie hoffte, mit dieser Aufmachung, die sogar Wuttke und Stein aufgefallen war, einen ganz besonderen Verehrer zu gewinnen, der ihr dann ins Netz gehen sollte.

Dass der Mörder seine Opfer umwarb und sich ihr Vertrauen erschlich, bevor er sie umbrachte, bewiesen ein paar kurze Briefe an die Opfer, die sich in den Akten befanden. Der Mann versuchte offenbar, die Frauen zu umgarnen, um sie dann um Geld zu erleichtern, bevor er sie schließlich umbrachte. Die Liebesschwüre in den Briefen klangen reichlich abgedroschen und altmodisch, als hätte der Manns sie irgendwo abgeschrieben. Dagegen sprach die Tatsache, dass es in den Briefen von Schreibfehlern nur so wimmelte. Trotzdem hatte er Erfolg mit seiner Masche. Alle drei Opfer hatten vor ihrem Tod eine Summe von ihren Postsparbüchern abgehoben. Lore besaß zwar kein Postsparbuch, aber wenn sie ein Mann danach fragen würde, dann konnte das nur der Torsomörder sein, und sie würde so tun, als ob.

Nachdem sie ein paarmal die Kreuzbergstraße entlang und wieder zurück am Eingang zum Park vorbeigeschlendert war, stieg Lore ein Stück den Pfad hinauf, der zu dem einer Kathedrale ähnelnden Denkmal am höchsten Punkt des Parks führte. Auf halber Strecke kehrte sie wieder um und machte sich erneut auf den Weg nach unten, doch ihr begegneten nur Menschen, die sie keines Blickes würdigten. Dann entdeckte sie eine Bank ganz in der Nähe der Nixe. Vielleicht hatten die Frauen hier auf dem Heimweg eine kleine Pause eingelegt und waren ihrem Mörder eher dort begegnet. Ihr schien es eher unwahrscheinlich, dass die Frauen sehr weit in den Park hineingegangen waren. Lore hatte sich gerade auf die Bank gesetzt, als sie eine männliche Stimme sagen hörte: »Ich glob, mir laust der Affe!«

Sie stutzte. Die Stimme kam ihr bekannt vor. Als sie aufsah, wusste sie auch, warum. Da stand lächelnd Fritz Schulz vor ihr. Auch der Junior genannt!

»Was machen Sie denn hier?«, fauchte sie ihn an.

»Ich komme hier jeden Tag vorbei, weil ich in Kreuzberg wohne. Aber Sie, Fräulein Krause, wohnen doch, soviel ich weiß, in Charlottenburg, oder?«

»Das geht Sie gar nichts an«, zischte sie und hoffte, er würde schnell weitergehen, wenn sie sich derart unfreundlich verhielt. Dabei war er kein unansehnlicher Zeitgenosse. In der Zeit, in der er als Praktikant in der Friesenstraße tätig war, hatte er sich auffällig verändert. Er war männlicher und selbstbewusster geworden. Außerdem war er lange nicht mehr so ungeschickt und tapsig wie am Anfang.

In den ersten Wochen hatte er zum Beispiel die Suppe, die ihm seine Mutter im Henkelmann mitgegeben hatte, versehentlich über einer Akte verschüttet oder aus Unachtsamkeit ein wichtiges Beweisstück weggeworfen, weil er es für Müll gehalten hatte. Bei so viel Tollpatschigkeit hatte Lore beinahe Mitleid mit ihm bekommen können. Aber auch nur beinahe, denn Lore verübelte ihm zutiefst, dass er die Stelle hatte, die sie selbst so liebend gern gehabt hätte, und das eben nur, weil er ein Mann war. Zudem war er mächtig stolz darauf, dass er mit der Tradition seiner Familie gebrochen hatte, nun bei seiner Mutter, die vom Bordellkönig geschieden war, lebte und Polizist geworden war. Eigentlich hätte er die Nachfolge seines Vaters im Bandengeschäft antreten sollen, aber er hatte noch rechtzeitig die Seite gewechselt. Böse Zungen behaupteten, Kriminalrat Krüger hätte ihn nur deshalb genommen, damit man in der Friesenstraße über seinen Vater leichter an Informationen über konkurrierende Bandenchefs herankam.

Als er versucht hatte, sich bei der Durchsuchung im Park wie eine Klette an sie zu hängen, hatte sie ihm schließlich an den Kopf geworfen, er solle sich zum Teufel scheren.

Lores Taktik, ihn zu verschrecken, schien allerdings nicht besonders nachhaltig zu sein, denn Schulz junior setzte sich ungefragt neben sie auf die Bank.

»Fräulein Krause, was für eine Freude, dass ich Sie einmal außerhalb der Dienststelle treffe.«

»Das beruht nicht auf Gegenseitigkeit, Herr Schulz«, konterte sie, ohne ihn auch nur eines Blickes zu würdigen. Merkte er nicht, dass er störte? Wie sollte sich der Mörder neben sie setzen und versuchen, mit ihr ins Gespräch zu kommen, wenn Schulz junior neben ihr hockte?

»Ach, Fräulein Krause, ich habe ja schon läuten hören, dass Sie an Ihre Verehrer gern recht unmissverständlich Körbe verteilen, aber ich hatte noch nicht einmal die Gelegenheit, Ihnen zu versichern, dass Sie das hübscheste Mädchen in der ganzen Friesenstraße sind.«

Lore sah ihn fassungslos an. Sie hätte mit allem gerechnet, aber nicht damit, dass Schulz junior Feuer gefangen hatte. Und das bei der Nichtachtung, die sie ihm gegenüber in der Regel zeigte. Um ihn loszuwerden, sollte sie darüber hinweggehen, und vor allem nicht nachhaken, wer da wohl in der Friesenstraße über sie herzog, doch da fragte sie ihn bereits: »Wer behauptet das?«

Schulz junior wand sich. »Wenn ich Ihnen das verrate, gehen Sie dann mit mir am Sonnabend ins Kino?«

»Das ist Erpressung. Sie sagen mir sofort, wer über mich lästert, und ich überlege es mir.«

Lore fragte sich in dem Augenblick, was ihre Mutter wohl dazu sagen würde. Wenn sie die Schwiegertochter des berüchtigten Bandenchefs Paul Schulz, genannt Luden-Paule, werden würde? Das hatte ihre Mutter bestimmt nicht gemeint mit dem Satz: *Es könnte auch ein anderer Polizist sein! Hauptsache, er hat sein Einkommen und kann dich versorgen.*

Schulz junior gab sich geschlagen. »Ich war gestern Abend mit den Kommissaren Löbau und Martens nach der Arbeit in der *Destille* und die beiden haben nach einigen Mollen nur noch von Ihnen geredet. Dass Sie die Männer anlocken, wenn Sie sie brauchen, und dann fallen lassen. Und ich habe Sie verteidigt!«

»Danke. Gut, dann werde ich auch mit Ihnen am Sonnabend ins Kino gehen, aber nur wenn Sie mich jetzt bitte allein lassen würden.«

Lore klopfte das Herz bis zum Hals, aber nicht weil Schulz junior ihr seine Zuneigung gestanden hatte, sondern weil sie in diesem Moment einen Mann von der Kreuzbergstraße auf den Parkeingang zukommen sah. Er war groß und besaß breite Schultern und erinnerte sie an ihren Schwarm Paul Klinger, den sie zum letzten Mal vor zwei Jahren in dem Film *Ehe im Schatten* in der *Kurbel* gesehen hatte. Ihre Schwärmerei für den Schauspieler aber hatte sie dem letzten Kinobesuch vor dem Ende des Krieges 1943 zu verdanken. *Zirkus Renz*. Während ihre Freundin für den Zirkusdirektor Renz geschwärmt hatte, war sie für den Artisten Harms entflammt. Der Schauspieler wäre zwar ein paar Jahre zu alt für sie, aber sein Ebenbild, das sich nun der Bank näherte, war wesentlich jünger. Der Mann war gut gekleidet und schien sich seiner Ausstrahlung nur zu bewusst zu sein. Verdammt, dachte sie, was soll ich tun? Er wird mich nicht beachten, solange der Junior an mir klebt.

»Bitte stehen Sie sofort auf und gehen Sie!«

»Und wann treffen wir uns am Sonnabend?«

»Nun gehen Sie schon!«, flehte sie ihn an, während sie den Fremden anstarrte. Noch hatte er sie nicht erblickt, noch hatte sie eine Chance, aber dazu musste der Junior verschwinden.

Der aber musterte sie verzückt und murmelte: »Sie sind so hübsch, Fräulein Lore.«

Lore sah nur noch eine letzte Möglichkeit, die Aufmerksamkeit des Fremden auf sich zu lenken. Sie musste aufspringen und vor ihm den Weg in den Park nehmen, doch als sie sich von der Bank erheben wollte, hielt der Junior sie am Ärmel fest. »Fräulein Krause, sagen Sie bitte, wann ich Sie übermorgen abholen darf ...« Lore aber hatte nur noch Augen für den Fremden, der jetzt an ihnen vorüberging, ohne sie zu beachten, doch noch während sie das dachte, sah er in ihre Richtung. Ihre Blicke trafen sich, und sie meinte alles darin zu lesen, was sie sich erhofft hatte: Er fixierte sie wie ein wildes Tier seine Beute, bevor er sich auf sie stürzten konnte, um sie zu fressen. Er war verführerisch und gefährlich zugleich. Ein eiskalter Schauer durchfuhr sie. Keine Frage, er war der Torsomörder auf der Jagd nach neuen Opfern. Wie gern hätte sie sich ihm angeboten, doch nun war es zu spät. Er wandte den Blick ab und setzte seinen Weg eilig fort. Was sollte sie tun? Sie konnte ihm schlecht hinterherlaufen. Das käme ihm mit Sicherheit verdächtig vor.

»Sie verdammter Hornochse, Sie!«, schimpfte Lore.

»Was … wie, ich meine, was habe ich denn getan?«, stammelte Fritz Schulz.

»Das da, das war ganz bestimmt der Torsomörder, Sie Idiot. Und Sie haben ihn vertrieben. Mensch, das war haarscharf. Ich hätte ihn gehabt, wenn Sie nicht hier aufgetaucht wären …«

Dem Junior stand das blanke Entsetzen ins Gesicht geschrieben. »Fräulein Krause, jetzt sagen Sie bitte nicht, dass Sie versuchen, sich als Köder anzubieten. Der Mann ist ein Mörder!«

Lore sprang wütend auf und eilte tiefer in den Park hinein, aber der Junior folgte ihr. »Das dürfen Sie nicht tun! Das ist zu gefährlich«, redete er auf sie ein.

»Lassen Sie mich in Ruhe!«

»Und was ist mit dem Kino am Sonnabend?«

»Sie glauben doch nicht, dass ich nun noch mit Ihnen ins Kino gehe, Sie Trottel!«

»Fräulein Krause, jetzt passen Sie mal gut auf. Wenn Sie das noch einmal machen, werde ich das Martens oder Stein und Wuttke verraten! Die werden Ihnen schon die Leviten lesen.«

Lore blieb abrupt stehen. Die Lage schien aussichtslos, denn der Junior wirkte wild entschlossen, ihr den Spaß zu verderben.

»Aber ich brauche einen Erfolg. Verstehen Sie das nicht? Sonst bin ich auf ewig dazu verdammt, nur zu stenografieren.«

»Fräulein Lore, das tut mir leid, aber Frauen dürfen nun einmal nicht zur Kriminalpolizei, außer zur WKP!«

»Es ärgert mich trotzdem. Können Sie nicht einfach weggucken und vergessen, was ich Ihnen da eben gestanden habe? Das war übrigens auch nicht ernst gemeint. Natürlich würde ich mich nicht als Köder zur Verfügung stellen. Das war ein Scherz.«

Der Junior musterte sie mit ernster Miene. »Ich weiß, Sie halten mich für einen Trottel, für einen Idioten sogar, aber so viel Verstand habe ich dann doch. Sie wollen mich loswerden, um es noch einmal zu versuchen! Aber ich behalte Sie im Auge und werde verhindern, dass Sie sich in Gefahr begeben! Und wenn ich jeden Tag im Park auf Sie achtgeben muss. Versprochen!«

»Ach, fahren Sie zur Hölle!«, schnaubte Lore und eilte, ohne sich umzudrehen, zu ihrem Fahrrad und rauschte in Richtung Charlottenburg davon. Sie war gerade auf Höhe der Immelmannstraße, die erst vor Kurzem in Dudenstraße umbenannt worden war, als sie auf dem Bürgersteig den Mann aus dem Park wiederzuerkennen glaubte. Um sich zu vergewissern, dass er es wirklich war, drehte sie sich um und wäre beinahe gestürzt, denn der Schreck fuhr ihr durch alle Glieder. Er war es, und er winkte ihr zu. Ihr Herz klopfte wie wild. Sie musste nur anhalten. Beiläufiger hätte sie gar nicht in Kontakt mit ihm kommen können, doch stattdessen wandte sie den Blick hektisch ab und raste davon, als wäre der Teufel hinter ihr her. Die Angst vor ihrem eigenen Mut schnürte ihr die Kehle zu.

21

Wuttke war mittlerweile dagegen, der Mutter Kampmanns entgegen Graubners Anordnung, die Ermittlungen einzustellen, einen unangemeldeten Besuch abzustatten. Trotzdem begleitete er Stein widerwillig, weil er den Kollegen nicht allein fahren lassen wollte. Wuttke befürchtete allerdings, dass sich Graubners ganzer Zorn, wenn er davon Wind bekam, allein gegen ihn und nicht gegen Stein wenden würde.

Sie waren gerade in die Bettinastraße eingebogen, die sich in der Villenkolonie Grunewald befand. Das war eine Gegend, die Wuttke als Arbeiterkind völlig fremd war. Sein Vater hatte ihm einmal erzählt, dass dort früher die Schönen und Reichen aus Wirtschaft und Kultur rauschende Feste gefeiert hätten, von denen sogar im *Vorwärts* berichtet worden war. Wuttke hatte etwas gegen diese Leute, die den Krieg in ihren Villen überlebt hatten. Für ihn waren das Menschen, die keine Not kannten und die einfachen Leute wie ihn den Untergang auslöffeln ließen. Er wusste, dass das nicht immer gerechtfertigt war, denn die prächtigsten Gemäuer nützten ihren Bewohnern nichts, wenn sie auch nichts zu essen hatten. Zumindest hatte in dieser noblen Gegend im Winter 46/47 keiner an Hunger und Kälte so elendig verrecken müssen wie seine Eltern damals in ihrem Behelfsheim in der Laubenkolonie.

»Wuttke, was ist Ihnen denn über die Leber gelaufen? Ihre Miene ist ja zum Fürchten«, hörte er Stein vom Beifahrersitz fragen.

»Ach, ich weiß nicht. Wenn das hier rauskommt, dann bekomme ich den ganzen Ärger mit Graubner ab ...«

»Habe ich Sie jemals hängen lassen?«

»Nein, aber ich habe keine Lust mehr, mich von dem Mann ständig wie einen Idioten behandeln zu lassen, weil ich, wie er sagt, blind dem Führer gefolgt bin! Es ist ja edel von Ihnen, dass Sie mich verteidigen, doch irgendwann platzt mir der Kragen.«

»Lassen Sie sich nicht von ihm provozieren. Er hat kein Recht dazu, auf Sie herabzusehen. Wenn Sie wüssten, was ...«

»Was heißt das? Wissen Sie Näheres über ihn?«

»Lassen Sie es gut sein, Wuttke, Sie wissen, dass ich nichts mehr verabscheue, als andere zu denunzieren«, erklärte Stein in beschwichtigendem Ton.

Wuttke ließ es auf sich beruhen, wenngleich er zu gern gewusst hätte, welche Informationen der Kollege über den Kriminalrat hatte. Doch nun musste er sich darauf konzentrieren, das Haus zu finden. Die Straße war jedenfalls in einem beneidenswert intakten Zustand. Außer dass die Fassaden zum Teil abgebröckelt, die Vorgärten verwildert und die Eisengitter verrostet waren, gab es keinerlei Spuren von Zerstörung.

Vor einer Villa mit verschiedenen Türmchen und einer dunklen Fassade hielt er an. Er erkannte mehrere Erker und ein paar Fenster, die nicht auf der Höhe der benachbarten Fenster waren, sodass die klaren Stockwerkgrenzen nicht auf Anhieb zu erkennen waren. All diese Vorbauten warfen zudem noch Schatten auf die ohnehin schon dunkelgraue Fassade. Das Haus machte einen düsteren und verschlossenen Eindruck, beinahe wie ein Spukschloss, als wolle es ein Geheimnis verbergen oder den Besucher gar mit unangenehmen Überraschungen begrüßen.

Stein schien ebenfalls von dem Anblick nicht sonderlich angetan.

»Merkwürdiger Bau«, murmelte er.

Auch die Eingangstür wirkte wenig einladend. Da sie keinen Klingelknopf fanden, klopften sie. Eine hochgewachsene, ganz in Schwarz gehüllte alte Dame, die in beinahe grotesker Weise mit Schmuck behängt war, öffnete schließlich die Tür. Mit ihrer aufrechten Haltung und dem durchdringenden Blick aus ihren stahlblauen Augen wirkte sie wie aus einer anderen Zeit. Welcher, das konnte Wuttke nicht so recht benennen, aber es fiel auf, dass sie mit den alten Mütterlein, die man in der Regel gramgebeugt durch die Berliner Straßen gehen sah, nichts gemein hatte.

»Sie wünschen, meine Herren!« Ihre Stimme war überraschend tief und klar.

Das kann nicht gut gehen, befürchtete Wuttke, diese Frau beschwerte sich nach der ersten unangenehmen Frage schon beim Polizeipräsidenten über die beiden Ermittler, und dann gab es mächtig Ärger. Er bedauerte ein wenig, dass sie am Tattag zwei Streifenpolizisten zum Haus Kampmann geschickt hatten, um ihr die Nachricht vom Tod ihres Sohnes zu überbringen. Wären sie selbst gefahren, hätten sie bereits gewusst, mit wem sie es zu tun hatten.

Stein zeigte ihr seine Dienstmarke und erklärte in forschem Ton, dass sie noch ein paar Fragen zum Mord an ihrem Sohn hätten.

»Sie haben diesen abscheulichen Menschen, der meinem Sohn das angetan hat, also immer noch nicht verhaftet!«, stieß sie empört hervor.

Wuttke atmete auf. Sie wusste also nicht, dass der Fall offiziell bereits aufgeklärt war.

Die alte Dame bat sie nun ins Haus und führte sie zu einem prächtigen Salon. Offenbar stand hier alles noch so an seinem Platz wie vor dem Krieg, ging es Wuttke durch den Kopf. Hier hatte keiner einen Teller oder eine Tasse verloren, geschweige denn sein Zuhause.

Verstaubt wirkte das großzügig geschnittene Zimmer mit Blick zum Garten dennoch nicht. Die Möbel waren eher modern, und es fiel auf, dass an den Wänden mehrere gerahmte Fotos einer Frau in der Pose eines Filmstars hingen. Die Dame des Hauses schien zu bemerken, wie interessiert Wuttke die Bildergalerie musterte. Ihre Miene erhellte sich. »Sie sind zu jung, um zu wissen, wer das ist«, verriet sie mit einer Spur Koketterie. »Darf ich Ihnen etwas anbieten? Und bitte setzen Sie sich doch. Einen Weinbrand vielleicht?« Sie deutete auf die Polsterecke, in der sich die Kommissare niederließen. Wuttke hatte lange nicht mehr auf einem derart gediegenen Sofa gesessen.

»Nein, machen Sie sich keine Mühe. Wir trinken im Dienst nichts.«

»Sehr rücksichtsvoll, denn ich habe leider kein Personal mehr wie vor dem Krieg.« Sie nahm sich ein Glas, das mit einer Flasche Weinbrand auf einem Silbertablett stand, und füllte es voll. Dabei musterte sie die beiden Kommissare mit einem prüfenden Blick, der an Stein hängen blieb. »Ich hätte gar nicht gedacht, dass sie bei der Polizei neuerdings so ansehnliche und elegante Herren einstellen«, flötete sie. Wuttke konnte sich eine gewisse Schadenfreude nicht verkneifen, denn seinem Kollegen waren bei dem Versuch der Dame des Hauses, mit ihm zu poussieren, die Gesichtszüge entgleist. Die offene Koketterie der ältlichen Bewohnerin irritierte allerdings auch Wuttke. Sie passte so gar nicht zu dem düsteren äußeren Ambiente des Gebäudes.

»Dann sind wohl Sie das auf den Fotos«, bemerkte Wuttke interessiert, um sie von Stein abzulenken, woraufhin sie ihm ein Lächeln schenkte.

»Ich war ein Star bei der UFA. Leider hat mir die Hauptrollen stets die Reichswasserleiche weggeschnappt.«

Offenbar las sie in den Gesichtern der Kommissare, dass sie nicht wussten, wovon sie sprach.

»So nannte man die Söderbaum, nachdem sie in zwei Filmen melodramatisch ins Wasser gegangen war. Entsetzlich übertrieben. Die gute Kristina hatte ihre Karriere doch nur ihrem Ehemann zu verdanken. Dabei war er ein lausiger Regisseur, wenn Sie mich fragen«, fügte die Dame leicht verächtlich hinzu.

»Wir wollen Sie auch wirklich nicht weiter stören, aber wir haben ein paar Fragen zu Ihrem Sohn, Frau Kampmann«, sagte Stein leicht genervt.

»Ich habe unter meinem Mädchennamen beim Film gearbeitet. Dorothea Wolters. Bitte nennen Sie mich Wolters.« Sie musterte Stein durchdringend, so als hoffte sie, er hätte wenigstens ihren Namen schon einmal gehört.

»Leider kenne ich keine deutschen Filmstars, weil ich meine Jugend in London verbracht habe«, erklärte Stein beinahe entschuldigend.

»Sind Sie Jude?«

»Nein, der Sohn eines Kommunisten, der vor den Nationalsozialisten 1933 dorthin geflüchtet ist«, erwiderte Stein mit fester Stimme.

Im Gesicht der alten Dame spiegelte sich eine Mischung aus Verachtung und Enttäuschung.

»Dann stellen Sie endlich Ihre Fragen!«, befahl sie. Wuttke war erleichtert, dass sie nun endlich zur Sache kommen konnten. Er hatte sich bereits auf ellenlange Ausführungen zu Dorothea Wolters' Erfolgen bei der UFA eingestellt, aber mit dem Sohn eines Kommunisten wollte sie wohl keine unnötige Konversation betreiben. Die Dame ahnte gar nicht, was ihr dadurch erspart blieb, denn so wie er Stein kannte, hätte der die Karriere der Schauspielerin bei den Nazis mit Sicherheit nicht unkommentiert gelassen.

»Haben Sie jemals den Namen Franz Lüders aus dem Mund Ihres Sohnes gehört?«

Die Diva überlegte. »Nein, daran kann ich mich nicht erinnern.«

»Und wissen Sie vielleicht, ob Ihr Sohn Besuch erwartet hat, bevor er starb?«

»Besuch? Nein, nicht dass ich wüsste.«

»Bitte denken Sie noch einmal intensiv nach. Sie haben doch zusammengelebt, oder?«

»Ja, Dieter ist gleich 1946 zu mir gezogen, nachdem er aus der Gefangenschaft zurückgekommen ist und erfahren musste, dass es das Haus nicht mehr gab, in dem er mit seiner Frau gelebt hatte, und dass sie es bei dem Bombenangriff nicht mehr geschafft hat, rechtzeitig in den Keller zu kommen. Gut, das hätte ihr auch nichts mehr genützt. Sie waren auch dort alle tot.«

»Und es fällt Ihnen gar nichts ein bei der Frage, ob er jemanden erwartet hat? Es muss ja gar kein Freund gewesen sein«, hakte Stein lauernd nach.

»Warten Sie, doch, da war etwas. Er wollte den Freund eines Bekannten für ein paar Tage bei sich aufnehmen. Der gute Mann wollte von der Ostzone in den Westen.« Sie fixierte Stein, als wäre er der Teufel in Person. »Kein Mensch will freiwillig bei den Bolschewiken leben!«

»Was wissen Sie noch über diesen Mann? Wer war dieser Bekannte?«

Die Wolters zuckte die Achseln. »Entschuldigen Sie, mein Sohn war über vierzig. Der hatte sein eigenes Leben. Er hat immer nur für die Arbeit gelebt, bis er vor geraumer Zeit in die Fänge dieser Person geraten ist. Stellen Sie sich vor, er wollte sogar seine Stelle aufgeben und mit ihr fortgehen aus Berlin ...«

»Hat diese Person auch einen Namen?«, fragte Wuttke etwas irritiert darüber, wie die Dame übergangslos vom potenziellen Besucher ihres Sohns aus dem Osten auf diese Frau an Kampmanns Seite zu sprechen gekommen war.

»Sicher, aber ich kenne ihn nicht. Er hat mir die Dame nie vorgestellt. Dieter hat doch kaum noch mit mir geredet. Wenn diese Person kam, dann so, dass ich es nicht mitbekommen habe. Er hat das derart geschickt angestellt, dass ich nicht einmal aus meinem Fenster einen Blick auf sie erhaschen konnte. Er hat sie am Haus vorbeigeschmuggelt durch die Hintertür. Dieter hatte seine eigene Etage mit einer eigenen Treppe, die vom Garten in die erste Etage führt. So musste die Dame niemals meinen Eingang betreten. Sonst wäre eine Begegnung unvermeidlich gewesen. Und wer bin ich denn, dass ich meinem Sohn und seinem Flittchen auflauere? Aber er hatte sich seitdem völlig verändert.«

»Seit wann verkehrte er denn mit der Dame ohne Namen?«

»Seit über zwei Jahren wohl. Vorher hat er sich sehr zurückgehalten, was die Damenwelt angeht, denn er hatte sich im Krieg ...« Sie senkte die Stimme. »Er hat sich in einem Bordell für Offiziere einen Venusfluch geholt.«

»Venusfluch? Was ist das denn?«, fragte Wuttke.

»Die Syphilis«, entgegnete Stein zu Wuttkes großem Erstaunen prompt. »War er denn wieder gesund, als er diese Dame kennengelernt hat?«, fügte Stein hinzu.

»Entschuldigen Sie bitte, aber das weiß ich doch nicht. Darüber spricht eine Mutter nicht mit ihrem Sohn! Aber ich nehme es an, denn bei dem, was ich von oben manchmal hören musste, gab es keinen Zweifel, dass die beiden ein intimes Verhältnis unterhielten.«

»Dürften wir uns wohl einmal in der Etage Ihres Sohnes umsehen?«, fragte Wuttke nun.

»Meinetwegen. In der Diele die Treppe hoch. Es gibt nur einen Haken. Dort ist noch eine Eingangstür, aber die ist abgeschlossen. Und der Schlüssel ist seit dem Tod meines Sohnes verschwunden. Aber vielleicht können Sie die Tür aufbrechen. Sie dürfen das bestimmt.«

Nein, ganz bestimmt nicht, dachte Wuttke und hatte schon Sorge, dass sich Stein im Eifer des Gefechts allen Anordnungen zum Trotz dazu hinreißen lassen könnte, aber der Kollege winkte ab.

»Nein, Frau Wolters, dazu brauchen wir einen Durchsuchungsbeschluss. Also bitte unternehmen auch Sie nichts. Wir kommen wieder!«

»Ich sage Ihnen nur das eine! Finden Sie den Mörder oder die Mörderin. Jemanden über die Brüstung zu stoßen, das schafft auch eine Frau. Finden Sie die Person. Wer weiß, vielleicht war sie es!«

In dem Augenblick klingelte das Telefon, und Frau Wolters' Reaktion ließ unschwer erkennen, welche Nachricht man ihr in diesem Augenblick überbrachte. Wenn Blicke töten könnten! Die Wolters funkelte die beiden Kommissare wütend an, aber sie verriet dem Anrufer nicht, dass sie gerade Besuch von zwei Kommissaren hatte.

»Raus hier!«, schrie sie, kaum dass sie aufgelegt hatte. »Ich weiß nicht, wer Sie sind, aber offenbar sind Sie nicht von der Polizei, denn eben war ein Kriminalrat am Telefon, der mir mitteilte, dass ein gewisser Alfred Descher meinen Sohn umgebracht haben soll. Und den hat man bereits verhaftet. Und wenn Sie das nicht wissen, dann können Sie keine Kommissare sein! Aber wenn Sie gekommen sind, um mich zu überfallen, dann müssen Sie mich schon umbringen, denn meinen Schmuck bekommen Sie nur über meine Leiche. Sehen Sie, diese Kette, die hat mir der Bock von Babelsberg geschenkt, obwohl ich ihm einen Korb gegeben habe, diesem Widerling.«

Stein warf Wuttke einen zweifelnden Blick zu. »Sie meint Goebbels«, raunte Wuttke Stein zu. »Und wir sollten jetzt ohne großes Aufsehen verschwinden!«, fügte er hinzu. Mit jeder Minute, die sie sich im Hause Kampmann befanden, missfiel Wuttke dieser Besuch zunehmend mehr.

»Liebe Frau Wolters, wir sind Kommissare der MI 3 und für diesen Fall zuständig, aber wir haben im Gegensatz zu Polizeirat Graubner …« Stein legte eine Pause ein. »War das der Name des Anrufers?«

Frau Wolters nickte.

»Sehen Sie, das ist der Beweis, dass wir die Wahrheit sagen. Jedenfalls haben wir unsere Zweifel an der Schuld des Apothekers, und wir können ohne Ihre Hilfe nicht beweisen, dass wir im Recht sind. Dazu wäre es wichtig, wenn wir in die Wohnung Ihres Sohnes könnten. Sie können natürlich auch im Polizeipräsidium anrufen und sich beschweren, dass Ihnen ein Kommissar mit dem Namen Stein noch einen Besuch abgestattet hat ...«

Was redete der Kollege denn da? Wie konnte er der Wolters offenbaren, dass sie eigentlich gar nicht ihrem Haus sein durften?

»Stein!« Wuttke fuchtelte wild mit den Händen herum, um zu signalisieren, dass er gerade dabei war, sie beide ans Messer zu liefern, aber Stein ließ sich nicht beirren.

»Kommissar Stein. Sagen Sie ihm ruhig, Kommissar Stein war bei Ihnen, wenn es Ihnen lieber ist.«

»Jetzt hören Sie aber auf, Herr Kommissar. Ich werde doch nicht verhindern, dass der wirkliche Täter gefasst wird. Dann los, brechen wir die Tür auf!« Sie nahm einen kräftigen Schluck aus ihrem Weinbrandglas.

Das fehlte noch, dachte Wuttke erbost, dass sie gemeinsam mit seiner Mutter in Kampmanns Wohnung einbrachen. Wenn Stein dem Irrsinn zustimmte, würde er es zu verhindern wissen, aber da hörte er den Kollegen bereits sagen: »Nein, liebe Frau Wolters, das werden wir lieber lassen, aber wir haben einen Schlüssel gefunden, der zur Tür passen könnte. Wenn Sie es erlauben, kommen wir damit zurück und versuchen unser Glück.«

Nein, auch das würden sie ganz sicher nicht tun! Aber das würde er dem Kollegen erst unter vier Augen ganz unmissverständlich zu verstehen geben. Da konnte Stein sich noch so sehr bemühen, ihn zu beschwichtigen, er hing mit drin. Die Wolters kannte zwar seinen Namen nicht, aber wenn sie doch noch auf den Gedanken kam, sie bei Graubner anzuschwärzen, würde sie von zwei Kommissaren sprechen. Dann konnte der sich denken, wer der andere gewesen war.

»Und, Herr Kommissar Stein, ich habe ja nichts gegen Kommunisten«, bemerkte die Wolters nun entschuldigend. »Und vor allem hatte ich noch nie etwas gegen Juden. Unsere Nachbarn waren früher alle jüdisch. Und das hat den Charme und die Leichtigkeit dieser Idylle enorm befördert. Die Villenkolonie war einmal eine Insel der Glückseligen. Da war es uns egal, für wen jemand die Stimme abgegeben hat, wenn er ein guter Autor, Regisseur oder Politiker war wie einst Rathenau. Sie haben den Zauber 1933 zerstört, und das habe ich ihnen nie verziehen. Und sie haben unsere Nachbarn aus dem Land getrieben. Ich konnte die Nazis nie leiden, ich habe einfach nur meine Rollen gespielt …« Sie strahlte Stein an.

Wuttke hielt die Luft an. Er befürchtete, Stein werde die Diva nun mit einer seiner spitzen Bemerkungen über Mitläufer zum Schweigen bringen und sie damit ernsthaft gegen ihn aufbringen, aber zu seiner Überraschung lächelte sein Kollege zurück und schwieg.

Dafür fiel Wuttke eine Frage ein, die er vielleicht lieber nicht hätte stellen sollen, dachte er noch, während er sich bereits fragen hörte: »Frau Wolters, ich möchte Ihnen nicht zu nahe treten, aber Sie reagieren nicht so, wie ich mir eine Mutter in Trauer vorstelle. Sie weinen nicht, Sie klagen nicht …«

Die Wolters sah ihn mit einem waidwunden Blick an. »Gut beobachtet, Herr Kommissar, für mich ist Dieter schon gestorben, als er mir verkündet hat, dass er mit dieser Person fortgeht und mich allein zurücklässt.«

Diese ehrliche Antwort schockierte Wuttke so sehr, dass er sich insgeheim fragte, ob nicht auch Dorothea Wolters ein Motiv hatte und überdies die Kraft besaß, ihren sedierten Sohn über die Brüstung zu kippen.

22

Auf dem Weg zum Wagen herrschte eisiges Schweigen. Stein ahnte, dass Wuttke noch mit sich kämpfte, ob er seinem Zorn freien Lauf lassen sollte oder lieber nicht.

Bevor Stein in den Wagen steigen konnte, platzte es auch schon aus Wuttke heraus. »Sind Sie von allen guten Geistern verlassen? Wenn Sie es darauf anlegen, dass man Sie rauswirft, ist das Ihre Sache, aber dass Sie mich mitreißen, ist nicht besonders kollegial. Sie fallen weich bei Scotland Yard, während ich wieder in einer zugigen Trümmerbude lande ohne jede Zukunftsperspektive ...«

»Wuttke, was ist denn bloß in Sie gefahren? Sie sind doch sonst so ein Draufgänger. Und ein Freund der Gerechtigkeit. Wenn es zum Schwur kommt, werde ich allein meinen Kopf hinhalten ...«

»Das glaube ich Ihnen sogar, Stein, aber ich will nicht von Ihren Gnaden meine Arbeit behalten, sondern aus eigener Kraft. Und weil ich gut bin, verdammt. Sie hätten das mit mir besprechen müssen!«

»Aber wie hätte ich das anstellen sollen? Ich habe das Wohlwollen der Diva ausgenutzt, alles auf eine Karte gesetzt, und das mit Erfolg! Überdies habe ich es allein auf meine Kappe genommen. Sie kennt nur meinen Namen. Was ist daran schlecht?«

»Dass Sie meine Bedenken nach Gutdünken beiseiteschieben!«

»Ich habe es gut gemeint, Wuttke!«

»Ja, geradezu heldenhaft. Sie haben zwar Ihren Namen genannt. Nur wenn die Dame sich das noch anders überlegt, wird sie Graubner von zwei Polizisten berichten. Und raten Sie mal, was der Kriminalrat vermutet, wer der andere war?«

»Das lasse ich nicht zu!«, widersprach Stein entschieden. In seinen Augen hatte er nichts falsch gemacht, sondern den Kollegen bei diesem Alleingang geschützt so gut er nur konnte.

»Sie wissen, dass ich diese Aktion von vornherein kritisch gesehen habe, aber dass Sie die Wolters einweihen, welche Zweifel wir an der Täterschaft Deschers haben, und mit ihr verabreden, dass wir noch einmal mit dem Schlüssel bei ihr auftauchen, das geht zu weit! Sie entscheiden über meinen Kopf hinweg! Das geht mir gehörig gegen den Strich!«

Stein setzte dazu an, sich zu rechtfertigen, aber er spürte, dass Wuttke ernsthaft böse war. Mimose, dachte er, aber er sagte es nicht laut. Er ahnte, dass es den Konflikt nur noch weiter zuspitzen würde. Offensichtlich fühlte sich Wuttke von ihm überfahren, aber was hätte er anders machen sollen? Er glaubte so fest an die Unschuld Deschers und daran, dass die Morde an Kampmann und dem Chemiker am Potsdamer Platz in Verbindung zueinander standen. Und diese Verbindung war mit Sicherheit nicht der Apotheker Descher. Jedenfalls nicht als Mörder! Dass der jedoch mehr wusste, als er zugeben wollte, stand für Stein mittlerweile ebenfalls außer Frage. Er nahm sich fest vor, den Mann endlich zum Reden zu bringen.

»Und? Was haben Sie dazu zu sagen?«, hörte er Wuttke nachhaken.

»Es tut mir leid, wenn Sie sich von mir dominiert fühlen, aber ich habe in dieser Sache ganz sicher den richtigen Riecher!«

»Und das entschuldigt, dass Sie Ihre Entscheidungen ohne Absprache treffen?«

Stein stöhnte genervt auf. »Verdammt, Sie können aber auch kleinkariert sein! Das ist unsere Chance, ungehindert Kampmanns Wohnung zu durchsuchen, immer gesetzt den Fall, der Schlüssel passt!«

»Ich fahre!«, befahl Wuttke und öffnete demonstrativ die Fahrertür. »Das ist so typisch für Sie. Stein steht über allem, denn Stein hat ja nichts zu befürchten ...«, fluchte er.

Stein atmete beim Einsteigen ein paarmal tief durch. Wuttkes Schimpftirade zog an ihm vorüber wie ein Unwetter, das draußen vor dem Fenster tobte, während man selbst im Trockenen saß. Um sich zu vergewissern, dass Frau Wolters ihr Streitgespräch nicht aus einem offenen Fenster ihres Hauses belauscht hatte, drehte er sich vorsichtshalber noch einmal um und warf einen Blick durch die Heckscheibe des Wagens. In dem Moment näherte sich eine dunkle Gestalt dem Gartentor des Hauses. Wenn Stein es nicht besser wüsste, würde er den hochgewachsenen Mann für seinen Vater halten, denn er trug genauso einen grünen Mantel und den Hut tief ins Gesicht gezogen.

Ohne zu überlegen sprang Stein aus dem Wagen und stürzte auf das Haus zu. Der Mann war nun im Vorgarten und hatte ihn noch nicht bemerkt.

»Halt, warten Sie, Polizei, bleiben Sie stehen!«, brüllte Stein und war mit einem Satz über den Gartenzaun auf das Grundstück gesprungen, aber der Fremde war schneller. Das Tempo, mit dem er vor ihm weglief, sprach gegen seinen Vater, denn dass der noch so flink war, bezweifelte Stein. Schon war der Kerl hinter dem Haus verschwunden, rannte auf einen Zaun zu, blieb den Bruchteil einer Sekunde stehen und schaffte es dann geschickt, durch ein Loch im Zaun auf das Nachbargrundstück zu fliehen. Doch Stein gab nicht auf. Er krabbelte ebenfalls durch den Zaun, an dem sein Hut hängen blieb, aber das war ihm ganz egal. Verbissen verfolgte er den Mann, bis er nur noch wenige Meter vor ihm war.

»Stehen bleiben, Polizei!«, schrie Stein, doch ehe er seine Waffe ziehen konnte, sah er etwas Undefinierbares durch die Luft fliegen, direkt auf ihn zu. Als ihn dieses Geschoss am Kopf traf, ging er zu Boden und alles um ihn her wurde schwarz.

»Stein, Scheiße, wachen Sie auf, Sie bluten«, hörte er Wuttkes besorgte Stimme von ferne sagen.

Ein höllischer Kopfschmerz durchzuckte ihn, als er versuchte, die Augen zu öffnen. Die bleischweren Lider ließen sich kaum bewegen. Und jedes Mal wenn sie sich auch nur ein klein wenig öffneten, wurde das Stechen in seinem Kopf stärker. Aber wenn er sie geschlossen hielt, schien der Schmerz erträglich. Wieder versuchte er die Augen zu öffnen, und es gelang bereits ein wenig besser, doch der Schmerz quälte ihn weiterhin.

Alles, was er nun sah, waren ein paar Baumkronen. Er richtete sich unter Stöhnen auf. Ein verwilderter Garten?

»Wo bin ich?«, fragte er Wuttke, dessen Miene sehr sorgenvoll war.

»Sie wissen nicht mehr, was passiert ist?«, entgegnete Wuttke.

»Dann brauchen wir sofort einen Krankenwagen!«

»Unsinn, es reicht doch, wenn Sie mir auf die Sprünge helfen.«

Zögernd berichtete Wuttke ihm, wie er aus dem Wagen gesprungen und auf das Grundstück gerannt war. Er hatte erst hinter dem Haus begriffen, dass Stein einen Flüchtigen verfolgte, ja, und dann sei der Stein geflogen.

Stein erinnerte sich dunkel. Es hatte ihn etwas am Kopf getroffen. Er hob die Hand und wollte die Stelle ertasten, aber Wuttke hielt seine Hand fest. »Nicht dranfassen. Es blutet. Warten Sie, Sie brauchen ein Taschentuch.« Wuttke fing an, in seiner Jackentasche zu kramen, während Stein sich dunkel wieder erinnerte. Der vermummte Mann, der auf den ersten Blick wie sein Vater ausgesehen hatte …

»Wo ist der Kerl?«

»Über alle Berge!« Wuttke reichte ihm das Taschentuch.

»Was ist genau passiert?«

Wuttke bückte sich und hielt ihm einen Stein hin, an dem Blut klebte.

»Stein wird vom Stein erschlagen«, bemerkte Stein, als er spürte, wie ihm schlecht wurde. Er hob den Kopf, drehte sich zur Seite und erbrach sich in einem Schwall.

»Helfen Sie mir, verdammt!« Mit dem Taschentuch wischte er sich den Mund ab, bevor er Wuttke seine Hand entgegenstreckte. Er hatte das starke Bedürfnis, sich den Mund auszuspülen und etwas Wasser zu trinken.

Wuttke zog ihn langsam hoch. »Und Sie wollen wirklich keinen Krankenwagen? Das sieht mir verdammt nach Gehirnerschütterung aus.«

»Auf keinen Fall«, knurrte Stein.

»Aber Sie nehmen das jetzt und drücken es gegen Ihre Stirn, verstanden?«, befahl Wuttke und reichte ihm ein weiteres, noch unbenutztes Taschentuch, das er an diesem Tag bei sich hatte, weil er leicht erkältet war. Stein nahm es widerspruchslos entgegen und drückte es fest auf die Wunde. »Haben Sie den Kerl noch gesehen?«, fragte Stein.

»Nur von Weitem und von hinten, also eigentlich nicht wirklich«, entgegnete Wuttke.

Stein hütete sich, dem Kollegen zu verraten, dass sein erster Gedanke seinem Vater gegolten hatte, dass dieser Mann sich aber eher wie ein höchstens Dreißigjähriger bewegt hatte.

Langsam wurde es erträglicher, der Schmerz verlor seinen stechenden Charakter und die Übelkeit ließ nach. Stein fühlte sich deutlich besser.

»Halten Sie unsere Durchsuchung von Kampmanns Wohnung immer noch für verzichtbar?«, fragte Stein provozierend, nachdem er von Wuttke gestützt zurück beim Wagen angelangt war und sich auf den Beifahrersitz hatte fallen lassen, während Wuttke auf der Fahrerseite einstieg.

»Stein, jetzt lassen Sie diese Spitzfindigkeiten!«, entgegnete Wuttke versöhnlich. »Es ging mir doch gerade allein darum, dass ich mich mit dieser unerlaubten Ermittlung in große Schwierigkeiten bringen könnte und dass Sie darüber in Ihrer gnadenlosen Arroganz hinweggehen!«

»Sie haben recht. Ich habe mich überschätzt. Für Sie steht, wenn das auffliegt, weiß Gott mehr auf dem Spiel als für mich. Ich habe mir eingebildet, ich kann Sie schützen. Vergessen wir die Sache! Ich halte mich an die Anweisungen und lasse die Finger von weiteren Ermittlungen. Großes Ehrenwort. Das Pochen in meinem Schädel ist mir eine Warnung.« In Wahrheit würde er, nach dem, was ihm eben widerfahren war, auf keinen Fall lockerlassen, denn das war ja wohl der beste Beweis, dass der Schlüssel zum Mord an Kampmann in diesem Haus versteckt sein könnte. Aber er würde das auf eigene Faust erledigen. Wuttke sollte sich bloß in Sicherheit wiegen und ihn in Ruhe weiterermitteln lassen.

»Die Entschuldigung nehme ich an, Stein. Ich danke Ihnen, dass Sie meinetwegen darauf verzichten, eine wichtige Spur zu verfolgen ...«

Stein lehnte sich auf dem Beifahrersitz entspannt zurück. Wuttke hat nichts bemerkt, dachte er, aber er hatte sich zu früh gefreut.

»Dass Sie mit meiner Stellung in der Friesenstraße russisches Roulette spielen, ist schlimm genug, aber uff'n Arm nehmen kann ick mir alene! Und nun hören Sie mir mal gut zu. Wir beide, wir sind eine Mannschaft, und deshalb ziehen wir das gemeinsam durch! Sie gehen da nicht allein hin, so wie Sie sich das jetzt wohl gerade in Ihrer Selbstherrlichkeit ganz im Stillen zurechtgelegt haben. Verstanden?

Es war schon bescheuert genug, dass Sie allein losgeprescht sind. Ich wusste ja erst gar nicht, was los war.«

»Aber ich dachte, ich tue Ihnen einen Gefallen ...«

»Stein! Sie sind ein kluger Kopf, aber für mich mitzudenken, das überfordert Sie gewaltig!«

»Das heißt, Sie kommen mit zur Wolters, wenn ich mit dem Schlüssel zurückkehre? Selbst auf die Gefahr hin, dass Sie das Ihre Stellung kostet?«

»Es gibt einen kleinen Unterschied: Das habe ich jetzt selbst entschieden. Nicht Sie für mich. Kapiert, Stein?«

»Jawoll, Herr Kommissar, wie Sie befehlen«, erwiderte Stein mit einem leichten Grinsen.

»Und den Anschlag auf Sie behalten wir vorerst für uns, oder?«, schlug Wuttke vor.

»Sehr gute Idee«, bekräftigte Stein. »Wie sollten wir Graubner auch sonst erklären, dass man auf dem Grundstück von Kampmann mit Steinen nach mir geworfen hat?«

Trotz der Kopfschmerzen war Stein erleichtert, dass Wuttke wieder mit ihm in einem Boot saß. Und er freute sich schon auf den Augenblick, in dem er des feigen Mistkerls habhaft werden würde, der ihm das angetan hatte, denn nur ein bisschen mehr Schwung beim Werfen, und er hätte tot sein können.

23

Lore Krause hatte gehofft, dass sie nicht in die Verlegenheit kommen würde, den Kriminalrat zu beschwindeln, aber ihr blieb nichts anderes übrig, als er plötzlich in ihrem Büro stand.

»Wo sind Wuttke und Stein? Auf dem Flur sitzt eine Dame, die nur mit Wuttke reden will. Sie behauptet, eine wichtige Aussage im Fall Kampmann machen zu können. Ich habe ihr gesagt, der Fall ist abgeschlossen, aber sie lässt sich nicht abwimmeln, behauptet, das werde sich nach ihrer Aussage schlagartig ändern. Aber mehr will sie mir partout nicht verraten.«

»Wuttke und Stein sind nur ganz kurz in der Gerichtsmedizin. Sie holen den abschließenden Obduktionsbericht von Ebert in Sachen Kampmann ...«

Graubner musterte die Schreibkraft zweifelnd. »Kann Ebert den denn nicht schicken? Und dafür fahren die zu zweit durch die Gegend, während hier Arbeit auf sie wartet? Unfassbar!«

Mit diesen Worten verließ er grußlos das winzige Schreibbüro. Lore spürte, wie ihr noch nachträglich schummrig wurde. Sie hatte ihren Vorgesetzten eiskalt belogen. Aber es nützte nichts. Sie war ganz auf der Seite ihrer Lieblingskommissare und des armen Deschers. Auch wenn sie den Kommissaren diesen Besuch bei Kampmanns Mutter liebend gern abgenommen hätte, hoffte sie inständig, dass er sie in den Ermittlungen voranbrachte, vor allem dass sie etwas fanden, was den Apotheker entlastete.

In dem Augenblick klopfte es an ihrer Tür und nach ihrem forschen »Herein!« betrat Schulz junior schüchtern das Büro.

»Ich habe zu tun!«, sagte sie, bevor er sie überhaupt begrüßen konnte.

»Fräulein Krause, ich wollte mich entschuldigen. Natürlich werde ich Sie nicht verpetzen!«

Lore sah nicht einmal auf. Sein Auftritt als ihr vermeintlicher Beschützer hatte sie nachhaltig verärgert. Dass er sich aus Sorge und

Zuneigung für sie so aufgeführt hatte, konnte sie dabei nicht recht würdigen.

»Ich mache Ihnen einen Vorschlag«, fuhr Schulz junior fort. »Wenn Sie es nicht lassen können, Polizei zu spielen, dann weihen Sie mich vorher ein. Ich komme dann mit und werde mich im Hintergrund halten, damit ich im Notfall zur Stelle bin, um Sie zu retten.«

Lore sah kopfschüttelnd von ihrer Adler-Schreibmaschine auf. »Sie glauben doch nicht, dass ich Sie als meinen Aufpasser mitnehme. Und wenn ich ihn wirklich an der Angel habe und Sie mich retten, dann ernten Sie die Lorbeeren. So dumm, darauf hereinzufallen, bin ich nicht!«

»Schade«, sagte er.

»Und wenn ich Sie noch einmal dabei erwische, dass Sie mich in den Park verfolgen, können Sie was erleben. Und setzen Sie sich nie wieder ungefragt auf eine Bank neben mich.«

Schulz junior versprach es zwar, aber Lore ahnte, dass sie keinen Schritt mehr in der Richtung würde unternehmen können, ohne von ihm verfolgt zu werden. Und dass sie ihren feigen Rückzieher auf dem Fahrrad wiedergutmachen würde, stand für die Schreibkraft außer Frage. Also musste sie sich beim nächsten Mal wohl oder übel etwas ausdenken, um Schulz an einen anderen Ort zu locken, während sie erneut versuchte, eine Begegnung mit dem Mann zu provozieren, den sie für den Mörder hielt.

»Gut, ich gehe dann jetzt wieder.« So wie Schulz junior das von sich gab, war unschwer zu erkennen, dass er sich noch ein paar freundliche Worte aus ihrem Mund erhoffte, aber diesen Gefallen tat sie ihm nicht.

»Ich habe gehört, der Fall Kampmann ist bereits abgeschlossen. Das ging ja schnell, dass der Mörder hinter Schloss und Riegel sitzt …« Offenbar wollte er ihr damit schmeicheln, weil doch jeder im Haus wusste, wie vertraut sie mit den beiden Kommissaren war.

»Was Sie alles wissen, aber da muss ich Sie leider enttäuschen, hinter Gittern sitzt der Falsche! Und jetzt stören Sie mich nicht länger bei der Arbeit!«

Als der Junior mit hängenden Schultern ihr Büro verließ, tat er ihr fast ein bisschen leid. Im Grunde genommen war er gar kein übler Bursche. Jedenfalls hatte er es nicht verdient, dass sie so gemein zu ihm war. Aber es ärgerte sie maßlos, dass für sie stets Männer schwärmten, die in ihren Augen keine Gnade fanden, während Stein noch niemals auch nur den geringsten Versuch unternommen hatte, mit ihr anzubändeln.

In der Tür stieß der Junior mit Graubner zusammen, der nun noch aufgebrachter zu sein schien und gleich lospolterte.»Verdammt, ich muss wissen, was diese Zeugin zu sagen hat. Mit mir redet sie nicht. Ich habe sie gebeten, mit in mein Büro zu kommen, aber sie will Wuttke sprechen. Ausgerechnet! Tun Sie was! Schaffen Sie mir Wuttke herbei oder kümmern Sie sich um die Zeugin, bis die Herren Kommissare von ihrem Ausflug zurück sind. Und ich will sofort informiert werden. Nicht auszudenken, wenn sie wirklich etwas vorzubringen hat, das Zweifel an unserem Ergebnis zulässt, wie stehen wir dann da? Stumm hat mir schon gratuliert zum schnellen Erfolg. Und es steht in allen Zeitungen. Worauf warten Sie? Gehen Sie hin. Bitten Sie die Dame in das Büro der Kommissare, bringen Sie ihr einen Kaffee, verwickeln Sie sie in ein Gespräch, nur tun Sie endlich was!«

Lore Krause sprang wie befohlen auf und stob aus ihrem Büro. Die Frau auf der Bank wirkte nervös. Sie war einfach gekleidet, hatte aber ein ausgesprochen feines Gesicht, das im Gegensatz zu dem groben grauen Stoff ihres Kostüms stand. Lore vermutete fast, dass das Kostüm aus einer Uniform genäht worden war.

Viele Frauen konnten es sich nicht leisten, in den ersten teuren Modeateliers, die mittlerweile wieder in der Stadt eröffnet hatten, wie dem Salon von Oestergaard in Charlottenburg, Kleider anfertigen zu lassen. Deswegen war es weit verbreitet, diese Kleider selbst aus Decken, Uniformen, Vorhängen und sonstigen Stoffen zu schneidern.

Die Frau schreckte zusammen, als Lore sie freundlich von der Seite ansprach.»Ich bin die Schreibkraft von Kommissar Wuttke und soll Sie in sein Büro bringen. Er muss jeden Moment kommen. Möchten Sie einen Kaffee?«

Die Frau schüttelte den Kopf.»Nein, ich möchte das hier schnellstens hinter mich bringen. Ich kann auch nicht ewig warten, sondern muss gleich zum Dienst in die Klinik.«

»Dann folgen Sie mir bitte. Es dauert wirklich nicht lange.« Lore hielt der Frau die Bürotür auf und bot ihr den Stuhl an.

Lore selbst ließ sich auf Wuttkes Schreibtischsessel fallen statt auf ihren Platz, auf dem sie gewöhnlich bei Vernehmungen mitstenografierte.

»Ich kann ja schon einmal Ihre persönlichen Daten aufnehmen«, schlug sie vor, wohl wissend, dass das ihre Kompetenz überschritt. Aber hatte Graubner nicht deutlich gemacht, dass sie dringend etwas unternehmen sollte, um die Zeugin bis zum Eintreffen der Kommissare abzulenken?

»Ihr Name?«

»Klara Wegner. Ich bin Krankenschwester an der Werner-de-Vries-Klinik und habe eine Aussage zu machen, den Apotheker Descher betreffend.« Sie redete vor lauter Aufregung viel zu schnell und sehr leise.

Schwester Klara, bei der Descher angeblich den Plüschbären seines Sohnes abgeholt hatte, mutmaßte Lore.

»War Descher an dem Tag, an dem Kampmann ermordet worden ist, bei Ihnen im Schwesternzimmer?«, fragte Lore.

»Ja, das will ich Wuttke doch sagen. Descher kann es nicht gewesen sein, weil wir die ganze Zeit zusammen …« Schwester Klara stockte und musterte Lore skeptisch. »Entschuldigen Sie, aber haben Sie sich mir nicht eben als Kommissar Wuttkes Schreibkraft vorgestellt? Ich will ausschließlich mit dem Kommissar sprechen.«

Lores Herz klopfte bis zum Hals, während sie nach einer halbwegs plausiblen Erklärung suchte, sich als Polizistin aufzuspielen.

»Entschuldigen Sie, das ist im Eifer des Gefechts geschehen. Ich glaube nämlich nicht, dass Descher diesen Arzt vom Dach gestoßen hat.«

Offenbar hatte sie damit genau den richtigen Ton getroffen, um das Vertrauen der Zeugin zu gewinnen und sie über Lores Kompetenzüberschreitung hinwegsehen zu lassen.

»Er kann es nicht gewesen sein. Ich bin sein Alibi. Ich war die ganze Zeit mit ihm zusammen. Er ist unschuldig! Er kann es nicht gewesen sein, weil ich jede Minute mit ihm verbracht habe. Verstehen Sie?«

Lore verstand, und so gern sie Schwester Klara glauben wollte, sie betonte die Unschuld des Apothekers in einem derart merkwürdigen Ton, der nicht wirklich überzeugend, sondern wie auswendig gelernt wirkte.

»Er war also die ganze Zeit bei Ihnen im Schwesternzimmer?«, fragte Lore nach, denn der Apotheker hatte ja längst zugegeben, dass er am Tattag um die Mittagszeit auf dem Dach gewesen war.

Schwester Klara nickte eifrig.

Schade, sie lügt, ging es Lore bedauernd durch den Kopf, als sie draußen auf dem Flur Steins Stimme hörte.

»Frau Wegner, Descher hat selbst zugegeben, dass er gegen Mittag auf dem Dach gewesen ist. Nicht dass Sie gleich in eine Falle tappen«, raunte Lore der Krankenschwester zu und war mit einem Satz auf ihrem Schreibplatz. So gab es keinen Hinweis darauf, dass sie mit der Vernehmung schon einmal begonnen hatte, und vor allem nicht, dass sie der Zeugin etwas verraten hatte, wofür selbst Wuttke und Stein sie mit Sicherheit heftig rügen würden.

Lore erschrak, als Stein das Büro betrat. Er presste sich ein Taschentuch, durch das bereits Blut gesickert war, gegen die Stirn.

»Um Himmels willen, was ist Ihnen denn passiert!«

»Sie wissen doch, wie Wuttke Auto fährt. Er hat an einer Kreuzung so scharf gebremst, dass ich gegen die Scheibe geknallt bin!«, sagte Stein.

Lore warf Wuttke einen strafenden Blick zu, doch der hatte das wohl überhört, weil er nur Augen für die Krankenschwester hatte. Er musterte sie verwundert, und noch etwas anderes sprach aus seinem Blick. Was das genau war, was ihr Überraschungsbesuch in seinem Büro bei Wuttke auslöste, konnte Lore nicht recht deuten. Lore erklärte den Kommissaren nun eifrig, dass Frau Wegner gekommen war, um vor Kommissar Wuttke eine wichtige Aussage zu machen. Graubner habe sie gebeten, sich um die Zeugin zu kümmern, bis die Kommissare von ihrem Besuch bei Ebert in der Gerichtsmedizin zurückgekehrt waren. Letzteres betonte Lore, was ihr einen anerkennenden Blick Steins einbrachte. Offenbar ein Lob für die gelieferte Ausrede, warum der Kriminalrat die Kommissare nicht in ihrem Büro vorgefunden hatte.

»Descher hat ein Alibi. Er kann es nicht gewesen sein«, wiederholte Schwester Klara nun mit Nachdruck.

Lore wünschte sich sehr, dass die Krankenschwester das angebliche Alibi den Kommissaren etwas glaubwürdiger verkaufte, als sie es ihr gegenüber gerade versucht hatte. Aber was sie in diesem Augenblick noch mehr interessierte, war, wo Stein sich diese Wunde zugezogen hatte. So naiv, um an die Autoscheibe zu glauben, war sie jedenfalls nicht! Das bewies wieder einmal mehr, dass die Kommissare sie für reichlich dämlich hielten, was ihren Kampfgeist erneut anfachte. Ich werde euch noch allen zeigen, was wirklich in mir steckt, dachte sie verärgert.

24

Die Gegenwart von Schwester Klara verunsicherte Wuttke ein wenig, aber er schaffte es, das vor Stein zu verbergen, der sich bei dieser Befragung im Hintergrund hielt und ganz still hinter seinem Schreibtisch saß, die Augen halb geschlossen. Offenbar musste sich der Kollege erst einmal gründlich von seinem Schock erholen.

Wuttke war bei der Auskunft nach den Personalien noch nicht über ihren Namen hinaus, als Graubner nach kurzem Klopfen das Büro betrat, ohne hereingebeten worden zu sein.

»Kann ich Sie bitte kurz sprechen, Wuttke!«, fragte er in schroffem Ton und wandte sich an die Zeugin. »Kommissar Stein wird die Vernehmung fortsetzen«, fügte er hinzu. Allerdings war er derart in Hektik, dass er Stein dabei keines Blickes würdigte, was Wuttke nur recht war, denn sonst würde er gewiss Fragen stellen, was mit Steins Kopf passiert war.

»Nein, ich warte lieber«, widersprach die Krankenschwester entschieden. »Sie kommen doch gleich wieder, Kommissar Wuttke, oder? Ich muss nämlich in spätestens einer halben Stunde zum Dienst.«

»Bin gleich wieder da«, versprach Wuttke und folgte dem Vorgesetzten auf den Flur. Er konnte nicht leugnen, dass es ihm schmeichelte, wie vehement Schwester Klara darauf bestand, ihre Aussage vor ihm zu machen. Und das ausgerechnet in Graubners Gegenwart.

»Sind Sie völlig verrückt geworden?«, fuhr der ihn an. »Da fahren Sie zu zweit los, um einen Obduktionsbericht abzuholen in einem Fall, der längst abgeschlossen ist.«

»Offensichtlich nicht, denn Schwester Klara behauptet, dass Descher ein Alibi hat«, entgegnete Wuttke provozierend ruhig.

Graubner raufte sich das volle Haar. »Wie kann das sein, dass sie jetzt plötzlich mit so was kommt? Das liegt an Ihren fehlerhaften Ermittlungen. Sie genießen ganz offensichtlich das Vertrauen der Zeugin. Wieso hat sie Ihnen das nicht gleich gesagt? Das ist doch Ihre Schuld.«

»Wenn wir hier nach einem Schuldigen suchen, sollten wir uns lieber fragen, wer hier so einen enormen Druck gemacht hat, Descher als Täter zu überführen, bevor wir uns ganz sicher waren.«

»Ich muss schon sehr bitten! Der Mann hat ein Geständnis abgelegt, bedenken Sie dies bitte, bevor Sie anderen Fehler unterstellen!«

»Erlauben Sie, dass ich die Vernehmung jetzt fortsetze?«, fragte Wuttke, ohne auf die Worte seines Vorgesetzten einzugehen.

»Wir können uns im Moment keine Fehler leisten. Also sorgen Sie dafür, dass wir die Aussage der Dame guten Gewissens als unglaubwürdig werten können! Wir haben unseren Täter der Öffentlichkeit präsentiert, und dabei soll es auch bleiben.«

»Das kann ich Ihnen leider nicht versprechen. Das kommt auf den Verlauf der Vernehmung an, die ich nun gern endlich ungehindert durchführen würde.« Mit diesen Worten drehte sich Wuttke grußlos um.

Es war das erste Mal, dass er seinem Vorgesetzten die Stirn geboten hatte. Nun gab es nur noch zwei Möglichkeiten: Graubner zollte ihm in Zukunft mehr Respekt und hackte nicht ständig auf ihm rum oder er nahm die nächstbeste Gelegenheit wahr, ihn endgültig loszuwerden. Aber diese ständige Sorge, seine Arbeit zu verlieren, durfte ihn nicht länger daran hindern, seine Pflicht gewissenhaft zu erledigen. Das hatte ihm der Streit mit Stein vorhin deutlich vor Augen geführt. Nichts war schlimmer, als ein Duckmäuser zu werden. Er straffte die Schultern. Schließlich hatte er diese Angst schon einmal besiegt, und zwar im Kampf gegen Polizeirat Krüger und dessen hinterhältige Methoden. Dagegen war Graubner ein Waisenknabe.

Als Wuttke sich zurück auf seinen Schreibtischsessel setzte, verspürte er keinerlei Unsicherheit mehr in Gegenwart von Schwester Klara. Er hoffte, sie hatte wirklich etwas Fundiertes vorzubringen, das den Apotheker entlastete.

»Darf ich Sie Schwester Klara nennen oder ist Ihnen Fräulein Wegner lieber?«, fragte er in charmantem Ton.

»Für Sie Schwester Klara, bitte.«

Wenn das hier vorbei ist, lade ich sie ins Kino ein, beschloss er, als sein Blick an ihrem rechten Ringfinger hängen blieb, an dem ein schmaler Ehering prangte. Der war ihm in der Klinik gar nicht aufgefallen. Von wegen Fräulein! Wahrscheinlich, weil sie ihn bei der Arbeit abnahm, wie es die meisten Schwestern und Ärzte taten. Aber er schaffte es, seine Enttäuschung zu überspielen.

»Ich darf Sie jetzt bitten, Ihre Aussage zu machen. Fräulein Krause wird sie protokollieren. Mein Kollege oder ich werden, sobald sie fertig ist, Fragen stellen, oder zwischendurch, wenn etwas unklar ist.«

Schwester Klara holte ein paarmal tief Luft, bevor sie zögernd begann, dann aber immer flüssiger schilderte, warum der Apotheker den Mord nicht gegangen haben konnte.

»Descher ist am Tag der Tat kurz nach zwölf Uhr zu mir ins Schwesternzimmer gekommen. Er war außer sich, weil er auf dem Weg zu mir Kampmann begegnet ist und ihn bis aufs Dach verfolgt hat. Dort kam es zu einer Auseinandersetzung zwischen den beiden, von der mir Descher aufgeregt berichtet hat. Er hatte eine blutige Nase, die ich versorgt habe. Descher hat das Zimmer kurz vor ein Uhr mittags wieder verlassen, weil dann mein Dienst begann. Er kann Kampmann also nicht umgebracht haben.«

»Ist das alles?«, fragte Wuttke fassungslos.

»Ja, ich war mit ihm zusammen, als der Mord geschehen ist.«

»Und was, wenn er Kampmann um zwölf Uhr vom Dach gestoßen hat?«

»Gegen ein Uhr mittags lebte Kampmann noch!«

»Und woher wissen Sie das?«

»Ich habe Descher zum Haupteingang gebracht, damit er keine weiteren Dummheiten macht, und bin danach nach oben aufs Dach gegangen, um nachzusehen. Da lebte Dr. Kampmann noch. Ich habe dann erst später erfahren, dass Kampmann tot ist.«

»Haben Sie Kampmann auf dem Dach nur gesehen oder auch gesprochen?«

»Er saß auf seinem Lieblingsplatz am Schornstein. Mich hat er nicht gesehen, aber da hatte ich die Gewissheit, dass Descher ihm nichts angetan hatte.«

»Und Sie sind sicher, er saß da im Regen?«, fragte Wuttke.

Schwester Klara zuckte mit den Schultern.

»Ja, aber ich konnte zunächst nicht erkennen, ob er schlief oder wach war. Manchmal machte er seinen Mittagsschlaf auch auf dem Dach, besonders wenn er die ganze Nacht vorher Dienst hatte.«

»Und Sie sind wirklich sicher, dass er nicht dort gelegen hat?«

Aus den Augenwinkeln sah Wuttke, dass ihm Stein einen warnenden Blick zuwarf. Zu Recht, musste Wuttke zugeben, denn es war nicht korrekt, dass er der Krankenschwester die Wahrheit quasi in den Mund legte, denn er selbst hatte festgestellt, dass Kampmann dort gelegen haben musste.

»Vielleicht hat er auch gelegen«, murmelte Schwester Klara.

»Und warum sind Sie nicht zu ihm gegangen und haben überprüft, ob alles in Ordnung ist?«

»Ich bin näher an ihn herangeschlichen und habe mich davon überzeugt, dass er atmet. Er lebte noch, falls Sie das bezweifeln sollten.«

»Und das würden Sie unter Eid aussagen?«, mischte sich nun Stein ein.

»Selbstverständlich!«

»Und darf ich fragen, was Sie eine Stunde lang mit Descher in Ihrem Schwesternzimmer gemacht haben?«

»Das geht Sie gar nichts an, weil das sehr privat ist, um nicht zu sagen intim«, gab die Krankenschwester ungehalten zurück.

»Hier ist nichts privat, wenn es mit einem Mord in Verbindung steht«, fügte Stein in scharfem Ton hinzu.

Wuttke aber meinte, sich verhört zu haben. Hatte Schwester Klara eben allen Ernstes durch die Blume sagen wollen, dass sie mit Descher eine intime Verbindung gepflegt hatte? Er atmete tief durch und während er noch nach den richtigen Worten suchte, hörte er sich bereits sagen: »Sie wollen uns doch nicht weismachen, dass Descher und Sie, ich meine, dass Sie einander näher kannten, ich meine, dass Sie ein Verhältnis …?«

»Doch, genau das, Herr Kommissar.«

»Und warum haben Sie das nicht gleich gesagt?«

»Ich wollte nicht, dass jemand in der Klinik davon erfährt, und habe auch nicht damit gerechnet, dass Sie Descher verhaften.«

Wuttke rang nach Worten. Es war nicht einfach, seine Fassungslosigkeit angesichts dieser angeblich intimen Verbindung zwischen dem Apotheker und der anziehenden Schwester zu verbergen. Er konnte sich nicht helfen, aber er glaubte ihr kein Wort! Nur wusste er nicht, wie er seiner Skepsis Ausdruck verleihen sollte, ohne damit zu verraten, dass er sie äußerst attraktiv fand.

»Frau Wegner! Entschuldigen Sie, wenn ich jetzt ganz direkt bin. Ich kaufe Ihnen diese Geschichte nicht ab. Descher und Sie zum Stelldichein im Schwesternzimmer? Ich bitte Sie, das glaubt Ihnen keiner!«, kam ihm Stein in verärgertem Ton zuvor. Wuttke war froh, dass der Kollege diese Vorstellung genauso absurd fand wie er.

»Glauben Sie, was Sie wollen. Ich beschwöre hiermit, dass es genauso gewesen ist! Descher ist unschuldig!«

»Das mag sein, aber offenbar wissen Sie etwas, was Sie uns unbedingt verheimlichen wollen und weshalb Sie sich hinter so einer Geschichte verschanzen«, fügte Stein versöhnlicher hinzu.

»Ich habe dem nichts mehr hinzuzufügen. Das werde ich so vor jedem Richter und Staatsanwalt wiederholen. Keiner kann mir das Gegenteil beweisen!«

»Sie bleiben dabei, selbst auf die Gefahr hin, dass nun die ganze Klinik davon erfahren könnte?«, fragte Wuttke bestürzt.

»Kann ich die Aussage jetzt unterschreiben?«, entgegnete Schwester Klara.

»Das können Sie. Ich lese Ihnen Ihre Aussage noch einmal vor. Und dann können Sie Ihre Unterschrift unter das Vernehmungsprotokoll setzen.«

Fräulein Lore stand auf und reichte ihm die protokollierte Vernehmung. Auch ihr stand der Zweifel ins Gesicht geschrieben.

Nachdem Schwester Klara ihre Unterschrift unter die Aussage gesetzt hatte, wollte sie von Wuttke wissen, wann man Descher aus der Untersuchungshaft entlassen würde.

»Das kann ich Ihnen nicht genau sagen. Der Haftbefehl muss erst außer Kraft gesetzt werden. Dazu ist ein Haftprüfungstermin erforderlich. Wir werden natürlich unsererseits alles in die Wege leiten, damit Sie als entlastende Zeugin zu dem Termin geladen werden«, erklärte er förmlich.

»Aber das kann ja noch Tage dauern, in denen er unschuldig hinter Gittern sitzt«, empörte sich Schwester Klara.

»Wenn Sie Pech haben, auch noch Wochen, das kann sich durchaus wegen der Osterfeiertage nach hinten verschieben«, fügte Wuttke ungerührt hinzu.

»Das heißt, ich kann jetzt nicht sofort zum Untersuchungsgefängnis gehen und ihn abholen?«

»Nein, hätten Sie uns das gleich gesagt, wäre er wahrscheinlich gar nicht erst verhaftet worden«, brummte Stein. »Aber wenn Sie uns jetzt endlich ehrlich mitteilen würden, was Sie wirklich wissen, könnte das ganze Prozedere beschleunigt werden. Zum Beispiel könnten Sie uns verraten, wer der Täter ist!«

Der Ton des Kollegen ließ Wuttke einen eisigen Schauer über den Rücken laufen.

Schwester Klara wurde leichenblass. »Wie kommen Sie auf diesen ausgemachten Unsinn? Was weiß ich, wer Kampmann vom Dach gestoßen hat!« Sie stockte und funkelte Wuttke zornig an. »Sagen Sie Ihrem Kollegen, dass er das sofort zurücknimmt. Das ist eine infame Unterstellung …«

Je mehr sie sich in Rage redete, umso mehr beschlich Wuttke der Verdacht, dass Stein ins Schwarze getroffen hatte.

»Frau Wegner, ich habe nicht behauptet, dass Sie den Täter kennen. Ich sagte, *zum Beispiel*. Ich vermute nur, dass Sie uns etwas Wichtiges verheimlichen, und habe Sie darauf hingewiesen, dass das vielleicht eher dazu angetan wäre, Descher umgehend aus der Untersuchungshaft zu holen, als ihr fadenscheiniges Liebesgeständnis! So eine Aussage trifft bei Staatsanwalt und Richter stets auf Skepsis. Überlegen Sie es sich gut!«, redete Stein beschwörend auf sie ein.

Schwester Klara sprang so heftig von ihrem Stuhl auf, dass der mit lautem Gepolter zu Boden fiel.

»Ich habe Ihnen nichts mehr zu sagen! Und ich kann nur hoffen, dass der unschuldige Apotheker so schnell wie möglich entlassen wird! Der Mann ist gestraft genug.«

»Eine letzte Frage hätte ich noch.« Wuttke musterte Schwester Klara durchdringend.

»Ja, ja, bitte!«

»Wie heißt der Apotheker Descher eigentlich mit Vornamen? Ich meine, wenn man sich so gut kennt wie Sie beide ...«

Schwester Klara blieb wie betäubt stehen, bevor sie unvermittelt in Tränen ausbrach. »Und ich hatte Sie für einen seriösen Ermittler gehalten!«, schrie sie, bevor sie schluchzend aus dem Büro stürmte.

Wuttke und Stein warfen einander wissende Blicke zu.

»Ich glaube, Sie haben den Nagel auf den Kopf getroffen, Stein. Sie kennt den Täter«, sagte Wuttke.

»Das befürchte ich auch. Aber sie wird wohl mit dem Alibi durchkommen, denn unsere Freunde vom Gericht werden ihre Aussage kaum danach beurteilen, ob sie Descher zutrauen, mit Schwester Klara intim zu sein. Die sind da nicht so befangen wie andere«, sinnierte Stein. »Und das geht nicht nur an Ihre Adresse. Ich habe auch Augen im Kopf! Die Frau lügt!«

»Aber wenn an Ihrem Verdacht, sie könne den wahren Täter kennen, etwas dran ist, dann könnte sich Schwester Klara doch auch in Gefahr befinden«, gab Wuttke zu bedenken.

»Ich schlage vor, wir überwachen erst einmal Descher, sobald der aus der Untersuchungshaft kommt. Und wenn Schwester Klara ihn abholt, also gleich am Tor abfangen sollte, können wir davon ausgehen, dass sie beide etwas wissen, was sie vor uns verbergen. Und dann werden wir alle beide rund um die Uhr beschatten lassen. Einverstanden?«

Wuttke stimmte dem Kollegen zu.

»Es gibt nämlich noch eine andere Möglichkeit«, fügte Stein nun zögernd hinzu. »Klara Wegner hat Kampmann vom Dach geschubst!«

Wuttke wollte heftig protestieren, aber dann schwieg er. Er musste sich eingestehen, dass nun zwar Descher für die Tatzeit ein Alibi hatte, aber nicht die Krankenschwester. Im Gegenteil, sie belastete sich ja sogar selbst, indem sie behauptete, kurz vor ein Uhr mittags bei

Kampmann auf dem Dach gewesen zu sein. Wer konnte ausschließen, dass sie den Arzt bei der Gelegenheit vom Dach gestoßen hatte?

Wer auch immer der Täter gewesen sein mochte, Fakt war, dass die Ermittlungen wohl erst richtig begannen, mutmaßte Wuttke, jedenfalls dann, wenn Staatsanwalt und Richter Schwester Klaras Alibi zugunsten Deschers für glaubwürdig erachten sollten. Das einzig Gute daran war, dass sie die Durchsuchung von Kampmanns Villenetage dann ganz offiziell würden durchführen können.

25

Stein verspürte eine zunehmende Gereiztheit in sich aufsteigen, seit der Arzt ihm absolute Ruhe verordnet hatte. Das kam für ihn gar nicht infrage, nicht jetzt, wo der Fall Kampmann Fahrt aufnahm. Descher war zwar noch nicht auf freiem Fuß, aber wie ihm Graubner versichert hatte, stand der Aufhebung des Haftbefehls nichts mehr im Weg. Graubner hatte sich bei Stein ausdrücklich für dessen hervorragende Ermittlerarbeit bedankt und so getan, als wäre er dafür verantwortlich, dass kein Unschuldiger hinter Gittern saß. Wuttke erwähnte er diesbezüglich mit keinem Wort. Im Gegenteil, er versuchte, dem Kollegen die Schuld dafür zuzuschieben, dass die Krankenschwester nicht rechtzeitig mit dem Alibi für Descher gekommen war. Was Stein erstaunte, war die neue Gelassenheit, mit der Wuttke diese Ungerechtigkeit über sich ergehen ließ. »Das kennen wir doch alles schon«, hatte er Graubners Versuch, Stein gegen ihn auszuspielen, kommentiert. »Nur mit umgekehrten Vorzeichen. Was hat Krüger alles auf die Beine gestellt, damit ich mich von Ihnen distanziere? Und was war das Ergebnis? Krüger musste gehen, nicht einer von uns!«

Wuttke, Stein und auch Fräulein Lore hatten sich freiwillig gemeldet, um über die Osterfeiertage Dienst in der Friesenstraße zu tun. Frau Krause hatte ihrer Tochter eine ordentliche Portion arme Ritter mit Apfelmus mitgegeben. Eigentlich hatte sie ihnen einen Kuchen backen wollen, aber wegen der großen Nachfrage zu Ostern hatte der Bekannte aus Tempelhof ihr die Zutaten nicht pünktlich besorgen können. Überbleibsel der in Ei gebratenen und mit Zimt und Zucker überstreuten Weißbrotreste standen auch am Ostermontag noch zum Naschen bereit. Es war herrlich ruhig im Haus, bis auf Lores Adler, die rhythmisch im Hintergrund klapperte. Sie hatte sich die Maschine in das Büro der Kommissare geholt.

Am Sonnabend war die sogenannte Osterparade, von der Steins Freund Walter so voller Stolz berichtet hatte, teilweise in einen enervierenden Lärm ausgeartet. Die Maschinen der Luftbrücke waren tatsächlich beinahe im Minutentakt in Tempelhof gelandet und gestartet. Offenbar hatte der Wind so ungünstig gestanden, dass es sich anhörte, als würden die Rosinenbomber direkt über die Friesenstraße donnern. Ist ja für einen guten Zweck, hatte sich Stein den Lärmpegel schöngeredet und musste wiederholt an Walter und seine Crew denken. Die waren jetzt wahrscheinlich mächtig stolz, dass sie dabei mithalfen, das Ziel von General Tunner zu erfüllen. Blieb nur zu hoffen, dass sie auch ihr eigentliches Ziel, die Sowjets damit zur Aufgabe der Blockade zu zwingen, erreichten.

Die Kommissare hatten für den Nachmittag des Ostermontags eine Lagebesprechung verabredet, um ihre weiteren Schritte zu planen. Am liebsten wären sie sofort mit dem Schlüssel bei Frau Wolters aufgekreuzt, aber angesichts der Feiertage hatten sie den Besuch auf nach Ostern verschoben.

Stein war in Gedanken gerade wieder bei der Frage angelangt, wer wohl dieser Kerl mit dem Stein gewesen war, als sein Telefon klingelte. Er meldete sich und hörte erst einmal nur ein Knistern in der Leitung.

»Hallo, Stein hier, Mordinspektion, Friesenstraße«, rief er erneut in den Hörer, doch das Einzige, was er hören konnte, war ein Knacken. Stein wollte gerade auflegen, als sich in zackigem Ton Genosse Oberst Stein meldete und die Störgeräusche verschwanden.

»Ich glaube, ich habe Ihnen deutlich gesagt, dass ich nicht zum Ostereiersuchen komme, Herr Oberst!«, verkündete Stein spöttisch und nahm amüsiert zur Kenntnis, dass das Klappern der Adler verstummt war. Und nicht nur Fräulein Krause blickte jetzt gespannt in seine Richtung. Auch Wuttke hatte den Hals gereckt und lauschte.

Stein machte den beiden ein eindeutiges Zeichen, ihn ungestört telefonieren zu lassen. Nur widerwillig erhoben sich Wuttke und Fräulein Lore von ihren Plätzen und verließen das Büro.

»Du warst auch schon mal geistreicher, mein Sohn«, antwortete sein Vater. »Ich rufe nicht privat an, sondern dienstlich. Habe ich mir doch gedacht, dass du über die Festtage arbeitest.« In seinem letzten Satz klang so etwas wie Stolz mit.

»Ach, willst du mir nun endlich Hintergründe zum Mord an dem Chemiker verraten, damit wir uns bei den Ermittlungen unterstützen, statt uns gegenseitig zu behindern?«, konterte Stein.

Es erschallte ein lautes böses Lachen. »Das sagt ja der Richtige. Wie konntest du mir verschweigen, dass Kampmann ermordet worden ist?«

»Weil du mir verschweigen wolltest, was für einer Arbeit Franz Lüders am Institut für Mikrobiologie in Jena nachgegangen ist! Glaubst du, ich verrate dir Details zu unseren Mordfällen, wenn du im Gegenzug mauerst?«

»Du wusstest also bereits, dass dieser Kampmann ermordet worden ist, als ich in der Friesenstraße gewesen bin?«

»Genau, Vater, das wusste ich bereits und hätte es dir auch verraten, wenn du mit offenen Karten gespielt hättest, aber entweder helfen wir einander, diese Morde aufzuklären, oder wir arbeiten getrennt. Aber du kannst mich nicht ausfragen und dich auf deine Schweigepflicht berufen.«

»Das ist etwas völlig anderes. Ich habe meine Gründe, zu schweigen, denn es steht zu befürchten, dass es sich um einen Sabotageakt des Westens handelt. Da können wir euch unsere Geheimnisse doch nicht verraten.«

»Vater! Jetzt lass mal die Kirche im Dorf. Wir ermitteln in zwei Mordfällen, von denen immer klarer wird, dass sie zusammenhängen, und da sollten wir uns beide eigentlich darauf konzentrieren, den Täter zu finden!«

»Das sagst du so einfach. Was meinst du, wie blöd ich dagestanden habe, als ich von meinen Leuten erfahren musste, dass dieser Kampmann bereits tot ist ...«

Stein stutzte.

»Vater! Hast du jemanden in den Westen geschickt, der Kampmann aufsuchen sollte? Hast du mir etwa nicht getraut?«

»Nun sei bloß nicht so empfindlich. Du hast mir doch auch nicht getraut!«

Jetzt verstand Stein. Es war demnach kein Zufall gewesen, dass er den Mann, den er in der Bettinastraße verfolgt hatte, auf den ersten

Blick für seinen Vater gehalten hatte. Offenbar gehörte dieser Mantel zur Dienstkleidung seiner Leute. Ebenso der ins Gesicht gezogene Hut.

»Dann hast du den Befehl gegeben, dass mich dein Mitarbeiter umbringen soll, oder?«, stieß Stein aufgebracht hervor.

»Wovon redest du? Wer spricht hier von umbringen?«, gab der Vater nicht minder erregt zurück.

»Davon, dass ich einen deiner Männer auf dem Kampmann-Grundstück stellen wollte, der Kerl sich aber durch Flucht entzogen hat und mich bei der Verfolgung mit einem Steinwurf an den Kopf schachmatt gesetzt hat.«

In der Leitung herrschte zunächst Schweigen, dann ertönte ein lautes Schnaufen. »Bist du völlig verrückt geworden? Meine Mitarbeiter werfen nicht mit Steinen. Das habe ich weder angeordnet noch hat das einer von uns auf eigene Faust getan. Ich weiß ja nicht, wer dich da außer Gefecht gesetzt hat, es war keiner von uns! Dafür lege ich meine Hand ins Feuer!«

»Dann pass mal schön auf, dass du sie dir nicht verbrennst, Vater! Von mir erfährst du jedenfalls nichts mehr. Nachher muss ich das noch mit dem Leben bezahlen ...«

»Junge, bitte, du bist schiefgewickelt. Das war keiner unserer Mitarbeiter. Komm, sei vernünftig und verrate mir, wie weit ihr mit euren Ermittlungen seid. Wir sind uns jedenfalls inzwischen sicher, dass der Täter aus dem Westen kam ...«

»Vater, lass es! Ich werde kein Wort mehr über den Fall sagen, bevor du mir nicht verrätst, was Franz Lüders am Mikrobiologischen Institut in Jena gemacht hat!«, brüllte Stein in den Hörer.

»Das kann ich nicht. Nun glaub es mir doch!«, gab der Vater in verzweifeltem Ton zurück.

»Vater, dann ermittelst du in deinem Mordfall, ich in meinem. Ich werde schon herausbekommen, was die beiden Männer miteinander zu tun hatten. Und schöne Ostern übrigens. Gruß an die Verlobte.«

»Da ist noch was!«, bemerkte der Vater leise.

»Ich höre!«

»Meine Geburtstagsfeier ...«

»Ich weiß noch nicht, ob ich komme«, unterbrach Stein ihn unwirsch.

»Also, es ist so, wir werden an dem Tag auch heiraten. Und es wäre wirklich schön, wenn du kämest. Marion würde dich so gern kennenlernen. Weißt du, ihr Sohn ist auch da.«

»Vater, ihr Sohn ist auch nicht bei der Stumm-Polizei und somit ein Kandidat für Sachsenhausen oder Schlimmeres. Unbequeme Zeitgenossen verschwinden immer häufiger auf Nimmerwiedersehen, und man vermutet, dass sie in Moskau ein trauriges Ende gefunden haben.«

»Alles nur Hetze, Hetze, Hetze. Aber was meinen Stiefsohn angeht, der ist nicht so ein Verräter, der für ein bisschen mehr Geld mit wehenden Fahnen zu den Stupos übergelaufen ist wie mein eigener Sohn. Das ist ein aufrechter Genosse. Der arbeitet für mich.«

»Dann herzlichen Glückwunsch, Vater, zu diesem wohlgeratenen Nachwuchs!«

»Junge, nun sei nicht so stur. Durch ihn habe ich Marion kennengelernt. Es wäre ihr so wichtig, wenn auch mein Sohn anwesend wäre, und mir wäre es wichtig, ihr diesen Wunsch zu erfüllen«, fügte er bittend hinzu.

Stein schwankte. So offen hatte sein Vater selten über seine Gefühle geredet, aber bei der Aussicht, in der angeheirateten Familie einen neuen Vopo-Verwandten zu bekommen, schüttelte es ihn.

»Wir sehen mal, wie die Verhältnisse sich entwickeln«, entgegnete Stein ausweichend.

»Wenn du die Intention des Westens meinst, die Spaltung voranzutreiben, wird es ganz sicher nicht besser. Eine einzige Provokation, dieser Rosinenbomberrekord. Weißt du eigentlich, dass es schon an die hundert Tote bei dieser angeblichen Hilfsaktion mit dem trügerischen Namen ›Luftbrücke‹ gegeben hat?«

»Das ist bekannt! Das wird nicht vertuscht wie bei euch jeder kleinste Fehler, der auch nur einen Hauch von Kritik an den Genossen provozieren könnte.«

»Bitte überlege es dir. Wir sind doch eine Familie.«

Stein lachte spöttisch. »Ich wusste gar nicht, dass du das Wort Familie kennst. Nun, Vater, ich muss jetzt Schluss machen. Die Arbeit ruft! Ich melde mich, sobald ich mich entschieden habe.«

Ohne eine Antwort oder ein Abschiedswort seines Vaters abzuwarten, legte Stein auf. Wenn der Steinewerfer wirklich ein Mitarbeiter seines Vaters gewesen sein sollte, würde er sich ernsthaft überlegen, den Kontakt zu ihm endgültig abzubrechen. Er wollte den dünnen Faden, der noch zwischen ihnen gespannt war, aber nicht ohne Beweise kappen. Vielleicht konnte der neuerliche Besuch bei Frau Wolters Licht ins Dunkel bringen, denn höchstwahrscheinlich war der Kerl noch einmal zurückgekehrt und hatte versucht, von ihr Informationen über die Beziehung ihres Sohnes zu dem Chemiker aus Jena zu bekommen. Und dann war sicherlich sie diejenige gewesen, die ihm mitgeteilt hatte, dass ihr Sohn ermordet worden war.

26

Sie gucken so aus der Wäsche, als würden Sie gerade gern selbst jemanden um die Ecke bringen.« Dieser scherzhafte Ton Wuttkes holte Stein aus seinen düsteren Gedanken, und er blickte in zwei neugierige Gesichter. Wuttke und Fräulein Lore hatten sich direkt vor seinem Schreibtisch aufgebaut.

»Haben Sie an der Tür gelauscht?«, gab er zurück.

»Ich muss schon sehr bitten, Herr Kommissar. Das würden wir niemals tun«, versicherte Fräulein Lore mit hochrotem Kopf.

»Na, was sagt der Herr Oberst?«, wollte Wuttke wissen. »Was Interessantes für den Fall?«

»Mein Vater mauert. Aber er weiß inzwischen, dass Kampmann ermordet wurde. Es besteht zumindest der Verdacht, dass der Mistkerl im Wolters-Garten einer von seinen Leuten gewesen ist. Wir werden von ihm jedenfalls keinerlei weitere Informationen erhalten und er nicht von uns! Wäre ja auch zu schön gewesen, wenn wir auf diesem einfachen Weg mehr über den toten Chemiker aus Jena erfahren hätten.«

»Ich habe eine Tante in Jena. Die könnte ich ja am Wochenende mal besuchen«, mischte sich Fräulein Lore eifrig ein.

»Fräulein Lore, wie oft habe ich Ihnen schon gesagt, dass Sie keine ...«

Die Schreibkraft unterbrach Stein hastig. »Ich weiß, was Sie sagen wollen. Aber Sie wissen gar nicht, was Sie an mir haben könnten, wenn Sie mir nur ein bisschen mehr zutrauen würden!«, stieß sie trotzig hervor.

»Doch, das wissen wir, Fräulein Lore, aber wir dürfen Sie nicht ermitteln lassen!«

»Sie machen doch auch Dinge, die der Kriminalrat Ihnen verboten hat!«, entgegnete sie, während sie sich schmollend auf ihren Platz zurückzog.

»Aber dafür könnte man uns auch drankriegen! Wir wissen um die

Gefahren, die solche Eigenmächtigkeiten mit sich bringen«, bemerkte Wuttke, der sich ebenfalls an seinen Schreibtisch setzte.

»Ich weiß das auch«, antwortete sie hartnäckig.

»Mit dem Unterschied, dass, wenn wir Sie nach Jena schickten oder auch nur davon wüssten, dass Sie dort ermitteln wollen, Stein und ich unsere Arbeit verlieren! Sie wird man vielleicht sogar weiterbeschäftigen …«

»Das heißt, wenn Sie es nicht wüssten, könnte man Ihnen keinen Strick daraus drehen, oder?«

In dem Augenblick klingelte erneut das Telefon. Steins Miene erhellte sich, als sich der Staatsanwalt meldete. Er hatte ihn zuvor gebeten, ihm Bescheid zu sagen, sobald der Haftprüfungstermin stattgefunden hatte, weil er Descher dann umgehend noch einmal als Zeugen vernehmen wollte. Der Richter hatte den Haftbefehl mangels dringenden Tatverdachts aufgehoben. Das hieß praktisch, dass der Apotheker binnen der nächsten Stunden aus dem Untersuchungsgefängnis in der Lehrter Straße entlassen wurde. Stein bedankte sich und teilte Wuttke mit, dass sie sich rasch zum Untersuchungsgefängnis begeben sollten, um ihn vor dem Tor abzufangen.

»Und was machen wir, wenn Schwester Klara ihn abholt?«, gab Wuttke zu bedenken.

»Dann werden wir die beiden Turteltauben unauffällig verfolgen und uns den Apotheker später zur Brust nehmen.« Mit einem Seitenblick stellte Stein fest, dass Lore ein langes Gesicht zog. Offenbar hatte sie wenig Lust, allein in der fast verwaisten Etage in der Friesenstraße zu bleiben, zumal der Einzige, der außer ihnen Dienst tat, Martens war.

»Was meinen Sie, Wuttke, sollen wir Fräulein Lore nicht vorsichtshalber zum Protokollieren mitnehmen?«, fragte Stein augenzwinkernd.

»Unbedingt«, entgegnete der Kollege mit ernster Miene.

»Sie wollen mich auf den Arm nehmen, oder?«

»Nein, wir meinen das ganz ernst«, bekräftigte Stein seinen Vorschlag.

»Wer's glaubt«, erwiderte Fräulein Lore, während sie einen Block und ihren Stift zur Hand nahm, beides in ihre Handtasche stopfte, aufstand und ihren Mantel vom Garderobenhaken griff. »Ich wäre dann so weit.«

Der Ausgang zur Freiheit unterschied sich in der Lehrter Straße nicht von anderen Gefängnistoren. Hohe abweisende Mauern und eine hermetisch abgeriegelte große dunkle Metalltür.

Sie warteten bereits über eine Stunde auf der gegenüberliegenden Straßenseite, was aber angesichts des schönen warmen Osterwetters schlimmer hätte sein können. Lore hatte im Radio gehört, dass es in diesem Jahr an Ostern in Paris zweiunddreißig Grad warm war. Diese Temperatur erreichten sie in Berlin nicht, aber in der Sonne hatte es immerhin an die zwanzig Grad. Stein merkte Lore an, wie sie es genoss, dass sie hatte mitgehen dürfen. Sie plapperte drauflos und lenkte Stein damit von seinen Gedanken an das Gespräch mit seinem Vater ab. Wie immer, wenn er seinen Erzeuger besonders brüskiert hatte wie vorhin, bekam er Zweifel, ob er nicht endlich milder ihm gegenüber werden sollte. Doch ein plötzlicher Schmerz, der durch seinen Schädel fuhr, erinnerte ihn an den Steinewerfer und ließ ihn seine versöhnlichen Anwandlungen schnell wieder vergessen. Für seine Überzeugung würde der Vater über Leichen gehen und daran hatte sich nichts geändert. Nur weil er demnächst heiratete und ihm einen Vopo-Stiefbruder bescherte ...

»Da sehen Sie nur, die Krankenschwester«, flüsterte Fräulein Lore aufgeregt und deutete auf Klara Wegner, die sich dem Tor näherte und die Kommissare noch nicht wahrgenommen zu haben schien.

Sie war nervös, was Stein unschwer daran erkennen konnte, dass sie vor dem Tor stehen blieb und unruhig von einem Bein auf das andere trat.

»Am besten, sie entdeckt uns nicht«, raunte Wuttke Stein zu.

Sie hatten Glück, die Krankenschwester starrte wie paralysiert auf das Tor vor sich und bemerkte offenbar nicht, dass sie dabei beobachtet wurde. Wenig später öffnete sich die Tür und Descher trat blinzelnd ins Freie. Auch er hatte nur Augen für die Schwester. Wie Stein erwartet hatte, gab es keine annähernd liebevolle Begrüßung, wie es einem intimen Verhältnis entsprochen hätte, sondern die beiden waren offenbar sofort in einen Streit verwickelt. Der Apotheker schien nicht etwa dankbar, weil Schwester Klara ihn aus dem Gefängnis geholt hatte. Im Gegenteil, er funkelte sie wütend an, und auch sie schien äußerst aufgebracht zu sein.

Nach einem kurzen Schlagabtausch ging plötzlich alles ganz schnell. Klara stob nach links von dannen und Descher nach rechts. Stein befürchtete, dass die Krankenschwester sie sehr wohl wahrgenommen und den Apotheker gewarnt hatte, denn auch sie begann zu laufen.

Stein wollte lospreschen, aber Wuttke hielt ihn am Arm fest und fuhr ihn an: »Sie werden sich in Ihrem Zustand keine Verfolgungsjagd leisten! Fräulein Lore, es ist Ihre Verantwortung, dass sich Kommissar Stein nicht vom Fleck rührt.« Und schon war Wuttke Descher hinterher in Richtung Invalidenstraße gelaufen.

»Ich passe auf«, rief Fräulein Lore ihm hinterher. »Kommen Sie, Kommissar Stein, wir warten im Wagen. Es ist nicht gut, wenn Sie in der Sonne stehen.«

»Ja, Mutter!«, stieß er genervt hervor. Er hatte sie schließlich nicht mitgenommen, damit sie ihn wie ein Kind behandelte, doch sie schien ihre Aufgabe ziemlich ernst zu nehmen. Ein erneutes Pochen hinter seiner Stirn zeigte ihm, dass es wirklich keine gute Idee wäre, in seinem Zustand dem Apotheker hinterherzurennen. Mürrisch folgte Stein Fräulein Lore zum Auto und setzte sich auf den Beifahrersitz.

Schon nach weniger als zehn Minuten kehrte Wuttke unverrichteter Dinge zurück.

»Er ist mir entwischt«, keuchte er. »Ich verstehe es selbst nicht. Der Mann ist alles andere als eine Sportskanone. Er war wie vom Erdboden verschwunden.«

»Er hat es nicht anders gewollt«, sagte Stein und zog einen Zettel aus seiner Tasche. »Das ist seine Adresse. Friedrich-Franz-Straße. Da schnappen wir ihn uns!«

Wuttke, immer noch außer Atem, warf ihm einen skeptischen Blick zu. »Stein, Sie sind weiß wie eine Wand. Sollen wir Sie nicht erst einmal zu Hause absetzen? Ich habe ja eine tatkräftige Unterstützung.«

»Das finde ich auch. Sie gehören ins Bett«, bemerkte Fräulein Lore und konnte ihre Freude darüber, gemeinsam mit Wuttke dem Apotheker aufzulauern, kaum verbergen.

»Schluss mit der Bemutterung. Ich fahre mit! Und ich will nichts mehr hören. Verstanden?«

Da ihm keiner mehr widersprach, wähnte Stein sich in Sicherheit, doch er stutzte, als Wuttke in Richtung Charlottenburg fuhr. Er ahnte, was der Kollege vorhatte, aber er konnte kaum glauben, dass der es wagte, über seinen Kopf hinweg zu entscheiden. Kurz darauf bog Wuttke bereits in die Kantstraße ein und hielt vor dem Haus, in dem sie wohnten.

»Wuttke, das können Sie nicht machen. Ich kann selbst entscheiden, was ich tun und lassen will!«, schimpfte Stein.

»Machen Sie es einfach so wie ich neulich. Entscheiden Sie jetzt eigenständig für sich, was ich bereits für Sie entschieden habe«, bemerkte Wuttke mit einem süffisanten Unterton.

»Idiot!«

»Und? Haben Sie eine vernünftige Entscheidung getroffen?«

Stein verließ schnaufend den Wagen, ohne die beiden auch nur eines weiteren Blickes zu würdigen. Wenn sein Kopf in diesem Augenblick nicht derart gedröhnt hätte, als würde sich darin General Tunners Fliegerrekord wiederholen, er hätte sich gewehrt, aber so gab er sich geschlagen.

Immerhin hatte er jetzt eine Ahnung, wie Wuttke zumute sein musste, wenn er sich von ihm bevormundet und dominiert fühlte. Dann habe ich jetzt einen gut, dachte Stein grimmig, als er die Wohnungstür aufschloss. Er legte sich erschöpft auf sein Bett und fiel in einen unruhigen Schlaf. Er schreckte hoch, als sein Vater ihn mit einem blutigen Stein verfolgte und in einem fort brüllte: »Alles Hetze! Nur Hetze! Hetze!«

27

Wuttke und Fräulein Lore hatten am Vortag vergeblich vor Deschers Haus gelauert. Der Apotheker war nicht aufgetaucht. Sie brachen das Warten gegen Abend ab. Wuttke hatte abends noch etwas unternehmen wollen, doch die erfolglose Warterei hatte ihn ermüdet, sodass er zu Hause geblieben und bald zu Bett gegangen war, allerdings nicht, ohne vorher nach Stein zu sehen, aber der hatte geschlafen oder zumindest so getan, als ob.

Wuttke ging an diesem Tag deshalb ausgeruht ins Büro und wartete dort auf Stein, weil sie gemeinsam erst Schwester Klara in der Klinik und dann der Wolters einen Besuch abstatten wollten. Wuttke hatte darauf bestanden, dass der Kollege vor Dienstbeginn einen Arzt aufsuchte, nachdem er in der Nacht unter unerträglichen Kopfschmerzen gelitten hatte. Das hatte Stein am Frühstückstisch nicht einmal zu verbergen versucht, für Wuttke ein sicheres Zeichen, dass es Stein wirklich schlecht ging. Dass er zum Arzt gegangen war, unterstützte Wuttke in seiner Einschätzung.

Als Stein zur Bürotür hereinkam, erschrak Wuttke. Der sonst so vitale und blendend aussehende Duke war nur ein Schatten seiner selbst.

»Und was hat der Arzt gesagt? Sie sollen Bettruhe halten, oder?«

Stein winkte ab. »Nein, solange keine Verfolgungsjagden zu erwarten sind, darf ich ruhig meinen Dienst machen, sagt der Doktor.«

Wuttke musterte Stein skeptisch. »So wie Sie aussehen, hat er Sie zur Arbeit geschickt?«

»Sie übertreiben. Ich bin vielleicht ein bisschen blass. Aber das liegt an dem Schlafdefizit. Und noch einen Tag unter der Obhut von Muttern Krause halte ich nicht aus. Ich hasse heiße Milch mit Honig, aber sie glaubt, das sei ein Allheilmittel. Und ihre Pfannkuchen sind wirklich köstlich, aber mehr als einen kriege ich davon nicht runter am Tag.« Er schüttelte sich. »Das gefällt Ihnen gut, dass Sie jetzt glauben, auf mich aufpassen zu müssen, oder?«

»Um Gottes willen, Stein. Sie sind eine penetrante Nervensäge, wenn Sie nicht in Ihrer üblichen Hochform sind. Offenbar hassen Sie dann nicht nur Milch mit Honig, sondern die ganze Welt.«

Stein rollte mit den Augen. »Oje, Ihre Sprüche waren auch schon mal besser. Können wir jetzt los? Ich schlage vor, wir fahren erst in die Klinik, um uns Schwester Klara vorzunehmen. Auf dem Weg sollten wir erneut bei Descher vorbeischauen. Vielleicht macht er jetzt die Tür auf.«

»Ich kann nur wiederholen, dass er nicht in der Wohnung war. Wir haben doch die ganze Zeit vor dem Haus gestanden. Von dem Apotheker keine Spur, nur eine Ratte machte sich kurz an der Tür zu schaffen.«

»Und gibt es Hintereingänge?«

»Nein, ich habe keinen gesehen, aber Sie haben recht, wir sollten es noch einmal probieren.«

Sie waren schon beinahe aus der Tür, als das Telefon klingelte. Wuttke überlegte, ob er den Anruf ignorieren sollte, aber dann nahm er das Gespräch an. Am Apparat war ein Schupo aus Tempelhof, der eine männliche Leiche auf einem Trümmergrundstück meldete. Wuttke ließ sich die Adresse geben.

»Stein, wir müssen die Besuche bei Schwester Klara und der Wolters auf später verschieben. Spielende Kinder haben auf einem Trümmergrundstück einen Toten gefunden.«

»Gut, wir müssen wohl umdisponieren«, brummte Stein.

Als sie ins Freie traten, fegte ihnen eine Windböe nassen, kalten Regen ins Gesicht. Echtes Aprilwetter, dachte Wuttke, gestern noch Sonne wie im Sommer und heute kalt, regnerisch und ungemütlich. Er setzte sich ungefragt ans Steuer, während Stein auf der Beifahrerseite einstieg.

»Wie kommen wir bloß an Informationen über das Institut für Mikrobiologie in Jena«, sinnierte Stein. »Ich werde den Verdacht nicht los, dass uns das im Fall Kampmann voranbringen könnte.«

»Ich habe leider keine Verwandten dort drüben oder, besser gesagt, zum Glück nicht«, murmelte Wuttke. »Vielleicht sollten wir ausnahmsweise Fräulein Lores Kontakte nach Jena anzapfen. Wenn ihre Tante dort wohnt, kriegt sie vielleicht was raus.«

Stein winkte ab. »Ich schätze den Ermittlergeist Fräulein Lores wirklich, aber ich habe den Eindruck, wir dürfen ihr keine Illusionen machen, dass sie auch nur die geringsten Chancen hat, als Ermittlerin in der Mordinspektion zu arbeiten. Ich denke, wir sollten bei Frau Dankert ein gutes Wort für sie einlegen, auch wenn ich ungern auf Fräulein Lore verzichten möchte.«

»Ich verstehe Ihre Bedenken, aber bevor wir völlig im Nebel stochern, sollten wir sie nicht dieses eine Mal ihr Glück versuchen lassen? Oder haben Sie eine Tante in Jena?«

»Nein, nur einen Vater in der Keibelstraße, der mir durch die Blume zu verstehen gibt, dass hinter unserem Fall eine große Sauerei des Westens steckt.«

»Und wenn er recht hat?«

»An was denken Sie?«

»Werksabotage zum Beispiel.«

»So etwas hat mein Vater auch angedeutet. Sagt Ihnen die KgU etwas?«

»Noch nie gehört«, entgegnete Wuttke.

»Kampfgruppe gegen Unmenschlichkeit. Die betreiben einen Suchdienst nach in der Sowjetzone verschwundenen Personen. Und vielleicht noch etwas mehr! Ich weiß auch nicht, ob es sich lohnt, dieser Spur nachzugehen, oder ob es nicht eher dem Verfolgungswahn meines Vaters geschuldet ist, dass da jemand Sabotage verübt hat.«

»Ich denke, wir merken uns das, und sollten wir bei der Durchsuchung von Kampmanns Wohnung Hinweise in die Richtung erhalten, kümmern wir uns darum«, erwiderte Wuttke, während er versuchte, die Straße zu erkennen. Das wurde erschwert durch den Regen, der von dem immer stärker werdenden Wind gegen die Scheiben gedrückt wurde, und den maroden Scheibenwischern des alten Vorkriegsmodells, das als Wehrmachtswagen im Einsatz gewesen war. Das schwallartige Klatschen des Regens auf die Frontscheibe vermischte sich mit einem an- und abschwellenden Getrommel der Tropfen auf dem Autodach.

»Hier müsste es sein«, sagte er schließlich und war erleichtert, dass er die Adresse auch fast blind gefunden hatte.

Als sie aus dem Wagen stiegen, hatte der Schauer aufgehört, aber nun fegte ein kalter Wind durch die Straße. Wuttke war froh, dass er seinen alten Klepper-Regenmantel, ein Erbstück, übergezogen hatte. Er war fast bodenlang, sodass er auch die Beine vor Regen und Wind schützte. Das Trümmergrundstück wirkte trostlos. Es handelte sich nicht nur um ein einziges Haus, sondern um die Ruinen einer ganzen Häuserzeile. Alles war nass, kleine Pfützen hatten sich zwischen den Haufen gebildet, vereinzelt glänzten die Steine. Der Wind nahm weiter zu. Vor einem Schuttberg wartete bereits ein Schutzpolizist und winkte sie heran.

»Es ist ein Stückchen rinne in det Jelände«, sagte er entschuldigend mit einem skeptischen Blick auf Steins hellen Trench und seine eleganten Schuhe.

Stein verzog keine Miene, stellte Wuttke belustigt fest, denn offenbar hatte sich der Kollege an derartiges Misstrauen gewöhnt. Es war nicht das erste Mal, dass man ihm nicht zutraute, sich schmutzig zu machen.

Der Polizist kletterte behände über die Schuttberge und durchquerte mehrere Ruinen, aber die Kommissare folgten ihm nicht minder geschickt, bis sie eine gepflasterte freie Fläche erreichten, die wohl mal der Hinterhof gewesen war. Steins Mantel, den er nicht zugeknöpft hatte, flatterte im Wind. Ein zweiter Schutzpolizist empfing sie aufgeregt und deutete auf die am Boden liegende Leiche.

Wuttke bemerkte nun eine kleine Gruppe von spindeldürren Jungen in kurzen Hosen und durchlöcherten Schuhen, aus denen teilweise die nackten Zehen hervorlugten. Bei einem waren die halb nackten Beine vom kalten Wind bläulich marmoriert. Die Jungs hatten sich unter einen Balkon gestellt, der halb abgerissen an einer hoch aufragenden Mauer hing. Diese bot ihnen ein wenig Schutz vor dem immer stärker wehenden Wind. Bevor Wuttke sich dem Toten widmete, den Stein bereits untersuchte, trat er auf die vier Kinder, die er zwischen acht und zehn Jahren schätzte, zu.

»Ihr habt also den Mann gefunden?«

Der größte und wahrscheinlich älteste der Jungen nickte eifrig.

»Und habt ihr irgendetwas Ungewöhnliches gesehen?«

»Nein, Herr Wachtmeister, nur den da.« Er zeigte mit dem Finger auf den Toten.

»Gut, dann könnt ihr gehen. Ihr wollt sicher schnell nach Hause, oder? Es ist doch viel zu ungemütlich draußen.«

Die Jungen aber rührten sich nicht vom Fleck, sondern starrten mit großen Augen zu Stein und der Leiche hinüber.

Wuttke näherte sich dem Toten. Als sein Blick auf eine etwas entfernt von der Leiche am Boden liegende Brille fiel, deren eines Glas mit einem Leukoplaststreifen geklebt worden war, schwante ihm Übles.

Er suchte Steins Blick. Der Kollege sah noch elender aus als auf der Fahrt hierher, stellte Wuttke besorgt fest.

Wuttke kam nur zögernd näher, aber dann gab es keinen Zweifel mehr, obwohl Deschers Körper in einer Pfütze mit dem Gesicht nach unten lag. Wuttke erkannte nicht auf Anhieb, wie viele Wunden am Kopf des Toten vorhanden waren. Er registrierte aber mindestens zwei. Der Schädel war richtiggehend verformt. Aus einer Wunde war eine blutig-graue Masse hervorgequollen. Er konnte nichts gegen die Assoziation tun: Die Hirnmasse verwandelte sich in seiner Vorstellung in einen Grießbrei, der mit roter Soße durchtränkt war. Es schüttelte ihn heftig.

Wuttke hatte schon viele Tote gesehen, und Stein bescheinigte ihm stets einen Pferdemagen, aber der Anblick dieses mit roher Gewalt zertrümmerten Schädels verursachte ihm eine Übelkeit, die er nicht mehr im Griff hatte. Er schaffte es noch, sich ein Stück in Richtung einer Ruine zu entfernen, wo er sich in einem Schwall übergab.

Als er aufsah, fiel sein Blick auf die Jungen, die feixend in seine Richtung zeigten. Es war ihm einen Moment lang peinlich, den Jungen einen solchen Anblick geboten zu haben. Doch da zog das Heulen einer Böe, die sich in der Ruine verfangen hatte, seine ganze Aufmerksamkeit auf sich, und er ließ seinen Blick die Mauer entlangschweifen, an der die Jungen Schutz vor dem Regen gesucht hatten. In dem Augenblick vermischte sich das Heulen des Windes mit einem knackenden Geräusch, als würden Steine bersten.

»Weg da!«, brüllte Wuttke. »Weg da!«, aber die Knirpse rührten sich nicht. Wuttke zögerte keinen Augenblick. Er sprintete auf die Kinder zu, stürzte sich mit ausgebreiteten Armen auf die kleine Gruppe und stieß sie noch im Fallen von der Mauer weg. Die taumelnden Jungs nahmen die Beine in die Hand und liefen in die Mitte des Hofes. Wuttke wollte sich hochrappeln und aus der Gefahrenzone entfernen, aber es war zu spät. Er konnte sich nur noch auf den Boden werfen und zur Seite rollen. Die Reste des Balkons stürzten mit lautem Getöse genau auf die Stelle, wo die Jungen eben noch gestanden hatten, und begruben Wuttke unter sich.

2. TEIL

28

Ein unangenehmes Gefühl beschlich Kommissar Stein, als er vor dem Haus der Wolters aus dem Wagen stieg. Er litt immer noch unter starken Kopfschmerzen. Darüber schwieg er allerdings eisern und arbeitete verbissen für Wuttke mit. Er verfügte zurzeit nicht über die Geduld, um den tollpatschigen Junior, den Graubner ihm zur Seite stellen wollte, als Assistenten zu ertragen. Gemessen an dem, was Wuttke widerfahren war, schien ihm sein Schmerz ohnehin nicht der Rede wert. Er würde wohl niemals den Anblick vergessen, als die Trümmer auf seinen Kollegen herabgeregnet waren, und auch nie seine Panik bei der Vorstellung, dass sie Wuttke nur noch tot bergen würden.

Er war sofort zu der Stelle gerannt und hatte mit bloßen Händen Steine fortgeschaufelt. Was für ein schicksalhafter Augenblick, als Stein nach einigen Minuten mit seinen Händen an ein Brett stieß, das sich zu bewegen schien. Zuerst meinte er, dass er das Brett durch sein Wegräumen bewegt habe, doch dann stellte er fest, dass sich das Brett wie von selbst ein wenig hob. Und bald kam Wuttke unter diesem Brett hervorgekrochen, das sich wie ein schützendes Dach über ihm verkantet und ihm das Leben gerettet hatte.

Das Wunder von Tempelhof, hatte es in einer Zeitung geheißen. Und Wuttke nannte man in einem anderen Blatt den *Helden der Friesenstraße!* Nach dem Unglück hatte man ihn sofort zur Beobachtung in ein Krankenhaus gebracht, denn er hatte anfangs nicht mehr auf seinen eigenen Beinen, die nicht von dem Brett geschützt gewesen waren, stehen können, sodass man schon eine Lähmung befürchtete. Aber nun schien sich der Zustand der Beine von Tag zu Tag zu verbessern, bis auf die Tatsache, dass es, wie Wuttke behauptete, keine Stelle gab, an der sie keine Prellung zierte. Hätte er den schweren Regenmantel nicht getragen, wäre es wohl weniger glimpflich verlaufen. Morgen früh sollte Wuttke entlassen werden, und Stein hoffte, dass der Kollege so vernünftig war, nicht gleich zum Dienst zu erscheinen, sondern sich ein paar Tage auszuruhen. Er würde sich jedoch hüten, Wuttke mit derartigen Ratschlägen zu bombardieren, hatte er doch gerade leidvoll erfahren, wie es war, wenn die Kollegen einen bemuttern wollten.

Auf jeden Fall war der *Held der Friesenstraße* in Graubners Achtung enorm gestiegen, und Wuttke durfte nach seiner Rückkehr darauf hoffen, dass sein Vorgesetzter ihn nicht länger piesacken würde. Der Kriminalrat hatte Wuttke sogar eine Genesungskarte geschrieben und sprach der Presse gegenüber in lobenden Tönen von dem tapferen Kommissar. Selbst Stumm hatte Stein einen kleinen Präsentkorb für Wuttke übergeben, den er ihm bei seinem letzten Besuch im Krankenhaus vorbeigebracht hatte. Mit den besten Grüßen und der Botschaft, dass man mächtig stolz auf ihn sei. Wuttke hatte bereits seinen alten Humor zurück und im Krankenbett die im Korb befindliche Flasche Schnaps aufgemacht, um mit Stein auf den großen Helden anzustoßen, der in Zukunft mit stolzgeschwellter Brust durchs Präsidium schreiten und Stein herumkommandieren werde. Stein hatte ihn gerade noch davon abhalten können, das Pyjamabein hochzuziehen und ihm seine Prellungen zu zeigen.

Da Wuttkes Foto in allen Zeitungen abgedruckt worden war, wunderte es Stein nicht, dass die Wolters sichtlich enttäuscht war, als er wenig später allein vor ihrer Tür stand. »Wo ist denn der *Held der Friesenstraße*? Ich hätte ihm so gern zu dieser tapferen Tat gratuliert.«

»Mein Kollege ist noch im Krankenhaus, Frau Wolters«, erwiderte er.

»Um Gottes willen! Ist er schlimm verletzt? In der Zeitung stand doch, dass er nur ein paar Schrammen davongetragen hat.«

»Die Ärzte wollen auf Nummer sicher gehen. Er hatte anfangs Probleme mit dem Gehen, aber er wird morgen entlassen.«

»Bitte grüßen Sie ihn herzlich von mir. Was für ein mutiger Mann, der sich in solche Gefahr gebracht hat, um die armen Kinder zu retten!«

»Ich werde es ihm ausrichten. Dann wollen wir mal sehen, ob der Schlüssel passt.«

»Mögen Sie einen Kaffee oder einen Schnaps?«

»Nein danke«, entgegnete Stein. »Aber ich würde gern wissen, ob inzwischen jemand anderes außer uns nach Ihrem Sohn gefragt hat.«

»Ja, an dem Tag, an dem Sie bei mir waren, ist kurz, nachdem Sie fort waren, ein Mann gekommen, der behauptet hat, er sei von der Polizei, aber das kam mir komisch vor. Er wollte Dieter sprechen. Ich habe ihm gesagt, dass er ermordet worden ist. Stellen Sie sich vor, der Kerl hat seinen Fuß in die Tür gestellt und wollte Dieters Wohnung sehen. Na, dem habe ich vielleicht die Meinung gegeigt. Er ist regelrecht geflüchtet, weil ich angedroht habe, in der Friesenstraße anzurufen und mich über ihn zu beschweren.«

»Das haben Sie ganz richtig gemacht«, lobte Stein die alte Dame, was ihr zu schmeicheln schien.

»Darf ich Sie denn in die Wohnung meines Sohnes begleiten?«, fragte die Wolters nun zaghaft.

»Es wäre mir lieber, wenn ich mich erst einmal ungestört umsehen könnte. Sobald ich fertig bin, rufe ich Sie«, antwortete Stein und hoffte inständig, dass der Schlüssel auch wirklich passte, denn er wollte die Tür ungern gewaltsam aufbrechen.

»Gehen Sie nur. Aber bitte teilen Sie mir mit, wenn Sie etwas gefunden haben, was Ihnen dabei hilft, den feigen Mörder zu fassen.«

»Ach, liebe Frau Wolters, eine Frage hätte ich da noch. Wo waren Sie eigentlich an dem Tag, an dem Ihr Sohn ermordet worden ist, zwischen zwölf und halb zwei mittags?«

Die Wolters blickte Stein fassungslos an. »Ich muss doch sehr bitten, Herr Kommissar, Sie glauben nicht allen Ernstes, ich hätte meinen eigenen Sohn umgebracht!«

»Verzeihen Sie, das ist nur eine Routinefrage.«

»Ich war bei meiner Freundin Elisa.«

»Und wo wohnt diese Freundin?«

»In der Villa neben der Werner-de-Vries-Klinik, wenn Sie es genau wissen wollen. Und ja, sie ist die Mutter von Ulfart de Vries. Wir sind alte Freundinnen. Über uns haben sich auch Ulfart und mein Sohn kennengelernt.«

»Das heißt, die beiden kennen sich schon lange?«

»Seit ihrer Jugend, würde ich sagen«, bekräftigte die Wolters Steins Annahme.

Interessant, dachte Stein, der ärztliche Direktor hatte so getan, als wären sie nur Kollegen. Es wurde immer verworrener. Und vor allem, wie passten die Morde an dem Chemiker und Descher dazu? An Verdächtigen für den Mord an Kampmann mangelte es nicht, aber es gab rein gar nichts, das die Verbindung der drei Opfer untereinander hätte erhellen können.

»Nun fragen Sie schon, ob ich mich durch den Garten in die Klinik geschlichen habe, um meinen Sohn vom Dach der Klinik zu stürzen«, bemerkte die Wolters bissig.

»Und? Haben Sie?«, fragte Stein.

»Natürlich nicht! Warum sollte ich?«

»Haben Sie nicht behauptet, Ihr Sohn sei bereits für Sie gestorben gewesen, als er Ihnen mitgeteilt hat, dass er mit der unbekannten Frau fortgehen und Sie verlassen würde?«

»Das habe ich doch im übertragenen Sinne gemeint. Ich habe schon so viele Tränen um Dieter vergossen, dass ich keine mehr übrig hatte. Das habe ich damit sagen wollen!«

»Gut, dann hoffen wir, dass der Schlüssel passt. Wann waren Sie denn das letzte Mal dort oben?«

Die Wolters zuckte die Schultern. »Vor über zwei Jahren! Jedenfalls bevor diese Dame in sein Leben getreten ist. Er hat seitdem auch immer abgeschlossen, als hätte er befürchtet, ich könne herumschnüffeln und herausbekommen, wer die große Unbekannte ist«, stieß sie verächtlich hervor.

Stein ging entschlossen zur Treppe und stieg die knarzenden Stufen hinauf. Vor der Tür angekommen, nahm er den Schlüssel aus der Tasche und steckte ihn ins Schloss. Er passte und ließ sich im Schloss umdrehen. Eine Wolke von ungelüftetem Mief schlug dem Kommissar entgegen. Vorsichtig betrat er Kampmanns Räumlichkeiten und fand sich in einem düsteren Flur wieder.

Stein öffnete als Erstes eine der Türen, die von dem Flur abgingen, in der Hoffnung, dass auf diese Weise Licht hereinfallen würde. Und tatsächlich, es wurde ein wenig heller, weil das Wohnzimmer mehrere Fenster besaß. Außer ein paar Kleidungsstücken an der Garderobe gab es in der Diele nichts Spannendes zu entdecken. Stein ging weiter ins Wohnzimmer, das ganz und gar im Biedermeierstil mit Kirschholzmöbeln eingerichtet war. Auf einem zierlichen Sekretär, den Stein eher einer Dame als einem Herrn zuschreiben würde, stand das Foto einer schönen Frau.

Ob das die Unbekannte ist?, fragte sich Stein, nachdem er das Foto zur Hand genommen und intensiv betrachtet hatte, doch dann fiel sein Blick auf ein zweites Bild dieser Frau mit einem Baby auf dem Arm, was ihn vermuten ließ, dass sie seine bei einem Bombenangriff verschüttete Ehefrau gewesen war. Und noch ein Foto zog Steins Aufmerksamkeit auf sich. Ein Kinderfoto von einem lachenden Kampmann zusammen mit einem älteren Jungen, der grimmig in die Kamera sah. Mit viel Fantasie konnte man in dem abweisenden Gesicht das des Klinikleiters erkennen. Stein steckte es kurz entschlossen ein.

Danach zog er die einzige Schublade des Schreibtischs auf. Dort fand er einen Stapel Briefe, der mit einer roten Schleife zusammengebunden worden war. Um was für eine Art von Briefen es sich dabei handelte, erforderte keinerlei besonderen kriminalistischen Spürsinn. Stein empfand großen Widerwillen, in fremden Liebesbriefen zu stöbern, aber dann musste er an das denken, was von Deschers Hinterkopf noch übrig geblieben war, und er überwand seine Hemmungen. Selbst der hartgesottene Ebert hatte von roher sinnloser Gewalt gesprochen, denn bereits ein einziger dieser Schläge wäre tödlich gewesen, aber der Mörder hatte mindestens fünfmal mit voller Wucht zugeschlagen. Das Tatwerkzeug war eine Eisenstange gewesen, die die Spurensucher unweit des Tatorts blutverschmiert gefunden hatten.

Bei der Durchsuchung des Tatorts hatte man noch etwas Verdächtiges aufgespürt. Oben in der Ruine lagen frische Zigarrettenstummel am Boden. Offenbar hatte sich der Täter dort vor oder nach der Tat aufgehalten. Doch den Balkon zum Einsturz zu bringen, wäre selbst für einen brutalen Mörder ein Ding der Unmöglichkeit gewesen. Hier waren eindeutig Naturkräfte am Werk gewesen. Aber vielleicht brachte die Marke die Ermittlungen voran. Es waren Belomorkanal-Papirossy, russische Zigaretten, die man an dem langen Mundstück erkannte.

Stein hatte Wuttke alles, was er herausgefunden hatte, haarklein berichtet. Der Kollege hatte ihn darüber aufgeklärt, dass diese aus dem grob gehackten Bauerntabak Machorka hergestellten Zigaretten von den deutschen Soldaten als »Stalinhäcksel« bezeichnet worden waren, weil Stalin dieses Kraut rauchte. Wuttke brannte in seinem Krankenbett förmlich darauf, wieder zum Dienst zu kommen und den feigen Mörder des armen Apothekers zu fassen.

Stein verheimlichte Wuttke vorsichtshalber, dass er noch jemanden kannte, der diese Marke rauchte: seinen Vater. Seitdem stand Steins Entschluss fest: Er würde sich allen Gefahren zum Trotz demnächst mit seinem Vater im Ostteil der Stadt treffen. Aber nicht, um auf Familie zu machen, sondern um in dem verdammten Fall voranzukommen. Selbst wenn es sein Vater nicht selbst gewesen war, würde Stein gern von Angesicht zu Angesicht sehen, wie er reagierte, wenn er ihn fragte, was russische Zigaretten an dem Tatort zu suchen hatten, an dem der Apotheker so brutal ermordet worden war!

Immer noch widerwillig zog Stein den oberen Brief aus dem Bündel mit der roten Schleife hervor und faltete ihn auseinander. Keine Frage, der Text war einer Frau aus der Feder geflossen in einer geschwungenen Schrift und mit süßlichen Worten. Plötzlich musste er an Mary denken. Sie hatte ihm auch ein paar Briefe geschrieben, aber sie wäre nie auf den Gedanken gekommen, ihn als »*Mein Lieb, mein Alles*« zu bezeichnen, wie die Unbekannte Kampmann anredete. Und schon gar nicht als »*mein geliebter Pelléas*«, was das auch immer heißen mochte. Eine unglückliche Liebe, vermutete Stein, der flüchtig über die erste halbe Seite hinweglas, weil sich ein verzweifelt klingender Liebesschwur an den nächsten reihte. Ob Mary ihm wohl auch solche schmachtenden Zeilen geschrieben hätte, wenn er ihr nicht stets signalisiert hätte, dass er Kitsch nicht ausstehen konnte, auch nicht in der Liebe … Zum ersten Mal seit Monaten verspürte er wieder diese brennende Sehnsucht nach ihrer Nähe, nicht nur in seiner Seele, sondern auch körperlich. Dabei war es inzwischen über ein Jahr her, dass ihre Beine ihn beim Liebesakt fest umschlungen hatten und Mary auf diese unnachahmliche Art vor Lust gestöhnt hatte. Allein der Gedanke an den Klang ihrer heiseren rauen Stimme, wenn sie zum Höhepunkt kam, erregte ihn. Er hatte seitdem mit keiner anderen Frau sexuell verkehrt ... Stein stockte. Die Ärztin aus dem Dalldorf-Fall. Er hatte die Ärztin verdrängt, weil das nicht hätte geschehen dürfen. Sofort hatte er das Bild der von Kugeln durchsiebten Tür vor Augen.

Er musste sich regelrecht zwingen, den Brief weiterzulesen, aber, was er jetzt am Ende las, gab den Zeilen eine völlig andere Wendung.

Wenn er das erfährt, bringt er Dich um oder mich oder uns beide. Aber er muss es doch erfahren, weil ich sonst daran sterben könnte. Ich werde Dich nicht verraten, aber ich brauche das Penicillin, und das bekomme ich nur von ihm, es sei denn, Du kommst irgendwie auf andere Weise dran. Für immer Deine verzweifelte M.

Stein steckte den Brief ein. Penicillin? Stein wusste nicht viel über das Wundermittel außer dem wenigen, was er darüber gelesen hatte. Wenn er sich recht erinnerte, war dem schottischen Arzt Alexander Fleming dafür 1945 der Nobelpreis verliehen worden. Was er noch von der Geschichte behalten hatte, war die ihn beeindruckende Besonderheit der Entdeckung. Es war wohl mehr ein Zufallsfund oder, besser gesagt, das Ergebnis einer Schlamperei gewesen. In einer über den Sommer im Labor vergessenen Petrischale mit einer Bakterienkultur hatten kleine Schimmelpilze die Bakterien in der Schale getötet. Eine Entdeckung, die zunächst keine besondere Aufmerksamkeit erzielte, bis das Penicillin, das die Bakterien tötende Produkt der Schimmelpilze, im Krieg vielen amerikanischen Soldaten mit vordem tödlichen Wunden das Leben rettete.

Stein wollte mehr darüber erfahren und vor allem, wer die verzweifelte Frau war, die glaubte, das Mittel könne ihr das Leben retten.

Er spürte eine innere Unruhe und setzte seine Durchsuchung routiniert, aber ohne große Erwartung fort, noch auf etwas anderes zu stoßen, das ihm in dem Fall weiterhelfen würde. Der Brief brannte förmlich in seiner Tasche, und er wusste auch, wohin ihn seine Recherche nach dem Wundermittel führen würde: in die Werner-de-Vries-Klinik. Er hoffte, dass ihm der Klinikleiter Auskunft darüber geben würde, wo und wie in Berlin Penicillin erhältlich war. Wie Stein aus England wusste, gab es dort Schwierigkeiten, das Penicillin in großem Stil herzustellen. Ganz im Gegensatz zu den USA, wo es offenbar schon in Serie produziert wurde. Und wenn es in England ein Problem darstellte, Penicillin herzustellen, wie musste das erst im zerstörten Deutschland sein?

In das Schlafzimmer warf er zunächst nur einen flüchtigen Blick. Auch hier roch es nach muffiger Wäsche, aber das Bett war gemacht. Doch dann näherte er sich dem Kleiderschrank und öffnete ihn. Dort hingen Anzüge und Hemden, im Fach ordentlich gestapelte Wäsche. Er wollte die Tür schon wieder schließen, als er ein kleines Büchlein entdeckte, das zwischen Socken hervorguckte.

Stein nahm es heraus und blätterte darin. Es war derart vollgekritzelt, dass Stein nicht sofort erfassen konnte, ob es etwas für den Fall Wichtiges enthielt. Also steckte er es ein, um es später auszuwerten.

Danach verließ er die Wohnung und rief nach unten, dass er fertig wäre. Die Wolters hatte offenbar bereits an der Treppe gelauert und eilte ihm entgegen.

»Haben Sie etwas herausbekommen über diese Frau?«

»Frau Wolters, es geht darum, den Mörder Ihres Sohns zu fassen, nicht darum, seine heimliche Geliebte zu finden!«, sagte Stein in strengem Ton.

»Ja, aber wenn es sich um ein und dieselbe Person handelt, wäre es doch sehr wohl wichtig für Sie!«, widersprach sie ihm vehement. Natürlich ist es wichtig, dachte Stein, aber ihm ging die beinahe krankhafte Neugier der Diva auf die Identität dieser Frau langsam auf die Nerven. Wenn er ehrlich war, hätte er einfach mehr Trauer über den Verlust ihres Sohnes erwartet. War die Frau wirklich so kalt oder hatte sie seine heimliche Affäre dermaßen ins Herz getroffen, dass sie zu keinen mütterlichen Gefühlen mehr fähig war? Auch wenn er ihr keinen Mord und schon gar keinen am eigenen Sohn zutraute, sollte er trotzdem überprüfen, ob die Dame wirklich zur Tatzeit im Haus des Klinikleiters bei dessen Mutter gewesen war.

»Ich nehme ein Notizbuch, das wichtig sein könnte, mit ins Präsidium. Und zu diesem Foto habe ich eine Frage an Sie.« Stein holte das Kinderfoto hervor, das Kampmann mit dem anderen Jungen abbildete. »Wer ist der ernst blickende Junge?«

»Ulf de Vries. Der hat schon als Kind nie gelächelt.«

»Danke und dann nehme ich noch ...« Er stockte. Von den Briefen wollte er ihr lieber nichts verraten, vor allem wollte er sie ihr nicht zur Lektüre überlassen, bevor er sich davon überzeugt hatte, dass nicht doch irgendwo zwischen den Zeilen ein Hinweis auf die Lösung des Falls versteckt war. »... Moment, ich habe noch etwas vergessen.« Er eilte zurück und holte sich den Stapel mit der roten Schleife, den die Wolters mit unverhohlener Neugier musterte.

»Sind die Briefe von ihr? Die muss sie ihm geschrieben haben, als ich bei meiner Schwester in Lübeck gewesen bin, denn ich habe doch die Post immer durchgesehen ...« Sie unterbrach sich.

»Frau Wolters, nachdem wir sie ausgewertet haben, bringen wir sie in die Wohnung Ihres Sohnes zurück, sofern sie keine Beweisstücke sind. Einverstanden?«

»Ach, wissen Sie, er fehlt mir so. Trotz alledem. Wir hätten uns bestimmt eines Tages wieder vertragen«, sagte sie weinerlich.

»Wir finden denjenigen, der das getan hat«, versicherte Stein ihr, während sie ihn zur Tür brachte. Die Worte der Mutter hatten so aufrichtig geklungen, dass Stein sie von seiner Liste der Tatverdächtigen streichen wollte, doch dann fiel ihm ein, dass die Frau Schauspielerin war.

29

Als die Haustür der merkwürdigen Villa in der Bettinastraße hinter Stein ins Schloss gefallen war, atmete er tief durch, doch dann fuhr er herum. Ein Geräusch ließ ihn aufhorchen. So als wäre gerade jemand an ihm vorbeigehuscht, aber da war kein Mensch. Stein rannte um das Haus herum nach hinten in den verwilderten Garten und sah sich nach allen Seiten um. Der Steinewerfer, durchfuhr es ihn eiskalt. Da entdeckte er einen blonden Schopf hinter einer Hecke hervorleuchten. Mit einem Satz war Stein an der Stelle und hatte den Burschen im Nacken gepackt, bevor dieser flüchten konnte. Ein halbes Kind blickte ihn aus schreckensweiten Augen an. »Bitte tun Sie mir nichts. Ich wollte nichts stehlen. Großes Ehrenwort«, bettelte der Junge.

Stein ließ ihn los. »Und was treibst du dann hier?«

»Ich warte auf den Doktor, wie jeden Mittwochnachmittag um diese Zeit. Er ist schon ein paar Wochen nicht mehr gekommen.«

»Und warum wartest du auf ihn?«

Der Junge druckste herum. »Er hat meistens einen Brief für mich, den ich dann der Dame bringe. Und sie gibt mir dann einen für ihn.«

»Und wo ist die Dame?«

»Das darf ich keinem verraten. Was auch immer kommt, hat mir der Doktor gepredigt, ich darf gar nichts sagen.«

»Und wenn ich dir verrate, dass ich von der Polizei bin, dass der Doktor ermordet worden ist und dass die Dame uns eventuell bei den Ermittlungen zur Ergreifung seines Mörders helfen könnte?«

»Sie sind ein Polyp? Dann zeigen Sie mir mal die Marke?«, forderte der Bengel forsch.

Stein griff in seine Jackentasche und hielt dem Blondschopf seine Marke hin, was den sichtlich beeindruckte.

»Am Wasserturm Akazienallee. Da hat sie immer gewartet, aber ich glaube, sie wollte nicht, dass ich ihr Gesicht sehe. Sie hatte immer ein Tuch umgebunden, sodass es halb verdeckt war. Sie hat mir dann meistens auch einen Brief für ihn mitgegeben, den ich hier im Garten unter diesen Busch gelegt habe. Bezahlt hat der Doktor mich pro Brief anfangs mit einer Dose Schlackwurst und später mit einem Zehnpfennigschein«, sprudelte es mitteilsam aus ihm heraus.

Stein klopfte ihm beruhigend auf die Schulter: »Schon gut, mein Junge. Tut mir leid, dass du nicht mehr Liebesbote spielen kannst. Und hat dich mal irgendjemand gesehen, als du hier im Garten gewartet hast?«

Der Junge überlegte. »Nein, vor der Frau Wolters habe ich mich immer versteckt. Doch, warten Sie, beim letzten Mal kam ein Mann vorbei, als ich am Wasserturm die Dame getroffen habe, und dann ist sie ohne ein weiteres Wort fortgelaufen und der Kerl hinterher.«

»Kannst du ihn beschreiben?«

Der Junge überlegte. »Nicht so richtig. Es ging alles so schnell. Eben so ein ganz normaler Mann, wie sie hier in der Gegend alle aussehen.«

»Und wann war das genau?«

»Als ich ihr seinen letzten Brief gebracht habe. Vor drei Wochen. Das war noch weit vor Ostern.«

»Und hat sie dir bei dieser Gelegenheit auch einen Brief für ihn mitgegeben, den du ihm vielleicht gar nicht mehr weiterleiten konntest?«

Der Blondschopf schüttelte den Kopf.

»Nein, da kam doch der Mann, bevor sie ihn mir in die Hand drücken konnte, und ich habe dann auch nur noch flink meine Beine unter die Arme genommen!«

»Danke. Sagst du mir noch deinen Namen, falls wir deine Aussage noch einmal benötigen sollten?«

»Hans Beyer. Ich wohne genau gegenüber, aber bitte sagen Sie nichts meiner Mutter. Die hat, seit Vati im Krieg geblieben ist, immer Angst, ich könne auf die schiefe Bahn geraten.«

»Da mach dir mal keine Gedanken. Liebesbote zu spielen, ist nicht verboten, mein Junge!«

Stein griff in die Jackentasche, holte einen Zehnpfennigschein hervor und reichte ihn dem Jungen.

»Danke«, murmelte der Bengel, bevor er sich umdrehte und hastig das Grundstück verließ. Nun hatte Stein noch einen Grund mehr, der Klinik einen Besuch abzustatten. Es interessierte ihn brennend, ob die Unbekannte womöglich Patientin dort gewesen war.

Noch im geparkten Wagen begann er, in dem Notizbüchlein zu blättern. Es entpuppte sich leider nur als eine Art persönliches Tagebuch, in dem es ausschließlich um die Mutter ging. Diese Person, wie er schrieb, die auf seine ihr unbekannte Geliebte krankhaft eifersüchtig war, obwohl sie selbst eine verbotene Liebe lebte. Kein Wort über diese unbekannte Frau, kein Wort über Lüders, und auch die Klinik wurde kein einziges Mal erwähnt. Es schien sich um eine Abrechnung des Sohnes mit seiner egozentrischen Mutter zu handeln. Nein, das lieferte leider keinerlei Anhaltspunkte für die Lösung des Falls, allenfalls für den Charakter Kampmanns. Denn er ließ kein gutes Haar an der Diva, die ihn sein Leben lang sich selbst überlassen hatte.

Wenn Stein ehrlich war, brachte er durchaus ein wenig Verständnis für den Sohn auf. Mancher Satz sprach ihm sogar aus der Seele: *Für dich war stets alles andere wichtiger als ich!*

Ich muss endlich darüber hinwegkommen, dass mein Vater nicht der Vater gewesen ist, den ich mir gewünscht hätte, dachte Stein, während er das Büchlein entschieden zuklappte.

30

Heute oder nie, dachte Lore Krause, als Fritz Schulz sie für den Abend spontan ins Kino einlud. Es rührte sie auch irgendwie, wie hartnäckig der junge Mann um sie warb, aber für sie war das die einmalige Chance, von ihm unbeobachtet Lockvogel im Viktoriapark zu spielen. Außerdem hatte sie kein allzu großes Interesse an dem Film, den er anschauen wollte. *Das Geheimnis der roten Katze* war eine Verwechslungsklamotte um zwei rivalisierende Juwelendiebe. Einmal abgesehen davon, dass sie harmlose Kriminalkomödien unter ihrem Niveau fand, weil sie schließlich bei der Polizei mit echten Verbrechern zu tun hatte, gehörten die beiden Hauptdarsteller Gustav Knuth und Heinz Rühmann nicht unbedingt zu ihren großen Filmidolen.

Schulz junior hatte sich sehr gefreut und sich gleich vor dem Präsidium mit ihr treffen wollen, um gemeinsam zum *Delphi-Filmpalast* zu fahren, doch Lore hatte ihm mit einem gewinnenden Lächeln erklärt, dass sie sich noch hübsch machen müsse und ihn später vor dem Kino treffen würde. Wie erwartet hatte der Junior ihr versichert, das wäre gar nicht nötig, aber Lore hatte mädchenhaft kichernd darauf bestanden. Auf diese Weise hatte sie mindestens zwei Stunden gewonnen, in denen sie sich ohne Leibwächter im Viktoriapark herumtreiben konnte. Sie hielt es nämlich für durchaus denkbar, dass bei dem jungen Mann, nachdem er vor dem Kino vergeblich auf sie gewartet hatte, der Groschen fiel und er alles daransetzen würde, zum Viktoriapark zu gelangen und ihr die Jagd nach dem Torsomörder doch noch zu verderben.

Während sie schon eine Weile auf derselben Bank in der Nähe des Eingangs saß wie beim letzten Mal, schweiften ihre Gedanken zu ihren Lieblingskommissaren ab. Sie hatte sich wie jedes Mal, nachdem sie sich über die beiden geärgert hatte, innerlich wieder mit ihnen versöhnt. Das lag vorrangig an der ausgelesenen, ein paar Tage alten Zeitung, die sie mitgenommen hatte, um vorzuspiegeln, dass sie mit

Lesen beschäftigt war. In dieser Ausgabe stand noch einmal ein Artikel über Wuttkes Heldentat. Mit einem Foto der Mütter dieser Jungen, die Wuttke gerettet hatte, vor dem Trümmergrundstück, auf dem das Unglück geschehen war. Die Jungen waren allesamt Halbwaisen, deren Väter im Krieg geblieben waren, und die Mütter dankten dem Kommissar in diesem Artikel. Obwohl Lore ihn bereits mehrfach gelesen hatte, kamen ihr erneut Tränen der Rührung.

Wuttke war nicht nur in der Achtung des Kriminalrats und des Polizeipräsidenten gestiegen, sondern auch in der seiner treuen Schreibkraft. War Stein ihm in der Vergangenheit stets ein wenig voraus gewesen in ihrer Gunst, machte diese Heldentat Wuttke auch als Mann interessanter. Im Augenblick lag er gleichauf mit Stein, was sie ihm allerdings nicht gezeigt hatte, als sie ihn im Krankenhaus besucht hatte. Selbst im Bett sitzend hatte Wuttke keine schlechte Figur abgegeben und sich riesig über die selbst gebackenen Pfannkuchen ihrer Mutter gefreut. Pfannkuchen hatte Frau Krause bisher nur für Stein gebacken, was bewies, dass er auch in ihrer Rangfolge aufgestiegen war.

Trotz ihres neu erwachten Interesses an Wuttke machte sich Lore dennoch auch Sorgen um Stein. Manchmal, wenn er sich unbeobachtet fühlte, verzog er das Gesicht, als würden ihn die Folgen seiner Gehirnerschütterung quälen. Einmal hatte sie ihn gefragt, ob es ihm gut ginge. Da hatte er sich zu einem Lächeln durchgerungen und behauptet, er fühle sich bestens. Doch sie glaubte ihm nicht. Seine auffällige Blässe unterstrich ihren Verdacht, dass er sich nur zusammenriss, weil er zurzeit für Wuttke mitarbeitete.

Statt sich vom Junior helfen zu lassen, erledigte Stein alles allein. Lore hatte es aufgegeben, ihm anzubieten, dass sie ihn unterstützen könnte, denn sie kannte seine abschlägige Antwort bereits. Immerhin hatte er ihr erlaubt, sich bei ihrer Tante in Jena telefonisch nach dem dortigen Institut für Mikrobiologie zu erkundigen. Leider hatte ihre Tante keine Ahnung, was das wohl sein könne, aber ihre Freundin, die bei Schott in den Glaswerken arbeitete, meinte, das Institut, an dem Medikamente erforscht würden, hinge irgendwie mit dem Glasbetrieb zusammen. Näheres wollte sie nun für Lore herausfinden.

Stein hatte sich höflich bedankt für die Hilfe, aber Lore hatte ihm angemerkt, dass das Ergebnis ihn nicht zufriedengestellt hatte. Dabei hatte er keine Ahnung, was das für ein Aufwand gewesen war, die Tante überhaupt telefonisch zu erreichen. Davon abgesehen, dass sie gar keinen eigenen Apparat besaß, sondern nur in der im Haus befindlichen Gaststätte sprechen konnte, hatten die da drüben kürzlich alle Leitungen vom Fernamt in der Winterfeldtstraße in die Sowjetzone unterbrochen. Mit dem Ergebnis, dass man nur noch über westdeutsche Ämter überhaupt nach Jena telefonieren konnte. Ein bisschen mehr Anerkennung hätte er ihr gern zollen dürfen!

Immerhin hatte Stein sie vorhin mit einem Auftrag betraut, der ganz nach ihrem Geschmack war. Er hatte ihr einen Stapel Liebesbriefe an den ermordeten Kampmann in die Hand gedrückt und sie gebeten, alles herauszufiltern, was auf die Identität der Frau hinwies oder was sonst mit der Werner-de-Vries-Klinik zu tun hatte. Also alles, was die Kommissare in dem Fall weiterbringen konnte. Leider hatte sie erst zwei Briefe geschafft, die herzzerreißend geschrieben waren, aber aus denen Lore keinerlei Verbindung zum Fall herstellen konnte.

»Entschuldigen Sie, ist hier noch frei?« Eine wohlklingende Männerstimme riss sie aus ihren Gedanken. Lores Herz machte einen Satz. Das ist er, dachte sie, nur Mut! Als sie aufblickte, verdüsterte sich ihre Miene. Das war nicht der junge Paul-Klinger-Verschnitt, das war nicht der Kerl, der ihr auf dem Fahrrad zugewunken hatte, das war nicht der Mann, den sie für den Torsomörder hielt.

Neben ihr saß ein verschmitzt lächelnder jungenhafter Bursche, der mit Sicherheit keiner Fliege etwas zuleide tun konnte, eher ein harmloser Parkbesucher vom Typus Heinz Rühmann.

»Nein«, sagte sie. »Ich möchte gern allein bleiben.«

»Das kann ich sehr gut verstehen«, erwiderte er immer noch lächelnd. »Ich bin auch ganz still. Es ist nur so, ich war den ganzen Tag auf den Beinen, ich muss mich kurz setzen.« Und schon hatte sich der Mann am anderen äußeren Ende der Bank niedergelassen.

Lore kochte vor Zorn. Wieder vermasselte ihr ein aufdringlicher Kerl den Auftritt. Sie strafte ihn mit Nichtachtung.

»Entschuldigen Sie, wohnen Sie hier in der Nähe?«, fragte er nach einer Weile.

»Nein«, murmelte sie, ohne ihn auch nur eines Blickes zu würdigen.

»Sie sind mir jedenfalls neulich schon einmal aufgefallen«, gab er zurück. »Als Sie mit dem jungen Mann auf dieser Bank gesessen haben. Wenn er nicht gewesen wäre, hätte ich Sie gern angesprochen, aber Sie sind wahrscheinlich vergeben, oder? Das war sicherlich Ihr Verlobter oder Ihr Mann?«

»Wie kommen Sie darauf?«, entgegnete Lore und funkelte ihn empört an. Auf den zweiten Blick gefiel er ihr schon besser, aber sie war nicht hier, um harmlose nette Männer kennenzulernen, sondern einen Mörder!

»Sie sind entzückend, wenn Sie sich aufregen. Sind Sie immer eine solche Kratzbürste, wenn sich ein Mann um Ihre Gunst bemüht?«

»Ja, wenn junge Männer nicht merken, dass Sie stören, ganz besonders. Ich möchte hier ganz in Ruhe die Zeitung lesen!«

Er rückte ungefragt näher. »Lesen Sie immer alte Zeitungen?«

Lore schoss das Blut in die Wangen vor lauter Verlegenheit.

»Lassen Sie mich einfach in Ruhe!«

»Gut, wenn Sie mit mir einen kleinen Abendspaziergang durch den Park machen, werde ich Sie danach nicht mehr belästigen. Großes Ehrenwort. Ich kenne da einen romantischen Platz. Oben auf dem Denkmal, da hat man einen schönen Blick den ganzen Wasserfall hinunter. Oder sitzen Sie lieber hier unten, um die hübsche Nixe zu betrachten?«

»Sie meinen wohl kaum diesen brutalen Fischer, der die arme Nixe in seinen Fängen hält?«

»Sie mögen die Statue nicht? Da sind Sie die erste junge Dame, der die Nixe derart missfällt. Dann werde ich Sie jetzt nach oben auf das Denkmal entführen, das sicher Ihre Zustimmung findet. Um diese Zeit ist dort kein Mensch. Ein romantischer Platz für uns beide ganz allein.«

Lore wurde abwechselnd heiß und kalt bei seinen Worten. Plötzlich sah sie den Kopf der Toten vor ihrem inneren Auge. Was, wenn sie sich irrte und der Mörder sich als harmlos wirkender aufdringlicher Verehrer an seine Opfer heranmachte? Wer sagte ihr denn, dass es unbedingt der andere Kerl sein musste?

Ihr Herz klopfte ihr bis zum Hals, als sie ihn nun prüfend musterte. Hatte er nicht etwas leicht Verschlagenes im Blick?

»Was sind Sie von Beruf?«, hörte sich Lore fragen und bereute es mitten im Satz, denn ein normales Mädchen würde sicher nicht derart plump mit der Tür ins Haus fallen. Und er würde sicherlich nicht antworten: Frauenmörder!

Seine Miene verdüsterte sich. »Ich bin zurzeit Scherenschleifer, und ich mache Schrottmesser wieder fit, alles, was ich bekommen kann, Küchenmesser, Schlachtermesser ... Ich schleife sie und verkaufe sie wie neu ...«

Lore fuhr der Schrecken durch alle Glieder. Schlachtermesser? Martens hatte doch behauptet, der Mörder trenne den Opfern die Köpfe mit einem solchen Messer ab. Es fiel ihr nicht leicht, ihr Entsetzen zu verbergen, und eine innere Stimme warnte sie eindringlich davor, mit dem Fremden zu dem Denkmal zu spazieren, sondern riet ihr, die Flucht zu ergreifen.

Sie aber wollte nicht schon wieder aufgeben, sondern entschuldigte sich für die neugierige Frage. »Es geht mich ja gar nichts an«, sagte sie.

»Ich finde es ehrlich von Ihnen. Frauen wollen in der Regel wissen, ob der Mann sie ernähren kann. Und das ist seit der Blockade für einen wie mich, der in dieser Stadt wie gefangen ist, nicht so einfach. Vor dem Krieg habe ich im Geschäft meines Vaters für Bestecke und Porzellan in Hamburg gelernt, aber dann wurde ich eingezogen und landete in Russland. Von dort kam ich nach Berlin und nun schlage ich mich so durch. Aber ich schaffe das. Ich muss nur noch auf eine neue Schleifmaschine sparen, dann läuft es wieder ...«

Wenn er mich gleich fragt, ob ich ein Postsparbuch habe und ihm etwas borgen könnte, ist es ein Volltreffer, dachte Lore, während sie sich von der Bank erhob.

»Kommen Sie, ich begleite Sie zum Denkmal und Sie sagen mir, was an dem Platz romantisch sein soll.«

»Sie gefallen mir. Sie sind nicht so geschmeidig wie die anderen.

Das mag ich. Bei Ihnen reichen schmeichelnde Worte offenbar nicht aus. Da gehört wohl mehr dazu, Sie zu erobern, nicht wahr?«

Lore setzte ein falsches Lächeln auf. »Ich nehme nicht jeden. Da mögen Sie recht haben. Vielleicht liegt es daran, dass ich das große Glück habe, finanziell unabhängig zu sein.«

Sie fixierte ihn durchdringend, und es war nicht zu übersehen, dass eine gewisse Gier aus seinen Augen sprach. Nun gab es tatsächlich keinen Zweifel mehr daran, dass ihr gerade der Torsomörder auf den Leim ging. Aus den Akten hatte sie entnehmen können, dass er die Frauen noch nie beim ersten Kennenlernen getötet hatte. Der Tat waren Briefe und die Abhebungen vom Postsparbuch vorausgegangen. Insofern konnte sie wohl riskieren, mit ihm in den Park zu gehen, zumal es noch hell war.

»Und wo haben Sie Ihre Schleifmaschine gelassen?«, fragte Lore scheinbar arglos.

»In meiner Kellerbude in Kreuzberg. Mietfrei auf einem Trümmergrundstück. Und Sie, wo wohnen Sie?«

»Ich habe eine eigene Wohnung, denn als Sekretärin in der amerikanischen Kommandantur für General Howley verdient man gut.« Lore hatte den gut aussehenden Kommandanten des amerikanischen Sektors anlässlich einer Pressekonferenz zur Einführung der Westmark in Westberlin neulich in einer Wochenschau im Kino gesehen. Da über ihn auch des Öfteren in der Zeitung berichtet wurde, weil er für seinen besonders rüden Umgang mit der sowjetischen Kommandantur bekannt war, hatte sie sich den Namen gemerkt.

Der Mann schien sichtlich angetan davon, so ein lukratives Opfer gefunden zu haben. Ob er nach einer eigenen Wohnung gefragt hat, damit er mich dort ungestört umbringen und zerstückeln kann?, fragte sich Lore mit leichtem Schaudern.

Sie waren inzwischen schon ein ganzes Stück den Berg nach oben geschlendert und mussten nach Lores Schätzung gleich beim Denkmal sein.

»Ich heiße Gustav«, stellte sich ihr Begleiter vor.

»Ich bin Luise«, antwortete Lore. Sie war selbst erstaunt darüber, wie problemlos ihr all diese Lügen über die Lippen kamen.

Nun tauchte das Denkmal vor ihnen auf, das Lore nicht viel ansprechender fand als den Fischer mit der Nixe. Martens hatte ihr bei der Suche nach dem Kopf erklärt, das Nationaldenkmal solle an die Befreiungskriege gegen Napoleon erinnern. Lore missfiel es schon deshalb, weil sie alles hasste, was sie überhaupt an Krieg erinnerte. Ob es Trümmerberge waren oder solche Denkmäler. Ihr wurde etwas mulmig zumute, denn hier oben war keine Menschenseele. Ob er seine Opfer wohl immer hierhergelockt hatte?

»Kommen Sie, mal sehen, wer schneller ganz oben ist.«

Sein Ton verriet Lore, dass er sich nun sicher fühlte und glaubte, dass sein Werben von Erfolg gekrönt wurde.

»Nein, mir gefällt das nicht. Ich möchte gar nicht die Treppen hinaufsteigen. Ich mag das Denkmal nicht.«

»Da stehen Sie aber genauso wie bei der Nixe mit Ihrer Meinung recht allein da. Die meisten Damen spricht diese Macht des Sieges, die das Denkmal ausstrahlt, an«, sinnierte der angebliche Scherenschleifer. Kein Scherenschleifer, der jemals die Messer ihrer Mutter geschärft hatte, hatte so geschwollen dahergeredet. Sie vermutete, dass er zumindest eine gute Schulbildung besaß. Dumm schien er jedenfalls nicht zu sein. Sie musste an die vielen Rechtschreibfehler in seinen Briefen denken. Ob er sich die Informationen über das Denkmal vorher angelesen hatte, um klüger zu wirken als er tatsächlich war? Was ihn überdies verdächtig machte, war die Tatsache, dass er schon wieder andere Damen zitierte, woraus sie schließen konnte, dass sie nicht die erste Frau war, die er an diesen einsamen Ort geführt hatte. Er wusste offenbar genau, dass es um diese Zeit menschenleer dort oben war.

»Dann setzen Sie sich wenigstens mit mir auf eine Bank und genießen den Blick den Wasserfall hinunter in die Stadt.«

Obwohl sich Lore nicht besonders wohl hier oben mit ihm allein fühlte, ging sie auf seinen Vorschlag ein.

In dem Moment, als sie sich setzen wollte, sah sie in der Ferne einen Mann kommen, und nicht irgendeinen, sondern keinen Geringeren als Schulz junior. Er hatte sie offenbar noch nicht erblickt. Noch einmal würde sie sich von diesem Trottel nicht ihren schönen Plan zerstören lassen. Sie überlegte fieberhaft, wie sie dem Junior entkommen konnte, und zwar auf eine Weise, die sie nicht enttarnte.

»Gustav«, sagte sie flehend. »Sehen Sie den Kerl da hinten, das ist der Mann neulich von der Bank. Er verfolgt mich voller rasender Eifersucht, seit ich mich von ihm getrennt habe.«

Fritz hatte die beiden wohl inzwischen entdeckt, denn er begann zu rennen.

»Na dem werde ich es zeigen«, tönte der falsche Gustav. Dass er so hieß, war sicher ebenso gelogen, wie dass ihr Name Luise war. Der Kerl baute sich kämpferisch vor der Bank auf.

»Nein, bitte nicht, er kann gewalttätig werden. Er war mal Boxer, auch wenn man das nicht auf den ersten Blick sieht, aber er ist sehr stark. Bitte riskieren Sie es nicht, dass er Sie k. o. schlägt. Kommen Sie, wir rennen vor ihm weg.« Und schon war Lore losgelaufen. Der Fremde, den sie insgeheim nur noch den Torsomörder nannte, folgte ihr und war zu ihrer großen Erleichterung genauso flink wie sie. Sie liefen zum südlichen Eingang. Ihr Verfolger schaffte es nicht, sie einzuholen. Als Lore sich umsah, bevor sie die Treppen hinunter zur Straße eilten, war von dem Junior nichts mehr zu sehen.

»Bitte, tun Sie mir einen Gefallen. Verschwinden Sie hier so schnell wie möglich. Ich schwinge mich auf mein Rad und dann bin ich weg.«

Lore wollte eine Begegnung mit Schulz junior um jeden Preis verhindern. Dafür nahm sie in Kauf, dass sie das Treffen mit dem Mörder jetzt abbrechen und außen um den Park herumlaufen musste, um zu ihrem Fahrrad zu gelangen.

»Halt, Luise, haben Sie nicht etwas vergessen? Wir müssen uns unbedingt wiedersehen. Das wollen Sie doch auch, nicht wahr?«

»Ja ... ja ... nur schnell!« Sie wandte sich um, aber vom Junior war immer noch keine Spur.

Hastig verabredeten sie, sich am kommenden Freitag um dieselbe Zeit auf der Bank zu treffen. Zu ihrer großen Zufriedenheit eilte er auffällig hektisch die Dudenstraße entlang, ohne sich noch einmal umzudrehen, was Lore in ihrer Meinung bestärkte, es mit dem Torsomörder zu tun zu haben, der natürlich jegliche Begegnung mit Bekannten seiner Opfer im Vorfeld der Morde scheute. Zu hoch war das Risiko, dass man ihn später identifizieren konnte, besonders wenn es sich um einen rasend eifersüchtigen Mann handelte, mutmaßte Lore.

Sie sah sich nun nach allen Seiten um und machte sich auf den Weg zurück zum nördlichen Ausgang. Sie war sicher, dass sie Schulz abgehängt hatte, denn er war ihnen schließlich in Richtung des südlichen Ausgangs gefolgt. Noch ein paar Schritte, dann war sie bei ihrem Fahrrad.

Gerade als sie aufsteigen wollte, hörte sie, wie eine Männerstimme ihren Namen rief. Lore blickte erschrocken auf und sah, wie Schulz junior keuchend aus dem Park auf sie zugerannt kam. Ohne zu zögern, schwang sie sich auf ihr Rad und fuhr davon.

31

Die Liste der Personen, die die Kommissare an diesem Tag in der Werner-de-Vries-Klinik befragen wollten, war lang. Wuttke hatte Stein darum gebeten, mit diesen Vernehmungen zu warten, bis er aus dem Krankenhaus entlassen wurde. Er brannte darauf, weiterzuermitteln. So war er heute Morgen von dort sofort zu der Klinik gefahren, um sich dann mit Stein zu treffen. Wuttke hatte registriert, dass es dem Kollegen lieber gewesen wäre, er hätte sich noch ein paar Tage ausgeruht, aber Wuttke fühlte sich bis auf die Prellungen an den Beinen, die immer noch schmerzten, ausgesprochen gut. Er konnte sich nicht erinnern, wann er das letzte Mal über eine Woche im Bett gelegen und eine Rundumversorgung durch entzückende Schwestern genossen hatte.

Wuttke behielt für sich, dass er noch einen anderen Grund hatte, sich mit dem Kollegen lieber vor der Klinik zu treffen. Er befürchtete nämlich, dass ihn in der Friesenstraße jeder, aber auch jeder auf das Unglück ansprechen und ihm versichern würde, wie tapfer sein Verhalten gewesen sei. Wuttke fragte sich allerdings insgeheim, was daran eine so große Heldentat gewesen war, die Jungen vor dem sicheren Tod zu retten. Hätte er zugucken sollen, wie die Kinder von Trümmern erschlagen wurden? Was ihn innerlich viel stärker bewegte, war die Tatsache, dass er offenbar einen Schutzengel besessen hatte. Was für ein Zufall, dass sich über ihm die Bohle verkantet und die Steine abgefangen hatte. Wenn Wuttke jemals an einen Gott geglaubt hatte, dann war ihm dieser Glaube im Krieg verloren gegangen. Deshalb würde er keinem Menschen verraten, dass er auf dem Weg hierher in der St.-Johannes-Basilika eine Kerze angezündet hatte. Dabei war er nie katholisch gewesen, aber das war ihm gleichgültig. Um die Konfession ging es hier nicht. Es war nur ein kleines Zeichen an den Schutzengel, falls es da doch etwas ihm Unbekanntes zwischen Himmel und Erde geben sollte. Er konnte aber nicht leugnen, dass er für den Bruchteil einer Sekunde ergriffen gewesen war bei der Vorstellung, dort oben habe es jemand gut mit ihm gemeint.

Stein wartete bereits vor dem Eingang der Klinik auf ihn. Er sah wesentlich besser aus als bei seinen Besuchen. Er war jeden Tag ins Krankenhaus gekommen, weil die Schwestern ihn auch außerhalb der Besuchszeit zu ihm gelassen hatten. Da hätte Wuttke ihm das eine oder andere Mal gern sein Bett angeboten. Jetzt war der gequälte Ausdruck in Steins Miene verschwunden und sein Gesicht besaß wieder so etwas wie Farbe.

»Mensch, Stein, Sie sehen wie neu aus«, begrüßte ihn Wuttke und klopfte ihm kumpelhaft auf die Schulter.

»Und Sie erst. Muss man wohl erst dem Tod ein Schnippchen schlagen. Aber Sie haben recht, ich habe die letzte Nacht endlich wieder geschlafen und seitdem keine Schmerzen mehr. Das war wohl die Vorfreude, dass Sie wiederkommen.«

»Wissen Sie was, Stein. Das bedeutet mir mehr als all diese Lobhudeleien von hoher Stelle.« Wuttke merkte erst, nachdem er es ausgesprochen hatte, was er da gerade von sich gegeben hatte. Nicht dass ihn der erste und letzte Kirchenbesuch in diesem Jahr, vielleicht gar in diesem Leben, sentimental werden ließ!

»Das lassen Sie bloß nicht unseren Vorgesetzten hören, der mir heute Morgen, als er mir auf dem Flur begegnete, explizit aufgetragen hat, Sie ganz herzlich zu grüßen.« Wuttke war froh, dass Stein ihm keinen Strick daraus gedreht hatte, dass er ihm durch die Blume gesagt hatte, dass die Freude ganz auf seiner Seite war.

»Genau das meine ich! Mir das Leben schwer machen und dann, wenn ich angeblich zum Helden geworden bin, schleimen. Das kann ich nicht leiden!«

»Das verstehe ich gut, Wuttke! Mit wem beginnen wir nun?«

»Ich würde sagen, mit Hamann. Den haben wir noch gar nicht gesprochen.«

»Einverstanden. Das scheint der geeignete Mann zu sein, um uns über den Einsatz von Penicillin in der Werner-de-Vries-Klinik zu informieren«, entgegnete Stein.

Doch es kam anders, als ihnen nun auf dem Flur Schubert entgegenlief. Er wirkte dieses Mal sehr geschäftig und nicht so mitteilsam wie sonst. Immerhin grüßte er freundlich, machte dann aber Anstalten, die Kommissare stehen zu lassen.

»Herr Dr. Schubert, wir haben noch ein paar Fragen an Sie. Haben Sie später kurz für uns Zeit?«, fragte Stein.

»Ach, das ist heute ganz schlecht. Ich habe ab mittags andere Termine.«

»Und jetzt sofort?«

»Gut, wenn es sein muss, aber ich habe wirklich wenig Zeit.«

Die Kommissare folgten ihm in sein Büro. Dort griff Schubert als Erstes in seine Schreibtischschublade, holte eine Zigarette hervor und machte Anstalten, sie anzuzünden. Wuttke bemerkte mit einem Seitenblick, dass Stein ihn dabei intensiv beobachtete. Vor allem als Schubert die Zigarette dann doch wieder in seiner Schublade verschwinden ließ und eine andere hervorholte.

»Womit kann ich Ihnen noch helfen?« Schubert war nun sichtlich bemüht, sich den Kommissaren gegenüber freundlicher zu verhalten.

»Wussten Sie, dass Ihr Cousin das Opfer Kampmann schon seit Kindertagen kannte?«, fragte Stein.

»Ich wusste, dass deren Mütter Freundinnen sind. Sie müssen wissen, meine Eltern und die Eltern von Ulfart waren einander nicht besonders grün, weshalb wir beide auch persönlich nicht gerade einen besonders engen Kontakt zueinander haben. Wir können nichts für unsere Verwandtschaft. Wenn unsere Klinikgebäude nicht durch Bomben zerstört worden wären, hätten wir uns im Leben nicht zusammengeschlossen, aber in der Not ... Ich weiß nur, dass Ulf Dieter die Stelle gleich 46 verschafft hat, aber das schon öfter einmal bereut hat.«

»Warum?«, fragte Wuttke.

Schubert zuckte die Schultern. »Dieter hat einen sehr guten Ruf als Internist und Kinderarzt, also fachlich war er für unsere Klinik das große Los, aber die beiden hatten wohl zwischenmenschliche Probleme. Vielleicht Konkurrenz. Sie sind beide überaus ehrgeizig, und bei Kampmann sah es auf den ersten Blick so aus, als ginge ihm alles leicht von der Hand. Aber wir wissen alle, dass er schon länger nicht mehr ohne seine Panzerschokolade funktioniert hätte.«

»Hatten die beiden öfter Streit?«

»Wie ich schon sagte, da hat es wohl durchaus Diskrepanzen gegeben.«

»Und kannten Descher und Kampmann einander näher, bevor Kampmann seinen Jungen behandelt hat?«

»Keine Ahnung. Ich hatte privat mit Dieter nichts zu tun.«

»Und kannten Sie Descher vorher?«

»Nicht privat, nur beruflich, seine Apotheke hat uns beliefert.«

»Er war Ihr Lieferant? Und Sie sagen, *seine* Apotheke? Er ist doch nur ein Angestellter, oder?«, warf Stein ein.

»Ja, inzwischen ist er dort nur noch angestellt, aber bis zum vergangenen Jahr gehörte sie ihm, doch er hat seine Anteile seinem Kompagnon übertragen ...« Schubert stockte und schien zu überlegen, was er preisgeben sollte. »Gut, Sie erfahren es früher oder später sowieso. Es gab da einen Vorfall, dass er das Morphium, das für Patienten bestellt war, selbst genommen hat, aber mehr weiß ich nicht. Mir hat sein Nachfolger versichert, er sei davon weg und werde nur noch als Angestellter in der Apotheke arbeiten. Das werde jedenfalls nie wieder vorkommen. Deswegen haben wir an ihnen als Lieferanten festgehalten. Ist übrigens sehr traurig, dass man dem armen Descher den Schädel brutal zertrümmert hat.«

»Und woher wissen Sie das so genau?«, fragte Stein.

Richard Schubert griff nach einem Stapel Zeitungen, der neben seinem Schreibtisch lag, und zog gezielt eine Ausgabe hervor. »Steht hier. Lesen Sie selbst!«

»Ja, ja, das ist schon in Ordnung«, wiegelte Wuttke ab.

»Und dass Sie der Held der Polizei West sind, steht hier.« Wieder suchte er nach der richtigen Zeitung und reichte sie Wuttke, der sie aber nicht annahm.

»Ich für meinen Teil habe genug gehört.« Wuttke warf Stein einen fragenden Blick zu.

»Ich auch. Wenn wir Sie noch einmal brauchen, kommen wir wieder«, stimmte ihm Stein zu. »Ach, doch, eine Frage hätte ich noch. Die Zigaretten, die Sie da eben rauchen wollten und in die Schublade zurückgelegt haben, was war das für eine Marke?«

»Lucky Strike oder sonst eine amerikanische. Ich rauche alles, was ich bekommen kann.«

»Und dürfte ich mal die Packung sehen?«

»Aber selbstverständlich, Herr Kommissar.« Mit diesen Worten holte er demonstrativ eine Packung Lucky Strike hervor.

»Dann nichts für ungut. Ich hätte schwören können, dass es eine russische Papirossy war.«

Schubert musterte ihn spöttisch. »Wie kommen Sie darauf? Ich will mich doch nicht vergiften! Die habe ich hin und wieder in der Gefangenschaft geraucht. Aus lauter Not.«

Kaum hatten die Kommissare Schuberts Büro verlassen, konnte Wuttke seine Neugier nicht länger zurückhalten. »Und Sie sind sicher, dass es eine Papirossy war?«

»Ich will es nicht beschwören. Seit ich mir das Rauchen abgewöhnt habe, fehlt mir der Blick für Kippen, aber ich meine, dieses Mundstück, das Sie mir neulich so ausführlich beschrieben haben, eben in seiner Hand gesehen zu haben.«

»Gut, dann werden wir das überprüfen.« Und schon hatte Wuttke an Schuberts Tür gepocht.

Der kaufmännische Leiter war nicht erfreut, dass der Kommissar zurückkehrte.

»Dürfte ich wohl einen Blick in Ihren Aschenbecher werfen?«

»Entschuldigen Sie, jetzt wird es aber albern.« Mit diesen Worten reichte Schubert ihm einen Aschenbecher mit einer abgerauchten Kippe, einer Lucky Strike.

»Das ist unser Schicksal, dass wir uns hin und wieder lächerlich machen«, bemerkte Wuttke süffisant. »Aber früher oder später ist meistens ein Volltreffer dabei. Wenn ich dann auch noch einen Blick in Ihre Schreibtischschublade werfen dürfte.«

Kopfschüttelnd gewährte Schubert Wuttke auch das. In der Schublade befanden sich diverse einzelne amerikanische Zigaretten, aber weder eine einzelne noch eine Packung Belomorkanal-Papirossy.

»Nichts für ungut«, sagte Wuttke und verließ das Büro des kaufmännischen Leiters.

»Dann habe ich mich wohl getäuscht«, meinte Stein, nachdem

Wuttke ihm geschildert hatte, dass er im Aschenbecher nur eine amerikanische Kippe gefunden hatte, was er, wie er anmerkte, seltsam fand, weil Schubert doch offenbar Kettenraucher war. Und dass in der Schublade nur eine Schachtel Lucky Strike gelegen hatte.

»Kommen Sie, Wuttke, auch ich kann mich ausnahmsweise einmal irren. Wir wollen endlich herausbekommen, wer die unbekannte Frau in Kampmanns Leben war und wogegen sie so dringend Penicillin brauchte ...«

In diesem Augenblick erinnerte sich Wuttke an etwas Wichtiges.

»Hat uns die Wolters nicht gesteckt, dass ihr Sohn aus dem Krieg einen Venusfluch mitgebracht hat?«

»Ja, die Syphilis ...«

»Ich kannte den Ausdruck übrigens nicht, bis Sie ihn mir neulich erklärt haben. Darf ich mal erfahren, wieso er Ihnen geläufig ist?«, fragte Wuttke.

»Das dürfen Sie, ohne mich zu kompromittieren.« Stein berichtete Wuttke nun von seinem Gespräch mit der Zimmerwirtin in Celle über die Veronicas und speziell über Renate.

»Vielleicht ist die Bekannte Ihres Freundes noch in der Klinik und vielleicht ist es sogar die Werner-de-Vries-Klinik. Und wir könnten sie nach Mitpatientinnen befragen. So viele Privatkliniken dieser Art gibt es schließlich nicht. Versuchen wir es gleich vor Ort. Und dann können wir vielleicht etwas über die Unbekannte herausfinden und ob der Kampmann mit einer Patientin der Venerologie etwas hatte«, erklärte Wuttke eifrig.

»Und sie hat sich an Kampmann gerächt, weil er sie angesteckt hat!«, sinnierte Stein.

»Oder sie war verheiratet und ihr Mann ist dahintergekommen. Sie haben doch von dem Brief berichtet, in dem die Frau geschrieben hat, dass er sie beide umbringen wird. Dieser ›Er‹ könnte ihr Mann sein«, ergänzte Wuttke eifrig, doch dann stutzte er.

In dem Augenblick hatte Wuttke nur noch Augen für Schwester Klara, die er aus einer Tür am hinteren Ende des Flurs kommen sah. Sie verharrte einen Moment regungslos, bevor sie mit gesenktem Kopf in ihre Richtung eilte.

»Sehen Sie mal unauffällig da hinüber«, raunte er Stein zu.

»Ich schaue mal eben, aus wessen Büro sie kommt, und Sie halten Schwester Klara bitte auf. Wir werden sie gleich vernehmen!«

Schwester Klara nahm Wuttke erst wahr, als er sie mit Namen ansprach. Sie hob ihren Blick und aus ihren Augen sprach nackte Panik.

32

Schwester Klara wollte um Wuttke einen Bogen machen, aber Wuttke stellte sich ihr in den Weg.

»Wir müssen Sie dringend sprechen. Wir sind gerade auf dem Weg zu Dr. Hamann, aber danach kommen wir zu Ihnen. Wir haben einige Fragen an Sie!«

»Ich muss gehen. Ich habe keine Zeit. Auf Wiedersehen!« Schwester Klara wollte sich erneut an ihm vorbeidrücken und beschleunigte ihren Schritt.

»So nicht!« Wuttke hielt sie am Arm fest.

»Was verbergen Sie vor uns? Warum haben Sie Descher ein falsches Alibi verschafft? Warum haben Sie ihn abgeholt, als er aus der Untersuchungshaft entlassen wurde? Worüber haben Sie sich vor dem Gefängnis gestritten? Wohin wollte er danach?«

Schwester Klara kämpfte mit den Tränen, aber Wuttkes Mitleid hielt sich in Grenzen.

»Ich kann Ihnen das nicht sagen. Nicht hier. Bitte!«

»Gut, dann sehen wir uns heute noch in der Friesenstraße. Sie wissen ja noch, wo Sie uns finden, oder?«

»Ja«, erwiderte sie kläglich mit dünnem Stimmchen. Erst in diesem Augenblick ließ er sie wieder los.

»Fünf Uhr?«

Schwester Klara drehte sich hektisch nach allen Seiten um, aber auf dem Flur war kein Mensch außer Stein, der vor der Tür stand, aus der sie gerade gekommen war.

»Es geschieht Ihnen nichts. Das verspreche ich Ihnen. Nur wenn Sie sich uns anvertrauen, können wir Ihnen helfen.« Schwester Klara bebte am ganzen Körper. Wuttke empfand nun doch so etwas wie Empathie mit der jungen Frau.

»Sie ... Sie glauben also nicht, dass ich ... ich meine, dass ich Descher umgebracht habe?«, stammelte sie.

»Nein! Man kann bei manchen Taten nicht im Vorhinein sagen, ob es ein Mann oder eine Frau gewesen ist, aber bei Descher lege ich meine Hand ins Feuer. Wenn eine Frau so brutal zuschlagen kann, dann muss sie anders gebaut sein als Sie. Schlagen Sie mal auf meinen Arm.«

»Ich verstehe nicht!«

»Los! Hauen Sie mit voller Wucht auf meinen Arm!«, befahl er und hielt ihr seinen durchtrainierten Oberarm entgegen. Wenn er ihn anspannte, konnte nicht viel passieren, auch wenn er das Gefühl hatte, dass ihn der Aufenthalt in der Klinik etwas schlaffer hatte werden lassen.

Völlig konsterniert tat Schwester Klara, was er verlangte. Er spürte es nicht einmal. »Mit voller Kraft!«

Sie holte aus und schlug noch einmal zu, aber Wuttke war längst ganz sicher. Diese zierliche Person hatte dem Apotheker keine Eisenstange mehrfach mit brutaler Gewalt über den Schädel gezogen!

Die Schwester sah ihn mit schreckensweiten Augen an.

»So, und nun erzählen Sie mir, wer oder was Ihnen im Nacken sitzt. Wen schützen Sie, was verbergen Sie, worüber haben Sie mit Descher gestritten? Wohin wollte er, nachdem Sie beide sich gezankt haben?«

»Herr Kommissar, bitte, ich, ich vertraue Ihnen ja, aber ... aber ...« Sie stockte und kaute auf ihrer Unterlippe herum.

»Schwester Klara, ich habe den Eindruck, Sie möchten Ihr Gewissen erleichtern.«

»Ich werde Ihnen heute Nachmittag alles sagen. Versprochen!« Sie senkte die Stimme und rückte ganz nahe an ihn heran, dass sich beinahe ihre Lippen berührten. Sie riecht verdammt gut, dachte Wuttke. »Ich bin so froh, dass Ihnen nichts Schlimmes passiert ist!«, raunte sie.

Wuttke wertete das als Zeichen echten Interesses an ihm. Sein Blick wanderte zu ihrem Finger. Der Ring fehlte.

»Vielleicht darf ich Sie heute Abend nach Ihrer Vernehmung in die *Henne* ...«

Weiter kam er nicht, denn Schwester Klara drehte sich abrupt um und rannte fort. Wuttke war erschüttert über diese Begegnung, und zwar so sehr, dass er keine Anstalten machte, sie zu verfolgen. Sie wirkte unschuldig. Mehr noch, sie war unschuldig. So viel stand für ihn fest. Auch wenn er sich geschworen hatte, jeder Frau, die ihm mehr als nur gefiel, mit besonderem Misstrauen zu begegnen, nachdem er sich dermaßen in seiner ehemaligen Geliebten getäuscht hatte, er war sich sicher, dass Schwester Klara keine Mörderin war. Auch Lena hatte nur getötet, um einen grausamen Mord zu rächen, aber die Krankenschwester war keine Rachegöttin, Nein, sie war ein Engel, dachte Wuttke. Und sie hatte Höllenangst. Vor wem und wovor, würde sie ihnen hoffentlich noch heute verraten. Und dann, dessen war Wuttke gewiss, wären sie der Lösung des Falls wesentlich näher als jetzt.

»Was haben Sie denn bloß mit Schwester Klara gemacht? Sie ist ja vor Ihnen weggerannt, als wäre der Teufel hinter ihr her«, bemerkte Stein spöttisch, als er auf Wuttke zutrat. »Und Sie wollten sie nicht verfolgen?«

»Nein, ich möchte Sie nicht noch mehr verschrecken. Sie hat Panik. Aber nicht vor mir! Ansonsten befürchte ich, Sie liegen richtig. Sie fühlt sich bedroht oder verfolgt. Wir müssen nur noch herausbekommen, unter welcher Maske sich der Teufel dieses Mal verbirgt!«

»Ich kann Ihnen immerhin sagen, wessen Büro Sie eben derart verstört verlassen hat!«

Wuttke sah den langen Gang hinunter und dachte nach. »Mir dämmert da was. Ist das nicht das Zimmer des ärztlichen Direktors?«

Stein nickte, und schon war Wuttke losgestürmt. »Den schnappe ich mir!«, schimpfte er.

»Wuttke, nein!«, befahl Stein streng, als er den Kollegen eingeholt und in eine Nische gezogen hatte. Versöhnlicher fügte er hinzu: »Das Beste zum Schluss. Wir brauchen erst ein paar Informationen über die Klinik, über die Unbekannte und das Penicillin. Wer weiß, was wir noch alles erfahren. Und vielleicht ist der Fall heute Abend bereits gelöst.«

»Das hoffe ich. Wenn Schwester Klara um fünf Uhr nachmittags in die Friesenstraße kommt, wird sie uns ...«

Er unterbrach sich, denn es näherte sich ihnen Ulfart de Vries, den sie gar nicht hatten kommen hören. Als er sie erblickte, wollte er grußlos vorübereilen.

»Wir sind in einer Stunde in Ihrem Büro. Halten Sie sich bereit, wenn Sie sich nicht noch einmal in die Friesenstraße bemühen wollen«, klärte Wuttke den Klinikleiter in scharfem Ton auf.

Ohne ein Wort zu sagen, setzte de Vries seinen Weg fort und maß die beiden Kommissare mit dem Wuttke so verhassten Blick des Herrenmenschen.

»Er hat keine angewachsenen Ohrläppchen«, bemerkte Wuttke.

»Aber ich würde ihn trotzdem gern verhaften. Einfach, weil er so ein Fatzke ist!«

Stein schwieg, aber an seiner finsteren Miene war unschwer zu erkennen, dass er ähnliche Fantasien hatte.

Wuttke sehnte sich in diesem Augenblick nach dem weichen Bett im Krankenhaus und dem freundlichen Lächeln der Schwestern, wenn sie ihm das Essen gebracht hatten. Da war er noch der Held der Friesenstraße gewesen. Jetzt war er nur noch ein Polyp, der sich von diesen Herren, die meinten, etwas Besseres zu sein, derart abkanzeln lassen musste. Doch an Steins zusammengekniffenen Augen und diesem zu allem entschlossenen Blick konnte er ablesen, dass der Klinikleiter diese Missachtung bei seiner Befragung nachher bitter bereuen könnte. Wenn jemand bei Stein eine Grenze überschritt, war er in der Lage, jeden überheblichen Herrenmenschen glatt in den Schatten zu stellen mit seiner Arroganz. Und dabei ging er so vor, dass sich keiner über ihn beschweren konnte, weil er stets die Form wahrte. In diesem Punkt hatte sich Wuttke in dem Jahr ihrer Zusammenarbeit schon einiges abgeguckt, um sein eigenes aufbrausendes Temperament zu zügeln.

33

Dr. Hamann war ein hagerer großer Mann, den Stein auf Ende fünfzig schätzte und der mit seiner verschlossenen Ausstrahlung gut zum Klinikleiter passte. Sein Benehmen den Kommissaren gegenüber war jedoch wesentlich höflicher als das seines Chefs. Er bot ihnen Plätze an und versicherte, dass er alles tun würde, um sie bei der Ergreifung des Mörders von Kampmann zu unterstützen, wenngleich der Kollege und er einander persönlich nicht gerade freundschaftlich verbunden gewesen seien.

»Heißt das, Sie mochten sich generell nicht? Oder gab es konkrete Streitpunkte?«, hakte Stein nach.

»Ich möchte einmal so sagen, ich bin ein Vertreter der alten Schule, und wir hatten in vielem unterschiedliche medizinische Ansätze. Hinzu kam, dass der Kollege seine Meinung stets mit einer, sagen wir, Verve vorgetragen hat, was, gepaart mit einer gewissen Hybris und einem übersteigerten Ehrgeiz, eine in meinen Augen ungute Mischung war.«

Stein wollte es erst einmal dabei bewenden lassen. Es war nicht so, dass ihm der spröde Hamann besonders sympathisch war, aber er machte einen überaus integren Eindruck.

»Und Ihnen ist also am Tattag das Opfer direkt vor die Füße gefallen?«

Hamann sah Stein irritiert an. »Wer behauptet das? Nein, das muss ein Irrtum sein. Ich habe den toten Kollegen gar nicht gesehen.«

»Aber Sie sollen einen solchen Schock erlitten haben, dass Sie danach ein paar Tage zu Hause geblieben sind«, hakte Stein nach.

»Ja, aber nicht, weil ich Augenzeuge gewesen bin, das war vielmehr eine Patientin von meiner Station. Mich hat es zu sehr aufgeregt, dass man einen Kollegen von mir umgebracht hat. Mein Herz, das macht manchmal Probleme, aber ich möchte noch ein wenig durchhalten. Ich hatte einen kleinen Zusammenbruch, als ich von dem Mord in unserer Klinik erfahren habe.«

»Wann haben Sie denn von dem Mord erfahren?«, erkundigte sich Wuttke.

»Ich habe nicht auf die Uhr gesehen und meine Patientin habe ich nicht gefragt. Die Arme stand völlig unter Schock.«

»Und haben Sie gleich an Mord gedacht? In der Klinik hieß es doch zunächst, es sei Selbstmord gewesen.«

Hamann zog eine Augenbraue hoch. »Herr Kommissar, solche Leute wie Kampmann bringen sich nicht um!«

Eine gewagte These, wie Wuttke fand, aber er ließ sie unkommentiert.

»Und dürfen wir Ihre Patientin wohl dazu befragen?«

Hamann nickte. »Sicher, das ist nun schon ein paar Tage her. Psychisch hat sie sich wieder stabilisiert. Ich zeige Ihnen gleich das Zimmer. Vielleicht ist es besser, wenn ich mitkomme. Eigentlich haben wir auf der Venerologie strenge Besuchszeiten, und die Patientin hat noch gar keinen Besuch bekommen, seit sie bei uns ist.«

»Und wie lange sind Patienten in der Regel bei Ihnen?«

»Das kommt darauf an, was wir überhaupt noch für sie tun können. Sehen Sie, wir betreiben keine Lues-Ambulanz, wo die Betroffenen hinkommen, sich ihr Medikament abholen und wieder gehen. Wir haben vorwiegend Fälle im zweiten und dritten Stadium, im Endstadium und der sogenannten Spätsyphilis. Das sind Betroffene, deren Symptome völlig verschwunden waren und die sich in der Sicherheit wähnten, geheilt zu sein. Oder, was besonders bei Frauen vorkommt, Patientinnen, die gar nicht bemerkt haben, dass sie sich an Lues infiziert hatten, und sich nun bereits im dritten Stadium befinden ... und auch das kann sich unterschiedlich äußern. Im zweiten Stadium beherrschen plasmazelluläre Infiltrate das Bild, während im dritten Stadium spezifische Granulome, Epitheloidzellsäume, Lymphozytenwälle und zentrale Nekrosen vorliegen. Die tertiäre Syphilis kann sich etwa mit tuberösen Hautveränderungen sowie ulzerierenden granulomatösen Veränderungen ...«

»Danke, Herr Dr. Hamann«, unterbrach Wuttke den Venerologen unwirsch. »Könnten Sie das noch einmal in einfache Worte fassen und vor allem interessiert uns in erster Linie, wie lange sind die Patienten bei Ihnen?«

»Die Patienten haben geschwollene Lymphknoten am ganzen Körper. Hinzu kommen noch Hautausschläge und Papeln, die besonders in den Hautfalten auftreten. Im dritten Stadium werden die inneren Organe, Blutgefäße, Knochen befallen, und es bilden sich gummiartige Knoten, sogenannte Gummen, auch an den Schleimhäuten. Die können dann Geschwüre entwickeln. Wenn sich an der Aorta, der Hauptschlagader, solche Veränderungen nach Jahren bilden, kann es zu einer leicht verletzbaren Aussackung kommen. Und wenn dieses Aneurysma irgendwann reißt, blutet der arme Patient innerhalb kürzester Zeit mit einem riesigen Blutschwall in seine Körperhöhle hinein und ...«

»Herr Dr. Hamann, wie lange?«

»Zwischen einigen Wochen und sogar einigen Monaten, würde ich sagen. Und manchmal ist es schon zu spät, dann bleibt nur die Psychiatrie oder, im schlimmsten Fall, wenn die Organe schon zu sehr befallen sind, der Tod.«

»Aber wer kann sich das leisten, monatelang in einer Privatklinik zu liegen, gerade in diesen Zeiten?«, fragte Wuttke skeptisch.

»Die Behandlung der meisten Patientinnen wird von Herren bezahlt, die ein Interesse haben, dass die Damen überleben, also im Klartext von denjenigen, die vorwiegend mit ihnen verkehrt haben. Die männlichen Patienten sind häufig Mitglieder der alliierten Truppen, für die es in den Militärkrankenhäusern keine geeigneten Betten gibt. Meist ist deren Zustand so kritisch, dass man sie lieber nicht mit den anderen zusammen behandelt, aber uns für ihre Behandlung das Penicillin bereitstellt.«

»Sie behandeln diese Erkrankten also mit Penicillin?«, fragte Stein eifrig nach. Endlich wird es interessant, dachte er.

Dr. Hamanns Miene verfinsterte sich und er machte eine abwehrende Bewegung. »Mit dem Penicillin ist das so eine Sache. Es ist normalerweise schwer zu kriegen. Es wird uns in Berlin nach strengen Vorgaben zugeteilt. Man muss es über Penicillinkomitees anfordern und kann dann eine gewisse Menge bekommen, die aber längst nicht für alle Patienten ausreicht, was ich persönlich auch befürworte. Obwohl die da oben lieber allen gleich das Wundermittel spritzen würden ...«

»Moment, wie meinen Sie das? Wer sind *die da oben*?«, unterbrach Stein ihn.

»Die da oben, das ist unsere Klinikleitung, insbesondere Dr. Schubert. Aber auch Kampmann war so ein Vertreter, alles mit Penicillin aus der Welt zu schaffen. Die haben keinerlei Skrupel, diesen Erkrankten das Leben zu leicht zu machen ...«

Was redete dieser Mensch denn da?, dachte Stein irritiert. »Wollen Sie Ihre Patienten etwa nicht heilen?«

»Durchaus. Aber es ist doch so, dass das Penicillin im Allgemeinen gut verträglich ist und die Patienten kaum Nebenwirkungen haben ...«

Stein war nun noch irritierter. Das schien wohl eher ein guter Grund für die Behandlung mit dem Penicillin zu sein.

»Aber sind Sie gegen diese Behandlung? Wollen Sie Ihren Patienten schaden?«

»Unsinn. Aber das altbewährte Salvarsan hilft auch und führt den Patienten zudem noch deutlich vor Augen, dass sie sich eine Geschlechtskrankheit zugezogen haben, meistens übrigens im Bordell ...«

»Was heißt das, führt den Patienten vor Augen?«

»Nun ja, Salvarsan, die alte und bewährte Arsenverbindung, wird in die Muskeln oder die Vene gespritzt und der Patient merkt anhand der Schmerzen, dass er ein Medikament bekommt. Die Kranken spüren also die Folgen ihres unmoralischen Verhaltens deutlich. Die Therapie dauert außerdem viel länger, die Kranken werden wiederholt an ihre Fehltritte erinnert. Sie können in dieser Zeit nochmals darüber nachdenken und sind nicht sofort wieder für ein Lotterleben bereit. Wir können dadurch dieser Behandlung sogar eine präventive Bedeutung zusprechen, denn die Betroffenen werden es sich anschließend zweimal überlegen, ob sie ihren alten Lebenswandel weiterführen wollen. Ergo, das Penicillin macht es diesen zügellosen Kreaturen zu einfach! Und es verführt sie dazu, sich weiterhin sexuell völlig wahllos zu gebärden ...«

Stein erschauderte bei diesen Worten. Was für frevelhafte Ansichten aus dem Mund eines Mediziners, der seine Patienten möglichst erfolgreich heilen und nicht mit Nebenwirkungen strafen sollte. Er musste sich sehr zusammenreißen, um mit dem Mediziner keinen Streit über Moral zu beginnen. Er war hergekommen, um der Lösung eines Falls näher zu kommen.

»Und das entscheiden Sie, ob Sie den Patienten Penicillin verabreichen oder nicht?«

»Nein, gäbe es in der Klinik genügend Penicillin, hätte ich keine Chance, meinen Prinzipien treu zu bleiben, dann würde man mich dazu zwingen! Aber wir haben viel zu wenig. Zum Glück, kann ich da nur sagen. Mein Kollege Dr. Behrendt, der die Männerstation unter sich hat, bekommt Penicillin von den Amerikanern für seine speziellen Patienten, weil sie es da drüben längst in ausreichender Menge produzieren. Ich muss es gegen meine Überzeugung auch meinen Patientinnen verabreichen, wenn sie gegen das Salvarsan aufbegehren und wenn gerade Penicillin vorhanden ist!«

»Und was ist mit den Kranken auf der Kinderstation?«, mischte sich Wuttke ein.

»Nichts, bislang war für die Kinder nichts da! Und wissen Sie was, ich hätte es umgekehrt gemacht: Gebt den Kindern Penicillin und lasst die zügellosen Damen und Herren mit dem harten Schanker ruhig ein wenig leiden.« In Hamanns Stimme lag ein missionarischer Unterton.

»Sie haben wohl nicht alle Latten am Zaun!«, fuhr Wuttke den Arzt an. Der maß den Kommissar mit einem abschätzigen Blick, aber Wuttke redete sich in Rage: »Das ist eine Sauerei, dass man den Kindern nichts gibt, auch ich würde sie bei der Zuteilung bevorzugen, aber dass Sie als Arzt lieber ein Mittel verabreichen wollen, das bei Ihren Patienten Nebenwirkungen verursacht, macht mich wütend!«

Stein konnte Wuttkes Zorn nur allzu gut verstehen. Ihn provozierte es auch, wie sich der Venerologe zur strafenden Instanz aufschwang, aber er war ebenso erschüttert über die Tatsache, dass das Penicillin in Berlin knapp war. Und zwar so knapp, dass man die an Syphilis erkrankten Patienten den Kindern mit Infekten vorzog.

»Und wo befindet sich das Penicillin? Auf der Station von Dr. Behrendt?«, fragte er möglichst unverfänglich.

»Es gibt einen verschlossenen Schrank im Büro von Dr. de Vries. Soweit ich weiß, hat nur er einen Schlüssel.«

Dann war womöglich de Vries dieser »Er« aus dem Brief der Unbekannten. Der Mann, der über das Penicillin verfügte. Aber wer war die Frau?, schoss es Stein durch den Kopf.

»Wir würden der Patientin, der Kampmann vor die Füße gefallen ist, jetzt gern einen Besuch abstatten«, sagte Stein mit einem Seitenblick auf Wuttke, dem anzusehen war, dass er immer noch um seine Fassung rang.

»Gut, dann folgen Sie mir bitte, aber nur einer von Ihnen.« Er nickte Stein aufmunternd zu. »Sie warten hier!« Der Arzt zeigte mit dem Finger auf Wuttke.

»Wir sehen uns unten, Stein. Ich gehe mal eben Luft schnappen. Mir ist gerade übel. Ich warte vor dem Büro von de Vries oder draußen auf Sie.«

Leise fluchend verließ Wuttke Hamanns Zimmer. Stein meinte, *widerliche Flitzpiepe* herausgehört zu haben.

34

Stein folgte Dr. Hamann den langen Klinikflur entlang. Als der ohne anzuklopfen eine Tür öffnete, war Stein erstaunt über das saubere helle Krankenzimmer, in dem sich nur zwei Betten befanden. Das war etwas anderes als die üblichen Krankensäle, so wie der, in dem Wuttke gelegen hatte.

Das vordere Bett war leer, aber die Frau am Fenster drehte ihren Besuchern müde den Kopf zu.

»Fräulein Wesner, wie geht es uns heute? Sehen Sie, das ist Kommissar Stein. Er ermittelt im Mord an unserem Kollegen Kampmann. Er würde Sie gern etwas fragen.«

»Bitte, fragen Sie. Es war entsetzlich. Das kann ich Ihnen schon einmal verraten!« Die junge Frau musste einmal sehr schön gewesen sein, inzwischen jedoch befanden sich in ihrem Gesicht rechts und links der Nase rötliche halbmondförmige Knoten, die sie aufgedunsen erscheinen ließen.

Stein missfiel es außerordentlich, dass Hamann neben dem Bett stehen blieb. Der Kommissar dachte nicht daran, die Befragung in seiner Gegenwart durchzuführen. »Herr Dr. Hamann, würden Sie bitte für einen Augenblick das Zimmer verlassen. Ich möchte gern mit Fräulein Wesner unter vier Augen sprechen.«

Hamann schnaubte einmal kurz, aber dann tat er, was Stein verlangte.

Stein wandte sich wieder der Patientin zu, die tapfer zu lächeln versuchte. Sie war seiner Schätzung nach nur knapp über zwanzig.

»Womit werden Sie behandelt, Fräulein Wesner?« Stein wollte eigentlich etwas anderes fragen, nämlich nach der Uhrzeit, zu der Kampmann vom Dach gefallen war, aber die Frage nach dem Penicillin hatte sich ihm nach dem Gespräch mit Hamann gerade schlichtweg aufgedrängt.

»Ich bekomme Penicillin, weil meine Behandlung von den Streitkräften bezahlt wird. Dr. Hamann wollte es mir nicht geben, aber es wurde von oben angeordnet. Wenn das da abgeheilt ist, kann ich sogar wieder zurück!«

Stein schwante, was sie damit meinte, aber er fragte vorsichtshalber nach: »Wohin zurück?«

»Nach Celle oder Faßberg. Ich hoffe, das wird noch eine Zeit lang dauern mit der Luftbrücke«, gestand sie freimütig.

Stein widerstand seinem Impuls, ihr klarzumachen, was sie sich da wünschte. Dass die Bevölkerung nur durch die Luft versorgt wurde, linderte zwar die größte Not, war aber auf Dauer keine Lösung. Da fiel ihm Walters Veronica ein.

»Kennen Sie eine Renate aus Celle? Der Nachname ist mir nicht geläufig …«

Fräulein Wesner deutete auf das freie Bett. »Ich weiß, wen Sie meinen. Sie war auch dort, aber sie ist noch so jung und unerfahren.«

»Jünger als Sie?«

»Nein, sogar ein paar Jahre älter, aber wesentlich unerfahrener. Sie hat sich gleich in den ersten Kunden verliebt, aber sie ist als halbes Kind im Krieg wohl mal vergewaltigt worden und hat erst gemerkt, dass das Schwein den harten Schanker gehabt haben musste, als es fast zu spät war. Nun ist sie in einer anderen Klinik wegen da oben. Sie verstehen?« Sie tippte sich gegen die Stirn.

Stein nickte. Bis eben hatte er nicht viel über die Syphilis gewusst, aber dass sie im Endstadium angeblich das Hirn erweichte, wie es im Volksmund hieß, war bekannt. Abgesehen davon überlegte er, wie er seinem Freund Walter wohl die Meinung sagen sollte, ohne dass ihre Freundschaft daran zerbrach. Er fand es jedenfalls schäbig, das arme Mädchen in eine Privatklinik abzuschieben und sich mit Geld für die Behandlung freizukaufen. Trotzdem hoffte er, dass der Venusfluch seinen Freund gar nicht erst erwischt oder er gleich das rettende Penicillin bekommen hatte. Darauf würde er ihn bei ihrer nächsten Begegnung unbedingt ansprechen müssen, auch wenn Walter sicherlich nicht erpicht darauf wäre, sich vor Stein zu rechtfertigen. Trotzdem, der Kommissar gehörte ganz sicher nicht zu den Menschen, die unangenehme Dinge unter den Teppich kehrten.

»Und kennen Sie eine Patientin, die hier in der Klinik womöglich einen Liebhaber hatte, mit dem sie sich Briefe geschrieben hat? Einen der Ärzte vielleicht?«

Fräulein Wesner dachte nach. »Nein, ich kenne alle Patientinnen, weil wir uns manchmal im Aufenthaltsraum treffen, und nein, die Männer halten keinen Kontakt zu uns. Manche bezahlen die Behandlung aus eigener Tasche, aber Briefe, nein. Und eine Beziehung zu einem der Ärzte. Das kann ich mir nicht vorstellen! Wer lässt sich freiwillig mit einer Frau, die mit dem Venusfluch geschlagen ist, ein? Unvorstellbar!«

»Sagt Ihnen der Name Dr. Kampmann etwas?«

»Ja, leider, das ist doch der Doktor, der mir vor die Füße gefallen ist. Ich meine, viel habe ich nicht von ihm erkennen können, aber ich bin mir ganz sicher, das ist dieser Arzt, der der Frau in Weiß einen Besuch abstatten wollte.«

»Der Frau in Weiß?«

»Das war die Patientin, die ein Einzelzimmer hatte und die keine von uns zu Gesicht bekommen sollte. Sie trug ein wallendes weißes Nachthemd, hat eine Mitpatientin, die sie einmal nachts auf dem Flur gesehen haben will, uns berichtet. Wir haben sie ›Die Frau in Weiß‹ genannt nach diesem Roman, in dem keiner wusste, wer sich hinter der Dame wirklich verbirgt. Kennen Sie den?«

Stein schüttelte den Kopf und forderte die junge Prostituierte ungeduldig auf, fortzufahren.

»Der hat sich jedenfalls einmal fast mit Hamann geprügelt, weil der die Frau besuchen wollte. Also ich habe das nur ganz aus der Ferne gesehen, aber eine Schwester hat es mir brühwarm erzählt, dass Hamann sie regelrecht bewacht hat. Dr. Kampmann durfte jedenfalls nicht ins Zimmer. Nachher kam dann öfter eine Krankenschwester mitten in der Nacht zu ihr, aber immer wenn Hamann nicht da war. Die hat gar nicht auf der Station gearbeitet.«

»Und wissen Sie zufällig ihren Namen? Ich meine, den der Schwester?«

»Nein, das war doch immer nur nachts. Nur wenn ich mal auf die Toilette musste. Ich habe sie ein-, zweimal von Weitem in das Zimmer huschen sehen. Es war ja auch dunkel, weil der Strom nachts abgestellt war. Da gab es nur so eine Notleuchte auf dem Flur. Jedenfalls wurde die Frau dann auch bald entlassen. War wohl nicht so schlimm!«

»Wissen Sie, bis wann diese Frau genau hier in der Klinik war?«

Sie überlegte. »Das ist so schwer, sich zu erinnern, es vergeht ein Tag wie der andere. Warten Sie, ich bin seit Anfang März hier, und das war ganz am Anfang.«

Stein bedankte sich bei Fräulein Wesner und verließ grübelnd das Zimmer. Wer mochte diese Frau gewesen sein? Und warum hatte Hamann Kampmann nicht zu ihr gelassen? Bei der Krankenschwester tippte er auf Schwester Klara, aber wie hing das alles zusammen? Mit Kampmann, Descher und dem Chemiker aus Jena? Dort, wo er sich Aufklärung erhofft hatte, wurde alles nur noch verworrener. Hamanns Stimme schreckte ihn aus seinen Gedanken.

»Und? Hat Sie diese Befragung weitergebracht?«

Stein blickte auf und musterte Hamann durchdringend. »Warum haben Sie mir verschwiegen, dass Sie Dr. Kampmann den Besuch einer Patientin verweigert haben, deren Identität auf der Station geheim gehalten worden ist?«

Für den Bruchteil einer Sekunde wirkte der Venerologe verunsichert, ja geradezu nervös, doch dann lachte er einmal kurz auf. Zu künstlich für Steins Empfinden! »Entschuldigen Sie, Herr Kommissar. Ich hätte Ihnen vielleicht sagen sollen, dass Fräulein Wesners Hirn schon erheblichen Schaden genommen hat. Wir verstecken keine Patientinnen auf der Station!«

Stein hielt dem Blick des Arztes stand und verzog keine Miene. »Dr. Hamann, schämen Sie sich, Ihrer Patienten eine solche Diagnose anzuhängen, nur um deren Aussage unglaubwürdig zu machen. Es gibt eine Zeugin für die Existenz der unbekannten Patientin, eine Krankenschwester, und sobald ich diese befragt habe, komme ich zurück. Darauf können Sie sich verlassen! Sie dürfen sich natürlich auch an dieser Stelle überlegen, ob Sie mir freiwillig die Wahrheit über diese Patientin sagen wollen. Ich bin jederzeit in der Friesenstraße zu erreichen.«

Ohne sich noch einmal umzudrehen, verließ Stein die venerologische Abteilung. Er brannte darauf, Wuttke von der Frau in Weiß zu berichten. Und davon, dass Schwester Klara höchstwahrscheinlich wusste, wer sich hinter der großen Unbekannten verbarg. Auch dass er den Verdacht hegte, dass die Schwester diese Frau in Kampmanns Auftrag aufgesucht hatte, weil er nicht vorgelassen wurde. Leider nur Fragmente, dachte er unbefriedigt, alles nur Fragmente.

35

Wuttke verspürte eine tiefe innere Unruhe, während er draußen vor dem Eingang wartete. Bei der Suche nach einem Taschentuch hatte er einen Zettel gefunden, der vorher nicht in seiner Jackentasche gewesen war. Darauf war eine Adresse gekritzelt. Sanderstraße/Kreuzberg. Wuttke hatte fieberhaft überlegt, wer ihm den unbemerkt in die Jacke gesteckt haben konnte, und eigentlich kam nur Schwester Klara in Betracht. Und zwar in dem Augenblick, als sie ihm so ungewöhnlich nahe gekommen war, eine Geste, die er mit Zuneigung verwechselt hatte. Dabei war es wohl nur Tarnung gewesen, um ihm unbemerkt diese Adresse zuzustecken. Ihre Adresse, wie er vermutete. Und so eitel und verblendet war er nicht, dass er dies für eine private Einladung hielt, sondern eher für einen Hilferuf. Seitdem machte er sich ernsthafte Sorgen um Schwester Klara. Er war fest entschlossen, sie umzustimmen und ihr nahezulegen, ihre Aussage sofort zu machen. Nun konnte und wollte er nicht auf die Befragung warten. Irgendetwas stimmte an ihrem ganzen Auftreten nicht. Wollte sie den Kommissaren mit dem Zettel den versteckten Hinweis geben, dass sie zu jener Adresse kommen sollten, falls sie nicht zum Termin auftauchte? Ahnte sie, dass jemand versuchen würde, sie daran zu hindern?

Als der Kollege endlich auftauchte und ihm in allen Einzelheiten von der Patientin Wesner berichtete, wurde Wuttke so nervös, dass er Stein gar nicht mehr richtig zuhören konnte.

»Stein, warten Sie einen Augenblick. Ich werde jetzt auf der Stelle nach Schwester Klara suchen, und dann entfernen wir uns mit ihr gemeinsam von der Klinik, weil ich das Gefühl habe, sie hat vor jemandem in diesem Haus Angst. Halten Sie mich gern für übergeschnappt, aber ich bin fest davon überzeugt, wir sollten nicht bis fünf Uhr warten. Ich möchte sie sofort vernehmen«, erklärte Wuttke mit Nachdruck.

»Meinetwegen! Holen Sie sie her, und wir überzeugen sie davon, ihre Aussage nicht länger aufzuschieben.«

Wuttke sprintete auf der Stelle los. Die Kinderabteilung befand sich im ersten Stock. Er hatte gerade die Glastür geöffnet, die zu seiner großen Erleichterung nicht abgeschlossen war, als er einen Weißkittel entdeckte, der ihm den Rücken zudrehte.

»Hören Sie, warten Sie bitte, ich suche Schwester Klara.«

Der Arzt fuhr herum. Wuttke stutzte. Der kaufmännische Leiter im weißen Kittel.

»Dr. Schubert! Sie hier?«

»In der Not muss bei uns jeder immer alles können! Aber keine Sorge, ich bin durchaus vom Fach. Wir haben noch keinen Ersatz für Kampmann und viel Arbeit. Da bin ich eingesprungen. Und wen, sagen Sie, suchen Sie, Herr Kommissar?«

»Schwester Klara!«

»Klara?« Er überlegte. »Die hatte Nachschicht, glaube ich. Und wollte mittags nach Hause gehen, obwohl sie nachher schon wieder Schicht hat. Sie ist auf Station im Moment einfach unentbehrlich. Arbeitet bis zum Umfallen, die Gute.«

»Sie sind ganz sicher, dass sie nach Hause gegangen ist?«

Er nickte und wandte sich zum Gehen. »Ich habe andere Sachen zu tun. Muss mich ja auch erst einmal wieder einarbeiten.«

Wuttke bedankte sich und kehrte nachdenklich zum Ausgang zurück. »Sie ist angeblich zu Hause. Behauptet jedenfalls Schubert.«

»Was hat der denn damit zu tun?«, fragte Stein.

»Er hilft dort als Arzt aus, solange sie keinen Ersatz für Kampmann haben.«

»Machen Sie sich keine Sorgen. Sie wird nachher schon rechtzeitig in die Friesenstraße kommen«, bemerkte Stein bemüht aufmunternd. Überzeugend klingt das nicht, dachte Wuttke und steigerte sich immer mehr in die Sorge hinein, Schwester Klara könne sich in Gefahr befinden.

»Hoffen wir das Beste, aber wenn sie nicht auftaucht, stehe ich nachher bei ihr zu Hause auf der Matte.« Er zog den Zettel aus der Tasche und reichte ihn Stein.

»Hat sie Ihnen ihre Adresse gegeben?«

»Gegeben weniger. Heimlich zugesteckt trifft es eher. Und ganz sicher nicht, um sich mit mir ein paar nette Stunden zu machen. Das ist eher eine Aufforderung, dass wir zu ihr nach Hause kommen sollen, wenn sie nicht zur Vernehmung kommt!«

»Wenn Schwester Klara nicht im Präsidium erscheint, fahren wir spätestens morgen bei dieser Adresse vorbei. Einverstanden?«

»Morgen erst? Nee!«

»Wuttke, ich sehe nur, dass Sie gerade dabei sind, sich völlig zu übernehmen. Was haben wir davon, wenn Sie gleich wieder schlappmachen, weil Sie sich nicht richtig auskuriert haben?«

»Sagt der Richtige«, murrte Wuttke. Leider musste er zugeben, dass der Kollege recht hatte. Ihm ging die ganze Sache mächtig auf die Pumpe. Sein Herz klopfte in einem hämmernden Takt, als wolle es ihm davongaloppieren. Das machte ihm Angst. Er überspielte es mit einem zackigen »Und nun werden wir uns den Klinikleiter schnappen!«.

»Wenn das mal so einfach wäre«, lachte Stein. »Aber wenn es Ihre Laune etwas verbessert, lasse ich Ihnen den Vortritt!«

Wuttke rieb sich die Hände. »Ich glaube, das täte mir gerade gut, denn seine Herrenmenschenvisage geht mir langsam dermaßen auf die Nerven, dass ich gern …« Er hob die Faust und tat so, als ob er zuschlagen wollte.

»Sie wollen doch nicht Ihren schwer verdienten Titel als *Held der Friesenstraße* verspielen, bevor man Sie im Präsidium gebührend gefeiert hat, oder?«

»Auf keinen Fall. Ich hoffe auf Graubners feuchten Händedruck, und einen weiteren Präsentkorb nehme ich auch.«

Wuttke versuchte, über seinen eigenen Scherz zu lachen, aber das wollte ihm nicht recht gelingen.

36

De Vries empfing die Kommissare wie erwartet in unfreundlicher Stimmung und teilte ihnen in harschem Ton mit, dass sie es bitte kurz machen mögen, er habe noch andere Sachen zu tun. Und dass sie im Übrigen langsam zur Plage würden.

»Das beruht ganz auf Gegenseitigkeit«, konterte Wuttke. »Und wenn Sie uns nicht so viel Unsinn erzählt hätten, müssten wir Sie dazu gar nicht befragen!«

»Mein lieber Mann, ich lasse mich von Ihnen nicht als Lügner verunglimpfen!«

»Habe ich Lügner gesagt?« Wuttke wandte sich scheinheilig an Stein.

»Nein, das kann ich beschwören. Das Wort ist nicht gefallen. Herr Dr. de Vries, da sollten Sie lieber genau hinhören, was wir sagen. Das würde ich rundweg bestreiten!«

Der Klinikleiter sprang hinter seinem Schreibtisch hervor und verlor zu Wuttkes Belustigung in diesem Augenblick sämtliche Contenance. Mit hochrotem Kopf fuchtelte er mit seinen Händen in der Luft herum und drohte den Kommissaren, sich bei Graubner über sie zu beschweren.

»Tun Sie das!«, unterbrach Wuttke ihn betont ruhig.

»Genau, aber vorher erklären Sie uns bitte, warum Sie uns verschwiegen haben, dass Sie Kampmann von Kindheit an kennen?«, fügte Stein hinzu.

Der Klinikleiter ließ sich zurück in seinen Stuhl fallen und atmete schwer.

»Weil Sie das nichts angeht«, bellte er. »Das ist privat!«

»Privat ist bei einem Mordfall gar nichts«, korrigierte Wuttke ihn süffisant. »Also, warum haben Sie uns verschwiegen, dass sich Ihre Familien gut kennen?«

»Weil es nicht wichtig ist!«

»Das zu beurteilen, überlassen Sie getrost uns. Ich finde das äußerst interessant. Und auch die Frage, warum Sie es inzwischen bereuen, Kampmann aus alter Freundschaft zum Chef der Kinderabteilung gemacht zu haben. Die Stellung haben doch Sie ihm beschafft, oder?«

»Woher wissen Sie das? Das sind betriebliche Interna, die Sie gar nichts angehen!«, schnaubte er.

»Wenn sich daraus ein Motiv ergäbe, warum Sie Kampmann ermordet haben könnten, dann schon!«, belehrte Wuttke ihn.

»Wenn Sie mir je richtig zugehört hätten, würden Sie sich diese Frage selbst beantworten können. Ich kann es nicht dulden, dass sich einer meiner Angestellten mit Pervitin aufputscht, ganz gleich ob unsere Mütter sich schon Jahrzehnte kennen oder nicht!«

Eins zu null für den Klinikleiter, dachte Wuttke. Aber er war fest entschlossen, noch nicht aufzugeben und den Mann weiter zu provozieren, bis er endlich die ehrliche Bereitschaft zeigte, bei der Aufklärung des Mordes an seinem Freund aus Kindertagen zu helfen, und sich nicht weiter gebärdete, als wären die polizeilichen Ermittlungen eine einzige Zumutung für ihn, die unter seiner Würde war. Persönlich lieber wäre ihm zugebenermaßen, wenn de Vries ein reumütiges Geständnis ablegen würde, dass er Kampmann, Lüders und Descher umgebracht hatte.

»Und warum haben Sie uns verheimlicht, dass Sie auch Descher näher kannten?«, kam ihm Stein mit einer für den Klinikleiter überraschenden Frage zuvor.

»Wer behauptet das?«

»Ist Deschers Apotheke Ihr Lieferant? Ja oder nein?«

»Ach, das meinen Sie. Ja, mein Cousin arbeitet wohl ab und an mit denen zusammen.«

»Und warum haben Sie uns das nicht gesagt?«

De Vries zuckte die Schultern. »Entschuldigen Sie, wie unsere internen Zuständigkeiten sind, das geht Sie gar nichts an. Ich würde Ihnen auch nicht verraten, was wir für Medikamente in unserem Haus verabreichen.«

»Sollten Sie aber. Wo ist übrigens Ihr Penicillinschrank?« Volltreffer, dachte Wuttke.

Der Klinikleiter war plötzlich aschfahl im Gesicht. »Was wollen Sie damit?«

»Ich möchte die Bestände sehen. Sie sollen sie angeblich hier aufbewahren und dann an die Berechtigten verteilen!«, insistierte Stein.

»Das dürfen Sie nicht! Es gibt keinen Grund, warum ich Ihnen unsere Medikamente zeige. Ist Kampmann mit Penicillin umgebracht worden? Nein!«

»Nein, aber es wurde ein Brief bei Kampmann gefunden, in dem eine unbekannte Frau verzweifelt an ihn schreibt.« Stein holte das Schreiben aus der Tasche und las die Zeilen laut vor. »*Wenn er das erfährt, bringt er Dich um oder mich oder uns beide. Aber er muss es doch erfahren, weil ich sonst daran sterben könnte. Ich werde Dich nicht verraten, aber ich brauche das Penicillin, und das bekomme ich nur von ihm, es sei denn, Du kommst irgendwie auf andere Weise dran. Für immer Deine verzweifelte M. ...*«

»Und was habe ich damit zu tun?«, fragte der Klinikleiter mit vor Erregung überkippender Stimme.

Wuttke fiel eine Erwiderung ein, die mit Sicherheit dazu geeignet war, den Kerl endgültig zu provozieren, die ihm jedoch auf keinen Fall über die Lippen kommen durfte. So ohne jeglichen Beweis! Während er sich noch gut zuredete, es zu unterlassen, hörte er sich bereits in scharfem Ton sagen: »Vielleicht sind ja Sie gemeint und Ihre Frau bittet in diesem Brief Kampmann um Hilfe, weil sie das Mittel nicht von Ihnen bekommen kann. Dann müsste Sie Ihnen nämlich beichten, dass sie sich den Venusfluch eingefangen hat. Und zwar nicht beim Gatten!«

Wuttke bemerkte an Steins warnendem Blick, dass es nun an der Zeit war, aufzuhören, weil der Klinikleiter bereits hektisch nach Luft schnappte wie ein Fisch auf dem Trockenen, aber Wuttke machte unbeirrt weiter: »Wie heißt Ihre Frau eigentlich mit Vornamen, Herr Dr. de Vries? Martha, Marie, Margarete?«

»Karin, Sie Idiot! Und jetzt raus. Sofort! Sonst vergesse ich mich!«

»Gut, wir gehen schon, aber wir kommen wieder«, sagte Stein in eiskaltem Ton, während er Wuttke sanft vor sich her zur Tür schob.

»Das gibt ein Nachspiel. Ich werde mich bei Stumm über Ihren unverschämten Auftritt beschweren! Und dann sind Sie die längste Zeit in diesem Fall tätig gewesen. Kein Wunder, dass Sie den Mörder immer noch nicht haben! Bei Ihren Ermittlungsmethoden!«

Als sie schon bei der Tür waren, drehte sich Wuttke noch einmal um und stürzte auf de Vries hinter seinem Schreibtisch zu.

»Und was wollte Schwester Klara vorhin bei Ihnen? Warum kam sie völlig verstört aus Ihrem Büro? Womit haben Sie ihr gedroht?«, brüllte Wuttke.

»Tun Sie was, Mann«, rief de Vries Stein zu. »Ihr Kollege ist ja völlig außer Kontrolle. Wenn der mich angreift, war er die längste Zeit Polizist!«

»Ich lasse mir doch nicht von dir drohen, du Flitzpiepe!«, stieß Wuttke verächtlich hervor und konnte sich gerade noch beherrschen, dem Mann nicht tatsächlich an den Kragen zu gehen.

In dem Moment drängte sich Stein zwischen ihn und den Klinikleiter. »Beantworten Sie uns jetzt endlich diese Frage. Was wollte die Krankenschwester von Ihnen?«

»Sie wollte Urlaub! Jetzt, wo wir jede Hand auf der Kinderstation brauchen! Da wollte sie ein paar Tage Urlaub! Unfassbar! Das habe ich natürlich abgelehnt!«

Schwachsinn, dachte Wuttke, trat einen Schritt zurück, drehte sich um und verließ wortlos das Büro des Klinikleiters. Auf dem Flur lehnte er sich gegen die Wand und fluchte leise vor sich hin. Was würde er darum geben, wenn er jetzt eine Pille zur Hand hätte. Dann würde er keinen Gedanken mehr an den Fatzke da drinnen verschwenden, auch nicht an die Frage, wie er derart die Nerven hatte verlieren können ... Und die Angst, dass Schwester Klara etwas zustoßen könnte, würde sich einfach in Luft auflösen.

Eine Hand legte sich auf seine Schulter. »Mensch, Wuttke, Sie gehören ins Bett! Ich fahre Sie jetzt nach Hause, und wenn es Sie beruhigt, bringe ich Sie bei dieser Adresse vorbei, wenn Schwester Klara nicht zur Vernehmung kommt. Morgen sehen wir weiter.«

»Ja, ja ja! Ich bin schließlich nicht so unvernünftig wie Sie, als wir Sie nach Hause gebracht haben. So einen Aufstand erspare ich mir! Aber morgen trete ich pünktlich und in alter Frische zum Dienst an und sage dann mit den Worten eines von mir hochgeschätzten Kollegen: Schluss mit der Bemutterung! Und der Appelfatzke kommt jetzt ungeschoren davon? Was, wenn seine Frau wirklich Kampmanns Geliebte gewesen wäre? Dann ist dieser Kerl in seiner gekränkten Eitelkeit doch zu allem fähig.«

»Ich glaube nicht, dass er sich einen falschen Namen für seine Frau ausgedacht hat. Ansonsten bin ich ganz Ihrer Meinung, dass der Mann etwas zu verbergen hat, aber ein bisschen diplomatischer hätten Sie das ruhig angehen dürfen.«

»Was Sie nicht sagen«, spottete Wuttke und fragte sich, wie man binnen einer Woche Krankenhaus alles verlernen konnte, was man sich in einem halben Jahr mit Mühe angeeignet hatte. Wie man eine Befragung geschickt durchführte und sich dabei nicht wie die Axt im Wald aufführte.

»Und Wuttke, damit Sie sich nicht langweilen, ich gebe Fräulein Lore nachher Arbeit mit nach Hause und dabei können Sie ihr helfen.«

»Sie spannen Fräulein Lore ein? Das sind ja ganz neue Sitten. Vielleicht brauchen Sie mich gar nicht mehr.«

»Kann sogar sein, dass sie diesen Auftrag besser erledigt, als Sie das jemals könnten!«

»Stein, das kommt überhaupt nicht infrage. Das übernehme ich natürlich!«

»Kein Problem. Ich schicke Fräulein Lore heute früher heim und sie gibt die Liebesbriefe der Unbekannten an Kampmann dann bei Ihnen ab! Dann können Sie die in Ruhe durchstöbern.«

Wuttke tippte sich gegen die Stirn. »Ich soll Liebesbriefe durchstöbern?«, fragte er empört, aber an Steins erfolglosem Versuch, weiter ernst zu bleiben, erkannte er, dass der Kollege ihn gerade auf den Arm nahm. Na warte, dachte er leicht verärgert, und wie ich die Briefe überprüfen werde, und wenn ich auf etwas Wichtiges stoße, vergeht Ihnen das Lachen! Sosehr Wuttke sich auch über das Wiedersehen mit Stein gefreut hatte, der Duke war immer noch der Alte: loyal, aufrichtig und ... total von sich eingenommen.

37

Auf Wuttkes Schreibtisch stand tatsächlich ein neuer Präsentkorb, der aber, wie Stein feststellte, neben den offenbar aus einem Carepaket stammenden Dosen mit Thunfisch und Kaffee kaum mehr als eine Flasche Schnaps enthielt. In der Mitte steckte eine Willkommenskarte von Graubner, die Stein ein Grinsen entlockte, wenn er daran dachte, was Graubner wohl ausgerechnet an diesem Tag an Beschwerden über Wuttke erwartete. Stein hatte den Gedanken noch nicht zu Ende geführt, als es klopfte und der aufgebrachte Kriminalrat in seinem Büro stand.

»Ist Wuttke nicht da?«

»Nein, ich habe Kommissar Wuttke gegen seinen erklärten Widerstand in seine Wohnung gebracht. Statt sich noch einen Tag zu erholen, hat er sich sofort überfordert.«

»So kann man das auch nennen! Er soll sich Dr. de Vries gegenüber impertinent verhalten haben. Und ich muss das ausbaden!«

»Der Kollege Wuttke ist, wenn überhaupt, kurz aus der Haut gefahren, weil de Vries uns unmöglich behandelt hat. Also zu Recht!«

»Ach so, ich verstehe. Er hat ihn also nicht Flitzpiepe genannt?«

»Kann ich mich nicht dran erinnern. Ich denke, Sie sollten dem kein allzu großes Gewicht beimessen. De Vries ist – unter uns gesprochen – ein Kotzbrocken, dem jeglicher Respekt vor der Polizei fehlt. Außerdem sollten Sie den *Helden der Friesenstraße* …«, Stein deutete amüsiert auf den Präsentkorb, »… nicht gleich wieder zum Buhmann degradieren. Der Kollege Wuttke hat jetzt jede Menge Freunde da draußen.«

Graubner schien mit sich zu kämpfen. »Richtig, das darf man nicht unterschätzen, aber de Vries denkt eben, ich müsse ihm bis in alle Ewigkeit dankbar sein«, murmelte er.

»Warum sind Sie ihm zu Dank verpflichtet, wenn ich mal fragen darf?«, erkundigte sich Stein arglos, denn dass der Kriminalrat den Klinikleiter kannte, war ihm neu.

»Dürfen Sie! Unsere Tochter hatte letztes Jahr eine schwere Lungenentzündung. Unser Hausarzt hatte sie bereits aufgegeben, aber den Rat gegeben, uns an die Werner-de-Vries-Klinik zu wenden. Und dort wurde unser Mädchen geheilt. Natürlich werde ich ihm ewig dankbar sein!«

Stein horchte auf. In ihm kam ein vager Verdacht auf. »Wissen Sie, warum man Ihre Tochter in der Klinik retten konnte?«

»Das ist so eine Sache«, erwiderte Graubner zögernd. »Wir haben eine Verschwiegenheitserklärung unterschreiben müssen.«

»Herr Kriminalrat, ich frage das nicht aus persönlicher Neugier, sondern weil es für unseren Fall relevant sein könnte. Womit haben die Ärzte Ihre Tochter behandelt?«

»Ich, ich, möchte ungern … wissen Sie, ich habe denen das Leben meiner Tochter zu verdanken.«

»Hat Kampmann sie behandelt?«

»Nein, der Name sagt mir nichts, außer dass er das erste Opfer unseres Mörders war. Das war ein gewisser Dr. Schneider, der aber kurz darauf starb. Das habe ich aber auch nur gehört.«

»Haben die ihr vielleicht Penicillin verabreicht?«

Graubner nickte gequält. »Man hat es uns nicht explizit gesagt, aber was soll es sonst gewesen sein?«

Stein hatte dem Kriminalrat zuvor noch nie große Emotionen entgegengebracht, schon gar keine positiven, aber in diesem Moment tat er ihm fast ein wenig leid.

»Es war ein gutes Geschäft für die Klinik. Sie haben es sich einiges kosten lassen, der Kleinen das Leben zu retten, aber wir haben es gern bezahlt. Für das Leben unserer Tochter hätten wir alles getan.«

»Herr Kriminalrat, von mir erfährt keiner, dass Sie es mir gesagt oder vielmehr meine Vermutung bestätigt haben, womit man Ihre Tochter behandelt hat. Ich möchte Sie nur um eins bitten: Lassen Sie Wuttke und mich in dieser Sache frei ermitteln. Was de Vries auch immer über unsere Arbeit behauptet und wie oft er sich noch beschwert. Und glauben Sie mir, es könnte durchaus sein, dass er tiefer in den Mordfall verwickelt ist, als Sie es gern hätten … Sobald wir nähere Erkenntnisse und vor allem Beweise haben, teilen wir sie Ihnen mit. Aber bitte schützen Sie uns vor diesem Mann, der unsere Ermittlungen behindern will!«

Der Kriminalrat war angesichts Steins beschwörender Worte regelrecht in sich zusammengefallen.

»Ich unterstütze Sie, wo und wie ich kann, und werde mich nicht von de Vries' sehr nachdrücklichen Appellen an meine Dankbarkeit beeinflussen lassen.« Graubner beugte sich nun vertraulich zu Stein herüber. »Man merkt einfach, dass Sie nicht wie die meisten hier als junger Bursche ›Heil, Hitler!‹ gebrüllt haben und dem Führer in den totalen Krieg gefolgt sind. So wie ich auch nicht. Wir sind ein anderer Schlag.«

Vom Kopf her wusste Stein, dass dies bestimmt nicht der richtige Moment war, den Kriminalrat über den Unterschied ihrer beider Lebenswege aufzuklären, aber da sagte er bereits: »Herr Kriminalrat, es ist nicht unser Verdienst, dass uns eine Jugend in Nazideutschland und die Wehrmacht erspart geblieben sind. Unsere Väter haben einfach ihre Entscheidungen getroffen, die uns jedenfalls in diesem Punkt zugutegekommen sind. Allerdings haben sie es auf sehr unterschiedliche Weise getan: Mein Vater war in Berlin in großer Gefahr und hat sich für den Kampf gegen Hitler-Deutschland entschieden, während Ihre Familie für den Handel mit Eisenerz an die Deutschen im großen Stil verantwortlich war, und das vom sicheren Schweden aus! Und dass man aus Eisenerz kein Brot backt, ist bekannt!«

Stein war selbst erstaunt, wie entschieden er Graubner gegenüber soeben für die guten Absichten seines Vaters eingetreten war und dabei seinen persönlichen Schmerz über den in seinem Leben fehlenden Vater nicht hatte durchblicken lassen. Natürlich bewunderte er den Mut, den Hermann Stein aufgebracht hatte, und umso mehr traf es ihn, dass er zu einem Menschen geworden war, mit dem man nicht offen reden konnte, weil er sich kritiklos, aber mit Sicherheit in bester Absicht, einem anderen totalitären System untergeordnet hatte.

Graubner wirkte um Jahre gealtert, wie Stein ungerührt feststellen musste, aber ihm tat es gut, diese Fraternisierungsversuche unterbunden zu haben. Trotzdem hatte er nicht die Absicht verfolgt, ihn vollkommen zu demoralisieren.

»Herr Kriminalrat, entschuldigen Sie, aber das musste mal gesagt werden. Das ist in meinen Augen ein eklatanter Unterschied!«

»Das stimmt«, murmelte Graubner sichtlich betroffen.

»Sie haben mein Wort, Herr Kriminalrat. Ich habe das Ihre. Und wenn uns de Vries nicht länger über den Appell an Ihre Dankbarkeit dazwischenfunken kann, werden wir diesen verdammten Fall auch aufklären.«

Das fahle Gesicht des Kriminalrats bekam bei Steins Worten wieder eine leicht rosige Tönung.

»Dann grüßen Sie mir Wuttke, wenn er morgen kommt. Und ich werde mich hinter Wuttke und Sie stellen, selbst auf die Gefahr hin, dass de Vries sich daraufhin bei Stumm beschwert. Bei dem wird er auf Granit beißen, weil der Kommissar Wuttke dermaßen dankbar ist für die guten Berichte über die Friesenstraße in den Zeitungen. Die Genossen da drüben werden sich die Krätze an den Hals ärgern.«

»Davon bin ich überzeugt. Mein ...« Stein stockte. In ihm arbeitete es fieberhaft. Er wollte Graubner nicht unbedingt mit der Nase darauf stoßen, wer sein Vater war, aber es war seine Chance, ein für ihn sicheres Treffen mit dem Alten im Osten zu organisieren.

Stein holte tief Luft, bevor er den Vorgesetzten in seinen Plan einweihte. »Ich brauche vier zuverlässige Leute in Zivil, um mich in der sowjetischen Zone mit dem Ermittler in der Keibelstraße zu treffen, der für den Fall des ermordeten Chemikers aus Jena am Potsdamer Platz zuständig ist. Ich muss wissen, was da passiert ist. Im Gegenzug werde ich ihm von dem Mord an Descher berichten. Allein möchte ich ungern rübergehen ...«

Graubner sah Stein fassungslos an. »In die Keibelstraße? Sind Sie von allen guten Geistern verlassen?«

»Ich darf davon ausgehen, dass mir nichts geschieht, denn der Ermittler ist mein Vater.«

»Und wer ist das?«

»Hermann Stein.«

Graubner fasste sich an den Kopf.

»Ach, du lieber Schreck, dieser berüchtigte Zweihundertprozentige ist Ihr Vater? Dass ich nicht gleich darauf gekommen bin. Verzeihen Sie.«

»Genau der! Ich bin 46 direkt vom Yard aus London in die Abteilung meines Vaters gekommen und habe mich 48 anlässlich der Spaltung in Polizei Ost und West entschieden, zur Stumm-Polizei zu gehen. Für ihn ein unverzeihlicher Verrat. Steht übrigens bestimmt alles in meiner Akte.«

»Ertappt! Ich lese selten Personalakten. Wusste nur, dass Sie als Sohn eines deutschen Emigranten beim Yard ausgebildet worden sind und da hatten Sie bei mir schon per se einen …«, er lachte kurz auf, »… Stein im Brett. Nun gut, vier Männer brauchen Sie? Bekommen Sie! Und wenn Sie sonst noch Wünsche haben, sagen Sie es nur freiheraus.«

»Mache ich.«

Stein hoffte, dass Graubner ihn nun wieder in Ruhe arbeiten ließ, aber der Kriminalrat blieb stehen, als hätte er noch etwas auf dem Herzen.

»Auch wenn das wie eine peinliche Rechtfertigung klingt, aber ich hatte oft Streit mit meinem Vater wegen seiner Geschäfte und der Beziehungen zur Wehrmacht. Dreimal dürfen Sie raten, warum ich seine Firma nicht übernommen habe, sondern mein jüngerer Bruder.«

Stein konnte nicht behaupten, dass er den Kriminalrat durch ihr Gespräch ins Herz geschlossen hatte, aber er glaubte ihm und hatte das Vertrauen, dass Graubner ihnen nicht in den Rücken fallen würde. Und das war keine Selbstverständlichkeit in der Friesenstraße, wenn er da an Graubners Vorgänger Krüger dachte, der die Ermittlungen nicht nur behindert, sondern versucht hatte, sie zu unterbinden, und zwar mit allen Mitteln, nur um zu vertuschen, was sein sauberer Schwager im Dienst der menschenverachtenden Nazis für Verbrechen an seinen Patienten begangen hatte.

Stein schüttelte es allein bei dem Gedanken an diese alte Geschichte, die ihn an seine persönlichen Grenzen gebracht hatte. »Ich melde mich, sobald ich es geschafft habe, mich mit meinem Vater zu verabreden«, versprach Stein.

Graubner, in den ganz offenbar wieder etwas Leben zurückgekehrt war, verließ das Büro mit den Worten: »Ich bin froh, dass Sie für mich arbeiten ...« Er legte eine kleine Pause ein. »Ich meine natürlich, Sie beide. Wuttke und Sie!«

Stein atmete tief durch, nachdem die Tür hinter Graubner ins Schloss gefallen war. Er hatte gerade die Akte Kampmann geöffnet, um noch einmal alle Protokolle und Unterlagen gegenzulesen, als sein Telefon klingelte.

Zu seinem großen Erstaunen war es sein alter Kumpel Percy Williams, der sich mit ihm zu einem Bier verabreden wollte. Und zwar sofort und um die Ecke in der *Destille*. Stein warf einen Blick auf seine Armbanduhr. Er hatte eigentlich keine Lust, weil er lieber mit Wuttke über den Fall reden mochte, aber er wollte nicht unhöflich sein. Und außerdem würde es ihm sicher guttun, mal auszugehen, denn sein Leben spielte sich ausschließlich zwischen Friesenstraße, den diversen Tatorten und der Kantstraße ab. Da fiel ihm sein Versprechen gegenüber Wuttke ein. Die Krankenschwester war nicht erschienen: Nicht um fünf Uhr, nicht bis sechs Uhr nachmittags, und auch jetzt gab es keine Spur von ihr, keinen Anruf, keine Entschuldigung. Nichts.

Stein erklärte Percy, dass er noch eine Vernehmung zu erledigen hatte und danach zur *Destille* kommen würde. Aber nur auf ein Bier. Dass er es so kurz machen wollte, lag nicht nur an seinem Wunsch, Wuttke schnellstmöglich über den Stand der Dinge zu informieren, sondern auch an der Tatsache, dass Percy nicht unbedingt zu seinen engsten Kollegen gehört hatte. Der Mann war immer schon eine Art Außenseiter im Yard gewesen. Wenn er da nur an den leichtsinnigen Alleingang dachte, den Percy einmal in einem Mordfall unternommen hatte und der um ein Haar übel ausgegangen wäre. Der Mörder war gewarnt gewesen und beinahe ins Ausland entkommen.

Stein hoffte, er würde die Krankenschwester in Kürze unversehrt antreffen und sie ausführlich vernehmen können.

38

Die Adresse auf dem Zettel, den Schwester Klara Wuttke zugesteckt hatte, führte Stein zu einer Mietskaserne, von der nur noch das Hinterhaus stand. Im Hof spielten barfüßige Kinder mit undefinierbarem Metallschrott und eine Gruppe von Frauen war mit Wäsche beschäftigt.

Erst als er vor der Haustür stand und sich fragte, in welcher Etage sie wohl wohnte, fiel ihm ein, dass er ihren Nachnamen vergessen hatte. Bei der Vernehmung im Präsidium hatte sie ihn zwar angegeben, aber er wollte ihm partout nicht einfallen. Eine jüngere Frau, die zusammen mit anderen in den Schuttbergen Wäscheleinen aufspannte und Zuber mit Schmutzwäsche füllte, löste sich von dem Pulk und kam auf ihn zu. Sie trug ein geblümtes Kleid. Ihre adrette Erscheinung stand in starkem Kontrast zu dem ärmlichen Umfeld.

»Kann ich Ihnen helfen?«, bot sie freundlich ihre Hilfe an.

»Das hoffe ich, denn ich suche eine junge Frau, deren Nachnamen mir entfallen ist …«

Die Nachbarin musterte ihn skeptisch. »Was wollen Sie von ihr?«

»Ich kenne sie von der Arbeit«, schwindelte er. Es musste sich nicht gleich im Haus herumsprechen, dass er von der Polizei war.

»Und wie heißt sie mit Vornamen?«

»Ich kenne sie nur als Schwester Klara und …« Weiter kam er nicht, weil die Nachbarin ihm ein warmes Lächeln schenkte. »Ach, dann sind Sie der nette Doktor mit dem großen Herz …« Sie schlug sich erschrocken die Hand vor den Mund. »Entschuldigen Sie, das ist mir nur so rausgerutscht. Ich sollte nicht darüber reden. Klara wohnt in der zweiten Etage rechts, aber ich glaube nicht, dass sie zu Hause ist. Jetzt, wo die Kinder weg sind, arbeitet sie Tag und Nacht.«

»Wo sind denn ihre Kinder?«, fragte Stein vorsichtig.

»Die sind letzte Woche bei der ›Aktion Storch‹ zusammen mit meiner Ältesten aus der Stadt gebracht worden.« Offenbar erkannte die junge Frau an Steins fragender Miene, dass ihm der Begriff nicht geläufig war. »Die Rosinenbomber haben Kinder aus Berlin in den Westen gebracht, wo sie bei Gastfamilien aufgepäppelt werden«, fügte sie hinzu und himmelte ihn an, als hätte er etwas Großartiges vollbracht. »Für unsere Mädchen war das die Rettung in letzter Sekunde. Diese schlimmen Lungenentzündungen, die sie nur dank ...« Wieder unterbrach sie sich hastig. »Ich bin jedenfalls froh, dass ich dem Wohltäter wenigstens einmal persönlich begegnen durfte ...« Sie zwinkerte ihm verschwörerisch zu und verschwand wieder im Kreis der anderen Frauen.

Stein fragte sich, für wen sie ihn wohl hielt. Offenbar für einen Wohltäter aus der Klinik, über dessen gute Taten sie aber nicht sprechen durfte.

Er überlegte, ob er sich ihr gegenüber doch als Polizist zu erkennen geben sollte, um ihr ein paar Fragen stellen zu können, aber erst einmal stieg er die Stufen empor. *Wegner* stand auf dem Schild. Er klingelte, aber es rührte sich nichts, auch nicht, als er es erneut versuchte. Alles blieb still, bis hinter ihm eine Tür aufging.

»Die Wegner is uffe Arbeit!«, tönte eine Männerstimme. Stein fuhr herum. In der Tür stand ein älterer Kriegsversehrter, dem ein Bein fehlte.

»Und sonst ist keiner da?«

»Nee!« Und schon hatte der Nachbar die Tür wieder zugeworfen.

Vielleicht war sie bereits wieder in der Klinik zum Nachtdienst oder sie war verabredet. Er befürchtete nur, dass Wuttke das nicht ganz so gelassen nehmen würde, wenn er erfuhr, dass er Klara Wegner nicht in der Sanderstraße angetroffen hatte. Er machte sich offenbar große Sorgen um die Frau. Vielleicht nicht ganz zu Unrecht, wie Stein vermutete. Keine Frage, dem Kollegen hatte es diese Frau, die seiner ehemaligen Geliebten entfernt ähnlich sah, sichtlich angetan. Dafür hatte Stein als Mann vollstes Verständnis, war es ihm doch bei Marianne – zum ersten Mal seit er sie von Kugeln durchsiebt aufgefunden hatte, konnte er sie wieder bei ihrem Namen nennen – ähnlich gegangen. Nur ihrer Ähnlichkeit zu Mary war es zuzuschreiben, dass sich für einen winzigen Augenblick sein Verstand ausgeschaltet hatte und er, der Mann mit den hehren Prinzipien, seinem Trieb gefolgt war. Nichtsdestotrotz würde er gleich morgen früh zwei Schupos losschicken, die ihm die Krankenschwester zur Vernehmung in die Friesenstraße brachten. Er stutzte. Und wenn de Vries die Wahrheit gesagt hatte und sie tatsächlich Urlaub eingereicht hatte, um zu ihren Kindern zu fahren, dachte er, um den Gedanken sofort wieder zu verwerfen. Nein, das wäre zurzeit gar nicht möglich. Es fuhren keine Personenzüge gen Westen. Diese Verbindung war angeblich wegen Bauarbeiten seit dem Beginn der Blockade unterbrochen. Und überhaupt, wer nahm sich in diesen Zeiten Urlaub? Nein, das war mehr als unglaubwürdig. Es musste um etwas anderes gegangen sein, und da er es von de Vries nicht erfahren würde, war es umso dringlicher, Schwester Klara erneut zu vernehmen. Sie war der Dreh- und Angelpunkt. Dessen war sich Stein sicher. Sie verband nicht nur ein Geheimnis mit Descher, sondern sie war offenbar auch eine enge Vertraute von Kampmann gewesen. Wenn die Krankenschwester auspackte, würden sie hoffentlich endlich aus diesem Labyrinth aus vagen Vermutungen und Verdächtigungen zur Wahrheit vorstoßen. Nur die lieferte ihnen eine verwertbare Spur zum Mörder.

Nachdenklich verließ Stein das Haus und entschied sich, der Frau, die ihn eben angesprochen hatte, ein paar Fragen zu stellen. Und zwar als Kommissar. Aller Augen waren auf ihn gerichtet. Die Frauen hatten einen Halbkreis um den Zuber gebildet und starrten ihn an. Aber nicht nur die Frau, mit der er gesprochen hatte, musterte ihn mit verklärtem Blick wie einen Heilsbringer, sondern auch die übrigen Frauen. Es war ihm schon fast unheimlich. Er trat entschlossen auf den verschworenen Frauenzirkel zu.

»Entschuldigen Sie, könnten Sie mir bitte Ihren Namen nennen?«, bat er die hilfsbereite Frau.

»Heller, Trude Heller.«

»Frau Heller, wann haben Sie Frau Wegner das letzte Mal gesehen?«

»Gestern Abend, als sie zum Nachtdienst gegangen ist, da haben wir uns im Treppenhaus getroffen. Sie wollte bis übermorgen im Krankenhaus bleiben und dort schlafen, hat sie mir erzählt, weil sie heute schon wieder Nachtdienst hat.«

Noch war Frau Heller freundlich und bemüht, ihm Rede und Antwort zu stehen, aber das, so befürchtete Stein, würde sich gleich ändern.

»Wo ist denn ihr Ehemann?«

Offenbar hatte die Frau Verdacht geschöpft, dass er nicht der nette Herr war, für den sie ihn gehalten hatte, denn ihre Miene hatte sich verfinstert.

»In Russland vermisst.«

Stein tat es sehr leid, dass er sich zu erkennen geben musste, aber das duldete keinen Aufschub mehr.

»Und mit wem haben Sie mich da eben verwechselt, Frau Heller?«

Einen Augenblick herrschte eisiges Schweigen. Auch die Mienen der anderen Frauen versteinerten eine nach der anderen.

Frau Heller wich alle Farbe aus dem Gesicht.

»Ich verstehe nicht.«

Wortlos holte Stein seine Dienstmarke hervor und hielt sie Frau Heller hin.

Ihre Zugewandtheit schlug in Hass um. »Der Mann ist ein Polyp! Er will Klara verhaften!«, stieß sie mit Todesverachtung hervor. Kaum hatte sie das ausgesprochen, stoben die Frauen fluchtartig in alle Richtungen davon. Und auch Frau Heller drehte sich auf dem Absatz um und eilte ins Haus.

Nur die Kinder waren stehen geblieben, hatten ihr Spiel unterbrochen und starrten Stein neugierig an, bis Frau Heller oben aus einem der Fenster brüllte: »Nicht mit dem Mann sprechen! Kommt sofort rauf!«

Daraufhin rannten auch die Kinder weg, und Stein blieb allein zurück in dem trostlosen Hinterhof. Er war in der Regel schwer aus der Fassung zu bringen, aber das war alles so surreal, als würde ein Film ablaufen, in dem er bloß eine Statistenrolle spielte. Er atmete ein paarmal tief durch, bevor er an den Trümmern des Vorderhauses vorbei zur Straße ging. Eigentlich brannte er darauf, nachdem er den Wagen zurück in die Friesenstraße gebracht hatte, direkt in die Kantstraße zu radeln, um Wuttke von der merkwürdigen Begegnung zu berichten, aber Percy in der *Destille* einfach so sitzen zu lassen, war auch nicht die feine Art. Nur ein Bier, ein kleines Bier.

39

Auch wenn Wuttke es niemals zugeben würde, Steins autoritäre Maßnahme, ihn in die Kantstraße zu bringen, hatte auch ihr Gutes gehabt. Sein Herz raste nicht mehr, sondern schlug kräftig und gleichmäßig. Nach einer halben Stunde Schlaf hatte er sich wie neugeboren gefühlt. Er bereute seinen Ausbruch bei de Vries. Nicht weil er glaubte, etwas Falsches gesagt zu haben, sondern weil er befürchtete, damit die Gunst Graubners wieder verspielt zu haben. Eigentlich war es auch ganz angenehm gewesen, der Held zu sein, dachte er jetzt, da er glaubte, dass es mit dem Ruhm schon wieder vorüber war. Doch dann überwog die Sorge um Schwester Klara, und er zerbrach sich den Kopf darüber, vor wem sie solche Angst haben könnte.

Um seine Nervosität in den Griff zu bekommen, schrieb er alles auf, was ihm zu dem Fall einfiel, als es an der Tür klingelte. Es war eine Nachbarin, die einzige im ganzen Haus, die ein Telefon hatte.

»Ein Anruf für Fräulein Lore«, keuchte sie. Offenbar war sie die Treppen vom Erdgeschoss nach oben gerannt.

»Fräulein Lore ist noch nicht von der Arbeit zurück«, erklärte er bedauernd.

»Ihre Tante sagt, es sei dringend. Könnten Sie vielleicht mitkommen und die Nachricht entgegennehmen?«

Das passte Wuttke gar nicht, da er einen zerschlissenen Bademantel trug, den Lores Mutter ihm geschenkt hatte. Keiner wusste, wem er einmal gehört hatte, aber er war äußerst praktisch, wenn man mitten in der Nacht auf das kalte Etagenklo gehen musste. Aber damit bei Tag durch das ganze Haus laufen?

»Was ist nun? Nehmen Sie den Anruf an?«

»Ich komme mit«, knurrte er und folgte der Nachbarin ins Erdgeschoss. Die Tür war nur angelehnt, und als sie die Wohnung betraten, kam ihm ein Dunst von gekochten Steckrüben entgegen. Er atmete flach und zum Glück war das Telefon auf dem Flur. Trotzdem verstand er sein eigenes Wort kaum, weil in dieser Wohnung offenbar eine ganze Kompanie an Untermietern hauste. Die Wohnung war nicht größer als Frau Krauses, aber hier war jedes Zimmer offenbar doppelt und dreifach belegt, und keiner nahm Rücksicht auf das Telefon, bis er laut brüllte: »Ruhe, Polizei!«

Tatsächlich, alles verstummte, und die Männer verschwanden hinter den Zimmertüren. Trotzdem verstand er die Tante aus Jena nur sehr schlecht, denn auch sie war offensichtlich nicht allein im Raum, sondern schien auf einer Feier zu sein.

»Hier ist der Untermieter Ihrer Schwester, Kommissar Wuttke, was kann ich Ihrer Nichte ausrichten?«

Sosehr er sich auch bemühte, es war kaum etwas von dem zu verstehen, was sie erwiderte. Es waren nur Wortfetzen, die bei ihm ankamen. Das Einzige, was er jedes Mal herauszuhören glaubte, war »Cillin«, aber darauf konnte er sich keinen Reim machen. Schließlich legte die Tante entnervt auf, weil er immer nur laut in den Hörer rief: »Ich verstehe Sie nicht!«

Von dieser Ausbeute ihrer Recherchebemühungen würde Fräulein Lore sicher nicht begeistert sein. Was sie alles anstellte, um Stein zu imponieren, war beeindruckend, stellte Wuttke fest. Dabei war sie wirklich ein hübsches Ding, die sich, seit er sie kannte, zu ihrem Vorteil verändert hatte. Die ländlichen Pausbäckchen waren verschwunden und ihr Gesicht hatte ovale Konturen bekommen. Wenn sie ihr geblümtes Kleid und ihre roten Schuhe trug, sah sie regelrecht verführerisch aus, fand Wuttke, und er konnte verstehen, warum die Kollegen um sie herumscharwenzelten, so wie Martens oder Schulz junior. Aber sie war wohl auf Stein fixiert, was der nicht einmal zu bemerken schien. Davon einmal abgesehen, Wuttke würde sich auf keinen Fall mit einer Mitarbeiterin einlassen. Außerdem waren Stein, sie und er eine perfekte Mannschaft, deren Zusammenhalt er niemals durch persönliche Befindlichkeiten schwächen würde. Weil sie drei so gut zusammenarbeiteten, hatte er auch immer noch keine Anstalten gemacht, bei Hermine Dankert ein gutes Wort einzulegen, um für die ehrgeizige junge Frau eine Ausbildungsstelle bei der Weiblichen Kriminalpolizei zu ergattern.

Als Wuttke wieder in die Wohnung zurückkehrte, war er so erschöpft, dass er sich noch einmal hinlegte. Er wachte schweißgebadet auf, als er eingesperrt in einen dunklen Kellerraum auf dem nackten Boden hockte und sich einnässte. Der Traum war schlimm genug, aber noch schlimmer daran war, dass er nur geträumt hatte, was ihm wirklich passiert war. Nachdem unten im Bordell *Pandora* die schwere Tür hinter ihm zugefallen war, eine Tür, die keinen Griff besaß. Mit Schaudern dachte er daran, wie ihn Lena aus diesem höllischen Verlies gerettet hatte und er ihr so dankbar gewesen war, nicht ahnend, welche Rolle sie bei der ganzen Sache spielte.

Draußen klappte eine Tür. Es dauerte eine Weile, bis sich sein Herzschlag wieder normalisiert hatte. Um Lore nicht in dem fadenscheinigen Bademantel zu begegnen, zog er sich ordentlich an. Dass es die Schreibkraft war, erkannte er daran, dass sie fröhlich den Schlager *Caprifischer* vor sich hin summte.

Als er in die Küche kam, war Lore gerade dabei, die Liebesbriefe an Kampmann auf dem Küchentisch auszubreiten. Offenbar hatte Stein ihr nicht gesagt, dass Wuttke ihr bei dieser Arbeit helfen würde. Der Kollege hatte das wohl nur als Scherz gemeint, Wuttke war allerdings fest entschlossen, in diesem verworrenen Fall endlich voranzukommen, wenn ihn auch vorrangig erst einmal nur eines interessierte: War Klara, wie versprochen, im Präsidium erschienen?

»Ich helfe Ihnen gleich bei der Lektüre der Post an Kampmann. Aber verraten Sie mir erst einmal, ist Schwester Klara heute zur Vernehmung gekommen?«

»Leider nein, Kommissar Stein hatte mich für fünf Uhr ins Büro bestellt, aber wir haben über eine halbe Stunde gewartet. Er hat gesagt, wenn sie noch kommt, lässt er mich rufen, aber ich habe nichts mehr von ihm gehört. Ich musste dann für Martens etwas schreiben und habe gegen sechs Uhr das Präsidium verlassen.« Während sie das sagte, schien ihre gute Laune wie weggeblasen und ihre Stimme bekam einen genervten Unterton. »Der hatte eine Zeugin da, die behauptet, dass sie den Mann beschreiben kann, der ihre Freundin, eines der Mordopfer, am Tag des Mordes abgeholt hat. Sie hätte sich noch gewundert, dass er sie nicht vor der Tür getroffen hat, sondern in der Nebenstraße, aber ihr Fenster hat einen Blick auf die andere Straßenseite dieser Straße.«

»Und warum hat sich die Dame erst jetzt gemeldet?«

»Weil sie bei ihrer kranken Mutter in Pankow war. Aber die Vernehmung hätten wir uns auch sparen können. Es war schon dunkel, und deshalb behauptet sie, der Mann habe schwarzes Haar gehabt, aber das stimmt ja gar nicht ...« Lore hielt erschrocken inne.

»Woher wollen Sie das so genau wissen?«

»Kommissar Wuttke, ich, also, das habe ich nur so dahergesagt, aber da ist etwas ... bitte versprechen Sie mir eines! Sie dürfen Kommissar Stein nichts davon erzählen.« Fräulein Lore wirkte nun gar nicht mehr wie eine fröhliche, junge Frau mit den *Caprifischern* auf den Lippen, sondern wie jemand, dem etwas Schweres auf der Seele lag.

»Umgekehrt wird ein Paar Schuh draus. Ich höre mir an, was Sie auf dem Herzen haben, und entscheide dann, ob das unter uns bleibt oder nicht.«

Fräulein Lore stieß einen tiefen Seufzer aus. »Sie erfahren es ja doch. Schulz junior erpresst mich!«

»Wie bitte?«

»Er hat mich vor die Wahl gestellt, dass er es Ihnen sagt oder dass ich es Ihnen sage!«

»Klingt geheimnisvoll. Fräulein Lore, worum geht es? Reden Sie nicht länger um den heißen Brei!«

»Gut, aber nur wenn Sie Schulz junior davon in Kenntnis setzen, dass ich es Ihnen freiwillig gebeichtet habe, und bitte sagen Sie Kommissar Stein nichts davon ...«

»Ich höre, Fräulein Lore!« Wuttke hatte den strengsten Ton gewählt, den er ihr gegenüber anschlagen konnte. Gegenüber dem, was er heute dem Klinikleiter entgegengeschleudert hatte, kam ihm dies aber wie Gesäusel vor.

»Ich ... ich bin ein paarmal im Viktoriapark gewesen und wollte ... also ich habe da auf einer Bank gesessen ...«

»Fräulein Lore, kommen Sie zum Punkt!«

»Ich wollte schauen, ob mich der Torsomörder wohl anspricht, und, wenn er anbeißt, so tun, als wäre ich ein verliebtes Dummchen, und dann wollte ich ihn in eine Falle locken ...«

»Dir hamse wohl mit der Muffe jebufft!«, stieß Wuttke kopfschüttelnd hervor.

»Ja, ich weiß, das war nicht gut, aber ich habe mich ja noch gar nicht wirklich mit einem Mann getroffen. Der dämliche Junior behauptet zwar, er hätte mich bei der Nixe mit einem Fremden gesehen, aber das war ich nicht. Und jetzt rennt er mir auf Schritt und Tritt hinterher und zwingt mich, Ihnen das zu erzählen, dass ich mich in die Polizeiarbeit einmische und mich in Gefahr bringe.«

»Bislang habe ich von dem Bürschchen nicht allzu viel gehalten, aber das imponiert mir. Ich bin prinzipiell gegen Erpressung, aber es wäre unverantwortlich von ihm, wenn er diese Information nicht an uns weitergeben würde. Mensch, Fräulein Lore, Sie könnten die Nächste sein, wenn Sie dem Mann tatsächlich in die Quere kommen!«

»Aber mir kann doch nichts passieren kann. Der Torsomörder hat noch nie eine Frau bei einem ersten Treffen ermordet. Er schreibt ihnen immer erst blöde Briefe, kocht sie damit weich, und dann lässt er sie Geld von ihren Postsparbüchern abheben …«

»Sie haben bei Ihrem Gehalt doch gar kein Postsparbuch«, unterbrach Wuttke sie energisch.

»Natürlich nicht, aber ich habe ihm gesagt, dass ich für General Howley arbeite, den Kommandanten …«

»Ich weiß, wer Howley ist! Sind Sie von allen guten Geistern verlassen? Sie hatten bereits mit einem Mann Kontakt?«

»Kommissar Wuttke, ich bin mir sicher, der ist es! Er ist aber nicht dunkelhaarig, sondern blond und unscheinbar. Niemand kann ihm den Mörder ansehen …«

Wuttke hob beschwörend die Hände. »Fräulein Lore, lassen Sie den Unsinn! Selbst wenn Sie als Frau in der Mordkommission mitarbeiten dürften, keiner würde eine Frau je als Lockvogel einsetzen.«

»Das stimmt nicht. In dem Film *Angelockt* zum Beispiel spielt eine Sängerin einen Lockvogel, der auf einen Mörder angesetzt …«

»Kenne ich nicht. Das haben Sie sich wahrscheinlich eben ausgedacht.«

Lore musterte ihn empört. »Habe ich nicht. Den habe ich in einem Kino gesehen, in das nur Amerikaner kommen mit ihren Begleitungen. Ich habe zwar nicht viel verstanden, weil er auf Englisch war, aber Tom hat mir fast alles übersetzt. Landen konnte er trotzdem nicht bei mir«, ergänzte sie schnippisch.

»Das war ein Film! Aber Sie können doch nicht im Viktoriapark herumspazieren und sich einem Serienmörder an den Hals werfen. Wenn Sie nicht vernünftig sind, werde ich den Junior dazu verdonnern, Sie auf Schritt und Tritt zu verfolgen.«

Lore schob beleidigt die Lippen vor. »Bitte nicht den Schulz. Er ist so ein Unglücksrabe, der würde alles kaputt machen und im entscheidenden Moment dann nicht zur Stelle sein, um mich zu retten.«

»Sie hören auf damit! Wir wollen Sie nicht in Stücken aus dem Viktoriapark sammeln!«

»Bitte, nur noch ein einziges Mal. Ich bin mir sicher, das ist der Mann. Er ist Scherenschleifer und arbeitet alte Messer auf, um sie wie neu zu verkaufen. Und alle Opfer wurden mit Schlachtermessern zerteilt.«

Wuttke musste sich zusammenreißen, um nicht zu schmunzeln über ihren Eifer. Dass der Mörder nun ausgerechnet auf Lore Krause traf, hielt er für ziemlich unwahrscheinlich. Wenn sie im Park lauerte, würden sie mit Sicherheit immer Männer ansprechen, aber nur, um mit ihr anzubändeln, und nicht, um sie zu ermorden. Er versuchte dennoch, die Rolle des strengen Kommissars durchzuhalten.

»Sie treiben sich nicht mehr im Viktoriapark rum, verstanden?«

»Aber wenn ich ihn doch schon an der Angel habe«, entgegnete sie trotzig.

»Dann gehen Sie auf jeden Fall nicht allein, sondern sorgen dafür, dass ein zuverlässiger Beschützer in Ihrer Nähe bleibt und Sie nicht aus den Augen lässt.«

»Aber der Junior ist kein Beschützer!«, protestierte sie energisch.

»Den meine ich auch gar nicht. Sie werden mich mitnehmen!«

»Sie?«

»Ja, wenn Sie da unbedingt noch mal aufkreuzen müssen, schaue ich mir das aus sicherer Entfernung an, und bevor der Mörder zuschlagen kann, rette ich Sie!«

»Kommissar Wuttke!«, stieß Fräulein Lore empört hervor. »Sie nehmen mich auf den Arm. Sie denken, ich sei kein guter Lockvogel, aber da irren Sie sich gewaltig!«

»Die Briefe warten! Also, schwören Sie, dass Sie keine fremden Männer im Park treffen, ohne vorher Ihren Leibwächter zu informieren!«

»Ich schwöre«, erwiderte Lore in einem Ton, als würde sie nicht im Traum daran denken, sich daran zu halten.

»Und wenn Sie das nicht ernst nehmen, werde ich dem Junior den Auftrag erteilen, Ihnen auf dem Heimweg stets auf den Fersen zu bleiben.«

»Gut, gut«, stöhnte sie. »Ich werde Ihnen Bescheid sagen, wenn ich mich mit dem fremden Mann im Park treffe.«

Wuttke hörte schon gar nicht mehr richtig zu, weil er sich bereits einen Brief gegriffen hatte, nachdem er etwas verärgert auf seine Uhr gesehen hatte. Es war weit nach sieben Uhr, und er hatte immer noch keine Nachricht von Stein. Das missfiel ihm außerordentlich. Entweder hatte der Kollege nicht verstanden, wie wichtig es ihm war, oder es war ihm etwas Unvorhergesehenes dazwischengekommen. Wenn der Kollege nicht bald auftauchte, würde er sich gleich selbst in die Bahn setzen, einen Wagen aus der Friesenstraße holen und höchstpersönlich in die Sanderstraße fahren.

Doch erst einmal versuchte er, sich auf den Brief zu konzentrieren. Das Datum war aus dem Jahr 1947. Er vermutete, dass es einer der ersten war, den die Unbekannte verfasst hatte, doch aus dem Meer an Liebesschwüren konnte Wuttke nicht eine einzige Information ziehen, die auf die Identität der Frau geschweige denn auf ein Mordmotiv an Kampmann hindeutete.

Lore hatte sich inzwischen auch in die Lektüre vertieft, aber ihr schien die Arbeit wesentlich mehr Spaß zu machen, wie Wuttke ihren gelegentlichen Entzückensschreien entnahm. Offenbar gefiel ihr die überbordende Ausdrucksweise der Unbekannten.

Wuttke spürte nach dem dritten Brief aus dem Februar 1949 eine erschlagende Lustlosigkeit, sich weiter durch diese Schmachtfetzen zu quälen, als ein Absatz seine volle Aufmerksamkeit auf sich zog.

Ich weiß nicht, wie ich die Tage ohne ein Wort von Dir überleben soll. Er hat alles versucht, den Namen des Lumpen, wie er Dich nennt, ohne zu ahnen, wer Du bist, aus mir herauszupressen, aber ich bin standhaft geblieben. Nun wird er mir ein abgeschiedenes Zimmer bei H. besorgen. Ich darf es nicht verlassen, aber dort werde ich sicher bald geheilt. Bitte widerstehe der Versuchung, zu mir zu kommen. Wenn er erfährt, dass Du es bist, wird er mir jegliche Behandlung versagen. Auf ewig Deine M.

Damit war aus der blinden Verdächtigung, die Wuttke de Vries in seiner Wut an den Kopf geschleudert hatte, plötzlich so etwas wie ein erhärteter Verdacht geworden. So wie M. es beschrieb, deutete alles darauf hin, dass es sich bei ihr nur um die Ehefrau des Klinikleiters handeln konnte. Alles ergab einen Sinn und vor allem ein Motiv für de Vries, Kampmann aus dem Weg zu räumen. Und noch während sich Wuttke in dieses Szenario hineinsteigerte, wie ein rasend eifersüchtiger de Vries den Nebenbuhler vom Dach der Klinik stieß, kamen ihm Bedenken. Und warum hatte er dann Descher aus dem Weg geräumt? War der vielleicht Zeuge des Mordes geworden? Aber wie passte der Chemiker aus Jena in das Bild, wobei das auch ein unglücklicher Zufall gewesen sein konnte, der nichts mit den beiden anderen Morden zu tun hatte.

Ein Aufschrei Fräulein Lores riss Wuttke aus seinen Gedanken. »Kommissar Wuttke, bitte hören Sie sich das mal an!«

Liebster, er ahnt, dass Du es bist. Ich habe Angst. Ich weiß nicht, wozu er noch fähig ist, nachdem er mir diese Tortur zugefügt hat. Das Salvarsan war die Hölle. Und das wusste er. Wenn Du nicht eingegriffen hättest, ich glaube, ich wäre lieber gestorben. Sei auf der Hut. Leugne es und bitte sei vorsichtig mit den Briefen. Ich werde noch ein einziges Mal am Treffpunkt auf einen Brief warten. Wir können uns nicht mehr bei Dir treffen. Wenn er es weiß, weiß es auch seine Mutter, und wenn es seine Mutter weiß, dann erfährt es auch Deine. Denke immer daran. Sobald der erste Interzonenzug wieder rollt, bringt er uns in die Freiheit. Deine M.

Wuttke stieß einen Pfiff aus. »Na, das ergibt doch alles einen Sinn. Kampmanns Geliebte M. ist Karin de Vries. Und der eifersüchtige Gatte straft seine untreue Frau mit dieser Salvarsan-Behandlung, von der Hamann geschwafelt hat. Der macht das liebend gern, um wieder einer unmoralischen Person den rechten Weg zu weisen. Kampmann schmuggelt ihr über Schwester Klara das Penicillin ins Zimmer, und das fliegt auf, samt der Tatsache, dass Kampmann seiner Frau den Venusfluch beschert hat. Schade, dass wir seine Briefe nicht haben. Vielleicht sollten wir Kampmanns Wohnung noch mal danach durchsuchen ...«

»Kommissar Wuttke, Sie machen einen Denkfehler, aber das kann daran liegen, dass Sie wahrscheinlich noch niemals solche Briefe haben hin und her gehen lassen ...«

»Jetzt werden Sie mal nicht frech, Fräulein Lore, haben Sie denn Erfahrungen?«

»Nein, ich habe, wenn es hochkommt, mal einen Liebesbrief in meinem Leben bekommen.«

Hörte er da Bedauern in ihrer Stimme? Wie auch immer, seinen Denkfehler hatte er inzwischen selbst erkannt. »Die Briefe wird natürlich sie versteckt haben, wenn sie sie nicht vernichtet hat.«

Wuttke aber war mit seinen Gedanken schon wieder bei Schwester Klara. Außerdem duldete die Befragung der Ehefrau des Klinikleiters keinen Aufschub mehr. Ob Stein nun dabei war oder nicht!

»Wissen Sie was? Ich fahre da jetzt hin.« Er warf einen Blick auf die Uhr. Es war kurz nach acht. Für die Polizei durchaus noch eine adäquate Zeit, zu der man in dringenden Fällen eine Zeugenvernehmung durchführen konnte. Und das hier war verdammt dringend. Wuttke rieb sich die Hände. Dass er der Flitzpiepe heute noch etwas Fundiertes servieren konnte, erfüllte ihn mit Schadenfreude.

»Ich muss los!«, sagte er und sprang auf.

»Wohin wollen Sie denn? Sie sind krank!«

Wuttke machte eine wegwerfende Bewegung. »In die Friesenstraße, einen Wagen holen, kurz bei der Wohnung von Schwester Klara vorbeifahren, um sie notfalls zu Hause zu vernehmen, und dann ab in die Akazienallee.«

Lore legte den Kopf schief und musterte Wuttke zweifelnd. »Nehmen Sie mich mit?«

Wuttke überlegte. »Gut, wenn Sie sich still verhalten, dann kommen Sie, aber kein Wort will ich hören, und Sie machen gar nichts!«

»Auch nicht wie letztes Jahr bei der Kowalke, als sie abhauen wollte. Ich soll also keinen Flüchtenden festhalten?«

»Meine Güte, Sie sind aber auch eine Nervensäge. Wenn jemand abhauen will, dürfen Sie ihm ausnahmsweise ein Bein stellen.«

Minuten später verließen der Kommissar und die Schreibkraft einträchtig das Haus. Wuttke spürte die Anspannung am ganzen Körper, aber sie galt mehr dem, was er in der Sanderstraße womöglich vorfand, als dem Triumph, der ihn bei M. und ihrem gehörnten Ehemann erwartete. Ganz wohl war ihm nicht bei der Vorstellung, was Stein dazu sagen würde, dass er um diese Zeit noch einmal loszog. Vor allem allein, nun ja, mit Fräulein Lore an seiner Seite. Es ist Gefahr im Verzug, redete sich Wuttke gut zu. Außerdem hatte der Kollege selbst Schuld. Er hätte längst in der Kantstraße sein können, um ihm Bericht zu erstatten, ob er Schwester Klara inzwischen angetroffen und vernommen hatte. Nein, er brauchte Gewissheit, und zwar sofort!

40

Stein fühlte sich nicht wohl in seiner Haut. Es war laut und verraucht in der Kneipe, und Percy war so aufgedreht wie ein Brummkreisel. In der *Destille* war alles voll gewesen, sodass sie in einer Kellerkneipe gelandet waren, in der erstaunlich viele hübsche junge Frauen auf Männersuche waren. Stein hatte das nur am Rande wahrgenommen. Percy hingegen war mit den Augen ständig an einem der Nachbartische, während er ohne Punkt und Komma redete. Stein erinnerte sein Benehmen, jedenfalls, was den unaufhörlichen Redefluss anging, an Wuttkes Verhalten, wenn er Pervitin genommen hatte. Bei Percy lag es aber wohl weniger an Rauschmitteln als an seinem Temperament. Er hatte schon im Yard keine Minute still sitzen können, sondern war ständig aufgekratzt durch das Büro getigert, was alle Kollegen zur Weißglut gebracht hatte.

Statt aufzustehen und zu gehen, was sich Stein schon ein paarmal vorgenommen hatte, ertränkte er sein Unwohlsein in weiteren Bieren und Schnäpsen, die Percy ihm aufdrängte. Offenbar saß dem ehemaligen Inspector das Geld locker. Stein hatte ein paar Anläufe gemacht, herauszubekommen, für wen Percy mittlerweile überhaupt arbeitete, aber Percy schaffte es jedes Mal, vom Thema abzulenken. Stein wusste inzwischen von seinem besten Freund Mike, dass man Percy nahegelegt hatte, das Yard wegen einer Eigenmächtigkeit zu verlassen, und dass er offenbar woanders gut untergekommen war. Mehr wusste Mike nicht, nur dass Percy offenbar weich gefallen war. Nach dem vierten Bier wünschte sich Stein, er könnte mal wieder mit Mike so einen Männerabend verbringen, aber der war gerade jüngst zum Chief Inspector aufgestiegen, und außerdem frisch verheiratet.

Der Gedanke an seinen Freund, der jetzt in festen Händen war und auch in London nicht mehr mit ihm um die Häuser ziehen würde, machte ihn auf eine merkwürdige Weise melancholisch. Nicht dass er ihn um seine Familie beneidete und ihm nacheifern wollte. Nein, dazu war es zu spät. Mary hätte alles getan, um mit ihm eine Zukunft zu haben und mit ihm und dem Kind zusammenzuleben. Das Kind! Er konnte gar nicht daran denken, ohne einen weiteren Schnaps hinunterzukippen. Ein Mädchen, das inzwischen schon über drei Jahre alt sein musste. Nein, er bereute es nicht, ihr nicht das gesagt zu haben, was sie sich doch so sehnsüchtig erträumt hatte. *Bitte bleib, ich suche eine Wohnung für uns und wir leben bis an das Ende unserer Tage als glückliche Familie* ... Ihm wurde übel. Es war ihm zuwider, wenn sich jemand, so wie er es tat, vor einer Verantwortung drückte. Der mittlerweile konsumierte Alkohol tat ein Übriges.

»Sorry«, stieß er hastig hervor und wankte zur Toilette, aber er konnte sich nicht übergeben, obwohl ihm schwindlig wurde. Stattdessen verließ er den unwirtlichen Ort hastig und stolperte über eine Treppe am Hinterausgang ins Freie. Der fahle Mond beleuchtete einen Trümmerberg, dessen Steine, Holzteile und Metallreste einen bizarren Anblick boten. Zerstörung, wohin das Auge blickt, dachte er, bevor ihm in den Kopf kam, dass er dringend in die Kantstraße musste. Aber vorher wollte er noch herausfinden, was Percy eigentlich von ihm wollte. Dass es nicht einfach nur um ein Treffen unter alten Kollegen ging, war Stein während des Gesprächs immer deutlicher geworden. Warum auch immer, aber Percy versuchte die ganze Zeit, ihn auszuhorchen. Er wollte etwas von ihm, aber er äußerte nicht offen, worum es ging. Vor allem wollte er etwas über seinen Vater erfahren. Normalerweise hätte Stein ihn direkt darauf angesprochen, aber es war wie immer, wenn er zu viel Alkohol trank. Seine sonst so klaren Gedanken verschwammen, verloren ihre Konturen und flogen ihm davon. Er hasste diesen Zustand, wenn er die Kontrolle über seine Worte, seine Ziele und seine Werte verlor. Das alles ging ihm durch den Kopf, während er den Trümmerberg im Mondschein betrachtete. Er straffte die Schultern und nahm sich vor, an den Tisch zurückzukehren und Percy direkt zu fragen: *Was willst du eigentlich wirklich von mir?* Und dann würde er auf schnellstem Weg in die Kantstraße fahren, um Wuttke von der seltsamen Begegnung mit den Waschfrauen zu berichten. Der Trümmerberg begann sich zu drehen, und Stein suchte an der Wand Halt. Er schwankte. Nicht nur sein Geist gehorchte ihm nicht mehr, sondern er hatte auch die Kontrolle über seinen Körper verloren. Das Schlimmste war, er konnte rein gar nichts dagegen tun.

Als er zurück zum Tisch getorkelt war, flüsterte ihm Percy zu, dass die beiden jungen Frauen am Nachbartisch nur darauf warteten, ihnen Gesellschaft zu leisten.

»Ich denke, ich muss jetzt gehen!«, lallte Stein und hasste sich dafür, dass ihm nicht einmal mehr seine Stimme gehorchte. Er wollte aufstehen, aber selbst das schaffte er nicht mehr. Seine Beine versagten ihm den Dienst.

»Bleib noch. Wir haben gar nicht richtig geredet miteinander«, sagte Percy beschwörend.

Stein atmete ein paarmal tief durch. Er musste es Percy sagen, selbst auf die Gefahr hin, dass er lallte und nuschelte.

»Stimmt, du hast mich den ganzen Abend nur ausgefragt. Und warum interessiert dich eigentlich mein Vater so?« Stein hatte den Satz klar herausgebracht und es tat ihm gut, einen kleinen Sieg über den Schnaps und seine fatale Wirkung errungen zu haben.

Percy beugte sich über den Tisch. Er musterte Stein durchdringend und mit schiefem Blick. Er hat auch zu viel getrunken, dachte Stein.

»Ich muss etwas über einen seiner Mitarbeiter erfahren. Es ist dringend. Du musst ihn für mich nach diesem Mann ausfragen. Aber unauffällig. Verstehst du? Er heißt ...«

»Jetzt reicht es aber, mein Lieber! Wenn du was von meinem Vater willst, kann ich dir seine Telefonnummer geben ...«

»Jo, bitte, es geht um Leben und Tod. Du darfst deinem Vater gegenüber dieses Gespräch mit keinem Wort erwähnen! Niemals, verstehst du? Bitte frag ihn nach Anton Geiger. Verstehst du. Geiger! Aber ohne dass er Verdacht schöpft!«

Stein lachte bitter. »Mein Vater schöpft bei jeder Frage, die ich ihm zu einem seiner Mitarbeiter stelle, Verdacht. Worum geht es wirklich?«

»Jo, ich kann nicht darüber reden, aber es ist verdammt wichtig!«

»Sorry, aber das musst du mir schon genauer erklären!«

»Kann ich nicht, Jo. Du musst mir einfach vertrauen!«

Niemals, dachte Stein, während er nach dem Schnaps griff, den Percy bestellt haben musste, als er auf der Toilette gewesen war, und kippte ihn hinunter. Er spürte, wie das Zeug in seinem Magen brannte.

In diesem Augenblick näherten sich zwei Frauen dem Tisch.

»Dürfen wir?«, fragte eine dunkelhaarige Schönheit.

»Nein!«, erwiderte Stein.

»Selbstverständlich«, sagte Percy im selben Augenblick.

Offenbar galt sein Wort mehr, denn schon saß neben Stein eine zierliche blonde junge Frau. Die Dunkelhaarige hatte sich dicht an Percy gedrängt. Sie hatte eine frappierende Ähnlichkeit mit den käuflichen Damen aus dem *Pandora*.

Stein musterte nun die blonde Frau, die neben ihm saß. Sie war in ihrer ganzen Aufmachung wesentlich diskreter als die andere. Weniger geschminkt und in ihrem Sommerkleid fast unschuldig. Sie war allerdings gar nicht sein Typ. Das Einzige, was ihn ansprach, war ihre Unbeholfenheit, so als würde sie sich zum ersten Mal in ihrem Leben fremden Männern aufdrängen. Es hatte fast etwas Rührendes, wie sie Stein nun wie zufällig die Hand auf den Oberschenkel legte und sie immer höher wandern ließ.

Percy bestellte derweil noch eine Runde, und Stein wehrte sich nicht. Die Hand auf dem Schenkel machte ihn in keiner Weise an. Die Blonde schien zu merken, wie ihn ihre Bemühungen, ihn zu erregen, völlig kaltließen.

»Willst du mit mir kommen? Ich mache alles, was du willst«, flüsterte sie ihm ins Ohr.

Stein konnte nicht mehr klar denken. Es war, als setzte eine eigenartige Lähmung seiner Hirnfunktionen ein, er spürte eine wachsende Willenlosigkeit, die ihn aber überraschenderweise nicht beunruhigte. Es war so, als würde er einen Film ansehen, ganz teilnahmslos. Die Dunkelhaarige hatte den Arm um Percy gelegt und raunte ihm etwas ins Ohr.

»Ich zahle für dich mit!«, lachte Percy und beglich die Rechnung. Zu viert wankten sie nach draußen. Percy und die Dunkelhaarige schienen es nicht mehr erwarten zu können, sich übereinander herzumachen.

Percy steckte ihr einen Schein zu, dann drückte er der Blonden Geld in die Hand.

Stein wollte protestieren, aber er bekam keinen Ton heraus.

»Ich habe doch gesagt, ich zahle. Die gesamte Zeche«, lallte Percy.

In Stein sträubte sich alles, mit den anderen mitzugehen, aber dann fiel sein Blick auf das dünne Sommerkleid, das die Blonde trug. Und er bemerkte, wie dünn sie war. Ihre Gesichtszüge verschwammen, und er sah erst Mary und dann wurde daraus das gequälte Gesicht von Marianne.

Stein bäumte sich ein letztes Mal auf. Sein Verstand gab ihm ein kurzes Zeichen.

»Ich gehe nach Hause«, sagte er, doch damit war die Stimme der Vernunft vorerst verstummt. Er ließ sich von der Blonden an die Hand nehmen und zu einem Haus nur ein paar Schritte entfernt führen. Percy und die Dunkelhaarige gingen vor ihnen, bereits ineinander verschlungen, als wollten sie es gleich hier auf der Straße treiben. Das Haus war kaum zerstört, aber es wirkte heruntergekommen. Im Flur war gleich rechts eine Wohnungstür, die sie mit einem Schlüssel öffnete.

Percy verschwand mit der Dunkelhaarigen hinter einer Tür, während die Blonde Stein in eine kleine Kammer führte, in der nicht mehr als ein Bett stand.

Sie wollte sich ausziehen, aber er sagte nur: »Nein, bleib so!«

Dann näherte er sich der Frau, schob ihr Kleid hoch. Er hielt inne.

»Alles, hast du gesagt. Alles ist erlaubt?«, fragte er heiser vor Erregung.

Sie nickte, und er sah in ihr fremdes Gesicht. Sie war hübsch auf ihre Weise, aber nicht das, was er jetzt in diesem Augenblick wollte. Er schloss die Augen und fühlte den dünnen Stoff ihres Kleides, dann tasteten sich seine Hand an ihren dürren Oberschenkeln entlang. Er stöhnte leise auf.

Dann ging alles ganz schnell. Er ließ sie los, öffnete seine Hose, wollte in sie eindringen. Nur einmal kurz wie bei der Ärztin …

Er war so weit, doch dann öffnete er die Augen und sah in dieses fremde Gesicht. In ihrem Blick lag geschäftige Gleichgültigkeit. Und ihr Mund war zu einem schmalen Strich zusammengepresst. Stein fiel in sich zusammen.

»Entschuldigung«, murmelte er und taumelte aus der Kammer. Erst als er draußen vor der Tür war, schloss er seine Hose. Das schaffte er gerade noch, bevor er sich erbrechen musste. Es ging ihm schlagartig besser, nachdem er alles losgeworden war. Stein spürte, wie er wieder Herr seiner Sinne und Körperfunktionen wurde. Ohne zu torkeln, setzte er einen Fuß vor den anderen. Und plötzlich gewannen seine Gedanken wieder an Klarheit und Kontur. Wuttke. Er musste endlich zu Wuttke! Mit der Klarheit kam auch die Scham. Was in aller Welt hatte ihn dazu bewogen, seinen Fehltritt wiederholen zu wollen. Er schüttelte sich vor Ekel über sich selbst. »Du bist ein dummes Arschloch, Stein!«, murmelte er.

41

In der Sanderstraße ließ Wuttke Fräulein Lore allein im Wagen zurück.

»Sie bleiben hier!«, befahl er. Das behagte ihr gar nicht. Sie zog ein beleidigtes Gesicht, was ihn aber nicht sonderlich beeindruckte.

Im Gegenteil, er wollte vermeiden, dass sie bemerkte, wie tief er in die Sache verstrickt war. Er hatte wirklich Angst um Schwester Klara. Und je weiter er sich dem Haus näherte, je weniger konnte er das verbergen. So wie er die Schreibkraft kannte, hätte sie ihn durchschaut.

Er betrat einen dunklen Hinterhof. Zwischen den Trümmerbergen hingen große weiße Betttücher, die im Mondlicht gespenstisch wirkten. An der Haustür zum Hinterhaus gab es keine Namensschilder. Wuttke ging zögernd in das Haus und blieb vor jeder Wohnung stehen, um die Schilder zu entziffern. Das war gar nicht einfach, denn es brannte nur eine Funzel, die man nicht wirklich als Licht bezeichnen konnte.

Im zweiten Stock entdeckte er das »Wegner«-Türschild, das er suchte. In dem Augenblick, in dem er klingeln wollte, bemerkte er aus den Augenwinkeln eine Frau in einem weit schwingenden geblümten Kleid. Sie kam die Treppen hinauf und blieb vor ihm stehen. Seine Augen hatten sich an das Dämmerlicht gewöhnt, sodass er sehr wohl erkennen konnte, wie attraktiv sie war und wie bitterböse sie ihn musterte.

»Was suchen Sie hier?«, fragte sie angriffslustig.

»Klara Wegner«, entgegnete er.

»Sind Sie Polyp?«

»Wenn Sie so wollen, ja«, erwiderte Wuttke verunsichert.

»Sie hat nichts Böses getan! Und es ist nicht rechtens, dass Sie ihr einen Strick aus ihrer Hilfsbereitschaft drehen! Hat Sie der andere Schnüffler auf sie angesetzt? Der mit dem hellen Mantel?«

»Hat mein Kollege bereits mit ihr gesprochen?«

»Verdammt, Klara ist verschwunden. Sie ist nicht hier und auch nicht in der Klinik. Ich wollte sie vor dem Polypen warnen, der sich bei mir mit falschem Namen eingeschlichen hat, und komme gerade von dort. Sie arbeitet diese Nacht nicht, obwohl sie mir gesagt hat, dass sie die ganze Woche Nachtdienst hat. Statt sie zu verfolgen, sollten Sie Klara beschützen. Finden Sie verdammt noch mal raus, wo sie ist!«

»Ich verspreche es Ihnen«, murmelte Wuttke, bevor er den Klingelknopf drückte, aber es blieb alles still.

»Sie ist verschwunden. Das sagte ich Ihnen doch bereits. Oder muss ich erst eine Vermisstenanzeige aufgeben?«, fuhr die Fremde Wuttke an.

»Nein, nein, schon gut, ich versichere Ihnen, dass wir herausfinden, wo sie steckt. Aber dann müssen Sie mir bitte verraten, was Sie mit Klaras Hilfsbereitschaft meinen. Wem hat sie geholfen? Und als was hat sich mein Kollege, ich meine, der Polyp mit dem hellen Mantel, fälschlicherweise ausgegeben?«

Die Frau musterte Wuttke irritiert. »Sie wissen ja gar nichts!«

»Aber darüber werden Sie mich jetzt sicher aufklären!«, bemerkte Wuttke in harschem Ton.

»Ich denke gar nicht daran!«, giftete die Frau, drückte sich an ihm vorbei und eilte die Treppen hoch.

Wuttke blieb konsterniert zurück, doch dann ergriff ihn erneut die Sorge um Schwester Klara. Dass sie weder in der Klinik noch in ihrer Wohnung war, schien ihm ein schlechtes Zeichen zu sein. Entweder war sie untergetaucht, weil sie sich vor jemandem fürchtete, oder ihr war etwas zugestoßen. Das mochte er sich gar nicht vorstellen.

Er drückte erneut auf den Klingelknopf, aber in der Wohnung war es totenstill.

Mit einem unguten Gefühl kehrte er zum Wagen zurück.

»Und?«, fragte Fräulein Lore neugierig. »Was hat sie gesagt?«

»Sie war nicht zu Hause.«

»Dann wird sie in der Klinik sein.«

»Leider nicht.« Wuttke berichtete ihr von dem merkwürdigen Verhalten der Nachbarin.

»Machen Sie sich keine Sorge, Kommissar Wuttke. Sie kann ja auch bei Freunden sein«, sagte Fräulein Lore tröstend. Offenbar konnte er seine Sorge nicht länger vor ihr verbergen. Er berichtete ihr von ihrem letzten Gespräch auf dem Klinikflur und dass sie fast panisch gewirkt hätte.

»Sie kann doch nicht einfach verschwinden«, bemerkte Fräulein Lore wenig überzeugend.

Wer wusste besser als die Mitarbeiter der Mordinspektion, dass Menschen sehr wohl spurlos verschwinden konnten. Und was das bedeutete.

Wuttke wollte den Gedanken gar nicht zu Ende führen.

42

Auf dem Weg zur Akazienallee herrschte Schweigen im Wagen. Wuttke fragte sich, was sich Stein wohl dabei dachte, ihn derart hängen zu lassen. Er spürte Zorn auf den Kollegen in sich aufsteigen, doch mischte sich dies sogleich mit einer besorgten Unruhe, denn er kannte Stein als zuverlässig. Ihm war hoffentlich nichts zugestoßen!

»Kann ich mitkommen?«, fragte Fräulein Lore zaghaft, als sie vor der Klinik hielten.

»Natürlich, ich brauche Sie doch, wenn ich mir gleich meinen speziellen Freund de Vries vornehme. Lassen Sie uns kurz nachschauen, ob Schwester Klara wirklich nicht bei der Arbeit ist. Außerdem weiß ich nicht genau, welche der benachbarten Villen dem Klinikleiter gehört.«

Es war ruhig auf den langen Fluren der Klinik, aber immerhin waren sie, ohne eine Nachtglocke betätigen zu müssen, ins Haus gelangt. Die Tür war nicht abgeschlossen gewesen.

Auch auf der Kinderstation war alles still, doch dann hörte er aus einem Patientenzimmer eine männliche Stimme, die ihm bekannt vorkam. Es war Schubert, der tröstend auf ein weinendes Kind einredete. Die Tür zu dem Krankenzimmer war geöffnet. Schubert stand vor dem Bett der kleinen Patientin mit dem Rücken zur Tür.

Wuttke war unwohl zumute, als sie Schubert nun eine ganze Weile dabei beobachteten, wie er dem kleinen Mädchen das Heimweh zu nehmen versuchte. In einem weichen und zugewandten Ton redete er auf das Kind ein, bis dessen Tränen versiegten.

Auch Fräulein Lore schien das anzurühren, denn sie seufzte leise.

Wuttke wollte den Arzt ungern unterbrechen, aber die Angst um Schwester Klara siegte. Er räusperte sich. Schubert fuhr herum und musterte Fräulein Lore und ihn mit einem giftigen Blick.

»Entschuldigen Sie bitte, ich will Sie nicht stören. Ich möchte nur kurz mit Schwester Klara sprechen.«

»Sie ist nicht da, obwohl sie nach Plan heute Nachtdienst hat. Ich bin ganz allein auf Station, und es wäre sehr freundlich, wenn Sie mich jetzt meine Arbeit machen ließen.«

»Eine Frage noch. Hat sie sich krankgemeldet?«

»Nein, sie ist einfach nicht zum Dienst erschienen!«

»Und es gibt hier kein Zimmer, in dem sie sich vielleicht zwischen den beiden Schichten schlafen gelegt haben könnte?«, fragte Wuttke in der vagen Hoffnung, sie doch noch in der Klinik zu finden.

»Im Schwesternzimmer habe ich natürlich zuerst nachgesehen, als sie nicht erschienen ist. Nein, da ist sie nicht.«

Wuttke erwog kurz, sich den Raum einmal anzuschauen, aber es war kaum anzunehmen, dass der Arzt sie dort übersehen hatte.

»Gut, wann haben Sie Schwester Klara denn das letzte Mal gesehen?«

»Heute Vormittag bei der Arbeit …«

»Und ist Ihnen irgendetwas Ungewöhnliches an ihr aufgefallen?«

»Nein, nur dass sie zwischen den Diensten nicht im Schwesternzimmer schlafen, sondern unbedingt nach Hause gehen wollte. Sie hatte wohl vor, einen Mann zu treffen. Das sagte sie jedenfalls.«

»Ihnen hat Sie das erzählt? Und was für einen Mann?«, fragte Wuttke aufgeregt.

»Was weiß ich. Sie ist eine hübsche junge Frau, die ein Recht auf ein Privatleben hat. Da habe ich nicht weiter nachgehakt.«

»Danke. Und noch eine ganz andere Frage. In welcher Villa wohnt Dr. de Vries? Links von der Klinik oder rechts daneben?«

»Es ist das Haus links vom Eingang, aber ich denke, Sie sollten dort nicht unbedingt stören. Seine Frau hat heute Geburtstag.«

»Bitte rufen Sie sofort in der Friesenstraße an, wenn Schwester Klara wieder auftaucht«, bat Wuttke ihn eindringlich.

Schubert nickte kurz, bevor er sich wieder seiner kleinen Patientin zuwandte, die das Gespräch mit großen Augen verfolgt hatte.

»Schwester Klara war heute Nachmittag bei mir. Sie hat mir den Plüschbären vom Rolfi gebracht. Alle Kinder haben ihn mal bekommen und jetzt war ich an der Reihe«, bemerkte sie schüchtern.

»Aber Gabilein, das hast du sicher geträumt«, sagte der Arzt besänftigend und strich dem Mädchen über den Kopf.

»Nein, das weiß ich ganz genau.«
»Dann zeig uns mal den Teddy«, sagte Wuttke.
Die Kleine richtete sich auf und blickte zum Nachttisch. »Er ist fort«, stieß sie unter Tränen hervor.
Schubert maß Wuttke und Fräulein Lore mit einem strafenden Blick.
»Gehen Sie jetzt! Sie sehen doch, dass Sie die Kleine völlig durcheinanderbringen. Hier war kein Teddy und auch keine Schwester Klara. Ich muss es ja wissen. Ich war bis auf eine längere Pause heute den ganzen Tag im Dienst.«
Fräulein Lore zupfte Wuttke am Ärmel zum Zeichen, dass sie jetzt wirklich gehen sollten. Er drehte sich um und verließ grußlos das Krankenzimmer.
Kaum waren sie außer Hörweite, als es aus Fräulein Lore herausplatzte: »Jetzt kann ich Sie verstehen. Schwester Klara scheint wirklich verschwunden zu sein. Ich glaube kaum, dass sie ihren Dienst ohne Entschuldigung versäumen würde.«
Wuttke sagte nichts dazu, weil sich langsam, aber sicher seine schlimmsten Befürchtungen zu bewahrheiten schienen. Schwester Klara hatte sich wohl bereits in großer Gefahr befunden, als sie sich auf dem Krankenhausflur begegnet waren. Er bebte innerlich vor Zorn, wenn er daran dachte, dass de Vries genau wusste, was los war, sich aber mit Sicherheit wieder stur stellen und ihm einen Mist wie die Geschichte vom Urlaub als Wahrheit verkaufen würde. Trotzdem durfte er sich bei der Befragung nichts zuschulden kommen lassen. Wenn er schon am Abend unangemeldet und ohne den Kollegen bei ihm auftauchte, musste er zumindest Haltung bewahren und sich nicht provozieren lassen.
Keine leichte Aufgabe, dachte er, als er sich wenig später mit Lore dem protzigen Haus näherte. Eine Bonzenvilla, dachte Wuttke, die ihm auf den ersten Blick zuwider war. Mit ihren Türmchen und diversen Verzierungen an der Fassade sollte sie wohl an ein Schloss erinnern. Wuttke schüttelte sich vor Abscheu, wobei er sich selbstkritisch fragte, ob das nicht auch und vor allem daran liegen konnte, dass die Villa dem Klinikleiter gehörte.

43

Auf ihr Klingeln hin wurde Wuttke und Fräulein Krause die Tür der Villa von einer Frau mittleren Alters in einer altmodisch anmutenden Dienstmädchenkleidung mit einem schwarzen Kleid und einer weißen Schürze geöffnet.

»Sie wünschen?«

Wuttke hielt ihr seine Dienstmarke entgegen. »Ich möchte Frau und Herrn de Vries sprechen.«

Da baute sich die Haushälterin im Eingang auf. Streng und etwas hochnäsig, sodass sich niemand an ihr vorbeidrängen konnte.

»Die Herrschaften sind beim Essen. Könnten Sie vielleicht mit vorheriger Anmeldung morgen wiederkommen?«

»Die Polizei kommt immer ungelegen«, erwiderte Wuttke und machte der Haushälterin ein Zeichen, dass sie zur Seite gehen möge, was sie nur widerwillig tat.

Die Diele war mit dunklem Holz vertäfelt, und an den Wänden hingen diverse Jagdtrophäen. Die Atmosphäre hatte etwas Bedrückendes.

»Der Hirschkopf guckt mich die ganze Zeit an. Das ist gruselig«, flüsterte Fräulein Lore, nachdem die Haushälterin sie gebeten hatte, dort zu warten.

Wuttke amüsierte sich über ihre Furcht vor ein paar toten Tierköpfen, hatte sie doch schließlich erst kürzlich freiwillig bei Martens' Suche nach dem Kopf des letzten Opfers des Torsomörders mitgemacht und war auch noch fündig geworden.

»Haben Sie das Wildschwein schon gesehen? Das hängt hinter Ihnen.«

Fräulein Lore drehte sich um. »Um Gottes willen!«, stieß sie entsetzt hervor.

In diesem Augenblick trat de Vries in die Diele. An seiner finsteren Miene war unschwer zu erkennen, was er von diesem Überraschungsbesuch hielt.

»Hat man Ihnen nicht untersagt, mich noch einmal zu belästigen?«, fuhr der Klinikleiter Wuttke an.

»Nein, nicht oder noch nicht. Sonst wäre ich nicht hier«, entgegnete Wuttke in höflichem Ton.

»Was wollen Sie?«

»Wir haben ein paar Fragen an Sie und auch Ihre Frau.«

»Auf keinen Fall! Sie lassen Karin in Ruhe. Verstanden?«

»Aus aktuellem Anlass muss ich darauf bestehen, Ihre Gattin zu befragen. Aber ich beginne mit Ihnen. Wurde Ihre Frau auf der venerologischen Abteilung Ihrer Klinik wegen einer Syphiliserkrankung behandelt?«

»Was erlauben Sie sich? Wie kommen Sie auf eine so infame Unterstellung? Ich habe ausdrücklich von Ihrem Vorgesetzten verlangt, dass Sie von diesen unglaublichen Verdächtigungen abzusehen haben. Habe ich mich deutlich genug ausgedrückt?«

»Ganz deutlich, Dr. de Vries, aber da man das an mich nicht herangetragen hat, frage ich Sie noch einmal: Wurde Ihre Frau auf Ihrer venerologischen Station wegen einer Syphilis behandelt? Und zwar sehr zur Freude Ihres sadistischen Oberarztes Dr. Hamann mit Salvarsan?«

»Wo haben Sie diesen Unsinn her?« Er tippte sich an die Stirn. »Sie sind ja nicht ganz bei Trost!«

Wuttke holte einen der beiden Briefe aus der Tasche und hielt ihn de Vries hin.

»Kennen Sie die Schrift?«

»Verlassen Sie sofort mein Haus!«, brüllte der Klinikleiter, ohne den Brief auch nur eines Blickes zu würdigen.

»Ich möchte Ihre Frau sprechen, und zwar sofort!«

»Nur über meine Leiche.«

In diesem Augenblick tauchte hinter dem Klinikleiter eine Frau in einem weißen wallenden Nachthemd auf. Wuttke stockte der Atem. Die Frau in Weiß. Keine Frage. Sie sah aus wie ein Gespenst mit ihrer leichenblassen Haut und dem unfrisierten Haar. Trotz dieser erschreckenden Erscheinung konnte Wuttke erkennen, dass sie einmal sehr schön gewesen sein musste. Ihre müden Augen waren von einem warmen Bernsteinton, den er zuvor selten bei Frauen gesehen hatte, und sie besaß einen vollen sinnlichen Mund. Doch die Lippen waren auffallend farblos.

Auch Fräulein Lore schien fasziniert. Sie starrte die Frau mit offenem Mund an, bis Wuttke ihr mit einem leichten Stoß in die Seite zu verstehen gab, ihn zu schließen.

De Vries fuhr herum. »Bitte geh zurück ins Wohnzimmer!«, befahl er der Frau, doch die näherte sich Wuttke mit ausgebreiteten Armen. »Wir haben Besuch. Wie schön. Sie kommen zum Gratulieren?« Sie streckte ihm die Hand entgegen, die Wuttke zögernd ergriff.

»Herzlichen Glückwunsch«, sagte er.

»Entschuldigen Sie, dass ich Ihren Namen vergessen habe. Das sind diese Tabletten, die lassen einen alles vergessen, aber sie nehmen mir die Schmerzen. Sie sind sicher ein Kollege aus der Klinik. Schön, dass jemand vorbeikommt.«

De Vries kam auf seine Frau zugestürzt und wollte sie von Wuttke wegzerren, doch sie wehrte sich.

»Es ist mein Besuch, Ulfart. Und der ist mir willkommen. Und ist das Ihre Gattin?«

Frau de Vries reichte nun auch Fräulein Lore die Hand. Auch die Schreibkraft schüttelte ihr die Hand und gratulierte ihr zum Geburtstag.

»Und Ihr Name?«

»Wuttke«, entgegnete der Kommissar.

Frau de Vries schien nachzudenken. »Ach, dann sind Sie wohl der Neue. Der Nachfolger von …« Sie zögerte, bevor sie fortfuhr. »Dr. Kampmann.« Während sie seinen Namen aussprach, füllten sich ihre Augen mit Tränen.

Wuttke mutmaßte, dass es ein leichtes Spiel werden würde, sie dazu zu bringen, ihm die ganze Wahrheit zu sagen.

Er raunte Fräulein Lore zu, ab jetzt alles zu protokollieren. Sie zauberte umgehend einen Block und einen Stift aus ihrer Jackentasche hervor und begann mit ihrer Arbeit. Das wollte de Vries verhindern und machte einen Satz auf sie zu, um ihr den Block zu entreißen, aber sie hielt ihn eisern fest. Wutschnaubend ließ de Vries los.

»Dann kommen Sie doch bitte mit. Wir sind gerade beim Essen, aber ich lasse Ihnen noch etwas bringen«, bot ihnen Frau de Vries an. Sie betätigte eine Klingel, die an einer Kordel an der Wand hing.

»Karin, bitte, dieser Herr ist von der Polizei und will gehen!«, mischte sich de Vries beschwörend ein und begann, seine Frau vor sich herzuschieben.

»Lass mich sofort los!«, fauchte sie.

Zu Wuttkes Verwunderung ließ er von ihr ab. In diesem Moment kam die Haushälterin herbeigeeilt.

»Sie wünschen, gnädige Frau?«

»Bitte noch zwei Gedecke für unseren Besuch.«

»Nein, das ist wirklich nicht nötig. Wir bleiben nur ganz kurz«, protestierte Fräulein Lore höflich.

»Keine Widerrede«, entgegnete Frau de Vries und bat sie, ihr in den Salon zu folgen.

De Vries versuchte, sich Wuttke in den Weg zu stellen, aber das nutzte Fräulein Lore, um an ihm vorbeizukommen.

»Wenn sich durch Ihren ungebührlichen Auftritt in meinem Haus der Zustand meiner Frau verschlimmert, dann können Sie was erleben!«, drohte ihm der Klinikleiter.

»Das hängt allein von Ihnen ab. Sie sollten uns endlich die Wahrheit sagen!«, erwiderte Wuttke kühl.

Auch im Salon herrschte eine düstere Stimmung. Das lag nicht nur an den dunklen Möbeln, sondern auch an den schweren Samtvorhängen, die den Raum von allen äußeren Einflüssen abzuschirmen schienen. Wuttke fühlte sich wie eingesperrt in einer Atmosphäre, die in gewisser Weise die Vorkriegszeit konservierte. Er hatte eine seltsame Vision, als sein Blick auf das Gemälde über dem Kamin fiel, das den alten Hindenburg zeigte. Er sah vor seinem inneren Auge Hitlers Bild dort hängen. Diese Vorstellung beherrschte ihn. Er war überzeugt, dass das Hitlerbild erst gezwungenermaßen nach 1945 abgehängt und durch das ersetzt worden war, das vorher an dem Platz gewesen war.

Frau de Vries bat sie, Platz zu nehmen. Wuttke schaffte es unter großen Mühen, der Haushälterin klarzumachen, dass sie kein Gedeck und auch kein Essen wünschten. Ihm wurde immer unwohler zumute in diesem Haus. Er verachtete solche Menschen zutiefst, an denen der Krieg in ihren Villen scheinbar spurlos vorübergegangen war. Und die sich eine Haushälterin hielten, während so viele andere hungernd und frierend in Ruinen lebten. Er empfand die tiefe Ungerechtigkeit angesichts dieser offensichtlichen sozialen Unterschiede, ganz besonders auch deswegen, weil diese Schicht häufig die Zeit zwischen 1933 und 1945 sehr gut zu ihren Gunsten zu nutzen verstanden hatte. Er war nicht etwa der Ansicht, dass es allein die Privilegierten gewesen waren, die Hitler an die Macht gebracht hatten. Nein, das waren auch die einfachen Leute von der Straße gewesen und auch Jungspunde wie er, die in den Krieg gezogen waren in der Absicht, für ihr Volk und den Führer zu kämpfen. Sie aber hatten bald feststellen müssen, dass denen da oben ein Menschleben nichts wert war. Weder das der von ihnen verachteten Nichtarier noch das ihrer Soldaten.

Der Klinikleiter setzte sich nicht, sondern stellte sich besitzergreifend hinter den Stuhl seiner Frau und legte ihr die Hände auf die Schultern.

Wuttkes Blick fiel auf ein Röhrchen mit Tabletten neben dem Teller von Frau de Vries. Dolantin! In diesem Augenblick war Wuttke überzeugt, den Mörder von Kampmann zweifelsfrei aufgespürt zu haben. Ihm traute er zu, dass er den Nebenbuhler erst mit Tabletten hatte loswerden wollen und ihn dann, nachdem die Dosis ihn nicht umgebracht hatte, über die Brüstung gestoßen hatte. Und höchstwahrscheinlich war Descher Zeuge dieses Mordes gewesen. Am liebsten würde er ohne Umschweife mit seinem Verdacht herausplatzen und de Vries gleich festnehmen. Doch ohne Stein und ohne Geständnis schien ihm das Risiko zu groß, dass sich der Klinikleiter geschickt aus der Sache herauswand und er wieder als der Dumme dastand. Nein, ohne Stein würde er sich nicht so weit vorwagen. Es sei denn, die Dame des Hauses belastete ihren Mann gleich derart massiv, dass es für eine Verhaftung ausreichte.

Wuttke wandte sich an Frau de Vries.

»Darf ich Ihnen ein paar Fragen stellen?«, fragte er höflich.

»Sie sind also wirklich von der Polizei?«

Wuttke nickte. »Genau, Kommissar Wuttke. Es tut mir wirklich leid, in Ihr Geburtstagsessen zu platzen, aber es ist wichtig. Wogegen nehmen Sie das Dolantin, wenn ich fragen darf?«

»Du musst nicht antworten, Karin!« Frau de Vries kümmerte sich nicht um die beschwörenden Worte ihres Mannes.

»Ich leide unter starken Schmerzen, und das Mittel hilft sehr gut. Es macht nur ein wenig benommen, aber das ist gar nicht schlimm«, entgegnete sie mit fester Stimme.

»Könnten das die Folgen einer schweren Erkrankung sein?«, fragte Wuttke und musterte sie durchdringend.

An ihrem schmerzverzerrten Gesicht konnte er erkennen, dass der Klinikleiter ihr in diesem Moment wehtat, aber er machte das so geschickt, dass man ihm keinen Einhalt gebieten konnte.

»Ich weiß nicht, wovon Sie reden«, stieß sie unter Tränen hervor.

Wuttke holte tief Luft, dann zögerte er einen Moment. Er sah sich seinem Ziel aber ganz nahe, deswegen konnte er jetzt keine Rücksicht nehmen. Er sagte mit fester Stimme: »Von der Syphilis, mit der Ihr Liebhaber Dieter Kampmann Sie angesteckt hat ...«

»Ich ... ich ... ich weiß nicht, wovon Sie reden«, wiederholte sie.

»Davon, dass Sie sich bei Ihrem Liebhaber mit einer Lues ...«

»Was fällt Ihnen ein?«, zeterte in diesem Augenblick eine weibliche Stimme. Eine Matrone ganz in Schwarz gekleidet baute sich gefährlich an der Seite von Frau de Vries auf. Dazu wedelte sie mit ihrem Krückstock mit Silberknauf in Wuttkes Richtung.

»Sie sind die Mutter von Dr. de Vries, nehme ich an«, sagte Wuttke wohlerzogen. »Ich bin Kommissar Wuttke und habe ein paar sehr private Fragen an Ihre Schwiegertochter.«

»Sie verlassen auf der Stelle mein Haus, Sie ungehobelter Mensch, und nehmen die da gleich mit!« Sie zeigte mit ihrer Krücke auf Fräulein Lore, die vor Schreck ihren Block zusammenklappte und hastig in der Jackentasche verschwinden ließ.

Wuttke kämpfte mit sich. So kurz vor dem Ziel aufzugeben, gefiel ihm gar nicht, denn es war nur eine Frage der Zeit, wann Frau de

Vries weinend zusammenbrechen und ihm alles gestehen würde. Vielleicht wusste sie ja sogar, ob ihr Mann ihren Liebhaber auf dem Gewissen hatte. Dann war der Kerl fällig!

Nur Fräulein Lores warnender Blick hielt ihn davon ab, Frau de Vries gegen den heftigen Widerstand von Mutter und Sohn weiter zu befragen.

»Gut, dann kommen Sie bitte morgen in die Friesenstraße, Frau de Vries. Wann passt es Ihnen?«

»Sie sehen doch, dass meine Frau krank ist«, bellte der Klinikleiter, aber Wuttke ignorierte ihn und musterte Frau de Vries weiter durchdringend.

»Sie sind eine wichtige Zeugin, Frau de Vries. Und hiermit lade ich Sie zur Zeugenvernehmung. Passt es Ihnen gleich morgen früh?« Dann wandte er sich an Fräulein Lore. »Bitte protokollieren Sie mit, dass ich Frau de Vries zu einer Vernehmung geladen habe.«

Wuttke zuckte zusammen, als ihn ein Schlag am Oberarm traf. Die Matrone hatte ihn mit dem Stock gehauen.

»Das bitte auch, Fräulein Lore!«, ordnete er ungerührt an. »Die Schwiegermutter der Zeugin greift Kommissar Wuttke tätlich an.« Er warf der alten Dame, die jetzt nicht mehr ganz so forsch wirkte, einen vernichtenden Blick zu, bevor er sich wieder Frau de Vries zuwandte.

»Herr Dr. de Vries, würden Sie bitte einen Schritt zurücktreten, wenn ich mit Ihrer Frau spreche«, befahl er dem Klinikleiter, der erst protestieren wollte, aber nachdem seine Mutter ihm einen warnenden Blick zugeworfen hatte, den Mund wieder zuklappte und seine Frau losließ.

Wuttke meinte Erleichterung in ihren Augen zu erkennen. Er bat nun auch die Mutter des Klinikleiters, sich ein Stück von Frau de Vries zu entfernen, was diese widerstandslos befolgte.

»Frau de Vries, ich gebe Ihnen letztmalig die Chance, hier wahrheitsgemäß auszusagen, und wenn Sie das verweigern, dann seien Sie bitte morgen früh um zehn Uhr in der Friesenstraße. Und zwar allein, jedenfalls wird Ihre Vernehmung nicht unter Zeugen stattfinden.«

»Ich habe verstanden. Morgen vernehmen Sie mich im Polizeipräsidium. Ich werde pünktlich sein.«

»Du kannst das nicht allein!«, fuhr de Vries seine Frau an. »Du bist viel zu krank!«

»Sie können Ihre Frau gern fahren, nur mit ins Büro dürfen Sie nicht«, bemerkte Wuttke gönnerhaft.

»Das werden Sie bereuen. Sie können sich eine neue Arbeit suchen! Ich habe gute Kontakte zu den Alliierten, und wenn Stumm an Ihnen festhält, habe ich Mittel und Wege, dass Sie bei der Polizei kein Bein mehr auf die Erde kriegen!«, verkündete der Klinikleiter mit hochrotem Kopf.

Alte Seilschaften, auf die er anspielte, vermutete Wuttke.

Er wandte sich erneut an Fräulein Lore. »Haben Sie das protokolliert?«

»Aber selbstverständlich, Herr Kommissar. Der Ehemann der Zeugin droht Kommissar Wuttke, dass er seine Beziehungen spielen lässt und dafür sorgt, dass der Kommissar seine Arbeit verliert«, las ihm die Schreibkraft vor.

»Gut, wir sehen uns morgen um zehn Uhr im Präsidium, Frau de Vries. Wir entschuldigen uns noch einmal für die Störung.«

Frau de Vries versuchte zu lächeln, aber es gelang ihr nicht. Wuttke wollte immer noch nicht klein beigeben, und ermuntert von ihrem Versuch, freundlich zu sein, unternahm er noch einen letzten Anlauf, sie zum Reden zu bringen.

»Vielleicht können Sie uns aber jetzt schon sagen, an was für einer Krankheit Sie leiden, die Ihnen solche Schmerzen bereitet?«, fragte Wuttke.

»Nein, das kann meine Frau nicht! Weil es Sie nichts angeht!«, mischte sich der Klinikleiter unwirsch ein.

»Dann schauen wir mal, Frau de Vries, ob Ihnen das bis morgen wieder eingefallen ist, was Ihnen solche Schmerzen bereitet, dass Sie dagegen Dolantin nehmen müssen. Kommen Sie, Fräulein Krause.« Wuttke erhob sich, doch dann wandte er sich noch einmal Frau de Vries zu. »Übrigens ist es das Mittel, mit dem Dr. Kampmann betäubt wurde, bevor man ihn vom Dach gestoßen hat«, fügte er hinzu.

Blankes Entsetzen machte sich auf Frau de Vries' Gesicht breit.

»Haben Sie das gar nicht gewusst, dass man zunächst sein Aufputschmittel gegen ein Schmerzmittel mit betäubender Wirkung ausgetauscht und gehofft hat, dass dies zusammen mit Alkohol genügt, um ihn umzubringen?«

Frau de Vries brachte keinen Ton mehr heraus. Sie starrte nur stumm vor sich hin.

»Da sehen Sie mal, was Sie angerichtet haben! Raus aus meinem Haus. Sofort raus hier!«, stieß de Vries hasserfüllt hervor, aber Wuttke ließ das an sich abperlen.

Als die schwere Haustür hinter ihnen ins Schloss gefallen war, stieß Fräulein Lore einen lauten Seufzer aus. »Das ist ja ein Geisterhaus, und der Mann ist fast schon zu böse, um unser Mörder zu sein. Haben Sie gesehen, wie er seiner Frau den Daumen zwischen die Schulterblätter gebohrt hat?«

»Leider nein, aber ich habe geahnt, dass er ihr wehtut«, entgegnete Wuttke, der es sehr eilig hatte, dieses Grundstück zu verlassen. Früher hatte er immer gedacht, wie gut es den Menschen in ihren Villen gehen musste, und hatte sie glühend um ihren Reichtum beneidet. Dass sie solche seelischen Wracks wie dieses Ehepaar mitsamt der Schwiegermutter sein könnten, bestätigte ihm seine Überzeugung, dass Reichtum nicht unbedingt Ausdruck eines integren Charakters war.

»Kommissar Wuttke. Sie waren großartig«, bemerkte Fräulein Lore schüchtern auf dem Weg zum Wagen.

»Ich habe nur meine Arbeit gemacht«, versuchte er, ihr Lob abzuschwächen, weil es ihm unangenehm war, dass sie ihn derart anschwärmte. Nicht dass er Stein noch den Rang bei der Schreibkraft ablief.

»Sie haben sich nicht provozieren lassen von diesem Mann. So kenne ich Sie gar nicht. Sonst schießen Sie meist dagegen, wenn Ihnen einer dumm kommt. Koste es, was es wolle. Und wie elegant Sie die alte Dame zum Schweigen gebracht haben. Bewundernswert!«

Wuttke lachte befreit. »Na, Sie haben ja ein schönes Bild von mir. Eher so eine Art Rumpelstilzchen, was?«

Fräulein Lore wurde rot.

»Das wollte ich damit nicht sagen. Ach, es war einfach wunderbar, dabei zuzusehen, wie dem aufgeblasenen Kerl immer mehr die Luft ausgegangen ist.«

»Das bin ich meinem Ruf als Held schuldig«, scherzte er. Obwohl er nicht besonders eitel war, schmeichelte ihm das Lob der Schreibkraft mehr, als ihm lieb war. Offenbar hatte er Stein wirklich vom Sockel gestoßen, jedenfalls von dem, auf den ihn Fräulein Lore bislang gestellt hatte, denn sie sah ihn jetzt mit diesem gewissen schwärmerischen Blick an, der zuvor allein Stein vorbehalten gewesen war.

Dann kam ihm Schwester Klara in den Sinn und ihm wurde schlagartig bewusst, was er bei der Befragung vergessen hatte. Er hatte de Vries nicht damit konfrontiert, dass er ihm den Urlaubswunsch der Schwester partout nicht abnahm. Sie würde niemals bei der dünnen Personaldecke nach dem Mord an Kampmann auf der Kinderstation um freie Tage ersucht haben.

Er verspürte den Impuls, noch einmal zurückzugehen und de Vries damit zu konfrontieren, aber er widerstand dieser Regung. Die Frage, was Schwester Klara kurz vor ihrem Verschwinden von ihm gewollt hatte, würde er sich aufbewahren und ihm beim nächsten Mal stellen. Und dass es eine nächste Vernehmung von de Vries geben würde, war für Wuttke so sicher wie das Amen in der Kirche. Hoffentlich die letzte, die zu seiner Verhaftung führen würde! Aber nur mit Stein gemeinsam!

44

Klara Wegner wusste weder, wo sie sich befand, noch, was mit ihr geschehen war. Das Einzige, was sie fühlte, waren unerträgliche Kopfschmerzen und ein quälendes Durstgefühl.

Sie blieb regungslos liegen, rührte sich nicht. Eine Art Nebel waberte durch ihr Hirn, aus dem immer wieder unzusammenhängende Bilderfetzen hervorstachen: Sie winkt einem Flugzeug hinterher, als es nur ein winziger Punkt am blauen Himmel ist, ein kleiner Junge stirbt in seinem Bettchen, und sie hält ihm die Hand, bis sie schlaff wird, ihr Mann, der auf Fronturlaub kommt, sie streiten, weil sie ihn nicht wieder loslassen will, ein lachendes Mädchen, das die Hühner jagt, in der Hand ein Zuckerbrot ... Sie weiß plötzlich, wer dieses Kind ist. Das ist sie selbst, damals, lange vor dem Krieg auf dem Bauernhof ihrer Eltern, als es noch genug zu essen gibt ... neue Bilder erschienen vor ihrem inneren Auge: ein Hinterhof, Trümmer, ein fieberndes Kind, eine verzweifelte Mutter hält dem Mädchen die Hand, dasselbe Mädchen spielt im Hof, die Mutter weint immer noch, küsst ihr die Hände ... Sie will das nicht! Nur nicht darüber reden! Bitte nicht! Schweigen bis ins Grab. Die Sonne geht auf über dem Wannsee. Sie liegen verborgen in einem Boot und lieben sich, sie sind verdammt jung und verliebt ... die Kinder schmiegen sich dicht an sie, dann Blitz und Donner, das Geräusch der herannahenden Bomber ... sie riecht den verbrannten Asphalt und die menschlichen Fackeln ...

Der Schmerz drohte ihren Kopf zu sprengen. Sie wollte ihre Qual hinausschreien, aber etwas steckte in ihrem Mund. Sie wehrte sich dagegen, wollte es ausspucken, aber es bewegte sich nicht. Im Gegenteil, mit jedem Versuch, es loszuwerden, nahm es ihr mehr die Luft zum Atmen. Verdammt, sie wollte nicht sterben und wehrte sich nicht länger gegen den Knebel in ihrem Mund. Sie akzeptierte, dass sie nicht nach Hilfe rufen konnte.

Stattdessen versucht sie, die Augen zu öffnen, aber sie schaffte es nicht, ihre Lider zu heben. Man hatte sie ihr verklebt. Sie versuchte verzweifelt, sich zu erinnern. An das, was ihr widerfahren war. Warum sie sich nicht rühren konnte? Wer hatte das getan und warum? Sie hatte doch in ihrem ganzen Leben nichts Böses angestellt, jedenfalls konnte sie sich nicht daran entsinnen. Sie wollte sich so gern erinnern, aber da war nichts Greifbares. Nur diese Bilder, die so schnell wechselten. Sie hätte sie gern länger betrachtet, damit sie erfuhr, was mit ihr geschehen war, aber sie ließen sich nicht einfangen.

Sie versuchte, ihre Hände und Füße zu bewegen, aber da war ein Widerstand, der sich nicht beseitigen ließ. Fesseln, dachte sie, das sind Fesseln. Jetzt spürte sie, dass sie nahe daran war, eine greifbare Erinnerung zu bekommen, aber schon verschwand alles wieder im Nebel. Erneut diese schnell wechselnden Bilder. Merkwürdig, sie waren nur in Schwarz-Weiß. Keine Farben, wie manchmal im Traum. Plötzlich überkam sie panische Angst, als sie einen Mann vor sich sah, der Hilfe brauchte, aber sie war wie gelähmt: Sie kann ihm nicht helfen. Sie möchte schreien, aber es kommt kein Ton aus ihrem Mund. Aber sie kann nicht zulassen, dass er ihn über die Brüstung ... sie hat einen Mord beobachtet, einen kaltblütigen Mord.

In ihrem Hinterkopf pochte es entsetzlich. Noch einmal spürte sie diesen Schlag auf den Hinterkopf und dann ... in diesem Augenblick setzten sich die Fetzen zu einem Ganzen zusammen. Sie hatte nicht damit gerechnet, sich sicher und geborgen gefühlt ... Die Erinnerung, das war die Erinnerung, sie kehrte zurück. Da war dieser Kommissar, der würde sie retten und dann würde sie mit ihm ausgehen. Er war ein Guter ... doch bevor sie sich weiter an diesen Traum von ihrer baldigen Rettung klammern konnte, spürte sie ein Piksen im Arm. »Es tut mir leid!«, flüsterte eine Stimme. Die Person mit der Spritze in der Hand war ganz real. Jetzt wusste sie wieder genau, was geschehen war, aber das war auch ihr letzter Gedanke, bevor eine bleierne Müdigkeit sich ihres Körpers und ihrer Seele bemächtigte und sie mit sich forttrug.

45

Stein war den ganzen Weg zu Fuß zur Kantstraße gegangen. Das hatte einen großen Vorteil: Er wurde mit jedem Schritt nüchterner. Das Gefühl, als hätte es dieses Besäufnis gar nicht gegeben, stellte sich vollends ein, nachdem er über ein undefinierbares Metallteil gestolpert und der Länge nach hingefallen war. Zum Glück hatte er sich nichts getan, nur der Mantel hatte einen schwarzen Flecken abbekommen und seine Handflächen, mit denen er sich abgestützt hatte, waren ebenfalls rabenschwarz. Nachdem er sich aufgerappelt hatte, wobei ihm ein herannahender Schupo geholfen hatte, war er im wahrsten Sinne des Wortes sturznüchtern. Er hoffte nur, dass der hilfsbereite Polizist nicht aus der Friesenstraße kam und ihn womöglich erkannt hatte. Das Fahrrad hatte er vor der Kaschemme, in der sie schließlich gelandet waren, stehen gelassen und wollte es morgen früh vor Dienstantritt dort abholen. Er hatte sich nicht getraut, in seinem angeschlagenen Zustand aufs Rad zu steigen. Mit Straßenbahn, Bus oder S-Bahn konnte er nicht fahren, weil seine Geldbörse verschwunden war. Natürlich hatte er einen konkreten Verdacht, wer sie ihm entwendet hatte. Deshalb war er auch, nachdem er den Verlust am Bahnhof bemerkt hatte, noch einmal zurück zu dem Haus gegangen, aber die Haustür war fest verschlossen gewesen. Schließlich hatte er es aufgegeben, weil sich auch nur ein paar wenige Westmark in der Börse befunden hatten. Missmutig hatte er sich schließlich in Richtung Charlottenburg aufgemacht.

Weit über eine Stunde brauchte er nun schon für den Weg, und es kam ihm wie eine Strafe für sein Besäufnis vor. Teilweise war er durch düstere Straßen gekommen, in denen es immer noch mehr Trümmerberge und wie Gerippe hoch emporragende Ruinen als bewohnte Häuser gab. Der einzige Trost war, dass der Mond ihm den Weg durch die Dunkelheit wies, wobei sein fahler Schein die Ruinen unheimlich aussehen ließ. Wahrscheinlich hatte er sich verlaufen, weil er zwar die grobe Richtung kannte, aber keineswegs jede einzelne Straße.

Als er in der Ferne vereinzelte Lichter sah, war er erleichtert. Das konnte nur der Kurfürstendamm sein, und damit war er fast am Ziel. Er dachte abwechselnd an Wuttke, und wie der wohl darauf reagieren würde, dass er ihm nicht, wie versprochen, sofort Bericht erstattet hatte, und an Percy. Was der von ihm wollte, war ihm immer noch schleierhaft. Was auch immer dahintersteckte, ihm stand nicht der Sinn danach, Percy Williams erneut privat in Berlin zu treffen.

Stein war froh, dass alles still war, als er wenig später die Wohnungstür aufschloss. Wuttkes Donnerwetter hatte Zeit bis morgen. Vor allem befürchtete Stein, dass der Kollege ihm auf den ersten Blick ansehen würde, dass er versackt war. Er wollte gerade in sein Zimmer schleichen, als er Frau Krauses besorgte Stimme hinter sich hörte: »Herr Kommissar Stein, haben Sie eine Ahnung, wo Wuttke und meine Tochter stecken?«

Es blieb ihm nichts anderes übrig, als sich umzudrehen und zu antworten auf die Gefahr hin, dass Frau Krause seine Fahne roch.

»Ich denke, sie sind im Bett«, flüsterte er, um sie nicht aufzuwecken.

»Eben nicht. Ich habe erst bei Lore in der Kammer nachgesehen und dann auch einen Blick in Kommissar Wuttkes Zimmer geworfen. Sie sind beide nicht da, und ihre Betten sind gemacht«, entgegnete sie und trat hastig einen kleinen Schritt zurück.

»Ich habe ein wenig gefeiert«, verriet er ihr entschuldigend, denn es war schwerlich zu verkennen, dass sie wegen seiner Fahne vor ihm zurückgewichen war.

»Vielleicht sind sie gemeinsam ausgegangen«, fügte er hinzu, obwohl er sich nicht recht vorstellen konnte, dass Wuttke in seinem Zustand zum Vergnügen das Haus verließ.

In diesem Augenblick ging die Haustür auf, und die beiden traten in ein angeregtes Gespräch vertieft in den Flur. Wuttkes zornige Miene, als er ihn erblickte, sprach Bände. Stein konnte es dem Kollegen nicht einmal verübeln.

46

»Ich muss sofort mit Ihnen reden, Stein«, fuhr Wuttke ihn an. »Unter vier Augen.«

»Gehen wir in mein Zimmer?«, bot Stein ihm freundlich an, denn es war das größere der beiden und besaß einen Tisch, an dem man besser sitzen konnte als auf Wuttkes Bettkante. Er hoffte, dass er, wenn er jetzt nicht mit einem überheblichen Ton provozierte, Wuttke besänftigen konnte.

Wuttke nickte, richtete dann das Wort an Fräulein Lore. »Ich danke Ihnen für Ihre gute Arbeit. Dürfte ich Sie noch dazubitten, falls es erforderlich ist? Mit dem Protokoll der Vernehmung bitte.«

»Ja, Sie finden mich in meinem Zimmer«, murmelte sie, ohne den leicht entsetzten Blick von Stein zu wenden. Wenn es nicht so traurig gewesen wäre, hätte Stein es beinahe amüsant gefunden, wie deutlich er ihrer Miene entnehmen konnte, dass er gerade in ihrer Achtung gesunken war. Was ihn hingegen regelrecht beunruhigte, war die Tatsache, dass die beiden offenbar nicht zu ihrem Privatvergnügen die Nacht zum Tag gemacht hatten, sondern beruflich unterwegs gewesen waren.

Er konnte seine Neugier nur mühsam zügeln. Kaum hatte er seine Zimmertür hinter sich zugezogen, fragte Stein Wuttke auch schon, von welcher Vernehmung da eben die Rede gewesen war.

Wuttke maß ihn mit einem abschätzigen Blick. »Ich glaube, vorher sollten Sie mir eine Frage beantworten, wobei ich sie mir fast selbst beantworten kann.« Wuttke rümpfte die Nase. »Aber hätten Sie vor dem Kneipenbesuch nicht einfach vorbeikommen können, um mich über den aktuellen Stand in Sachen Klara Wegner zu informieren?«

»Ach, Wuttke, das habe ich mich auch während der anderthalb Stunden gefragt, die ich durch die Trümmerstadt von Kreuzberg bis hierher gelaufen bin. Ein ehemaliger Kollege vom Yard hat mich spontan auf ein Bier um die Ecke eingeladen. Und der Abend war so schräg, dass ich mehr getrunken habe, als ich vertragen kann. Ja, ich möchte sagen, ich war richtiggehend blau! Tut mir sehr leid.«

Wuttke schien zu überlegen, ob er die Entschuldigung annehmen oder den Kollegen weiter für sein Versäumnis rügen sollte.

»Schon gut, das kann ja mal passieren«, bemerkte Wuttke schließlich versöhnlich.

»Das denke ich auch. Ich habe Ihnen ja Ihre Panzerschokolade auch immer verzie…« Stein hatte den Satz noch nicht beendet, als ihm klar wurde, dass dieser Vergleich nicht dazu angetan war, Wuttke zu besänftigen. »Entschuldigen Sie, das war unpassend.«

»Da haben Sie ja gerade noch einmal die Kurve gekriegt, aber wir sollten unsere Zeit nicht mit Streiten verschwenden, sondern mit der Frage, wo Schwester Klara stecken könnte.«

»Wahrscheinlich ist sie in der Klinik oder inzwischen in ihrer Wohnung. Es sind ja schon weit über vier Stunden vergangen, seit ich bei ihr war …«

»Ist sie nicht!«, unterbrach Wuttke ihn unwirsch und berichtete kurz und bündig, dass er in Begleitung von Fräulein Lore erst in der Sanderstraße und dann in der Klinik vergeblich nach ihr gesucht und sie dort erfahren hatten, dass sie unentschuldigt nicht zum Dienst erschienen war.

»Sie sind ohne mich dorthin gefahren?«, gab Stein empört zurück. Diese Eigenmächtigkeit des Kollegen passte ihm überhaupt nicht.

»Ja, was sollte ich denn tun? Berlins Spelunken nach Ihnen absuchen? Mann, ich habe mir Sorgen um Sie gemacht. Das kenne ich nicht von Ihnen, dass Sie so unzuverlässig sind. Da hatte ich schon die Fantasie, dass Ihnen womöglich auch was zugestoßen sein könnte, Sie blöder Hornochse!«, ereiferte sich Wuttke.

Stein hob beschwichtigend die Hände. »Ist gut. Sie haben ja recht.«

»Und dann kam diese Frau an Schwester Klaras Haustür vorbei und hat etwas davon gefaselt, Sie hätten sich unter falschem Namen bei ihr eingeschlichen. Das war alles sehr beunruhigend«, fügte Wuttke hinzu.

»Ach, Sie haben die Nachbarin auch getroffen? Und was hat sie gesagt?«

»Dass sie mir gar nichts sagen wird. Offenbar dachte sie, ich wüsste alles. Wissen Sie, was sie damit meint?«

»Sie hat mich für einen großartigen Menschen gehalten, der irgendeine gute Tat begangen hat. Und ich habe ihr nicht gleich widersprochen. Als sie erfuhr, dass ich Polizist bin, war sie stocksauer und hat mich davor gewarnt, Schwester Klara weiter zu verfolgen.«

»Mir hat diese Frau erzählt, sie sei extra in die Klinik gefahren, um Schwester Klara vor Ihnen zu warnen. Sie muss Sorge gehabt haben, dass die Polizei etwas in der Hand hat, womit sie Schwester Klara schaden kann. Was hat sie wohl angestellt?«, sinnierte Wuttke.

»Das wüsste ich allerdings auch gern. Wir werden die Nachbarin vorladen müssen.«

»Wir haben ja nicht einmal einen Namen«, knurrte Wuttke.

»Sie heißt Trude Heller, und wir werden sie gleich morgen früh um zehn von zwei Schupos abholen lassen.«

»Morgen um zehn Uhr haben wir bereits eine andere Zeugenvernehmung«, erklärte Wuttke trocken.

»Ich weiß von keinem anderen Zeugen«, erwiderte Stein, obwohl er bereits ahnte, dass Wuttke sich noch zu weiteren Eigenmächtigkeiten aufgeschwungen hatte. »Oder haben Sie vielleicht auf eigene Faust noch jemanden geladen?«, fügte er lauernd hinzu.

»Karin de Vries wird uns morgen beehren!«

»Wieso das? Haben Sie heute nicht genug Porzellan zerschlagen bei de Vries' Vernehmung? Die Angelegenheit müssen wir mit Fingerspitzengefühl angehen.« Stein merkte sehr wohl, dass er gerade wieder seinen belehrenden Ton angeschlagen hatte, aber ihm schwante Böses. Er hatte doch hoffentlich nicht alle seine Überredungskünste vergeblich eingesetzt, um Graubner auf ihre Seite zu bringen und Wuttke aus der Schusslinie zu bringen. Wenn Wuttke erneut übers Ziel hinausgeschossen war, sah es finster aus für die Unterstützung des Kriminalrats.

Verärgert zog Wuttke die zerknüllten Liebesbriefe aus der Jackentasche und reichte sie Stein. Beim Überfliegen wurde Stein sofort klar, dass Wuttke heute Mittag offenbar wirklich ins Schwarze getroffen hatte, als er den Klinikleiter damit konfrontiert hatte, dass seine Frau die unbekannte Patientin auf der Venerologie gewesen war.

»Sie sind doch nicht etwa allein zu de Vries nach Hause gefahren?«, fragte Stein vorwurfsvoll, obwohl es kaum eine andere Möglichkeit gab, die de Vries noch so spät am Abend vorzuladen.

»Nein, Fräulein Lore war dabei und hat alles ordnungsgemäß protokolliert«, gab Wuttke zurück.

»Gut, dann würde ich das gern gleich morgen früh lesen. Nicht dass es morgen heißt, wir hätten sie nicht vorladen dürfen, weil es nicht bewiesen ist, dass die Briefe von der de Vries sind. Oder hat sie das etwa zugegeben?«

»Nein, aber beinahe. Es hätte nicht viel gefehlt und sie hätte uns die Wahrheit auf dem Silbertablett serviert ...«

Stein runzelte die Stirn. »Beinahe ist so gut wie gar nichts!«, bemerkte er genervt.

»Was Sie nicht sagen, Sie Klugscheißer, aber morgen wird sie gestehen. Dafür lege ich meine Hand ins Feuer. Und ich bin mir sicher, dass sie weiß, wie der Gatte ihren Geliebten umgebracht hat. Und ihn nehme ich mir auch noch einmal zur Brust. Vielleicht weiß er, wo Schwester Klara steckt!«

»Keine gute Idee. Den Mann überlassen Sie besser mir. Sie versuchen, die Ehefrau weichzukochen, und ich nehme mir morgen erneut den Klinikleiter vor. Ist doch eine gerechte Arbeitsteilung, oder nicht?« Stein erwartete keinen Widerspruch, aber Wuttke warf ihm einen verächtlichen Blick zu. »Sie behandeln mich gerade wieder einmal wie einen Idioten. Ich habe nichts gegen Arbeitsteilung, aber dass Sie mal wieder bestimmen, was wer zu tun hat, stinkt mir gewaltig. Fast so wie Ihre Fahne!«

Stein schluckte. Das war ein Schlag unter die Gürtellinie, was eigentlich nicht unbedingt Wuttkes Art war. Er nahm sich vor, in der nächsten Zeit intensiv zu überprüfen, ob sein Verhalten Wuttke gegenüber tatsächlich so dominant war oder ob Wuttke in dieser Hinsicht einfach zu empfindlich war. Aber nicht jetzt, denn langsam setzten die Spätfolgen seines Besäufnisses ein, und der Kopf tat ihm weh.

»Dann machen Sie es so, wie Sie es für richtig halten«, murmelte Stein.

»Sie sind ja beleidigt. Das ist neu bei Ihnen«, versuchte Wuttke zu scherzen.

»Dass Sie absichtlich beleidigend werden, kannte ich noch nicht von Ihnen«, konterte Stein und sah, wie sich Sorgenfalten in Wuttkes kämpferischer Miene breitmachten.

»Sie befürchten, dass der Krankenschwester etwas zugestoßen ist, oder?«

Wuttke nickte. »Ich hätte sie im Krankenhaus nicht gehen lassen dürfen. Ich habe schließlich gemerkt, dass da etwas nicht stimmt«, stieß er verzweifelt hervor.

»Was hätten Sie denn machen sollen? Die Frau ist vor Ihnen weggelaufen. Sie haben sie ja nicht mal gehen lassen, sondern sie ist geflüchtet. Das habe ich genau beobachtet. Aber ich gebe Ihnen recht. Wenn sie weder im Krankenhaus noch in der Sanderstraße war, gibt das allerdings Anlass zur Besorgnis. Wir werden bis morgen warten, und wenn wir sie dann wieder weder bei der Arbeit noch in der Klinik antreffen, müssen wir überlegen, was wir unternehmen. Immerhin könnte sie auch bei Freunden untergetaucht sein.«

»Gut, aber da wäre noch etwas. Ich möchte, dass Sie das Protokoll jetzt lesen, und nicht erst morgen, kurz bevor wir die de Vries vernehmen. Damit Sie wissen, was in der Villa vorgefallen ist. Und damit wir noch kurz darüber sprechen können …« Schon war Wuttke aufgesprungen und aus dem Zimmer gestürzt.

Stein konnte Wuttke mit seiner Sorge um die Krankenschwester viel besser verstehen, als er es zugeben würde. Er hatte sich auch verantwortlich gefühlt, als die Mörderin im Dalldorf-Fall schneller beim Treffpunkt mit Marianne gewesen war als Wuttke und er. Da war es bereits zu spät gewesen. Dabei hatte ihn an ihrem Tod genauso wenig Schuld getroffen, wie es bei Wuttke der Fall wäre, wenn der Krankenschwester etwas zugestoßen sein sollte.

Wuttke kehrte mit Lores Block in der Hand zurück. »Fräulein Lore kommt gleich nach, denn diese Kurzschrift kann ich leider nicht lesen. Oder können Sie Steno?«

»Nein. Und nun erzählen Sie schon. Wie war die Vernehmung mit unserem speziellen Freund?«

»Ach, kommen Sie, Stein, seien Sie nicht so scheinheilig. Sie interessiert doch nur das eine: ob ich mich von dem Mann wieder habe provozieren lassen und er sich bei Graubner beschweren kann. Und Sie wollen nun wissen, ob Sie in Zukunft noch mit mir als Partner rechnen können oder ich stempeln gehen muss?«

»Noch nicht, Wuttke, das darf ich Ihnen verraten. Im Gegenteil, ich habe mit Graubner eine Vereinbarung getroffen, dass wir uns nicht mehr durch de Vries' Beschwerden bei unseren Ermittlungen beschränken lassen müssen. Der Kriminalrat steht hinter uns«, erklärte Stein triumphierend.

Wuttke war zunächst irritiert, dann grinste er breit. »Heißt das, ich hätte mich heute Abend ruhig wie die Axt im Walde aufführen dürfen und mir wäre nichts passiert?«

In diesem Augenblick klopfte es und Fräulein Lore trat ins Zimmer. »Kommissar Wuttke hat mich gebeten, Ihnen das Protokoll vorzulesen«, sagte sie und musterte Stein kritisch. Ihr Blick blieb an seinem verschmutzten Mantel hängen.

Stein zog ihn hastig aus. »So besser?«, fragte er.

Fräulein Lore lächelte. »Es ist nur so, ich habe noch nie zuvor einen Fleck an Ihnen gesehen«, sagte sie fast entschuldigend.

»Sie haben mich auch noch nie von einer Zechtour zurückkommen sehen«, erwiderte er und zwinkerte ihr zu.

Wuttke schilderte nun in knappen Worten, wie sie in die Geburtstagsfeier hineingeplatzt waren und die Zeugin gar nicht zu Gesicht bekommen hätten, wenn Frau de Vries nicht in die Diele gekommen wäre und sie eingeladen hätte.

Wie es weitergegangen war, las Fräulein Lore Stein mit ihrer wohlklingenden Stimme vor.

»Wenn ich vollends dem Alkohol verfalle, könnten Sie mich glatt vertreten«, bemerkte Stein, nachdem Lore das Protokoll fertig vorgelesen hatte. Sie reagierte nicht so dankbar wie sonst, wenn er ihr Komplimente machte, stellte er mit einer Mischung aus Belustigung und gekränkter Eitelkeit fest.

»Kann ich jetzt ins Bett gehen, weil ich morgen früh arbeiten muss?«, fragte sie in einem leicht vorwurfsvollen Ton. Wuttke aber warf sie noch einen freundlichen Blick zu, während sie sich bedankte, dass er sie zu der Vernehmung mitgenommen hatte.

Wuttke blieb noch ein Weilchen bei Stein sitzen. Die beiden Kommissare waren sich einig, dass sie nach der Vernehmung von Karin de Vries ein großes Stück weitergekommen sein würden. Stein rang mit sich, aber dann lobte er den Kollegen für seine saubere Arbeit. Wuttke entgegnete, das werde er sich rot in den Kalender eintragen.

Wuttke hatte sich bereits verabschiedet, aber bevor er aus der Tür ging, fragte ihn Stein: »Was glauben Sie? Was wollte dieser Percy bloß von mir?«

Wuttke kehrte noch einmal an den Tisch zurück und fragte Stein, wer Percy überhaupt sei. Stein berichtete ihm detailliert von ihrer früheren Zusammenarbeit, davon, dass er auch nicht mehr beim Yard war, und schließlich von dem Abend. Das blamable Finale mit der blonden Frau ließ er allerdings weg.

»Und Sie wissen nicht, für wen dieser Percy jetzt arbeitet?«, fragte Wuttke nach.

»Nein, keine Ahnung.«

»Wissen Sie, was ich glaube?«

Stein schüttelte den Kopf.

»Er ist ein Agent.«

»Wie meinen Sie das?«

»Ein Agent des britischen Geheimdienstes. Ich habe gehört, die schießen neuerdings wie die Pilze aus dem Boden. Es soll in Berlin nur so wimmeln von Agenten.«

Stein hielt das für einen Scherz und erklärte lachend, er werde ihn beim nächsten Treffen darauf ansprechen. Dabei hatte er sich längst entschieden, dass es kein zweites Mal geben würde.

Erst nachdem Wuttke sein Zimmer verlassen hatte und er in seinem Bett lag, fand er das Ganze plötzlich gar nicht mehr so absurd. Er hatte den Gedanken noch gar nicht zu Ende geführt, als er im Bett hochfuhr. Wie hatte er nur so blind sein können? Natürlich arbeitete Percy inzwischen für den Geheimdienst. Der Alkohol musste sein

Hirn komplett vernebelt haben! Einmal abgesehen von der Tatsache, dass er ihm niemals Auskunft geben würde, ärgerte er sich, dass er nicht sofort geschaltet hatte. Er wollte nichts, aber auch gar nichts damit zu tun haben. Weder mit Percys Dienststelle noch mit der seines Vaters. Während er versuchte, das Ganze zu vergessen, fiel er in einen unruhigen Schlaf.

47

Lore Krause konnte hinter ihrer Schreibmaschine kaum die Augen aufhalten. Ihr fehlte Schlaf. Sie wollte partout nicht verstehen, wieso die Kommissare schon beim Morgenkaffee derart munter gewesen waren, allen voran Stein. Es war kaum zu glauben, dass es derselbe Mann war, der gestern Nacht wie ein Landstreicher ausgesehen und wie eine ganze Spelunke gestunken hatte. Sogar den Fleck aus seinem Mantel hatte er entfernt. Oder er besaß einen zweiten Mantel, ein Luxus, den sie allerdings nicht einmal ihm zutraute. Jedenfalls sah Stein wieder einmal wie aus dem Ei gepellt aus. Auch Wuttke war nicht im Geringsten anzumerken, dass er erst gegen ein Uhr morgens im Bett gewesen war. Sie hatte auf ihren Wecker gesehen, als Wuttke Steins Zimmer verlassen und die Tür geklappt hatte.

Ihre Haut war fahl und sie hatte am Morgen Ringe unter ihren Augen entdeckt. Davon, dass die Kommissare das nicht einmal zu bemerken schienen, zeugten ihre morgendlichen Komplimente über ihr rot-weiß geblümtes Kleid, das sie an diesem Freitag aus einem ganz speziellen Grund angezogen hatte: für das Treffen mit dem falschen Gustav. Allerdings schwankte sie, ob sie zu dem Treffen wirklich hingehen oder ob sie es nicht einfach sausen lassen sollte. Dann wieder entschloss sie sich, hinzuzugehen, aber ihr Versprechen zu halten, es Wuttke zu verraten, doch der war derart mit anderen Dingen beschäftigt, dass sie ihn nicht damit belästigen wollte. Das redete sie sich auf jeden Fall ein, denn wenn sie ihr Ziel überhaupt weiterverfolgen wollte, dann doch lieber erst einmal allein. Sie konnte Wuttke ja immer noch zu Hilfe holen, wenn sie sich mit dem Kerl an einem Ort traf, der gefährlich war, und erst nachdem sie ihm vorgegaukelt hatte, dass sie für ihn Geld von ihrem Postsparbuch abgehoben hatte.

Lore war mit dem Fahrrad zum Dienst gekommen, um später damit zum Treffpunkt zu gelangen. Sie war an diesem Morgen vor den Kommissaren in der Friesenstraße gewesen, sodass der Pförtner ihr eine Mitteilung für Wuttke und Stein mitgegeben hatte. Da sie nicht in einem Umschlag steckte, siegte schließlich ihre Neugier. Kaum oben im Büro der Kommissare angekommen, faltete sie den Zettel auseinander und las die Nachricht. Sie stammte von Schwester Klara, jedenfalls war sie mit ihrem Namen unterschrieben. Auffällig war, dass sie die Botschaft mit Schreibmaschine verfasst hatte. In dem Schreiben beschwor die Krankenschwester Wuttke, nicht mehr nach ihr zu suchen, weil sie versuchen werde, Berlin in Richtung Westen zu verlassen. Sie habe etwas Unverzeihliches getan und wolle sich durch ihre Flucht einer Verhaftung entziehen. Und er solle sich keine Sorgen machen, sie habe jemanden kennengelernt, der ihr helfen könne und sie in Sicherheit brächte.

Schon beim Lesen ahnte Lore, dass Wuttke der Plan der Krankenschwester, sich abzusetzen, ganz und gar gegen den Strich gehen würde. Sie fragte sich, was Schwester Klara Schlimmes verbrochen haben könnte. Da lag eigentlich nur der eine Verdacht nahe, dass dies ein Geständnis sein sollte: Sie hatte Kampmann und Descher auf dem Gewissen.

Lore hatte den Brief gerade rechtzeitig wieder zusammenfalten können, als Wuttke das Büro betrat. Sie drückte ihm das Schreiben sofort in die Hand und verschanzte sich hinter ihrem Block, ohne den Kommissar aus den Augen zu lassen. Sie beobachtete, wie er sich die Lippen blutig kaute, während er die Nachricht mindestens dreimal las.

»Schlechte Nachrichten, Kommissar Wuttke?«, fragte sie scheinheilig.

Wuttke musterte sie durchdringend. »Das wissen Sie doch genauso gut wie ich!«, knurrte er.

»Stimmt gar nicht!«, widersprach sie heftig. Dass sie es vor lauter Neugier bereits gelesen hatte, würde sie im Leben nicht zugeben!

Wuttke reichte ihr wortlos das Stempelkissen, das er für das Abnehmen von Fingerabdrücken benutzte.

Lore erschrak angesichts dieser Drohung. »Gut, ich weiß, was drinsteht.«

»Und was meinen Sie dazu?«

Lore war verwirrt, dass er mit keinem weiteren Wort darauf einging, dass sie wieder einmal Opfer ihrer überbordenden Neugier geworden war.

»Ganz ehrlich? Ich halte das für ein Geständnis. Schwester Klara hat Kampmann umgebracht. Und auch Descher …«

»Aber warum läuft sie vor dem Untersuchungsgefängnis in die entgegengesetzte Richtung und nicht hinter Descher her?«

»Ein Täuschungsmanöver, weil sie wusste, dass sie beobachtet wird. Vielleicht hat sie ihn danach verfolgt.«

Wuttke schüttelte unwirsch den Kopf. »Das bezweifle ich. Ich bin ihm ein ganzes Stück hinterhergerannt. Da hätte ich sie sehen müssen. Descher war einfach weg. Aber Sie haben in einem recht: Wir sollen das glauben! Ich bin mir nicht einmal sicher, dass sie die Verfasserin ist.«

»Und wer soll es sonst gewesen sein?«

»Jemand, der verhindern möchte, dass wir weiter nach ihr suchen!«

In diesem Augenblick kam Stein ins Büro, und Wuttke reichte ihm stumm die vermeintliche Botschaft Schwester Klaras. Stein runzelte die Stirn, während er die Zeilen las.

»Merkwürdig«, sagte er, nachdem er zu Ende gelesen hatte. »Wer macht sich denn die Mühe, so eine Nachricht mit der Maschine zu verfassen?«

»Genau! Das stinkt zum Himmel. Sag ich doch«, pflichtete ihm Wuttke beinahe triumphierend bei. »Das hat sie niemals selbst geschrieben!«

Stein überlegte. »Wir werden einen Schupo vor ihrem Haus abstellen und einen vor der Klinik, der uns Bericht erstattet, sobald sie dort auftaucht. Aber nun lassen Sie uns noch einmal kurz besprechen, wie Sie Frau de Vries am besten zum Reden bringen«, schlug Stein vor. »Wir haben noch dreißig Minuten!«

In dem Moment klopfte es und Graubner platzte in ihre Besprechung. Der Kriminalrat machte ein betretenes Gesicht, doch als er Wuttke erblickte, kam er freundlich auf ihn zu und schüttelte dem verdatterten Kommissar die Hand. »Schön, dass Sie wieder da sind.«

Er sah sich suchend um. Lore ahnte, was er vermisste. Sie sprang auf und holte rasch den Präsentkorb aus dem Aktenschrank, wohin Stein ihn verbannt hatte.

»Entschuldigen Sie, Herr Kriminalrat, wir haben Ihr Geschenk in Sicherheit gebracht.« Sie drückte den Korb dem immer noch verblüfften Wuttke in den Arm.

»Danke«, stieß Wuttke mühsam hervor, bevor er den großen Korb mit dem mageren Inhalt auf dem Schreibtisch abstellte.

»Was führt Sie zu uns, so kurz vor der von uns dringend erwarteten Vernehmung von Frau de Vries?«, fragte Stein. Lore entging der Unterton nicht. Stein erwartete offenbar nicht, dass der Kriminalrat gute Nachrichten für die Kommissare hatte.

»Ach, es ist mir unangenehm, in dieser Angelegenheit den Boten zu spielen, aber ich hatte gerade einen Anruf von Dr. de Vries …« Er stockte. Offenbar, weil beide Kommissare ihn mit gleichermaßen finsteren Mienen musterten. Auch Lore schwante nichts Gutes.

»Dr. de Vries lässt seine Frau entschuldigen. Sie hatte heute Nacht einen nervlichen Zusammenbruch. Sie leidet wohl schon länger unter psychischen Problemen.«

»Und das nehmen Sie ihm so einfach ab? Sie haben versprochen, sich auf unsere Seite zu stellen!«, fuhr ihn Stein an.

»Bitte, Herr Kommissar Stein, keine Unterstellungen. Ich konnte gar nicht anders, als Frau de Vries bei Ihnen zu entschuldigen. Sie befindet sich nämlich seit heute Morgen in einer psychiatrischen Privatklinik.«

Stein funkelte den Kriminalrat wütend an. »Und das sollen wir dem Herrn Klinikleiter einfach so abnehmen?«

Graubner schüttelte den Kopf. »Nein, das sollen Sie gar nicht. Jedenfalls nicht einfach so. Ich habe gleich nach dem Gespräch mit de Vries dort angerufen. Ich kenne zufällig den Leiter der Klinik und habe ihn gefragt, ob es den Tatsachen entspricht. Und ja, sie wurde heute Morgen eingeliefert.«

»Das hat der Kerl ja perfekt organisiert. Sperrt seine aussagewillige Frau in die Zwangsjacke und wir können sie nicht mehr befragen«, knurrte Wuttke.

»Meine Herren, auch das Problem habe ich mit Dr. Talbach erörtert. Wir bekommen die Gelegenheit, Frau de Vries dort in Ruhe zu vernehmen. Einzige Bedingung. Ich müsste dabei sein.«

»Wahrscheinlich setzt ihr Doktor sie unter Tabletten, und dann wird sie gar nicht in der Lage sein, uns die Wahrheit zu sagen«, gab Stein zu bedenken.

»Sie sind aber auch misstrauisch. Doch in diesem Punkt kann ich Sie beruhigen. Dr. Talbach wird das Gegenteil unternehmen, Frau de Vries nämlich erst einmal von den Schmerzmitteln wegbringen, die sie nach Auskunft ihres Mannes unbedingt nehmen muss. Sie hat ihm anvertraut, sie habe nur hin und wieder Kopfschmerzen und nähme die Tabletten trotzdem gern, weil sie dann …«, er stockte, »… weil sie auf diese Weise ihren Mann besser ertrage.«

»Das hat sie gesagt?«

»Ja, es hat aber Talbach nicht gewundert. De Vries hat bei der Einlieferung seiner Frau durchblicken lassen, dass er sie für längere Zeit in der Klinik behalten solle, weil sie so labil sei, Talbach aber fand, sie sei ungewöhnlich klar dafür, dass man sie mit Dolantin vollgepumpt hatte.«

Lore beobachtete aus dem Augenwinkel den skeptischen Blick Wuttkes, der offenbar nicht glauben konnte, dass der Kriminalrat sich derart kooperativ seinen Kommissaren gegenüber zeigte.

»Gut, wann können wir sie besuchen?«, fragte er.

»Dr. Talbach bittet sich ein paar Tage aus, in denen er die Patientin stabilisieren möchte.«

»Können wir nur hoffen, dass unser Mörder auch so viel Geduld aufbringt und keine weiteren Taten begeht, bis wir die Aussage von Frau de Vries haben!«, bemerkte Wuttke spöttisch.

Lore konnte die Ungeduld Wuttkes nur zu gut verstehen. Wenn es nicht Schwester Klara war, die Kampmann und Descher auf dem Gewissen hatte, dann befand sich nun Dr. de Vries in ihrer Rangfolge der potenziellen Täter an erster Stelle.

Nachdem der Kriminalrat das Büro verlassen hatte, ließen die Kommissare ihrem Zorn, dass de Vries seine Frau aus dem Verkehr gezogen hatte, freien Lauf. Lore konnte es ihnen nachfühlen. Es war ungerecht, dass Leute wie Vries immer ein Schlupfloch fanden.

Lores besorgter Blick blieb an Stein hängen. Der Kommissar wirkte nicht nur müde, sondern auch ein wenig deprimiert. Ihr bereitete der Ausfall der Zeugin de Vries auch keine gute Stimmung, aber es nützte doch nichts, wenn de Vries damit sein Ziel, die Polizei zu schwächen, erreichte.

»Jetzt erst recht nicht aufgeben, Stein!«, bemerkte Wuttke in diesem Augenblick aufmunternd. »Was halten Sie davon, wenn wir gemeinsam zur Sanderstraße fahren und uns die Nachbarin vornehmen? Wie hieß sie noch gleich?«

Konnte er Gedanken lesen?, fragte sich Lore.

Steins Mundwinkel hoben sich. »Gute Idee. Trude Heller. Schade, dass ich nicht selbst darauf gekommen bin.«

Und schon waren die Kommissare aufgesprungen und hatten ihre Mäntel angezogen. In der Tür stießen sie mit Kommissar Martens zusammen.

»Tag«, grüßte er knapp, bevor er sich an Lore wandte. »Hier stecken Sie. Ich bräuchte Sie für das Protokoll einer Zeugenvernehmung. Jemand hat gestern am späten Abend einen Verdächtigen im Park gesehen. Und der macht gleich seine Aussage.«

Lore kämpfte mit sich. Es interessierte sie brennend, was und, vor allem, wen der Zeuge im Park gesehen hatte. Ob wieder einen dunkelhaarigen Kerl oder einen Mann, der dem falschen Gustav ähnelte. Als Martens sich aber in diesem Augenblick ihrem Schreibtisch näherte und seine dicken Finger auf ihre Hand legte und in beinahe anzüglichem Ton sagte: »Kommen Sie bitte sofort mit!«, da wurde ihr übel bei dem Gedanken, länger mit ihm in einem Raum zu sitzen. »Es tut mir schrecklich leid, Sie müssen wohl meine Kollegin Anneliese bemühen. Ich soll die Kommissare Wuttke und Stein zu einer Vernehmung begleiten.«

Zur offensichtlichen Belustigung von Wuttke und Stein sprang sie ebenfalls auf und war schon mit ihnen aus der Tür geschlüpft.

»Und wenn wir Sie gar nicht mitnehmen?«, fragte Stein.

»Ich glaube nicht, dass Sie so gemein sein können«, gab Lore schlagfertig zurück.

48

Die Vernehmung von Trude Heller gestaltete sich mehr als schwierig. Nach mehrmaligem Klingeln öffnete sie zwar die Haustür, wollte sie den Kommissaren und Lore jedoch gleich wieder vor der Nase zuschlagen. Wuttke stellte seinen Fuß dazwischen. Frau Heller ließ sie trotzdem nicht eintreten.

»Gut, dann sagen Sie uns bitte zunächst, mit wem Sie mich verwechselt haben«, fragte Stein in höflichem Ton.

»Ich weiß nicht, wovon Sie reden«, erwiderte die Heller.

»Sie haben mich für jemanden gehalten, der etwas Gutes getan hat«, insistierte Stein.

»Ich kann mich nicht erinnern.«

»Wovor haben Sie Angst?«, mischte sich Wuttke ein.

Lore hatte auch den Eindruck, dass die Frau eingeschüchtert war.

»Ich habe keine Angst. Kann ich jetzt bitte wieder in meine Küche? Ich habe Essen auf dem Herd stehen.«

Wuttke zog den Zettel hervor, den angeblich Schwester Klara verfasst hatte, und reichte ihn der Heller. »Ist das die Unterschrift von Klara Wegner?«

»Woher soll ich das wissen?«, schnaubte sie.

Lore sah gebannt auf die Hände der Frau, die entsetzlich zitterten, während sie das Blatt Papier hielt. Dieses Zittern entging auch den Kommissaren nicht.

»Das ist völliger Unsinn. Sie hat keinen Grund zu flüchten. Sie hat nichts verbrochen!«, stieß die Heller empört hervor.

»Vor uns müssen Sie keine Angst haben«, redete Wuttke beruhigend auf sie ein. »Glauben Sie denn nicht, dass diese Botschaft von ihr ist?«

»Sie kann nicht von Klara stammen. Sie hat nie Maschineschreiben gelernt. Niemals hätte sie das mühsam mit einem Finger getippt, statt es mir zu geben. Wenn sie was Offizielles hatte, habe ich das für sie getan, denn ich bin Sekretärin. Aber in der Regel hat sie mit der Hand geschrieben.«

»Und das hier haben Sie nicht für sie verfasst?«

»Verdammt noch mal. Nein. Tun Sie doch was. Finden Sie Klara!«

»Das wollen wir gern, aber wir sind auf Ihre Hilfe angewiesen.«

»Dann sagen Sie uns endlich, was Klara Wegner getan hat.«

Die Heller steckte den Kopf aus der Tür und blickte ängstlich zu allen Seiten. »Kommen Sie rein!«

Die Kommissare und Lore traten in einen engen Flur, in dem sie kaum alle vier Platz hatten, zumal zwei kleine Kinder herbeieilten und sich an die Beine der Mutter klammerten. Ein Junge und ein Mädchen, die Lore auf zwei und drei Jahre schätzte.

»Wenn Sie versprechen, dass Sie mich in Ruhe lassen und nie mehr hierherkommen, nachdem ich Ihnen verraten habe, was Klara für mich getan hat, tue ich es. Und nur wenn Sie ihr keine Probleme deshalb machen, nachdem sie wieder aufgetaucht ist.«

»Ich verspreche es«, entgegnete Wuttke prompt.

Lore fand das klug, denn wenn er ihr erklären müsste, warum er das gar nicht versprechen konnte, würde sie wohl kaum reden.

»Gut, Klara hat in der Klinik, in der sie arbeitet, Penicillin abgezweigt und damit ihrer eigenen Tochter, meiner ältesten Tochter und noch ein paar anderen Kindern in der Nachbarschaft das Leben gerettet. Sie müssen wissen, es ist feucht in den Wohnungen, und da holen sich die Kinder leicht eine Lungenentzündung. Dagegen hilft nur dieses neue Wundermittel.«

»Und für wen haben Sie mich irrtümlich gehalten?«

In diesem Augenblick fing eines der Kinder an zu plärren, weil es Hunger hatte. Das andere zerrte ungeduldig an der Hand seiner Mutter.

»Sie hat das Mittel nicht selbst weggenommen, sondern ein Arzt hat ihr dabei geholfen. Mehr weiß ich nicht. Und bitte, bitte, finden Sie Klara.«

»Wir tun unser Bestes«, gab Wuttke zurück und verabschiedete sich von der Heller.

Auf der Rückfahrt im Wagen hing Lore ihren Gedanken nach, während die Kommissare eifrig spekulierten, wer Klaras Helfer gewesen sein mochte. Sie kamen zu dem Ergebnis, dass es sich um

Kampmann handeln musste. Nach dem Besuch bei der Heller war auch Lore der Meinung, dass Schwester Klara nicht geflüchtet war. Sicher war Diebstahl eine Straftat, zumal es, wie man immer wieder las, viel zu wenig Penicillin in Berlin gab und sie es womöglich anderen Kranken weggenommen hatte, aber deswegen bei Nacht und Nebel zu verschwinden, schien ihr abwegig, zumal sie in der Klinik gebraucht wurde.

Die Kommissare beschlossen, sich noch einmal de Vries und auch Hamann und Schubert vorzunehmen, setzten aber auf dem Weg dorthin Lore in der Friesenstraße ab.

»Ich glaube, Sie haben jetzt Ruhe vor Ihrem aufdringlichen Verehrer«, sagte Wuttke zum Abschied fast tröstend. »Wenn er Anneliese angefragt hat, können Sie in Ruhe für uns arbeiten. Ob Sie wohl das Protokoll von gestern noch abtippen könnten?«

»Gern, Kommissar Wuttke«, entgegnete Lore und fand, dass er in puncto Charme inzwischen durchaus mit Stein mithalten konnte.

Auf der Treppe zum zweiten Stock kam ihr plötzlich Martens entgegen. Zum Glück war er nicht allein, sondern in Begleitung ihrer Kollegin Anneliese, seines Kollegen Kommissar Sturm, eines unscheinbaren jungen Mannes, und von Schulz junior.

Als Martens sie erblickte, machte er ein höchst wichtiges Gesicht. »Ach wie schade, dass Sie vorhin die Kollegen Wuttke und Stein begleiten mussten. Sonst hätte ich Sie jetzt mitgenommen. Sie sind doch so interessiert an meinem Torsomörder. Stellen Sie sich vor, er hat wieder zugeschlagen. Ein Passant hat ein Bein und den Torso einer Frau gefunden. Na ja, wenn wir den Kopf heute nicht finden, könnte ich Sie vielleicht bei der nächsten Suche mitnehmen, falls Sie nichts Wichtigeres zu tun haben.«

Lore spürte, wie ihr sämtliches Blut aus dem Kopf sackte. Wortlos eilte sie an Martens vorbei, die Treppe hinauf. Erst als sie um die Ecke und damit außer Sicht von Martens' Truppe war, ließ sie sich an der Wand entlang auf den kalten Boden gleiten, weil ihr schwarz vor Augen zu werden drohte.

Der Mörder hatte also wieder zugeschlagen. Was sollte sie tun? Ihn jetzt erst recht treffen? Nein, das schaffte sie nicht. Sie würde dem gewissenlosen Verbrecher an diesem Tag nicht die verliebte Naive vorspielen können, sondern sich eher auf ihn stürzen und ihm die Augen auskratzen. Oder sollte sie Wuttke und Stein mitnehmen, damit sie ihn verhaften konnten? Nur hatte dieser Plan einen Haken. Sie hatte keinerlei Beweise, dass er wirklich der Torsomörder war. Allein ihr Verdacht würde den Kommissaren wohl kaum ausreichen. Nicht dass sie ihren Plan, den Mörder zu überführen, hiermit endgültig begraben wollte, aber heute war sie nicht in der Lage, ihn in die Falle zu locken. Nicht, wo der restliche Körper eines unschuldigen Opfers noch im Park verstreut lag. Diese zerteilte Frau, das hätte sie sein können! Lore atmete ein paarmal tief ein und aus gegen die Panik, die sie bei diesem Gedanken überfiel.

Als sie aufstehen wollte, streckte jemand ihr seine Hand entgegen, und sie blickte in das besorgte Gesicht von Schulz junior. Sie war nicht einmal in der Stimmung, ihn anzuranzen, was ihm einfiele, sondern ließ sich von ihm helfen.

»Ich habe gesagt, ich hätte etwas vergessen, aber ich wollte nach Ihnen sehen. Sie sind so schrecklich blass geworden. Verstehen Sie jetzt, warum ich es nicht zulassen konnte, dass Sie sich als Lockvogel betätigen?«

Lore nickte, um ihn schnell loszuwerden.

»Sie werden das nie wieder tun, nicht wahr? Das müssen Sie mir schwören«, redete er auf sie ein.

»Ich schwöre«, erwiderte Lore, woraufhin er sie erleichtert ansah.

»Ich muss jetzt gehen. Leider«, sagte er entschuldigend.

»Mir geht es wieder gut. Gehen Sie nur.«

Schulz junior drehte sich noch einmal um, bevor er hinter der Ecke verschwand.

Ich schwöre, dass ich den Torsomörder überführen und in die Falle locken werde, dachte Lore entschlossen. Nicht heute oder morgen. Aber sie war ganz sicher, dass ihre Chance noch kommen würde!

49

Wuttke und Stein hatten sich auf dem Weg zur Klinik darauf geeinigt, dass Stein Hamann und Wuttke Schubert zum Thema Penicillin vernehmen sollte, bevor sie noch einmal mit vereinten Kräften de Vries in die Mangel nahmen. Allerdings waren sie nicht sehr optimistisch, was die Ausbeute einer neuerlichen Befragung des Klinikleiters anging. Bislang hatte es dieser Mann geschafft, nichts, aber auch gar nichts von sich zu geben, was sie bei der Lösung des Falls weiterbrachte. Und das, obwohl er in Wuttkes Augen der Täter war, zumindest hatte er ein Motiv, Kampmann zu töten und auch Descher, wenn dieser, was Wuttke vermutete, Zeuge des Mordes geworden war. Er war gespannt, wie de Vries reagieren würde, wenn er ihn später direkt nach seinem Alibi fragen würde. Plötzlich stutzte er. Oder hatte Klara den Mord beobachtet und schwebte deshalb in Gefahr?

Wuttkes erster Weg führte ihn zur Kinderstation. Als er an dem Patientenzimmer vorbeikam, in dem das kleine Mädchen lag, das Schubert am Abend zuvor so liebevoll getröstet hatte, sah er sich nach allen Seiten um und schlüpfte durch die halb geöffnete Tür.

Die Kleine, die Wuttke auf fünf oder sechs Jahre schätzte, strahlte ihn an. Offenbar hatte sie ihn wiedererkannt. »Hast du mir was mitgebracht?«, fragte sie ihn.

»Leider nein, aber nächstes Mal«, schwindelte er. »Du bist die Gabi, nicht wahr?«

Sie nickte. »Und ich komme bald wieder nach Hause, hat der Doktor gesagt«, verkündete sie fröhlich.

Bevor Wuttke das Kind nach Schwester Klara fragen konnte, kam ein ihm unbekannter Arzt mit einem Stofftier im Arm herein.

»Was haben Sie hier zu suchen?«, fragte er Wuttke in scharfem Ton.

»Kommissar Wuttke. Ich wollte Gabi etwas fragen«, entgegnete er höflich.

»Klären Sie mit Dr. Schubert oder Dr. de Vries, ob Sie das dürfen. Ich muss Sie bitten zu gehen.«

»Und Ihr Name lautet?«, fragte Wuttke.

»Dr. Walden. Ich bin der Nachfolger von Dr. Kampmann.« Mit diesen Worten wandte er sich von Wuttke ab und überreichte dem Mädchen das Plüschtier, einen Teddybären.

»Ist das der, den du vermisst hast?«, fragte Wuttke das Mädchen.

»Nein, aber dieser ist viel schöner als der von Rolfi.«

Dr. Walden fuhr herum und warf Wuttke einen strafenden Blick zu. »Gehen Sie jetzt, und zwar sofort!«

»Können Sie mir vielleicht sagen, wo ich Dr. Schubert finde?«

»In seinem Büro wahrscheinlich«, erwiderte Dr. Walden unfreundlich.

Wuttke verließ daraufhin die Kinderstation und suchte das Büro des kaufmännischen Leiters auf. Der schien nicht erfreut, Wuttke wiederzusehen. Er blieb zwar höflich, aber seine anfängliche Freundlichkeit gegenüber den Kommissaren hatte sich in eine gewisse Ablehnung verwandelt.

»Sie schon wieder?«, versuchte er zu scherzen.

»Ja, ich habe noch ein paar Fragen.«

»Fragen Sie, aber bitte zügig. Hier ist viel Arbeit liegen geblieben.«

»Gut, ich war gerade auf der Kinderstation und habe Kampmanns Nachfolger kennengelernt. Schenkt er zum Einstand jedem Kind ein Plüschtier?«

»Entschuldigen Sie, aber mit solchen kindischen Fragen stehlen Sie mir meine Zeit.«

Wuttke merkte an dem Ton Schuberts, dass die Frage alles andere als dumm war, aber er ließ die Sache erst einmal auf sich beruhen.

»Ist Ihnen die Frage nach Penicillin lieber?«

Mit dieser Frage hatte Wuttke offenbar einen Nerv getroffen, denn die Augenlider des kaufmännischen Leiters zuckten nervös.

»Was wollen Sie genau wissen?«

»Ich möchte wissen, wie viel Ihnen das Vergabekomitee zubilligt. Haben Sie dazu vielleicht Unterlagen? Ich meine, die Lieferung wird doch irgendwo quittiert sein. Und wie oft wird geliefert? Und ich würde gern einen Blick in den Schrank werfen, in dem das Penicillin aufbewahrt wird.«

»Den Schlüssel hat mein Cousin. Geliefert wird einmal im Monat, und zwar für die Patienten auf der venerologischen Station, die auf einer Liste stehen. Die jeweiligen Ampullen werden in Blechkistchen gebracht, da steht der Name des Patienten drauf. Mehr bekommen wir nicht.«

»Und der Rest der Patienten wird mit Salvarsan behandelt?«, hakte Wuttke nach.

»Das nehme ich an. Ich arbeite nicht auf der Venerologie.«

»Aber Sie sind der kaufmännische Leiter«, widersprach ihm Wuttke. »Sie bezahlen. Es wird wohl kaum umsonst geliefert!«

»Entschuldigen Sie bitte. Sie sehen meinen vollen Schreibtisch. Ich habe zu tun. Wenn ich Ihnen noch im Mordfall Kampmann helfen kann, fragen Sie immer gern, aber wie viele Patienten Penicillin bekommen, hat wohl kaum etwas damit zu tun«, entgegnete er in bemüht höflichem Ton.

»Das würde ich so nicht unterschreiben. Ist Ihnen eigentlich gar nicht aufgefallen, dass Ihnen Penicillin entwendet wurde?«, fragte Wuttke.

»Wie bitte?«

»Schwester Klara hat Kinder aus ihrer Nachbarschaft mit Penicillin, das sie offenbar aus der Klinik genommen hat, behandelt.«

»Wer sagt das? Schwester Klara?«

»Leider nicht. Sie ist spurlos verschwunden, aber eine der Frauen, deren Kindern sie damit sehr geholfen hat, hat uns diesen Hinweis gegeben.«

»Tut mir leid. Davon höre ich zum ersten Mal. Den Schlüssel zum Schrank hat mein Cousin. Fragen Sie ihn.«

»Danke, das werden wir tun. Sollte ich noch Fragen zum Mordfall haben, wende ich mich wieder an Sie«, bemerkte Wuttke spöttisch.

Auf dem Weg über den Krankenhausflur überkam Wuttke das ungute Gefühl, dass er die ganze Zeit etwas Wichtiges übersah, aber er hatte keinen Schimmer, was das sein könnte. Das unbefriedigende Gefühl, dass ihm etwas durch die Lappen ging, machte ihm schlechte Laune.

50

Schon von Weitem konnte Stein erkennen, dass dem Kollegen eine Laus über die Leber gelaufen war. Er konnte es gut nachvollziehen, denn die Befragung Hamanns war auch eine mehr als zähe Angelegenheit gewesen. Ihm ging diese Art, keine Frage konkret zu beantworten, zunehmend auf die Nerven. Er war es leid, sich von den Weißkitteln an der Nase herumführen zu lassen.

»Na, Wuttke, hat Schubert auch gemauert?«

»Wenn es das nur wäre, ich habe plötzlich das dumpfe Gefühl, wir übersehen etwas. Als würden wir den Wald vor lauter Bäumen nicht sehen.«

»Sie meinen wohl den Täter vor lauter Medizinern nicht«, versuchte Stein zu scherzen, wobei ihn das Gefühl, etwas übersehen zu haben, das er mit Wuttke teilte, ganz und gar nicht erheiterte.

»Und Hamann?«

»Der Mann ist ein harter Knochen«, berichtete Stein. »Er behauptet jetzt, die Patientin in dem Einzelzimmer gar nicht gekannt zu haben. Das sei eine fremde Frau gewesen, von der keiner auf Station den Namen kannte.«

»Gut, das können wir spätestens nach der Vernehmung von Frau de Vries widerlegen. Die sind hier allesamt aalglatt und verlogen. Hier hackt keine Krähe der anderen ein Auge aus.«

»De Vries ist ihr Chef, und ich kann mir sehr gut vorstellen, was er mit Kollegen macht, die ihm nicht nach dem Mund reden«, bemerkte Stein.

»Ich auch, aber langsam ist meine Geduld am Ende. Kommen Sie, Stein, wir werden unsere wertvolle Zeit heute nicht wieder mit de Vries verschwenden. Nur die eine Frage nach dem Alibi.«

»Da wird er sich freuen. Wollen Sie oder darf ich?«

»Heute dürfen Sie«, entgegnete Wuttke. »Und ich lasse mir von ihm den Giftschrank öffnen.«

Wie zu erwarten stand, war de Vries aufgebracht, als die Kommissare bei ihm eintrafen.

»Es geht schnell, Herr Dr. de Vries, wenn Sie uns die Wahrheit sagen. Wo waren Sie am Tag des Mordes an Dieter Kampmann zwischen halb zwölf und halb zwei?«

»Zu Hause beim Mittagessen, bis ich dann gestört wurde mit der Nachricht, dass ein toter Arzt im Eingangsbereich der Klinik liegt. Da bin ich sofort hinübergeeilt.«

»Waren Sie allein? Ich meine beim Mittagessen?«

»Normalerweise sind meine Gattin und meine Mutter zugegen, aber an dem Tag hat meine Mutter mit ihrer Freundin Frau Wolters oder Frau Kampmann, wie sie ja richtig heißt, gespeist, und ich habe in der Küche nur eine Kleinigkeit gegessen, denn meine Frau war außer Haus.«

»Es hat Sie also keiner gesehen?«, insistierte Stein.

»Nicht dass ich wüsste.«

»Danke, das war auch schon alles«, erklärte Stein betont höflich.

»Ich hätte noch eine Bitte«, bemerkte Wuttke, der einen härteren Ton anschlug. »Wir würden gern einen Blick in den Schrank mit dem Penicillin werfen. Und bevor Sie uns wieder belehren, dass unser Fall damit nichts zu tun hat, muss ich Ihnen leider widersprechen. Schwester Klara hat offenbar Penicillin aus der Klinik entwendet, und sie ist spurlos verschwunden. Was wissen Sie darüber?«

De Vries' abweisende und überhebliche Miene entgleiste, und ehe er sich wieder fangen konnte, fragte ihn Wuttke auf den Kopf zu, was Schwester Klara von ihm gewollt habe. »Und nun kommen Sie uns nicht wieder mit Urlaub. Die Frau hatte offensichtlich große Angst und kam verstört aus Ihrem Büro!«, fügte er streng hinzu.

»Sie verlangte Penicillin von mir!«

»Sie hat Sie danach gefragt? Und was wollte sie damit? Hat sie Ihnen das auch verraten?«

»Für kranke Kinder in ihrer Nachbarschaft. Absurd, oder? Das habe ich ihr natürlich nicht gegeben! Ich kann ja schlecht unsere Patienten leiden lassen, um es Fremden zu geben.«

»Also für die Kinder ist wirklich kein Penicillin vorhanden?«, mischte sich Stein ein. Er musste natürlich an Graubner denken und dessen interne Information, dass er gegen viel Geld eben doch Penicillin für seine Tochter erhalten hatte.

»Nein!«

»Auch nicht gegen einen Aufpreis?«

»Wollen Sie mir schon wieder etwas unterstellen, was Sie bitter bereuen?«

»Es war offenbar keine Unterstellung unsererseits, dass Ihre Frau in dieser Klinik wegen einer Lues-Infektion behandelt worden ist. Damit ist klar, dass Sie mauern.«

»Offenbar weiß Ihre Ehefrau mehr, als Ihnen lieb ist. Sonst hätten Sie sie ja nicht so schnell in die Zwangsjacke stecken lassen müssen, damit sie nicht aussagt«, warf Wuttke ein.

»Ich schwöre Ihnen, ich werde alles tun, dass solche Leute wie Sie die längste Zeit bei der Polizei gewesen sind!«, schnaubte de Vries.

»Herr Dr. de Vries, lassen Sie uns bitte keine Zeit verschwenden mit leeren Drohungen«, fuhr Stein energisch dazwischen. »Sagen Sie mir lieber, wie Schwester Klara dazu kam, Sie um Penicillin zu bitten? Sie wusste doch, dass es für andere Patienten bestimmt war. Wie sollte Sie glauben, dass Sie ihr davon etwas abgeben könnten?«

»Das habe ich mich auch gefragt. Sie drohte, dass sie alles auffliegen lassen würde.«

»Was *alles?*«, hakte Stein nach.

»Keine Ahnung. Jedenfalls habe ich sie an die Luft gesetzt. Und ich habe ihr deutlich zu verstehen gegeben, dass ich ihr kündige, wenn sie erneut versucht, mich zu erpressen!«

»Und warum erzählen Sie uns das erst jetzt?«

»Weil das Interna sind, die Sie nichts angehen!«

»Sie mit Ihren Interna. Es ist wahrscheinlich auch intern, wenn in Ihrer Klinik ein Arzt umgebracht wird, wenig später Ihr Medikamentenlieferant und dann eine Schwester spurlos verschwindet. Und jetzt möchte ich Ihren Schrank sehen!«, verlangte Wuttke.

Wider Erwarten holte de Vries einen Schlüssel aus der Schreibtischschublade und öffnete einen Metallschrank, in dem diverse Blechkisten lagerten.

Wuttke näherte sich dem Schrank und nahm eine der Kisten heraus. »Ich würde mir gern die Namen derer notieren, für die das Penicillin gedacht ist.«

»Schluss, das geht jetzt wirklich zu weit! Wir haben eine ärztliche Schweigepflicht.«

»Wenn ich richtig gezählt habe, sind das zehn. Und Sie geben die dann an die Venerologie?«

»Ja, wöchentlich bekommen die Ärzte die Dosis für die Patienten und lagern ihre Dosis oben auf Station.«

»Sie sprechen von Ärzten in der Mehrzahl. Wer arbeitet dort oben denn noch außer Hamann?«

»Ich natürlich auch. Das ist schließlich auch mein Fachgebiet.«

»Behandeln Sie lieber mit Penicillin oder Salvarsan?«

»Was für eine Frage. Natürlich mit Penicillin!«

Salvarsan gab es nur ausnahmsweise als Strafe für untreue Ehefrauen, dachte Stein angewidert, aber er sprach es nicht aus. In diesem Augenblick bemerkte er, dass sich Wuttkes angespannte Miene plötzlich aufhellte und er zum Aufbruch drängte.

Kaum waren sie draußen auf dem Flur, berichtete Wuttke dem Kollegen von dem verunglückten Telefonat aus Jena. Und dass Fräulein Lores Tante wahrscheinlich das Wort Penicillin in den Hörer gebrüllt hatte, wobei die erste Silbe bei der Übertragung verloren gegangen war. Er hatte nur »Cillin« verstanden.

Diese Information elektrisierte Stein. Ein Grund mehr, seinen Besuch in der Keibelstraße nicht länger hinauszuschieben. »Würden Sie mich demnächst in den Osten begleiten?«, hörte er sich da bereits fragen.

Wuttke machte eine abwehrende Handbewegung. »Wenn es nicht unbedingt sein muss!«

Stein konnte ihn verstehen, aber er war überzeugt davon, dass sie das Treffen zu zweit machen sollten.

»Es muss sein. Wir sollten mit meinem Vater über den Chemiker reden, denn vier Ohren hören mehr als zwei.«

»Und wenn die uns verschwinden lassen? Wir wären nicht die Ersten, die sich in Hohenschönhausen wiederfinden, aber Ihr Vater wird

Sie wohl eher nicht ans Messer liefern, oder? Er hat uns schließlich auch ziehen lassen, nachdem seine SED- Leute das Büro im Neuen Stadthaus gestürmt hatten, in dem wir damals Schutz vor den Genossen gesucht hatten«, sinnierte Wuttke.

»Das war letztes Jahr. Da waren die Auseinandersetzungen zwischen uns noch recht friedlich, aber seit ich vermute, dass der Steinewerfer aus Frau Wolters' Garten einer von seinen Leuten war, bin ich vorsichtig. Wir bekommen unauffällig Rückendeckung von genügend Kollegen in Zivil, die uns sofort zu Hilfe eilen, sollte man uns entführen wollen.«

Wuttke blickte Stein fragend an.

»Graubner stellt uns eine kleine Schutzmannschaft zusammen, die uns im Auge behält ...« Stein hielt inne. »Von Graubner weiß ich übrigens, dass auf der Kinderstation der Werner-de-Vries-Klinik für teures Geld auch eine private Behandlung mit Penicillin angeboten wird. Das, was uns de Vries vorgeführt hat, war also nicht alles. Es muss noch mehr geben.«

»Aber wie denn, wenn der Klinik nicht mehr zugeteilt wurde?«

»Das ist eben die Frage! Womöglich ist der Giftschrank nicht der einzige Aufbewahrungsort in der Klinik. Vielleicht liefern die Amerikaner mehr als genehmigt. Ein gutes Geschäft ist mit dem Zeug sicherlich zu machen«, sagte Stein.

»Das wäre natürlich ein Skandal, wenn die sich an den Komitees vorbei schwarz Penicillin besorgt hätten!«, pflichtete Wuttke ihm eifrig bei. »Sie haben mich übrigens überzeugt, Sie in den wilden Osten zu begleiten! Schon allein, um auf Sie aufzupassen. Und weil ich neugierig bin, ob der Mord an dem Chemiker wirklich etwas mit unseren Morden zu tun hat.«

Stein dachte kurz daran, wie dramatisch ihr letzter gemeinsamer Besuch im Ostteil der Stadt für Wuttke ausgegangen war. Man hatte ihm die Nase gebrochen.

»Ich leite alles in die Wege. Das kann man ja leider nicht spontan machen, aber ich kümmere mich darum.«

Stein war zum ersten Mal, seit er an diesem Fall arbeitete, zuversichtlich, endlich eine brauchbare Spur gefunden zu haben außer der einfachen Lösung, dass der furchtbare de Vries ihr Mörder war. Wenn Stein ehrlich war, wäre ihm Letzteres persönlich am liebsten, diesen Kerl, der sich zum Richter und Vollstrecker der Strafe für seine untreue Ehefrau aufschwang und auch sonst glaubte, dass ihm die Welt untertan sein müsse, des dreifachen Mordes zu überführen. Sein Gefühl signalisierte ihm allerdings, dass de Vries zwar Leichen im Keller hatte, aber ob er auch zum Mörder geworden war, wagte er zu bezweifeln. Und wenn, dann hatte dieser Mann wohl kaum selbst Hand angelegt, sondern einen anderen für sich arbeiten lassen. Ein de Vries machte sich bestimmt nicht selbst die Hände schmutzig. Und wenn er einen Mörder beauftragt hatte, war davon auszugehen, dass er dem alle Schuld zuschieben und seine Hände in Unschuld waschen würde.

51

Die psychiatrische Privatklinik des Dr. Talbach befand sich in einer Villa in Dahlem, die inmitten eines Parks friedlich dalag, als hätte der Krieg niemals stattgefunden. Wuttke versuchte dieses Mal, gegen seine Vorurteile anzukämpfen, die ihm bereits in der Villa von de Vries so schlechte Stimmung bereitet hatten. Vor dem Krieg war er kaum mit solchen Leuten in Berührung gekommen. Das passierte erst, seit er in der Friesenstraße seinen Dienst tat. Langsam ärgerte es ihn, dass ihm diese sozialen Ungerechtigkeiten immer noch so zusetzten, als würde man ihn damit persönlich provozieren wollen. Dabei war er niemals Kommunist gewesen, aber vielleicht war es die sozialdemokratische Erziehung seines Vaters, die ihn so sensibel auf diese Unterschiede reagieren ließ.

In dem Punkt konnte er sich wohl ein Beispiel an Stein nehmen, der, wie er inzwischen aus abendlichen Privatgesprächen in Mutter Krauses Küche wusste, auch nicht mit einem goldenen Löffel im Mund aufgewachsen war. Der Mann seiner Tante in London, bei dem sein Vater ihn geparkt hatte, um in Madrid und Moskau für die Weltrevolution zu kämpfen, wie Stein es immer leicht spöttisch ausdrückte, war ein kleiner Sergeant beim Yard gewesen. Man hatte in einem Vorort in einem bescheidenen Reihenhaus gelebt. Trotzdem machte Stein auf Wuttke stets den Eindruck, als wäre er in einem der Londoner Nobelviertel aufgewachsen.

Allein wie selbstbewusst er auf den im vornehmen Eingang der Klinik rauchenden Weißkittel zuging. Wuttke folgte ihm und versuchte, die Patienten, die im Park in ihren Liegestühlen lagen, zu ignorieren. Trotz der besten Vorsätze konnte er nichts dagegen tun, dass ihm dieses Sanatorium für gut betuchte Nervenkranke mächtig gegen den Strich ging, bevor er auch nur einen Fuß in das Innere der Villa gesetzt hatte.

Der rauchende Arzt war Dr. Talbach, der die beiden Kommissare freundlich begrüßte. Wuttke fragte sich in diesem Moment, woher der Arzt und Graubner sich wohl kannten. Da die beiden ungefähr gleich alt waren, würde man normalerweise annehmen, sie wären zusammen an der Front gewesen, aber da der Kriminalrat während des Krieges in Schweden gelebt hatte, war das in diesem Fall nicht möglich.

»Ich habe Sie schon erwartet, meine Herren. Meine Patientin auch. Sie finden Ihren Vorgesetzten dort hinten im Garten bei seiner Schwester. Und dann führe ich Sie zu Frau de Vries aufs Zimmer.«

Wuttke und Stein warfen sich einen wissenden Blick zu.

»Und ich habe mich schon gefragt, was das für eine Verbindung ist«, raunte Wuttke Stein zu.

In diesem Augenblick winkte ihnen Graubner zu, verabschiedete sich von einer Frau, die eingehüllt in Decken weiter unbewegt in den Park starrte, und kam auf sie zugeeilt.

»Ich glaube, das sollten wir lieber nicht beobachtet haben«, murmelte Stein. Wuttke nickte eifrig.

Doch Graubner schien die Begegnung nicht peinlich zu sein. Statt einer Begrüßung sprach er die Identität der Patientin von sich aus an. »Meine ältere Schwester. Sie war mit einem Deutschen verheiratet. Strammer Nazi, der nicht nur sich selbst am jüngsten Tag die Kugel gegeben hat, sondern auch ihren beiden Kindern. Seitdem ist sie hier.«

»Tut mir leid, Herr Kriminalrat«, sagten Stein und Wuttke wie aus einem Mund.

»Ich habe mir sagen lassen, es geht Frau de Vries schon wesentlich besser ohne die Tabletten. Ich halte mich bei der Befragung im Hintergrund. Es ist Ihr Fall«, entgegnete er professionell.

Dr. Talbach führte sie eine breite knarzende Holztreppe in das Obergeschoss zu einem langen Flur, von dem etliche Türen abgingen. Er holte ein großes Schlüsselbund hervor, das er den Kommissaren kurz zeigte und gleich wieder in seiner Kitteltasche verschwinden ließ.

»Frau de Vries kann sich im Haus frei bewegen«, erklärte er, während er ohne anzuklopfen die Tür zu ihrem Zimmer öffnete. Wuttke staunte nicht schlecht.

Bei dem Raum handelte es sich um einen vornehm eingerichteten Salon, von dem ein Schafzimmer abging. Frau de Vries saß auf ihrem Balkon in einem Liegestuhl. Wenn meine Nerven einmal streiken, möchte ich auch hier landen, dachte Wuttke. Dieses Mal verdarb ihm seine Erkenntnis von der Ungerechtigkeit der Welt nicht wieder die Laune, sondern ließ ihn leise Ironie verspüren.

Stein räusperte sich, als sie in Begleitung des Kriminalrats nahe hinter ihr standen, sie sich jedoch nicht rührte. Wuttke dachte für den Bruchteil einer Sekunde das Schlimmste. Dass man sie womöglich für immer mundtot gemacht hatte, doch dann räusperte Stein sich erneut, woraufhin sich die de Vries erschrocken umblickte.

»Ach Sie sind es schon. Ich hatte Sie noch gar nicht erwartet.« Sie erhob sich und deutete zum Salon. »Bitte, meine Herren, nehmen Sie Platz.« Ihr Blick blieb zunächst an Graubner hängen. »Und wer sind Sie bitte?«

»Kriminalrat Graubner«, stellte sich der Vorgesetzte vor.

Sie lächelte. »Dann bin ich ja froh, dass ich etwas Relevantes zu sagen habe, wenn Sie schon in so großer Besetzung vorbeikommen. Und mit wem habe ich hier die Ehre?«

Sie fixierte Stein neugierig und konnte kaum verbergen, dass er ihr gut gefiel, was ganz offenbar auf Gegenseitigkeit beruhte, denn auch der Kollege zeigte sich von seiner charmantesten Seite. »Gestatten, Kommissar Stein«, stellte er sich lächelnd vor.

Wuttke musste zugeben, dass das Aussehen von Frau de Vries in dieser Klinik gewonnen hatte. Die gesunde Gesichtsfarbe und das frisierte Haar bewirkten wahre Wunder.

Die Dame setzte sich neben Stein auf das Sofa und sah auffordernd in die Runde. »Sie können beginnen, meine Herren. Fragen Sie!«

»Gut, dann fangen wir an. Wurden Sie in der Werner-de-Vries-Klinik stationär wegen einer Lues-Infektion behandelt?«

Sie war kein bisschen verlegen und antwortete: »Ja, das stimmt.«

»Hat Sie Ihr Geliebter Dieter Kampmann damit infiziert?«

»Leider, aber nicht absichtlich. Dieter musste glauben, dass er ausgeheilt war, als unser Verhältnis anfing.«

»Und wann war das?«

»Im Frühjahr 1947.«

»Und wusste Ihr Mann davon?«

»Dass ich fremdgegangen bin, hat er Ende 48 erfahren, aber wer mein Liebhaber war, muss er Anfang 49 herausgefunden haben.«

»Und dann hat er Sie mit Salvarsan behandeln lassen?«, fragte Stein mitfühlend.

»Ja, zwar ist er uns sehr spät auf die Schliche gekommen, aber dann hat er sich fürchterlich gerächt und mich von Hamann mit Salvarsan quälen lassen.«

Wuttke konnte sein Glück gar nicht fassen. Die de Vries bestätigte in wenigen Worten alles, was er bislang über die Frau in Weiß vermutet hatte. Er rieb sich die Hände und sah den Klinikleiter bereits hinter Gittern.

»Aber Ihr Geliebter hat Ihnen von Schwester Klara dann Penicillin spritzen lassen, oder?«, fragte Stein.

»Zum Glück. Die Arsenkur hat mich eher kränker gemacht. Ich habe das Zeug nicht vertragen, und mein Mann hat mit einer gewissen Genugtuung beobachtet, wie ich immer schwächer wurde. Dieter hat sich große Sorgen gemacht. Er durfte natürlich nicht zu mir, hatte auf der Venerologie Hausverbot, aber über Schwester Klara hat er mir sehr geholfen … hat er mich gerettet.«

»Hat Ihr Mann Dr. Kampmann deshalb umgebracht?«, fragte Wuttke. Sag Ja, dachte er, dann ist der Fall gelöst.

Die de Vries musterte ihn zweifelnd. »Glauben Sie, dass Ulfart der Täter war?«

»Ja, davon bin ich überzeugt!«, bekräftigte Wuttke.

»Und Sie? Was glauben Sie?«, mischte sich Stein ein.

»Nein, ich denke nicht, dass er der Mörder ist«, entgegnete Frau de Vries entschieden. »Seine sadistischen Neigungen waren doch in vollem Umfang befriedigt, nachdem er mich erst mit dem Salvarsan gequält und mich nach meiner Genesung unter Hausarrest gestellt hat. Unsere Haushälterin machte er zu meinem Wachhund, und er verhinderte erfolgreich, dass Dieter und ich uns weiter treffen konnten.«

»Aber war es nicht so, dass Sie gemeinsam mit Dr. Kampmann aus Berlin fliehen wollten?«, mischte sich Stein ein.

»Sie sind ja bestens informiert, Herr Kommissar. Darf ich erfahren, woher Sie das wissen?«, fragte sie zugewandt.

»Aus Ihren Briefen an den Ermordeten.«

Zum ersten Mal in dieser Vernehmung machte sie einen erschrockenen Eindruck. »Wie sind Sie denn an meine Briefe gelangt?«

»Dr. Kampmann hatte sie in seiner Wohnung aufbewahrt.«

»Um Himmels willen. Wenn die seine Mutter in die Hände kriegt.«

»Keine Sorge, die liegen bei uns sicher in einem Asservatenschrank. Aber was befürchten Sie denn?«

»Dieters Mutter ist krankhaft eifersüchtig auf alle Frauen, die ihm zu nahe kamen. Deshalb durfte sie auch auf keinen Fall erfahren, dass ich die unbekannte Geliebte bin. Sie wäre sofort zu ihrer ganz speziellen Freundin, meiner Schwiegermutter, gelaufen, und die hätte es dann meinem Mann verraten.«

»Sie sagten eben, Sie glauben nicht, dass Ihr Mann Kampmann umgebracht hat. Was macht Sie da so sicher? Schließlich hat er Sie dabei erwischt, wie Sie sich trotz der Rundumbewachung mit Kampmann und Ihrem Liebesboten getroffen haben. Und so hat er sich doch sicher denken können, dass Sie ihm entkommen wollten«, hakte Wuttke nach. Er wünschte sich immer noch, dass sie den Fall heute erfolgreich würden abschließen können.

»Das können Sie aber nicht aus den Briefen wissen!«, entgegnete Frau de Vries entschieden.

»Nein, das hat uns der Junge selbst erzählt, den wir im Garten der Kampmanns hinter einem Busch aufgespürt haben. Er hat uns alles erzählt, auch dass die letzte Briefübergabe in der Akazienallee vor dem Wasserturm missglückt war, nachdem ein Mann auf Sie zugekommen ist, vor dem Sie dann weggerannt sind …«, sagte Stein.

»Ja, es war Ulfart, aber ich bin ihm entwischt. Ich musste ja erst einmal den Brief an Dieter vernichten, den ich dem Jungen hatte mitgeben wollen. Der enthielt die Information, dass ich zwei Plätze auf einer Royal-Air-Force-Maschine von Gatow nach Lübeck-Blankensee ergattert hatte. Und dass wir uns bis dahin nicht mehr sehen sollten, um die Flucht nicht zu gefährden.« Ihre Augen füllten sich mit Tränen. »Wenn ich auch nur den geringsten Verdacht hätte, dass Ulf

Dieter umgebracht hat. Ich schwöre es, ich würde ihn auf keinen Fall schützen, sondern Ihnen alles mitteilen, was ich weiß, um ihn der Tat zu überführen!« Sie begann lautlos zu weinen.

Stein warf ihr einen tröstenden Blick zu, wie Wuttke mit einem gewissen Unmut registrierte. Er schien so entzückt von ihr, dass er ihre Meinung wohl nicht hinterfragen würde, während ihre Einschätzung, dass de Vries als Mörder ausschied, Wuttke nicht überzeugte.

Frau de Vries hielt den Kopf gesenkt, während sie verzweifelt aufschluchzte. »Ja, er hat mich gedemütigt und misshandelt! Nachdem alles Drohen und Schreien nichts geholfen haben, hat er mich verprügelt. Ich habe aber keinen Laut von mir gegeben. Auch nicht, als er sich, der fein erzogene Herr, der sich immer für was Besseres hielt, über mich hergemacht und mich mit einem Gürtel grün und blau geschlagen hat. Wenn ich nur einen Gegenstand zu fassen bekommen hätte, wäre auch ich durchaus in der Lage gewesen, einen Mord zu begehen.«

Daraufhin schwieg auch Wuttke betroffen.

»Danke, Frau de Vries, Sie haben uns sehr geholfen.« Wuttke musterte Stein missbilligend. Normalerweise bedankte sich der Kollege nicht so überschwänglich bei Zeugen, wenn sie die Wahrheit sagten.

»Und was machen Sie, wenn Sie aus der Klinik kommen? Sie können doch nicht wieder zu Ihrem Mann zurückgehen«, fügte Stein besorgt hinzu.

Frau de Vries schenkte ihm ein Lächeln und hob nicht nur zu Wuttkes Überraschung ihr Kleid und holte einen zusammengeknüllten Zettel aus dem Rocksaum hervor.

»Das ist die schriftliche Bestätigung für meinen Flug nach Lübeck. Ich werde allein fliegen, und zwar von hier aus. Ich will nichts als mein Leben zurück. Meine Eltern besitzen einen Gutshof in Angeln. Dorthin werde ich mich durchschlagen.«

»Dann werden wir Sie natürlich zum Flugzeug begleiten, falls Ihr Mann davon Wind bekommen und versuchen sollte, das zu verhindern«, bot Stein Frau de Vries an.

Wuttke kämpfte mit sich, ob er sich einmischen und anmerken

sollte, dass sie dafür nicht zuständig waren, als er Graubner sagen hörte: »Das ist ein guter Vorschlag von Kommissar Stein. Allerdings können wir Frau de Vries erst fliegen lassen, wenn die Sache erledigt ist, falls wir sie noch einmal als Zeugin befragen müssen.«

»Dann halten Sie sich ran, meine Herren, der Flug geht in vier Wochen.«

In dem Moment fiel Wuttke etwas Wichtiges ein. »Sagt Ihnen der Name Dr. Franz Lüders etwas?«

Frau de Vries überlegte. »Ich habe den Namen schon einmal gehört, aber ich weiß nicht genau, in welchem Zusammenhang.«

»Der Mann war Chemiker in Jena und wollte offensichtlich in den Westen und zu Dr. Kampmann. Vor dem Grenzübertritt wurde er am Potsdamer Platz ermordet.«

»Warten Sie, da war etwas. Dieter hat von einem alten Bekannten berichtet, der sich vor den Sowjets in Sicherheit bringen will, die ihm mit irgendetwas auf der Spur waren, aber mehr weiß ich wirklich nicht.«

»Sie haben nicht nachgefragt?« Wuttke musterte Frau de Vries streng.

»Doch, aber Dieter hat mich beschworen, keine Fragen zu stellen, solange wir nicht in Sicherheit sind.«

»In Sicherheit? Wie meinen Sie das?«

»Er meinte, sobald wir Berlin verlassen haben.«

»Aha, und wissen Sie etwas über den Tod des Apothekersohns?«

Frau de Vries blickte Stein erschöpft an.

»Es hat Dieter sehr mitgenommen. Als der Kleine dann schon fast vollständig gelähmt war, hat er gehofft, Penicillin könne dem Jungen das Leben retten, aber es hat nichts gebracht. Am nächsten Tag war der Junge tot und Dieter hat geglaubt, er hätte ihn umgebracht. Dabei konnte er nichts dafür. Kinderlähmung ist eine tückische Angelegenheit, gegen die kein Kraut gewachsen ist. Penicillin war also der letzte Strohhalm, an den er sich geklammert hat. Dieter ging der Tod eines jeden Patienten so entsetzlich nahe. Und er hat es bei dem Jungen nur versucht, weil er so sehr an das neue Mittel geglaubt hat!«

»Gut, dann lassen wir Sie jetzt in Ruhe. Oder gibt es noch Klärungsbedarf?« Stein blickte in die Runde.

Graubner und Wuttke schüttelten den Kopf, obwohl Wuttke noch einige Fragen auf der Zunge brannten, doch der Kollege schien auf die Erschöpfung der Dame Rücksicht nehmen zu wollen.

»Ich danke Ihnen, dass Sie sich von Ulf nicht haben abschrecken lassen, die Wahrheit herauszubekommen.«

»Eine Frage habe ich allerdings noch«, sagte Stein nun zögernd. »Wie können Sie sich so sicher sein, dass Ihr Mann nicht dennoch herausbekommen hat, dass Sie ihn verlassen wollten, und zum letzten Mittel gegriffen hat, um seinen Nebenbuhler loszuwerden?«

Der Kollege ist doch immer für Überraschungen gut, dachte Wuttke. Hatte er schon vermutet, Stein würde keines ihrer Worte hinterfragen, stellte er ihr nun jene Frage, die ihm die ganze Zeit auf der Zunge brannte.

»Ich lebe schon lange mit Ulfs dunkler Seite. Sein Ziel ist es, die Lebendigen seine Macht spüren zu lassen und sie zu quälen. Verstehen Sie mich nicht falsch, aber wenn er jemanden töten würde, er würde sein Opfer mit Sicherheit langsam und qualvoll leiden lassen und dabei zusehen. Aber ausschließen kann ich es natürlich nicht.«

»Danke, das haben Sie sehr überzeugend geschildert. Das bestätigt den Eindruck, den ich von Ihrem Mann gewonnen habe.«

In diesem Augenblick trat Frau de Vries einen Schritt auf Stein zu. Wuttke befürchtete schon, sie würde ihn umarmen, doch sie reichte ihm nur die Hand mit den Worten: »Danke für alles.« Dann wandte sie sich auch Wuttke und Graubner zu und verabschiedete sich genauso von ihnen.

»Wir müssen Ihre Aussage noch protokollieren. Kommissar Stein wird Sie also morgen in Begleitung unserer Schreibkraft aufsuchen, weil es zu riskant ist, Sie in die Friesenstraße zu laden. Einverstanden?«, fragte Graubner.

Frau de Vries hatte keinerlei Einwände.

»Ich hätte noch eine allerletzte Frage, Frau de Vries. Warum haben Sie Ihre Briefe mit M. unterzeichnet?«, wollte Stein wissen. »Sie heißen doch Karin?«

Frau de Vries lächelte gequält. »Das waren unsere Tarnnamen. Pelléas und Mélisande. Nach einer Oper von Debussy. Die Geschichte einer todgeweihten Liebe.«

Die Kommissare und der Kriminalrat verabschiedeten sich daraufhin von Frau de Vries.

Als sie zu ihrem Wagen gingen, entdeckte Wuttke einen Opel Kapitän auf der anderen Straßenseite. Am Steuer de Vries.

»Schauen Sie nicht nach links, meine Herren. De Vries observiert den Klinikeingang«, warnte er die beiden anderen.

»Gut beobachtet, Wuttke, dann müssen wir jetzt Kommissar Stein einen großen Gefallen tun«, bemerkte der Kriminalrat mit einem breiten Lächeln. »Sie, Stein, gehen zurück und sorgen dafür, dass der Mann nicht auf das Klinikgelände kommt, bis ich Ihnen einen Schupo schicke. Sie sind solange für die persönliche Sicherheit der Zeugin verantwortlich.«

»Soll ich das nicht lieber übernehmen?«, scherzte Wuttke.

»Unterstehen Sie sich, meine Arbeit zu machen«, erwiderte Stein augenzwinkernd, bevor er auf dem Absatz kehrtmachte und zur Klinik zurückeilte.

Sekunden später hörten Graubner und Wuttke laut und klar Steins Stimme: »Sie haben hier Hausverbot! Wagen Sie nicht, das Klinikgelände zu betreten.«

Wuttke drehte sich vorsichtshalber um. Für einen Augenblick schien der Klinikleiter irritiert, dann sprang er in seinen Wagen und rauschte davon.

52

Stein war allein im Büro, als jemand energisch gegen die Tür pochte. Wuttke musste für ein Foto posieren, dass man in einer Pressebroschüre zum einjährigen Bestehen der Friesenstraße im Juli veröffentlichen wollte. *Der Held der Friesenstraße* durfte dabei nicht fehlen. Wuttke war nicht begeistert von dieser Ehre. Wenn er auf einer dieser Hochglanzseiten abgebildet wurde, war es für ihn fast unmöglich, verdeckt zu ermitteln. Stein hatte ihm trocken versichert, er wäre durch die Präsenz in allen Zeitungen ohnehin bekannt wie ein bunter Hund. Da käme es auf ein Foto mehr oder weniger nicht an.

»Herein!«, rief er.

Energisch trat ein mittelgroßer Mann mit schütterem Haar und harten Gesichtszügen, der Stein entfernt bekannt vorkam, ins Büro.

»Bin ich richtig, Kommissar Stein? Klenke!«, stellte er sich mit schnarrender Stimme vor. Er rollte das »R« auf eine Weise, die der ohnehin nicht eben weichen deutschen Sprache eine besondere Härte verlieh. Stein erinnerte das an die Propagandaansprachen von Goebbels im Radio, die Stein manchmal in London gehört hatte, weil er sich ein Bild von der Lage in seinem Heimatland machen wollte. Im Gegensatz zum Reich, in dem das Hören feindlicher Sender bei drastischen Strafen verboten war, war dies in England erlaubt. Manchmal hatte er sich mit anderen Emigranten getroffen, um deutsche Sendungen zu hören und darüber zu sprechen. Und hin und wieder hatte er die Gelegenheit bekommen, in einer der deutschen BBC-Sendungen die Lügen der Nazipropaganda zu entlarven. Jedenfalls erzeugte diese Art zu sprechen ein gewisses Unbehagen bei ihm.

Stein fiel partout nicht ein, wo er diesen Mann schon einmal gesehen hatte. Sein Äußeres wirkte gepflegt. Sein Auftreten sicher und selbstbewusst. Der Kommissar bot ihm einen Stuhl an.

»Ach, Sie sind das. Der Onkel«, bemerkte der Mann, der sich mit Klenke vorgestellt hatte, spöttisch, nachdem er sich gesetzt hatte.

Der Onkel? Das half Steins Gedächtnis auf die Sprünge. Der Apotheker mit der schnarrenden Stimme, der ehemalige Mitarbeiter und spätere Chef des ermordeten Descher.

Stein musterte sein Gegenüber durchdringend. »Was führt Sie zu mir?«, fragte er, während sein Blick auf einem Hämatom über dem Auge des Mannes hängen blieb. »Haben Sie sich geprügelt?«, fügte er hinzu.

»Nein … ich bin gegen eine Tür gelaufen«, erwiderte Klenke.

Also hat ihm jemand einen Schlag ins Gesicht versetzt, schloss Stein, denn die dümmste aller Notlügen, wenn man einen Angriff auf die eigene Person vertuschen wollte, war die Tür. Die war mindestens genauso dämlich wie die Autoscheibe, die er Fräulein Lore neulich als Ursache für seine Kopfwunde vorgeschwindelt hatte.

»Gut, und hat Ihr Besuch bei mir mit jener Tür zu tun?«, fragte Stein ein bisschen genervt darüber, dass der Apotheker versuchte, ihn für dumm zu verkaufen.

»Sie können sich Ihre spitzen Bemerkungen sparen«, konterte der sichtlich erbost. »Ich bin hier, um eine Aussage zu machen. Es geht um den Mordfall Kampmann.«

Stein war wie elektrisiert. »Ich höre.«

»Ich habe ihn nicht umgebracht, falls Sie ein Mordgeständnis von mir erhoffen!«

»Habe ich das behauptet?«, gab Stein zurück.

»Nein, aber Ihr Blick verrät Sie.«

Stein musterte ihn erwartungsvoll. »Dann klären Sie mich auf, was Sie mit der Sache zu tun haben.«

»Ich bin einer unsauberen Sache in meiner Apotheke auf die Spur gekommen, die Ihnen vielleicht bei der Aufklärung des Falls hilft. Sie haben doch den Verdacht, dass in der Werner-de-Vries-Klinik mehr Penicillin vorhanden ist, als vom Vergabekomitee zugewiesen, oder?«

Stein runzelte die Augenbrauen. »Habe ich das? Interessant. Wo haben Sie diese Information her? Von mir nicht!«, entgegnete Stein in scharfem Ton. Offenbar merkte der Mann gar nicht, dass er damit indirekt zugegeben hatte, dass man ihm das seitens der Klinik gesteckt haben musste.

Klenke machte eine unwirsche Handbewegung. »Hören Sie, ich beliefere die Klinik mit Medikamenten. Da erfährt man solche Dinge. Glauben Sie ja nicht, dass Sie mir daraus einen Strick drehen können!«

Stein blieb absichtlich kühl. »Wer sagt denn, dass ich Ihnen einen Strick drehen will. Vor allem woraus. Viel haben Sie ja noch nicht preisgegeben.«

»Mein ermordeter Kollege Descher hat unter der Hand Geschäfte mit illegal beschafftem Penicillin gemacht. Kampmann war sein Komplize.«

Klenke sah Stein an, als erwarte er ein Lob für diese Aussage. Der Kommissar aber hegte nicht den geringsten Zweifel, dass man den Apotheker zu dieser Aussage genötigt hatte. Wahrscheinlich mittels roher Gewalt, wie das Hämatom bewies.

»Und warum haben Sie uns das nicht gleich nach dem Mord an Kampmann gesagt?«, fragte er mit schneidend scharfer Stimme.

»Ich … ich hatte Sorge, dass das den Ruf meiner Apotheke beschädigen könnte. Und ich habe ja auch meine Konsequenzen gezogen und Descher gekündigt …«

»Und was hat Sie umgestimmt, mir diese wichtige Information doch nicht vorzuenthalten? Das da vielleicht?« Stein deutete direkt auf Klenkes Auge.

Der Apotheker erhob sich hektisch. »Denken Sie, was Sie wollen. Ich habe mein Gewissen erleichtert.«

»Halt, halt, so schnell geht das nicht«, sagte Stein. »Ich habe noch jede Menge Fragen.«

Widerwillig ließ Klenke sich auf den Stuhl zurückfallen. Stein musterte ihn durchdringend.

»Wie haben Sie das entdeckt?«

»Ich habe Descher dabei erwischt, wie er das Penicillin, das ihm in Flaschen gebracht wurde, in die verbrauchsfertige Form, sprich in die Ampullen, gefüllt hat.«

»Interessant. Und wer hat ihm dieses Penicillin gebracht?«

»Das weiß ich nicht!«

»Aber Sie sagen, es wurde in Flaschen gebracht. Woher wissen Sie das?«

»Ich habe Descher natürlich zu dem Vorfall befragt. Und er hat von einem Boten gesprochen, der das Penicillin von der Herstellungsanlage in die Apotheke gebracht hat ...«

»Und wer war dieser Mann? Und wo ist diese Herstellungsanlage?«

»Das hat er nicht verraten!«, entgegnete Klenke unwirsch.

Stein glaubte dem Mann kein Wort, jedenfalls nicht, was die angeblich an diesem illegalen Handel Beteiligten Descher und Kampmann betraf. Dass die Klinik sich illegal Penicillin beschaffte und es zu hohen Preisen an die Patienten verkaufte, war ihm spätestens bekannt, seit Graubner ihm berichtet hatte, wie er für die Behandlung seiner Tochter zur Kasse gebeten worden war.

»Wo wurde das Penicillin hergestellt, das an Descher geliefert wurde? Sie können mir doch nicht allen Ernstes weismachen, dass Sie sich mit seinem Schweigen zufriedengegeben haben. Ich meine, das ist eine Straftat! Und im Übrigen würden wir uns das gern vor Ort von Ihnen zeigen lassen, wo das Penicillin in Ihrer Apotheke in Ampullen gefüllt wurde. Dazu gehört ja einiges technisches Werkzeug.«

Klenke wurde zunehmend nervöser. Offenbar hatte er nicht damit gerechnet, dass der Kommissar nicht gierig nach dem Brocken schnappte, den er ihm mit seiner Aussage zum Fraß vorwarf, sondern ihn eher skeptisch werden ließ.

»Ich habe das alles sofort vernichtet! Was denken Sie denn? Ich hätte mich strafbar gemacht! Und natürlich habe ich Descher zum Reden bringen wollen, aber er hat eisern geschwiegen. Deshalb habe ich ihn ja entlassen müssen.«

»Aha, und noch eine ganz andere Frage. Wie sind Sie eigentlich der Eigentümer der Apotheke geworden? Sie gehörte doch zuvor Descher.«

»Der Mann war einfach nicht mehr in der Lage, ein Geschäft zu führen. Sein Sohn war ständig krank, der Laden lief nicht. Ich habe ihn mit meinem Angebot also quasi gerettet.«

Der lügt, wenn er den Mund aufmacht, dachte Stein. »Merkwürdig, ich habe gehört, Descher habe sich am Morphium für Patienten bedient.«

Klenke lief rot an. »Ja, ja, ja, aber das ... das sollte eigentlich nicht nach außen dringen. Sie wissen, der gute Ruf unserer Apotheke wäre gefährdet gewesen, wenn man das an die große Glocke gehängt hätte.«

»Genau, der gute Ruf«, wiederholte Stein spöttisch. »Und wie praktisch, dass jetzt beide Männer, die diesen illegalen Handel mit Penicillin betrieben haben, tot sind und sich nicht mehr gegen die Anschuldigungen verteidigen können.«

Mit einem Satz sprang Klenke erneut von seinem Stuhl auf. »Jetzt reicht es mir endgültig. Da komme ich freiwillig als Zeuge her und werde wie ein Schwerverbrecher behandelt. Nicht mit mir!«

Und schon war er bei der Tür.

»Nicht so hastig. Wir müssen Ihre Aussage noch protokollieren. Ich werde unserer Schreibkraft Bescheid geben.« Stein wählte die interne Verbindung und bat Fräulein Lore, in sein Büro zu kommen.« Klenke stand unschlüssig in der Tür. »Und Sie nehmen bitte solange wieder Platz«, forderte Stein ihn höflich, aber bestimmt auf.

Innerlich rieb Stein sich die Hände. Auch wenn er die Geschichte, so wie Klenke sie ausgesagt hatte, für erstunken und erlogen hielt, schien der Kern, die illegale Beschaffung des Penicillins, eine brauchbare Spur zu sein, der man dringend nachgehen sollte. Stein dachte kurz nach. Die größten Mengen dieses Wundermittels wurden bei den Amerikanern produziert. Aber auch die Engländer besaßen es. Er würde alle potenziellen Quellen überprüfen lassen müssen. Jedenfalls schien sich irgendwer mit diesem Handel an den Komitees vorbei eine goldene Nase zu verdienen.

»Wer wusste in der Klinik noch davon?«, fragte er, kaum dass Klenke sich gesetzt hatte.

Wieder lief der Apotheker hochrot an. »Keiner, das wusste keiner. Nur Kampmann. Allein Kampmann.«

»Das dachte ich mir«, entgegnete Stein süffisant. Derjenige, der Klenke mittels Gewalt zu dieser Aussage genötigt hatte, der hatte sich selbst ins Bein geschossen, dachte Stein triumphierend. Endlich hatte der Täter einen kapitalen Fehler begangen. Klenke würde er jedenfalls nicht mehr aus den Augen lassen! Für ihn war es keine Frage, dass der Mann in der Sache mit drinsteckte und es nun auf die beiden

Ermordeten schob. Er musste unbedingt mehr über Penicillin in Erfahrung bringen. Stein überlegte fieberhaft, wer ihm wohl fundierte Auskunft darüber geben würde. Die Mediziner der Werner-de-Vries-Klinik konnte er schon vorab als brauchbare Informanten ausschließen. Die würden ihm nicht die Wahrheit sagen, weil sie augenscheinlich allesamt etwas zu verbergen hatten, wenn es um den Umgang mit Penicillin in ihrer Klinik ging. Schließlich fiel ihm nur einer ein, der, wenn er Glück hatte, auch über dieses Thema Bescheid wusste: »Das wandelnde Lexikon«, wie Stein ihn insgeheim nannte.

53

Ebert hatte für das Treffen den *Felsenkeller* vorgeschlagen. Offenbar war das sein Stammlokal. Als Stein die Kneipe betrat, winkte ihm der Gerichtsmediziner bereits zu. Stein näherte sich dem Tisch und fürchtete, als er die halb leere Wodkaflasche auf dem Tisch sah, das Schlimmste. Nein, heute würde er sich dem Alkohol entziehen. Dieser Vorsatz gestaltete sich schwierig, als ihm Ebert zur Begrüßung sofort ein Glas einschenkte.

»Das ist ja eine unverhofft nette Einladung«, begrüßte ihn der Gerichtsmediziner. Er klang komplett nüchtern, obwohl zu vermuten stand, dass er bereits eine halbe Flasche Wodka intus hatte. Er hob sein Schnapsglas.

»Auf Ihr Wohl!« Ebert leerte es in einem Zug, aber Stein schüttelte den Kopf. »Ich verzichte heute.«

»Nanu? Sind Sie krank?«

»Nein, in letzter Zeit zu oft ins Schnapsglas gefallen«, entgegnete Stein und bestellte sich eine heiße Zitrone. Ebert verzog angewidert das Gesicht.

»Sie sagten am Telefon, dass Sie gern mehr über Penicillin erfahren möchten. Was möchten Sie wissen? Denn Sie haben Glück. Ich interessiere mich für das Thema, seit mein in Wien lebender Neffe im vergangenen Jahr dort einem Kameramann assistiert hat, der für einen britischen Film einige Sequenzen gedreht hat. Spannende Geschichte. Da geht es um den Schwarzhandel mit gepanschtem Penicillin. Ich dachte erst, das ist Kintopp, denn mir war gar nicht bewusst, dass es immer noch viel zu wenig davon gibt, um alle zu heilen. Besonders in Deutschland und Österreich ist das Zeug verdammt knapp.«

»Und warum wird es nicht in ausreichender Menge auch bei uns produziert?«, fragte Stein. »Wenn man doch jetzt weiß, wie es geht. Und dass es wirklich ein Wundermittel gegen Infektionen ist, ist wohl auch hinlänglich bewiesen. Bis auf ein paar rückständige Mediziner, die den Geschlechtskranken aus Prinzip das für die Patienten unangenehmere Salvarsan geben, wäre das schließlich ein Segen, wenn es den Ärzten in ausreichender Menge zur Verfügung stände.«

Ebert stieß einen anerkennenden Pfiff aus. »Da kennt sich aber einer gut aus. Es gibt in Deutschland tatsächlich eine Reihe von Medizinern, die immer noch auf Salvarsan schwören. Daran wurde auch fleißig weitergeforscht.«

»Und warum setzt man nicht alles daran, lieber ausreichend Penicillin herzustellen?«

Ebert runzelte die Stirn. »Ich würde sagen, so einfach ist das eben nicht. Die Gewinnung ist nicht ohne. Ein amerikanischer Chemiker sagte einmal: Der Schimmel ist temperamentvoll wie eine Operndiva, die Ausbeute ist niedrig, die Isolierung schwierig, die Extraktion mörderisch, die Reinigung katastrophenanfällig und die Untersuchung unbefriedigend. Die kleinste Verschmutzung in einem Kessel macht den ganzen Inhalt unbrauchbar. Und bei den desolaten Materialien, die nach dem Krieg nur zur Verfügung standen, wie alten Militärtanks und sonstigen zusammengebastelten Teilen einer Anlage, war das ein schwieriges Unternehmen. «

»Und deshalb gab es in Deutschland keine eigene Penicillinproduktion?«

»Sagen wir mal so. Wenig. Im Krieg gab es in Deutschland ausschließlich Laborproduktionen, die von der erzeugten Menge her nicht der Rede wert waren. Zuallererst fehlte es an Stämmen, aus denen das Penicillin gewonnen wird. Man hat im Krieg zwar ein paar davon geklaut in Holland oder Paris, wo die Wehrmacht gerade unterwegs war, aber die Ausbeute war gering. Außerdem kam von oben die Anordnung, sich lieber mit der Weiterentwicklung des Salvarsans zur Behandlung von Geschlechtskrankheiten zu beschäftigen.«

»Was genau ist eigentlich Penicillin? Ich habe mal gelesen, dass durch Zufall entdeckt wurde, wie es Bakterien vernichten kann.«

»Richtig. Es handelt sich um einen Schimmelpilz, wenn Sie so wollen. Aber die Gewinnung des Penicillins ist kompliziert. Zunächst kultivierte man das Penicillium notatum, also einen der Pilze, der das

Penicillin als Stoffwechselprodukt erzeugt, als Kahmhaut. Das heißt, die Penicillinpilze bilden in Glaskolben einen Film an einer Flüssigkeitsoberfläche, während das Penicillin in die darunterliegende Flüssigkeit ausgeschieden wird. Die sogenannte Oberflächenproduktion, aber Sie können sich denken: Die Ausbeute war mager. Man wusste aber, dass das Penicillin, wenn es injiziert wird, zu einem großen Teil wieder mit dem Urin ausgeschieden wird. Das Wissen wurde genutzt, und man verwendete den Urin der behandelten Patienten, um daraus Penicillin zu recyceln. Aber auch das ist nicht besonders ergiebig. Ein deutlich größerer Schritt wurde mit der Entwicklung von Fermentern gemacht. Damit konnte nun sehr viel mehr hergestellt werden. Das sind Kessel mit ausreichender Belüftung zur Sauerstoffversorgung, sodass Penicillin wesentlich effektiver in einer sogenannten Submersfermentation produziert wurde. Das Mycel, also, wenn Sie so wollen, die Pilzfäden, können sich viel mehr in dieser Flüssigkeit ausbreiten. Umso mehr können sie, wenn die Wachstumsbedingungen in der Flüssigkeit gut sind, auch ihren Stoffwechsel steigern und so die Menge des von ihnen produzierten Penicillins erhöhen.«

Stein hob die Hand. »Warten Sie. Ich fasse zusammen. Die Gewinnung in Glaskolben und durch den Urin der bereits Behandelten geben zu wenig Penicillin ab. In Kesseln produziert kann man mehr davon erzeugen. Aber es besteht die Gefahr der Verschmutzungen und dann ist die Ausbeute unbrauchbar.«

»Wenn Sie so wollen, ja. In Amerika gibt es nur noch diese Submersverfahren, und das in großem Stil. Aber dort gibt es auch bessere Anlagen, die nicht aus Kriegsschrott zusammengebastelt werden müssen.«

»Und was hindert deutsche Firmen jetzt daran, es trotz der Schwierigkeiten zu versuchen? Es scheint doch das einzig wirklich hilfreiche Heilmittel gegen Bakterien zu sein«, warf Stein ein.

»Es wird inzwischen in einigen wenigen Werken auch bei uns so gemacht. Bei Hoechst und auch in Jena …«

»Wer produziert Penicillin in Jena?« Stein war wie elektrisiert.

»Die Glaswerke Schott beziehungsweise das dort angeschlossene Forschungslabor. Die Sowjets fördern die dortige Produktion sehr, ganz im Gegensatz zu den Amerikanern bei uns hier, die uns ihre anfängliche Unterstützung wieder entzogen haben. Sie wollen, dass wir das Zeug aus den Staaten importieren, obwohl es viel zu wenig ist. Klar, die möchten lieber selbst das große Geld damit machen.«

Stein aber hörte dem Gerichtsmediziner gar nicht mehr zu. »Heißt das Labor in Jena zufällig Institut für Mikrobiologie?«

Ebert zuckte mit den Schultern. »Kann sein. Mir ist der Name nicht geläufig.«

In Steins Kopf arbeitete es fieberhaft. Wenn der ermordete Chemiker aus Jena in der Penicillingewinnung tätig gewesen war, gab es noch eine andere Möglichkeit, woher die Werner-de-Vries-Klinik das Penicillin bekommen hatte.

»Halten Sie es für möglich, dass aus der dortigen Produktion Penicillin in den Westen verkauft wurde?«

»Um Gottes willen, nein! Das erlauben die Sowjets nicht. Die haben gleich 45 in Berlin die Anlagen, die nicht im Krieg zerstört worden waren, als Reparationsleistung abgebaut und alles mitgenommen, was nicht niet- und nagelfest war. Davon bekommen wir hier mit Sicherheit keine einzige Ampulle.«

Das leuchtete Stein ein. Und trotzdem musste es zwischen dem Institut und der Werner-de-Vries-Klinik eine Verbindung geben. Aber, wenn es nicht das Penicillin war, was dann?

»Gibt es in Berlin überhaupt Produktionsstätten, in denen Penicillin hergestellt wird?«

»Ja, in Charlottenburg. Die Briten haben Schering den Auftrag gegeben, in Charlottenburg die Produktion von eigenem Penicillin aufzunehmen. Aber erst Ende 1946, Anfang 1947 war es dann so weit, dass es zumindest schon in kleinen Mengen hergestellt werden konnte – sogenanntes Kulturpenicillin. Es durfte nur gegen Quittung abgegeben werden und wurde im Panzerschrank aufbewahrt. Und die Chemiker mussten bei der Herstellung ständig improvisieren, weil die zur Herstellung erforderlichen Geräte alle im Osten waren. Also, dies lief auch nicht allzu gut. Aber die Engländer hatten auf Lazarettschiffen schon Penicillin aus dem Urin von behandelten Soldaten gewonnen. So wurde auch in Berlin seit zwei Jahren Urin gesammelt und in einem Recyclingverfahren bei Schering aufbereitet. Das so gewonnene Penicillin nennt man Regenerat. Dieses durch den menschlichen Körper und die Nieren bereits gefilterte Penicillin ist übrigens reiner als das Kulturpenicillin. Wenn ich mich recht entsinne, wurde vorwiegend mit dem Urin bereits behandelter Soldaten aus den Militärkrankenhäusern gearbeitet. Aber die Bürokratie hat zu allerlei Problemen geführt. Aus der britischen und amerikanischen Pisse durfte kein Penicillin für die französische Zone oder gar die sowjetische hergestellt worden. Das gewonnene Penicillin musste wieder anteilsmäßig in den britischen und amerikanischen Sektor zurückgeliefert werden. Meines Wissens gibt es die Sammelstelle für Urin noch, aber der Betrieb in Charlottenburg ist kürzlich eingestellt worden.«

»Und wissen Sie, warum nur Geschlechtskranken das Penicillin zugeteilt wird?«

»Na ja, das liegt auf der Hand. Man sorgt sich in erster Linie um die alliierten Soldaten in der Stadt und dann erst um die besiegte Zivilbevölkerung.«

»Und deshalb bekommen Kinder nichts und man lässt sie lieber sterben?«

»Da haben Sie recht. Das wurde tatsächlich so rigoros gehandhabt. Aber mittlerweile erhalten auch Schwerstinfektionskranke und Kinder von den Komitees Penicillin. Die Briten haben dieser neuen Regelung erst kürzlich zugestimmt.«

»Das heißt, eine Klinik könnte mittlerweile Penicillin auch für erkrankte Kinder beantragen und dann ganz offiziell zugeteilt bekommen?«

»Ich denke schon. Aber Gegenfrage: Hat Ihr Mordfall etwas mit Penicillin zu tun?«

»Wenn ich das nur wüsste«, sagte Stein. »Ich habe das Gefühl, dass, wie bei einem Puzzle, alle Teile vor mir liegen, aber ich einfach nicht weiß, wie sie zusammengesetzt werden.«

Ebert hob sein Glas. »Kommen Sie, trinken Sie wenigstens den einen. Dann sehen Sie klarer. Sie werden auch diese Nuss knacken. Davon bin ich überzeugt.«

Zögernd griff Stein nach dem Glas und stieß mit dem Gerichtsmediziner an. Allerdings hatte der Wodka nicht die prognostizierte Wirkung. Im Gegenteil, es blieb alles unklar bis auf die eine Erkenntnis: Der Mord an dem Chemiker aus Jena stand mit den Morden an Kampmann und Descher zweifellos in einem engen Zusammenhang.

Sosehr Stein sich auch immer noch gegen einen Besuch im Osten sträubte. Er war überfällig.

54

Lore Krause hatte sich immer noch nicht ganz von dem Schock erholt, dass der Torsomörder erneut zugeschlagen hatte. Inzwischen hatte man auch die restlichen Gliedmaßen der Ermordeten gefunden. Alles bis auf den Kopf.

Lore kämpfte seit Tagen mit sich, ob sie nicht wenigstens noch ein einziges Mal den Lockvogel spielen sollte. Ein paarmal hatte sie nach der Arbeit schon kurz auf der Bank gesessen, war aber jedes Mal nach ein paar Minuten aufgesprungen und hatte den Viktoriapark fluchtartig verlassen.

Ihre Unentschlossenheit machte sie unzufrieden. Lustlos tippte sie das Protokoll der neuerlichen Vernehmung von Frau de Vries am Morgen in ihre Adler, bei der Lore quasi völlig unsichtbar gewesen war. Obwohl ihre Sympathien inzwischen auf beide Kommissare verteilt waren, ging es ihr gegen den Strich, wie charmant Stein einer Frau gegenüber sein konnte, wenn sie ihm ganz offensichtlich gefiel.

Und das auch noch bei einer Zeugin. Lore hatte zwar so getan, als würde sie das nicht einmal bemerken, aber Stein hatte sie beim Verlassen der Klinik direkt gefragt, wer sie denn geärgert hätte. Natürlich hatte sie rundweg abgestritten, verärgert zu sein, aber Stein hatte ihr das wohl nicht abgenommen. Was sie am meisten wurmte, war die Tatsache, dass diese Frau wirklich bildschön war. Nicht zu vergleichen mit dem grauen und zerbrechlichen Wesen, das Wuttke und sie bei ihrem Überraschungsbesuch in der Villa de Vries kennengelernt hatten. Und wieder war es eine eher feenartige Frau, für die Stein entflammt war. So wie diese feine Engländerin, die vor vielen Monaten einmal auf der gegenüberliegenden Straßenseite vor der Friesenstraße auf ihn gewartet hatte, oder die Ärztin aus dem Dalldorf-Fall. Obwohl Lore alles andere als eine Walküre war, fühlte sie sich gegenüber solchen Frauen immer ein wenig plump.

Lore war derart in Gedanken versunken, dass sie gar nicht hörte, wie jemand in ihr Büro gekommen war. Erst als Martens fragte, wovon sie denn gerade träumte, hob sie den Kopf. Wenn er jetzt wieder seine Finger auf meine Hand legt, kann er was erleben, dachte sie in ihrem Ärger.

Martens aber blieb auf Distanz. »Haben die Kollegen Sie wieder so mit Arbeit eingedeckt, dass Sie für mich nicht tätig werden können?«, fragte er höflich.

»Nein, nach diesem Protokoll kann ich etwas für Sie tippen«, entgegnete sie lustlos. Graubner hatte sie ermahnt, auch einmal wieder etwas für Martens zu erledigen, weil er sich bereits bei ihm beschwert hatte.

»Dann seien Sie in einer Stunde unten im Hof bei den Fahrzeugen. Und bleiben Sie bitte schön in meiner Nähe, damit ich Ihnen diktieren kann.«

»Gibt es etwas Neues?«, erkundigte sich Lore neugierig.

»Wir suchen den Kopf. Dieses Mal hat der Täter nicht anonym angerufen. Aber es hat sich ein Zeuge gemeldet, der behauptet, es sei gestern Abend, als er oben am Denkmal im Park ein romantisches Treffen mit einer Dame hatte, jemand mit einem Spaten in der Hand vorbeigegangen. Bevor wir ihn nach seinem Namen fragen konnten, hatte er aufgelegt. Deshalb fahre ich auch erst einmal allein hin, also nur mit einer Protokollantin.«

Lore zuckte zusammen. So lief der Hase also. In ihrem Kopf arbeitete es fieberhaft. Eine Stimme riet ihr dringend, sich schnell aus der Affäre zu ziehen, während die andere darauf drang, sich diese Chance nicht entgehen zu lassen, Martens unter vier Augen über alle Details zum Fall auszufragen. Am Nachmittag würde er sich schon nicht trauen, zudringlich zu werden, und verglichen mit der Gefahr, die vom Torsomörder ausging, war er ohnehin harmlos.

»Gut, dann bis später. Ich muss dringend dieses Protokoll beenden, bevor wir losfahren«, flötete sie und konzentrierte sich auf ihre Arbeit, um das Protokoll noch bei den Kommissaren abzuliefern.

Als Lore deren Büro betrat, war nur Wuttke an seinem Schreibtisch.

»Hier die Vernehmung von Frau de Vries.«

»Legen Sie sie hin!«, befahl Wuttke unwirsch.

Lore befürchtete, dass er immer noch aufgebracht war wegen der Befragung des Klinikleiters am Vormittag. Sie hatte schon viele Zeugenvernehmungen protokolliert und dabei auch einige unfreundliche Zeitgenossen erlebt, aber dieser de Vries war einer der schlimmsten.

Er hatte zwar schließlich zugegeben, dass er seine Frau in der Klinik mit Salvarsan hatte behandeln lassen, aber nur, weil nichts anderes da gewesen wäre, wie er betont hatte. Denn von zusätzlichem Penicillin, das über die Verteilerquote hinaus in der Klinik zur Verfügung gestanden hatte, wollte er partout nichts gewusst haben. Auch nicht, dass seine Frau nur durch die spätere, von Kampmann veranlasste Behandlung mit Penicillin überhaupt wieder gesund geworden war. Im Gegenteil, er hatte die Kommissare wegen ihres Verdachtes der Unregelmäßigkeiten bei der Penicillinvergabe regelrecht beschimpft, weil er sich an die Regeln gehalten habe, nur den Patienten Penicillin zu geben, denen die Komitees dies auch zugedacht hatten. Er habe keine Sonderregeln für seine Frau in Anspruch genommen. Er empfand es als Frechheit, dass man ihm das jetzt vorwarf. Wuttke war ziemlich ruhig geblieben, während Kommissar Stein beinahe auf den Mann losgegangen war, als die Prügel zur Sprache gekommen waren, die er seiner Frau verabreicht hatte. Dann hatte de Vries noch behauptet, seine Frau sei selbst daran schuld. Das brachte Stein derart in Rage, dass er kurz die Hand gehoben hatte, als würde er ihn schlagen wollen. Er hatte sie aber gleich wieder sinken lassen.

Stein war jedenfalls wesentlich angriffslustiger gewesen als Wuttke. Lore hatte ihrerseits dafür gesorgt, dass die Ausraster des Klinikleiters explizit erwähnt wurden, während die spitzen Kommentare der Kommissare nicht im Protokoll auftauchten.

Schade, dachte Lore, sie hatte gehofft, Wuttke überreden zu können, mit zum Denkmal zu kommen … Allein die Vorstellung an den dummen Gesichtsausdruck von Martens, wenn Wuttke plötzlich mit im Hof auftauchte, hatte Lore außerordentlich belustigt.

Aber in dieser Stimmung traute sie sich nicht, ihn überhaupt zu fragen. Sie wollte das Büro gerade unverrichteter Dinge wieder verlassen, als Wuttke sie freundlicher musterte. »Kann ich sonst noch was für Sie tun?«

Lore druckste herum, bis sie doch mit ihrem Anliegen herauskam. Wuttke überlegte kurz, dann sagte er ihr zu. »Ich muss eh mal raus aus meinem Büro. Habe keine Mittagspause gehabt, und hier stinkt alles gewaltig nach de Vries.«

Lore konnte kaum verbergen, wie sehr sie sich über seine Zusage freute. Am liebsten wäre sie ihm um den Hals gefallen.

Das Gesicht, das Martens zog, als sie zu zweit im Fuhrpark auf ihn warteten, war noch dümmer, als es sich Lore in ihrer Fantasie ausgemalt hatte.

»Was machst du denn hier, Max?«, schnauzte Martens Wuttke an.

»Habe eben gehört, dass dein Kollege Sturm dich gar nicht begleitet, und da dachte ich, ist doch besser, wenn wir zu dritt auf die Suche gehen, oder? Ich meine, wir beide haben eh keine Chance, fündig zu werden. Unser Fräulein Krause ist die Expertin im Auffinden von Köpfen«, scherzte Wuttke.

»Max, das schaffe ich allein«, protestierte Martens.

»Bestimmt, aber Graubner meinte, es sei kollegial von mir, für deinen Kollegen einzuspringen«, behauptete Wuttke.

Lore hielt den Atem an. Das war mit Sicherheit gelogen. Wuttke hatte Glück. Martens glaubte ihm und forderte ihn mürrisch auf, sich nach hinten zu setzen.

Sie fühlte sich nun ganz sicher. Der Kommissar würde es nicht wagen, sie unter Wuttkes Argusaugen zu belästigen. Und in der Tat, er machte keinerlei Anstalten, sich ihr zu nähern. Im Gegenteil, er schwieg beleidigt. Den Wagen parkte er an der Kreuzbergstraße, sodass sie den ganzen Berg des Parks bis zum höchsten Punkt hinaufgehen mussten. Zu ihrer Verwunderung begegneten sie keiner Menschenseele. Es war beinahe gespenstisch still.

Als sie oben ankamen, hörte man nur das Schnaufen von Martens. »Sie kommen mit mir zum Denkmal, Fräulein Krause, und Sie, Wuttke, suchen das Gebiet unterhalb rund um das Denkmal ab. Dort haben wir den Torso gefunden, die Arme und Beine, rundherum im Gebüsch«, keuchte er.

Das missfiel Lore sehr, aber Wuttke nickte ihr unauffällig zu und signalisierte ihr, dass er sie im Auge behalten würde. Martens und sie näherten sich nun der Bank, auf der Lore mit dem vermeintlichen Torsomörder bereits gesessen hatte, und ihr wurde leicht flau im Magen bei der Vorstellung, dass er sie da oben leicht hätte umbringen können. Martens war damit beschäftigt, seinen suchenden Ermittlerblick schweifen zu lassen.

»Passen Sie auf. Wir umrunden das Denkmal jetzt von beiden Seiten und treffen uns dahinter wieder. Durchsuchen Sie jeden Winkel. Wenn er den Kopf hier versteckt hat, wird er ihn allerdings kaum verbuddelt haben. Das ist harter Kiesboden.«

»Und wenn der Anrufer gar kein Zeuge war, sondern der Täter, der Sie auf eine falsche Spur locken wollte?«, dachte Lore laut nach.

»An Ihnen ist wirklich eine Ermittlerin verloren gegangen. Genau, deshalb wollte er anonym bleiben.«

Lore war etwas unheimlich zumute, als Martens hinter dem Treppenaufgang zum Denkmal verschwunden und auch Wuttke nirgends zu sehen war. Vorsichtig näherte sie sich dem Gemäuer, das den riesigen Sockel begrenzte, auf dem das Denkmal stand, und durchsuchte tapfer jede Ecke. In dem Moment, als sie etwa auf der Mitte hinter dem Denkmalsockel wieder aufeinandertrafen, wurde die Stille auf dem Berg von einem unmenschlichen Schrei zerrissen. Lores Herz klopfte bis zum Hals.

Martens war bleich geworden, bevor er ihr befahl, sich nicht von der Stelle zu rühren, während er losrannte. Sie dachte nicht eine Sekunde daran, seine Anweisung zu befolgen, sondern folgte ihm, auch als Martens über einen Zaun kletterte, der zu dem oberen Teil des steinigen Bettes gehörte, in dem früher der Wasserfall hinuntergeflossen war.

Dort, mitten in einem der ausgetrockneten Becken, hockte Wuttke am Boden und hielt in seinen von der feuchten Erde verschmutzten Händen einen Kopf. Er murmelte in einem fort »Nein!, Nein!, Nein!«

vor sich hin. Martens legte ihm beruhigend die Hand auf die Schulter, aber er hörte nicht auf. »Nein! Nein! Nein!«

Mit zitternden Knien näherte sich Lore. Als sie das Gesicht der Toten, in deren unnatürlich geöffnetem Mund noch ein Knebel steckte, wiedererkannte, stieß sie einen kurzen spitzen Schrei aus. Dann war auf dem Kreuzberg alles wieder still.

3. TEIL

55

Die fünf Beschützer, die Graubner ihnen für ihren Besuch bei Oberst Hermann Stein genehmigt hatte, saßen verteilt in dem U-Bahn-Wagen, der sie in den Ostteil Berlins brachte.

Stein sah dem Treffen in der Keibelstraße mit gemischten Gefühlen entgegen. Das letzte Telefongespräch mit seinem Vater hatte ihn an seiner Entscheidung, ihn dort aufzusuchen, um im Kampmann-Fall voranzukommen, noch einmal heftig zweifeln lassen. Sein alter Herr hatte ihm wenig Hoffnung gemacht, dass er »der Friesenstraße«, wie er den Arbeitsplatz seines Sohns abfällig genannt hatte, Informationen preisgeben würde. Er verhehlte nicht, dass er immer noch wütend auf ihn war, weil er ihm den Tod Kampmanns verschwiegen hatte. Stein vermutete, dass der Unwille seines Vaters, ihm zu helfen, noch einen anderen, einen persönlichen Grund hatte: Er hatte seinem Vater immer noch keine Zusage gegeben, zu seinem Geburtstag in der Speisegaststätte *Lukullus* anzutreten.

Stein war trotz allem fest entschlossen, seinem Vater die nötigen Informationen über das Institut für Mikrobiologie in Jena zu entlocken. Seit der Apotheker Klenke seine Aussage gemacht und er mit Ebert gesprochen hatte, erhärtete sich der Verdacht, dass die nunmehr vier Morde mit dem Penicillin zusammenhingen. Die Frage blieb allerdings: Was war das konkrete Motiv und wer war der Täter? Oder auch die Täterin, was er sich bei dem Mord an Kampmann durchaus vorstellen konnte, nicht aber bei dem Mord an Descher.

Wie erwartet hatte die Befragung von de Vries zu der Frage von illegalem Penicillin in der Werner-de-Vries-Klinik nicht das Geringste ergeben. Der Klinikleiter hatte sich empört gezeigt über das, was da in der Klinik angeblich hinter seinem Rücken geschehen war. Er habe niemals Penicillin ausgegeben, das nicht vom Komitee zugeteilt worden war. Darauf wollte er einen Eid schwören. Drahtzieher sei wohl Kampmann gewesen. Jegliche Mitwisserschaft hatte er rundweg abgestritten.

Auch die neuerliche Vernehmung von Frau de Vries zu diesem Thema hatte nichts Neues ergeben, außer dass sie die Hand dafür ins Feuer legen würde, dass Dieter sich nichts hatte zuschulden kommen lassen. Das leuchtete Stein ein, denn wenn er der Beschaffer des Penicillins gewesen war, warum hatte er es seiner Geliebten nicht einfach verabreicht, nachdem er erfahren hatte, dass er sie mit dem Venusfluch angesteckt hatte?

Steins Blick blieb an Wuttke hängen, der einen geistesabwesenden Eindruck machte wie so häufig, seit er den Kopf von Schwester Klara gefunden hatte. Er starrte stumpf aus dem Fenster der U-Bahn, obwohl sie die meiste Zeit unter der Erde fuhren. Steins größte Befürchtung, der Kollege könne nach dem Schock wieder dem Pervitin verfallen, hatte sich zunächst als unbegründet erwiesen. Im Gegenteil, Wuttke wirkte eher schwermütig als aufgekratzt oder berauscht.

Natürlich ließ auch ihn das traurige Ende der hübschen Krankenschwester nicht kalt. Im Gegenteil, er brannte darauf, endlich diesen Dreckskerl – in seiner Vorstellung war der Täter männlich – in die Finger zu bekommen. Da fiel ihm ein, dass er Wuttke noch gar nichts von seinem heutigen Telefongespräch berichtet hatte, das er kurz vor ihrem Aufbruch in den Osten mit Ebert geführt hatte. Er musste ihm unbedingt das Ergebnis weitergeben, zu dem der Gerichtsmediziner nach der Untersuchung des Kopfes gelangt war. Das würde wahrscheinlich wenig an der grundsätzlichen Betroffenheit des Kollegen über das grausame Ende der jungen Frau ändern, aber Wuttke musste sich nicht länger das Hirn darüber zermartern, wie Klara bloß an den Torsomörder geraten sein konnte.

»Ebert hat übrigens den Kopf der Krankenschwester untersucht. Und er hat mir versichert, dass der nicht von dem sogenannten Torsomörder vom Rumpf abgetrennt worden ist!«

Wuttke blickte ihn erschrocken an.

»Er meint, der Torsomörder war es nicht?«

»Er ist sich sogar sehr sicher, dass es zwei verschiedene Täter waren. Der vierte Kopf war sauber abgetrennt wie von einem Fachmann, während die anderen wie von einem schlechten Schlachter abgesäbelt worden sind. Außerdem handelt es sich um zwei unterschiedliche

Messer. Bei den drei Köpfen zuvor war es wohl ein und dasselbe Schlachtermesser gewesen, während beim vierten Kopf ein anderes Werkzeug eingesetzt worden ist.«

Wuttke verzog zur großen Überraschung Steins die Miene zu einem schiefen Grinsen.

»Was finden Sie daran so lustig?«, fragte er irritiert.

»Dass der Kollege Martens vor Wut platzen wird, wenn wir ihm die traurige Botschaft überbringen müssen, dass der vierte Kopf uns gehört!«

Auch Steins Mundwinkel hoben sich. »Sie haben recht. Der ärgert sich die Krätze. Diesen Triumph überlasse ich Ihnen, aber Sie müssen mir sein dummes Gesicht in allen Einzelheiten schildern, wenn Sie ihm mitteilen, dass wir ihm seine neuste Trophäe abgejagt haben.«

Wuttke wurde wieder ganz ernst.

»Ich bin ganz erleichtert, dass Schwester Klara nicht dieser grausamen Bestie von Frauenmörder in die Hände gefallen ist«, murmelte er.

»Ja, unsere Bestie missbraucht ihre Opfer wenigstens nicht. Und sie quält sie auch nicht unbedingt. Sie ist kein kranker Sadist«, erwiderte Stein nachdenklich. »Aber unser Mörder ist nicht weniger gefährlich. Im Gegenteil. Das Vorgehen unseres Täters ist ausgeklügelt und kalt geplant. Allein, dass er es so aussehen lassen wollte, als wäre Schwester Klara ein Opfer des Torsomörders geworden. Sie ist wohl an einer Überdosis Dolantin gestorben, meint Ebert, während die anderen Opfer vor ihrem Tod misshandelt worden sind.«

»Manchmal hasse ich unseren Beruf«, stöhnte Wuttke. »Aber was sagt uns das über den Täter? Dolantin, Stein, Dolantin! Auf wessen Spur führt uns das? Können wir ihn nicht endlich verhaften?«

»Unser spezieller Freund ist nicht so leicht zu überführen. Leider!«, bemerkte Stein bedauernd. Er teilte Wuttkes Verlangen, dem Klinikleiter endlich die Morde nachzuweisen, doch er befürchtete, dass er ihnen, selbst wenn er wirklich der Täter sein sollte, wie ein Aal aus den Händen gleiten würde.

56

An der Haltestelle Alexanderplatz verließen die Kommissare, gefolgt von fünf Polizisten in Zivil, die Bahn. Besonders einfallsreich war die Verkleidung der Kollegen nicht. Sie trugen alle ähnliche Anzüge, die besonders unauffällig wirken sollten. Die Beschützer hielten bemüht Abstand voneinander. Wuttke befürchtete jedoch, dass die Männer für den Fall, dass Vopos sie beobachteten, den Kollegen aus dem Osten suspekt erscheinen mussten. Wuttke konnte sich nicht helfen. Er witterte in jedem Passanten am Alexanderplatz Spitzel des alten Steins, denn der hatte sich explizit bei seinem Sohn erkundigt, mit welcher Bahn Wuttke und er kommen würden. Um ihn zu verwirren, hatten sie eine U-Bahn früher genommen, als Stein es seinem Vater durchgegeben hatte. Trotzdem hatte Wuttke das Gefühl, dass sie beobachtet wurden. Dem alten Stein hatte es wohl überhaupt nicht gepasst, dass er einen Kollegen mitbrachte, aber sein Sohn hatte darauf bestanden.

Wuttke hatte zunächst aufs Schärfste dagegen protestiert, als Stein entschieden hatte, sich mit seinem Vater in dessen Büro im Polizeipräsidium zu treffen. »Dann können die uns gleich von dort nach Hohenschönhausen bringen«, hatte er bemerkt, aber Stein war der Meinung, dass das Gegenteil der Fall sei und sie in der Höhle des Löwen sicherer waren als an jedem anderen Ort im Osten. Und vielleicht hatte er sogar recht. Ein Treffen in irgendeiner Kaschemme war unter Umständen gefährlicher. Vor allem wusste man in der Friesenstraße Bescheid, wo sie sich befanden.

»Meine Güte, was für ein hässliches Gebäude«, stieß Wuttke voller Abscheu hervor, als sie vor dem Polizeipräsidium Keibelstraße ankamen. Weil vom alten Polizeipräsidium am Alexanderplatz nicht viel mehr als ein Trümmerberg übrig geblieben war, war Markgraf mit seinen Leuten in das alte Karstadt-Gebäude gezogen, hatte Stein ihm zuvor erklärt.

»Tja, die rote Burg wird wohl nicht mehr aufgebaut werden«, bemerkte Stein bedauernd. »Mein Vater ist manchmal mit mir sonntags ins *Aschinger* gegangen, um ein Bier zu trinken. Ich bekam Limonade. Und dann sind wir auch immer am Polizeipräsidium vorbeigeschlendert.«

»Das ist das Erste, was wir beide aus unserer Kindheit gemeinsam haben. Mein Vater hat das auch gemacht, sich mit mir als Alibi sonntags ins *Aschinger* am Alex gesetzt. Meine Mutter dachte immer, er ginge mit mir ins Café *Kranzler* Unter den Linden«, entgegnete Wuttke.

»Sehen Sie unsere Schatten noch?«, fragte Stein und blickte sich suchend um.

»Einen auf der anderen Straßenseite. Und zwei sind direkt hinter uns und werden uns wohl auch ins Gebäude folgen. Ich hoffe, Ihr Vater kommt nicht auf den Gedanken, uns alle einzukassieren. Bei den Tumulten im Stadthaus hat er uns auch unbehelligt laufen lassen«, sinnierte Wuttke, dem das ganze Unternehmen immer noch nicht ganz geheuer war. »Was glauben Sie?« Er wusste, dass er Stein diese Frage bereits diverse Male gestellt hatte, aber hier vor dem Eingang schien die Gefahr plötzlich noch greifbarer.

»Einerseits und andererseits. Ich halte es nicht für wahrscheinlich, dass er uns einsperren lässt, aber seit ich weiß, dass der Steinewerfer einer von seinen Jungs war, bin ich auf der Hut.«

»Wird schon schiefgehen«, sagte Wuttke, um sich selbst ein wenig zu beruhigen.

Das Büro befand sich in der ersten Etage. Stein wirkte angeschlagen, als er an die Tür klopfte. Er hatte jedenfalls schon einmal eine gesündere Gesichtsfarbe besessen. Wuttke war auf dem Weg aufgefallen, dass Stein einige scheele Blicke geerntet hatte. Wahrscheinlich erkannten ihn die alten Kollegen wieder, denn schließlich hatte er nach seiner Rückkehr nach Berlin über ein Jahr in diesem Bau gearbeitet.

»Noch können wir umkehren«, flüsterte Wuttke Stein zu, aber da hatte er bereits auf das militärisch klingende »Eintreten!« hin die Tür zum Büro des Obersts geöffnet.

Hier sieht es auch nicht komfortabler aus als in unseren Räumlichkeiten, ging es Wuttke durch den Kopf. Allerdings war der Schreibtisch überdimensioniert groß, sodass man sich als Besucher unwillkürlich kleiner fühlte.

»Nehmen Sie Platz!«, sagte der alte Stein steif und würdigte Wuttke dabei keines Blickes.

Auch seinen Sohn bedachte er mit keiner freundlichen Begrüßung. Er deutete auf die vor ihm liegende Akte. »Du möchtest also Informationen von mir. Ich habe dir schon einmal gesagt, solange du mauerst, wirst du von mir nichts erfahren!«

»Wir werden dir alles sagen, was wir herausbekommen haben. Für jede unserer Informationen eine von dir!«

Wuttke fröstelte. Der Ton war eisig zwischen Vater und Sohn. Der alte Mann tat ihm fast ein wenig leid. Er sah es in seinen Augen. Er schien unter der Stimmung zu leiden, konnte aber wohl nicht aus seiner Haut. Wuttke vermutete, dass seine Gegenwart diese harte Schale noch undurchdringlicher machte.

»Ein bisschen gegenseitiges Vertrauen benötigen wir schon«, fügte Stein hinzu.

»Das sagst du so. Und bringst fünf Stupo-Clowns mit rüber«, entgegnete der alte Stein verächtlich.

»Wenn du das schon weißt, bedeutet das, du lässt uns bespitzeln!«, konterte Kommissar Stein nicht minder spitz. »Wollen wir trotzdem an dieser Stelle einen Waffenstillstand schließen, um unsere Mordfälle erfolgreich aufzuklären, Vater?«

»Wir können es versuchen, aber du fängst an.«

»Wir haben außer Kampmann zwei weitere Opfer, einen Apotheker und eine Krankenschwester. Ich vermute, es geht um illegalen Penicillinhandel. Und in dem Zusammenhang möchte ich endlich wissen, was dieser Chemiker im Institut für Mikrobiologie in Jena getan hat.«

Der alte Stein legte die Stirn in Falten. »Wir müssen leider annehmen, dass dieser Lüders für den Westen in der Penicillinproduktion der Schott-Werke spioniert und Sabotage betrieben hat.«

»Und wie kommst du auf Sabotage?«

»Der Ermordete hat in Jena an der Penicillinproduktion mitgearbeitet. Und seit geraumer Zeit kam es, wenn er Dienst hatte, häufig zu Verschmutzungen, sodass der gesamte Ertrag aus dem Kessel unbrauchbar wurde.«

»Das kommt leider oft vor bei diesem Verfahren, hat man mir erklärt«, widersprach Stein seinem Vater.

»Aber man wurde in Jena skeptisch. Und hatte den Chemiker bereits im Visier. Im Vergleich zu seinen Kollegen kam das bei ihm wesentlich häufiger vor. Bevor die Kollegen in Jena ihn jedoch zu diesem Vorwurf vernehmen konnten, wollte er sich in den Westen absetzen und wurde bei diesem Versuch umgebracht«, erklärte sein Vater.

»Dann liegt es wohl auf der Hand, wer den Mann kaltgemacht hat. Das können nur eure Leute gewesen sein!«, entgegnete Stein. »Vielleicht war es ja dein Steinewerfer«, fügte er grimmig hinzu.

Mensch, Duke, dachte Wuttke, warum musst du ihn derart provozieren? Gerade jetzt, wo er endlich etwas preisgibt, was uns unter Umständen bei der Aufklärung des Falls nützen könnte. Nun wird der Oberst dichtmachen, fürchtete Wuttke, aber er irrte sich.

Der alte Stein ging über diese Anschuldigung kommentarlos hinweg. Stattdessen griff er zum Hörer und bestellte einen Wagen zum Hinterausgang des Polizeipräsidiums. »Wir machen einen kleinen Ausflug.«

Stein tippte sich gegen die Stirn. »Wir steigen doch jetzt nicht einfach in irgendeinen Wagen.«

»Nun, dann eben nicht. Du hast die Wahl. Wenn du deinen Fall lösen willst, kommt mit in die Genslerstraße. Wenn nicht, ist die Unterredung hiermit beendet.«

»Vater, ich lasse mich nicht erpressen. Wir lassen uns nicht freiwillig nach Hohenschönhausen bringen«, erwiderte Stein aufgebracht.

»Ich möchte dir dort jemanden vorstellen und habe nicht vor, euch dort einzuliefern!«

Nun mischte sich Wuttke ein. »Ich vertraue Ihnen, Oberst Stein, jedenfalls wenn Sie uns Ihr Wort geben, dass Sie uns wieder unversehrt hierher zurückbringen, damit unsere Aufpasser nicht drüben Alarm schlagen. Wir sollten ihnen Bescheid sagen, wo wir sind, damit es keine Verwicklungen gibt!«

Der alte Stein warf ihm einen anerkennenden Blick zu.

»Gut, ich nehme den Vorderausgang und teile einem dieser verkleideten Stupos mit, dass ihr spätestens in zwei Stunden unversehrt am Bahnhof Potsdam auftauchen werdet und sie den Abgang machen sollen. Ihr geht schon mal zum Hinterausgang. Du weißt ja noch, wo der ist, mein Junge!«

»O ja, das weiß ich noch ganz genau. Dort ging es in den Keller zu den Halbwüchsigen, aus denen ihr rausprügeln wolltet, dass sie Faschisten waren«, erwiderte Stein in einem schroffen Ton, der Wuttke eine Gänsehaut über den Rücken jagte.

»Ich glaube, du irrst dich. Dort unten ist eine Baustelle. Wir bekommen ein eigenes Untersuchungsgefängnis.«

»Ach, gibt es nicht noch irgendwo in der Nähe ein Nazigefängnis, das ihr gleich weiterbenutzen könnt? Denn das macht ihr doch gern ...«

Bevor Stein seinen Satz zu Ende sprechen konnte, mischte sich Wuttke energisch ein. Er war inhaltlich und politisch vollkommen auf der Seite seines Kollegen, er sah nur nicht ein, dass Stein diese Chance, der Lösung des Falls näher zu kommen, mit diesen persönlichen Angriffen auf seinen Vater gefährdete. »Oberst Stein, schwören Sie jetzt bitte, dass das keine Falle ist und Sie uns unversehrt zurückbringen! Ich weiß, dass man Ihnen vertrauen kann, seit Sie uns im vergangenen Jahr nach dem Zusammenstoß mit Ihren Leuten im Neuen Stadthaus freies Geleit gegeben haben.«

»Ich krümme meinem eigenen Sohn doch kein Haar, Mensch! Ihr seid ja komplett infiltriert von der Lügenpropaganda da drüben«, fauchte der Oberst.

»War das jetzt eine ernst gemeinte Versicherung, dass Sie uns nichts tun?«, fragte Wuttke in leicht scherzhaftem Ton zurück.

»Wollen Sie nicht lieber für mich arbeiten als für meinen Sohn? Solche Leute wie Sie kann ich gut gebrauchen«, erwiderte der alte Stein augenzwinkernd.

Der Mann hat sogar einen gewissen Humor, dachte Wuttke erstaunt. Er hatte bislang ein Bild vom brüllenden und nie lachenden Markgraf-Polizisten.

»Dann treffen wir uns am Wagen«, erklärte der Oberst. »Und bitte, lasst euch von keinem meiner Mitarbeiter dort draußen ansprechen.«

»Wieso? Hast du Sorge, dass sie uns dann über deinen Kopf hinweg verhaften?«, fragte Stein bissig.

»Nein, aber diese Ermittlung ist streng geheim. Staatssicherheit. Ihr werdet auch noch dahinterkommen, dass diese Morde politisch motiviert sind und von hoher westlicher Stelle angeordnet wurden!«

»Vater, ich wette dagegen!«, widersprach Stein.

»In Ordnung. Um was wetten wir?«

»Wenn du recht hast, komme ich zu deinem Geburtstag.«

»Du kannst auch jemanden mitbringen. Eine Dame vielleicht oder ...« Sein Blick blieb bei Wuttke hängen. »... oder einen Kollegen.«

Das war der erste Moment, seit Vater und Sohn aufeinandergetroffen waren, in dem ein Anflug von familiärer Wärme zwischen den beiden aufgekommen war, dachte Wuttke. Das schien auch Stein zu bemerken und offensichtlich missfiel es ihm.

»Tja, Vater, da du mit deinem Verfolgungswahn auf dem Holzweg bist und die Wette garantiert verlieren wirst, bleibt mir wenigstens dieses Getue mit der Stiefmutter und dem neuen sogenannten Bruder erspart.«

Das hatte gesessen. Wuttke konnte in den Augen des Obersts den Schmerz über diese Verletzung erkennen. So unversöhnlich hatte Wuttke Stein noch nie erlebt. Doch jetzt durfte er sich nicht länger mit diesen persönlichen Problemen beschäftigen. Trotz aller Versicherungen des Obersts, ihnen nichts Böses anzutun, galt es, wachsam zu sein.

Als sie wenig später den Hinterausgang verließen und er den Wagen mit laufendem Motor vor der Tür erblickte, wurde ihm verdammt mulmig zumute. Wuttke fragte sich, ob sein Mut, sich vom alten Stein freiwillig nach Hohenschönhausen bringen zu lassen, nachdem er ihre Beschützer fortgeschickt hatte, nicht eher als ein Akt grenzenloser Dummheit zu werten war.

57

Steins Nerven waren zum Zerreißen gespannt. Er saß zusammen mit Wuttke auf der Rückbank eines Polizeiwagens, den ein Uniformierter fuhr, sein Vater auf dem Beifahrersitz. Stein wollte sich gar nicht ausmalen, was sie erwartete, wenn sein Vater sie in eine Falle gelockt hatte. Er verspürte zwar keine Gefahr, aber es wäre geradezu leichtsinnig gewesen, sich in dieser heiklen Angelegenheit nur auf seinen Bauch zu verlassen. Wie immer, wenn er mit seinem Vater zusammentraf, fragte er sich überdies, ob er sich seine Spitzen nicht hätte sparen können, aber der sonst so disziplinierte Kommissar war seinem Impuls, seinem Erzeuger wehzutun, hilflos ausgeliefert.

An Wuttkes Miene war unschwer zu erkennen, dass dieser ein gewisses Mitgefühl für Steins Vater hegte. Stein befürchtete, dass der Kollege ihn früher oder später direkt danach fragen würde, was ihn dem alten Mann gegenüber so unversöhnlich sein ließ. Er blickte aus dem Fenster auf deprimierende Zerstörung, wohin das Auge auch fiel. Die Landsberger Allee, eine der längsten Straßen in ganz Berlin, die die östlichen Bezirke miteinander verband, wies mehr Lücken als intakte Wohnblocks auf. Überall Trümmer! Sie schienen in eigenartiger Weise das Verhältnis zu seinem Vater widerzuspiegeln.

Die Aussicht, noch einmal an den Ort des Schreckens zurückzukehren, der ihn – oder, besser, die Behandlung junger Gefangener, deren heimlicher Zeuge er geworden war – im vergangenen Jahr bewogen hatte, zur Stumm-Polizei zu wechseln, verursachte ihm Magenschmerzen. Sein Vater hatte ihn damals der Lüge bezichtigt und war mit ihm gemeinsam noch an demselben Nachmittag zurück in das Gefängnis gefahren und ihm zu jener Zelle gefolgt, in der ein junger Mann halb totgeschlagen worden war. Doch wie von Zauberhand war das Blut, das bis an die Wände gespritzt war, verschwunden, und sie fanden eine blitzblanke leere Zelle vor. Statt nach Angstschweiß, Blut und Urin roch es nun nach Wofasept, dem Mittel, mit dem man öffentliche Gebäude reinigte. Daraufhin hatte sein Vater ihm vorgeworfen, sich das alles nur ausgedacht zu haben, um seinen Verrat, ins westliche Lager überzulaufen, zu rechtfertigen. Ja, er hatte ihn sogar mittels körperlicher Gewalt daran hindern wollen, fortzugehen, bis die Auseinandersetzung derart eskaliert war, dass Stein seinem Vater einen heftigen Faustschlag versetzt hatte. Eine Narbe im Gesicht des Vaters erinnerte ihn bei jedem Zusammentreffen an diesen Streit. Danach hatte zwischen Vater und Sohn erst einmal Funkstille geherrscht.

Stein war während seiner Zeit bei der Markgraf-Polizei nur ein paar wenige Male in Hohenschönhausen im berüchtigten Lager Nr. 3 gewesen, dem zentralen Untersuchungsgefängnis der sowjetischen Geheimpolizei. Immer dann, wenn Kriminelle auch gleichzeitig als politische Gefangene der Sowjets galten. Dieses unterirdische Gefängnis bestand aus sechzig fensterlosen Zellen, in denen es nicht mehr gab als eine Holzpritsche und einen Eimer für Fäkalien. Er hatte den widerlichen Geruch noch heute in der Nase, als sie in Lichtenberg von der Landsberger Allee abgebogen waren und er in der Ferne den unverkennbaren Wachturm und die hohen abweisenden Mauern sah.

Der Wagen des Obersts wurde ins Innere der Anlage gewunken. Stein sah aus dem Augenwinkel, dass es Wuttke wohl nicht viel besser erging als ihm. Der Kollege war grau im Gesicht.

»Keine Sorge«, raunte er ihm ins Ohr. »Wir sind sicher.«

Wuttke musterte ihn leicht belustigt. »Danke, aber eine Beruhigung aus Ihrem Mund klingt nicht sehr ermutigend. Sie sehen aus, als müssten Sie sich jeden Augenblick übergeben. Trotzdem, ich glaube, wir tun das Richtige!«

Stein wollte das gern glauben, doch als sie sich anschickten, das düstere Haus zu betreten, um in den Keller hinunterzusteigen, wäre er am liebsten draußen geblieben. Die Sonne schien an diesem späten Apriltag beinahe sommerlich warm vom wolkenlosen Himmel. Der Frühling roch nach Leben, während im Inneren dieses Gemäuers der Hauch des Todes lauerte. Der Fahrer war im Wagen geblieben. Unten angekommen, gab sein Vater ihnen ein Zeichen, zu warten, bis ein sowjetischer Offizier in der Uniform der sowjetischen Geheimpolizei auftauchte und ihn überschwänglich begrüßte. Dass er Offizier war, schloss Stein aus der Menge der Orden, die seine Jacke zierten.

Steins Vater begrüßte ihn in fließendem Russisch. Offenbar erklärte er dem Mann gerade die Anwesenheit von Wuttke und ihm, denn der Mann taxierte sie mit einem flüchtigen, nicht gerade freundlichen Blick. Ansonsten ignorierte er sie, als sie Steins Vater und dem Offizier, die in ein angeregtes Gespräch vertieft waren, den langen Gang entlang bis zu einer geschlossenen Tür folgten.

Der Geruch, der ihnen im Gang entgegenschlug, war bestialisch. Eine widerliche Mischung aus Fäkalien, menschlichen Ausdünstungen und Wofasept. Nun sah Wuttke aus, als müsste er sich auf der Stelle übergeben, aber der Kollege schlug hastig den Kragen seiner Jacke so hoch er konnte und verbarg seine Nase tief in dem Stoff.

Der Offizier schloss die Tür auf, hinter der sich ein kahler Vernehmungsraum befand. Ausgestattet nur mit einem Tisch, zwei Stühlen und einer Lampe auf dem Schreibtisch. Die fiel auf, weil sie das wertvollste Teil in diesem Raum zu sein schien. Stein ahnte natürlich, welchem Zweck sie diente. Damit konnte man den Gefangenen, wenn man sie in deren Richtung drehte, auf unangenehme Weise ins Gesicht leuchten. In diesem Gefängnis wurde Licht ohnehin dazu benutzt, die Insassen mürbezumachen. So waren sie auch in ihren Zellen bei Tag und Nacht künstlichem Licht ausgesetzt.

Der Gefangene auf dem Vernehmungsstuhl bot einen erschütternden Anblick. Er hockte dort zusammengekauert, seine Kleidung war zerschlissen, die Schuhe hatten Löcher. Äußerlich schien er unversehrt. Keine blauen Flecken am Kopf oder an den Armen, die unter den zu kurzen Ärmeln der Jacke hervorguckten. Wahrscheinlich hatte man ihn so präpariert, dass sich die Spuren der Befragungen unter der Kleidung befanden, vermutete Stein, denn dass man von diesen rüden Methoden mittlerweile Abstand genommen haben sollte, wagte er zu bezweifeln.

Der Gefangene hielt den Kopf gesenkt, nachdem sie sich zu viert in den engen Raum gedrängt hatten. Der Offizier hatte den Vernehmungsstuhl seinem Vater angeboten, während er die beiden Kommissare mit einem Handzeichen aufforderte, sich hinter dem Oberst aufzustellen. Er selbst holte sich einen Hocker unter dem Schreibtisch hervor, auf den er sich etwas abseits setzte.

Noch immer hatte der Gefangene kein Lebenszeichen von sich gegeben. Doch als sein Vater zackig über den Tisch rief »Wolfen, Sie haben Besuch!«, schreckte der Mann hoch. Auch im Gesicht konnte Stein keinerlei Spuren von Gewalt erkennen.

Aber auch ohne Blessuren machte er einen desolaten Eindruck. Sein blasses Gesicht war gesprenkelt mit dunklen Bartstoppeln, die gar nicht zu seinem ungepflegten blonden Haar passten. Unter den verquollenen Augen hatte er schwarze Ringe, als hätte er tagelang nicht geschlafen, und seine Lippen war so rissig, als wäre er am Verdursten.

»Wolfen, hören Sie, hier sind zwei Kommissare aus dem Westen, die Sie zu Ihrer Tat befragen wollen.«

Der Mann warf ihnen einen müden Blick zu.

»Ham Se mal een Jlimstengel?«, fragte er den Oberst.

»Leider nein. Ich rauche nicht mehr«, entgegnete der bedauernd.

Daraufhin reichte der sowjetische Offizier ihm wortlos eine Packung Belomorkanal-Papirossy, aus der der Mann mit zitternden Fingern eine Zigarette klaubte.

Nicht nur die Marke erregte Steins gesteigerte Aufmerksamkeit, sondern die Tatsache, dass der Russe offenbar Deutsch verstand. Auch Wuttke schien verstanden zu haben, dass man sich vor dem Sowjetoffizier besser in Acht nahm und sich nicht untereinander womöglich auf Deutsch in dem Irrglauben austauschte, dass er die Sprache nicht beherrsche.

»Dann sagen Sie uns doch erst einmal, was Sie uns bereits gestanden haben«, forderte der Oberst den Mann nun auf.

»Ich heiße Albert Wolfen, bin Jrenzgänger, wohne in Pankow, arbeite bei die Trümmerbahn als Hilfsarbeiter und habe den Mann am Potsdamer Platz umjebracht.«

Das klang wie auswendig gelernt.

»Haben Sie sich freiwillig gestellt oder wie ist man Ihnen auf die Schliche gekommen?«, mischte sich Stein in die Befragung ein, was ihm einen kritischen Blick seines Vaters einbrachte. Offenbar sollte er keine Fragen stellen, deren Antworten dem Gefangenen nicht zuvor in den Mund gelegt worden waren.

Auch der Offizier machte eine erboste Bemerkung auf Russisch.

»Sie können Ihre Fragen im Anschluss stellen!«, sagte der Oberst im Befehlston.

Doch Stein dachte nicht daran, sich an Regeln zu halten, die offenbar nur dazu dienten, ihnen ein fertiges Ergebnis zu präsentieren, zumal der Gefangene sichtlich nervös geworden war.

»Sie dürfen mir ruhig antworten. Wir befinden uns ja gerade erst in der Ermittlungsphase«, sagte Stein in einem Ton, der keinen Widerspruch duldete. Mit einem Seitenblick konnte er erkennen, wie Wuttke sämtliche Restfarbe aus dem Gesicht gewichen war, zumal der Offizier den Eindruck machte, als würde er platzen vor Wut. Oberst Stein aber warf ihm einen bittenden Blick zu, woraufhin der Offizier grimmig nickte.

»Gut, Wolfen, die Zwischenfragen der Kollegen aus dem Westen sind gestattet. Sagen Sie den Kommissaren ruhig, was Sie wissen! Es geht uns allen ausschließlich um die Wahrheit«, bemerkte der Oberst jovial. Zur Bekräftigung seiner Worte erhob er sich und bot seinem Sohn seinen Platz an, was dieser höflich ablehnte.

»Nun?«

»Was wollten Se noch wissen?,« fragte Wolfen.

»Ob Sie sich freiwillig gestellt haben oder ob man Sie verhaftet hat?«

»Mir hat jemand nach der Tat flüchten sehen. Und er konnte sich meene Visage merken und hat det den Polypen jesteckt.«

Stein atmete tief durch.

»Und wie haben Sie Lüders umgebracht und vor allem, warum? Kannten Sie den Mann?«

»Mit 'ner Drahtschlinge. Zack von hinten um die Kehle, und dann hat er jezappelt, bis er wech war.«

»Kannten Sie den Mann?«

Wolfen schüttelte den Kopf.

»Und warum haben Sie das gemacht?«

»Wegen die Piepen.«

Stein schien irritiert.

»Wegen des Geldes, sagt er«, mischte sich Wuttke ein.

»Es hat Sie also jemand beauftragt, den Mann umzubringen. Und wer war das?«

Wolfen zuckte die Schultern. »Eener aus'm Westen.«

»Aha, den kannten Sie also vorher nicht?«

»Nee. Der hat mir am Mont Klamott anjesprochen, als wir Schutt abjeladen haben, ob ik mir wat zuverdienen will.«

»Mont Klamott?«, hakte Stein nach.

»Ein Trümmerberg in Schöneberg«, erklärte ihm Wuttke, bevor er sich an Wolfen wandte. »Sie wollen uns erzählen, dass ein Fremder Sie bei Ihrer Arbeit an den Trümmern angesprochen hat, um Sie für einen Auftragsmord zu gewinnen?«

»Habe ik allet jesacht!« Er wandte sich Hilfe suchend an den Oberst.

»Entschuldigen Sie, aber wie darf ich mir das vorstellen? Da kommt ein Wildfremder ausgerechnet an eine Baustelle für Kriegsschutt und spricht Sie auf so eine heikle Sache an.« Wuttke wandte sich an Oberst Stein. »Das können Sie nicht ernsthaft glauben!«

»Die kannten mir ja, die Jungs vom KgU.«

»Kampfgruppe gegen Unmenschlichkeit?«, hakte Stein skeptisch nach.

»So direkt haben die sich mir nich vorjestellt, aber die wussten, det ik Jrenzgänger bin und ik hatte für die ja schon 'ne Weile so 'ne Art Thermosflaschen in den Westen jebracht. Det war doch klar, det die von der Orjanisation Jehlen sind.«

»Organisation Gehlen? Sagten Sie nicht eben KgU?«

»Die jehören doch zusammen!«

Stein wusste sofort, dass er darauf nicht eingehen durfte, denn dass dieser einfache Mann über derartige politische Hintergründe Bescheid wusste, hielt er für unwahrscheinlich. Das war die Stimme der Partei. Und diese Sätze hatte man ihm garantiert in den Mund gelegt. Er sollte es deshalb nicht hinterfragen, wenn er die weitere Vernehmung nicht gefährden wollte. Viel wichtiger war doch, was der Inhalt dieser Flaschen gewesen war und wer sie im Westen entgegengenommen hatte.

»Wissen Sie, was in den Flaschen war?«, fragte er.

Wolfen schüttelte den Kopf. »Keene Ahnung. Schnaps vielleicht?«

Stein ignorierte das. Seinen ersten Gedanken, dass es sich um Penicillin gehandelt haben könnte, behielt er für sich.

»Und wem haben Sie die Flaschen im Westen übergeben?«

»So eenem Mann eben, der anne Spree uffe westliche Seite uff mir jewartet hat.«

»Und woraus schließen Sie nun, dass dieser Auftrag, den Chemiker umzubringen, von der KgU kam?«, mischte sich Wuttke ungeduldig ein. Der Kollege hatte offenbar nicht erkannt, dass genau diese Frage das Ende der Sitzung bedeuten könnte.

Die finstere Miene des sowjetischen Offiziers bestätigte Steins Vermutung, aber er ließ den Kollegen gewähren. Ob der Mann die Befragung an dieser oder einer anderen Stelle unterbrach, war im Grunde genommen gleichgültig. Er würde es immer dann tun, wenn es für die beiden Kommissare aus dem Westen interessant wurde.

»Und ist das der einzige Mord, zu dem Sie angestiftet wurden?«, fügte Wuttke in scharfem Ton hinzu.

Der Gefangene warf dem Oberst einen hilflosen Blick zu. »Verstehe nich janz! Wir hatten det doch anders…«

Weiter kam er nicht, weil der Offizier nun mit der Faust auf den Tisch schlug. Einfach so. Ohne etwas zu sagen. Aber es genügte, um den Mann verstummen zu lassen. Stein mutmaßte, genau das wollte er erreichen, denn der arme Kerl hatte wohl gerade sagen wollen, dass sie es nicht abgesprochen hatten, Fragen über den Mord an Descher zuzulassen.

»Mein Kollege möchte wissen, ob Sie einen zweiten Mord begangen haben. Aber dieses Mal nicht mittels einer Schlinge?«, hakte Stein nach.

Der Mann senkte den Kopf und nickte.

»Det mit der Schlinge, det hat bei dem nicht so richtig jeklappt, und da lag die Eisen…«

Weiter kam er nicht, weil der sowjetische Offizier ein donnerndes

»*Njet!*« hervorstieß und den Gefangenen mit einer Handbewegung aufforderte, zu schweigen, bevor er dem Oberst in harschem Ton etwas auf Russisch erklärte.

Stein beobachtete, wie sein Vater mit jedem Satz immer mehr in sich zusammensackte, bis er nur noch zustimmend nickte. Es ging ihm mächtig an die Nieren, Zeuge zu werden, wie sein stets selbstbewusster und mächtiger Vater von diesem Russen zurechtgestutzt und zum Befehlsempfänger degradiert wurde. Ob er wohl selbst merkt, wie wenig dies alles mit der von seinem Vater viel zitierten Gleichheit und Solidarität mit dem Proletariat tun zu hatte? Er war doch ein kluger Kopf, dem es nicht verborgen bleiben konnte, wie sich die Sowjets aufführten, dachte er bestürzt.

»Moment, wir haben Fingerabdrücke an der Eisenstange sichergestellt. Die müssen wir nur mit denen von Wolfen vergleichen«, sagte Stein entschieden. »Das würde uns allen die nötige Klarheit verschaffen, ob dieser Mann zwei Menschen auf dem Gewissen hat. Das kann man nicht einfach übergehen. Er war schließlich gerade dabei, ein Geständnis abzulegen, wenn man ihn nicht unterbrochen hätte!« Er fixierte seinen Vater intensiv und flehend, hoffte, ihn mit diesen Worten zu erreichen und ihm in Erinnerung zu rufen, was einen guten Ermittler ausmachte. Denn sein Vater war immer einer der besten gewesen.

»Die Vernehmung ist hiermit beendet!«, verkündete sein Vater ohne jegliche Regung. Wie aufs Stichwort sprang der sowjetische Offizier von seinem Hocker und befahl Wolfen: »Komm mit!«

Der Hilfsarbeiter schien irritiert und unentschlossen. Stein sah ihm an, dass ihm das abrupte Ende der Vernehmung nicht geheuer war und er lieber mit Wuttke und ihm in den Westen kommen würde. Doch der sowjetische Offizier machte dem Zögern ein Ende, indem er Wolfen kurz entschlossen am Arm packte und aus dem Vernehmungsraum führte.

Stein und Wuttke blieben fassungslos zurück.

»Vater, was wird das?«, fragte Stein ihn. »Wir wissen im Grunde jetzt alle, dass er den Apotheker auch umgebracht hat!«

»Wir haben unseren Täter. Das hast du doch gehört«, entgegnete dieser.

»Ich bin nicht so naiv, dieses angebliche Geständnis ohne weiteres Hinterfragen als Wahrheit zu akzeptieren! Und was ist mit dem Mord an Descher? Wieso wollen wir nicht einmal die Fingerabdrücke vergleichen«, empörte sich Stein.

»Schluss! Wir haben den Fall gelöst!« Sein Vater schrie den Satz beinahe heraus, aber in seinen Augen meinte Hans-Joachim etwas anderes zu lesen: Angst! In demselben Moment wusste er, dass kein einziges Wort, das in diesem Raum gesprochen wurde, geheim blieb. Schon zu seiner Zeit waren überall Abhörvorrichtungen installiert worden.

Schweigend folgten sie ihrem Vater zum Wagen, und auch dort wurde kein Ton gesprochen.

»Zum Potsdamer Platz. U-Bahnhof«, teilte sein Vater dem Fahrer knapp mit.

Als sie den Bahnhof erreichten und der Polizist den Wagen angehalten hatte, stieg der Oberst zum Erstaunen seines Sohnes mit aus und verabschiedete sich nicht nur von ihm, sondern auch von Wuttke.

»Nun, Junge, glaub uns einfach. Wir haben unseren Mörder«, sagte er zum Abschluss.

»Auf dem Silbertablett serviert. Und wer hat die anderen umgebracht? Hat das auch die Kampfgruppe gegen Unmenschlichkeit in Auftrag gegeben?«, fragte Stein spöttisch.

»Ich habe dir genug Hinweise gegeben. Ermitteln musst du allein«, konterte sein Vater nicht weniger bissig.

»Oberst Stein, danke, wenn es Kontakte zwischen den übrigen Opfern und der KgU gibt, werden wir das herausfinden«, bemerkte Wuttke.

»Und warum habt ihr nicht zugelassen, dass er den Mord an unserem Apotheker gesteht? Das wollte er nämlich, denn woher sollte er das mit der Eisenstange wissen?«, stieß Stein in scharfem Ton hervor.

»Weil wir euch offiziell nicht bei euren Ermittlungen unterstützen. Warum wir euch Wolfen vorgeführt haben, hat nur den einen Grund: Findet heraus, wer der Auftraggeber war! Und wir gehen davon aus, dass ihr dann genauso ein Entgegenkommen zeigt wie wir heute euch gegenüber!« Das klang nicht wie eine Bitte, sondern wie ein knallharter Befehl. Mit diesen Worten ging er aufrechten Schritts zurück zum Wagen.

»Noch hast du deine Wette nicht gewonnen, Vater!«, rief ihm Stein aufgebracht hinterher.

»Sie meinen, das ist eine falsche Spur?«, fragte Wuttke nachdenklich.

»Nicht ganz«, erwiderte er. »Ich halte es durchaus für möglich, dass Wolfen Lüders und Descher ermordet hat, nur dass diese Gruppe ihn beauftragt hat oder gar die Organisation Gehlen, das bezweifele ich entschieden. Denn wenn Lüders wirklich in deren Auftrag Sabotage betrieben haben sollte, was haben die dann für ein Motiv, ihn umbringen zu lassen, weil er in den Westen abhauen will?«

»Das leuchtet ein, aber was ist das mit diesen Flaschen?«

»Transportbehälter mit Penicillin?«

»Das würde zu der Geschichte von dem Apotheker Klenke passen. Nur, wenn weder diese Kampftruppe noch der Osten die Morde bei Wolfen in Auftrag gegeben hat, wer war es dann?«, sinnierte Wuttke. »Und was ist mit Kampmann und Schwester Klara? Das ist jedenfalls nicht die Handschrift dieses Hilfsarbeiters.«

Stein aber antwortete nicht, sondern blickte sich suchend um, bevor er Wuttke sanft am Arm mit sich fortzog. »Ob wir das später klären können? Ich fühle mich hier irgendwie beobachtet! Und womöglich findet der brüllende Offizier, dass man uns lieber doch nicht wieder gehen lassen sollte, noch hätte er die Gelegenheit.«

Wuttke blickte vorsichtig in die Richtung, in die Stein zuvor gesehen hatte. »Ich sehe sie. Die sind ja genauso unauffällig wie unsere Bewacher!«, flüsterte er spöttisch, bevor er den Schritt beschleunigte. Die beiden Kommissare begannen nun zum Bahnsteig zu laufen und atmeten hörbar auf, als sich ihre Bahn Richtung Westen in Bewegung setzte.

In der Bahn und auch auf dem Weg zur Friesenstraße waren die beiden Kommissare schweigsam. Eine scheppernde Lautsprecherstimme holte sie aus ihren Gedanken. Die Stimme verkündete, dass die Blockade der Stadt am 12. Mai aufgehoben wurde. Wuttke und Stein blickten gebannt zur Straße. Über den Mehringdamm fuhr ein

Wagen des Senders RIAS Berlin, aus dessen Lautsprecher die Durchsage kam. Beinahe hätte Wuttke Stein vor Freude umarmt, aber er konnte sich gerade noch beherrschen.

»Meine Güte, da hätten sie uns schon aus lauter Wut über diese Niederlage einkassieren können. Was meinen Sie, wie die toben«, stieß Stein erleichtert hervor. Das war der Einstieg in ein angeregtes Gespräch der Kommissare über das Geschehen.

»Wenn Sie nicht gewesen wären, hätte ich mich nicht getraut, in den Wagen zu steigen«, gab Stein bewundernd zu. »Dass Sie so gar keine Angst hatten.«

»Ich mag Ihren Vater irgendwie. Ich vertraue ihm«, entgegnete Wuttke nachdenklich.

»Tja, Sie hat er ja auch noch nie enttäuscht. Und Sie mag er wohl. Kein Wunder, Sie haben ihm aber auch ordentlich Honig um den Bart geschmiert. Das braucht der alte Herr wie die Luft zum Atmen. Trotzdem, alle Achtung vor Ihrem Mut!«

Wuttke wurde verlegen. »Na gut, jetzt kann ich es ja zugeben. Mir war kotzübel, mir wurde abwechselnd heiß und kalt auf dem Gang zu dem Vernehmungsraum, und ich habe zum Schluss befürchtet, der Brüllaffe sperrt mich gleich mit ein.«

Stein klopfte ihm erleichtert auf die Schulter: »Da bin aber froh. Ich dachte schon, ich leide an dem Verfolgungswahn, den ich meinem Vater so gern unterstelle.«

Wuttke hatte in dem Moment so eine Ahnung, dass dieses Erlebnis ihre Verbindung zueinander vertieft hatte. Einmal in die Hölle und zurück, das schweißte zusammen.

58

Der Viktoriapark war an diesem frühen Abend belebter als sonst. Das liegt am Wetter, dachte Lore, denn an diesem Maitag herrschten fast sommerliche Temperaturen. Das zog die Menschen aus ihren Kreuzberger Mietskasernen in Scharen auf die Wiese im Park, auf der endlich wieder etwas Grünes blühte. Direkt nach dem Krieg waren sogar die Wiesen Ödland gewesen. Lore hatte ganz spontan entschieden, sich noch einmal als Lockvogel zu versuchen. Sie trug ein Kostüm, das die Mutter ihr aus Uniformstoff genäht hatte. In dieser Arbeitskluft fühlte sie sich nicht besonders anziehend. Deshalb hatte sie ihre Jacke ausgezogen und saß in Bluse und Rock auf der Bank. Sie versprach sich nicht allzu viel von ihrem Vorhaben, aber sie hatte sich dermaßen über die Kommissare geärgert, dass sie eigentlich mehr aus Trotz nach der Arbeit hergefahren war.

Sie fühlte sich von Wuttke und Stein nicht ernst genommen. Das hatte sich am heutigen Nachmittag wieder einmal gezeigt, als der Kriminalrat zusammen mit einigen Polizisten in Zivil aufgeregt in Steins und Wuttkes Büro gestürmt war. Zufällig hatte sie dort etwas zu tun gehabt, weil Stein ihr heute Vormittag den Auftrag erteilt hatte, seine Notizen eines Telefonats mit Ebert ins Reine zu tippen. Sie sollte sie dann sofort zu Graubner bringen, weil der schriftliche Bericht des Forensikers sicher noch ein paar Tage brauchte. Stein war es wichtig gewesen, dem Kriminalrat die Ergebnisse der pathologischen Untersuchung unmittelbar zugänglich zu machen, damit geklärt werden konnte, wem er dieses Opfer zuordnete: dem Torsomörder- oder dem Kampmann-Fall. Bevor Lore Graubner den fertigen Bericht hatte vorbeibringen können, war er in Begleitung der anderen Polizisten aufgetaucht und wollte wissen, ob sie etwas von den Kommissaren gehört habe. Das hatte sie nicht, ja sie wusste nicht einmal, wohin sie zuvor so eilig verschwunden waren. Sie hatte dem Kriminalrat dann den Bericht in die Hand gedrückt, den er gar nicht beachtet hatte. Alles war beherrscht von der aufgeregten Suche nach den Kommissaren. Keiner dachte daran, sie einzuweihen, warum alle derart fieberhaft nach ihnen suchten. Wenn ein gestandener Mann wie der Kriminalrat wie ein aufgescheuchtes Huhn herumlief, musste etwas passiert sein. Das ließ ihr keine Ruhe. Schließlich überwand sie jegliche Scheu und suchte Schulz junior auf, der im Moment dazu abgestellt worden war, beim Aufbau eines neuen Archivs zu helfen. Die alten Akten aus der roten Burg waren, wenn sie nicht im Krieg zerstört worden waren, in der Keibelstraße geblieben. Mühsam versuchte man nun, neue Akten anzulegen.

Er war sehr erfreut über ihren Besuch im Keller, doch er merkte schnell, dass sie etwas von ihm wollte und nicht etwa gekommen war, um mit ihm ins Kino zu gehen. Lore aber sah über seine gekränkte Miene hinweg und fragte ihn direkt, ob er wisse, warum man die Kommissare Wuttke und Stein vermisse. Kurz angebunden teilte er ihr mit, dass die beiden wohl im Osten verhaftet worden seien. Mehr wisse er allerdings auch nicht. Immerhin wusste er damit mehr als Lore, was ihr wieder einmal schmerzhaft vor Augen führte, dass man es nicht für nötig befand, ihr als Frau in der Friesenstraße auch nur die kleinste Information zukommen zu lassen.

Lore hatte sich danach vor lauter Sorge um die beiden Kommissare kaum mehr auf ihre Arbeit konzentrieren können. Man wusste doch, was den Polizisten aus der Friesenstraße dort drüben blühte. Warum hatten sie ihr denn nicht einmal Bescheid gesagt, dass und, vor allem, warum sie sich in den Ostteil der Stadt gewagt hatten? Sie überlegte fieberhaft, woher sie wohl nähere Informationen über das Verschwinden der beiden bekommen könnte. Schließlich war Lore der eine Bursche eingefallen, der vorhin mit Graubner in ihrem Büro gewesen war. Sie kannte ihn nur flüchtig, aber er schien sie zu mögen. Da Lore wusste, in welchem Büro er saß, fasste sie sich ein Herz und suchte ihn dort auf. Er teilte es mit vier anderen Polizisten, die sie alle mit großen Augen musterten. Sie steuerte auf den Schreibtisch des Polizisten zu und setzte ihr schönstes Lächeln auf. »Sind Sie nicht vorhin mit Graubner in unserem Büro gewesen?«

Seine Miene verdüsterte sich. »Ja, wir haben die beiden verschollenen Knallköppe gesucht.«

»Wuttke und Stein, nicht wahr? Aber warum vermuten Sie denn, dass die beiden verschollen sind?«

Der junge Mann beugte sich vertraulich zu ihr herüber. »Ich darf eigentlich nicht darüber reden, aber die beiden hatten ein heikles geheimes Treffen in der Keibelstraße mit einem ranghohen Markgraf-Polizisten ...«

Sie haben sich also mit Steins Vater getroffen, dachte Lore, und warum hatten sie ihr das nicht gesagt? Das zeigte in ihren Augen einmal wieder, dass die beiden sie nicht für voll nahmen.

»Und nun?«, fragte Lore nach. »Wo sind sie jetzt?«

»Wir haben sie bewacht bis zum Präsidium, aber dann kam ein Markgraf-Polizist auf mich zu, denn ich stand direkt am Eingang des Präsidiums und sagte, ich solle mit den anderen umgehend in den Westen zurückkehren. Die Kommissare seien bereits zurück in der Friesenstraße, und wenn wir nicht schnellstens verschwinden würden, würde man uns einkassieren.«

»Und dann sind Sie ohne die beiden zurück in den Westen? Sind Sie noch zu retten?« Daraufhin hatte der auskunftsfreudige Polizist sie hastig hinauskomplimentiert. Aber sie wusste immerhin, was geschehen war. Seitdem war sie tausend Tode gestorben aus Sorge um Wuttke und Stein.

Zurück an ihrem Platz, war auch noch dieser Engländer bei ihr aufgetaucht, der ebenfalls aufgeregt nach Stein gefragt hatte und ihr nichts über den Grund hatte sagen wollen. Er sprach gebrochenes Deutsch und tat sehr geheimnisvoll. Nachdem sie angedeutet hatte, dass Wuttke und Stein wahrscheinlich im Ostteil der Stadt festgehalten wurden, hatte er kräftig auf Englisch geflucht. Sie hatte zwar nicht jedes Wort verstanden, aber der Ton machte die Musik. Dann hatte er sie inständig gebeten, Stein auszurichten, er möge diese Nummer anrufen, sobald er zurückkäme, und ihr einen Zettel in die Hand gedrückt. Vorher hatte sie ihm schwören müssen, dass sie ihn nur Kommissar Stein persönlich aushändigen würde.

Wenig später war Stein in ihr Büro geschneit, als wäre nichts geschehen, und hatte sie gefragt, ob sie Zeit für ein Protokoll hätte.

»Sie sollten Graubner Bescheid geben, dass Sie unversehrt zurück sind. Man vermutet Sie nämlich in der Gewalt der Sowjets!«, hatte sie bissig erwidert.

»Das ist bereits erledigt, aber welche Laus ist Ihnen denn über die Leber gelaufen?«

»Mir? Keine! Ich habe mir nur ein wenig Sorgen um Sie gemacht.«

»Das freut mich, Fräulein Lore, gut zu wissen, dass uns wenigstens einer vermisst hätte«, hatte er in lockerem Ton erwidert.

»Das habe ich nicht gesagt!« Mit diesen Worten war sie von ihrem Platz aufgesprungen und zu seinem Büro geeilt, ohne sich noch einmal umzudrehen.

Dort hatte Wuttke sie mit den Worten begrüßt: »Hab mich selten so gefreut, Sie wiederzusehen, Fräulein Lore!«

»Das beruht ganz auf Gegenseitigkeit«, hatte sie in spitzem Ton erwidert. »Ich hatte mich schon darauf eingestellt, Sie nie mehr wiederzusehen.«

Wuttke hatte sie irritiert angesehen. »Fräulein Lore, was ist bloß in Sie gefahren?«

Lore war ihm eine Antwort schuldig geblieben und hatte den beiden Kommissaren unmissverständlich zu verstehen gegeben, dass sie nun zum Diktat bereit wäre. Während Stein ihr das Protokoll des Treffens mit Oberst Stein und ihres Abstechers nach Hohenschönhausen diktierte, lief es Lore ein paarmal eiskalt den Rücken hinunter. Wie hatten sie nur ein solches Risiko eingehen können? Das hatte sie nur noch wütender auf die beiden Kommissare gemacht.

Als das Protokoll fertig war, hatte sie Stein den Zettel des Engländers in die Hand gedrückt. »Es gibt noch eine höchst wichtige Angelegenheit, von der ich auch rein gar nichts wissen darf!«, hatte sie schnippisch bemerkt.

Nachdem Stein einen flüchtigen Blick auf den Zettel geworfen hatte, wollte er wissen, wessen Nummer das wäre.

Lore zuckte die Schultern. »Es war ein Engländer, der betonte, es sei sehr wichtig, und er tat überaus geheimnisvoll.«

»Hat er seinen Namen genannt?«

Lore schüttelte den Kopf. »Natürlich nicht. Er weiß, dass ich nur die Stenotypistin bin. Die hat keinen Schimmer, was die Herren Kommissare gerade so treiben!«

Lore hatte sich an den fassungslosen Mienen der beiden geweidet, aber nicht gewartet, bis sie ihr die Frage hatten stellen können, was denn bloß in sie gefahren war. Darauf sollten die beiden Herren mal schön selbst kommen!

Allerdings beschäftigte sie nachhaltig die Frage, warum Stein den Zettel zerrissen und die Schnipsel in den Papierkorb geworfen hatte.

Lore hatte die beiden Kommissare im weiteren Tagesverlauf nicht mehr gesehen, weil Martens sie zu einer Zeugenvernehmung hatte rufen lassen. Der Kommissar hatte ausgesprochen miese Stimmung, seit Graubner den Mord an Schwester Klara nach Erhalt des Protokolls umgehend Wuttke und Stein zugeordnet hatte. Das schien Martens so aufzuregen, dass er Lore gegenüber keinen Hehl aus seinem Zorn machte. »Verdammt, das beweist noch gar nichts! Den Kopf kann trotzdem mein Mörder abgeschnitten haben. Dieses Mal eben mit einem anderen Messer!«

»Und wie erklären Sie sich, dass die Schwester mit Dolantin umgebracht worden ist? Seine Opfer zu vergiften, entspricht eher nicht der Handschrift Ihres Mörders«, hatte Lore gekontert.

»Wer weiß, vielleicht hat sie sich so heftig gewehrt, dass er sie deshalb ausgeschaltet hat.« Martens hatte partout nicht einsehen wollen, dass der Mord viel eher zum Kampmann-Fall passte als zu seinem Torsomörder.

Diese ganze Diskussion hatte in ihr jedenfalls den Wunsch, von dem sie geglaubt hatte, sie habe ihn endgültig begraben, wachgerufen, endlich allen zu zeigen, was in ihr steckte. Sie war es so leid, dass Stein und Wuttke sie immer aus den Ermittlungen ausschlossen. Außerdem waren ihre Chancen, eine Ausbildungsstelle bei der Weiblichen Kriminalpolizei zu bekommen, seit ein paar Tagen um ein Vielfaches gestiegen. Hermine Dankert war nämlich von sich aus in ihr Büro gekommen und hatte gefragt, ob sie Lust hätte, mit ihr am kommenden Samstag auf einen Wein in die neu eröffneten *Kurpfalzstuben* in Charlottenburg zu kommen. Lore war so perplex gewesen, dass sie beinahe keinen Ton herausbekommen hätte. Doch als sie ihre

Sprache wiedererlangt hatte, hatte sie freudig zugesagt. Nun hatte sie eine private Verabredung mit der Kommissarin.

Lore saß schon weit über eine halbe Stunde auf der Bank bei der Nixe und hing ihren Gedanken nach. Sie hatte in ihrer Eile vergessen, eine Zeitung mitzunehmen, damit sie beschäftigt wirkte, aber bislang war der Kerl nicht aufgetaucht. In diesem Augenblick fiel ihr siedend heiß ein, dass sie eine Ausrede brauchte, weil er sicher wissen wollte, warum sie ihn das letzte Mal versetzt hatte. Doch sie bezweifelte, dass er überhaupt vorbeikommen würde. Wenn er wirklich der Mörder war, hatte er sich sicherlich schon ein anderes Opfer ausgesucht, statt auf sie zu warten.

Genau in dem Moment sah sie seinen blonden Schopf am Parkeingang, aber er war nicht allein. An seinem Arm hing eine blonde ältere Dame. Vom Alter hätte sie seine Mutter sein können, aber eine Mutter drängte sich ganz sicher nicht derart verliebt an ihren Sohn.

In Lores Kopf arbeitete es fieberhaft. Sie überlegte, ob sie aufspringen und sich verstecken oder hoffen sollte, dass er sie nicht wahrnahm, wenn sie sich stumm verhielt. Aber da war es schon zu spät. Er hatte sie entdeckt. Ein breites Lächeln ging über sein Gesicht, und schon hatte er sich aus dem Arm seiner Begleitung befreit, der Dame ein paar Worte zugeraunt und war auf Lore zugeeilt.

»Das ist ja eine Überraschung. Mit Ihnen habe ich gar nicht mehr gerechnet«, sagte er nicht ganz ohne einen gewissen Vorwurf in der Stimme.

»Entschuldigen Sie …« Lore unterbrach sich hastig und bekam einen gehörigen Schrecken, denn ihr wollte sein Name nicht mehr einfallen. »Es tut mir leid. Ich bin krank geworden, und ich wusste ja nicht, wie ich Ihnen Bescheid sagen soll«, fügte sie eifrig hinzu.

»Ich habe so sehr auf Sie gewartet. Darum laufen Sie mir jetzt ja nicht weg! Wir verabreden uns neu. Einverstanden? Aber jetzt bin ich leider mit meiner Schwester hier im Park.« Er deutete auf die wartende Dame, die ihnen böse Blicke zuwarf.

Schwester? Etwas Dümmeres hätte ihm wahrlich nicht einfallen können, dachte Lore und erschrak aufs Neue. Was, wenn sie sein neuestes Opfer war? Sie wollte nicht schuld daran sein, dass man demnächst den Kopf dieser Dame im Gebüsch fand. Sie musste unbedingt verhindern, dass die arglose Frau mit ihm in den Park ging.

Lore setzte alles auf eine Karte. Sie schob trotzig ihre Unterlippe vor. »Und ich habe gedacht, Sie mögen mich«, stieß sie mit betroffener Stimme hervor.

»Aber ja doch, Fräulein Luise, ich brenne darauf, Sie wiederzusehen.«

»Und trotzdem belügen Sie mich?«

Der falsche Gustav zuckte zusammen. »Ich ... nein, ich, ich möchte Sie gern wiedersehen. Ehrlich!«

»Dann schicken Sie Ihre neue Flamme weg und machen mit mir einen Spaziergang zum Denkmal. Sonst sehen Sie mich nie wieder!«

Der Mann schien nicht lange zu überlegen. »Warten Sie!« Und schon war er mit einem Satz zurück bei der Dame. Das, was er ihr jetzt sagte, schien sie so wütend zu machen, dass sie mit der Handtasche nach ihm schlug. Lore konnte nicht alles verstehen, was sie von sich gab, aber sie hörte immer wieder »Du Lump, du!«. Es hätte nicht viel gefehlt und Lore wäre in lautes Lachen ausgebrochen, als die Frau schließlich zornig abrauschte, aber das verging ihr spätestens, als der Mann zur Bank zurückkehrte und ihr zuraunte: »Ich gehe jetzt mit Ihnen zu einem Platz, an dem wir beide ganz ungestört sind. Ich kann es gar nicht erwarten, mit Ihnen allein zu sein!«

Ein eiskalter Schauer lief Lore über den Rücken. Noch konnte sie abhauen, aber sie blieb wie angewurzelt auf der Bank sitzen. Ruhig Blut, sprach sich Lore zu, er mordet erst, wenn er Geld von deinem Postsparbuch bekommen hat! Aber wirklich beruhigend war das nicht, wie ihr ihr wild pochendes Herz bewies.

59

»Wieso kommen Sie ohne meine Tochter nach Hause?«, begrüßte Frau Krause die Kommissare aufgebracht, als diese gegen acht Uhr abends aus dem Präsidium in die Wohnung kamen. Sie hatten noch ein ausführliches Gespräch mit Graubner geführt. Der Kriminalrat hatte ihnen zugesichert, einen Münchner Bekannten, der bei der Organisation Gehlen zu einer Professorengruppe gehörte, deren Spezialgebiet die Ostforschung war, auf dem kleinen Dienstweg mit dem Fall zu konfrontieren.

»Wir haben Ihre Tochter zum letzten Mal am späten Nachmittag gesehen. Danach hat sie für den Kollegen Martens gearbeitet«, erklärte Wuttke entschuldigend.

»Und wo steckt sie? Wir waren um sieben verabredet.«

Wuttke warf Stein einen fragenden Blick zu, aber der zuckte nur mit den Schultern. »Keine Ahnung.«

»Aber das ist sonst nicht ihre Art. Sie ist sehr zuverlässig«, schimpfte Frau Krause. »Dann gehe ich eben alleine! Na, der werde ich was erzählen!« Und schon war sie aus der Tür.

Wuttke beschlich mit einem Mal ein merkwürdiges Gefühl. »Sie wird hoffentlich nicht ...« Er unterbrach sich hastig. Zwar hatte er ihr nicht explizit versprochen, dem Kollegen Fräulein Lores wahnwitzige Idee, dem Torsomörder eine Falle zu stellen, zu verschweigen, aber immerhin hatte sie ihn eindringlich darum gebeten.

»Was wollten Sie sagen? Ich bin ganz Ohr«, sagte Stein.

»Ach nichts. Ich denke nur, ich sollte noch mal eben Luft schnappen gehen.«

Stein tippte sich gegen die Stirn. »Sie beleidigen meine Intelligenz, Wuttke! Wo kann sie stecken? Sie wissen doch was!«

Wuttke dachte kurz nach. Sinnvoller, als sich aus Loyalität zu Fräulein Lore in billige Notlügen zu verstricken, wäre es wohl, wenn er Stein in seinen Verdacht einweihte und sie der Sache gemeinsam nachgingen.

Zögernd berichtete Wuttke Stein von Fräulein Lores Ehrgeiz, auf eigene Faust Lockvogel für den Torsomörder zu spielen. Zu seiner großen Verwunderung schien Stein die Sache nicht ganz ernst zu nehmen, denn er fing an zu lachen. »An Fräulein Lore ist wirklich eine Ermittlerin verloren gegangen.« Dann erstarb das Lachen, und er sagte nachdenklich: »Eigentlich ist es ungerecht, dass Frauen nicht bei der Mordinspektion als Kommissarinnen arbeiten dürfen. So wie bei uns im Yard. Da konnten die Frauen in allen Abteilungen arbeiten.«

»Ich persönlich hätte auch nichts dagegen, wenn wir drei ganz offiziell ein Team wären, aber für die Frauen ist nun einmal die WKP zuständig. Und das hat seine Gründe. Frauen wollen früher oder später eine Familie und Kinder ...«

»Mensch, Wuttke, hätte gar nicht gedacht, dass sie von vorgestern sind. Das sollen doch die Frauen selbst entschieden, wie viel sie sich zumuten wollen. Im Yard waren nicht viele Frauen, aber die eine oder andere hatte durchaus Familie. Wie dem auch sei, ich befürchte, wir müssen sie ziehen lassen. Wir sollten endlich ein gutes Wort bei der Dankert für sie einlegen.«

»Sie haben recht. Es ist nicht fair, wenn wir sie nicht bei ihren Plänen unterstützen. Obwohl ich sie ungern gehen lasse«, erwiderte Wuttke. »Ich denke nur, wir haben keine andere Wahl. Außerdem kann sie dann keinen Unsinn mehr anstellen.« Er versuchte, sich auf die neue Marschrichtung einzustimmen. Ihm missfiel die Vorstellung, auf Fräulein Lore zu verzichten, außerordentlich.

»Und wie kommen Sie darauf, dass Sie heute im Viktoriapark ist?«, fragte Stein.

»Weil sie böse auf uns ist und es uns zeigen will!«, mutmaßte Wuttke, nachdem er sich noch einmal vor Augen geführt hatte, wie schnippisch sie sich am Nachmittag ihm gegenüber verhalten hatte. »Sie nimmt uns offenbar übel, dass wir sie in unsere Pläne, Ihren Vater aufzusuchen, nicht eingeweiht haben.«

»Aber das ist lächerlich. Sie muss nicht immer alles wissen. Für meinen Geschmack geben wir ihr manchmal fast zu viel Informationen.«

»Offensichtlich sollten wir ihrer Meinung nach diesbezüglich noch großzügiger sein …«

»Sie tun ja gerade so, als ob wir schuld daran wären, dass sie nicht mit uns gemeinsam ermitteln darf. Mir liegt nichts ferner, als ihr damit zuzusetzen, im Gegenteil, ich mache mir Sorgen um sie. Und je mehr ich mir vorstelle, wie draufgängerisch sie sein kann, desto größer wird meine Befürchtung, dass sie sich gerade ernsthaft in Gefahr begibt. Lassen Sie uns zum Park fahren. Wir haben ja den Wagen heute vor der Tür, um gleich morgen früh unseren speziellen Freund zu besuchen.«

Und schon waren die beiden Kommissare aus der Tür gestürmt. Am Viktoriapark trennten sie sich. Wuttke nahm den Eingang an der Nixe, während Stein den Park von der Dudenstraße betreten sollte. Am Nationaldenkmal wollten sie sich wiedertreffen.

Es war noch hell, als Wuttke den Berg nach oben stieg. Auf halber Strecke musste er eine Pause einlegen, weil er aus der Puste war. Einige Liebespaare gingen an ihm vorbei. Offenbar war der Park ein beliebter Ort für romantische Begegnungen. Von Lore gab es jedenfalls keine Spur. Wahrscheinlich hatte er sich in ihr getäuscht und sie hatte doch ihr Wort gehalten.

Oben angekommen, setzte er sich auf eine Bank. Seit seiner Entlassung aus dem Krankenhaus hatte er das Boxtraining nicht wieder aufgenommen und fühlte sich körperlich matter als vor dem Unglück. Stein war noch nicht am Treffpunkt angekommen, und Wuttke meinte sich zu erinnern, dass der andere Weg ein Stück länger war. Als der Kollege wenig später am Denkmal auftauchte, wirkte er kein bisschen angestrengt.

»Sie haben sie offensichtlich auch nicht aufgespürt«, sagte Stein, bevor er sich neben Wuttke auf die Bank setzte. »Was für ein fantastischer Ausblick von hier oben, wenn die Trümmer nicht wären«, fügte er hinzu.

»Ja, das war vor dem Krieg wirklich eine …« Weiter kam er nicht, weil ganz in der Nähe der Schrei einer Frau ertönte. Es folgte ein zweiter. Die Kommissare sprangen von der Bank auf und rannten in die Richtung, aus der die Schreie gekommen waren.

In einiger Entfernung sahen sie eine alte Frau stehen, die fassungslos auf zwei sich am Boden prügelnde Personen blickte. Stein raste los. Er war neuerdings flinker als Wuttke. Dann ging alles ganz schnell. Die eine Person – ein Mann – lief fluchend davon, während die zweite Person triumphierend eine Handtasche in die Luft hielt.

Eine weibliche Person und, wie Wuttke feststellen musste, als er keuchend näher kam, eine ihm überdies bekannte Frau. Stein war inzwischen dem flüchtenden Mann gefolgt, während Wuttke nur kopfschüttelnd hervorstieß: »Fräulein Lore, was machen Sie denn da?«

»Das wollte ich Sie auch gerade fragen«, konterte sie und überreichte der alten Dame die Handtasche, die daraufhin mit zittrigen Händen ihre Geldbörse hervorholte, darin kramte und dem verdutzten Fräulein Lore ein Zehnpfennigstück in die Hand drückte.

»Ich danke Ihnen, junges Fräulein. Wie Sie den bösen Buben auf den Boden geworfen haben. Da kann sich die Polizei eine Scheibe abschneiden!«

»Das sagen Sie der Polizei gern persönlich. Soll ich Sie nach Hause bringen?«, fragte Fräulein Lore und warf Wuttke einen provokanten Blick zu.

»Nein, Kindchen, machen Sie sich keine Umstände. Der ist über alle Berge.« Sie deutete auf Stein, der gerade ohne den jugendlichen Räuber wiederkam.

»Nein, nein, wir begleiten Sie durch den Park«, erklärte Wuttke und bot der alten Dame an, sich bei ihm unterzuhaken.

»Sehen Sie, die Polizei ist doch zu etwas zu gebrauchen«, sagte Wuttke, woraufhin die alte Dame entzückt ausrief. »Sie sind ein Polizist? Und so ein netter.« Dann stutzte sie: »Moment mal, ich kenne Ihr Gesicht. Sind Sie nicht der mutige Mann, der die Kinder vor den herabstürzenden Trümmern gerettet hat?«

»Nein, da müssen Sie mich verwechseln«, entgegnete Wuttke hastig.

Auf dem Weg nach unten herrschte eisiges Schweigen. Nur die alte Dame plauderte in einem fort.

Kaum dass sie sich unten bei der Nixe von der Frau verabschiedet hatten und sie außer Hörweite war, konnte Wuttke nicht mehr an sich halten.

»Was hatten Sie im Viktoriapark zu suchen?«, fuhr er Fräulein Lore an.

»Das geht Sie gar nichts an«, gab sie angriffslustig zurück. »Ich frage Sie ja auch nicht, was Sie beide hier wollten.«

»Das will ich Ihnen ganz offen sagen, Fräulein Lore, wir hatten Sorge, dass Sie wieder Lockvogel spielen und sich in Gefahr begeben. Wir wollen Sie nämlich ungern verlieren«, erklärte Stein versöhnlich.

Doch Fräulein Lore funkelte Wuttke zornig an. »Sie haben mir Ihr Wort gegeben, dass das unter uns bleibt!«

»Und Sie haben mir Ihr Wort gegeben, dass Sie nicht ohne meinen Schutz Ihr Schicksal herausfordern!«, konterte er.

»Wieso? Sollte ich den Taschenräuber etwa mit der Handtasche der alten Dame abhauen lassen?«

»Das haben Sie wirklich gut gemacht. Alle Achtung, Sie sollten zur uniformierten weiblichen Schutzpolizei gehen, wie sie jetzt in vielen Städten der britischen Zone aufgebaut wird«, bemerkte Stein versöhnlich.

»Ich will kein weiblicher Schupo werden, sondern eine richtige Kriminalkommissarin!«, widersprach Lore heftig.

»Wuttke und ich werden bei Frau Dankert ein gutes Wort für Sie einlegen«, versprach Stein ihr. »Auch wenn wir Sie ungern ziehen lassen, aber so geht es auch nicht weiter. Entschuldigen Sie übrigens, dass wir Sie nicht in unsere Pläne eingeweiht haben, uns bei meinem Vater in die Höhle des Löwen zu begeben. Aber das sollte geheim bleiben.«

»Geheim?«, wiederholte Fräulein Lore spöttisch. »Das war *das* Gesprächsthema, bevor sie unversehrt wieder aufgetaucht sind. Und außerdem haben Sie es mir doch vorhin alles selbst diktiert.«

»Gut, aber das war danach. Graubner wollte nicht, dass es vorher durchsickert.«

»Tja, der Flurfunk war schneller! Meine Güte, das hätte leicht schiefgehen können. Sich nach Hohenschönhausen bringen zu lassen, fand ich sehr leichtsinnig«, bemerkte sie. Wuttke wollte seinen

Ohren nicht trauen. Fräulein Krause warf ihnen Leichtsinn vor und spielte selbst den Lockvogel für einen Frauenmörder, der seine Opfer grausam quälte und anschließend zerstückelte.

»Sie haben vielleicht Nerven!«, fuhr Wuttke sie an. »Sie treffen sich hier allein mit einem potenziellen Frauenmörder und werfen uns vor, unvernünftig zu sein?«

Stein hob beschwichtigend die Hände. »Lassen Sie uns jetzt friedlich in die Kantstraße fahren und dort besprechen, was wir tun können, um Sie davon abzuhalten, noch einmal einen solchen Irrsinn zu veranstalten …«

»Wann haben Sie denn so viel Kreide gefressen?«, unterbrach Wuttke Steins Predigt unwirsch. »Bevor mir Fräulein Lore nicht gesagt hat, ob Sie diesen Kerl im Park treffen wollte oder nicht, müssen wir beide gar nichts tun!«

Fräulein Lore schien der ungewohnt schroffe Ton Wuttkes zu irritieren. Sie warf ihm einen verstörten Blick zu.

»Ich wollte ihn treffen, und, ja, ich habe ihn sogar getroffen!«, stöhnte Fräulein Lore. »Aber ich verspreche es hoch und heilig: Ich verrate Ihnen, wann die nächste Verabredung ist. Und dann können Sie mich beschützen, sollte er mir etwas antun wollen.«

»Das haben Sie schon einmal versprochen und nicht gehalten!«, gab Wuttke empört zurück.

»Aber wenn ich es doch sage. Ich sehe ihn erst in vierzehn Tagen wieder, wenn ich ihm das Geld von meinem Postsparbuch gebe. Und dann können Sie ihn meinetwegen festnehmen. Er wollte mit mir an einen Ort, an dem keine Menschen sind, aber das konnte ich gerade noch abbiegen. Nachdem wir uns hier an der Nixe verabschiedet hatten, habe ich ihn bis in den Park verfolgt, aber leider verloren, und dann wurde ich Zeugin des Überfalls auf die alte Dame«, gab sie sichtlich zerknirscht zu.

Wuttke wollte es ihr nicht so leicht machen. Er brauchte die Gewissheit, dass sie sich nicht noch einmal in Gefahr brachte. »Schwören Sie, dass Sie nicht hinter unserem Rücken doch allein hingehen? Dann kommt einer von uns beiden oder auch wir beide mit. Was sagen Sie?«

»Ein guter Plan. Ich finde, wir sollten uns den Burschen mal ansehen. Aber vielleicht weihen wir Martens ein.«

»Nein!«, protestierten Wuttke und Lore wie aus einem Mund.

»Ich dachte ja nur. Wo er vielleicht die nächsten Tage die Nachricht verkraften muss, dass Klara Wegner Opfer unseres Mörders geworden ist. Das dumme Gesicht möchte ich zu gern sehen.«

Fräulein Lore fing an zu kichern. »Ich kann Ihnen versichern: Ihr Kollege kocht. Der Kriminalrat hat Ihnen den Kopf der Schwester bereits zugeteilt.« Mit einem Blick auf Wuttke hielt sie erschrocken inne. »Ich meine natürlich, er weiß, dass der Mord zu Ihrem Fall gehört.«

»Was halten Sie davon, wenn ich Sie beide jetzt zur Versöhnung in die *Kurpfalzstuben* einlade. Das Lokal hat erst kürzlich wiedereröffnet.«

Ein Lächeln erhellte Fräulein Lores Gesicht. »Gern, dann weiß ich am Wochenende, wenn ich mich dort mit Frau Dankert treffe, schon, welchen Wein ich ihr empfehlen kann.« Ein triumphierender Unterton war nicht zu überhören, dachte Wuttke, und wenn er ehrlich war, missfiel ihm der Gedanke, auf Fräulein Lores Mitarbeit in Zukunft möglicherweise verzichten zu müssen, außerordentlich. Wenn die Dankert privat mit Lore Krause ausging, konnte das nur bedeuten, dass sie ihr eine Chance geben wollte.

»Sie sind Ihrem Ziel näher, als ich dachte. Herzlichen Glückwunsch!«, bemerkte Stein.

Diese freundlichen Worte konnten Wuttke nicht darüber hinwegtäuschen, dass dem Kollegen die Aussicht, Fräulein Lore zu verlieren, genauso wenig schmeckte wie ihm. Seine säuerliche Miene passte nicht zu dem säuselnden Ton.

60

Bei der Durchsuchung der Werner-de-Vries-Klinik war kein weiteres Penicillin gefunden worden. Es gab nur das aus dem Giftschrank des Klinikleiters. Stein vermutete, dass man es vorher in Sicherheit gebracht hatte, damit man de Vries nicht nachweisen konnte, dass er mehr davon besaß, als das Komitee der Klinik laut Unterlagen zugeteilt hatte.

Für eine Durchsuchung der Villa de Vries reichte der Verdacht der Kommissare, er könne es dort gelagert haben, nicht aus. Wieder einmal ging der Klinikleiter als Sieger aus dem zähen Kampf hervor. Es war nicht einmal gelungen, ihn zumindest des illegalen Besitzes von Penicillin zu überführen.

Und das, obwohl Graubner ihn vor ein paar Tagen noch einmal persönlich gemeinsam mit Stein vernommen und damit konfrontiert hatte, dass er für das Penicillin, das seiner Tochter das Leben gerettet hatte, viel Geld bezahlt hatte. De Vries hatte frech behauptet, das müsse damals ein Irrtum gewesen sein. Er habe jedenfalls nicht persönlich bei ihm abkassiert, was Graubner zu seinem großen Unmut bestätigen musste. Der Kriminalrat hatte den Umschlag mit dem Geld auf der Kinderstation einem gewissen Dr. Schneider übergeben. »Der kann sich ja nicht mehr wehren«, hatte de Vries gekontert. »Der ist nämlich inzwischen verstorben.« De Vries behauptete weiterhin, dass das alles allein auf Kampmanns Kappe gehe, für dessen Fehler er nicht verantwortlich sei. Auf die Frage, woher denn Kampmann Penicillin bekommen haben sollte, blieb de Vries ihnen eine Antwort schuldig. Den Kriminalrat hatte diese Vernehmung sichtlich mitgenommen. Hatte de Vries doch versucht, ihm ein schlechtes Gewissen zu machen, weil er ihn nun eines Vergehens beschuldigte, obwohl seiner Tochter in der Werner-de-Vries-Klinik das Leben gerettet worden war. Immerhin hatte Graubner de Vries dazu genötigt, sich seine Fingerabdrücke abnehmen zu lassen. Dass sie nicht mit denen an der Eisenstange identisch waren, verwunderte die Kommissare nicht. Deschers Mörder wähnten sie schließlich in Hohenschönhausen, was sie aber niemals würden beweisen können, solange man sich im Osten korrekten Ermittlungen in der Sache verweigerte.

Entsprechend schlechte Laune hatte Stein an diesem Morgen, weil er das Gefühl nicht loswurde, dass de Vries sie an der Nase herumführte. Er stellte gerade eine Liste auf, wen sie bei einer nunmehr geplanten, groß angelegten Vernehmung in der Klinik alles befragen sollten: das gesamte Personal, die Patienten und die Eltern der Kinder. Und er teilte die Polizisten ein, die in die Durchführung mit einbezogen werden sollten, weil sie das nicht allein schafften. Es musste ja nur ein Vater oder eine Mutter zugeben, dass sie das Geld für das Mittel, mit dem die Behandlung ihres Kindes erfolgreich durchgeführt worden war, direkt an de Vries hatten zahlen müssen. Natürlich immer schwarz: bar und ohne Quittung!

Danach wollte Stein zusammen mit Wuttke und einer größeren Truppe von der Spurensuche die Apotheke Klenkes auf Spuren einer Abfüllung von Penicillin in Ampullen durchsuchen. Wenn dort wirklich in Jena gestohlenes Penicillin abgefüllt worden war, musste sich das in irgendeiner Form nachweisen lassen. Stein wartete nur noch auf Wuttke, der mit Fräulein Lore etwas später ins Büro kommen wollte. Seit ihrem gemeinsamen feuchtfröhlichen Abend in den *Kurpfalzstuben* war der vertraute Ton zwischen ihnen dreien wieder ganz der alte, dachte Stein mit einer gewissen Wehmut. Fräulein Lore war zum Schluss ein wenig beschwipst gewesen und hatte mit ihnen poussiert. Das hatte sie auf so charmante Art und Weise getan, dass Wuttke und er gern mitgespielt hatten. Ja, sie waren sogar spielerisch in Konkurrenz getreten. Nein, die Aussicht, auf sie zu verzichten, missfiel ihm außerordentlich. Sie passte einfach perfekt zu Wuttke und ihm, wenngleich sie manchmal über die Stränge schlug. Aber diese Zusammenarbeit ging unweigerlich dem Ende zu. Wenn Fräulein Lore bei dem noch ausstehenden privaten Treffen mit der Dankert nicht in ein Fettnäpfchen trat, stand ihrem Ausbildungsplatz in deren WKP-Inspektion wohl nichts mehr im Weg.

Es klopfte, und auf sein »Herein!« trat zögernd eine Frau mittleren Alters ins Büro. »Kommissar Stein?«, fragte sie schüchtern. Er schätzte sie auf Mitte fünfzig, obwohl sie noch kein graues Haar besaß, sondern aschblonde Locken. Man sah ihrem Gesicht wie fast allen älteren Frauen, die den Krieg überlebt hatten, an, dass sie einiges durchgemacht hatte. Aber sie wirkte nicht verhärtet wie viele andere, sondern hatte ein eher weiches Gesicht und warme braune Augen. Ihr schlichtes Kostüm verlieh ihr eine gewisse Eleganz und unterstrich ihre schlanke Figur.

»Ja, der bin ich. Setzen Sie sich doch. Was führt Sie zu mir?« Er hatte ihr Gesicht noch nie zuvor gesehen und konnte diese Frau daher keiner Ermittlung zuordnen.

»Mein Name ist Marion Tanner. Ich komme im Auftrag ... nein, das kann man so nicht sagen. Also, ich will heute meine Schwester in Kreuzberg besuchen, und da hat mich mein Verlobter gebeten, Ihnen vorher etwas auszuhändigen.« Sie fing an, in ihrer Handtasche zu kramen. Stein hatte nicht den geringsten Schimmer, wer diese Frau sein mochte. Schließlich zog sie ein Foto hervor und reichte es ihm. Stein brauchte einen kleinen Augenblick, um zu begreifen, was dort auf dem Foto zu sehen war. Das war ein abfotografierter Fingerabdruck.

Er sah auf und musterte die fremde Frau irritiert. »Was ist das? Und wer schickt Sie?«

»Ihr Vater«, sagte sie.

Da fiel es ihm wie Schuppen von den Augen. Marion, die Verlobte seines Vaters. Diese Erkenntnis verunsicherte ihn mehr als die Tatsache, dass sein Vater ihm offenbar das Foto eines Fingerabdrucks geschickt hatte.

»Das ist nett, dass wir uns einmal kennenlernen«, bemerkte er verkrampft. »Dann grüßen Sie ihn schön von mir.«

»Ich soll Ihnen noch etwas geben«. Sie reichte ihm eine alte sepiafarbene Postkarte, auf der der Rote Platz in Moskau abgebildet war. Verdutzt drehte Stein sie um. *Dr. Franz Lüders = Dr. Franz Brenner. Wer die Wahrheit nicht weiß, ist bloß ein Dummkopf, aber wer sie weiß und sie eine Lüge nennt, der ist ein Verbrecher. Bertolt Brecht* stand dort in der akkuraten Schrift seines Vaters geschrieben. Stein wusste im ersten Moment nicht genau, was das im Klartext bedeutete, aber er hatte eine Ahnung. Natürlich würde er den Fingerabdruck vorsichtshalber mit dem von der Eisenstange vergleichen, aber er hegte keinen Zweifel, dass die beiden übereinstimmten. Es rührte ihn irgendwie, dass das unbestechliche Ermittlerherz seines Vaters doch noch gesiegt hatte. Auf der anderen Seite erschauderte er bei dem Gedanken, wie sich dieser ansonsten aufrechte Mann derart verbiegen musste.

»Dann sagen Sie meinem Vater einen schönen Gruß«, wiederholte er hölzern.

Marion Tanner musterte ihn mit einem Anflug von Mitgefühl. »Ich wollte Sie wirklich nicht überfallen. Aber Ihr Vater sagte, es sei wichtig.«

Ihre herzlichen Worte entspannten Stein ein wenig. Was konnte diese Frau dafür, dass das Verhältnis zwischen seinem Vater und ihm derart gestört war? Wobei er sich bei dem Gedanken ertappte, dass es ihm lieber wäre, er fände die neue Frau an der Seite seines Vaters unsympathisch. Aber das konnte er wahrlich nicht behaupten. Im Gegenteil, er fragte sich, was der Mann an sich hatte, dass sich eine so freundliche Frau auf einen alten Zausel wie ihn einließ.

»Richten Sie ihm meinen Dank aus. Ich weiß es zu schätzen, was er mir damit für einen Gefallen getan hat.« Er deutete auf das Foto.

»Gut, dann will ich mal weiter.« Sie erhob sich hastig. »Und ich würde mich wirklich freuen, wenn Sie zum Geburtstagsempfang Ihres Vaters kämen.«

»Wenn das eine persönliche Einladung zu Ihrer Hochzeit mit meinem Vater ist, sage ich hiermit zu«, hörte sich Stein da sagen. Er tat es wirklich nur ihr zuliebe und hoffte, dass er damit nicht zu viel versprochen hatte und sie dann doch enttäuschen musste.

Sie strahlte über das ganze Gesicht. »Ach, da wird er sich freuen. Sie glauben gar nicht, wie wichtig Sie ihm sind.«

Stein konnte gerade noch die Antwort unterdrücken, die ihm auf der Zunge lag, dass seinem Vater das leider ein paar Jahre zu spät eingefallen war. Stattdessen gab er ihr die Hand und begleitete sie zur Tür.

»Sie haben mehr Ähnlichkeit mit ihm, als Sie glauben«, sagte sie zum Abschied.

»Malen Sie bitte nicht den Teufel an die Wand!«, entgegnete er, ohne darüber nachzudenken, dass er mit der Frau sprach, die seinen Vater offenbar liebte.

»Genauso stur und unversöhnlich«, erwiderte sie lächelnd.

Ein Glückspilz, mein alter Herr, dachte Stein, als Frau Tanner aus der Tür war, nicht nur attraktiv, auch charmant und humorvoll.

Das Telefonklingeln riss ihn aus seinen Gedanken. Als ihm am anderen Ende der Leitung eine völlig aufgelöste Frauenstimme berichtete, dass sie an ihrem Arbeitsplatz, der Apotheke in der Schlesischen Straße, ihren Chef tot in seinem Büro aufgefunden hatte, war alles Private vergessen. Er schärfte ihr ein, nichts anzufassen und auf das Eintreffen der Polizei zu warten.

Gemeinsam mit Wuttke, Fräulein Lore und zwei Mitarbeitern der Spurensicherung fuhr Stein wenig später in rasendem Tempo zum Tatort. Vor der Tür standen schon mehrere Mitarbeiter der Apotheke mit ihren weißen Kitteln.

Die junge Frau, die sie angerufen hatte, begrüßte sie tränenreich. »Kommen Sie. Ich glaube, ich habe Sie umsonst geholt. Die anderen sagen, es sieht nach einem Infarkt aus.«

Die Frau wollte ihnen den Weg zum Büro zeigen, aber Wuttke winkte ab. »Wir kennen uns hier aus.«

Klenke saß zusammengesunken auf seinem Schreibtischstuhl, der Kopf war auf die Tischplatte gesackt.

Stein machte wie üblich seine Zeichnung und ließ ihn anschließend fotografieren. Am liebsten erledigte er auch das selbst, aber der Kollege aus der Spurensicherung war beleidigt, wenn er ihm die Arbeit abnahm. Dann erst veränderten die beiden Kommissare die Position des Apothekers und untersuchten ihn nach Spuren von Gewaltanwendung, aber sie fanden keine.

»Vielleicht hat sein Herz ja tatsächlich vor lauter Überlastung gestreikt«, mutmaßte Wuttke.

»Wir sollten ihn schnellstens zu Ebert auf den Tisch bringen lassen. Ich glaube nicht an einen natürlichen Tod«, widersprach Stein.

Und er sollte recht behalten. Wenig später schon fand der Gerichtsmediziner einen Einstich hinten an seinem Hals. Dem Apotheker war ein Mittel injiziert worden. Welches es war, das musste Ebert erst noch herausfinden.

Erst als Stein wieder in der Friesenstraße war, fiel ihm der Kartengruß seines Vaters ein, und er überlegte fieberhaft, wie er mehr über diesen Dr. Brenner, der sich in Jena Lüders genannt hatte, herausfinden konnte. Seinen Vater anzurufen und direkt zu fragen, war sein erster Impuls, den er sofort wieder verwarf. Es würde schon einen guten Grund haben, warum er konspirativ seine Verlobte als Botin benutzt hatte.

Während Stein mit der Leiche nach Moabit gefahren war, hatte Wuttke den ganzen Laden auseinandernehmen lassen, doch es fand sich nicht die geringste nachweisbare Spur auf eine pharmazeutische Verarbeitung von Penicillin für den Krankenhausgebrauch. Die Vernehmung der jungen Apothekenmitarbeiterin lieferte Wuttke jedoch interessante Hinweise. Sie hatte die Tür zur Schlesischen Straße am Morgen geöffnet vorgefunden, was den Verdacht nahelegte, dass Klenke dem Mörder, sollte er keines natürlichen Todes gestorben sein, freiwillig die Tür geöffnet hatte. Offenbar war dem Apotheker der Schlag ins Gesicht nicht Warnung genug gewesen, sodass der Täter schließlich ganze Arbeit geleistet hatte, um den Mann endgültig zum Schweigen zu bringen, mutmaßte Kommissar Wuttke.

61

Lore war vor dem Treffen mit der Dankert aufgeregter als vor jeder Verabredung mit einem Mann. Sie hatte lange überlegt, was sie anziehen sollte, und hatte sich schließlich für ihr weiß-rotes Kleid entschieden. Sie konnte nur hoffen, dass Kriminalkommissarin Dankert das nicht gegen sie verwendete. Auf dem Weg zu den *Kurpfalzstuben* waren ihr noch einmal große Bedenken wegen ihres Aufzugs gekommen. Die Inspektionsleiterin trug ausschließlich schmucklose Kostüme und wirkte wie eine »Fürsorgerin«. So wurden die Polizistinnen der WKP von einigen der Kollegen insgeheim abschätzig genannt. Lore hatte ernsthaft mit dem Gedanken gespielt, noch einmal in die Kantstraße zurückzufahren, um sich schnell ihr Arbeitskostüm anzuziehen, doch dann, so hatte sie ausgerechnet, würde sie viel zu spät zum Treffen kommen. Und sie konnte schwer einschätzen, was ihr die Dankert mehr verübeln würde: die Verspätung oder den aufreizenden Aufzug.

Als Lore die *Kurpfalzstuben* betrat, waren alle Tische besetzt. Sie blickte sich nervös in dem Lokal um. Eine strenge Dame mit einem zum strengen Dutt gezähmten Haar war nirgends zu entdecken.

Sie erstarrte, als sich eine Frau mit gewelltem Haar und roten Lippen zu ihr umdrehte und sie lächelnd an den Tisch winkte. Zögernd kam Lore näher.

»Frau Dankert?«, fragte sie ungläubig, als sie erkannte, dass es tatsächlich die Kommissarin war.

Ein Lächeln ging über das Gesicht der Dankert. Das erste Lächeln, das sie bei dieser Frau jemals gesehen hatte. Lore lächelte zurück, aber verhalten, denn sie traute der Sache nicht. Die Dankert war in der Friesenstraße als unweiblicher Blaustrumpf verschrien, und so trat sie dort auch auf. Aber hier hatte Lore eine hübsche Frau in einem sehr schönen Kleid, das in jeder Hinsicht ihr Frausein betonte, vor sich.

»Sehe ich so schlimm aus?«, fragte die Dankert.

»Nein, im Gegenteil, Sie, Sie sind … Sie sehen umwerfend aus«, stieß Lore hervor.

»Dann setzen Sie sich doch endlich, Fräulein Krause. Ich wollte Sie wirklich nicht verschrecken.«

Lore tat, was die Dankert verlangte, und konnte den Blick nicht von ihr lassen.

»Wollen wir erst einmal den Wein bestellen?«, fragte die Kommissarin.

Lore nickte. Vor lauter Schreck über die unfassbare Verwandlung dieser Frau hatte sie glatt vergessen, welchen Wein sie ihr hatte empfehlen wollen. Sie hatte den ganzen Abend mit Wuttke und Stein davon gesprochen, dass sie sich unbedingt merken wollte, welcher ihr am besten geschmeckt hatte. Gut, sie war dann am Ende des Abends so beschwipst gewesen, dass sie ständig wiederholt hatte, dass sie gar nicht recht wisse, welcher der beiden Kommissare ihr besser gefiele. Die beiden hatten sich dann mächtig ins Zeug gelegt, und Lore hatte deren ungeteilte Aufmerksamkeit genossen. Lore machte sich trotzdem keine falschen Hoffnungen. Es war ein Spiel gewesen. Das war Lore durchaus bewusst, immerhin ein sehr spaßiges Spiel.

Zum Glück empfahl die Dankert ihrerseits den Wein, dessen Namen Lore vergessen hatte. Riesling, Reichsrat von Buhl. Sie stimmte der Wahl der Inspektionsleiterin begeistert zu und erzählte ihr, dass sie kürzlich mit den Kommissaren Wuttke und Stein in diesem Lokal gewesen war.

»Fräulein Krause. Ich möchte nicht lange um den heißen Brei herumreden«, sagte die Dankert, nachdem sie sich mit dem Wein zugeprostet hatten. »Ich möchte Ihnen eine Chance geben, in meiner Abteilung zu arbeiten. Sie haben den Ausbildungsplatz bei der WKP, wenn es nach mir geht. Und Sie können sich darauf verlassen, mein Wort zählt! Die Ausbildung beginnt im August.«

Lore war so perplex, dass sie keinen Ton hervorbrachte. Wie sehr hatte sie sich diese Chance gewünscht und nun, wo sie ihr auf dem Silbertablett serviert wurde, konnte sie sich gar nicht recht freuen. Das würde nämlich bedeuten, dass sie nicht mehr lange für die beiden Kommissare arbeiten würde. Und das, wo es gerade so nett mit ihnen war. Und nicht nur an diesem einen Abend. Wuttke und Stein hatten Lore sogar in ihre Befürchtung eingeweiht, dass sie de Vries nicht einmal würden nachweisen können, dass er seinen Patienten erhebliche Summen für das Penicillin, das es in der Klinik offiziell gar nicht geben durfte, abknöpfte. Und dass sie nichts dagegen unternehmen konnten, weil er alles auf Kampmann schob.

»Freude sieht anders aus«, bemerkte die Dankert. Ihr sauertöpfischer Blick erinnerte Lore an die strenge Inspektionsleiterin.

»Nein, ich freue mich, aber ich musste an meine Kommissare denken …«

»Die beiden kommen auch ohne Sie zurecht«, erwiderte die Dankert kühl.

»Ich weiß, aber das kommt so überraschend. Ich dachte, Sie können mich nicht leiden«, sagte Lore ehrlich.

Die Dankert lächelte. »Ja, das stimmt. Ernst hat sie mir als berechnenden kleinen Teufel verkauft, aber seit ich ihn verlassen habe, sehe ich einiges anders als zuvor.«

»Sie haben Ernst Löbau verlassen?«, fragte Lore neugierig.

Die Dankert nickte eifrig. »Ja, so schön ist er nun auch wieder nicht!«

»Im Gegenteil, ich finde ihn hässlich«, rutschte es Lore heraus. Sie lief rot an und hätte diese Bemerkung gern rückgängig gemacht, doch die Dankert schien ihr das nicht übel zu nehmen. Im Gegenteil, sie stimmte Lore zu. »Er kann eben sehr charmant sein, aber als ich diese merkwürdigen Hefte bei ihm gefunden habe, da habe ich gemerkt, dass das gar nicht passt mit uns beiden. Ich meine, ich arbeite bei der WKP. Mich kann man mit diesen Heften prinzipiell nicht schockieren, aber man kann daraus auch auf die unterdrückten Bedürfnisse eines Mannes schließen …« Sie unterbrach sich und blickte einen Augenblick ins Leere, als spule sich vor ihrem inneren Auge noch einmal ab, was für Vorlieben das waren.

Lore wagte kaum zu atmen. Es war ungeheuer intim, was die Kommissarin ihr da gerade gestanden hatte. Sie wollte diesen Moment auf keinen Fall kaputt machen mit neugierigen Fragen oder entlarvenden Blicken, obwohl es sie brennend interessierte, was sie bei Löbau für Hefte gefunden hatte. Doch dann wandte sich die Dankert ihr wieder zu, als wäre nichts geschehen.

»Eine verbindliche Beziehung passt sowieso nicht in mein Leben. Meine Leidenschaft gehört der Arbeit. Trotzdem bin ich keine alte Jungfer, wie böse Zungen in der Friesenstraße behaupten«, verkündete sie mit klarer Stimme.

»Nein, das sind Sie ganz sicher nicht. Wenn die Kollegen Sie so sehen könnten, Sie würden bei Ihnen Schlange stehen.«

»Um Himmels willen, die hübschen Kerle im Präsidium sind zu jung für mich, und die alten nicht unbedingt mein Fall«, erklärte sie augenzwinkernd.

Bevor Lore darauf reagieren konnte, kam ihr die Dankert zuvor. »Aber nun genug mit dem Privatgetratsche und wieder zu Ihnen. Sie wissen schon, dass es bei uns weniger um Mord und Totschlag geht als vielmehr um die Betreuung von sexuell und kriminell gefährdeten weiblichen Minderjährigen und Heranwachsenden. Wir haben es also mit jungen Frauen zu tun, die entweder eine Straftat begangen haben oder Opfer einer Straftat geworden sind. Nicht zu vergessen die Kinder, deren Vertrauen Sie gewinnen müssten …«

Lore wurde bei jedem ihrer Worte unbehaglicher zumute. Obwohl sie all dies bereits wusste und sie nichts Neues erfuhr, empfand sie schnell Zweifel. Das war eindeutig nicht das, was sie wollte, aber der einzige Weg für sie, Kriminalpolizistin zu werden.

»Fräulein Krause, Sie gucken, als würde ich Ihnen die Höchststrafe androhen«, bemerkte die Dankert spöttisch. »Ich will Sie ja nicht zu dieser Ausbildung zwingen, sondern dachte, ich mache Ihnen eine Freude.«

»Nein, ich meine, ja, ich will das auf jeden Fall. Ich träume schon so lange davon, aber es kommt wirklich überraschend, wenn ich da an unsere Begegnung auf dem Flur denke …«

»Sie werden lachen. Vorher habe ich gedacht, Sie wären ein kleines dummes Mädchen, das mit meinen männlichen Kollegen poussiert, um einen Vorteil daraus zu ziehen …«

Lore lief rot an. Sie fühlte sich ertappt, denn warum war sie wohl sonst zu Löbau und Martens anfänglich so überaus freundlich gewesen? Doch nur, damit ihr die beiden nutzen konntet.

»… aber dann haben Sie mich durch Ihr Verhalten Martens gegenüber eines Besseren belehrt. Dem haben Sie es wirklich gezeigt!«

Aber auch nur, weil er mir sonst ernsthaft an die Wäsche gegangen wäre, dachte Lore peinlich berührt. Da war ihr gar nichts anderes übrig geblieben, als die Notbremse zu ziehen. Es beschämte sie ein wenig, dass die Dankert eine so hohe Meinung von ihr hatte. Sie wusste gar nicht recht, was sie dazu sagen sollte, doch in dem Augenblick trat eine junge zierliche Frau auf den Tisch zu und begrüßte die Kommissarin überschwänglich. Sie nannte sie sogar »Mein rettender Engel«. In Hermine Dankert ging eine erstaunliche Verwandlung vor. Allein durch ihre professionelle Miene wurde sie wieder zur strengen Fürsorgerin.

»Marie, wie geht es Ihnen denn?«, fragte sie freundlich, aber auch mit einer gewissen Distanz in der Stimme.

Die junge Frau, die Lore auf den zweiten Blick jünger als sich selbst schätzte, was durch ihre Schminke und Aufmachung zunächst nicht klar zu erkennen war, deutete auf einen Tisch ganz hinten im Lokal. Dort saß ein älterer vornehmer Herr, der eine Zigarre rauchte und Zeitung las.

»Stellen Sie sich vor, Frau Kommissar, wir sind verlobt. Er hat mich aus dieser schrecklichen Klinik gerettet, nachdem ich mir diese schreckliche … na, Sie wissen schon, geholt habe. Und er hat alle Kosten übernommen für eine Extrabehandlung und er wird mich heiraten.« Sie klang regelrecht euphorisch.

»Das freut mich für Sie«, entgegnete die Dankert nüchtern. Offenbar teilte sie die Begeisterung der jungen Dame bei der Aussicht, einen schätzungsweise dreißig Jahre älteren Mann zu heiraten, nicht. Vor allem war die junge Frau wirklich hübsch unter ihrer Make-up-Schicht, musste Lore neidlos zugeben. Und sie besaß diese elfenhaften Maße, um die Lore jede Frau beneidete. Doch noch etwas anderes hatte ihre Aufmerksamkeit erregt. War es möglich, dass die eben erwähnte schreckliche Klinik die Werner-de-Vries-Klinik gewesen war und ihre Krankheit eine dieser Geschlechtskrankheiten? Wenn sich das bewahrheitete, konnte sie vielleicht bezeugen, dass ihr Verlobter für ihr Penicillin bezahlt hatte … Am besten bei de Vries persönlich!

»Und das habe ich alles Ihnen zu verdanken«, seufzte Marie, bevor sie in Richtung der Waschräume davonschwebte.

»Entschuldigen Sie, Frau Dankert, ich müsste mal eben das Näschen pudern gehen«, erklärte Lore daraufhin hektisch und folgte der jungen Frau.

Sie stellte sich vor den Spiegel und bürstete sich das Haar, bis Marie an das Waschbecken neben sie trat. Nun wandte sich Lore ihr direkt zu. »Entschuldigen Sie, ich habe Sie doch gleich erkannt.«

Marie musterte sie irritiert. »Ich wüsste nicht, woher, oder sind Sie auch eines von den Dankert-Mädchen?«

Lore nickte eifrig. »Aber ich kenne Sie aus der Klinik, meine ich.«

Die Miene der jungen Frau verdüsterte sich. »Erinnern Sie mich bloß nicht daran. Wenn ich an diesen Hamann denke, der mir am liebsten das Penicillin weggenommen hätte, kriege ich jetzt noch das Grausen.«

Damit hatte sich die Frage, ob es sich um die Werner-de-Vries-Klinik gehandelt hatte, beantwortet.

»Sie haben also Penicillin bekommen?«

»O Gott, Sie nicht? Das tut mir leid. Diese armen Dinger, die nichts über die Amis bekommen haben und auch keinen zivilen Freier hatten, der das bezahlen konnte. An denen hatte der Hamann seine Freude. Aber Sie sind ja auch wieder gesund geworden, oder?«

Lore überlegte fieberhaft, wie sie sich aus dieser Nummer unbeschadet herauswinden konnte.

»Nein, ich meine … ja … ich arbeite für die Mordinspektion Friesenstraße, und wir suchen dringend Zeugen, die bereit sind, zu Protokoll zu geben, dass sie in der Klinik für das Penicillin teuer bezahlt haben, und vor allem, wer bei ihnen abkassiert hat! Ob der de Vries persönlich das Geld bekommen hat. Vielleicht könnte Ihr Verlobter …«

Weiter kam Lore nicht. Sie konnte gar nicht so schnell zur Seite springen, wie Marie nun wie eine Furie auf sie losging. Im Nu hatte sie Lore gegen das Waschbecken gepresst und sie an den Oberarmen gepackt. »Jetzt hör mal gut zu, Mädchen, du kratzt jetzt ganz schnell die Kurve! Hast du verstanden? Und wenn du dich meinem Verlobten auch nur näherst, mache ich Hackfleisch aus dir.« Mit diesen Worten ließ Marie Lore los und holte, als wäre nichts geschehen, ihren Lippenstift hervor und malte sich die Lippen an.

Mit zittrigen Knien verließ Lore die Damentoilette und wankte an den Tisch zurück.

»Fräulein Krause, was ist denn mit Ihnen passiert?«

Lore kämpfte mit sich. Sie ahnte, dass die Dankert nicht begeistert wäre von ihrem Versuch, eine Zeugin für ihre Kommissare zu finden, aber sie war zu aufgebracht, um das für sich zu behalten. In knappen Worten schilderte sie das Erlebte der Dankert und zuckte zusammen, als Marie einen »Guten Abend« wünschte, während sie ganz dicht an ihrem Stuhl vorbei zu ihrem Galan ging.

Nach Lores Beichte schwieg die Kommissarin eine Weile. Sie musterte Lore dabei mit einem Blick, den diese nicht deuten konnte. Mitleid? Vorwurf? Bedauern, dass sie der Falschen einen Platz angeboten hatte? Lore wusste es nicht, sondern trank das Glas in wenigen Zügen leer.

»Fräulein Krause, Sie müssen noch viel lernen«, seufzte die Dankert. »Diese jungen Frauen mit den Engelsgesichtern werden immer Straßenkatzen bleiben. Auch wenn sie, wie Marie, tatsächlich einen Ehemann finden, der sie versorgen kann und vor allem will. Aber das ist so selten, dass sie alles tun würden, um diese Chance nicht zu gefährden …«

»Aber was wäre denn dabei, wenn der Herr bei Wuttke und Stein zu Protokoll gibt, das er das Penicillin für Marie aus eigener Tasche bezahlt hat?«

»Herzchen, der Mann da geht einem bürgerlichen Beruf nach. Ist wahrscheinlich Witwer. Wenn er überhaupt so ein Mädchen heiratet, will er, dass nichts aus ihrer Vergangenheit ans Licht kommt. Und kommen Sie ja nicht auf die Idee, ihm die Kommissare zu schicken. Er wird schlicht leugnen, für die Kosten einer Lues-Behandlung für eine Hure aufgekommen zu sein.«

Lore stieß einen tiefen Seufzer aus.

Die Dankert sah sie mit einem mitleidigen Blick an. »Überlegen Sie sich das gut, ob Sie sich dem gewachsen fühlen, mit diesen Mädchen zu arbeiten. Und glauben Sie mir, das, was Marie erreicht, ist mehr, als die meisten jemals bekommen werden.«

»Ich möchte das. Ich will die Stelle«, erklärte Lore mit Nachdruck, obwohl ihr die Zweifel beinahe körperlich schmerzhaft im Nacken saßen.

»Gut, dann lassen Sie uns jetzt das Lokal wechseln. Ich schlage die *Badewanne* in Schöneberg vor. Das Lokal wurde kürzlich von einer Gruppe von Künstlern wieder eröffnet, später im Jahr ist ein Kabarett geplant. Im Moment gibt es dort abends Tanz. Tanzen Sie?«

»Und wie!«, entgegnete Lore begeistert und verließ wenig später zusammen mit Hermine Dankert die *Kurpfalzstuben*. Ihre Scheu vor der Autorität der Dankert hatte sie mittlerweile fast gänzlich abgelegt. Wenn das die Kommissare wüssten, was sich für eine schillernde Persönlichkeit hinter der »Fürsorgerin« verbirgt, dachte sie, während sie durch die Nacht zur nächsten Adresse gingen. Das war das letzte Mal an diesem Abend, dass Lore Krause an Stein und Wuttke dachte.

62

An diesem besonderen Maitag tanzten die Berliner auf den Straßen. Seit Mitternacht funktionierten die Stromleitungen wieder, und der Verkehr durfte relativ ungehindert nach Westdeutschland fließen und umgekehrt. Es herrschte Ausnahmezustand in der Stadt. Aus dem Radio von Frau Krause tönte die Erkennungsmelodie einer Kabarettsendung. *Der Insulaner verliert die Ruhe nicht!* Insulaner, so hatte man die Berliner während der Blockade genannt, und nun war der Spuk vorbei. Nun, nicht ganz, wie eine mahnende Stimme aus dem Radio warnte. Noch dürfe man dem Frieden nicht trauen.

Stein war gar nicht begeistert, dass Graubner sie heute zu einem Extraeinsatz eingeteilt hatte. Eigentlich hatten sie für diesen Tag die groß anlegte Befragung sämtlicher Personen, die mit der Klinik zu tun hatten, geplant. Außerdem hatte ihn gestern Abend noch Karin de Vries im Büro angerufen und ihm mitgeteilt, dass Graubner ihr das Verlassen Berlins mit dem nächsten Interzonenzug unter der Bedingung genehmigt hatte, dass die Kommissare sie noch einmal abschließend vernehmen würden. Sie deutete Stein gegenüber am Telefon an, dass sie ihnen noch etwas Wichtiges wegen ihres Mannes mitzuteilen hätte, und bat ihn, schnellstens vorbeizukommen, damit sie endlich ein neues Leben in Westdeutschland beginnen konnte. Schließlich hatte sie hinzugefügt, dass sie sich sehr freue, sich von ihm persönlich zu verabschieden.

Einmal abgesehen davon, dass Stein sehr gespannt darauf war, ob diese Information sie bei ihren Ermittlungen tatsächlich weiterbringen würde, war es ihm wichtig, Frau de Vries noch einmal zu sehen, bevor sie Berlin verließ. Sie residierte immer noch in der Klinik von Dr. Talbach, obwohl sie vollständig genesen war, seit sie das Schmerzmittel abgesetzt hatte. Die Vernehmung der de Vries hätte Stein gern noch an diesem Tag erledigt. Auf Steins Bitte hin hatte Graubner ihr einen Bewacher vor dem Eingang der Klinik genehmigt, sodass sie keine unangenehmen Besuche ihres Nochehemanns zu befürchten hatte. Überdies wollten Wuttke und Stein noch einmal die beiden Mütter vernehmen: die Wolters und die de Vries.

Sie hatten also viel Arbeit, doch sie konnten Graubner unmöglich abschlagen, auf dem großen Fest der Alliierten auf dem Flugplatz Tempelhof, wo das Ende der Luftbrücke gefeiert werden sollte, anwesend zu sein. Es gab Gerüchte, dass die Sowjets Störer schicken würden. Also sollten etliche Schupos in Zivil unter die Gäste geschmuggelt werden, wie auch zwei zuverlässige Kriminalkommissare. Diese Sache hätten Stein und Wuttke liebend gern an Martens abgegeben, aber der war intensiv mit einer neuen zerstückelten Frauenleiche beschäftigt. Fräulein Lore war, seit sie erfahren hatte, dass der Mörder erneut zugeschlagen hatte, ziemlich durcheinander. Stein war sich zwar so gut wie sicher, dass Lores neuer Bekannter nicht die Bestie war, aber es beruhigte ihn dennoch, dass sie geschworen hatte, keine Alleingänge mehr zu unternehmen.

Als Wuttke und Stein das Haus verließen, strahlte die Sonne im Einklang mit der euphorischen Stimmung in der Stadt vom Himmel. Dennoch kam bei Stein nicht wirklich Freude auf, weil Graubner ihren heutigen Plan auf der ganzen Linie durchkreuzt hatte. Wuttke sah diesen Auftrag wesentlich gelassener. »Gibt Schlimmeres, als sich auf einem Volksfest herumzutreiben«, sagte er. Im Prinzip hatte er recht, aber gerade jetzt passte es Stein nicht, bei seinen Ermittlungen unterbrochen zu werden.

Das Flugfeld war schwarz vor Menschen. Man hatte eine Bühne aufgebaut, auf der einige verdiente Piloten der Rosinenbomber Reden in gebrochenem Deutsch an die dankbaren Berliner hielten. Es gab ein paar Stände, an denen Bier ausgeschenkt und Wurst angeboten wurde. Die Stimmung war ausgelassen.

Stein war im Geiste abwesend. In seinem Hirn arbeitete nur die eine Frage: War de Vries der Auftraggeber der Morde an Lüders und Descher und hatte er Kampmann, Schwester Klara und Klenke eigenhändig umgebracht oder hatte ihn, Stein, seine Antipathie gegen den Klinikleiter blind werden lassen? Ihm ging der Lärm um ihn herum enorm auf die Nerven. Das änderte sich auch nicht, als ihm plötzlich sein alter Freund Walter entgegenkam, im Arm eine dralle Blondine. Ob das jene Renate aus Celle mit dem Venusfluch war, dachte er, aber hatte dieses Fräulein Wesner auf der venerologischen Station in der Werner-de-Vries-Klinik nicht behauptet, sie wäre in der Psychiatrie gelandet?

Walter erkannte Stein offenbar erst in letzter Minute. Seine Miene zeigte, dass ihm diese Begegnung unangenehm war.

»Darf ich vorstellen«, sagte er peinlich berührt in seinem gebrochenen Deutsch. »Das ist meine Bekannte Rosemarie, und das mein alter Kollege und Freund aus dem Yard, Hans-Joachim Stein.« Das blutjunge Ding in seinem Arm lächelte den Kommissar an. Er aber verzog keine Miene. Dabei konnte die junge Frau gar nichts dafür, aber der Gedanke, wie schnell sich Freund Walter Ersatz für die infizierte Renate beschafft hatte, war ihm zuwider.

»Max Wuttke«, stellte Stein Walter den Kollegen vor, der das Geschehen sehr interessiert betrachtete.

»Ist ja auch ein besonderer Tag«, bemerkte Walter jetzt.

»Stimmt, wir müssen dann weiter«, entgegnete Stein hölzern.

Kaum waren sie außer Hörweite, überfiel Wuttke ihn mit Fragen nach dem ungleichen Paar. Stein zögerte kurz, dann berichtete er ihm von Renate und dass sie in der Werner-de-Vries-Klinik gelegen hatte.

»Und mein Freund betonte noch, das Problem seien die Amerikaner mit ihren Veronicas ...«

»Das war ihm sichtlich peinlich. Offenbar galten Sie auch schon beim Yard als moralischer Saubermann«, versuchte Wuttke zu scherzen, worüber Stein gar nicht lachen konnte, wusste der Kollege doch, dass er sich im Dalldorf-Fall geradezu unmoralisch verhalten hatte. Auf der Suche nach einer bissigen Antwort wurde er vom lauten Gebrüll eines Kindes abgelenkt. Auch Wuttke sah in die Richtung.

Ein kleines Mädchen hockte auf dem Boden und brüllte sich die Seele aus dem Leib. Die Kommissare blickten sich suchend um und erwarteten, dass jeden Moment die Eltern angerannt kamen, doch als sich ein Ehepaar dem Kind näherte, brüllte es nur noch lauter.

»Ich schaue mal, ob das auch wirklich die Eltern sind. Nicht dass es sich um eine Entführung handelt«, sagte Stein und trat auf das junge Paar zu. »Ist das Ihre Tochter?«

»Nein, aber wir haben sie schon eine Weile auf dem Platz weinend herumirren sehen und wollten sie nicht aus den Augen lassen, bis sie ihre Eltern wiedergefunden hat.«

Stein blickte kritisch zwischen dem Mädchen, das ganz plötzlich zu weinen aufgehört hatte und ihn mit großen Augen anstarrte, und dem Paar hin und her. Er kämpfte mit sich, ob er sich der Sache annehmen sollte, wobei er mit heulenden Kindern so gar nichts am Hut hatte. Doch jetzt war die Kleine immerhin still.

»Kriminalkommissar Stein, mein Kollege und ich kümmern uns um die Kleine«, sagte er, was er sofort bedauerte, als er mit dem Mädchen allein zurückblieb und sie erneut zu plärren begann. Er blickte Hilfe suchend zu Wuttke, der über beide Backen grinste und sich nicht rührte.

»Verdammt. Wuttke!«, stieß Stein verzweifelt aus. Er verlor selten die Nerven, aber so ein Gör überforderte ihn gnadenlos. Nun kam Wuttke hinzu, hockte sich neben das Kind und redete sanft auf das Mädchen ein. Mit Erfolg. Sie hörte wieder auf mit dem Weinen. Wuttke nahm sie auf den Arm, doch dort zog sie erneut ein Gesicht, als würde sie gleich losheulen, und streckte ihre Arme nach Stein aus.

»Herr Kollege, so leid es mir tut. Sie haben einfach mehr Schlag bei den Frauen. Die Kleine will auf Ihren Arm.« Und schon hatte er Stein das Kind gereicht, dem ganz unbehaglich zumute wurde, als er spürte, wie sich die kleinen Ärmchen um seinen Hals klammerten.

»Steht Ihnen hervorragend«, feixte Wuttke.

»Und jetzt?«

Jetzt gehen wir zur großen Bühne und lassen durchsagen, dass die Eltern der kleinen … Wie heißt du denn?«, fragte er das Kind.

»Die kann doch noch nicht sprechen«, bemerkte Stein empört.

»Was weiß ich? Die ist bestimmt schon drei. Reden Kinder da noch nicht?«

»Wir sind schon zwei Spezialisten«, knurrte Stein. »Kommen Sie, wir sollten sie schnellstens wieder loswerden.«

»Aber sie mag Sie. So wie die Kleine Sie anstiert. Ist aber auch ein besonders süßes Kind.«

»Sind die nicht alle gleich?«

»Nein, nicht alle Kinder haben so schönes blondes Haar. Das ist genau Ihre Haarfarbe. Die Leute denken bestimmt, Sie sind der Vater.«

»Ihre Witze waren auch schon mal besser.«

In diesem Augenblick wäre er beinahe mit einer Frau zusammengestoßen. »Was machen Sie mit meinem Kind?«, fragte sie in gebrochenem Deutsch und mit einer Stimme, die Stein unter Tausenden blind erkannt hätte. Vor Schreck hätte er beinahe das Mädchen fallen gelassen, aber auch die Frau schien unter Schock zu stehen. »Jo?«, stieß sie fassungslos hervor.

Stein traute sich kaum, Wuttke anzusehen, der die Szene wie gebannt beobachtete. Gerade als er seine Sprache wiedergefunden hatte, kam ein uniformierter Engländer herbeigeeilt. »Da ist sie ja. Gott sei Dank!« Er nahm Stein ungefragt das Kind aus dem Arm und presste es erleichtert an sich. »Meine kleine Tochter. Ich habe solche Sorge um sie gehabt.«

Dann blieb sein Blick an der Frau hängen, die wie betäubt dastand. »Mary, Darling, nun ist doch alles wieder gut. Wir haben unser Kind wieder.« Vor lauter Freude drehte er sich mit der Kleinen im Kreis, und sie quietschte vor Vergnügen.

»Freut uns, dass wir Ihnen helfen konnten«, sagte Wuttke höflich.

»Wir werden uns natürlich erkenntlich zeigen«, versicherte jener Mann, mit dem Stein etwas Besonderes gemeinsam hatte: die Liebe zu Mary! Wie oft hatte er sich gefragt, wie er wohl aussehen mochte. Meist hatte er sich ihn klein und rothaarig vorgestellt, aber er war stämmig und hatte dunkles volles Haar.

»Darling, ist dir nicht gut?«, fragte er seine Frau besorgt.

»Doch, doch, es geht schon«, erwiderte Mary, die Frau, die Stein wie keine andere jemals bis zum Wahnsinn geliebt hatte, nach der er sich immer noch verzehrte, von der er so oft träumte, doch der gegenüber ihm nicht die vier Worte über die Lippen gekommen waren, die sie von ihm hatte hören wollen: *Bitte bleib bei mir!*

»Sie sind uns nichts schuldig. Wir sind von der Polizei. Es ist unsere Pflicht, Ihnen Ihr Kind wiederzubringen«, sagte Stein.

Ob der Mann, wenn er erfuhr, wer ihm in diesem Moment gegenüberstand, wahr machen würde, was er Mary wiederholt angedroht hatte: dieses Schwein, das ihm seine Frau stehlen wollte, endlich zusammenzuschlagen?, ging ihm durch den Kopf.

Erst als sein Blick an dem Mädchen auf seinem Arm hängen blieb, wurde ihm bewusst, wer dieses Kind war. Außer dem blanken Entsetzen über diese Begegnung fühlte er nichts.

»Wuttke, wir müssen weiter!« Mit diesen Worten ließ Stein Mary und ihren Mann ohne ein Abschiedswort einfach stehen und zog den Kollegen am Arm mit sich fort. Erst als die Menge sie verschluckt hatte, blieb Stein abrupt stehen und atmete ein paarmal tief durch.

Wuttke schien das Ganze zu irritieren. Er war sich offenbar nicht sicher, ob er Stein um Aufklärung bitten oder lieber schweigen sollte. Doch da platzte die Wahrheit schon aus Stein heraus.

»Das war Mary. Ihretwegen bin ich nach Berlin gekommen, weil ihr Mann in der hiesigen britischen Kommandantur ein hohes Tier war. Nicht die Liebe zu Berlin hat mich hierher zurückgebracht, sondern die Sehnsucht nach ihr hat mich in diese zerstörte Stadt getrieben. Als er dann zurück nach London ging, wäre sie mit dem Kind bei mir geblieben, aber ich konnte ihr nicht versprechen, dass wir als Familie zusammenleben würden …« Stein stockte und starrte eine Weile wie betäubt vor sich hin.

»Das Mädchen ist Ihre Tochter, nicht wahr?«

Stein blieb Wuttke eine Antwort schuldig. Nein, sie war die Tochter des Mannes, der solche Angst um das Kind hatte … und das, obwohl er wusste, dass die Kleine die Frucht einer Affäre seiner Frau war. Nein, Stein hatte kein Recht, sie als sein Kind zu bezeichnen. Er war der Erzeuger. Mehr nicht.

63

Dorothea Wolters war gar nicht erfreut, als Wuttke und Stein vor ihrer Tür standen.

Die Diva machte deutlich, dass sie nicht mehr mit der Polizei reden wollte, seit sie wusste, dass Karin de Vries die Geliebte ihres Sohnes gewesen war und diese nun mithilfe der Kommissare »den armen Ulf« verlassen hatte.

Stein versuchte, die alte Dame daran zu erinnern, dass sie beim letzten Mal nicht so freundlich über den Sohn ihrer alten Freundin gesprochen hätte, von wegen *Der Junge, der nie lächelte*, aber davon wollte sie nichts mehr wissen.

Höchst unwillig ließ sie die Kommissare ins Haus, damit sie noch einmal gemeinsam die Wohnung von Dieter Kampmann durchsuchen konnten. Stein hatte das dumpfe Gefühl, er hätte irgendetwas Wichtiges übersehen. Vorsichtshalber hatten sie sich einen Durchsuchungsbescheid ausstellen lassen, weil Stein so eine Ahnung hatte, dass die launische Diva sie vielleicht vor der Tür stehen lassen würde.

Das Dokument sah sie als persönlichen Affront an und zog sich beleidigt zurück.

In Kampmanns Wohnung hatte sich nichts verändert, stellte Stein fest, als sie die Tür aufschlossen. Offenbar war die Mutter nach seiner letzten Durchsuchung nicht wieder dort oben gewesen.

Dieses Mal blieb sein Blick im Wohnzimmer an einem kleinen Tischchen neben dem Sofa hängen. Er hatte es beim letzten Mal zwar gesehen, nicht aber, dass es eine schmale Schublade besaß, die mehr wie eine Ausziehplatte wirkte. Viel versprach er sich nicht davon, auch dort einen Blick hineinzuwerfen. Erst als er merkte, dass sie abgeschlossen war, weckte dies sein gesteigertes Interesse. Er rief Wuttke, der noch im Schlafzimmer war, herbei, damit er ihm die Schublade öffnete. Das pflegte der Kollege so geschickt zu bewerkstelligen, dass Stein ihn schon einmal scherzhaft gefragt hatte, ob er in einem vorherigen Leben Einbrecher gewesen war.

In der Schublade lag nichts außer einem frankierten Umschlag. Als Stein sah, an wen er adressiert war, stieg sein Puls schlagartig. Der Adressat war Dr. Ulfart de Vries. Gespannt riss Stein den Umschlag auf und las den Brief laut vor.

Ihr Lieben,
hiermit teilte ich Euch mit, dass ich meine Stelle an der Werner-de-Vries-Klinik bald aufgebe. Bitte sucht Euch schnellstens einen Nachfolger, denn die Kinderstation kann nicht ohne Leitung sein. Und da ich nicht weiß, wann genau ich Euch verlassen werde, kümmert Euch bitte dringend darum. Dann kann ich den Kollegen noch einarbeiten.
Das Geld, das Ihr mir nach meiner Rückkehr aus dem Krieg geliehen habt, muss ich Euch leider vorerst schuldig bleiben. Sobald ich genug verdiene, werde ich es in Raten zurückzahlen. Mir bleibt leider keine andere Wahl, und ich fordere Euch auf, das so zu akzeptieren. Sonst bin ich gezwungen, preiszugeben, was ich weiß. Ihr habt mich zwar nie offiziell eingeweiht, aber ich weiß Bescheid. Brenner hat sich mir anvertraut, denn ihm wird der Boden zu heiß, und ich habe meine alten Kontakte aktiviert. Er wird Euch nicht schaden. Reist demnächst mit IKRK-Pass nach Bariloche. Ich schweige wie ein Grab. Ich denke, im nächsten halben Jahr ist der Spuk ohnehin vorbei, und Ihr werdet es auf legalem Wege beschaffen können. Ich kann Euch das auch nicht wirklich übel nehmen, denn meine Patienten haben davon profitiert. Nur die Art und Weise ist – verzeiht – kriminell. Nur für den Fall, dass Ihr mich nicht unbeschadet ziehen lasst, werde ich mein Wissen den Behörden gegenüber preisgeben. Dieter

Wuttke stieß einen Pfiff aus. »Sag ich doch die ganze Zeit. Dahinter steckt de Vries! Jetzt haben wir ihn. Kampmann hat de Vries auf die sanfte Tour knallhart erpresst. Und der hat ihn dafür über die Brüstung gekippt!«

»Und wer sind die anderen?«

»Wieso? Der Brief ist doch an unseren speziellen Freund adressiert!«

»Schon, aber offenbar sind die Adressaten mehrere. *Ihr Lieben.*«

»Stimmt. Außerdem hat er ihn nicht abgeschickt. De Vries kann ihn auf jeden Fall nicht wegen dieses Briefes umgebracht haben. Aber vielleicht hat er es ihm, statt es ihm zu schreiben, doch lieber persönlich gesagt.«

»Möglich ist es, aber offenbar wussten sowohl de Vries als auch die anderen *Lieben* sowie auch Kampmann, wer sich hinter Dr. Franz Lüders verbirgt. Wir müssen etwas über diesen Brenner herausbekommen. Wenn ich richtig informiert bin, ist der im Brief erwähnte IKRK-Pass ein Ausweispapier des Roten Kreuzes.«

»Und wo ist Bariloche?«

»Klingt spanisch. Ich sage doch immer, bei diesem Fall liegen die Puzzleteile auf dem Tisch vor uns. Wir kriegen sie nur nicht zusammengesetzt.«

Eine schrille Stimme störte ihr Gespräch. »Haben Sie nicht schon genug angerichtet? Lassen Sie die Sache endlich ruhen!« In der Tür stand die Wolters, offensichtlich angetrunken, mit einer Flasche Schnaps in der Hand.

»Das können wir leider nicht. Bei Mord sind wir verpflichtet, zu ermitteln.«

»Aber wenn ich sage, es ist genug Unheil angerichtet. Was haben Sie davon, wenn Sie nun Ulf beschuldigen?«, lallte sie.

»Wie kommen Sie denn darauf?«, fragte Stein in scharfem Ton.

»Sie sind doch einfach bei Elisa eingedrungen und haben Ulf beschuldigt!«, warf sie ihnen lautstark vor.

»Werte Frau Wolters, es geht nicht nur um Ihren Sohn. Mittlerweile wurden vier weitere Menschen umgebracht.«

»Dann finden Sie endlich den Mörder, aber hören Sie auf, uns zu belästigen! Das ist wirklich …«

Ein Klingeln an der Haustür unterbrach sie.

»Wenn ich gleich wiederkomme, sind Sie verschwunden!«, rief sie ihnen noch von der Treppe zu.

»Von mir aus können wir«, sagte Stein und steckte den Brief in seine Jackentasche.

Die Kommissare waren schon auf der Treppe, als sie zwei Frauenstimmen flüstern hörten. Sie blieben stehen und lauschten. Es war nicht jedes Wort bis hier oben zu verstehen, aber offenbar ging es um sie beide. *Wir müssen verhindern, dass die Kommissare weiterschnüffeln!,* hörten sie die andere Frau sagen.

Daraufhin stürzte Stein nach unten in den Flur. Die beiden Damen versuchten noch, sich aus einer innigen und nicht rein freundschaftlichen Umarmung zu winden, aber sie schafften es nicht schnell genug. Die betrunkene Frau Wolters und die alte Frau de Vries mit ihrem Krückstock. Stein fiel sofort der Satz aus Kampmanns Notizbuch ein, dass auch die Mutter eine verbotene Liebe lebte. Das war also ihr Geheimnis. Moralisch interessierte ihn das partout nicht, aber für den Fall war es eine interessante Wendung, dass die Mutter des ersten Opfers und die Mutter des von Wuttke und ihm immer noch präferierten Täters allem Anschein nach ein Liebespaar waren.

Die beiden Frauen musterten ihn mit einer Mischung aus Entsetzen und Empörung. Stein aber machte eine abwehrende Handbewegung. »Mich interessiert Ihr Privatleben nicht, sondern die Frage, warum Sie verhindern müssen, dass wir beide weiterschnüffeln!«

»Sie sollen endlich gehen. Wissen Sie eigentlich, mit wem Sie es zu tun haben?«, lallte die Wolters, doch die alte de Vries fuhr ihr streng über den Mund. »Thea, du legst dich erst einmal hin. Hörst du?« Dann wandte sie sich an Stein, nachdem sie Wuttke mit einem abfälligen Blick gemustert hatte. »Ihr Kollege ist in unser Haus eingedrungen …«

»Ich weiß, und Sie haben mit Ihrem Stock nach ihm geschlagen. Das könnte noch ein Nachspiel haben, gnädige Frau«, unterbrach Stein sie.

»Mein Sohn war es nicht! Ich kenne den Jungen besser als jeder andere. Er bringt keinen Menschen um. Das müssen Sie mir glauben. Wie stehen wir denn da vor unseren Freundinnen? Da wird so viel geredet. Das muss endlich aufhören«, stieß Elisa de Vries empört hervor.

»Wir werden tun, was wir können, damit Sie nicht länger Opfer von Tratsch und Klatsch sind«, bemerkte Wuttke spöttisch, bevor er sich betont höflich von ihnen verabschiedete.

»Fahren wir gleich zur jungen Frau de Vries oder wollen Sie das allein erledigen?«, fragte Wuttke, als sie im Wagen saßen.

»Nichts von beidem. Ich würde Sie bitten, die Befragung von Karin de Vries ohne mich durchzuführen. Ich versuche derweil, etwas über diesen Brenner herauszubekommen, und wo sich Bariloche genau befindet.«

Nach der zufälligen Begegnung mit Mary bei den Feierlichkeiten zum Ende der Blockade hatte Stein beschlossen, sich bis auf Weiteres nicht mehr in die Nähe von Frauen zu begeben, die ihm gefährlich werden konnten. Er befand sich in einer Stimmung, die ihm bedrohlich erschien, weil er befürchtete, er könnte sich auf etwas Unbedachtes mit der de Vries einlassen, um sich von den ständigen Gedanken an Mary abzulenken. Die ganze Nacht hatte er von seiner einstigen Geliebten geträumt und auch von dem Kind … aber jedes Mal hatte sich der anfänglich erotische Traum in einen Albtraum verwandelt, weil das Kind verschwunden war und Mary ihm die Schuld daran gegeben hatte … Allein bei der Erinnerung, wie er letzte Nacht mehrfach schweißgebadet aufgewacht war, schüttelte es ihn. Er hatte jedes Mal gehofft, dass er nun etwas anderes oder am liebsten gar nicht mehr träumen würde oder sich zumindest nicht mehr daran erinnerte, aber es war wie in einer gnadenlosen Endlosschleife gewesen. Immer wieder derselbe Traum mit demselben bitteren Ende.

»Aber die de Vries hat uns etwas Wichtiges zu sagen, hat sie Ihnen doch angekündigt, oder? Und Sie haben einfach den besseren Draht zu der Dame«, bemerkte Wuttke sichtlich irritiert darüber, dass der Kollege sein Angebot, ihm bei Frau de Vries den Vortritt zu lassen, nicht einmal in Erwägung zu ziehen schien.

»Vielleicht kann sie Ihnen einen Hinweis geben, wer mit den anderen im Brief erwähnten *Lieben* gemeint war«, schlug Stein vor. »Bringen Sie mich doch einfach zum Präsidium und fahren erst einmal allein zu Karin de Vries.«

»Wie Sie meinen«, erwiderte Wuttke und setzte sich kopfschüttelnd ans Steuer des Wagens.

»Und wenn es wirklich wichtig ist, was sie zu sagen hat, dann kommen Sie danach mit ihr zum Präsidium, damit Fräulein Lore alles protokollieren kann.«

Stein wusste nicht, ob es die richtige Entscheidung war, sich vor der Befragung mit der de Vries zu drücken, nur weil er eine panische Angst vor einem Kontrollverlust hatte. Ob Wuttke ahnte, weshalb er kniff?

Jedenfalls war er selbst nicht zufrieden mit seiner Entscheidung, die Versuchung zu vermeiden, statt ihr zu widerstehen. Und wenn er es realistisch betrachtete, hatte es zwischen der de Vries und ihm noch keine auch nur annähernd heikle Situation gegeben. Das spielte sich wohl mehr in seiner Fantasie ab … doch der Schock über das plötzliche Wiedersehen mit Mary überschattete sein ganzes Denken.

64

Wuttke hatte Stein mürrisch vor dem Polizeipräsidium abgesetzt. Die Kommissare hatten auf der gesamten Fahrt kein weiteres Wort miteinander gewechselt. Wuttke schien Stein gerade partout nicht zu verstehen. Das wiederum konnte Stein ihm nicht übel nehmen. Er hatte ihm schließlich noch immer keine Antwort auf die Frage gegeben, ob das Mädchen seine Tochter war. Die Art, wie er schwieg, sprach zwar Bände, aber der Kollege hätte, wenn Stein es sich jetzt überlegte, wohl eine explizite Antwort verdient. Vielleicht heute Abend am Küchentisch von Mutter Krause, wenn sie unter sich waren, ging es Stein durch den Kopf.

Er war so in Gedanken versunken, dass er am Eingang zum Polizeipräsidium das Zischeln, das hinter ihm laut wurde, zwar wahrnahm, aber nicht auf sich bezog. Erst als jemand seinen Namen raunte, fuhr er herum und sah in Percy Williams' verschwitztes Gesicht. Am liebsten wäre er grußlos weitergegangen, denn er hatte nicht die geringste Lust, mit dem Mann zu reden, doch da hatte der ihn schon am Arm gepackt.

»Mensch, Stein, endlich habe ich dich! Ich muss dich dringend sprechen«, sagte er.

Percy sprach erstaunlich gut Deutsch, nahm Stein zum ersten Mal bewusst wahr. Vielleicht weil sie in der Kaschemme, in der sie neulich versackt waren, vorwiegend Englisch miteinander gesprochen hatten.

»Was willst du, Percy? Ich habe keine Lust, mit dir über mysteriöse Mitarbeiter meines Vaters zu sprechen.«

Percy schien seine unmissverständlichen Worte schlichtweg überhört zu haben.

»Hast du ihn nach Anton Geiger gefragt?«, hakte er atemlos nach.

»Was verstehst du hier nicht?«, gab Stein schroff zurück. »Ich will nicht mit dir reden.«

»Aber es ist verdammt wichtig. Es geht um Leben und Tod«, insistierte Percy.

Stein rollte genervt mit den Augen. »Eine Minute!«

»Okay, okay, ich mache es kurz. Wir haben einen Deutsch-Engländer bei der Markgraf-Polizei platziert ...«

»Wer ist ›wir‹ und was heißt ›platziert‹?«, gab Stein zurück.

»Unsere Abteilung hat einen Agenten in der Abteilung deines Vaters unterbringen können. Du weißt, was ich mit ›unserer Abteilung‹ sagen möchte, oder?«

»Ja, was das heißen soll, ist inzwischen selbst mir klar geworden. Und der Mann heißt Anton Geiger! Das sagtest du bereits!«

»Und, was hast du inzwischen in Erfahrung gebracht?«

»Nichts! Ich habe meinen Vater nicht nach Spionen in seiner Abteilung ausgefragt«, bemerkte Stein bissig.

»Okay, okay, aber ihr seid doch neulich in der Keibelstraße gewesen, dein Kollege und du.«

»Woher weißt du, dass Wuttke und ich drüben gewesen sind?«, fragte Stein genervt.

»Ach, Jo, wir wissen alles. Es wimmelt inzwischen in Berlin von Agenten, und das ist erst der Anfang. Der sich immer noch weiter zuspitzende Konflikt zwischen den Sowjets und uns wird dir doch nicht entgangen sein!«

Stein kniff die Augen zu gefährlichen Schlitzen zusammen. »Was du nicht sagst. Ich dachte, wir sind nun alle Brüder, nachdem die Blockade jedenfalls offiziell beendet wurde«, entgegnete er spöttisch.

»Schon gut, ich wollte dich nicht beleidigen. Auf jeden Fall haben wir den Kontakt zu Geiger verloren. Er kommt nicht mehr zu den Treffen mit seinem Verbindungsoffizier am Bahnhof Potsdamer Platz und ist überdies nicht mehr für uns zu erreichen.«

Stein zuckte die Schultern. »Und was geht mich das an?«

»Kannst du nicht über deinen Vater herausbekommen, ob er noch lebt oder schlimmstenfalls umgedreht wurde?«

»Wie stellst du dir das vor? Soll ich meinen Vater fragen, ob er einen britischen Spion in seiner Abteilung kennt und ob man den vielleicht erwischt und in Moskau hingerichtet hat?«

»Nein, so nicht. Du bist doch nicht blöd, Jo. Das Beste wäre, du fährst noch mal rüber und guckst dich diskret im Präsidium nach ihm um.«

Stein tippte sich gegen die Stirn. »Ich bin froh, dass mein Kollege und ich heil wieder rausgekommen sind. So schnell gehe ich da nicht noch mal freiwillig hin.« Mit einem gewissen Unwohlsein dachte er daran, dass er erst kürzlich der Verlobten seines Vaters versprochen hatte, zum Geburtstag des Alten und zur Hochzeit rüberzukommen, aber das würde er Percy mit Sicherheit nicht sagen. Mit einem Auftrag des Geheimdienstes in der Tasche würde er diesen Ausflug gewiss nicht riskieren. »Pass auf. Ich will damit nichts zu tun haben! Hörst du? Gar nichts! Und jetzt lass mich in Ruhe damit!«

»Bitte, Jo, es ist wichtig. Wir müssen wissen, ob er uns verraten hat. Dann sind auch noch andere Leute im Osten in Gefahr …«

»Nein! Ich bin Kriminalpolizist und kein Spion. Schickt einen von euch. Wie du selbst sagst, ihr habt doch so viele davon. Ich habe mit der Sache nichts zu tun.«

»Das würde ich so nicht sagen«, bemerkte Percy geheimnisvoll.

Stein ignorierte diese Andeutung und verabschiedete sich, doch er hatte sich noch nicht ganz umgedreht, als sein ehemaliger Kollege nur einen Namen nannte. »Lüders! Ist das nicht dein Fall?«

Stein konnte sich gerade noch beherrschen, Percy am Kragen zu packen. »Was willst du?«, zischte er.

»Wissen, ob der Mann noch lebt!«

»Ich meine, was hast du mit dem Fall Lüders zu tun!«

»Geiger hat zuletzt an dem Fall mitgearbeitet. Ganz eng mit deinem Vater zusammen. Und wir haben jetzt Sorge, dass man ihn enttarnt hat und daran hindern will, weitere heikle Informationen an uns weiterzugeben.«

»Und die wären?« Stein hatte sich kämpferisch vor Percy aufgebaut.

»Nur wenn du uns hilfst!«, erwiderte der Agent.

»Percy, ich denke nicht daran, mich von dir erpressen zu lassen. Was weißt du über unseren Fall?«

»Nur, wenn du …«

»Nein, keinen Kuhhandel!«

Percy schien mit sich zu ringen, doch dann begann er zögernd, sein Wissen preiszugeben.

»Dieser Dr. Franz Lüders hat in der Penicillinproduktion in Jena gearbeitet. Auffallend häufig, wenn er die Verantwortung für die Charge im Kessel hatte, kam es zu Verschmutzungen und der ganze Inhalt war unbrauchbar ...«

Stein trat ungeduldig von einem Bein auf das andere, weil er das bereits wusste und auf neue Informationen hoffte.

»... die da drüben haben das für Sabotage gehalten und wollten ihn verhaften, aber er ist ihnen zuvorgekommen und wollte in den Westen türmen. Und dann wurde er ermordet.«

Stein wollte gerade spöttisch erwidern, dass das der Polizei bekannt war und dafür keine Spione benötigt wurden, da fuhr Percy bereits aufgeregt fort. »Wir haben nun herausgefunden, dass dieser Lüders in Wirklichkeit ein gewisser Dr. Brenner ist, der bei der IG Farben eine leitende Funktion innehatte und an der Zyklon-B-Produktion beteiligt war. Dafür wollte man ihn mit dreiundzwanzig anderen Mitarbeitern der IG Farben in Nürnberg vor Gericht stellen, aber er konnte sich der Verhaftung entziehen und untertauchen. Mit neuer Identität, Dr. Lüders.«

Das war in der Tat eine neue Information. Brenner war Lüders; das war ihm bekannt, aber nicht, wer Brenner in Wahrheit war.

»Und findest du nun heraus, was mit Geiger passiert ist? Ob sie ihn umgedreht oder umgebracht haben?«, erkundigte sich Percy.

»Ich bin kein Spion und werde auch keiner, aber wenn er noch lebt, gebe ich dir ein Zeichen. Allerdings werde ich meinen Vater ganz sicher nicht auf diesen Mann ansprechen. Aber manchmal spielt ja der Zufall mit.«

»Wir würden uns das auch etwas kosten lassen«, fügte Percy hinzu.

»Verpiss dich!«

»Ganz der Alte«, knurrte Percy. »Immer noch bis zum bittern Ende gesetzestreu und unbestechlich.« Dann verschwand er grußlos.

Wenn der wüsste, dachte Stein belustigt. Er war immer so gesetzestreu, wie er es mit seinem Gewissen vereinbaren konnte. Allerdings würde er nie im Leben Geld dafür nehmen, wenn er über seinen Schatten sprang. Insofern hatte Percy Williams recht.

Percy ist ein genauso schlechter Agent, wie er ein mieser Polizist gewesen war, dachte Stein kopfschüttelnd. Jedenfalls entsprach ein plaudernder und derart verzweifelter Spion nicht dem Bild, das er sich bislang von Mitarbeitern des M6 gemacht hatte. Die hatte er sich diskreter und geheimnisvoller vorgestellt. Aber auf diesem Weg war er an sehr interessante Informationen für den Fall gekommen, ohne sich zu verpflichten, für den britischen Geheimdienst die Dienststelle seines Vaters auszuspionieren.

Stein eilte in sein Büro, um sich Notizen zu machen. Nun ahnte er auch, wo er auf seinem Atlas nach Bariloche suchen sollte. Er hatte sich gerade an seinen Schreibtisch gesetzt, als die Tür aufgerissen wurde und Fräulein Lore atemlos keuchend hereinplatzte. »Kommissar Stein, Gott, da sind Sie ja endlich. Ich war zufällig im Büro, als Frau de Vries angerufen hat.«

»Welche?«

»Na, die Ehefrau des Klinikleiters. Sie war außer sich. Ich habe nicht alles verstanden, weil sie so entsetzlich gestammelt hat, aber ich glaube, sie sagte, ihr Mann wolle in ihr Zimmer eindringen, es wäre ungeheuerlich, und sie hätte wahnsinnige Angst, dass er ihr etwas antue ...«

»Worauf warten Sie noch? Kommen Sie! Wir fahren sofort los!«, befahl Stein, der inständig hoffte, dass sie nicht zu spät kamen. Oder dass zumindest Wuttke rechtzeitig vor Ort war, um das Schlimmste zu verhindern.

65

Wuttke betrat missmutig das Gelände der Talbach-Klinik. Ihm ging Steins Befindlichkeit mächtig auf die Nerven. Was befürchtete der Kollege denn? Dass die Frau sogleich über ihn herfallen würde? Und warum konnte er ihm keine vernünftige Antwort auf die Frage geben, ob der plärrende Blondschopf nun sein Kind war oder nicht?

Der Schupo am Eingang begrüßte ihn freundlich und erklärte zackig: »Keine besonderen Vorkommnisse, Herr Kommissar.«

Auf dem Flur begegnete Wuttke Dr. Talbach, der ihm versicherte, wie gut aufgehoben Frau de Vries in seiner Klinik wäre. Dessen war sich Wuttke sicher und auch, dass es die Dame eine Menge Geld kosten würde, denn umsonst war der Aufenthalt in diesem Hause gewiss nicht.

Als er oben ankam, wunderte er sich allerdings, dass die Tür zu ihrer Suite einen Spalt offen stand. Er klopfte mehrfach, doch Frau de Vries antwortete ihm nicht. Also betrat er ohne Aufforderung ihre Räume und erstarrte. Eine umgekippte Blumenvase und ein Schal auf dem Boden ließen auf einen Kampf schließen.

»Frau de Vries!«, rief Wuttke und durchsuchte jeden Winkel des Zimmers, bevor er nach unten eilte, um sowohl Talbach als auch dem Bewacher mitzuteilen, dass Frau de Vries nicht in ihrem Zimmer war.

Talbach versuchte, die Angelegenheit herunterzuspielen, und schlug vor, erst einmal in den Gemeinschaftsräumen und der Veranda nach ihr zu suchen, bevor man gleich die Pferde scheu machte.

»Gibt es einen Hinterausgang?«, herrschte Wuttke ihn an.

»Nein, nur unten im Keller einen Lieferanteneingang, der aber nur noch für den Transport der Wäsche zur Wäscherei dient.«

Ohne ein weiteres Wort mit ihm zu wechseln, rannte Wuttke die Treppen hinunter. Dort war gerade ein Mann damit beschäftigt, Wäschesäcke in einen Transporter zu laden.

»Halt! Sie da! Ist Ihnen irgendetwas aufgefallen?«

»Nee, nicht dass ich wüsste«, sagte der Mann, der mit einem Hamburger Zungenschlag und dieser unverkennbar norddeutschen Langsamkeit sprach, als müsse er jedes Wort erst neu erfinden.

Wuttke drängte sich an ihm vorbei und kletterte auf die Ladefläche des Wagens. Er hob einen Sack nach dem anderen hoch, um zu prüfen, ob er etwas anderes enthielt als schmutzige Wäsche, doch er fand nichts.

»Und Sie haben wirklich nichts bemerkt? War noch jemand außer Ihnen hier am Eingang? Einer, der nicht ins Haus gehört?«

Der Mann schüttelte den Kopf. »Da war nur der Arzt, aber der ist ja von hier.«

»Welcher Arzt?«

Der Mann zuckte die Schultern. »Na, der Arzt, der besonders verschmutzte schwere Wäsche aus den Betten mitnehmen und woanders waschen lassen wollte. Bettunterlagen machen wir nicht …«

»Hat er einen Sack aus dem Haus getragen?«, fragte Wuttke.

»Nee, er hat mich gebeten, ob ich ihm wohl helfen kann, den Sack aus dem Lastenfahrstuhl zu hieven und zu seinem Wagen zu tragen.« Der Mann unterbrach sich, um einen Zug von seiner Zigarette zu nehmen.

»Und weiter?« Wuttke befürchtete vor lauter Anspannung, die Geduld zu verlieren und den Mann anzufahren, dass er Tempo machen solle, weil man sich, während er redete, die Schuhe besohlen konnte.

»Das habe ich dann gemacht. Der war schon ganz aus der Puste, weil der den Sack allein in den Fahrstuhl gehoben hat.«

»Woher wissen Sie das?«

»Wissen tu ich das nicht, aber der hat gekeucht wie eine alte Dampflok. Das war verdammt schwer. Ich habe noch gefragt, ob da wohl Steine drin sind. Aber da hat er gar nicht hingehört.«

»Und wo hatte er seinen Wagen geparkt?«

Der Mann deutete auf den Wald hinter dem Klinikgelände. »Am Waldweg da drüben. Das war auch zu zweit bannig anstrengend.«

»Was hatte der Mann für ein Auto?«

Der Wäschereimitarbeiter zuckte wieder die Schultern. »Da kenn ich mich nicht aus. Ich fahr Rad.«

»Mann, war es ein Volkswagen oder ein großer Wagen?«

»Nee, der war groß.«

»Gut, dann begleiten Sie mich bitte an die Stelle, wo der Wagen geparkt war.«

»Ich muss aber mit der Wäsche fertig werden. Das mit dem Tragen hat mich genug Zeit gekostet.«

Wuttke hielt ihm seine Dienstmarke vor die Nase, woraufhin der Mann ihn zu der Stelle führte. Den Reifenspuren nach zu beurteilen passten sie sehr gut zum Profil eines Opel Kapitän, wie de Vries ihn fuhr.

Als sie zum Lieferantenausgang zurückkehrten, kamen ihnen Fräulein Lore und Stein entgegengeeilt. Bevor sich Wuttke fragen konnte, wieso die beiden so schnell am Tatort hatten auftauchen können, berichtete Stein von dem Anruf der de Vries. Wuttke teilte ihm daraufhin mit, was er inzwischen erfahren hatte.

»Wie sah der Mann aus, der Sie um Hilfe gebeten hat?«, fragte Stein den Mitarbeiter der Wäscherei.

»Weiß nicht. Wie ein Arzt eben. Weißer Kittel.«

»War er groß, war er klein, dick, dünn, hatte er volles Haar oder wenig, dunkles oder helles?«, hakte er ungeduldig nach.

»Hab den Mann nicht weiter angeguckt. Mit dem Sack hatte ich genug zu tun!«

»Aber haben Sie nichts Ungewöhnliches bemerkt beim Tragen? Kann da ein menschlicher Körper drin gewesen sein?«

»Also, wenn da eine Leiche drin war, hat er die in einen Teppich gewickelt. Ich dachte, das sind die Unterlagen von den Betten, aber kann auch ein Teppich gewesen sein. Kann ich jetzt weitermachen?«

»Nein, Sie müssen Ihre Aussage zu Protokoll geben. Fräulein Lore, schaffen Sie das allein? Ich würde mit Wuttke gern sofort zur Werner-de-Vries-Klinik fahren. Wenn der Klinikleiter seine Frau entführt hat, sollten wir ihn schnellstens verhaften.«

Lore nickte, wenngleich sie nicht verbergen konnte, dass sie lieber mitgekommen wäre.

»Können Sie danach mit der Bahn zurück ins Präsidium fahren?«, fragte Wuttke.

»Ich schaffe das schon«, seufzte Lore.

Wuttke drehte sich auf dem Absatz um. Die Kommissare eilten zu ihren Wagen.

»Wenn de Vries unser Mörder ist, hat er nichts mehr zu verlieren. Dann schreckt er auch nicht davor zurück, seine Frau zu töten«, sinnierte Stein besorgt.

»Aber warum erst jetzt? Wenn sie etwas gegen ihn in der Hand hätte, dann hätte sie uns das längst mitgeteilt. Sie hatte keinen Grund, ihren Mann zu schützen. Im Gegenteil«, entgegnete Wuttke.

»Vielleicht ist ihr etwas Wichtiges erst jetzt wieder eingefallen, oder ... wie auch immer. Auf jeden Fall klang es dringend. Verdammt, ich hätte doch gleich gestern nach unserem Einsatz bei den Feierlichkeiten herkommen sollen! Ich würde mir das nie verzeihen, wenn ich schon wieder zu spät gekommen wäre.«

»Stein, Schluss damit! Sie haben mir ziemlich deutlich zu verstehen gegeben, dass mich an Schwester Klaras Tod keinerlei Schuld trifft. Das gilt auch für Sie. Sowohl im Fall Marianne Keller als auch bei Karin de Vries!«, erwiderte Wuttke in strengem Ton. »Wir verrichten unsere Arbeit so gut wir können. Und wer konnte ahnen, wie weit dieser Verbrecher geht. Nehmen wir Ihren Dienstwagen?« Die beiden Autos standen nebeneinander auf dem Parkplatz.

»Lieber beide, falls wir ihn in getrennte Richtungen verfolgen müssen.« Mit diesen Worten sprang Stein in seinen Volkswagen.

»Sie warten aber am Eingang der Klinik auf mich!«, rief ihm Wuttke zu.

Stein nickte kurz und raste los.

Wuttke sah ihm kopfschüttelnd hinterher. Ihm war auch alles andere als wohl bei der Vorstellung, dass dieser skrupellose Kerl womöglich seine Frau in seine Gewalt gebracht hatte. Und der Transport in einem Sack ließ das Schlimmste befürchten. Er sehnte den Augenblick herbei, in dem der Verschluss der Handschellen klickte und der Mann für immer hinter Gittern landete. Die Todesstrafe würde ihm wohl erspart bleiben. In der Zeitung stand, dass am 8. Mai der Entwurf des Grundgesetzes in Bonn verabschiedet worden war, der die Todesstrafe verbot. Noch war das Gesetz nicht in Kraft getreten, weshalb die Zeitungen täglich über den Wettlauf mit der Zeit im Fall Wehmeyer berichteten. Der Mann war wegen Mordes zum Tode verurteilt worden, und sein Anwalt hatte versucht, die Vollstreckung mittels eines Wiederaufnahmeverfahrens zu verhindern. Vergeblich. Wehmeyer war ein paar Tage zuvor mit einem Fallbeil französischer Art hingerichtet worden. Das hatte zu hitzigen Diskussionen in der Friesenstraße geführt, vor allem als durchgesickert war, dass die Klinge nicht mehr scharf genug gewesen war, um den Kopf des Delinquenten beim ersten Versuch abzutrennen.

Als Wuttke wenig später vor der Klinik hielt, stand Stein vor dem Eingang und rauchte eine Zigarette. Ein klarer Beweis, wie innerlich aufgewühlt er war.

Der Kollege trat die Zigarette hastig aus, als er Wuttke kommen sah. Die Kommissare eilten den langen Flur entlang bis zu de Vries' Büro. Wie erwartet blieb alles still. Als sie hineinstürmen wollten, mussten sie feststellen, dass die Tür abgeschlossen war. Stein legte noch einmal das Ohr dagegen, um zu überprüfen, ob der Arzt sich vielleicht dort verschanzt hatte, aber es drang kein Laut aus dem Inneren.

In diesem Moment kam Dr. Schubert auf sie zu. Er trug den Kittel, mit dem Wuttke ihn bereits auf der Kinderstation gesehen hatte. Schubert wirkte übernächtigt. Er hatte dunkle Ränder unter den Augen und seine Haut zeigte eine ungesunde Blässe. Überdies sah er wie immer ein wenig ungepflegt aus. Der Kittel war zerknüllt und auch ein paar Flecken darauf waren nicht zu übersehen.

»Was machen Sie hier? Mein Cousin ist nicht im Haus. Da können Sie lange suchen.«

»Und wo ist er?«, fragte Wuttke unwirsch.

»Ich glaube, er wollte heute zu einer ganztägigen Vortragsreihe in die Virchow-Klinik.«

»Glauben Sie oder wissen Sie das?«, fragte Stein in scharfem Ton nach.

»Ich habe ihn nicht das Haus verlassen sehen, wenn Sie das meinen«, entgegnete er und musterte die Kommissare neugierig. »Ist etwas geschehen?«

»Wann haben Sie Ihren Cousin das letzte Mal gesehen?«

»Ich glaube gestern. Heute fiel die Besprechung aus, weil er zu diesen Vorträgen gehen wollte.«

»Danke, aber halten Sie sich zur Verfügung. Wir haben sicher später noch Fragen an Sie.«

Im Laufschritt verließen die Kommissare die Klinik.

»Wollen Sie nach Wedding in die Virchow-Klinik oder in die Villa?«, fragte Stein. »Ich denke, wir sollten keine Zeit verlieren.«

»Ich befürchte, Sie können besser mit der alten de Vries als ich. Der Drachen wird seinen Sohn mit Zähnen und Klauen verteidigen. Immer vorausgesetzt, sie ist schon wieder von ihrem Besuch bei ihrer Freundin zurückgekehrt. «

»Gut, ich versuche, auch ohne die alte Dame ins Haus zu kommen. Sie treffen mich in der Villa, denn ich gehe nicht, bevor wir den Bau auf den Kopf gestellt haben. Wahrscheinlich werden Sie de Vries nicht beim Vortrag finden, aber nachprüfen müssen wir das. Ich gehe mal davon aus, dass die de Vries' einen Privatanschluss haben, mit dem ich Verstärkung holen kann. Gefahr im Verzug würde ich sagen. Da zählt jede Minute!«

Da war er wieder, dieser Chefton, stellte Wuttke kurz irritiert fest, verwarf den Gedanken aber sofort wieder. In dieser Situation zählte nur eins: um jeden Preis ein weiteres Opfer zu verhindern.

66

Stein blieb kurz vor der Villa stehen und betrachtete die unwirtliche Fassade in der Hoffnung, ungewöhnliche Bewegungen hinter den Fenstern zu entdecken, doch da rührte sich nichts. Als er an der Tür des Klinikleiters klingelte, wurde ihm von einem Dienstmädchen geöffnet, dessen Ausstrahlung ihm Wuttke bereits schillernd beschrieben hatte.

»Sie wünschen?«

»Ich wünsche, Ulfart de Vries zu sprechen.«

»Es tut mir leid. Der gnädige Herr ist in der Klinik. Bitte versuchen Sie es dort.« Und schon wollte sie ihm die Tür vor der Nase zuschlagen, aber Stein stellte den Fuß dazwischen.

»Dann bitte die gnädige Frau.«

»Die ist verreist.«

»Ich meine die Frau Mutter! Und jetzt lassen Sie mich eintreten. Polizei!« Er hielt ihr seine Marke hin, was sie aber in keiner Weise zu beeindrucken schien.

»Ist Frau de Vries schon wieder im Haus? Ja oder nein?«

»Warten Sie bitte hier!«

Die Diele hatte ihm Fräulein Lore in allen Einzelheiten geschildert. Ihm war allerdings nicht danach, die skurrilen toten Tiere zu betrachten, da hörte er bereits Schritte und das unverkennbare Klicken des Stocks auf dem Boden.

»Herr Kommissar«, begrüßte die alte Dame Stein fast so, als hätte sie ihn erwartet. »Gut, dass Sie kommen. Mein Sohn ist heute nicht zum Tee gekommen und in der Klinik ist er auch nicht«, fügte sie empört hinzu.

»Ich habe gehört, er ist ganztägig bei einem Vortrag«, bemerkte Stein scheinbar beifällig.

»Das weiß ich, aber er hat versprochen, bevor es abends weitergeht, zum Tee nach Hause zu kommen. Ich bin extra für diese Verabredung von Thea zurückgekehrt. Es geht ihr übrigens besser. Das hat sie alles sehr mitgenommen. Sie dürfen nicht vergessen, dass sie ihren einzigen Sohn verloren hat.«

»Im Augenblick scheint sie mehr Empathie mit unserem Hauptverdächtigen, dem potenziellen Mörder ihres Sohnes, zu empfinden«, konterte Stein bissig. »Er hat sie also versetzt?«, hakte Stein lauernd nach.

»Mein Sohn ist kein Mörder! Und ja, er ist nicht erschienen! Ein unmögliches Benehmen, das ich nicht dulde!«

Falls die alte Dame log, tat sie das gekonnt. Stein stellte keinerlei Anzeichen dafür fest, dass sie die Unwahrheit sagte, weder in ihrer Stimme, ihren Augen noch ihrer Körperhaltung. Ihre Empörung schien echt.

»Und er hat uns auch nicht Bescheid gesagt. Das ist so gar nicht seine Art.«

»Aha, und er hat nicht gesagt, dass er vielleicht stattdessen zu seiner Frau fahren wollte?«

Die alte Frau de Vries warf ihm einen abschätzigen Blick zu. »Jetzt fangen Sie auch noch mit dem Unsinn an. Ich weiß ja nicht, wer Ulf diesen Quatsch in den Kopf gesetzt hat, aber ich glaube, ich konnte es ihm ausreden.«

»Was meinen Sie damit?«

»Er war heute beim Frühstück sehr seltsam, der Junge. Offenbar hat sie ihn aus der Klinik angerufen. Er hat etwas geplappert, von wegen er würde die Klinik verkaufen und mit Karin einen Neuanfang in Westdeutschland machen. Na, dem habe ich was erzählt. Schließlich hat er Abstand davon genommen. Als er ging, war er wieder Herr seiner Sinne.«

»Und Sie sind sicher, dass er nicht zur Talbach-Klinik gefahren ist?«

»Nein, um Himmels willen. Er weiß selbst, an was für ein liederliches Frauenzimmer er da geraten ist. Ich meine, sie hat sich mit Lues angesteckt, die sie sich bei seinem Jugendfreund geholt hat. Diese Frau würde er im Leben nicht mehr mit spitzen Fingern anfassen.«

»Auch nicht, um sie umzubringen?«

Frau de Vries musterte ihn fassungslos. »Sie sind ja verrückt! Es ist schon schlimm genug, dass Sie meinen Sohn bezichtigen, Dieter vom Dach gestoßen haben, obwohl ich dafür vollstes Verständnis hätte, aber er war es nicht! Und nun soll er auch noch Karin etwas angetan haben.« Sie tippte sich gegen die Stirn. »Sie sind da oben nicht ganz in Ordnung. Wahrscheinlich hat sie Ihnen auch den Kopf verdreht. Fahren Sie dorthin und sprechen mit ihr.«

»Sie wurde heute am späten Nachmittag aus der Klinik entführt!«, sagte er und sah, wie der alten Dame jegliche Farbe aus dem Gesicht wich.

»Was erzählen Sie denn da? Sie ist abgehauen in den Westen. Da wollte sie doch die ganze Zeit hin. Zu ihren Eltern. Die nehmen sie sicher mit offenen Armen wieder auf. So wie ich ihren Vater einschätze, hat der schon wieder so viel Geld gescheffelt wie vor dem Krieg«, stieß sie herablassend hervor.

»Leider müssen wir annehmen, dass sie nicht freiwillig die Klinik verlassen hat ...« Stein unterbrach sich. »Entschuldigen Sie, dürfte ich wohl einmal Ihr Telefon benutzen?«

Die de Vries nickte und deutete auf die Anrichte. Sie wirkte wie betäubt. Wenn an ihr keine brillante Schauspielerin verloren gegangen war, ahnte sie nichts von dem, was ihr Sohn allem Anschein nach verbrochen hatte.

Stein rief bei Graubner an und schilderte ihm die Lage. Der versprach, die Kollegen von der Spurensicherung sowie einige Polizisten für die Durchsuchung zu schicken.

»Hoffentlich haben wir nicht noch eine Tote. Die Öffentlichkeit ist schon jetzt über die Maßen hysterisch. Der Torsomörder und nun auch noch unser Täter. Das muss aufhören!«, jammerte er in den Hörer.

»Bin ganz Ihrer Meinung«, entgegnete Stein trocken. »Ich hoffe auch, dass Karin de Vries noch am Leben ist. Bis später!«

Durch das Telefonat schien die alte Dame wieder zum Leben erweckt zu sein. »Sind Sie noch bei Trost?« Sie stürzte auf Stein zu und fuchtelte mit ihrem Stock vor seiner Nase herum. »Sie können nicht unser Haus durchsuchen! Das Frauenzimmer ist nicht hier!«

»Das werden wir ja sehen«, entgegnete Stein, während er ihren Stock mit einem Griff festhielt. »Und das sollten Sie lieber lassen!«

Die alte Dame fing plötzlich an, schwer zu atmen, und fasste sich ans Herz. Stein hakte sie unter und brachte sie zu einem Sessel, bevor er nach dem Dienstmädchen klingelte.

Die Haushaltshilfe eilte sofort herbei, und Stein bat um ein Glas Wasser für die Hausherrin.

»Und meine Tabletten«, keuchte sie.

Stein zwang sich, ruhig zu bleiben, und setzte sich neben sie. »Frau de Vries, Sie haben nichts zu befürchten. Ich habe nicht den Eindruck, als hätten Sie etwas mit der Sache zu tun. Und wenn meine Kollegen nichts finden, dann ist das doch umso besser. Dann wissen wir, dass Ihr Sohn weder seine Frau noch sich selbst hier versteckt.«

Seine Worte waren allerdings nicht dazu angetan, die alte Dame zu entspannen. Im Gegenteil, sie funkelte ihn erbost an. »Mit Ihnen rede ich nicht mehr!«, stieß sie mit Todesverachtung aus und keuchte leise vor sich hin. Zum Glück kam nun die Haushälterin und reichte ihr die Tablette und Wasser. Schon bald ging ihr Atem ruhiger.

Als es in diesem Moment an der Haustür klingelte, sprang Stein auf und war schneller in der Diele als das Dienstmädchen. Ziemlich abgehetzt stand Wuttke vor der Tür. Er berichtete, dass die Vorträge noch in vollem Gange waren und er bei der Assistentin, die für die Anmeldungen zuständig war, erfahren hatte, dass ein Dr. de Vries von der Werner-de-Vries-Klinik zwar angemeldet war, aber sein Erscheinen nicht mit seiner Unterschrift bestätigt hatte. Vorsichtshalber hatte er noch einen Blick in den Seminarraum geworfen und festgestellt, dass de Vries sich nicht unter den Teilnehmern aufhielt.

Wuttke folgte Stein in den Salon und begrüßte die alte Dame höflich, die ihn allerdings keines Blickes würdigte. Wenig später traf der Rest der Truppe ein. Akribisch durchsuchten sie die Villa de Vries vom Keller bis zum Dachboden, doch es fanden sich keine Hinweise darauf, dass sich Karin de Vries in den vergangenen Stunden in diesem Haus aufgehalten hatte. Auch kein Penicillin, was die Kommissare zumindest in diesem Haus erwartet hatten. Das einzig Kompromittierende, das die Kollegen bei ihrer Durchsuchung aufgespürt hatten, war eine Kiste voller Naziutensilien: Fahnen, Orden, Schriften, Abzeichen der Waffen-SS und Uniformteile. Wuttke meinte, allein der Besitz sei strafbar, Stein aber war der Ansicht, der Alliierte Kontrollrat habe nur das Tragen dieser Abzeichen unter Strafe gestellt. Doch dann wandten sie sich wieder der entscheidenden Frage zu: Wo waren de Vries und seine Frau? Auch der Wagen, der Opel Kapitän, war verschwunden.

Die Kommissare beschlossen, Ulfart de Vries später zur Fahndung auszuschreiben, auch in Westdeutschland, denn da die Straßen in den Westen wieder passierbar waren, konnte er auch dorthin geflohen sein. Aber erst nachdem sie auch die Werner-de-Vries-Klinik vom Keller bis zum Dach hatten durchsuchen lassen. Die Männer waren nicht erfreut, dass sie nebenan gleich weitermachen sollten, aber Stein und Wuttke wollten nichts unversucht lassen. Die alte Frau de Vries redete konsequent kein Wort mehr mit ihnen, auch nicht, als sie schließlich unverrichteter Dinge die Villa verließen und sie ihren Abzug mit grimmiger Miene und Argusaugen verfolgte. Sie hätte Stein am liebsten die Augen ausgekratzt, als er sich zum Schluss noch ein aktuelles Porträtfoto ihres Sohnes von der Anrichte im Flur genommen hatte. Er hatte höflich gefragt, aber sie hatte es ihm nicht geben wollen. Daraufhin hatte Stein einfach danach gegriffen und es in seine Aktentasche gesteckt. Immerhin hatte er sich entschuldigt: »Verzeihen Sie, aber das muss sein. Sie bekommen es auch zurück!«

Für einen winzigen Augenblick sah es so aus, als würde sie wieder ihren Stock als Waffe benutzen, aber sie hatte den Arm sinken lassen, als Stein ihr einen warnenden Blick zuwarf.

Vorsichtshalber ordnete Stein an, einen Schupo vor dem Haus abzustellen. Für den Fall, dass die Dame des Hauses gelogen hatte oder de Vries im Dunkel der Nacht zurückkehren würde.

67

Graubner erwartete die Kommissare ungeduldig, als sie nach der Durchsuchung der Klinik in die Friesenstraße zurückkehrten. Nachdem zur Presse durchgesickert war, dass der *Krankenhausmörder,* wie er in den Zeitungen genannt wurde, angeblich eine Frau in einer Privatklinik umgebracht hatte, standen die Telefone im Präsidium nicht still. Stumm hatte angeordnet, dass Graubner und einer der ermittelnden Kommissare der Presse noch am Abend Rede und Antwort stehen sollten. Dr. Talbach hatte Graubner versichert, dass keiner seiner Mitarbeiter diese Falschmeldung an die Presse weitergegeben hatte. Wuttke hegte den Verdacht, dass es der Mitarbeiter der Wäscherei gewesen war. Der Name des potenziellen Täters war bislang glücklicherweise nicht nach außen gedrungen. Und daran wollte Graubner festhalten. Wuttke bat Stein, dass er mit dem Kriminalrat gemeinsam vor die wartende Meute trat. Er wollte unbedingt vermeiden, als der sogenannte *Held der Friesenstraße* von den Journalisten und Fotografen erkannt zu werden.

Wenn Stein etwas hasste, war es, während laufender Ermittlungen der Presse Auskunft zu geben. Graubner und er bemühten sich nach Kräften, Fragen zur Zufriedenheit der Presse zu beantworten, ohne etwas Konkretes preiszugeben. Nur der Frage nach dem neuen Mord boten sie energisch Einhalt. Richtig wäre, dass eine Patientin verschwunden, ja wahrscheinlich entführt worden sei. Sie baten weiter um Verständnis, dass der Name eines Flüchtigen nicht der Presse gegenüber preisgegeben wurde, bevor er zur Fahndung ausgeschrieben werde. Ob die Voraussetzungen dafür gegeben wären, werde zurzeit geprüft, versicherte Graubner den murrenden Pressevertretern. Der Kriminalrat und der Kommissar ließen sich auch nicht auf eine verbindliche Antwort festnageln, als jemand wissen wollte, ob der Mord an der Krankenschwester nun auf das Konto dieses Täters oder des Torsomörders ging.

Stein fand diese zwanzig Minuten anstrengender als die Ermittlungsarbeit eines ganzen Tages. Er war schweißgebadet, als er ins Büro zurückkehrte. Wuttke hatte die Pressekonferenz, die in einem Raum im Erdgeschoss des Präsidiums stattgefunden hatte, als Zuschauer beobachtet und klopfte dem Kollegen anerkennend auf die Schulter. »Das haben Sie gut gemacht. Meine Güte, wäre der Spuk bloß vorbei.«

»Wir werden nun entscheiden, ob wir de Vries gleich zur Fahndung ausschreiben. Graubner bittet uns sofort in sein Büro.«

Der Kriminalrat war furchtbar nervös. Der Polizeipräsident war gar nicht zufrieden. Weder mit den Ermittlungsergebnissen noch mit dem Ergebnis der Pressekonferenz. *Wischiwaschi* hatte er die Antworten seiner Mitarbeiter genannt. Und offenbar stand Graubner derart unter Druck, dass er versuchte, ihn an die Kommissare weiterzugeben.

»Meine Herren, wir müssen in der Sache vorankommen. Wir können de Vries nur zur Fahndung ausschreiben lassen, wenn wir mehr als einen Tatverdacht gegen ihn vorweisen können. Haben Sie handfeste Beweise, dass er der Mörder ist, den wir suchen, und vor allem, dass er seine Frau aus der Talbach-Klinik entführt hat?«

»Wir haben jede Menge Indizien, aber keinen Zeugen, der uns versichern kann, dass de Vries jener Arzt ist, der behauptet hat, Wäsche für die Talbach-Klinik in seinem Wagen transportieren zu wollen. Der Kerl von der Wäscherei kann sich absolut nicht an das Gesicht des Mannes erinnern …«, erklärte Stein und legte dem Kriminalrat das Protokoll, das Lore von seiner Aussage gefertigt hatte, vor.

Graubner warf einen kritischen Blick darauf. »Wer von Ihnen beiden war bei der Vernehmung anwesend? Es hat keiner von Ihnen unterschrieben«, bemerkte er in vorwurfsvollem Ton.

»Nein, wir hatten alle Hände voll zu tun. Mit den Durchsuchungen. Möchten Sie wissen, was wir in der Klinik gefunden haben?«

»Später! Erst einmal erklären Sie mir das hier!«

»Fräulein Krause ist durchaus in der Lage, selbstständig eine Aussage zu protokollieren«, mischte sich Wuttke ein. »Ich habe den Text gegengelesen. Er enthält nichts, was mir der Zeuge nicht bei der Befragung selbst gesagt hätte. Das ist eine verdammte Formalie.« Erbost unterschrieb er nun vor Graubners Augen das Protokoll, was ihm einen strafenden Blick des Vorgesetzten einbrachte.

»Und was ist das für ein Zeuge, der den Mann gar nicht beschreiben kann. Sie hätten ihn in die Mangel nehmen müssen, bis er ihn erkennt.«

»Wie Sie wollen. Darf ich mal Ihr Telefon benutzen?« Stein wartete seine Antwort nicht ab, griff sich das Protokoll, nahm den Hörer ab, wählte und ließ sich mit dem Revier Schöneberg verbinden. Er ordnete an, dass der Zeuge, dessen Namen und Adresse er aus dem Protokoll entnahm, auf der Stelle von seiner nicht weit entfernten Wohnung zu einer dringenden Zeugenvernehmung in das Polizeipräsidium Friesenstraße, und zwar direkt zu Kriminalrat Graubner, gebracht werden solle. Nachdem er das Gespräch beendet hatte, holte er das Foto von de Vries aus der Tasche und legte es dem Kriminalrat auf den Schreibtisch.

»Es ist ja nicht so, dass wir Dinge unversucht lassen. Wenn der Mann de Vries vom Foto her als den Arzt identifiziert, der den Wäschesack aus der Klinik geschleppt hat, haben wir ihn der Tat überführt und dann können wir ihn zur Fahndung ausschreiben lassen.«

Graubner schien inzwischen zu begreifen, dass er versucht hatte, seinen Ärger mit Stumm auf die Kommissare abzuwälzen. »Ich weiß doch, dass Sie rund um die Uhr im Einsatz sind und sogar viel riskiert haben, als Sie mit nach Hohenschönhausen gefahren sind ...« Er stieß einen tiefen Seufzer aus. »Es ist nur so, wir brauchen Erfolge. Die ungeklärten Fälle des Torsomörders und Ihres sogenannten Krankenhausmörders ... das wirft kein besonders gutes Licht auf die Friesenstraße. Dass Stumm vom *Neuen Deutschland* nur Beschimpfungen zu erwarten hat, versteht sich von selbst, aber es regt sich auch eine gewisse Unzufriedenheit in unserer Presse.«

»Herr Kriminalrat, wie Sie schon sagten, wir legen uns krumm für unseren Fall und würden lieber heute als morgen de Vries der Presse als Täter präsentieren, aber der Sack ist noch nicht zu«, erwiderte Wuttke.

»Ein sehr hübsches Bild nach den heutigen Ereignissen«, knurrte Stein.

»Gut, dann erzählen Sie mal von den Durchsuchungen, meine Herren«, forderte Graubner die beiden in versöhnlichem Ton auf.

Wuttke berichtete ihm von der erfolglosen Hausdurchsuchung der Villa. Stein schilderte den Ablauf der Durchsuchung der Klinik. Auf Schuberts ausdrücklichen Wunsch hatten sie die Krankenzimmer ausgespart. Der kaufmännische Leiter hatte sich zunächst durchaus kooperativ gezeigt, war dann aber bei einer ungewöhnlichen Entdeckung, auf die er sehr erbost reagiert hatte, ins Gegenteil gekippt. Danach hatte er sich geweigert, sie weiter durch die Klinik zu führen. Das hatte er an Kampmanns Nachfolger Dr. Walden delegiert, der damit sichtlich überfordert war.

»Stein, machen Sie es nicht so spannend. Was haben Sie Ungewöhnliches entdeckt?«

»Zweierlei, möchte ich sagen. Bei der Durchsuchung des Schwesternzimmers auf der Kinderstation wurden Reste von Blut gefunden. Und zwar am Bettgestell. Das Blut befindet sich bereits im Labor, nur selbst wenn wir die Blutgruppe haben und es eine seltenere sein sollte, wissen wir immer noch nicht, von wem es stammt. Wir haben nur so eine vage Vermutung, die mit dem zweiten Fund zusammenhängt, den Wuttke auf dem Dachboden gemacht hat«, sagte Stein. Er deutete auf den Kollegen.

»Wir fanden einen Sezierkasten. Offenbar ein Vorkriegsmodell mit blitzsauberem Besteck. Als hätte das jemand extra auf Hochglanz poliert. Mit Skalpellen, Bohrern, dem ganzen Zeug, was ein Pathologe benötigt, um einen Menschen zu obduzieren. Das ist an und für sich auf dem Dachboden einer Klinik noch nicht besonders spannend, aber an der Säge befanden sich an der Unterseite ein paar winzige Blutspritzer, die der Putzteufel wohl übersehen hat und die unsere Kollegen mit denen am Bettgestell vergleichen werden. Was uns auf diesen Holzkasten hat aufmerksam werden lassen, war die Tatsache, dass er keine Staubschicht aufwies wie die anderen Kisten um ihn herum. Er wurde also kürzlich benutzt …«

Graubner verzog angewidert das Gesicht. »Sie vermuten, dass die

Krankenschwester in der Klinik mit dem professionellen Gerät zerteilt wurde?«

»Wir werden dazu den Gerichtsmediziner noch einmal befragen.«

»Gute Arbeit, meine Herren. Danke!«

»Da haben Sie gerade noch mal die Kurve gekriegt«, frotzelte Stein.

In dem Augenblick klopfte es an der Tür, und zwei Schupos schoben den Wäschereimitarbeiter vor sich her. Offensichtlich hatten sie geglaubt, er wäre ein Verdächtiger.

»Sie können gehen. Warten Sie bitte draußen vor der Tür. Vielen Dank«, sagte Graubner den Polizisten und bot dem sichtlich aufgebrachten Mann einen Stuhl an.

»Entschuldigen Sie, dass wir Sie so rabiat haben herbringen lassen, aber es ist Gefahr im Verzug«, erklärte ihm Stein. »Ist Ihnen inzwischen noch etwas zu dem Mann eingefallen, dem Sie beim Tragen geholfen haben?«

Er schüttelte stumm den Kopf.

»Dann sehen Sie sich dieses Bild noch einmal ganz genau an. Kann das der Arzt gewesen sein, den Sie unten am Eingang getroffen haben?« Stein schob ihm das Foto hin.

Der Mann warf einen flüchtigen Blick auf das Bild und zuckte die Schultern. »Keine Ahnung. Ob der das jetzt war oder nicht. Ich hatte genug mit dem Sack zu tun!«

»Bitte, lassen Sie sich Zeit. Es drängt Sie keiner.«

Widerwillig heftete er den Blick auf das Foto. »Ja, kann schon sein …«

»Ja? Der Mann kann es gewesen sein?«, hakte Stein hoffnungsfroh nach.

»… oder auch nicht! Ich weiß es nicht!«

»Haben Sie mit einem Journalisten über die Sache geredet und behauptet, es hätte in der Talbach-Klinik einen Mord gegeben?«, mischte sich Wuttke ein.

»Nee! Ich will meine Ruhe. Sie haben mich vom Abendessen weggeholt. Das gab heute mal Fleisch. Wie komme ich jetzt nach Hause?«

»Die Schupos bringen Sie wieder zurück. Und Sie können uns

wirklich nicht sagen, ob der Arzt dieser Mann auf dem Foto gewesen ist?«, fragte Graubner.

»Nee, beim besten Willen nicht! Aber warten Sie, der stank nach Schweiß.«

Das kam so überraschend, dass Stein, als er Wuttkes perplexen Blick sah, ein Lachen unterdrücken musste.

Nachdem der Zeuge das Büro des Kriminalrats verlassen hatte, machten sich die Kommissare daran, sich ebenfalls von Graubner zu verabschieden, doch der bat sie, noch einen Augenblick zu bleiben. Er habe heute endlich das vertrauliche Telefonat mit seinem Bekannten, dem Professor für Ostforschung aus München, führen können.

»Und?«, fragten die Kommissare wie aus einem Mund.

»Nicht sehr ergiebig. Erstens war er sehr zurückhaltend. Offenbar möchte man in der Organisation Gehlen vermeiden, dass auch nur irgendetwas ihrer Tätigkeiten ans Licht der Öffentlichkeit gelangt. Ich sollte mich mehrfach zum Schweigen verpflichten. Deshalb muss ich sehr vorsichtig sein, wie ich Ihnen das mitteile, ohne mein Versprechen zu brechen.«

»Jetzt machen Sie das aber spannend, Herr Kriminalrat«, bemerkte Wuttke ungeduldig.

»Der Fall Lüders-Brenner ist am Standort der Organisation in Pullach seiner Auskunft nach nicht bekannt. Natürlich habe ich nicht gefragt, ob die Organisation Gehlen Morde in Auftrag gibt, wie es im Osten heißt. Ich befürchte, da ist Ihr Vater völlig auf dem Holzweg. Doch dann habe ich ihn nach der KgU befragt. Erst hat er geleugnet, dass es da überhaupt irgendwelche Verbindungen nach Berlin gibt, aber als ich behauptet habe, die wären polizeibekannt, hat er zugegeben, dass man sich ein paarmal im kleinen Kreis mit Vertretern der Kampfgruppe getroffen habe. Er hat aber vehement abgestritten, dass man darüber gesprochen habe, Sabotage in Einrichtungen in der sowjetischen Zone zu betreiben. Im Gegenteil, es handele sich seinen Angaben nach um eine Truppe, die allein mittels der Macht der Worte gegen die Kommunisten arbeite.«

»Gut, die werden Ihnen ganz sicher nicht die Wahrheit sagen. Wenn Sie mich fragen, hat mein Vater nicht ganz unrecht, dass dort die alten Seilschaften operieren, die wahrscheinlich nicht davor zurückschrecken, den sowjetischen Einrichtungen zu schaden. Aber etwas anderes spricht hier gegen eine Beteiligung dieser Leute. Das Motiv! Die töten doch keinen untergetauchten Nazi, sondern helfen ihm eher«, entgegnete Stein.

»Richtig, aber wie sehen Sie nun die Motivationslage bei de Vries, meine Herren?«

»Ganz einfach. Brenner hat ihm illegal das Penicillin geliefert, das er abgezweigt hat, nachdem er es als angeblich verschmutzt aus dem Verkehr ziehen musste. Damit hat sich de Vries eine goldene Nase verdient und überdies den guten Ruf seiner Klinik ausgebaut. Brenner wollte aussteigen, weil ihm der Boden zu heiß wurde und er ahnte, dass die Polizei ihm auf der Spur ist. De Vries hatte Sorge, dass er ihn womöglich bei unseren Behörden anschwärzen würde, dann wäre der Ruf seiner Klinik ruiniert. Dann wollte Brenner ausgerechnet mit Kampmanns Hilfe abhauen, ein Eins-a-Motiv – gepaart mit den Rachegelüsten wegen der Affäre mit seiner Frau –, ihn über die Brüstung zu stoßen, Schwester Klara wird Zeugin des Mordes und muss deshalb sterben. Und Klenke war Mitwisser des Schwarzhandels mit Penicillin, und auch Descher hat davon gewusst«, erklärte Wuttke dem Kriminalrat.

»Dann müssen wir ihn kriegen, bevor er auch noch seine eigene Frau aus dem Weg räumt«, sagte Graubner entschieden.

»Ich glaube gar nicht, dass er sie umbringen will. Dazu ist er viel zu besessen von ihr. Vielleicht ist doch etwas Wahres daran, was er angeblich heute Morgen zu seiner Mutter gesagt hat: dass er sich mit seiner Frau in den Westen absetzen will. Nur dass er dann die Rechnung ohne sie gemacht hat. Wahrscheinlich hat sie sich seinen Plänen widersetzt!«

»Aber einen Haftbefehl gegen ihn bekommen wir trotzdem nicht durch«, bemerkte Graubner.

»Das wohl nicht, aber Amtshilfe auf dem kleinen Dienstweg. Wir haben das Kennzeichen seines Wagens. Kommen Sie, Wuttke, wir sollten mit ein paar Kollegen an den entscheidenden Stellen telefonieren.«

»Habe ich Ihnen schon gesagt, wie gut Sie arbeiten?«, fragte Graubner schmunzelnd.

»Das nächste Mal bitte, wenn wir den Mörder sicher in die Untersuchungshaft verfrachtet haben!«, scherzte Stein, aber er wurde gleich ernst, und in seinem Kopf arbeitete es fieberhaft: Wer außer dessen Mutter würde de Vries verstecken? Die Wolters vielleicht, aber nur ohne seine Frau. Karin de Vries würde sie nicht über die Schwelle lassen. Außerdem hatte er vor ihrer Tür den Polizisten abgestellt. Er würde also über jede ungewöhnliche Bewegung vor und in der Villa umgehend informiert werden. Da fiel ihm siedend heiß jemand anderer ein. Dem oder, besser gesagt, dessen Haus würde Stein gleich morgen im Laufe des Tages einen diskreten Besuch abstatten. Und wenn er den Beweis hatte, dass de Vries sich dort versteckte, dann erst würde er der Einsatztruppe Bescheid sagen. Denn wenn er gleich mit Verstärkung anrückte, konnte es peinlich werden, sollte sich sein Geistesblitz als Rohrkrepierer entpuppen. Überdies würde sich der Polizeipräsident nur noch mehr aufregen. Aller Voraussicht nach würde er Graubner, sobald er von den zwei Durchsuchungen ohne durchschlagendes Ergebnis erfuhr, die Hölle heißmachen. Nein, dieses Mal musste Stein sich eines Erfolges sicher sein, bevor er das große Aufgebot anforderte.

68

Die großen politischen Ereignisse dort draußen gehen derzeit im Fieber der Ermittlungen einfach unter, dachte Wuttke, als er in der Mittagspause Steins ausgelesene Tageszeitung überflog. Nun war es nur noch eine Frage von Tagen, bis die Spaltung in Ost und West amtlich war. Die Vorbereitungen für die Gründung der Bundesrepublik liefen auf Hochtouren. Man war sich zwar noch nicht einig, welchen Status Berlin genau haben würde, aber dass der Westteil ein Teil dieser neuen Republik sein würde, stand außer Frage. Wenn der Osten dann ebenfalls einen eigenen Staat ausrief, was nur noch eine Sache von wenigen Wochen oder Monaten war, so befürchtete Wuttke, gab es keinen Weg mehr zurück. Dann war Berlin nicht nur eine geteilte Stadt, sondern Deutschland ein geteiltes Land.

Nur mit einem Ohr hörte er, wie Stein telefonierte. Erst als er den Kollegen fragen hörte, ob man ihm wohl die Privatadresse von Dr. Schubert geben könne. Er sei ein Patient, der sich unbedingt bei dem Arzt bedanken wolle.

Wuttke sah neugierig von seiner Zeitung auf.

»Was haben Sie denn vor?«, fragte er skeptisch. »Wieder mal einen Alleingang?«

Stein winkte ab. »Auf keinen Fall. Ich hätte Ihnen das schon noch gesagt. Aber ich wollte erst einmal seine Adresse.«

»Was wollen Sie mit Schuberts Adresse?«

»Sein Haus ganz unverbindlich von außen besichtigen«, gab Stein ironisch zurück. »Nein, ich will mich nur davon überzeugen, dass de Vries nicht bei seinem Cousin untergekommen ist.«

»Die beiden sind wie Hund und Katz. Sie glauben nicht allen Ernstes, dass Schubert de Vries Unterschlupf vor der Polizei gewähren würde, oder?«

»Nehmen wir mal an, Kampmanns Anrede *Ihr Lieben* meinte außer de Vries seinen Cousin. In seiner Funktion als kaufmännischer Leiter wird der Schwarzhandel doch kaum an ihm vorbeigegangen sein. Was, wenn er etwas weiß, sie womöglich in dieser Angelegenheit Komplizen sind und nun aushandeln, was de Vries bekommt, wenn er untertaucht?«

Das leuchtete Wuttke zunächst ein. »Wenn dem so wäre, würde Schubert ihn bestimmt für ein paar Tage verstecken.«

»So weit, so gut. Aber es gibt einen Haken. Frau de Vries müsste auch mit eingeweiht sein. Ich kann mir kaum vorstellen, dass der die Ehefrau seines Cousins gegen deren Willen gefangen hält«, gab Stein zu bedenken. »Es sei denn, er hat sie anderswo versteckt oder sie doch umgebracht!«

»Das sollten Sie vorerst gar nicht in Erwägung ziehen! Fahren Sie hin, aber nur zum Gucken, Kollege!«

»Was denken Sie denn? Wobei der Gedanke gar nicht schlecht ist, das allein durchzuziehen. Ich möchte auch mal der *Held der Friesenstraße* sein. Ich überwältige den *Krankenhausmörder* und befreie im letzten Moment seine Frau …«

»Genau, und dann wird die Schöne Sie vor lauter Dankbarkeit anflehen, dass Sie ihr Ehemann werden. Und sie lebten glücklich bis an ihr selig Ende.«

»Müssen Sie gleich den Teufel an die Wand malen? Ach ja, und bevor Sie sich weiter den Kopf zerbrechen. Ich bin der Erzeuger der Kleinen, aber nicht ihr Vater!«

»Schon verstanden, aber Spaß beiseite. Sie sind vorsichtig, versprochen? Wenn de Vries Sie entdeckt und sich in die Enge getrieben fühlt, wer weiß, wozu er fähig ist.«

»Ich würde Sie auch gern mitnehmen, aber einer muss am Telefon bleiben, falls die Kollegen einen Hinweis für uns haben. Schließlich haben wir an die zwanzig Polizeistationen involviert.«

»Schon gut! Lassen Sie mir nur die Adresse da. Damit ich weiß, wo ich Sie suchen muss, falls Sie verschollen gehen.«

»Pücklerstraße in Dahlem. Eine Hausnummer wusste die Dame in der Klinik eben auch nicht. Die allein stehende Villa ganz am Ende der Straße rechts vor dem Park.«

»Ist da nicht auch die Talbach-Klinik?«

»Nicht ganz, aber in der Nähe. Sie kennen sich langsam aus in den Villenvierteln der Stadt«, scherzte Stein. Er erhob sich. »Dann fahre ich mal eben vorbei. Danach werde ich bei der Talbach-Klinik Station machen und das Zimmer der de Vries unter die Lupe nehmen.«

»Gut, dann lassen Sie uns um sechs Uhr spätnachmittags noch eine Besprechung ansetzen. Und bitte erinnern Sie mich daran. Um sieben Uhr muss ich am Viktoriapark sein. Verhindern, dass Fräulein Lore in die falschen Hände gerät. Was halten Sie von der Sache? Glauben Sie, der könnte wirklich der gesuchte Mörder sein?«

»Eher nicht. Aber es gibt auch genügend andere junge Männer, die eine solche Verabredung im Park missverstehen könnten. Ich finde es sehr gut, dass Sie in der Nähe sind. Und wer weiß, ob er nicht wirklich etwas Böses im Schilde führt. Bis nachher! Ich begleite Sie.«

Wuttke war es nach dem gestrigen Tag ganz lieb, dass er auch den restlichen Tag in aller Ruhe an seinem Schreibtisch verbringen konnte.

Selbst das Klopfen, das nun an seiner Tür ertönte, störte ihn.

»Herein!«

Zu seiner großen Verwunderung trat Dr. Hamann in sein Büro.

Wuttke konnte seine Überraschung kaum verbergen. »Herr Dr. Hamann. Setzen Sie sich. Was haben Sie auf dem Herzen?«

»Ich möchte eine Aussage machen«, entgegnete er knapp.

Wuttke wählte die hausinterne Nummer von Fräulein Lore und bat sie, ein Protokoll aufzunehmen.

Hamann verzog keine Miene. Als Fräulein Lore auf ihrem Platz saß und Wuttke ihn aufforderte, seine Personalien anzugeben, tat er dies, ohne zu murren.

»Dann schießen Sie mal los!«, sagte Wuttke.

»Leider ist mir schon seit Längerem bekannt, dass die Werner-de-Vries-Klinik mehr Penicillin zur Verfügung hat, als uns offiziell durch das Komitee zugeteilt wird. Ich bedaure aufrichtig, dass ich mich nicht früher an die Polizei gewandt habe oder es Ihnen nicht spätestens anvertraut habe, als Sie mich in der Klinik befragt haben. Dass es mich meinen Arbeitsplatz gekostet hätte, entspricht der Wahrheit, ist aber keine Entschuldigung …«

Wuttke gruselte es, als er den scharfen anklagenden Ton hörte. So vorwurfsvoll hatte der Arzt schon das Penicillin als Heilmittel für die Geschlechtskrankheiten verteufelt. Nun richtete er diese Härte gegen sich selbst.

»Ich wurde mehrfach Zeuge, wie Patienten meinem ehemaligen Kollegen Dr. Wiese Bargeld zugesteckt haben, wenn er zur Behandlung in deren Zimmer kam.«

»Dr. Wiese? Den Namen habe ich noch nie gehört.«

»Der Kollege wird auch totgeschwiegen, weil er in der Klinik überraschend gekündigt und eine eigene Praxis eröffnet hat. Er wurde als Feind der Klinik behandelt. Aber das entspricht nicht der Wahrheit.«

»Und wissen Sie auch, wo der Mann seine Praxis betreibt?«

»In Schöneberg. Die Adresse erfahren Sie, wenn Sie mir zusichern, dass Sie meinen Namen bei Ihren weiteren Ermittlungen in dieser Sache aus dem Spiel lassen.«

»Wir werden sehen«, stieß Wuttke unwirsch hervor.

»Gut, dann überlegen Sie sich das. Ich komme nun auf das, was ich Ihnen eigentlich sagen wollte. In der Klinik heißt es, dass Wieses Verhalten illoyal war und man mit ihm nichts mehr zu tun haben wolle. Und nun habe ich neulich zufällig mit angesehen, wie sich Schubert und Wiese am Wasserturm getroffen haben und ganz vertraut miteinander geplaudert haben. Und dann hat Schubert Wiese etwas übergeben, das wie eine dieser Blechkisten aussah, in denen unsere Penicillinampullen gelagert werden. Keine Frage. Die beiden machen illegale Geschäfte mit dem Teufelszeug! So, und nun habe ich mein Gewissen erleichtert.«

Also doch, dachte Wuttke. Schubert und de Vries machten in Sachen Schwarzhandel gemeinsame Sache. Und Kampmann hatte die beiden erpresst. Es war also wirklich nicht abwegig, dass er seinen Cousin versteckte, um ihm, bevor der untertauchte, die Klinik abzuluchsen. Schade, dass Stein schon losgefahren war. Es wäre besser gewesen, er hätte diese Information bereits gehabt.

Hamann hatte sich inzwischen erhoben. »Nun wissen Sie alles.«

»Und wissen Sie, wer noch von diesem Handel wusste? De Vries, Schwester Klara, Kampmann?«

»Tut mir leid, das kann ich Ihnen nicht sagen. Nun? Lassen Sie meinen Namen aus dem Spiel, wenn Sie der Sache nachgehen?«

»Ich werde es versuchen!«

Daraufhin holte Hamann einen Zettel aus der Tasche und legte ihn Wuttke auf den Tisch.

Praxis Dr. Theobald Wiese, Beckerstraße 6 stand dort geschrieben.

Als er Hamann noch einmal versichern wollte, dass er diskret vorgehen würde, hatte der Mann bereits auf leisen Sohlen sein Büro verlassen.

»Fräulein Lore? Hätten Sie Zeit, in unserem Büro für ein Stündchen Telefondienst zu machen?«

»Gern«, erwiderte sie.

»Schreiben Sie alles auf, falls sich einer bei Ihnen meldet, der etwas über den Aufenthalt von de Vries weiß.«

»Ja, und denken Sie daran, heute Abend im Park zu sein, aber bitte halten Sie sich im Hintergrund, sodass er nicht gleich Lunte riecht.«

»Wird gemacht, Chef!«, lachte Wuttke und verließ das Büro. Auf dem Flur begegnete ihm ein sichtlich angeschlagener Schulz junior.

»Welche Laus ist Ihnen denn über die Leber gelaufen?«

»Martens. Der hat einen Rüffel von Graubner gekriegt, weil wir beim Torsomörder nicht vorankommen, und jetzt gibt er mir die Schuld. Und er hat mich …« Schulz junior stockte.

»Er hat mich zu Ihnen geschickt. Ich soll jetzt anderen auf die Nerven gehen, hat er gesagt.«

Wuttke konnte nicht behaupten, dass er allzu viel für den Junior übrighatte, aber er reagierte empfindlich darauf, wenn die hohen Tiere ihren Ärger an Schwächere weitergaben. So wie Graubner das gestern bei Stein und ihm versucht hatte, aber da war er an die Falschen geraten, während sich der Junior das sehr zu Herzen zu nehmen schien.

»Vielleicht haben Sie im Büro etwas für mich zu tun? Ich will Ihnen ja nicht im Wege stehen.«

»Junge, komm mit. Wir statten einer Praxis in Schöneberg einen Besuch ab.« Allein für das Strahlen, das ihm der junge Mann schenkte, hatte sich diese gute Tat gelohnt, dachte Wuttke. Auf der Fahrt zu Wieses Praxis weihte er den Kriminalanwärter in den Fall ein.

Das Haus in der Beckerstraße war ein hochherrschaftliches Mehrfamilienhaus, in dessen Parterrewohnung der Arzt seine Praxis hatte. Sie war vornehm eingerichtet, und hinter dem Empfangstresen saß eine fein gekleidete Dame mittleren Alters, die so gar nichts von einer Sprechstundenhilfe hatte. Sie fragte, ob sie in die Lues-Ambulanz wollten oder in die Privatsprechstunde.

»Nichts von beidem«, knurrte Wuttke und zeigte ihr seine Marke. »Wir möchten gern mit Dr. Wiese sprechen.«

»Gut, dann kommen Sie doch nach dem Ende der Nachmittagssprechstunde wieder. Ich schaue mal, ob der Doktor dann frei …«

»Schluss! Ich bin nicht hier, um eine Syphilis behandeln zu lassen, sondern weil ich Dr. Wiese vernehmen muss. Und zwar sofort!« Das brachte ihm einen bewundernden Blick seines Assistenten ein.

»Dann nehmen Sie im Wartezimmer Platz!«

Wuttke und Schulz wollten gerade in den Raum mit dem Schild »Wartezimmer« gehen, als die Frau vom Empfang hastig aufsprang. »Nicht da hinein. Das ist für Privatpatienten. Sie nehmen bitte dort Platz.« Sie deutete auf eine andere Tür.

Widerwillig tat Wuttke, was sie verlangte. Als er das Wartezimmer betreten wollte, zuckte er zurück. Die zum Teil ärmlich wirkenden Patienten, die hier warteten, passten überhaupt nicht zu dem übrigen Ambiente der Praxis. Außerdem war kein freier Stuhl vorhanden.

»Wir warten auf dem Flur«, rief er der empörten Empfangsdame zu.

In diesem Augenblick ging eine Tür auf, und ein Arzt, mittelgroß, mit vollem, leicht angegrautem Haar und einem sympathischen Gesicht mit hellblauen Augen, verabschiedete einen Herrn in feinem Zwirn.

»Herr Dr. Wiese, die beiden Herren sind die Nächsten«, rief ihm seine Sprechstundenhilfe zu. Sie nickte mit dem Kopf in Wuttkes Richtung.

Der Arzt schien irritiert, doch da war Wuttke bereits auf ihn zugetreten und hielt ihm seine Marke hin. Ein wildes Flackern der Augenlider verriet Wuttke, dass der überraschende Besuch der Polizei den Arzt nervös machte.

»Dann kommen Sie bitte!« Er schob Wuttke in sein Behandlungszimmer und wollte Schulz junior die Tür vor der Nase zuschlagen, aber der sagte selbstbewusst: »Kriminalanwärter Schulz. Ich gehöre zu dem Herrn Kommissar!«

»Nehmen Sie Platz!« Wiese deutete auf die beiden Besucherstühle und setzte sich selbst hinter seinen Schreibtisch.

»Dr. Wiese, gegen Sie wird wegen Schwarzhandels ermittelt«, verkündete Wuttke ohne Umschweife. »Wenn Sie in vollem Umfang geständig sind, werden wir das zu Ihren Gunsten werten.«

»Ich ... wie bitte, Schwarzhandel, aber ich ... ich bin Arzt.«

»Penicillin? Klingelt da etwas bei Ihnen?«

Nun zuckten nicht nur Dr. Wieses Augenlider, sondern seine Hände fingen an zu zittern.

»Ich ... nein, ich weiß gar nicht, was Sie meinen ...«

»Sie behandeln Ihre Patienten doch mit Penicillin, oder?«

»Ja, sicher, das bekommen wir für die Lues-Patienten zugeteilt.«

»Und Sie kommen mit der zugeteilten Menge gut aus? Oder gibt es Patienten, die Sie nicht entsprechend behandeln können, weil Ihnen das Penicillin fehlt?«

»Ich ... also ...«

Wuttke musterte den Arzt durchdringend. »Wenn Sie uns verraten, woher Sie es beziehen, drücken wir ein Auge zu. Dann werde ich mich dafür einsetzen, dass Sie Ihre Praxis nicht schließen müssen.«

»Herr Kommissar, es ist nur noch eine Frage der Zeit, wann genug für alle da ist. Es wird doch an allen Fronten mit Hochdruck daran gearbeitet, dass der Bedarf für die Berliner Bevölkerung endlich abgedeckt ist. Dann müssen wir das auch nicht mehr ...«

»Sprechen Sie ruhig weiter«, ermunterte Wuttke den aussagewilligen Arzt.

»Er hat es mir von sich aus angeboten. Dass er mir es auch für meine Praxis besorgt.«

»Wer ist er? Namen?«, mischte sich forsch der Junior ein.

Obgleich Wuttke es ein wenig vorlaut von ihm fand, sich in seine

Vernehmung einzumischen, wies er den Junior nicht zurecht, zumal Wiese endlich den Namen nannte. Auch wenn es nicht der war, den Wuttke hören wollte.

»Schubert!«

»Schubert? Hat der Ihnen das Penicillin auch schon in der Werner-de-Vries-Klinik gegeben mit der Maßgabe, es den Patienten teuer in Rechnung zu stellen?«

Wiese nickte.

»Und haben Sie auch schon einmal Penicillin von Dr. de Vries bekommen?«

»Nicht dass ich wüsste. Für die Zuteilung an die Ärzte war wohl Schubert zuständig.«

»Und wussten Sie, woher das Penicillin stammte?«

»Nein, ich habe aber auch nie gefragt. Wahrscheinlich haben die unter der Hand Geschäfte mit einem amerikanischen Hersteller getätigt. Aber Schubert hat beim letzten Mal angekündigt, dass es keinen Nachschub mehr geben wird.«

»Wann war das?«

Wiese überlegte.

»Im April würde ich sagen.«

»Das wäre es dann erst einmal für heute! Nur eine letzte Frage: Warum haben Sie in der Klinik gekündigt?«

Wiese zögerte kurz, dann sagte er: »Wegen Hamann! Ich konnte das nicht länger mit ansehen, wie er diejenigen seiner Patienten, für die kein Penicillin zugeteilt worden war, mit dem Salvarsan gequält hat.«

»Und warum hat sich die Klinik nicht von Hamann getrennt und stattdessen Sie behalten? Ich denke mal, dass Ihre Kollegen in Bezug auf die Behandlungsmethoden des Dr. Hamann eher auf Ihrer Seite waren.«

»Das hat de Vries verhindert. Der konnte mich sowieso nicht leiden.«

»Warum nicht?«

»Ach, wegen seiner Frau. Er war auf jeden halbwegs ansehnlichen Kerl rasend eifersüchtig. Hat immer befürchtet, wir hätten was mit ihr …«

»Wussten Sie, dass Kampmann mit Frau de Vries ein Verhältnis hatte?«

»Nein, keine Ahnung. Ich weiß nur, dass de Vries uns alle als potenzielle Liebhaber seiner Frau beargwöhnt hat.«

»Wann haben Sie denn in der Werner-de-Vries-Klinik gekündigt?«

»Das war im Herbst 48.«

Nachdenklich verließ Wuttke die Praxis. Schubert war also nicht nur bloßer Mitwisser des Schwarzhandels, sondern offenbar in demselben Maß daran beteiligt wie de Vries. Eine innere Stimme sagte ihm, dass er auf dem Weg zum Präsidium vorsichtshalber in der Pücklerstraße vorbeifahren sollte. Falls Stein noch vor Ort war und das Haus observierte, würde er ihn gern auf den neuesten Stand bringen.

69

Das Haus am Ende der Pücklerstraße war zu Steins Erstaunen keine architektonische Geschmacksverirrung wie die Villa de Vries, sondern es handelte sich um einen eleganten weißen symmetrischen Bau aus den 1890er-Jahren, der aus einem von zwei Seitenflügeln eingerahmten Mittelflügel bestand. Die Eingangstreppe war diskret von Säulen flankiert.

Stein verspürte so gut wie nie den Drang, in ein fremdes Haus einzuziehen, aber dieses gefiel ihm außerordentlich gut. Hier könnte er leben. Vor lauter Begeisterung hätte er beinahe vergessen, die Straße nach dem Opel Kapitän abzusuchen. Er sah sich um, aber der Wagen war nicht in der Nähe des Hauses geparkt. Am Straßenrand stand außer seinem nur noch ein anderer Volkswagen. Vorsichtig betrat er das Grundstück. Neben dem linken Flügel des Hauses war eine weiße Mauer, die das Anwesen zum Grunewald, an dem die Grundstücksgrenze lag, abschirmte. Hier kam er nicht weiter, es sei denn, er trat durch eine kleine Holztür in der Mauer. Und schon hatte er die Klinke hinuntergedrückt, doch die Tür war verschlossen. Daneben gab es ein Fenster mit einem Sims, aber es war mit hölzernen Fensterläden verschlossen, sodass er nicht erkennen konnte, ob sich dahinter der Garten verbarg oder ein weiteres Gebäude anschloss.

Noch wollte er sich allerdings nicht geschlagen geben. Außerdem vermutete er, dass es irgendwo eine Garage geben musste. Stein versuchte sein Glück auf der anderen Seite. Und dort, rechts neben dem anderen Flügel des Hauses, fand er, was er suchte. Eine Garage mit einem geschlossenen Schwingtor. Vorsichtig probierte er, ob es sich öffnen ließ. Und tatsächlich, es bewegte sich, allerdings quietschte es bei jedem Zentimeter, sodass er befürchtete, sollte de Vries sich im Inneren des Hauses befinden, würde er mit Sicherheit gewarnt sein. Doch er musste das Tor noch weiter hochschieben, um zu erkennen, ob ein Wagen in der Garage parkte.

Als er zumindest hineinspähen konnte, ließ sich das schwere hölzerne Tor keinen Millimeter mehr bewegen. Stein konnte aber immer noch nicht erkennen, ob es sich bei dem Auto um den Opel Kapitän von de Vries handelte. Es half alles nichts: Er musste sich auf den Boden legen und durch die Öffnung in die Garage kriechen. Missmutig zog er seinen Trench aus und legte ihn fein säuberlich auf einer halbhohen weißen Mauer ab, die das Grundstück zur anderen Seite abgrenzen sollte. Dort stand zwar kein Haus, aber Schubert war die Sicherung der Grenzen seines Anwesens offensichtlich sehr wichtig. Überhaupt stand der gepflegte Zustand des Grundstücks in einem merkwürdigen Kontrast zu Schuberts äußerem Erscheinungsbild. Er machte auf Stein immer den Eindruck eines Mannes, der ohne die helfende Hand einer Ehefrau zwei linke Socken, ungebügelte Hemden und zerknüllte Anzüge trug. Erst in diesem Augenblick fiel Stein ein, dass er über Schuberts Privatleben so gut wie gar nichts wusste. Der kaufmännische Leiter war recht redselig, machte aber im Ganzen einen eher unscheinbaren Eindruck. Deshalb passte sein beinahe zorniges Auftreten, nachdem sie ihm gestern den Sezierkasten präsentiert hatten, gar nicht zu seinem sonstigen Verhalten. Der Mann hatte regelrecht mit seiner Fassung ringen müssen. Was Stein ihm allerdings durchaus zutraute, war, dass er aus der Notlage seines Cousins Profit schlug. Einfacher konnte er doch nicht Herr über die gesamte Klinik werden. Und dass es beiden Männern mächtig gegen den Strich ging, dass das Schicksal sie unter einem Dach zusammengepfercht hatte, konnten sie nicht verbergen.

Missmutig ließ sich Stein auf allen vieren nieder und robbte in die Garage. Nachdem er sich wieder zu voller Größe aufgerichtet hatte, klopfte er sich zunächst einmal den gröbsten Dreck vom Anzug. Beim Anblick des Opel Kapitän waren der Schmutz und sein Ärger über das Kriechmanöver, mit dem er in die Garage gelangte, schlagartig vergessen. Er vergewisserte sich zunächst, dass das Nummernschild mit dem von de Vries übereinstimmte. Als er auf dem Rücksitz einen leeren Wäschesack liegen sah, atmete er tief durch. Keine Frage. Er hatte seine Ehefrau in diesem Wagen transportiert.

Stein wusste, dass er auf der Stelle den Rückzug antreten und auf Verstärkung warten sollte, doch da zog ein zweiter Wagen, der vor dem Opel Kapitän stand, seine volle Aufmerksamkeit auf sich. Es war ein kleinerer Opel, ein Olympia, und Stein fragte sich, wem der wohl gehören mochte. Leise öffnete er die Wagentür und warf einen Blick in das Innere des Autos. Auf dem Beifahrersitz entdeckte er einen zusammengeknüllten Kittel, den er aus dem Wagen zog und auseinanderfaltete. Keine Frage, er gehörte Schubert. Es war unverkennbar der leicht schmuddelige Kittel, den er gestern in der Klinik getragen hatte.

Stein legte ihn zurück und dachte nach. Das konnte nur heißen, dass sich nicht nur de Vries im Haus befand, sondern auch sein Cousin. Was, wenn Schubert kalte Füße bekommen hatte und de Vries verraten wollte? Und dieser davon Wind bekommen hatte? Stein schüttelte diese Gedanken ab. Es war kein guter Augenblick für Spekulationen. Statt diesen Ort auf schnellstem Weg zu verlassen, musste er sicherstellen, dass in dem Haus kein Verbrechen geschehen war. Und vor allem, dass Karin de Vries noch lebte. Kurz erwog er, einfach zu klingeln und den Wuttke gegenüber scherzhaft angekündigten Alleingang zu riskieren. Allerdings nicht, um sich zu profilieren, sondern um Schlimmeres zu verhindern. Er hatte nämlich ein äußerst ungutes Gefühl bei dem Gedanken, dass sich Schubert und vor allem auch Karin de Vries in großer Gefahr befanden.

Erst einmal musste er allerdings wieder auf demselben Weg zurückkriechen. Widerwillig ließ er sich auf den Garagenboden nieder und robbte zurück ins Freie. Die Sonne und der blaue Himmel dort draußen beruhigten seine angeschlagenen Nerven etwas. An der Tür zu klingeln, schien ihm doch etwas zu gewagt. Was, wenn de Vries seine Anwesenheit längst bemerkt hatte und nur darauf lauerte, ihn aus dem Verkehr zu ziehen? Stein drückte sich, kaum dass er wieder auf seinen eigenen Beinen stand, dicht an die Hausmauer und warf einen Blick nach oben. An dieser Seite hatte das Haus keine Fenster, stellte er beruhigt fest. Trotzdem fasste er jetzt mit der einen Hand zu seinem Pistolengurt unter dem Jackett. Er wollte seine Waffe im Fall von unangenehmen Überraschungen griffbereit wissen. Noch einmal schlich er in gebückter Haltung an der Front des Hauses entlang bis zu der Tür in der Mauer. Mit einem prüfenden Blick stellte er fest, dass es ein Leichtes wäre, auf das Fenstersims neben der Tür zu klettern und sich von dort aus auf die Mauer zu hangeln. Wenn er etwas im Sportunterricht und während seiner Ausbildung perfekt beherrscht hatte, war es das Turnen am Reck gewesen.

Während er bereits mühelos hinaufkletterte, fragte er sich allerdings, ob es nicht doch besser wäre, in die Friesenstraße zurückzukehren und Verstärkung zu holen. Als er feststellte, dass hinter der Mauer ein großer Garten lag und er über das Dach eines Gartenhauses, das an die Mauer gebaut war und zu dem das Fenster gehörte, problemlos zur Rückseite des Hauses gelangen konnte, gab es für ihn jedoch kein Halten mehr.

Leichtfüßig sprang er vom Dach des Gartenhauses auf den weichen Boden. Das Gelände wirkte fast ein bisschen unwirklich, denn es gab in diesem Garten nicht nur Blumen, sondern auch üppig bewachsene Grasflächen. Solches Grün bekam man in Berlin kaum zu sehen. Die Parks waren immer noch öde und abgeholzt. Und wo die einstigen Rasenflächen gewesen waren, dominierte versengte Erde das Bild. Lediglich die Gemüsebeete dazwischen sorgten für etwas Farbe. In diesem Garten blühte es wild durcheinander, und man konnte sogar das Summen von Bienen hören.

Stein aber musste sich nun auf das Wesentliche konzentrieren. Sein Plan war es, vorsichtig durch das hohe Gras zu robben, bis er durch ein Fenster in das Haus sehen konnte. Er hoffte, dass es auf der Rückseite zum Garten hin eine Terrasse besaß, von der aus man einen ungehinderten Einblick in den Wohnbereich hatte.

Wie ein Reptil bewegte er sich zügig zur hinteren Hausecke. Ein vorsichtiger Blick bestätigte seine Hoffnung. Die Terrasse zog sich über die gesamte Breite des Mittelflügels mit bodentiefen Fenstern. Stein dachte kurz nach. Im Liegen würde er kaum ins Haus sehen können. Das funktionierte nur, wenn er sich in aufrechter Haltung an die Ecke zur Terrassentür schlich. Langsam richtete er sich auf und sah sich prüfend um. Es war alles still in dem großen Garten. Ein flüchtiger Blick auf seine verschmutzten Hosen erinnerte ihn an Wuttkes Ermahnung, sich nicht unnötig in Gefahr zu begeben.

Die Hand an der Waffe, drückte sich Stein an der Hauswand entlang, bis er eine Position erreicht hatte, von der er einen Blick in den Wohnraum riskieren konnte. Er sah einen Kamin, eine Sitzecke mit einem Sofa und zwei Sesseln. Ihm stockte der Atem. In einem der Sessel saß Karin de Vries. Sie trug eine schwarze Augenbinde, ihre Füße waren gefesselt und auch ihre Hände schienen auf ihrem Rücken zusammengebunden zu sein. Erleichterung machte sich in ihm breit. Eine Tote musste man nicht derart verschnüren. Bald würde sie in Sicherheit sein. Dafür würde er sorgen. Karin de Vries lebte. Wenn er ehrlich war, hatte er sich genau dieser Tatsache vergewissern wollen! Nur deshalb hatte er sich über die Mauer gewagt. Er hegte nicht den geringsten Zweifel, dass er sie retten würde! Und das verschaffte ihm ein gutes Gefühl, nicht noch einmal zu spät gekommen zu sein. Da mochte Wuttke sagen, was er wollte. Er, Stein, wollte das partout nicht noch einmal erleben!

Nun gab es nur noch eines: Stein musste sicher und schnell zurück zu seinem Wagen gelangen, um Verstärkung aus der Friesenstraße zu holen.

Ein zischelndes Geräusch hinter ihm ließ ihn zusammenfahren. Er fuhr herum, die Hand an der Waffe, doch es war zu spät. Der Schlag auf den Kopf traf ihn schneller, als er seine Pistole aus dem Halfter ziehen konnte.

70

Die Pücklerstraße lag friedlich in der Spätnachmittagssonne. Wuttkes Abneigung gegen Villenstraßen schwand beim Anblick der Sonne, die über dem Grunewald stand und die Straße in ein mildes und anheimelndes Licht tauchte.

»Hier steht in der ganzen Straße keines unserer Autos«, stellte der Junior fest. »Der Kommissar ist wohl schon wieder zurück im Präsidium.«

»Das ist gut«, sagte Wuttke. »Und auch kein Opel Kapitän«, fügte er hinzu und blieb eine Weile vor Schuberts Haus stehen, um zu beobachten, ob sich dort drinnen etwas tat. Es blieb jedoch alles still.

»Offenbar war es die falsche Spur, und de Vries ist längst in Westdeutschland. Wir sollten dringend zurück, um zu sichten, was Fräulein Lore inzwischen über den Aufenthalt des Wagens erfahren hat.«

»Kommissar Wuttke?«

»Ja?«

»Ich habe eine Frage.«

»Nur zu. Sie sind doch sonst nicht so schüchtern, wie Ihre Frage an Wiese bewiesen hat.«

»Tut mir leid, da sind die Pferde mit mir durchgegangen. Ich hätte mich nicht einmischen dürfen.«

»Also, was wollen Sie von mir wissen?«

»Kann ich wohl in Zukunft lieber Ihnen assistieren? Ich möchte nicht zurück zu Martens!«

»O mein Gott!«, stöhnte Wuttke. »Womit habe ich das verdient?«

Erst als er in das entsetzte Gesicht des jungen Mannes blickte, wurde ihm klar, was er da von sich gegeben hatte.

»Schulz, wir versuchen es miteinander. In Ordnung?«

Der Junior nickte erleichtert.

»Begleiten Sie mich nachher zu einem Einsatz nach Feierabend in den Viktoriapark?«

»Sie macht es schon wieder, oder?«

»Wir werden Fräulein Lore beschützen, aber jetzt fahren wir erst einmal ins Präsidium.« Wuttke warf einen letzten prüfenden Blick auf die Villa und kam zu dem Schluss, dass kein Mensch zu Hause war, geschweige denn, dass sich in dem Inneren der flüchtige de Vries aufhielt.

Im Präsidium angekommen, verlangte Graubner nach ihm. Und zwar sofort. Wuttke setzte den Junior an seinen Schreibtisch und bat ihn, Fräulein Lore zu diktieren, was sie bei Wiese in der Praxis erfahren hatten. Der junge Mann schien begeistert von der Aussicht, mit der Schreibkraft eng zusammenzuarbeiten. Lore hingegen zog ein langes Gesicht. »Herr Kommissar, ich habe leider keine Zeit. Martens hat mich zu einem Protokoll gebeten«, sagte sie schnippisch.

»Gut, dann gehen Sie. Schulz, Sie schreiben bitte auf, was bei Wiese vorgefallen ist, damit uns nichts entgeht, wenn wir es später zu Protokoll geben. Ich hole Sie dann ab. Sie wissen schon. Unser Einsatz im Park!«

Fräulein Lore warf Wuttke einen vernichtenden Blick zu, den er ignorierte.

Graubner war sichtlich aufgeregt, als der Kommissar zu ihm kam.

»Wuttke, der Presse ist zu Ohren gekommen, dass Sie einem Schmugglerring mit Penicillin auf der Spur sind. Ich konnte Stumm gerade noch davon abhalten, eine neuerliche Pressekonferenz einzuberufen. Aber ein Gerichtsreporter, der unserem Präsidenten wohlgesinnt ist, kommt gleich vorbei. Stumm ordnet an, dass Sie dem Mann die Informationen geben, die ein gutes Bild der Friesenstraße liefern.«

»Soll ich lügen?«, fragte Wuttke provokant.

»Natürlich nicht!«

»Gut, dann schicken wir Stein vor. Ich weiß zwar nicht, wo der Bursche steckt, aber ich treibe ihn schon auf!«

»Nein, Stumm besteht auf dem *Helden der Friesenstraße!*«

»Ich muss aber spätestens um halb sieben hier aufbrechen! Und ich sollte Stein Bescheid sagen, dass ich unsere Besprechung um sechs absagen muss.«

Es klopfte an der Bürotür des Kriminalrats.

»Sie bleiben! Wir können uns keinen Fehler leisten! Der Mann ist uns wohlgesinnt! Wir brauchen gute Presse. Lullen Sie den Mann ein!«

Als nun der Journalist freudig auf ihn zukam, kämpfte Wuttke mit sich. Sollte er sich der Anordnung von ganz oben widersetzen oder es zügig hinter sich bringen, um wenigstens im Park pünktlich Fräulein Lore zur Seite zu stehen?

Graubner verabschiedete sich eilig von Kommissar und Reporter und wollte gehen.

Nein, dachte Wuttke entschieden. So geht das nicht. Ich kann weder Stein noch Fräulein Krause wegen dieses Termins ohne eine Erklärung versetzen

»Herr Kriminalrat, bevor Sie uns verlassen, könnten Sie bitte dafür sorgen, dass jemand Stein Bescheid gibt, dass ich zu unserer Besprechung verhindert bin? Und könnte jemand bitte dem Kriminalassistenten Schulz ausrichten, er möge Fräulein Krause informieren, dass wir uns etwas verspäten. Sonst müsste ich unseren Gast doch einmal kurzfristig sich selbst überlassen.«

Der Journalist, ein seriöser ergrauter älterer Herr, blickte irritiert zwischen Wuttke und Graubner hin und her.

»Ich kann auch ein anderes Mal wiederkommen«, bemerkte er sichtlich pikiert.

»Nein, bleiben Sie! Die ganze Aufmerksamkeit des *Helden der Friesenstraße* gehört Ihnen. Das stammt doch aus Ihrer Feder, nicht wahr? Besser hätte man es gar nicht ausdrücken können«, sagte Graubner überschwänglich.

»Gut, dann können wir mit dem Gespräch beginnen, aber darf ich mich darauf verlassen, dass meine Leute Bescheid bekommen?«, sagte Wuttke.

Graubner warf seinem Kommissar einen finsteren Blick zu, aber er versprach, dass er sich höchstpersönlich darum kümmern werde.

»Danke, Herr Kriminalrat«, entgegnete Wuttke.

Im Gegensatz zu dem Pressemann, der dieses Exklusivtreffen mit dem *Helden der Friesenstraße* sichtlich genoss, wurde Wuttke während des Interviews immer unruhiger. Es zog sich nach seinem Empfinden endlos hin. Er hatte keine Uhr dabei, aber er ahnte, dass er längst im Park hätte sein sollen, doch immer wenn er das Gespräch beenden wollte, hatte der Mann eine weitere Frage. Wuttke hätte das Gespräch nach einer Weile beendet, wenn nicht Graubner zurückgekommen und sich als leiser Zuhörer im Hintergrund dazugesetzt hätte.

Lange würde Wuttke das nicht mehr mitmachen. Er musste in den Viktoriapark, und zwar sofort! Auch wenn er nicht daran glaubte, dass Fräulein Lore den Torsomörder treffen würde, hatte er ihr versprochen, in ihrer Nähe zu bleiben.

»Wie spät ist es?«, fragte er den Reporter, gerade als der von ihm wissen wollte, ob es stimmen würde, dass sein Kollege Kommissar Stein der Sohn eines von Markgrafs Kettenhunden sei.

Irritiert sah der Mann auf seine Armbanduhr. »Kurz nach sieben, aber jetzt beantworten Sie mir ...«

»Ein anderes Mal«, rief Wuttke ihm zu, während er aufsprang, sich von dem Journalisten hektisch per Handschlag mit den Worten: »Die Arbeit ruft!« verabschiedete und zur Tür eilte.

»Kommissar Wuttke!«, hörte er Graubners Stimme in seinem Rücken entgeistert rufen.

Wuttke drehte sich noch einmal um. »Ich muss leider zu einem dringenden Einsatz. Nicht dass es in der Presse heißt, die Kommissare trinken lieber mit den Journalisten Kaffee, als sich um die Ermittlungen zu kümmern. Haben Sie Stein informiert?«

Graubner schüttelte den Kopf. »Nein, der Kollege ist nicht an seinem Platz gewesen, und Schulz berichtete mir, er sei um sechs auch gar nicht im Büro erschienen. Er machte einen leicht besorgten Eindruck.«

»Verdammt!«, stieß Wuttke hervor und stürzte nun aus dem Büro des Kriminalrats.

In seinem und Steins Büro war kein Mensch. Wuttke überlegte fieberhaft, was er tun sollte. Erst in den Viktoriapark oder erst zu Schuberts Haus fahren? Da fiel sein Blick auf einen Zettel, der auf seinem Schreibtisch lag.

Bin ihr nachgefahren. Passe auf sie auf. Schulz

Guter Junge!, dachte der Kommissar.
    Nun wusste er genau, was er zu tun hatte.

71

Stein wachte mit quälenden Kopfschmerzen auf. Er wusste weder, wo er sich befand, noch, was geschehen war. Es dauerte eine halbe Ewigkeit, bis es ihm gelang, seine Augen zu öffnen, ohne dass die Schmerzen schier übermächtig wurden. Sein erster Blick fiel auf eine Front bodentiefer Fenster, die auf eine Terrasse führten. Krampfhaft versuchte er sich zu erinnern, wo er sich befand, aber es wollte ihm nicht einfallen.

Unter heftigen Schmerzen hob er den Kopf ein kleines Stück. Er stellte fest, dass er auf einem Ledersofa lag und an der gegenüberliegenden Wand ein Bücherschrank stand. Sosehr er sein Hirn marterte, er hatte das Gefühl, niemals zuvor in diesem Haus gewesen zu sein. Aber wie kam er auf ein fremdes Sofa?

Erst als er den Kopf drehte und in einem Sessel Karin de Vries erkannte, kam ihm ein Bild in den Sinn. Er hatte sie durch eine Terrassentür von draußen in diesem Sessel sitzen sehen. An mehr konnte er sich beim besten Willen nicht erinnern.

Er wollte aufstehen und sie von dieser schrecklichen Augenbinde befreien. »Frau de Vries, keine Angst, ich hole Sie hier raus. Ich bin es. Kommissar Stein!« Mit diesen Worten wollte er sich aufsetzen und zu ihr kommen, aber er war an Händen und Füßen gefesselt. Verdammt, was war mit ihm geschehen? Fieberhaft versuchte er, sich zu erinnern. Frau de Vries hatte sich ihm zugewandt, aber sie konnte nicht sprechen. In ihrem Mund steckte ein Knebel. Was hatte er nur getan? Er hatte ihr falsche Hoffnungen gemacht, die er nicht erfüllen konnte, weil de Vries ihn nun offenbar auch in seiner Gewalt hatte. Ja, daran entsann er sich. Er war zu Schuberts Villa gefahren, um zu überprüfen, ob de Vries von seinem Cousin dort versteckt worden war. Das Haus. Das wirklich schöne Haus. Er sah die elegante Villa vor sich mit der weißen Mauer zum Grunewald hin … dann verschwamm sofort wieder alles. Stein war sich sicher, dass sein Gedächtnis gleich wieder funktionierte. So wie nach dem

Angriff mit dem Stein, der ihn mit voller Wucht am Kopf getroffen hatte.

Ruhig Blut, sprach er sich zu. Offenbar hatte man ihm noch nicht den Mund gestopft. Vielleicht sollte er schreien, aber wahrscheinlich war de Vries im Haus und würde ihm dann einen Knebel verpassen. Und wer hätte ihn überhaupt hören sollen? Mit großer Mühe gelang es ihm, sich trotz der Fesseln aufzusetzen. Nun konnte er den ganzen Raum überblicken.

»Frau de Vries, ich werde Sie hier unversehrt rausbringen. Das verspreche ich Ihnen«, raunte er. Offenbar waren sie allein im Zimmer.

Stein zuckte zusammen, als er in diesem Augenblick eine auf dem Boden mit dem Rücken zu ihm liegende gefesselte Gestalt entdeckte »Schubert?«, fragte er heiser, doch es rührte sich nichts.

Er hatte plötzlich das Bild vor Augen, wie er über eine Mauer geklettert und durch einen grünen Garten gerobbt war. Dieser Garten dort draußen. Während die Erinnerung zurückkehrte, wurde ihm übel. Wenn er sich nicht zu diesem Wahnsinn, in den Garten einzudringen, hätte hinreißen lassen, wäre jetzt alles gut, aber er hatte unbedingt den Helden spielen müssen!

Der Mann auf dem Boden begann zu stöhnen.

»Schubert! Keine Sorge! Wir kommen hier lebend wieder raus«, redete Stein dem vermeintlichen Schubert gut zu.

»Wirklich rührend, wie besorgt Sie um mich sind!«, ertönte nun eine Stimme aus einer anderen Ecke des Zimmers und ließ ihn an seinem Verstand zweifeln. Stein drehte den Kopf in die Richtung. Vor einem Kamin stand der kaufmännische Leiter, in der Hand eine Spritze. Stein fragte sich, ob er womöglich träumte, aber der Mann war ganz real. Dann konnte der gefesselte nur de Vries sein …

»Mensch, Stein, warum sind Sie nicht einfach wieder gefahren, statt auf einem fremden Anwesen herumzuschnüffeln? Ich kann das nicht leiden, wenn jemand über meine Mauer klettert. Aber entschuldigen Sie den Schlag. Es ist sonst nicht meine Art, anderen einen Spaten über den Kopf zu ziehen. Nur der stand da gerade rum. Was anderes hatte ich nicht zur Hand.«

In dem Moment lichtete sich der Schleier. Schubert hatte ihn im Garten niedergeschlagen. Und nicht de Vries!

»Lassen Sie uns gehen«, stieß Stein heiser hervor. »Sie machen alles nur noch schlimmer.«

»Aber, Herr Kommissar, so dumm bin ich auch nicht. Sie wären nicht der Erste, der mir verspricht, mich nicht zu verraten, um anschließend zu versuchen, mich ans Messer zu liefern. Brenner war übrigens der Erste. Hat hoch und heilig geschworen, sich aus der Schusslinie zu bringen, ohne mich anzuschwärzen. Und dann weiht der ausgerechnet Dieter ein. Der spielt vor Schwester Klara den Helden. Und der dumme Kerl erpresst mich mit diesem blöden Brief …«

Stein hielt den Atem an. Er durfte keinen Fehler machen, sondern musste den Mann reden lassen. Noch hatte Schubert nicht gesiegt. Dazu müsste er sie schon alle drei erschießen, um sie mundtot zu machen. Er erstarrte, als er den Kanister erblickte, der zu Schuberts Füßen stand. Wenn der wirklich Benzin enthielt, wie es auf der Aufschrift zu lesen war, hatte der Mann längst andere Pläne, um sie aus dem Weg zu räumen.

»Aber Schubert, gerade weil ich Sie für klug halte, werden Sie doch nicht so verrückt sein, drei weitere Menschen umzubringen, nur um Ihre vorherigen Taten zu verdecken. Warum haben Sie das eigentlich getan? Menschen umgebracht?«

»Dieter ist frech geworden, wollte Geld für sein Leben mit der Hure da. Seine Mutter hätte ihm keinen Pfennig gegeben und ihn enterbt. Die haben es nicht anders verdient. Leid tut es mir nur um die kleine Krankenschwester. Aber warum musste sie mich auch erpressen? Penicillin für ihre armen Kellerkinder. Armes Mädchen.«

Stein spürte, wie ihm derart übel wurde, dass er nur mit Mühe verhindern konnte, sich auf der Stelle zu erbrechen.

»Und die Apotheker?«

»Klenke hat kalte Füße bekommen. Und Descher war ein armer Idiot. Dem hat das arme Ding von Krankenschwester anvertraut, dass ich Dieter vom Dach geschubst habe. Sie hat es gesehen. Statt das Maul zu halten, plappert sie das weiter und erpresst mich. Ach, es ist wirklich schade um diese tüchtige Person.«

Stein dachte an Wuttke. Wie gut, dass der nicht Zeuge dieses vor Zynismus strotzenden Geständnisses wurde. Und er betete, dass der Kollege spätestens um sechs Uhr, nachdem er nicht zu der Besprechung erschienen war, Verdacht geschöpft hatte.

»Das mit Descher war ich übrigens nicht. So brutal könnte ich niemals sein!«

»Aber eine Frau zerstückeln ist nicht brutal, oder wie?«

»Sie war tot. Ist sanft entschlafen. Es hat mir nur leidgetan, dass sie den halben Tag sediert im Schwesternzimmer warten musste, bis ich ihr die letale Dosis verpassen konnte ...«

Stein konnte nichts dagegen tun. Er erbrach sich auf den Teppich.

Schubert machte eine lässige Handbewegung. »Macht nichts, davon bleibt nichts mehr übrig, wenn die Bude abgebrannt ist.«

»Wie gesagt, das mit Descher, das ist nicht auf meinem Mist gewachsen. Das hat dieser Bote verzapft, der das Rohmaterial als Grenzgänger unauffällig zu Klenke brachte. Bei Brenner hat er sauber gearbeitet, aber nach der Descher-Schweinerei war er dann auch spurlos verschwunden.«

Weil man ihn verhaftet hat, du Idiot, dachte Stein, aber er ließ es sich nicht anmerken, dass er über den Verbleib des Auftragsmörders Bescheid wusste.

»Descher war also nicht beteiligt an dem Geschäft mit dem Penicillin?«

»Der doch nicht!«

»Und Ihr Cousin?« Stein deutete mit dem Kopf auf den verschnürten de Vries.

»Der hat den Kopf in den Sand gesteckt. Er wusste natürlich, dass wir mehr Penicillin haben, als wir dürfen, aber er hat sich rausgehalten. Der Nutznießer schweigt und kassiert ab. Und jetzt wurde er zur Gefahr. Die Hure da hat ihn nämlich angerufen und ihm vorgegaukelt, sie würde mit ihm ein neues Leben im Westen anfangen. Er solle sie aus der Klinik holen. Und der Dummkopf fällt darauf rein und will von mir Geld dafür, dass er mir die Klinik überlässt. Wahrscheinlich wollte sie ihn nur in die Klapse locken, damit die Polizei ihn dort ertappt, wie er in ihr Zimmer eindringt. Das konnte ich doch nicht zulassen. Wer weiß, was mein enttäuschter, liebestoller Cousin alles ausgeplaudert hätte, wenn Sie ihn festgenommen hätten. Sie haben schließlich ihn für den Bösen gehalten ...« Schubert lachte. »Ist er ja auch in gewisser Weise! Ich habe ihn auf dem Weg zu ihr abgepasst und mir anschließend sie geholt. So einfach ist das!«

Stein versuchte, dieses Geständnis mit keinem Wort zu kommentieren, auch wenn ihm einiges auf der Zunge lag.

»Eine Frage habe ich noch. Wie haben Sie Brenner dazu gebracht, so zu tun, als wäre der Inhalt der Kessel verschmutzt und unbrauchbar? Das musste doch eines Tages auffallen, oder? Was hatten Sie gegen ihn in der Hand?«

»Seine erste Frau war eine entfernte Cousine meiner verstorbenen Frau, und die hat mir im Vertrauen berichtet, dass sich ihr Franz unter neuem Namen eine neue Existenz aufgebaut hat. Und da ich von Anfang an von Penicillin überzeugt war, wollte ich für unsere Patienten nur das Beste. Im Grunde genommen war das eine gute Tat, den Bolschewiken das Penicillin zu nehmen und es unseren guten Deutschen zu geben, den weitaus wertvolleren Existenzen.«

Stein war froh, dass er nichts mehr im Magen hatte. Sonst hätte er sich erneut übergeben müssen. Dieser Mann besaß nicht einen Funken von Schuldbewusstsein. Die Erpressung, die Morde, gepaart mit dem verquasten Weltbild der Nazis, waren für Stein nur schwer zu ertragen. Auch wenn es in dieser Lage unvernünftig sein mochte, Stein konnte das nicht unkommentiert so stehen lassen.

»Und für Ihre unfassbare Güte haben Sie sich reichlich entlohnen lassen, nicht wahr?«

»Das, werter Herr Kommissar, war für mich nur Nebensache. So, aber nun müssen wir langsam zur Tat schreiten. Nicht dass man Sie im Präsidium vermisst.« Mit diesen Worten trat er auf Karin de Vries zu und rammte ihr die Spritze in die Vene. In aller Seelenruhe holte er aus seiner Jackentasche eine weitere Ampulle und gab auch seinem Cousin, der sich wehrte, indem er sich von einer Seite auf die andere warf, eine Spritze, bevor er zu Stein kam, um sein Teufelswerk zu vollenden. »Sie haben noch Zeit für ein Gebet. Um Sie ist es wirklich schade«, sagte er, während er Steins Hemdsärmel hochschob und ihm ebenfalls eine Spritze gab.

»Bitte, haben Sie keine Angst, Kommissar Wuttke ist schon auf dem Weg«, verkündete Stein kämpferisch, während er sich innerlich bereits darauf einstellte, als brennende Fackel zu enden. Er hatte sich manches Mal ausgemalt, wie er in Ausübung seines Dienstes sein Leben lassen würde. Doch dies hier hatte nichts mit dem Bild des tapferen Helden zu tun, den die Kugel des Täters mitten ins Herz traf, während er sich todesmutig vor dessen eigentliches Ziel warf.

72

Lore Krause war wütend auf Kommissar Wuttke. Er hatte ausrichten lassen, dass er sich verspätete. Sie wollte aber nicht auf ihn warten. Womöglich war der Kerl dann weg und heute wollte sie es endlich hinter sich bringen. Eigentlich war ihr die Lust vergangen, den Mörder in eine Falle zu locken, denn nun musste sie der Dankert nichts mehr beweisen. Die wollte ihr den Ausbildungsplatz auch geben, ohne dass sie unter Beweis stellte, was für eine hervorragende Ermittlerin sie in der Mordinspektion abgeben würde. Und den Kommissaren konnte sie ohnehin mit ihrem Wagemut nicht imponieren. Das hatte sie inzwischen sehr wohl begriffen. Schlimmer noch, Wuttke schien ihre Verbrecherjagd so wenig ernst zu nehmen, dass er es nicht einmal für nötig hielt, pünktlich im Park zu erscheinen. Ein kindlich trotziger Gedanke überkam sie: Wie Wuttke wohl zumute sein würde, wenn er nur noch ihre sterblichen Überreste fand? So hatte sie sich als kleines Mädchen auch immer vorgestellt, sie wäre tot, nachdem der Vater ihr eine Tracht Prügel versetzt hatte, und wie er das, was er ihr angetan hatte, an ihrem Grab bitter bereuen würde. Und wer sagte ihr, dass der Mann wirklich der Torsomörder war? In ihrer Enttäuschung kamen ihr lauter Gedanken, die noch vor wenigen Tagen undenkbar gewesen wären. Lore Krause war allerdings kein Mensch, der halbe Sachen machte. Nein, heute würde sie herausbekommen, ob er tatsächlich derjenige war, für den sie ihn gern halten wollte oder nicht.

»Soll ich Sie vielleicht allein begleiten?«, hatte Schulz ihr angeboten, was sie schroff abgelehnt hatte.

Nun saß sie bereits seit geraumer Zeit mit klopfendem Herzen auf der Bank bei der Nixe. Nicht dass sie wirklich Angst hatte. Viel schlimmer war das Gefühl, von Wuttke im Stich gelassen zu werden.

»Na, schönes Fräulein«, ertönte da die Stimme des Erwarteten, schon hatte sich der Heinz-Rühmann-Verschnitt neben sie ge... geht es Ihnen?« Er sah ausgesprochen nett aus in seinem frischen weißen Hemd. Was sie allerdings gar nicht so nett fand, war die Tatsache, dass er gleich nach ihrer Hand griff. Lore zuckte zusammen. Sein Händedruck war überraschend schlaff.

Lore war überhaupt nicht in der Stimmung, ihm das verliebte Dummchen vorzuspielen.

»Ich habe die ganze Zeit nur an Sie denken müssen«, raunte er ihr ins Ohr und kam mit seinem Gesicht sehr nahe, als würde er sie küssen wollen.

Lore wandte den Kopf ab. »Das geht mir zu schnell. Wir kennen uns doch noch gar nicht lange.«

»Aber gut genug, dass ich genau weiß, wie gern ich Sie küssen möchte.«

Lore hob abwehrend die Hand. »Wollen Sie nicht erst das Geld haben?«

»Du, Luise, Du. Ich finde, wir sollten uns duzen. Und das Geld, das ist unwichtig. Ich würde viel lieber in den Park mit dir gehen und mich mit dir auf unsere Bank setzen, wo nicht so viele Menschen sind …« Er deutete in Richtung Kreuzbergstraße. In der Tat, dort schlenderten gerade zwei junge Männer am Park entlang, die auffällig die Köpfe nach ihnen reckten. Und deren Gesichter sie flüchtig kannte. Und ein Stück hinter ihnen noch einer, den sie erkannte, obwohl er den Hut tief ins Gesicht gezogen hatte … aber kein Wuttke weit und breit. Das entfachte ihren Zorn gegen Wuttke aufs Neue. Nun hatte er ihr diesen Tollpatsch von Schulz als Aufpasser und zwei andere Trottel geschickt.

»Gut, lass uns in den Park gehen. Dort sind wir dann ungestört«, flötete sie.

»Ach, Luise, du bist einfach bezaubernd.« Er stand auf und reichte ihr seinen Arm. Lore hakte sich bei ihm unter.

Auf dem ganzen Weg den Berg hinauf mach Komplimente und versicherte ihr, wie gern er nen würde. Sie hörte nur mit einem halben O sam ungeduldig, weil er so gar nicht von dem einmal andeutete.

Auf der Höhe angekommen, setzten sie

mals auf die Bank. Sie sah sich suchend um. Nun waren sie scheinbar allein hier oben. Lore hatte schon befürchtet, die Bewacher würden sich genauso stümperhaft verhalten wie unten an der Straße, wobei sie zugeben musste, dass es ihr doch eine gewisse Sicherheit gab, zu wissen, dass die Männer der Friesenstraße ganz in der Nähe waren. Allerdings ging ihr das Gesäusel des falschen Gustav mächtig auf die Nerven, weil er so komische Sätze sagte wie: »Luise, dich hat mir der Himmel geschickt.« Daraufhin hatte sie den Umschlag, den ihr Wuttke hatte präparieren lassen, aus ein paar echten Scheinen und Zeitungspapier, aus der Tasche geholt und ihm als Köder unter die Nase gehalten. Zu ihrer großen Enttäuschung schnappte er nicht danach, sondern sah ihr tief in die Augen.

»Luise, ich, ich muss dir etwas beichten. Ich kann dich nicht bitten, meine Frau zu werden, ohne dass ich mein Gewissen erleichtere.«

Lore stutzte. Was der Mann auch auf dem Kerbholz hatte, aber so redete keiner, der Frauen missbraucht, getötet und zerstückelt hatte. Ihr wurde abwechselnd heiß und kalt, aber nicht aus Angst, eher vor Scham.

»Für dich würde ich mein Leben ändern. Ich habe in der Vergangenheit Dinge getan, die ich sehr bereue.«

»Nun reden Sie endlich! Was wollen Sie mir sagen?«, fuhr sie ihn an.

»Luise, ich liebe dich.«

Lore verdrehte die Augen.

»Gustav, was wollten Sie mir beichten?«

Er musterte sie verunsichert. »Ich ... nun ... ich habe vor Ihnen ein paar Damen die Ehe versprochen, obwohl ich im Traum nicht daran gedacht hätte, sie zu heiraten, und ... und ich habe Geld von ihnen genommen, aber ich war in Not ...«

»Das ist alles, was Sie mir zu sagen haben?«

»Ich hoffe, du kannst mir verzeihen!« Er machte ein zerknirschtes Gesicht, das Lore nur noch mehr gegen ihn aufbrachte.

»Gehen Sie, aber sofort!«, zischte sie den Mann an, der sie nun fassungslos ansah und sich nicht rührte, bis sie ihn anschrie: »Hauen Sie ab!«

Der junge Mann erhob sich schließlich zögernd, doch er hatte sich keine drei Schritte von ihr entfernt, da stürzten sich ihre drei Aufpasser aus dem Gebüsch und warfen ihn zu Boden.

»Lasst ihn laufen! Er hat nichts getan!«, brüllte Lore den Männern zu.

»Sind Sie sicher, Fräulein Lore?«, fragte der Junior.

»Er ist nicht der Torsomörder!«

Der Mann, der sich Gustav nannte und vielleicht wirklich so hieß, rappelte sich auf und warf Lore einen waidwunden Blick zu, bevor er sich umdrehte, seinen Schritt beschleunigte und alsbald zu rennen begann. Lore wusste auch nicht genau, warum sie nicht wenigstens diesen kleinen Triumph, einen miesen Heiratsschwindler überführt zu haben, für sich beanspruchte. Aber ihr war nicht danach. Im Gegenteil, sie war den Tränen nahe, wollte sich jedoch vor dem Junior auf keinen Fall die Blöße geben.

»Bitte lassen Sie mich allein!«, fuhr sie ihn an.

»Ihr könnt gehen. Wir sind hier fertig«, sagte Schulz junior zu den beiden Polizisten in Zivil und setzte sich schweigend neben Lore.

»Fräulein Lore! Seien Sie froh, dass Sie nicht dem Mörder in die Hände gefallen sind. Das ist kein Spiel.«

»Sie haben gut reden. Sie dürfen mitmachen, ich nicht.«

»Ach, Fräulein Lore, was meinen Sie, wie es mir wirklich geht. Ich tue doch nur so, als hätte ich etwas zu melden. Martens hat mich heute zu Wuttke abgeschoben, weil er mir die Schuld gibt, dass wir den Mörder immer noch nicht haben …«

»Pah, Wuttke, der hat es nicht mal für nötig befunden, selbst in den Park zu kommen!«, schimpfte Lore, während ihr immer noch ein Kloß im Hals saß.

»Sie sind ungerecht. Graubner hat ihn zu einem Pressetermin verdonnert, habe ich gehört. Und ich befürchte, da ist was mit Stein nicht in Ordnung. Er ist nicht wiedergekommen von einer Observation der Schubert-Villa.«

»Sie meinen, es ist ihm etwas passiert?«

Schulz zuckte mit den Schultern. »Ich will Sie nicht beunruhigen. Habe ich Ihnen überhaupt schon gratuliert zu Ihrem Platz bei der WKP?«

»Nein«, entgegnete Lore knapp und erkannte an dem Gesicht von Schulz junior, dass er sich über ihre mangelnde Begeisterung zu wundern schien.

»Darf ich Sie auf ein Bier einladen? Nur als Freund. Ich habe begriffen, dass Sie nichts für mich übrighaben, sondern nur für Ihre Kommissare schwärmen.«

Lore konnte sich nicht helfen. Das ehrliche Geständnis, dass er auch nichts ausrichten konnte bei der Mordinspektion, hatte sie auf seltsame Weise berührt. Außerdem konnte sie jetzt in der Tat einen Schluck vertragen.

Als Lore und Schulz junior den Berg hinunterkamen, sahen sie schon von ferne eine in sich zusammengesunkene Gestalt auf der Bank bei der Nixe hocken. Erst als sie direkt davorstanden, erkannten sie Ernst Löbau, der sie beide mit schreckensweiten Augen anstarrte.

»Kommissar Löbau! Können wir Ihnen irgendwie helfen?«, fragte Schulz junior.

»Nein, mir kann keiner helfen. Ich bin verloren. Sie müssen mir glauben. Ich schwöre es! Das war das erste Mal, dass ich Paare dabei beobachten wollte ... Sie wissen schon. Hinter dem Denkmal ist ein Gebüsch, das ist bekannt als solche Stelle ... aber der Mann hat mich entdeckt und ich bin dann durch diese Tür im Sockel gelaufen und habe mich dort versteckt. Ich werde mich stellen, aber wir müssen Martens holen. Ich ... ich habe da unten in der Katakombe etwas Entsetzliches gesehen ... Der Torsomörder ...« Weiter kam er nicht. Er fing am ganzen Körper zu zittern an.

In diesem Augenblick entdeckte Lore die beiden Polizisten auf der anderen Straßenseite. Ohne zu überlegen, rannte sie zu ihnen hinüber und forderte sie auf, Verstärkung und die Jungs von der technischen Abteilung zum Denkmal zu schicken.

»Kommen Sie, Kommissar Löbau, kommen Sie!«, forderte Lore ihn auf. »Ich habe Hilfe geholt.«

»Wollen wir nicht hier auf Martens warten?«, fragte Schulz skeptisch.

»Schulz, worüber haben wir eben gerade gesprochen?« Der Kriminalassistent schien zu verstehen. Nur Löbau weigerte sich partout, sie zu begleiten. Er faselte etwas von Selbstanzeige, Strick und ewiger Verdammnis und blieb auf der Bank sitzen.

»Bevor Sie sich endlos leidtun, lassen Sie sich doch lieber zur Inspektion für Raubdelikte versetzen. Die Sitte ist vielleicht nicht der richtige Platz für Sie«, schimpfte Lore und rannte los, gefolgt von Schulz. Keuchend kamen sie oben am Denkmal an. Sie sahen sich suchend um. Dann liefen sie um den Sockel herum, bis sie versteckt hinter einem Busch eine halb offene Eisentür entdeckten.

»Sie warten draußen!«, befahl Schulz.

»Ich denke nicht daran!«, entgegnete Lore und folgte ihm in die dunkle kühle Katakombe.

Plötzlich wurde es hell, und sie fanden sich in einer Art Kathedrale wieder, in der Mitte ein Tisch, um ihn herumdrapiert Fackeln.

Schulz wollte Lore zurückhalten, doch sie schüttelte seine Hand von ihrer Schulter und trat auf den Tisch zu. Er war über und über mit Blut besudelt. Sie konnte zunächst nicht erkennen, was das Weiße war, das auf dem Tisch lag … doch dann schwante es ihr: ein menschliches Bein. In demselben Moment spürte sie, wie ihr das Blut aus dem Kopf direkt in die Beine sackte. Sie hörte noch ihren eigenen unmenschlichen Schrei, bevor sie in sich zusammensackte.

73

Die Ärzte im Wilmersdorfer St.-Gertrauden-Krankenhaus taten das Menschenmögliche, um Karin de Vries' Leben zu retten. Noch wollten sie den Kampf gegen die Überdosis Morphium in ihrem Körper nicht aufgeben, während Ulfart de Vries sich nach Aussagen der Ärzte erstaunlich schnell von der Vergiftung erholte. Er hatte bereits seine Entlassung gegen den ärztlichen Rat, noch ein paar Tage zur Beobachtung in der Klinik zu bleiben, angekündigt.

Auch Steins Prognose schien günstig. Offenbar war bei den Männern die Dosis zu gering gewesen, um sie umzubringen. Jedenfalls hatten die Ärzte Wuttke schließlich erlaubt, an seinem Bett zu wachen, bis er wieder zu sich kam. Sein Kreislauf und sein Herz waren stabil.

Während Wuttke an Steins Bett saß, gingen ihm noch einmal die Bilder durch den Kopf: Er war mit den Männern in der Pücklerstraße angekommen. Die Schubert-Villa hatte so friedlich in der Abendsonne dagelegen. Doch dann hatte er Steins Mantel auf der Mauer gefunden, und sie hatten sich gewaltsam Einlass verschafft. Ihnen war sofort der Geruch nach Benzin aufgefallen.

Als sie das Wohnzimmer gestürmt hatten, war Schubert gerade dabei gewesen, Karin de Vries mit Benzin zu übergießen. Dem Kommissar war nicht einmal die Zeit geblieben, sich darüber zu wundern, dass er im Wohnzimmer der Schubert-Villa Ulfart de Vries nicht als Täter vorgefunden hatte, sondern als Opfer. Als Schubert klar geworden war, dass er keine Chance mehr hatte, hatte er noch versucht, sich selbst eine Spritze zu geben, aber Wuttke hatte sie ihm während des Injizierens aus der Hand schlagen können. Trotzdem hatte man Schubert vorsichtshalber ins Krankenhaus des Untersuchungsgefängnisses gebracht. Dort wurde er rund um die Uhr bewacht. Wuttke hatte ihn bislang nicht vernommen, nachdem Schubert noch vor Ort die Morde an Kampmann, Klara Wegner und Klenke sowie die Anstiftung zu den Morden an Descher und Brenner gestanden hatte.

Seine Taten hatte er mit einem bizarr anmutenden Plädoyer in eigener Sache verteidigt. Er habe das alles tun müssen, um wertvolles deutsches Leben zu retten. Wuttke war lieber mit in die Klinik gefahren und wollte sichergehen, dass Schuberts drei letzte Opfer den Mordversuch auch wirklich überlebten.

»Wuttke?« Steins dünn klingende Stimme riss ihn aus seinen Gedanken. Der Kollege hatte die Augen geöffnet und sah ihn an wie ein Wunder.

»Sind die beiden anderen in Sicherheit?«

Wuttke bejahte. Es war nicht der Zeitpunkt, Stein die Wahrheit zu sagen, dass Karin de Vries' Leben immer noch am seidenen Faden hing. Stattdessen holte er einen Arzt, der ihn bat, den geschwächten Kollegen in Ruhe schlafen zu lassen.

»Er ist über den Berg«, versicherte er ihm.

Zögernd verließ Wuttke Steins Zimmer und wartete im Flur auf den Arzt.

»Und wissen Sie schon, was mit Frau de Vries ist?«

Er nickte. »Wenn sie diese Nacht überlebt, dann hat sie es geschafft. Wir sind jedenfalls zuversichtlich.«

»Danke, und was ist mit Ulfart de Vries?«

»Der will nach Hause. Vielleicht können Sie etwas bei ihm ausrichten, um ihn zum Bleiben zu bewegen. Wir haben bereits alles versucht.« Er deutete auf die Tür hinter ihnen.

»Gut, ich werde es versuchen«, versprach Wuttke und öffnete vorsichtig die Tür zu de Vries' Krankenzimmer. Dort brannte Licht und der Mann saß angezogen auf seinem Bett.

»Was tun Sie da?«, herrschte Wuttke ihn an.

»Was wohl? Einer muss sich schließlich um die Klinik kümmern.«

»Sie sollten zumindest noch eine Nacht bleiben!«

De Vries zog die Augenbraue hoch. »Entschuldigen Sie, Herr Kommissar, wer von uns beiden ist hier der Mediziner?«

Wuttke war fassungslos. De Vries war noch genau derselbe aalglatte Fiesling wie zuvor. Das ganze Drama war offenbar spurlos an ihm vorübergegangen.

»Und wenn ich es aus ermittlungstechnischer Sicht nicht erlaube?

Sie glauben doch nicht, dass Sie einfach so weitermachen können, als hätten Sie sich nichts zuschulden kommen lassen, einmal abgesehen von der Tatsache, dass Sie noch unter ärztliche Aufsicht gehören!«

»Denken Sie meinethalben, was Sie wollen. Das war mir schon immer egal!«, gab de Vries in dem für ihn typischen überheblichen Ton zurück. »Ich habe mit dieser ganzen Sache nichts zu tun!«

Wuttke verschlug es kurz die Sprache.

»Ich habe von allem nichts gewusst. Das werde ich vor Gericht bezeugen«, fügte de Vries hinzu.

»Was sind Sie nur für ein Mensch? Das Leben Ihrer Frau hängt am seidenen Faden! Haben Sie das begriffen?«

»Ja, wie ich bereits sagte. Ich bin Fachmann. Aber hätte sie nicht bei Ihnen angerufen und um Hilfe gebeten, weil ich angeblich in die Klinik eingedrungen bin, obwohl sie mich selbst am Telefon angefleht hat, sie da rauszuholen, damit wir ein neues Leben anfangen können, wäre das alles nicht passiert! Und das nur, um mich hinter Gitter zu bringen. Dann hätte ich meinem Cousin doch nie angeboten, dass ich ihm die Klinik für einen guten Preis allein überlasse …«

»Hören Sie auf, Mann, das ist nicht zum Aushalten, wie Sie sich die Wahrheit zurechtbiegen. Verlassen Sie sich drauf. Ich kriege Sie dran. Sie wussten genau, wer der Mörder von Kampmann und Schwester Klara, von Descher, Klenke und dem Chemiker war, aber Sie haben geschwiegen und deshalb sind Sie genauso schuldig …«

»Jetzt reden Sie Unsinn, Kommissar Wuttke. Versuchen Sie mal, mir das zu beweisen! Guten Tag!«

Mit diesen Worten verließ de Vries das Krankenzimmer.

Das Schlimmste daran ist, dass er recht mit seiner Einschätzung behalten könnte, dachte Wuttke. Das kotzte ihn derart an, dass er mit voller Wucht gegen das Eisengestell des Bettes trat, was es nicht im Mindesten besser, sondern nur schmerzhafter für ihn machte.

74

Lore und Fritz, wie die beiden sich nach ihrem gemeinsam überstandenen Abenteuer anredeten, wurden Zeugen der Pressekonferenz. Sie hatten sich hinter einem Pfeiler verborgen, wo man sie nicht sehen konnte, denn sie hatten hier eigentlich nichts verloren. Obwohl Lore immer noch zutiefst bedauerte, dass sie im entscheidenden Moment das Bewusstsein verloren hatte, konnte sie nicht leugnen, dass der Kriminalanwärter in ihrer Achtung immens gestiegen war. Kommissar Martens hatte ihn nach dem Vorfall sofort wieder für sich beansprucht. Graubner, der um die Verdienste der beiden bei der Ergreifung des Torsomörders wusste, hatte ihn jedoch auf seinen ausdrücklichen Wunsch hin für den Rest der Ausbildungszeit Wuttke und Stein zugeteilt.

Martens brüstete sich gerade damit, dass er den Torsomörder dingfest gemacht habe und dass sich Berlins Frauen auf den Straßen endlich wieder sicher fühlen könnten. Es handele sich um einen Gelegenheitsarbeiter, der als ehemaliger Wehrmachtssoldat im Krieg bei Tunnelbauten am Kreuzberg mitgewirkt habe, nachdem er an der Front eine schwere Kopfverletzung erlitten habe, die ihm den Verstand geraubt habe. Der Mann sei in vollem Umfang geständig. Vor dem Krieg sei er ein völlig unbescholtenes Blatt gewesen, aber dann habe er sein erstes Opfer in ein unterirdisches Versteck gelockt, um sie dort zu vergewaltigen. Er habe die Frau umgebracht, um die Tat zu vertuschen, dann jedoch zunehmend eine gewisse Lust dabei empfunden, Frauen zu töten und zu zerstückeln.

»Warum sagt er nicht, wo sich das Versteck befindet?«, zischte Lore erbost.

»Was soll er machen? Man hat ihm untersagt, in der Öffentlichkeit die Katakomben im Sockel zu erwähnen«, gab Fritz Schulz zurück.

»Wie können Sie bloß für Martens noch einen Funken Verständnis aufbringen, obwohl er mit keinem Wort erwähnt, dass wir das Versteck gefunden haben!«

»Den Tatort hat Löbau entdeckt, was wir nur ihm zuliebe verschwiegen haben!«, flüsterte er ihr ins Ohr.

»Ich weiß. Auch dass er jetzt für Betrug zuständig ist. Aber Martens denkt, wir waren es! Und er sagt nichts dazu! Wieso protestieren Sie nicht lautstark?«

»Ich bin eben nicht so eine Kratzbürste wie Sie und nicht so mutig! Haben Sie der Dankert eigentlich schon gesagt, dass Sie nicht mehr ganz so für die Ausbildung brennen?«

Lore zuckte angesichts dieses gezielten Gegenschlags leicht zusammen. Sie blieb ihm eine Antwort schuldig und tat, als würde sie aufmerksam Martens' Selbstbeweihräucherung lauschen. Dabei hatte er sie mit seiner Frage schmerzhaft daran erinnert, dass sie es der Dankert endlich möglichst schonend beibringen sollte: Sie würde lieber bei der Mordinspektion bleiben, wenn die Kommissare sie denn überhaupt behalten wollten.

Da riss Graubners Stimme Lore aus ihren Gedanken: »Und unser besonderer Dank geht an zwei mutige junge Mitarbeiter der Friesenstraße. Den Kriminalanwärter Fritz Schulz und die Stenotypistin Lore Krause.«

»Haben Sie das gehört?«, fragte Fritz ergriffen.

»Psst, ja, und ich will es auch zu Ende hören!«

»Den beiden haben wir durch ihr besonnenes Verhalten zu verdanken, dass wir den Mörder im Viktoriapark auf frischer Tat ertappen konnten, als er gerade den Torso seines letzten Opfers verstecken wollte.«

Martens' Miene versteinerte, aber darauf nahmen die Fotografen keinerlei Rücksicht. Im Gegenteil, ein wahres Blitzlichtgewitter ging auf den Kommissar nieder. Das Foto, das am nächsten Tag von ihm in der Zeitung erschien, war alles andere als vorteilhaft. Sein verkniffenes Gesicht kommentierte Lore mit den Worten: »Sieger sehen anders aus.«

75

Wuttke schien sich prächtig auf dem Fest zu amüsieren. Er plauderte mit den Vopos, als wären es seine besten Freunde. Überhaupt war es dem Kollegen zu verdanken, dass Stein nicht in letzter Sekunde doch noch abgesagt hatte. Einen triftigen Grund dafür hätte es gegeben. Nachdem es nun eine Bundesrepublik gab, hatten die Sowjets wieder begonnen, die Verkehrswege in den Westen zu blockieren Es hatte zwar nicht die Ausmaße der Blockade, aber die Stimmung zwischen Ost und West war zum Zerreißen angespannt. Überdies arbeitete man in Ostberlin auf Hochtouren an einer offiziellen Staatsgründung des neuen Deutschlands.

Dass Stein sich dann doch dazu durchgerungen hatte, der Einladung seines Vaters zu folgen, war Wuttkes Überredungskünsten und dem Versprechen geschuldet, das Stein Marion gegeben hatte. Und es hatte sich gelohnt. Sie war überglücklich, dass er gekommen war. Aber dass sie gleich ein Familienfoto machen ließ, missfiel Stein außerordentlich. Er machte gute Miene zum bösen Spiel, aber auch sein frischgebackener Stiefbruder schien nicht besonders erpicht darauf zu sein, mit einem Stupo abgelichtet zu werden. Zwischen ihnen beiden kam nicht ein Funken von Brüderlichkeit auf.

Graubner hatte darauf bestanden, ihnen, obwohl es eine private Einladung war, wieder ein paar Männer mitzugeben, die nun vor dem *Lukullus* herumlungerten, während drinnen der Wodka in Strömen floss.

Stein aber hielt sich mit dem Trinken zurück. Wirklich entspannen konnte er sich in dieser Gesellschaft nicht. Das schien auch sein Vater zu bemerken, der nun auf ihn zutrat und ihm väterlich auf die Schulter klopfte. »Mein Junge, ich freue mich, dass du gekommen bist!«

»Na ja, du heiratest nur noch ein Mal. Jedenfalls will ich das hoffen. Besser kannst du es nämlich nicht treffen.«

»Ich weiß«, seufzte der alte Stein und blickte versonnen hinüber an die Stelle, wo Marion sich angeregt mit Wuttke unterhielt.

»Was ist eigentlich aus dem Mörder an Brenner und Descher geworden?«

Sein Vater zuckte mit den Schultern. »Um den Fall haben sich die Sowjets gekümmert.«

»Und wie hast du es verkraftet, dass es kein Sabotageakt des Westens war, sondern die Habgier eines Einzelnen so viele Opfer gefordert hat?«

»Ach, mein Junge, lass gut sein. Du wirst noch aufwachen und merken, was für Verbrecher bei euch das Sagen haben. Hoffentlich ist es dann nicht zu spät. Ich bin jedenfalls stolz darauf, dass wir bald auch offiziell zur Deutschen Demokratischen Republik werden. Aber ich würde dir nie schaden. Du bist mein Sohn …«

Noch während der salbungsvollen Worte seines Vaters kam ein neuer Gast, der Steins ganze Aufmerksamkeit auf sich zog. Als sein Vater das bemerkte, legte er ihm die Hand auf seinen Unterarm. »Geiger hat mir gegenüber geschworen, dass er bei seinem Einsatz keinen Stein auf dich geschleudert hat. Und man kann ihm wirklich trauen. Ich werde ihn demnächst zur Beförderung …« Stein hörte seinem Vater gar nicht mehr zu, sondern steuerte direkt auf den Burschen zu.

»Können wir beide mal vor die Tür gehen«, forderte er ihn in harschem Ton auf.

»Aber …« Weiter kam Geiger nicht.

»Wir können auch gern erst zu meinem Vater gehen, falls Sie ihm etwas mehr über sich erzählen wollen!«

Blass wie eine Wand folgte er Stein nach draußen. Stein machte den draußen rauchenden Bewachern ein Zeichen, dass sie sich für einen Moment zurückziehen sollten.

Mit zittrigen Fingern steckte sich Geiger eine Zigarette an. Eine Belomorkanal-Papirossy, wie Stein feststellte, während ihm ein schrecklicher Verdacht kam.

»Mein Vater will Sie also befördern?«

»Ich denke schon«, entgegnete er ausweichend.

»Das wird der Meisterspion aber nicht annehmen, oder?«

Geiger sah Stein aus schreckensweiten Augen an.

»Aber ...«

»Sie werden schnellstens dahin zurückgehen, wo Sie hergekommen sind.«

»Nein, auf keinen Fall. Ich habe hier eine russische Frau geheiratet, die Tochter eines Offiziers. Wir bekommen ein Kind. Ich ... ich habe mich abgeschaltet. Es war eine große Dummheit, mich jemals anwerben zu lassen. Ich will damit nichts mehr zu tun haben ...«

»Ihre Entscheidung. Dann werden Sie Ihre Versetzung beantragen. Wie wäre es mit Görlitz?«

»Hören Sie, das können Sie nicht von mir verlangen. Ich bin in Berlin zu Hause ...«

»Mein Vater auch! Und er hat es nicht verdient, dass es ihn eines Tages seinen Kopf kostet, weil in seiner Mannschaft ein Spion enttarnt wird. Und deshalb sollten Sie ihn schnellstens davon in Kenntnis setzen, dass Sie nichts lieber möchten als nach Görlitz ...«

»Ich ...«

»Görlitz oder Moskau, das ist hier die Frage!«

»Arschloch!«

»Jetzt hören Sie mir mal gut zu! Wer ist hier das Arschloch von uns beiden? Wenn ich das richtig sehe, haben Sie mich fast umgebracht und den Mord an Descher von der Ruine aus beobachtet.«

»Ich konnte das nicht verhindern, ich ...«

Stein hob abwehrend die Hände. »Behalten Sie das bitte für sich!«

»Schon gut! Ich mache ja alles, was Sie wollen«, entgegnete Geiger und machte Anstalten, das *Lukullus* zu betreten, woran Stein ihn hinderte.

»Ich werde meinem Vater mitteilen, dass ich Ihnen geholfen habe, weil Ihnen übel war. Und dass ich Sie entschuldigen soll.«

In diesem Augenblick trat Wuttke ins Freie.

»Und danke, dass Sie uns Ihre Zigaretten überlassen«, fügte Stein hinzu, streckte die Hand nach der Schachtel mit den Stalinhäckseln aus. Er hätte in diesem Moment alles für eine Zigarette gegeben und selbst Unkraut geraucht, was diesem Tabak verdammt nahekam.

Wuttke sah dem sich entfernenden Mann irritiert hinterher. »Wer war das?«

»Nicht so wichtig!«, murmelte Stein.

»Das brauchen Sie wohl!«, entgegnete Wuttke, während er sich eine russische Zigarette nahm und sie ansteckte.

»Was meinen Sie damit?«

»Ihre kleinen Geheimnisse, aber was soll ich sagen? Wenn Sie das brauchen!«

Schweigend rauchten die beiden Kommissare ihre Zigaretten, doch Stein wusste, das würde seine letzte Zigarette sein, jedenfalls von dieser Marke.

Als in diesem Moment sein neuer Stiefbruder ins Freie trat und ihn um eine Zigarette bat, schenkte er ihm die ganze Schachtel. Ob das der Beginn einer wunderbaren Freundschaft sein würde, wagte Stein allerdings zu bezweifeln.

Epilog

Erst ab Dezember 1949/Januar 1950 gab es in Deutschland genügend Penicillin, um den Bedarf zu decken, und zwar nicht nur den der geschlechtskranken Patienten. Bis dahin herrschte ein dramatischer Mangel an dem Antibiotikum, was zu einem regen Schwarzhandel geführt hat und, wie im Film *Der dritte Mann* thematisiert wurde, zum lebensgefährlichen Strecken des Penicillins.

Das Fehlen von Penicillin für die Therapie der Geschlechtskrankheiten in Deutschland in den Jahren nach dem Ende des Zweiten Weltkriegs bedeutete für die Medizin eine besondere Herausforderung. Zwar waren es insbesondere die US-Amerikaner, die relativ umfangreich Penicillin produzierten. Aber dieser Umstand änderte nichts daran, dass in Deutschland Mangel daran herrschte. Wenig bekannt ist, dass es auch in der sowjetischen Zone in Jena eine relativ ertragreiche Penicillinproduktion gab. In unserem Roman in Zeiten des Kalten Krieges geht es um einen von Jena aus organisierten fiktiven Schwarzhandel für eine privates Krankenhaus in Westberlin. Diese Fiktion als Grundstock der Kriminalgeschichte baut auf verschiedenen Forschungen zur Geschichte der Penicillinproduktion im Nachkriegsdeutschland auf, von denen besonders die Arbeit von Ingrid Pieroth *Penicillinherstellung. Von den Anfängen zur Großproduktion* aus dem Jahre 1992 hilfreich war. Tatsächlich waren nicht alle Ärzte von dieser neuen Therapie des relativ nebenwirkungsarmen Medikaments begeistert. Dabei ging es weniger um medizinische als vielmehr moralische Gründe. Informationen zu dieser ablehnenden Haltung gegenüber dem Penicillin stammen aus der Doktorarbeit von Anna Valentina Lahn *Syphilis im Hamburg der Nachkriegszeit* aus dem Jahr 2009. Die Haltungen einiger Hamburger Ärzte wurden auf einen ärztlichen Protagonisten in Berlin übertragen.

Die Gestaltung von vielen Alltagssituationen, die die beiden Kommissare meistern mussten, und die konkreten Ausprägungen des politischen Ost-West-Konfliktes, der immer wieder die widersprüchlichen Kontakte zwischen Vater und Sohn Stein speiste, erfolgte anhand ausführlicher Recherchen im *Tagesspiegel,* im *Neuen Deutschland* und im *Spiegel* aus dieser Zeit.

Ein die Geschichte stark prägendes Moment ist der Wunsch der Assistentin Lore, als Kriminalkommissarin auf Augenhöhe in der Mordinspektion an den Mordermittlungen mitzuarbeiten. Doch die Möglichkeiten dafür waren noch nicht gegeben. Zwar gab es schon in den 1920er-Jahren verschiedene Initiativen in den deutschen Ländern, eine weibliche Kriminalpolizei aufzubauen. Es entstand die WKP, die weibliche Kriminalpolizei. Zu den Zeiten des legendären Ernst Gennat im Polizeipräsidium am Alexanderplatz gab es in Berlin die Inspektion G, die ab 1927 fast nur mit Frauen besetzt war. Diese Beamtinnen waren allerdings ausschließlich für gefährdete Mädchen und junge Frauen, den Kinderschutz und die Bearbeitung von Kinderkriminalität sowie für die Vernehmung von Frauen, Mädchen und Kindern im Zusammenhang mit Sexualdelikten zuständig. Aufgrund der Konkurrenz zur männlichen Kriminalpolizei verengte sich die Tätigkeit zunehmend auf weibliche Jugendliche und Kinder. Auch in den Nachkriegsjahren blieb das Bild einer spezifisch weiblichen Kriminalpolizei als sozialer Polizei bestehen. Parallel dazu wurden in einzelnen Städten der englischen und sowjetischen Zone auch Frauen als Verkehrspolizistinnen eingesetzt oder in den schutzpolizeilichen Streifendienst übernommen. Diesbezügliche Inhalte sind aus den verschiedenen wissenschaftlichen Publikationen von Bettina Blum in die Geschichte eingeflossen, die sich intensiv mit diesem Thema befasst hat.

Die Informationen zur Spaltung der Polizei und zu ihrer Arbeit im behandelten Zeitraum stammen vorwiegend aus der Polizeihistorischen Sammlung Berlin, unterstützt von Dr. Jens Dobler, dem Leiter dieser Sammlung. Nur durch diese Informationen konnte das Polizeipräsidium Friesenstraße mit fiktivem Leben erfüllt werden.

Was wir allerdings trotz intensiver Recherchebemühungen nicht herausgefunden haben: Wann genau ist der Begriff Vopo aufgekommen? Erst mit Gründung der DDR oder eben doch schon vorher im Volksmund, wie wir vermuten? Der oder die erste Leser/-in, der/die dem Verlag eine zuverlässige Quelle liefern kann, was denn nun historisch korrekt ist, bekommt von uns ein signiertes Exemplar von *Venusfluch* als Dankeschön zugeschickt.

Unser Dank gilt Steffen Haselbach, unserer Lektorin Michaela Kenklies und allen Mitarbeitern des Droemer Knaur Verlags, die an der Entstehung des zweiten Bands mitgewirkt haben.

Unsere Kommissare Stein und Wuttke sowie Fräulein Lore sind derweil schon mit einem neuen spannenden Fall beschäftigt …

Liv Amber & Alexander Berg